Die Tagebücher der Anaïs Nin 1939-1944

Herausgegeben
von Gunther Stuhlmann

Aus dem Amerikanischen
übertragen von Maria Dessauer

Nymphenburger Verlagshandlung

Titel der Originalausgabe: The Diary of Anaïs Nin 1939–1944

Repro und Druck: Presse-Druck, Augsburg
Bindung: Klotz, Augsburg
Printed in Germany
ISBN 3-485-00360-3

Vorwort

Anaïs Nin mußte, wie wir im Laufe ihres Tagebuchs erfahren, des öfteren in ihrem Leben zu einer Übereinkunft mit Amerika kommen, mit dem Erlebnis einer »Neuen Welt«, so wie sie war. Jede der Begegnungen fand in einer anderen Phase ihrer eigenen Entwicklung statt. Jede der Begegnungen bewirkte Reaktionen, Reflexe, die für ihr Leben und für ihre Kunst weitreichende Folgen hatten.

Das Tagebuch, in dem Frau Nin ihre Position gegenüber der Welt bezieht, wurde auf ihrer ersten Reise in die Vereinigten Staaten begonnen. Die endgültige Entscheidung, die sie zwei Jahrzehnte später traf, zwischen dem Beruf der Psychoanalytikerin und dem der Schriftstellerin – oder um sie zu zitieren, einem »Leben der Aktion« und einem »Leben der Sinne« –, wurde, wie wir im zweiten Band des Tagebuchs sahen, von den Erfahrungen in New York ausgelöst. Der vorliegende Band ist das Zeugnis ihrer dritten kritischen Auseinandersetzung mit der Neuen Welt während der schwierigen frühen vierziger Jahre, die schließlich ihre Karriere als Schriftstellerin besiegelten.

Als Anaïs Nin im Alter von elf Jahren mit ihrer Mutter und ihren zwei jüngeren Brüdern zum erstenmal in New York ankam, war sie nicht darauf vorbereitet, das unsichere Einwandererschicksal so vieler Mitreisender zu teilen. Amerika, so hatte man sie glauben lassen, stelle nur eine »zeitweilige« Ortsveränderung dar. Die schmerzliche Trennung von ihrem geliebten Vater, dem gefeierten spanischen Komponisten und Pianisten Joaquin Nin, würde nur von kurzer Dauer sein. In den Aufzeichnungen, die sie während der langen Überfahrt von Barcelona nach New York auf der S.S. Montserrat als »Brief« an ihren Vater begann, hoffte sie auf eine baldige Rückkehr zu dem wunderbaren Dasein in seiner Einflußsphäre, das, unerklärlich für sie, wegen einer familiären Krise gestört worden war. So ging sie an Land, den Geigenkasten des Bruders – vielleicht ein Symbol ihrer »künstlerischen« Herkunft – fest an sich gedrückt, deutlich ihre Verschiedenheit von jenen proklamierend, die offenbar mit der Absicht herübergekommen waren, eine neue Existenz, den Start als »Amerikaner«, zu versuchen.

New York, das wuchernde, ungelenke Zentrum eines damals provinziellen Grenzlandes, stellte einen scharfen Gegensatz zum baumgesäumten üppigen Charme ihrer Geburtsstadt Paris dar. Es bot nichts von der weichen Grazie Brüssels, Arcachons, irgendeines Orts der Alten Welt, an den die Virtuosenlaufbahn des Vaters die Familie geführt hatte. Der Einzug ins trübselige Mittelstandsmilieu der West Side Manhattans, der Besuch einer katholischen Schule, wo ihr die Eigentümlichkeiten ihres neuerworbenen Englisch bewußt gemacht wurden, sowie die Notwendigkeit, über den penetrant proletarischen Plankenweg in Coney Island zu gehen – all diese Manifestationen »amerikanischer« Lebensart schnitten im Vergleich mit ihren Erinnerungen an Europa recht ungünstig ab. »Ich möchte lieber nach Barcelona zurückkehren«, vertraute sie einem ihrer frühen Tagebücher an. »Ich hasse die Schule. Ich hasse New York. Es ist immer laut hier, alles ist düster, eingepfercht, streng.« Als Fremde auf der Durchreise fühlte sie sich zudem doppelt isoliert. »Ich schließe keine Freundschaften, der Grund hierfür ist: Man weiß nie, ob man irgendwo bleiben wird.«

In der Hoffnung, am Ende aus dem amerikanischen Exil befreit zu werden, bemühte sich die junge Anaïs, dem Wunsch ihrer Mutter zu gehorchen und sich auf die neue Umwelt einzustellen. Doch nach einem unerfreulichen Jahr in New York begann ihr die furchtbare Erkenntnis zu dämmern: »Der Schleier ist zerrissen, und ich muß mir gestehen: Vater kehrt nie mehr zurück. Tausend Dinge, die ich nicht verstand, werden mir nun klar. Ich verzeihe Mutter, daß sie uns täuschte, uns in dem Glauben ließ, Vater sei nicht für immer fortgegangen. Sie wollte unsere Jugend nicht durch Tragik zerstören. Doch weil ich auf diese Wirklichkeit nicht vorbereitet war, finde ich sie nun noch furchtbarer.«

Der Verlust ihres Vaters, das zentrale traumatische Erlebnis ihrer Jugend, das (wie wir in den beiden vorausgegangenen Bänden lasen) so viele Jahre überschattete, führte notwendigerweise auch zu einer wichtigen Veränderung der gesellschaftlichen Stellung. Die Rückkehr nach Europa, zur vertrauten, aristokratischen Bohème des Vaters, war abgeschnitten. Nunmehr in Wahrheit »verschleppt«, hielt sie sich für eine sonderbare frühreife »Ausländerin« unter ihren amerikanischen Altersgenossinnen, deren familiärer Hintergrund ein anderer war, deren Ziele und Erwartungen sie nicht teilte. »Warum«, fragte sie ihr Tagebuch, »bin ich nicht wie alle anderen?«

»Ein entwurzeltes Kind«, schrieb sie viele Jahre später, »sucht sich ein Gebiet zu schaffen, aus dem es nicht herausgezerrt werden kann.« Zu diesem zentralen Gebiet wurde, wie wir wissen, das monumentale Tagebuch, das sie auch heute noch weiterführt. Ihm konnte die Heranwachsende alles anvertrauen, es wurde zum Spiegel ihres innersten Ich, schließlich zum vielschichtigen Roman ihres Lebens, zum höchsten Instrument ihrer Kunst. In New York trug sie das in einem Strohkorb verstaute Tagebuch mit sich herum, so wie ein in fremder Umwelt ausharrender Astronaut an seinem lebenserhaltenden Kabel angeschlossen bleibt.

Von der Vergangenheit abgeschnitten, außer in der Erinnerung, entwickelte Anaïs Nin nun jenes Pionier-Verfahren, das als eines der Hauptthemen ihr Leben bestimmen sollte. Statt »aufzugeben«, sich den herrschenden Normen und Umständen des amerikanischen Lebens anzupassen oder sie in nutzloser Auflehnung allesamt zurückzuweisen, entschied sie sich für eine dritte Möglichkeit. Inmitten der dichten Wildnis begann sie sich eine eigene »bewohnbare« Welt aufzubauen und zu bewahren. Im wesentlichen war es mehr eine Welt der Verhaltensweisen als eine Dingwelt, der persönlichen Werte als abstrakter Ideologien, der ästhetischen Würdigungen als des materiellen Ehrgeizes. Fast instinktiv griff sie zur vielleicht einzig brauchbaren Maßnahme gegen jede Art ständiger Erschütterung: der Erschaffung einer intimen, individuellen Welt, einer uneinnehmbaren persönlichen Bastei in einem veränderlichen, möglicherweise feindlichen und zerstörerischen Milieu.

Anders als viele in den Staaten geborene Amerikaner, die niemals eine Atmosphäre kennenlernten, in der man sich um kulturelle Welt kümmerte, sie sogar schätzte, die erst nach Europa »zurückfliehen« mußten, um von der »grauen Einförmigkeit« – wie der aus Brooklyn stammende Henry Miller schrieb – einer engstirnigen materialistischen Einwanderergesellschaft loszukommen, war Anaïs Nin in einer kosmopolitischen Welt der Kunst aufgewachsen. Das Erlebnis hatte sich ihrer Kindheit tief eingeprägt. Wie eine kostbare Ikone hatte sie es aufbewahrt im Haus ihrer Mutter in der fünfundsiebzigsten Straße 158 West, wo spanische und kubanische Künstler sich gastlich zusammenfanden. Wenige Jahre darauf betrat sie selbst diese Welt, indem sie Modell stand, sich zur spanischen Tänzerin ausbilden ließ, in jene Enklaven Einlaß fand, wo andere »Ausländer« – wirkliche oder eingebildete – ihrem »ausländischen« Gewerbe künstlerischen Schaffens nachgingen. So hatte Frau Nin, ehe sie in den zwanziger Jahren schließlich nach Paris zurückkehrte, in Amerika bereits eine Verbindung hergestellt zur grenzenlosen Welt der Kunst und Künstler, die künftig ihre Zuflucht auf beiden Seiten des Atlantischen Ozeans bleiben sollte.

Als Anaïs Nin sich, fast zwanzig Jahre später, im November 1934, abermals nach New York einschiffte, näherte sie sich, wie wir in den Anfangskapiteln des zweiten Tagebuchbands lasen, in anderer Verfassung der Neuen Welt. Ihre Beziehung zu Amerika – wie ganz allgemein die des Europa der Zeit nach dem Ersten Weltkrieg – hatte entscheidende Veränderungen durchlaufen. Was einst ein abgelegener, gleichmachender Schmelztiegel für die müden Massen Europas gewesen war, erwies sich jetzt als Forschungsfeld einer faszinierenden Technologie, als Vorbote einer neuen Ära. Die besseren Kommunikationsmittel – schnellere Schiffe, Flugzeuge, Radio, Wochenschau, der Export des amerikanischen Jazz, der Filme Hollywoods, die Anzeichen einer lebensfähigen eigenen Literatur – hatten ein neues Bild, ein neues Bewußtsein von den Vereinigten Staaten nach Europa getragen. Ein Bild der Vitalität – und Vitalität, die Möglichkeit des Wachstums, die Eröffnung neuer Ausblicke hatte Frau Nin stets angezogen.

Nicht mehr angstvolles Kind, aus unerfindlichen Gründen verbannte Fremde, sondern in gehobener Stimmung landete sie deshalb in New York. New York hielt, was es versprach, war ein erfrischendes Gegenmittel gegen das alternde, vielleicht zum Sterben verurteilte Europa. Die einst so bedrückenden, den Himmel verstellenden Türme Manhattans erschienen ihr jetzt als Symbole der modernen Welt, der Möglichkeiten des Fortschritts. New York, schrieb sie, ist »steil aufragend, in den Himmel hinein, in die Zukunft«.

Frankreich hatte, wie die meisten Länder der Alten Welt, Geburt und Anfangsstadium der Psychoanalyse mit wohlwollender Zurückhaltung beobachtet, Amerika dagegen reagierte, so schien es, wie auf so viele andere Dinge, auch auf die Verheißungen der neuen »Wissenschaft« mit echter Begeisterung. Als Dr. Otto Rank seine Praxis aus Paris nach New York verlegte, beschloß Frau Nin deshalb, zu folgen und ihm bei seiner Pioniersarbeit eine Zeitlang zu assistieren. Nach den reichen Jahren in dem kleinen Ort Louveciennes bei Paris – den sie im ersten Band des Tagebuchs so eingehend beschreibt – gefiel die Aussicht auf Veränderung, auf neue Berührungspunkte mit anderen Menschen offenbar Anaïs Nins schöpferischem Abenteuerdrang.

Wie Frau Nin in ihrem Zimmer im »Hotel Chaotica« und in Dr. Ranks Ordination am Central Park alsbald erfuhr, bot New York der Psychoanalyse in der Tat fruchtbaren Boden. Unter den »Körpern aus Licht« und »harten metallischen Oberflächen«, unter Licht und Lärm Manhattans, die einen so hoffnungsvollen Gegensatz zu den Beengungen, der Kleinheit Europas zu bilden schienen, zeigten sich in den Berichten der Kranken Beengungen, Kleinheiten, Hemmungen anderer Art. Bald fühlte Anaïs Nin sich von ihnen verfolgt; ihre Suche nach latenten menschlichen Kräften wurde zum Alptraum. Im Juni 1935, als der Ansturm der zutage beförderten Neurosen ihr Werk als Schriftstellerin zu verschlingen drohte, kehrte sie nach Paris zurück und verzichtete – wie sich erwies – endgültig auf die Beschäftigung mit der Psychoanalyse.

Das Paris, das Europa der dreißiger Jahre hatte den Syndromen des neuen Zeitalters der Wolkenkratzer- und Autobahn-Kultur noch nicht nachgegeben. Trotz der eigenen politischen und wirtschaftlichen Unruhen war Paris immer noch eine von bequemem Tempo durchzogene »humane« Stadt. Die Myriaden Cafés, die seine von Bäumen beschatteten Boulevards säumten, boten dem Redseligen, dem Spazierer, dem echten Künstler und dem echten Hochstapler immer noch Platz. Noch konnte man, wie Frau Nin, in La Belle Aurore, in einem Hausboot leben, das an einem städtischen Kai festgemacht war, oder zu vernünftigem Preis eine Wohnung in Passy mit Blick über die Seine finden. Die manchmal knickerigen und provinziellen Pariser achteten noch den *artiste*, selbst wenn es wirtschaftlich nicht glänzend mit ihm stand. Ihre Freunde – Henry Miller, Antonin Artaud, Jean Carteret, Lawrence Durrell, Conrad Moricand – unterwarfen sich nicht dem unwürdigen Maßstab »es geschafft zu haben«. Vielleicht bot Europa der »Beweglichkeit« weniger Raum, der Art von phänomenalem Erfolg, der in Amerika fast über Nacht zu erreichen war. Doch vielleicht gab es auch weniger Menschen, die sich so tief unzufrieden fühlten wie die »Erfolgreichen«, denen Frau Nin bei ihrer psychoanalytischen Tätigkeit in New York begegnet war.

Als Anaïs Nin sich nach Ausbruch des zweiten Weltkriegs im Dezember 1939 gezwungen sah, Paris zu verlassen, verließ sie die Stadt, die ihr künstlerisches und menschliches Wachstum fast zwei Jahrzehnte lang gefördert hatte. Sie hatte dort 1931 ihr erstes Buch, eine Studie über D. H. Lawrence, publiziert; ihr jüngstes Buch, *Winter of Artifice*, war gerade im Druck erschienen, ging aber in den Unruhen des Krieges sogleich wieder unter. In Paris hatte sie sich mit ihrem Vater ausgesöhnt und erlebt, wie er während seines tausendsten Konzerts auf dem Podium zusammenbrach. In Paris hatte sie sich der psychoanalytischen Behandlung durch Dr. René Allendy und Dr. Rank unterzogen. Sie hatte dauerhafte Freundschaften geschlossen: zu Miller, Durrell, zu Gonzalo, dem peruanischen Revolutionär, der sie mit der marxistischen Ideologie bekanntzumachen versuchte und selbst vielleicht etwas von der noblen Zwecklosigkeit, dem Dilemma und der politischen Aktion symbolisierte, die eines der Kennzeichen der dreißiger Jahre waren. In Paris hatte sie den wachsenden Massen der Flüchtlinge aus dem spanischen Bürgerkrieg und den Entkommenen aus politischer und religiöser Verfolgung im nazistischen Deutschland ihre Sympathie bewiesen. Und unermüdlich hatte sie versucht, ihre persönliche Zufluchtsinsel vor der steigenden schwarzen Flut des Elends und der Zerstörung zu bewahren.

In ihrem Abschiedsgruß an Paris, an Europa, drückt sich erneut das Gefühl eines tiefen Verlustes aus: »Wir wissen, daß wir von einer Lebensform Abschied nehmen, die es nicht mehr geben wird. Dies ist das Ende unseres romantischen Lebens.«

Frau Nins dritte Ankunft in New York – diesmal vollzog sich die Reise passenderweise mit dem ungewöhnlichen Transportmittel eines in Lissabon startenden Flugbootes – riß einige alte Wunden aus der Zeit ihrer ersten Begegnung mit den Vereinigten Staaten auf. Wiederum kam sie als »Ausländerin«, eine englisch schreibende Autorin, die nur in Frankreich verlegt wurde, wiederum als »Flüchtende«. Abermals trennten sie unkontrollierbare Geschehnisse von einem dahinschwindenden Europa, einer wunderbaren verzauberten Vergangenheit, einem »romantischen« Leben.

In diesem Band spiegelt vieles das Unbehagen, die Vereinsamung, die Frau Nin zunächst empfand. »Als wir im Begriff waren, uns unserer Reife zu erfreuen, in Europa, in einem Land, das die Reife liebt und würdigt, wurden wir alle entwurzelt und in ein Land verpflanzt, das nur Jugend und Unreife liebt: das ist unsere Tragödie.« Gefühle aus der Kindheit klingen an: »Hier herrscht ein separatistisches Klima. Der Ausländer ist ein Außenseiter. Ich versuche, am amerikanischen Leben teilzunehmen, aber ich spüre Verdacht, Mißtrauen, Gleichgültigkeit.«

Die meisten Menschen, so stellt sie fest, wenden sich vom ihnen Ungewohnten ab. Träume, Visionen, Europa, die »Vergangenheit« beschäftigen sie nicht. Sie beteuern ihr kulturelles Interesse, ihre kulturellen Ambitionen, doch fehlt ihnen der Sinn für Feinheiten, erlesene Intellektualität. »Ich frage mich, wo bin ich jetzt? An einem Ort, der die Mythen verleugnet und die Welt in schalen, gewöhnlichen Farben sieht.«

In der eisigen Atmosphäre, die hinter der Außenansicht unkomplizierter Gastlichkeit New York beherrscht, spürt sie andere »Außenseiter« auf. Die einzigen, die sich, trotz aller Entbehrungen, eine natürliche Lebensweise bewahrt haben, sind die Neger und die Haitianer, mit denen sie Freundschaft schließt. In Greenwich Village entdeckt sie einen Rahmen für »echte Künstler und echte Beziehungen«. Aber selbst dort entbehrt sie viele der kleinen Annehmlichkeiten des europäischen Lebens; das Klima ist unfruchtbar.

»Früher habe ich auf den Straßen gelebt«, klagt ihr Yves Tanguy, der im Exil lebende französische Maler. »Hier mag ich nie ins Freie gehen.« Henry Miller, den der Krieg zwang, aus Griechenland zurückzukehren, andere ihrer europäischen Bekannten – Max Ernst, André Breton, Marcel Duchamp – äußern sich in ähnlicher Weise. Es gibt keine gemütlichen Cafés, keine zwanglosen Zusammenkünfte, keine wirkliche Teilnahme am Leben anderer, nur seichtes Geschwätz oder egozentrische Monologe. Und obwohl Anaïs Nin versucht, ein wenig von der gewohnten kosmopolitischen Atmosphäre um sich zu schaffen, scheint sie in der Umwelt New Yorks entartet.
Die Einladungen sind nur ein schwacher Abglanz von denen im fernen Paris. Doch notiert sie, daß Flüchtlinge die Neigung zeigen, sich zu wiederholen, und versucht tapfer, nicht »wie die Weißrussen in Paris« zu handeln, sondern die Leere zu überbrücken.
Sie lernt amerikanische Dichter kennen, findet jedoch, sie seien »sich über ihre Aufgabe im unklaren. Sie geben sich als Philosophen oder Tatmenschen aus. Ich glaube nicht, daß der Dichter predigen, bekehren, philosophieren oder moralisieren sollte«. Sie liest amerikanische Schriftsteller und begegnet ihnen persönlich, findet aber, daß »das Leben und die Literatur hierzulande so unbeweglich und eintönig symmetrisch sind wie die Architektur. Es ist eine trostlose Ordnung, eine mechanische Struktur, die sie bestimmt; sie haben zweckbetonte, praktische Dienste zu leisten«. »Die hiesigen reifen Menschen«, meint sie, »sind ausgekochte Intellektuelle, herb streng ... sie interessieren sich nur für Ideen, für Politik, Naturwissenschaft, aber weder für Kunst noch für Ästhetik noch für das Leben.« Ihre weibliche Empfindsamkeit stößt sich an solcher Strenge. »Die amerikanische Literatur«, schreibt sie geradezu prophetisch, »bedarf der Erweiterung ihres Selbstverständnisses.«
Wieder wird sie von den Jungen, den Unbekannten aufgesucht. Sie ahnen in ihr vielleicht einen verwandten Geist, eine ungewöhnliche, empfängliche Frau, die ihre Unabhängigkeit nicht auf Kosten ihrer Weiblichkeit erreicht hat, eine gleichgesinnte Seherin, nicht zu jener zermahlenden Kulturmaschine gehörend, die eher konsumiert als nährt. Dennoch fühlt Anaïs Nin sich unter den jungen Menschen nicht wohl. Ihr ist ein wesentlicher trennender Unterschied bewußt. Vielleicht vermißt sie in ihnen den Sinn für Kontinuität. »Sie bemühen sich, ihren eigenen Stil, ihre eigene Kunst zu finden. Sie borgen und imitieren, wie wir es getan haben, als wir jung waren – nur daß wir unseren Vorbildern dankbar waren.« Im Austilgen des Vergangenen, im Auslöschen der Erinnerung, im Abfall vom Gewesenen und nicht im organischen Wachstum scheint ihre Begei-

sterung zu wurzeln. »Amerika«, notiert sie, »weist jeglichen europäischen Einfluß zurück, wie Kinder, die sich nicht von ihren Eltern beeinflussen lassen.«

Plötzlich wird ihr der zeitliche Ablauf scharf bewußt. »Ich sehe Henry altern und Gonzalo altern und spüre das Gewicht ihres Alterns.«

In New York begegnen ihre literarischen Arbeiten tauben Ohren. Niemand scheint sich für »europäisches« Schrifttum zu interessieren, für das, was einige Verleger als »ungesund«, als »dekadenten Surrealismus« bezeichnen. Schreiben Sie etwas in der Art wie *Die gute Erde,* empfiehlt man ihr. Lassen Sie Poetisches, Traum, Vision weg. Geben Sie uns Tatsachen, Madame. »Ich werde von der Öffentlichkeit, von der Existenz ausgeschlossen, in die Einsamkeit zurückgezwungen, vom Leben abgetrennt«, schreibt sie zu Beginn des Jahres 1941. Sie will nicht für immer als »Ausländerin« abgestempelt bleiben. »Die Veröffentlichung meiner Bücher hätte eine Brücke zwischen mir und dem Leben in Amerika geschlagen«; abgelehnt aber, fühlt sie sich in ihre »kleine persönliche Welt zurückgestoßen«.

Als auf der Bühne der etablierten Verleger keiner sich erbot, das eine oder andere ihrer Werke zu publizieren, beschloß sie, auf eigene Faust zu handeln. Denn für sie war Mitteilung eine Notwendigkeit.

»Das Schreiben war meine erste Brücke gewesen. Um meinen Vater zu erreichen. Um Europa zu erreichen. Um zu verhindern, daß die Menschen, die ich liebte, verschwanden. Schreiben als Mittel gegen den Verlust, gegen Entwurzelung, gegen Zerstörung.« Im Januar 1942 läßt sie auf einem Speicher in der Macdougal Street ihre eigene kleine Druckerpresse aufstellen.

Die Arbeit an einer neuen Ausgabe des Romans *Winter of Artifice* geht nur langsam vonstatten, sie ist beschwerlich und ermüdend. Doch ist sie auch »ein wunderbares Mittel gegen Zorn und Enttäuschung«. Sie ist ein Akt des Widerstands, eine Behauptung der eigenen Selbständigkeit. »Am Ende des Tages sieht man, was man getan hat; man kann es wiegen. Es ist vollbracht. Es ist vorhanden.« Anaïs Nins Worte sind greifbar geworden.

Der Trotz, den sie der Gleichgültigkeit bietet, ruft ein neues Lebensgefühl, neue Entschlossenheit, neue Festigkeit in ihr wach.

Gegenüber der Psychoanalyse als einem Allheilmittel ist sie zurückhaltender geworden. »Wenn man sich im Labyrinth der Emotionen verlieren kann, so kann man sich gleichfalls im Labyrinth der Analyse verlieren. Dies ist mir bei der Zusammenarbeit mit Rank klargeworden.« Sie bleibt jedoch bei der Ansicht, die Psychoanalyse

sei, da wir keine Religion mehr haben, unser einziger Weg, zur Weisheit vorzudringen.
Das Verhältnis zu ihrem Vater beurteilt sie nun anders: »So hätte ich beispielsweise, wäre mein Vater nicht mein Vater, sondern ein Freund gewesen, seine Gelehrsamkeit, sein musikalisches Wissen, seine Gabe, eine Atmosphäre zu schaffen, seine gesellschaftliche Brillanz, sein anekdotisches Talent, seinen Charme geschätzt. Doch da er mein Vater war, ihm eine bestimmte Rolle zufiel, setzte ich bestimmte Erwartungen in ihn. Indem ich sein Verhalten an den Erwartungen einer Tochter maß, fand ich ihn mangelhaft.«
Auch ihr einstiges Aufbegehren betrachtet sie mit anderen Augen. »Sehr häufig sagte ich, daß ich gegen dies oder das aufbegehrte. Viel später erst kam ich auf den Gedanken, diese Behauptungen in Frage zu stellen. War es nicht möglich, daß ich, statt zu rebellieren, lediglich meine eigenen Ansichten verteidigte?«
Die innere Einkehr prüft die eigenen Emotionen, gleitet dann zu denen der Freunde über, zu einer klareren Sicht ihrer Kunst, der Suche nach neuen Formen, die ein erweitertes Bewußtsein zu fassen vermögen, neuen Metaphern, die in Naturwissenschaft und Technik gefunden werden können.
Angesichts des sich ausbreitenden Krieges, der Vernichtung der Alten Welt, hält sie an dem Kurs fest, den sie sich, durch ihre erste amerikanische Erfahrung bewogen, für ihr Leben vorgezeichnet hatte: »Je mehr sich der Zustand der Welt verschlimmert, desto eifriger versuche ich, eine innere Welt zu schaffen, eine intime Welt, in der sich bestimmte Eigenschaften erhalten mögen.« Dies ist ihre beharrliche, unerschütterliche Reaktion auf Chaos, Verlust und Zerstörung.
In seiner Besprechung der kleinen handgesetzten Auflage von *Under a Glass Bell* bemerkt Edmund Wilson 1944, daß diese Erzählungen sich »in einer besonderen Welt« abspielen, »einer Welt weiblicher Wahrnehmung und Phantasie, die um so merkwürdiger und reizvoller erscheint, als sie auf naive Weise international ist«. Zwei Eigenschaften, auf die sich Frau Nins Lebenswerk stützt, sind in der Tat weibliches Wahrnehmungsvermögen und wahrer Internationalismus. Beides verdankt sie den besonderen Umständen ihres Lebens. In ihrem Ringen um selbständiges künstlerisches Schaffen als ein Mittel zum Überleben, drängte sie ihre Kraft als Frau nicht zurück, sondern nutzte sie vielmehr. (»Im Gegensatz zu den meisten schöpferischen Frauen unserer Zeit habe ich den Mann weder imitiert noch bin ich männlich geworden.«) In ihrem Kampf gegen Entwurzelung verwarf sie auch weder Vergangenheit noch Zukunft – Europa oder Amerika –, sondern verband sie, in wahrer künst-

lerischer Überstaatlichkeit, zu einer aus dem Gestern ins Morgen führenden Brücke. (Ironischerweise wurden, während sie in Amerika noch bis vor kurzem als »ausländische« Autorin galt, ihre Romane in Frankreich im Lauf der sechziger Jahre als »romans américains« veröffentlicht.)

Der vorliegende Band, eine Auswahl aus den Bänden 60 bis 67 des Tagebuchs, schließt unmittelbar an die beiden vorher erschienenen, die Jahre 1931–34 und 1934–39 umfassend, an. Persönliche und juristische Gründe machten es auch diesmal nötig, daß bestimmte Personen unerwähnt blieben; einige Namen wurden verändert oder weggelassen. Pseudonyme sind als solche im Register vermerkt. Die in eckige Klammern gesetzten, vom Herausgeber beigefügten Daten dienen wiederum lediglich dazu, die zeitliche Abfolge ungefähr zu fixieren, da die Datierungen des Originals manchmal aufgrund späterer Notierung von Ereignissen verwirrend sind und eine den Tatsachen entsprechende Chronologie deshalb vorzuziehen war.

Da der Tagebuchleser Einblick in weitere Teile des Lebenswerks von Anaïs Nin gewinnt, mag ihm ein Gedanke, den sie als Thema eines künftigen Buchs aufschrieb, vielleicht als Motto für das Tagebuch passend erscheinen: »Nur wenige Menschen erfahren in einer jähen Erleuchtung die ganze schwindelerregende Wahrheit. Die meisten gewinnen sie Stück für Stück, in kleinem Umfang im Laufe ihrer Entwicklungen, und sie ist wabenförmig und wie ein mühsames Mosaik.«

[Winter 1939]

Gedämpft erleuchtet wie das Innere einer Kathedrale war das Paris, das ich verließ, voller schattiger Nischen, dunkler Ecken, flackernder Öllämpchen. Im halben Nebel, der über der Stadt hing, sahen violette, blaue und grüne Lichter wie nasse, vom Kerzenlicht belebte bunte Glasfenster aus. Ich hätte die Gesichter jener, die ich zurückließ, nicht erkennen können. Ein Soldat, seine Füße steckten in zu großen Schuhen, trug meine Koffer. Die Trennung schmerzte mich tief. Ich spürte jede Zelle, jede Sehne, die mich mit Frankreich verband, in mir zerreißen: der Abschied von einer mir teuren Lebensweise, einer reichen, schöpferischen und menschlichen Atmosphäre, vom vertrauten Umgang mit einer Bevölkerung und einer Stadt. Ich gab einen tief in mir verwurzelten Rhythmus auf, geheimnisumhüllte Nächte, eine Kriegsbesessenheit, die dem gesamten Dasein einen bitteren und starken Geschmack verlieh, das Geräusch der Flugabwehrgeschütze, der vorüberziehenden Flugzeuge, der gleich Nebelhörnern in stürmischen Nächten auf See heulenden Sirenen.

Ich konnte nicht glauben, daß es irgendwo auf der Welt Land und Luft gäbe, die frei waren vom Alptraum des Kriegs.

Im Zug nach Irún. Auf dem Weg zum Flugboot nach Portugal. Es ist, als würde ich mich niemals von Frankreich loslösen. Jede Meile der Fahrt, jede Landschaft, jede kleine Bahnstation, jedes Gesicht verursacht eine neue schmerzliche Trennung. Ich habe nur zwei Aktentaschen mit den jüngsten Tagebüchern dabei. Im letzten Augenblick, als ich bereits alle Bände aus der Stahlkammer der Pariser Bank genommen und in zwei Koffer gepackt hatte, erfuhr ich, daß die Kosten für Überfracht bei weitem die Summe übertrafen, die ich besaß. Deshalb kehrte die Tagebuchmasse wieder in die Stahlkammern zurück. Und jetzt im Zug bin ich verzagt, schäme mich, vor der Katastrophe zu fliehen, meine Freunde einem ungewissen Schicksal zu überlassen.

Zum zweitenmal in meinem Leben winkt Amerika als Zuflucht. Meine Gedanken reisen in der Zeit zurück. Ich denke an die Maginot-Linie, die bei Louveciennes, im Wald von Marly verlief. Wir waren eines Tages während einer Fußtour auf sie gestoßen. Ein junger Soldat führte uns durch einen Teil der Anlagen. Er war sehr stolz. Er zeigte uns ein großes leeres Becken, das, wie er erklärte, mit Säure gefüllt wurde, damit man die Körper der Toten auflösen konnte. Ich denke an meine Concierge; sie hat ihren Mann im ersten Weltkrieg verloren und wird ihren Sohn vielleicht im zweiten verlieren. Ich denke an die Chareaus, die in Gefahr schweben, weil sie Juden sind, und an jene, die aus Deutschland entkamen und nun abermals um ihr Leben bangen.

In Irún gab es Aufenthalt, Zugwechsel. Ich machte einen Spaziergang. Eine Mauer hinter einer Kirche auf einem Hügel. Ich stellte mich mit dem Rücken vor sie, um die Kirche zu betrachten. Mein Rücken begann zu schmerzen. Ich drehte mich um. Plötzlich sah ich, daß die Mauer voller Einschußlöcher war. Ein Vorübergehender sagte: »Hier sind Tausende von Spaniern hingerichtet worden.« Spuren der Verwüstung überall um mich her. In den Ruinen der Häuser spielende Kinder.

Wieder im Zug. Portugal. Ich kann der Sonne nicht zulächeln. Ich kann den weißen Häusern, den schwarzgekleideten Frauen, den Feldblumen, dem Gesang in den Cafés nicht zulächeln. Ich trauere um Frankreich.

Das Flugboot liegt auf dem Wasser. Die Flüchtlinge jubeln. Entkommen! Eine Frau geht mit mir in die Damentoilette, durchsucht mich, um festzustellen, ob ich auch keinen Revolver, keine Kamera, kein Geld bei mir habe. Um ins Flugboot zu gelangen, steigen wir über seinen Flügel und treten durch eine Öffnung im Rumpf ein. Das Metall des Flugkörpers hat die gleiche Farbe wie das Meer. Er scheint zu schwer, um fliegen zu können. Als er über das Wasser rast, einen Motor nach dem anderen anläßt, Tempo gewinnt, aber gegen die Wellen stößt, meine ich, den gewissen Alptraum zu erleben, in dem man nicht hochfliegen kann, obwohl große Gefahren drohen.

Sonderbar, daß es, als wir endlich fliegen, leichter scheint, die Lösung von der Vergangenheit zu vollziehen. Höhe und Distanz von der Erde scheinen den Geist zu stabilisieren, ihn von seinen Kümmernissen zu befreien. Wir werden uns des Alls bewußt. Das Antlitz Europas wird kleiner.

Jetzt sind nur mehr Himmel und Wolken da.

Wir landen im Azorengebiet. Die Sage erzählt, sie seien jener Teil von Atlantis, der nicht im Meer versank. Schwarze Korallenfelsen, Sand, den vulkanische Ausbrüche schwärzten. Pastellfarbene Häuser schmiegen sich an die Felsen. Ein sanfter grauer Sprühregen. Die

Häuser stützen sich schwach und gebrechlich gegeneinander wie die Häuser Utrillos. Frauen in langen dunklen Umhängen gehen vorüber, windgeblähte, durch Gestelle gestützte Kopfbedeckungen ähnlich Nonnenhauben verdecken ihre Gesichter.
Als wir aufgetankt haben und die Azoren verlassen, scheint das Flugboot wiederum zu schwer zu sein. Die See ist stürmischer, und wir haben Mühe, abzuheben. Die Wellen schlagen gegen die Fenster. Nach bedeutenden Anstrengungen steigen wir auf.
Nacht. Sterne und Mond gleichmütig, ungerührt, ewig. Ein wenig von ihrem Gleichmut fließt in mich über. Sie sind tröstlich, sie verringern Schärfe und Intensität menschlichen Leidens. Ich fühle den Würgegriff, die Bedrückung gemildert. Ich übertrage etwas von dem Vertrauen, das ich einst in Gott hatte, auf Mond und Sterne, und spüre, daß die Heiterkeit aus der Ergebung in den Tod wächst. Des Menschen Lebensspanne ist kurz. Der Pein ist ein Ende gesetzt.
Nach dem Abendessen werden die Schlafkojen heruntergelassen. Ich lege mich hin und öffne meine Aktentaschen. Ich liege wach, lese erneut die letzten Briefe, die ich erhalten habe und schreibe in mein Tagebuch. Das Wesentliche alles dessen, was ich in den letzten zehn Jahren erlebte, ruht in diesen Aktentaschen. Ich bin mit einem Teil meiner Schätze, meiner Erinnerungen, meiner Besessenheit, bewahren, abbilden, aufzeichnen zu wollen, davongelaufen. Alle von uns mögen umkommen, in diesen Blättern aber werden wir weiter lächeln, reden, lieben.

Der erste Brief, den ich wieder durchlas, ist von Conrad Moricand. Er hat ihn mit Bleistift, noch in der Fremdenlegion, geschrieben, ehe sie entdeckten, daß er zu alt ist, und ihn nach Paris zurückschickten. Er schrieb ihn, nachdem er *Winter of Artifice* gelesen hatte:
»In früherer Zeit hätte ich Ihren Roman möglicherweise nicht richtig eingeschätzt wegen seiner irdischen Gebundenheit. Weil er sich mit dem befaßt, was Max Jacob einmal grausam als ›diese Geschichten über Adam und Eva‹ bezeichnete. Und dies trotz Ihrer Gabe, Vierteltöne zu analysieren und Ihrer Klarsicht, die mich manchmal erzittern läßt. Die menschliche Welt, die Sie mit soviel Geschick erforschen, war für mich eine unbekannte, eine freiwillig zurückgewiesene Welt. Ich war sehr jung, als ich mich vom Leben in seinem Rohzustand losmachte, als ich mich entkörperte. Damals wünschte ich mir nichts anderes, als mich über die Zufälligkeiten zu erheben, fähig zu sein, das Wesentliche auszusondern. Ich übernahm die Rolle des Zuschauers (und das blieb alles, was ich jemals sein sollte, ein passiver Zuschauer), nicht die eines Mitwirkenden. Heute bin

ich alt und verbraucht und nicht mehr stolz auf meine Haltung. Ich fange an, meinem eigenen Herzen, das ich für warm hielt, zu mißtrauen, und frage mich, ob ich angesichts von *la vie saignante*, in dem allen das Leben pulst, als sein kalter Beobachter nicht ein Sakrileg beging, ob meine Gleichgültigkeit und Absonderung nicht blasphemisch waren. Vielleicht verdiente ich die todbringenden Blitzschläge des Anteros, des Gottes, der jene straft, die nicht geliebt haben. Seien Sie Zeuge des Tableaus: der alte Naturforscher, der sonst das Phänomen des Lebens in seinem Astrologen-Mikroskop untersucht, von Ihrer Lebensnähe wundersam gerührt. Der Dichter in mir, den Sie gütigerweise erkannten, er war das Instrument, mit dem ich das Leben in Abstand hielt, einem Abstand, der, wie ich nun glaube, weniger ein Verzicht, als eine Art Betrug, ein dem Leben Ausweichen war, denn wir müssen für den Anruf empfänglich sein, müssen fühlen. Wir müssen Zärtlichkeit erfahren, aber bei meiner Veranlagung als der Liebe unfähiger Mensch, der ich war, der ich bin, waren meine Luftsprünge dem Himmel entgegen nur eine Ablenkung, ein äußerster Betrug. Ich nahm Zuflucht in einer kosmischen Existenz. Es ist eine sehr kalte Gegend, liebe Anaïs, und der große Pascal ist sich dessen lange vor mir bewußt geworden. Um Sie zu definieren, vermag ich bei der Betrachtung Ihres facettenreichen Herzens, der Vielfalt seiner Beziehungen, seiner Verzweigungen keine besseren bezeichnenden Worte zu finden, als emotioneller kosmischer Sinn. Ihr Buch erweckte in mir die Sehnsucht nach einem irdischen Leben, dem irdischen und verzehrenden Leben, das ich versäumte in meiner wahnhaften Suche nach Weisheit und Ruhe, meinem nur von der häßlichen Kaktee der Einsamkeit bevölkerten Niemandsland. Hätte ich die Wahl, ich wählte Ihren Weg. Ihre Waage, die so empfindlich ist, wenn es gilt, das Unwägbare zu wiegen ...

Die Frau muß ständig an die umfassenderen, mythischen und kosmischen Welten gemahnt werden. Dort findet der Mensch seine Kraft. Jean [Carteret] suchte mich in Saint-Tropez daran zu mahnen. Er forderte mich auf, schmerzliche Ereignisse und Erfahrungen, die mich bedrängen, nicht als tödlich oder entkräftend, sondern nur als Stürme anzusehen, die totes Laub davontragen, ohne die Bäume zu zerstören.

Gehen Sie der menschlichen Natur und ihren Kämpfen nicht in die Falle. Sie müssen Ihre Verbindung mit allen Dingen, Ihre Beziehung zu den verschiedensten Leuten lebendig erhalten. Wenn Sie Mißklang und Uneinigkeit anderer zu sehr in sich eindringen lassen, wenn Gewissenszweifel oder Schuldbewußtsein Sie dazu treiben, um anderen leben zu helfen, einen Rückschritt zu tun, und wenn diese anderen versuchen, Sie auf eine Rolle festzulegen, verlieren Sie die Fähigkeit, den Fluß zu behaupten und zu nähren, halten Sie die Drehung der größeren Räder auf, verfangen Sie sich in den Speichen.«

Der letzte Brief von Lawrence Durrell, in Griechenland geschrieben:

»Liebe,
dies hier ist seit so langem überfällig, daß jede Entschuldigung zwecklos ist; ich habe Ihnen eine Zeitlang einen Brief geschrieben, dann aber beschlossen, ihn nicht abzuschicken. Wenn wir unseren Geist nordwärts richten und an Euch denken, Begrabene in den europäischen Städten mit Euren Gasmasken und Sorgen, gähnt eine große Leere. Sie gehört zu dem, was der Krieg vollbringt: Löst Absichten auf, schwächt Vorsätze, so daß unsere Freunde sich an stillen Orten unserer Vorstellung wie in Kerzenlicht getauchte Gestalten bewegen, nicht ganz der Vergangenheit angehörend, doch ohne Zukunft und Form. Gegenüber den Closeries des Lilas ist ein kleiner belaubter Platz, wo ich manchmal auf Sie warte, um auf dem Heimweg in Ihren Mantel zu schlüpfen. Liebste Anaïs, in Ihrer Abgeschnittenheit fühle ich mit Ihnen; und es scheint nichts zu geben, was Ihnen gesagt werden könnte, um Ihnen die zwischen uns liegende Licht- und Luftstrecke weniger bewußt zu machen; der Krieg dringt tief und bitter in mich ein – er verleiht allem einen aschenen Geschmack. Der Erfolg der drei Musketiere (Henry Millers *Schwarzer Frühling*, Lawrence Durrells *Black Book* und Anaïs Nins *Winter of Artifice* waren gemäß einem gemeinsamen Plan aufeinanderfolgend erschienen. Anm. d. Hersg.); der Erfolg Ihres Buches vor allem, des dritten Musketiers, der in seinem glänzenden Umschlag zum Gipfel getragen wurde; ein Erfolg, der in Verdunkelung und Alarmen plötzlich untertaucht. Ich war daran, Ihnen des Langen und Breiten darüber zu schreiben, wie wir die Insel verloren; wie der Herbst jäh perlgrau und schwarz stürmend hereinstürzte – ein erschreckend später Augur, da der Krieg schon ausbrach. Nie werde ich die Szene wirklich einfangen können, wie wir auf dem Balkon standen und zusahen, wie der grüne Regen ins Meer fiel, eine Art jämmerlicher letzter Wille und Testament, die den Sommer beschlossen. Die See schüttelte ihr mythologisches Blau gleich einer Pferdemähne. Die Insel ging im Rauch unter, und nun sind wir hier in der Stadt, die nicht weniger fabelhaft, aber aus fetten lauten Pinselstrichen in Weiß und Rot erbaut ist; alle Kontur und Krümmung der Welt, die uns die See außerhalb des Hauses schenkte, ist dahin. Wir haben von Henry Abschied genommen.

Er ist in einem seltsamen Zustand, in übertriebener Hochstimmung, ein wenig hysterisch vor Licht und Luft, körperlich aber so spannkräftig wie eine Trommel. In seiner Haltung gegenüber der Welt ist etwas zutief falsch, was es ist, weiß ich aber nicht zu sagen. Er spürt es selbst und gibt sich Mühe, seine »Selbstbespiegelung«, wie Sie es nennen, zu rechtfertigen; vielleicht würde diese Selbstbespiegelung, wäre sie unbewußt, zur wirklichen Absonderung. Insgeheim lehnt er es ab, zu wachsen; sein Sträuben ist aber nur eine Phase seines Wachstums. Schon immer hatte er diese liebenswerte Kurzsichtigkeit gegenüber allem, außer den Vorgängen in ihm selbst. Und der Krieg ist eine zu große Sache für ihn, als daß er ihn schlucken könnte; er muß ihn zurückweisen. Er ist von Griechenland begeistert, die Luft tut ihm so wohl, und die Landschaft ist so kristallen; aber sie hat ihn stumm gemacht. Er kann nicht mehr sprechen.

Ich für mein Teil fühle mich im Innern ohne jede Hoffnung; es ist so gut, den ganzen Tag mit Unbedeutendem beschäftigt zu sein und abends Retsina zu trinken. Mein Mut schrumpft, wenn ich die Manifeste der Führer lese, wenn ich sehe, daß die Pygmäen mit ihrer Hysterie und Gewalttätigkeit wirklich in der Welt am Werk sind. Wir reden hier nicht vom Krieg, aber er ist eine Art Gewicht, das wir bei unserem nichtigen Tun mit uns herumschleppen. Das Radio schüttet den ganzen Tag seine Nachrichten aus; wir ordnen politische Theorien ein und ordnen sie wieder um; wir schreiben auf Amtspapier lange und sinnlose Memoranda über die Anzahl der im Büro vorhandenen Federhalter. Morgen hört alles auf. Ein neues Exemplar von Verwaltungsbeamten ist aus London eingetroffen und hat unsere Abteilung geschlossen, da er glaubt, Propaganda sei hier nicht vonnöten. Ab morgen bin ich auf mich allein gestellt; ich weiß nicht, ob Schreiben im geringsten schmerzlindernd ist. Ich muß es versuchen. Wir haben auch hier einen Balkon, von dem aus wir die Akropolis den ganzen Tag im Dunst glänzen sehen, aber der Krieg frißt sich langsam in uns hinein, Symptom des inneren Kriegs von Europa, der Krankheit des Pragmatikers. Ich fühle, daß ich auf keine dieser klaren, eindringlichen, friedlichen attischen Gegenden, das Blau und das Weiß und das Grün oder den geschwungenen Nachthimmel mit seinen schimmernden Sternen ein Anrecht habe. Gern würde ich ein Stückchen dieses Landes für Sie abbrechen und es Ihnen schicken, damit Sie es wie einen Hochzeitskuchen unter Ihrem Kopfkissen aufbewahren.

Die Geldfrage wird problematisch werden, zur ernsten, lächerlich ernsten Frage, sofern ich nicht bald eine andere Arbeit finde. Tatsächlich werden wir andernfalls sehr bald auf dem Weg nach Frankreich sein. Für uns alle sieht das Leben sehr schwarz aus; keine

Hoffnungen, keine Lösungen in Sicht. Aber am Grund der Dinge steht eine Art Imperativ, der mir sagt, wir müßten unsere Tränen mit Anmut tragen.«

Ein Sturm weckte mich aus dem Schlaf. Hagel, Schnee, Blitzschlag. Nach und nach erwachten alle und kleideten sich an, zogen es vor, aufrecht zu sitzen, hielten irgendwelchen kostbaren Besitz krampfhaft fest. Der Ozean ist nicht zu sehen. Die Wolken sind schwarz und dicht.

Warum setzt sich das Gespräch mit Moricand während der Reise fort? Er war mir nicht der wichtigste der Freunde. War er ein Symbol alter Formen, denen ich nie wieder begegnen werde? Zeit meines Daseins, scheint es, erst bei meinem Vater und zuletzt bei Moricand, habe ich Form und Disziplin bewundert und sie abgelehnt, weil sie in Leben und Natur störend eingreifen. Ich liebte die Form, doch nicht die Förmlichkeit. Ich liebte die Disziplin, doch nicht die Starrheit. Ja, gewiß, der Dialog mit Moricand ist eine Fortsetzung des Dialogs mit meinem Vater. Die eisige Förmlichkeit bedeutet Abkapselung vom Gefühl. Dennoch habe ich in Paris inmitten des Chaos und der allgemeinen Hysterie bei der Lektüre von Etsu Inagaki Sugimoto's *Fille de Samurai* nach Form gesucht. Nach Stil. Ich liebte Jeanne, weil sie eine Dichterin war, folgte ihr in ihre Welt und stieß mich an ihren gesellschaftlichen Konventionen, ihren Klassenunterscheidungen, ihren Oberschicht-Tabus, die ihrem Wesen so sehr widersprechen. Das gleiche bei Rebecca West. Diese Förmlichkeit, all das, was man unmöglich sagen oder tun oder erörtern kann, reizte mich auch bei Moricand. Bei irgendeinem Anlaß brach die förmliche Haltung zusammen (die meines Vaters, die Moricands, als er *Winter of Artifice* las).
Moricands Brief war ein Aufschrei der Klage darüber, daß er aus Überfeinerung, Überempfindlichkeit das eigentliche Leben versäumt hat. Aber er bekannte seine Unnatürlichkeit, und da er es tat, wurde für mich auch die Schönheit dieser Form, Stilisierung, Disziplin deutlich, die, über gesellschaftliche Formen und strenge Verhaltensregeln hinaus, ein Versuch gewesen sein mag, die Natur zu steuern. Ich nahm nicht allein von Moricand, sondern auch von einer durch ihn personifizierten Kulturform Abschied. Anmut des Ertragens, Anmut des Geistes, die Maskierung der eigenen Fehlschläge, Ängste, um der Welt nur ein lächelndes Antlitz und eine geistreiche Fassade zu zeigen. *Dichtkunst, zum heroischen Akt geworden.* Sinn für Zeremoniell und Ritual eine heilige Pflicht, auf daß zur Schönheit der Welt beigetragen werde. Henrys [Miller] Mut bestand darin, daß

er sich, ohne Widerwillen, auf jede Erfahrung einließ. Der Mut meines Vaters und Moricands lag darin, daß sie der Häßlichkeit, dem Schmutz widerstanden, indem sie eine Auswahl trafen und die Niedrigkeiten zurückwiesen.

Ich wünschte, ich hätte alle meine Tagebücher bei mir, denn falls wir versänken, versänken sie mit mir, und keiner würde je durch die Wahrheit verletzt.

Ich mußte Helba und Gonzalo in Paris zurücklassen; sie warten auf die Wiedereinbürgerung durch ihr Konsulat. Ich gab Gonzalo meine Proustsche Erstausgabe, damit er sie notfalls verkauft. Meine Möbel und meine Bücher habe ich eingelagert.

Sie behaupten, der Krieg werde bald zu Ende sein.
Um noch weiter in der Vergangenheit zu leben, lese ich einen anderen Brief von Moricand:

»Wir sind in einen Schneesturm geraten. Wir sehen wie dreckige Landstreicher aus, da wir unsere Uniformen und unsere Holzfällerarbeiten noch nicht zugeteilt bekommen haben und beim Grabenausheben und Essen meist im Freien sind. Mein Regenmantel ist ein Fetzen, meine Schuhe sind nur noch Brocken. Im Frostwetter haben wir Holz gehackt. Wir schlafen in Scheunen auf Stroh. Zwei Männer wurden inhaftiert, weil sie die Hände in den Taschen behalten hatten.«

Ob der Zollbeamte die Tagebücher lesen wird? An der Grenze sind sie nicht untersucht worden. Was werden die Beamten nach der Landung in Amerika sagen? Schmuggelware?
Wir fliegen durch dunkle Massen schmutzigtrüber Wolken. Ich empfinde die Verlassenheit, Kleinheit, Hilflosigkeit des Menschen. Vier Jahre intensiven, liebereichen, glühenden Lebens liegen in diesen Notizbüchern, schwach und vergänglich in der Unermeßlichkeit von Nacht und Raum. Das Flugboot erzittert. Ich spüre, wie es mit seinem Gewicht gegen den Sturm ankämpft, spüre die Anstrengung des schweren Körpers, der die Gewitterwolken durchstößt. Ich lehne mich zurück, fühle mich leicht und unwirklich.
Bermuda hätte im Morgengrauen auftauchen sollen, kam aber wegen des Gewitters und der Gegenwinde fünf Stunden zu spät in Sicht. Alle waren glücklich, an Land zu gehen, in ein Luxushotel, wo wir, wie bekanntgegeben wurde, wegen des Wetters vierundzwanzig Stunden bis zum Weiterflug bleiben mußten.

Wir fuhren über die Hauptinsel, um die Tropfsteinhöhlen zu besichtigen. Tief unter einer eher fahlen Natur, gedämpftem tropischem Leben, lag eine Traumlandschaft, ein Traum, entstanden aus so großem Zusammenhang, wie er einem Künstler nicht möglich wäre. Uns wurden nie, wie dem Kalk und dem Wasser, eine Million Jahre gewährt, damit wir solche Burgen, Spiralen, Türmchen, Blumen, Preziosen vollenden konnten. Schnitzwerke der Zeit und der Stille sie alle. Erde umschloß dieses vor Veränderungen, Wirbelstürmen, Spaltungen gesicherte Kunstwerk und schuf in unendlicher Geduld einen Zauber, dessen einzige Begleitmusik der fallende Wassertropfen war. Erde schloß die Tore des Tageslichts und baute ein Schloß, wie es der Mensch niemals vermocht hätte; kopfstehende Kerzen, die Tränen statt Wachs vergießen, Nonnen, Wasserspeier, Gnome, Mumien, Schneeanemonen, Schlagsahne, Spitzenmuster, Tauspiralen gleich Perlengehängen.
Ein Traum, dem jegliche Gewalttätigkeit fern war.
Hier lag ein Traum begraben und Wasserlachen spiegelten ihn. Atlantis am Grunde einer schrecklichen Gletscherspalte; von den einstigen Bewohnern steht eine Mumie in einer See der Finsternis, als Denkmal eines unbekannten Kults.
Nichts zerbricht oder fällt hier, ehe der Mensch die verdorbene Luft seiner traumlosen Welt einläßt und die der Öffnung nächsten Stalaktiten vertrocknen, zu farblosem Staub zerkrümeln, während jene tiefer in der Höhle leuchtend und, wie es scheint, ewig sind.

Wieder an der Erdoberfläche. Die Dächer der Inselhäuser scheinen schneebedeckt. Es ist jedoch nur Kalk, der das Regenwasser abweisen soll. Die Neger sind so sanft und schön wie das Klima. Ich sah eine Pflanze, die »Lebenspflanze« genannt wird und die ohne Wurzeln bestehen kann. Ihre Blätter werfen Haargespinste ab. Wo immer ein Teil dieser Pflanze hinfällt, beginnt er üppig zu blühen. Ich nahm ein Blatt und will es aufbewahren, damit es mir als Mahnung bei meinen vielen Entwurzelungen diene.

Am nächsten Tag starteten wir wieder. In Port Washington hatten wir eine glatte Landung. Meine Mutter war allein gekommen, da mein Bruder Joaquin in Boston ein Konzert gab.
Ich brachte meine Tagebücher an Land, fühlte mich aber ausgeleert, fühlte mich wie ein Geist. Ich stieg in einem Hotelpalast von geradezu byzantinischem Luxus ab. Der Luxus machte mich schmerzunempfindlich. Gleichzeitig aber brachte er mir mein Elend stärker zum Bewußtsein, wie ja auch der Kranke sich seiner Schwäche deutlicher inne wird, wenn ihm außergewöhnliche Pflege zuteil wird.

Amerika bietet seinen überwältigenden Luxus, seine unglaublichen Bequemlichkeiten und bestärkt mich dadurch in meinen Sorgen um die in der Kälte und den Gefahren des Kriegs Zurückgelassenen. Je weicher das samtene Gehäuse, je dicker die Teppiche, je wärmer die Räume, je größer der Überfluß an Nahrung, desto mehr vermisse ich, was ich verloren habe, desto verlassener fühle ich mich. Ich kann klingeln und ein fürstliches Frühstück bestellen, aber ich sterbe vor Heimweh, und eine Hälfte von mir ißt ein mageres Frühstück in einem Pariser Bistro, schläft in ungeheizten Zimmern, verliert einen Sohn, einen Vater, einen Bruder an den Krieg, an ein Lager, an ein Gefängnis. *Schickt nach dem Arzt!* Ich brauche einen Medizinmann, der meinen Körper wieder zusammenschweißt. Der Doktor sagt, es sei die Grippe. Er kann nicht sehen, daß der Leib leer, das Feuer erloschen ist, daß ich ein König ohne Königreich, ein Künstler ohne Heim bin, daß mir Luxus, Macht, Größe, Annehmlichkeit fremd sind. Ich habe eine Welt verloren, eine kleine menschliche Welt der Liebe und Freundschaft. Ich bin kein Abenteurer, ich vermisse mein Heim, die vertrauten Straßen, diejenigen, die ich liebe und gut kenne.

Mit übermenschlicher Anstrengung versucht, wieder ins Leben zurückzukehren. Zu Frances Steloff (von der Gotham Book Mart) gegangen, die hier in New York für uns eine ähnliche Rolle spielte, wie Sylvia Beach in Paris. Sie hat sich für unsere Bücher verwendet und empfing mich mit einem freundlichen, warmen Lächeln. Sie ist sehr geschäftig zwischen ihren Büchern, rühmt sich nicht so sehr der Gelehrsamkeit wie ihrer Liebe zu ihnen. Leute, die stundenlang schmökern, unbekannte Zeitschriften, unbekannte Dichter sind ihr willkommen. Die James-Joyce-Gesellschaft trifft sich in ihrem Geschäft. Sie veranstaltet gegen ein Uhr stattfindende Tee-Einladungen für Autoren, die gerade ein Buch veröffentlicht haben. Überall Photographien von Virginia Woolf, James Joyce, Whitman, Dreiser, Hemingway, O'Neill, D. H. Lawrence, Ezra Pound.
Sie glaubt an Gesundheitsdiät und hat mich in die theosophische Gesellschaft eingeladen.
Ich lernte Dorothy Norman kennen, die meine Erzählung »Birth« in *Twice a Year* abgedruckt hat. Dunkle Augen und ein unfrohes Lächeln, ernst, intelligent, stark. Sie nahm mich mit in ihr kleines Büro in der Stieglitz Gallery. Dort lernte ich den Photographen Alfred Stieglitz kennen, der wie ein alter europäischer Künstler gekleidet war, einen Umhang und einen Schlapphut trug und wie ein Mann redete, der gewohnt ist, daß ihm Respekt entgegengebracht wird. Ich bewunderte seine Bilder von New York, die Sensitivität,

mit der er sich den Gegenständen nähert, seine Klugheit. »Lehren Sie mich New York lieben«, sagte ich, als er mich bei der Hand nahm, um mir zu zeigen, was er liebt; die Spannweite einer Brücke, die einem starken Spinnennetz gleicht, Schatten unter der Hochbahn, eine Turmspitze, eine Straße.

Die erleuchteten Wolkenkratzer strahlen gleich Weihnachtsbäumen. Der Krieg scheint fern. Griechenland ein Traum. Henry weit weg. Gonzalo undeutlich im Pariser Nebel. Ich lebe äußerlich, oberflächlich. Nach dem zärtlichen Maßstab von Paris wirkt der Luxus übermächtig. Wo sind die Cafés mit nur drei Tischchen und wackeligen Stühlen? Das hier ist Gullivers Land der Riesen. Aber ich, die ich den menschlichen Maßstab liebe, kleine Dinge, kleine trauliche Städte, kleine Züge, kleine Wagen, kleine Restaurants, kleine Konzertsäle, bin für Riesenmaßstäbe nicht empfänglich.

Ich habe Joaquin im Williams College besucht, wo er einen Lehrstuhl für Musik innehat. Er lebt in einer angenehmen Wohnung. Er ist unabhängig. Er kümmert sich um Mutter. Die Studenten schätzen seinen Sinn für Humor, obwohl er viel von ihnen verlangt. Er komponiert neben dem Klavier stehend, pfeift vergnügt, wenn er gut vorankommt und stellt die gleiche Frage wie damals, als er noch klein war: »Liebst du mich?« Als sei dies der Treibstoff, den er gebraucht habe, um fortfahren zu können, nimmt er darauf seine langstündige intensive Kompositionsarbeit, seine Arbeit am Klavier wieder auf. In allen Diskussionen und Gesprächen verbreitet er Duldsamkeit, Liebe zur Übereinstimmung, Abneigung gegen Feindseligkeiten. Er hat den Geist eines Friedensstifters, ist jedoch auch sehr um Gerechtigkeit bemüht. Er ist schonungsvoll, freundlich im Verkehr mit anderen Komponisten, großmütig. In seiner Musik, seinen Kompositionen und seinem Klavierspiel ist klassische Schönheit und Reinheit, eine leuchtende Klarheit.

Ein paar Exemplare von *Winter of Artifice* sind der Zensur entgangen und werden verkauft. Es schneit. Ich arbeite an der Erzählung »Die Maus«. Ich spüre selbst, mit welcher liebevollen Sorgfalt ich arbeite, einer Sorgfalt, die mit dem Schreiben an sich nichts zu tun hat, vielmehr von dem Wunsch diktiert wird, das Erlebte und Erkannte möge nicht vergehen: ein Gefühl für die Kostbarkeit der Erfahrungen.
Ich trage denselben Astrachanmantel wie seit vierzehn Jahren, dazu einen hohen Kragen, einen Muff und eine Kapuze, die ich mir gemacht habe.

Das Telefon hat angefangen, häufig zu läuten. Einladungen und Verabredungen.
Empfänge mit dem Zweck einer Kriegshilfe an Frankreich, Ausstellungen, Cocktails im französischen Konsulat, Mittagessen im Cosmopolitan Club mit Katrine Perkins.
Ein Kabel von Henry. Er geht diese Woche an Bord. Das amerikanische Konsulat hat ihm nahegelegt, Griechenland zu verlassen.

In Paris haben Jean Carteret und ich über die Angst vor Trennung und Differenzen gesprochen. Ich empfand zwischen Dichtung und Realismus einen Widerstreit. Ich empfand einen Widerstreit zwischen dem Bestreben, andere durch Osmose zu verstehen, sich mit ihnen gleichzusetzen, und meiner Furcht vor einem Identitätsverlust, einem Verlust der eigenen Integrität.
Wenn ich über das Mitgefühl in andere überfließe, ist die liebe Frage in mir: was wird aus meinem eigentlichen Selbst? Jean sagte, es sei die Angst, die Verbindungswege, die Brücken zwischen beiden könnten zusammenbrechen, so daß ich von einem Teil meiner Selbst abgeschnitten wäre. Dies stamme daher, daß die erste Brücke zwischen mir und meinem Vater zusammengebrochen sei.
Jetzt hindert mich die Angst daran, in ein neues Leben einzugehen, da es das frühere aus meinem Gedächtnis tilgen könnte, und ich beeile mich, das frühere Leben zu beschreiben.
Morgen findet in der Kunstgalerie eine Party für Joaquin und mich statt.
Ich vermag die Trauer nicht abzuschütteln.
Ich schreibe an Moricand, an Gonzalo, an Jean. Ich kaufe Weihnachtsgeschenke für meine Mutter und für Joaquin.
Die Geschäfte sind eine Augenweide, die Dekorationen fantastisch. Bei Jaeckels (wo ich früher als Mannequin gearbeitet habe) besteht einer der Weihnachtsbäume aus lauter Weißfuchsfellen. Hinter jedem Fenster der millionenäugigen Radio City brennen Kerzen. An den Gebäudefronten hängen in verschwenderischer Fülle grüne Stechpalmenzweige. Abends läuft man im Freien Schlittschuh. Das Ganze ein königliches Schauspiel.

Abendessen in Dorothy Normans Wohnung in der Park Avenue.
Wenn in Paris ein Gast den Raum betritt, blickt jeder auf, bemüht sich, dem Neuankömmling das Gefühl des Willkommenseins zu vermitteln, ihn ins Gespräch zu ziehen, ist neugierig und empfänglich. Hier scheint jeder beflissen so zu tun, als sehe und höre er nichts, als blicke er den anderen kaum an. Die Gesichter verraten kein Interesse, kein Entgegenkommen.

Die Obertöne fehlen. Die Beziehungen scheinen unpersönlich zu sein, jeder verbirgt sein geheimes Leben, während in Paris intime Enthüllungen und der Austausch von Erfahrungen Reiz und Substanz unserer Gespräche ausmachten.
Dorothy Norman ist eine intellektuelle, aber menschlich kalte Frau. Sie lebt nach einem strengen Plan. Durch eine Bemerkung verletzte sie mich tief. Sie sagte: »Europa ist dekadent. Sie sind gewiß glücklich, sich in einem gesunden Land zu befinden.«
»Was Sie dekadent nennen«, antwortete ich, »ist der Mut, sich auf die Erfahrung des Lebens in seiner Totalität einzulassen.«

Große Traurigkeit, als ich vergangene Nacht vom Bett aus die Neujahrsfeiern auf der Straße hörte.
Überall Anreiz statt Erhebung, Hochbetrieb und Geschäftigkeit anstatt Tiefe, Spaß anstatt Gefühl.

In der Gotham Book Mart traf ich den alten Mystiker Claude Bragdon. Er lud mich zum Mittagessen ein. Er ist ein großer herber Mann, so starr und steinern wie ein uralter abgestorbener Baum oder eine seit langem konservierte Mumie. Ich hatte nicht gewußt, daß in Amerika noch echte selbstherrliche Puritaner leben, ein ebenso ausgesprochener, fanatischer Menschentyp wie die religiösen Männer Indiens.
Nach dem Mittagessen in seinem Hotel brachte er mich ins oberste Geschoß, in einen glasumwandeten Garten aus künstlichen Pflanzen. Es schien durchaus angemessen, daß er zwischen unnatürlichen Pflanzen in einem Scheingarten über zwanzig Stockwerken auf Beton saß. Dort hielt er seine Predigt:
»Sie sind eine Pythia, eine von den delphischen Frauen. Ich wußte es sofort, als ich von Ihnen hörte und weiß es mit noch größerer Sicherheit, seit ich Sie nun kennenlernte. Aber Sie werden Ihre Weissagungskraft und Ihre psychische Intuition zerstören, wenn Sie sich nicht vom Lebensgetriebe und vor allem von der Sinnlichkeit befreien. In Ihnen ist zuviel Sinnlichkeit. Sie müssen geläutert werden. Lassen Sie mich Ihnen helfen. Ich habe es erreicht, auf alles zu verzichten. Sie werden meine Hilfe brauchen.«
Ich verzichtete aber lieber darauf, eine delphische Frau zu sein.

Einladung bei Kay de San Faustino und Yves Tanguy. Caresse Crosby betritt den Raum mit einem Ungetüm von Puderquaste und einschmeichelnder Stimme (ob sie deshalb den Übernamen Caresse von Harry Crosby erhalten hat?); ihr Pelzhut, ihre Augenwimpern, ihr Lächeln schimmern vor Lebhaftigkeit. Immer hat sie ein *Ja* auf den Lippen; ihr ganzes Wesen sagt *ja ja ja* zu allem, was geschieht und ihr geboten wird. Gleich einem Pfauengefieder schleift sie eine fabelhafte Legende hinter sich her. Sie hat in Paris die Black Sun Press geleitet, in einer umgebauten Windmühle gewohnt, D. H. Lawrence, Ezra Pound, André Breton, Maler, Schriftsteller gekannt. Auf einem Ball des Quatre Arts ist sie zu Pferd als Lady Godiwa erschienen.

Das Leben mancher Frauen umkleidet sie mit Anekdoten, die schließlich sichtbarer sind als Pelzmäntel oder Seidenkleider. Caresse ist wie von einem Parfum, einem Halsband, einem Gefieder von Geschichten umgeben. Sie wirkt wegen ihrer Beweglichkeit, Leichtigkeit, ihrem strömenden Temperament – D. H. Lawrence würde von »Lebendigkeit« gesprochen haben – stets frischer und jünger als alle anderen anwesenden Frauen. Eine Blütenstaubträgerin, dachte ich, als sie in ständig geschäftiger Ebbe und Flut, mit Wißbegier, Verliebtheit ihre Freundschaften mischte, rührte, zubereitete, zusammenbraute.

Yves Tanguy ist der Maler der Wüsten und weißen Gerippe. Er malt gern bleichende Knochen, die tot in der übersonnten Leere liegen. Er neckt Kay, indem er sie zärtlich: »Meine teure Witwe, meine teure Witwe« nennt. In der Malerei der beiden zeigt sich eine gewisse Affinität. Er hat ein Clownsgesicht, das gleichzeitig ironisch und offen blickt. Mitten auf seinem Kopf scheint ein Büschel Haare entschlossen zu sein, ganz von allein aufrecht zu stehen. Er spielte uns so wirklichkeitsgetreu einen epileptischen Anfall vor, daß ich erschrak. Dann entlarvte er seinen Betrug: Seifenschaum, der ihm aus dem Mund lief. Darauf jedoch erzählte er eine düstere Geschichte. Als er siebzehn Jahre alt war, wollte er nicht zum französischen Militärdienst eingezogen werden. Er lernte deshalb, Fallsucht zu simulieren. Er wurde nicht eingezogen, mußte im Krieg von 1914 nicht einrücken. Seitdem aber hatte er echte epileptische Anfälle. Dr. René Allendy erklärte ihm, daß sie durch sein Schuldbewußtsein verursacht würden. Er habe sein Alibi wahrmachen müssen, um sich zu rechtfertigen.

»Man kann seiner Kindheit nie mehr entrinnen«, sagte Tanguy.

Ich sagte ihm, daß man es mit Hilfe der Psychoanalyse könne.

Wir sprachen von unserem Schmerz um das sterbende Frankreich. Kay sagte, sie wäre lieber mit den anderen dort umgekommen. Ich widersprach, sagte, wir müßten aufhören, uns wie die Weißrussen im Exil zu benehmen, die jeden Abend in russischen Nachtklubs bei Kaviar und Champagner, unter Tanzen und Reden ihrer Vergangenheit nachgeweint hätten.

James Cooney und Blanche, seine Frau, die ihre Zeitschrift *The Phoenex* auf der Handpresse druckten, waren unter den ersten in Amerika gewesen, die sich für meine Arbeiten interessierten. Wir korrespondierten lange miteinander. Sie publizierten einige meiner Erzählungen. Jetzt habe ich sie in Woodstock besucht.
James Cooney ist Ire, sein rotes Haar fällt ihm in die unbefangen blickenden grünen Augen; er ist humorvoll und romantisch, leicht gerührt und großmütig. Die Conneys leben in einem Holzhaus im Wald. Sie hatten sich auf die Erde zurückbesinnen, ein Lawrencesches Leben, aber ein Leben in der Gemeinschaft führen, Menschen mit den gleichen Interessen um sich sammeln wollen. Als Gästehaus dient der Holzschuppen. James Cooney glaubt an den Wert des einfachen Lebens und der manuellen Arbeit. Blanche ist freundlich, sie steht im Schatten ihres Mannes. Robert Duncan – ein auffallend schöner, wie ein Siebzehnjähriger aussehender Junge mit regelmäßigen Zügen, vollem Haar, faunischer Miene und einem leichten Schielen, wodurch er immer über einen hinweg und um einen herum zu blicken schien – las eines seiner Gedichte vor. Ich sah mir die Druckerei an. Als Menschen mochte ich sie gut leiden, aber in ihrem Werturteil über Schriftsteller schienen sie mir unsicher, unreif. Wegen ungewohnter Geräusche und ungewohnter Umgebung wachte ich früh auf. Jim spaltete bereits Holz fürs Feuer.
Als wir auf der Rückfahrt von Woodstock den halb zugefrorenen Hudson in der Höhe von Kingston überquerten, wurde mir angesichts der Weite, Leere, Verlassenheit der Umgebung eisig zumute. Sibirien. Große Eisblöcke stießen unter gewaltigem Krachen aufeinander. Es lag etwas Trostloses über der Landschaft, großartig und unpersönlich.

Einladung bei Mabel Dodge Luhan in der Fifth Avenue. Als ich eintraf, saß ihr Mann auf der Türschwelle oder richtiger, er kauerte dort, als wolle er an dem, was drinnen vorging, nicht teilhaben. Er ist ein amerikanischer Indianer, stattlich, ruhig, zurückhaltend. Ich hätte gern mit ihm gesprochen, aber seine Haltung schüchterte mich ein. Ich wäre lieber draußen geblieben und hätte mich mit ihm unterhalten.
Ein grotesker Abend. Mabel Dodge Luhan, klein, rundlich, eindringliche blaue Augen, Augen eines Hypnotiseurs, ganz *Willenskraft*, wie sie sich in ihrem Buch über D. H. Lawrence gezeigt hat. »Ich zwang ihn mit dem Willen herbei.« Sie hatte versucht, ihn kraft ihres Willens dazu zu bringen, daß er ein Buch über die Indianer schrieb, und hatte außerdem versucht, ihn von Frieda wegzuzwingen.

Sie bewegte sich wie eine herrschsüchtige alte Königin Elizabeth oder Christina, dirigierte ihre Gäste in die gewünschte Richtung und machte sie miteinander bekannt. Photographen der Zeitschrift *Life* hatten sich in Ecken vor ihr versteckt. Aber sie entdeckte sie, als sie durch die Menge pflügte, ergriff die Kameras und schleuderte sie die Treppe hinunter. Die Photographen liefen hinterher, um die Teile zusammenzusuchen.

Ich lese meine alten Tagebücher wieder durch, sitze am Feuer meines Lebens in Paris und frage mich, wann das Leben hier anfangen wird, hell zu brennen. Bisher sieht es aus wie die elektrisch erleuchteten Baumstämme in den künstlichen Kaminen, die mit mäßiger Glut und ohne Funken und Wärme brennen.

Henry ist am siebenundzwanzigsten Dezember mit dem Schiff von Griechenland abgereist. Gonzalos und Helbas Schiff hat Marseille am fünften Januar verlassen.

Mein Vater lebt in Havanna, hat Rheumatismus in den Händen, kann keine Konzerte mehr geben. Meine Mutter wird alt und bedarf sorgfältiger Pflege. Ihre prächtige Energie schwindet dahin.

Henry kam allein an. Ich hatte die Grippe und konnte nicht ans Schiff kommen.

Ich bin in das Hotel George Washington umgezogen. Alle Angestellten dort sind Philippinos. Es verleiht dem Haus eine warme, freundliche Atmosphäre.

Henry gab mir Nijinskys Lebensgeschichte zu lesen, die von der Frau des Tänzers geschriebene Biographie. Ich habe das Gefühl, daß sie zur Verschlimmerung seines Wahnsinns beigetragen hat. Da sie kein Einfühlungsvermögen besaß, beklagte er sich darüber, daß sie nie etwas empfände, immer nur denke. Sie wollte ihn zu etwas machen, was er nicht sein konnte: ein Ehemann; wogegen Sergei Diaghilew Nijinskys Träume beschützte, den Künstler beschützte, nichts von ihm verlangte, als daß er tanze.
Es schneit.
Robert Duncan besucht mich zusammen mit Virginia Admiral, einer Malerin, die bei Hans Hofmann arbeitet. Duncan ist scheu. Er tritt schräg ins Zimmer, als wolle er einen Zusammenprall vermeiden. Er redet, als stehe er unter Hypnose. Er forderte mich auf, bei einer Zeitschrift, die sich *Ritual* nennt, mitzuarbeiten, und sagte: »Ihr

House of Incest gab mir den Mut, das visionäre Erlebnis des Künstlers, seinen Sinn für das Ritual darzustellen. Ich schrieb ›Arctics‹ im letzten Herbst, nachdem ich Ihr Buch gelesen hatte. Falls zwischen Ihrer ›Geburts‹-Erzählung und Ihrem herrlichen *House of Incest* ein Bindeglied besteht, so ist es der tiefgründende Sinn für das Ritual im Akt und in jedem Erlebnis.«
Beide sind Kinder aus *Les enfants terribles* (von Jean Cocteau), doch Kinder immerhin. Sie sagt: »Sie sind viel gütiger und lieber, als ich es mir nach der Lektüre Ihres Buchs vorgestellt hatte.«

[Februar 1940]

Robert Duncan führt auch Tagebuch. Seine Darstellung von mir lautet folgendermaßen:

»Sie ist eine sehr zarte Frau, gewitzt, sie hat so feine Knochen und Augen, die sicher zerbrechen würden, und sie geht seitlich durch Glas. Kann man erraten, wann sie sie wäscht, ihre Augen, und wo sie sie trocknet, Füchsin, Prinzessin, Tochter? Und ihre Füße? Welche Art Glanzmittel sie für das kühle Zinn ihrer Füße verwendet – Nägel aus Fischleim, spröde, als würden sie glatt durchschneiden...«

Solange ich wenigstens nicht aus Plastik bin!
Er gab mir seine Gedichte zu lesen. Ich schrieb ihm:

»Was Sie mir zeigten, nenne ich Prosa. Poesie ist Verwandlung. Sie kann nicht so direkt sein. Nicht gegen die primitiven Bilder erhebe ich Einspruch, doch selbst ein Penis wird in primitiven Mythen verändert, wird zum Symbol. In Ihren Dichtungen erreichen Sie dies zu Zeiten, zu anderen Zeiten gelingt es Ihnen nicht. Manches ist zu deutlich, zu direkt. Es handelt sich nicht darum, die Entscheidung zu treffen zwischen Vulgarität und Stil, Umgangssprache und Literatur, sondern um eine Frage der Atmosphäre und der Verwandlung. In der Poesie muß der physische Aspekt mit Bedeutung durchtränkt werden. Er muß glühend und durchsichtig sein, damit die innere Bedeutung erkennbar werde; derartig geradeheraus, mit prosaischen oder eindimensionalen Worten läßt sich das nicht machen. Prosa geht zu Fuß, Poesie fliegt. Poesie ist der aus menschlichen Urstoffen geschaffene Mythos. Im ›Irrgarten‹-Gedicht ist es Ihnen, wie mir scheint gelungen. Mißverstehen Sie mich nicht. Ich möchte nicht die Alltagssprache ausgemerzt wissen, sondern die unverwandelte Wirklichkeit.«

Wenn Gonzalo seine Gespräche mit Antonin Artaud erörterte, die Zeit, in der er für das Theater gearbeitet hatte, die langen Spaziergänge durch Paris nach den Probeabenden, als sie *Beatrice Cenci*

inszeniert hatten, und wenn er Artaud beschrieb, wie er vor Einfällen und Plänen fieberte, oder wenn Henry seine Nächte mit June und Jean in dem Kellerzimmer der Henrystraße schilderte, hörte ich ihnen stets mit Eifersucht und Neid zu, als hätte ich nie solche Nächte erlebt und würde sie nie kennenlernen. Ihre Art und Weise des Berichtens steigerte ihre Erlebnisse so sehr, daß sie keinerlei Ähnlichkeit zu haben schienen mit dem, was ich erlebt hatte.
Heute wurde mir bewußt, daß ich viele vergleichbare Erfahrungen gemacht habe: sie liegen bescheiden versteckt in den Seiten des Tagebuchs.
Zwischen der Wirkung von Henrys und Gonzalos Geschichten und den außergewöhnlichen Gesprächen oder Nächten, die ich tatsächlich erlebt habe, bleibt aber dennoch ein Unterschied bestehen, der Unterschied zwischen dem Bereich des wirklichen Lebens und der Dramatisierung dieses Lebens. Die Berichte, denen ich lauschte, waren Dramatisierungen, denn sowohl Henry wie Gonzalo haben hierfür Talent. Und die Dramatisierung bewirkte das, was ich für einen unüberwindlichen Gegensatz zu den eigenen Erfahrungen hielt. Damals fühlte ich, daß nichts ihnen gleichkommen könne, obgleich ich Ähnliches in meinem Leben erfuhr. Erst wenn ich die gleiche Kraft zur Dramatisierung des eigenen Lebens erlangte, könnte ich damit beginnen, mein Leben mit dem Sensorium für Außergewöhnliches zu erfassen. Es war die Diskrepanz zwischen Vorstellung und Wirklichkeit, die mich so ruhelos machte.
Doch nun begreife ich, daß das Außergewöhnliche in meiner Vision lag (wie es auch in Henrys und Gonzalos Visionen lag). Ich sehe meine Pariser Jahre durch die Zutaten der Fiktion bereichert: Beleuchtung, Einstellung, goldene Patina der Erinnerung, und die Zutaten erscheinen mir lebhafter, besser losgelöst von den alltäglichen, das Leben verdünnenden Einzelheiten, vom Ungeformten, vom Überflüssigen, von der Verstaubtheit oder Mattheit des Altbekannten. In diesem Fall werden sie von meiner scharfen Erinnerung und dem Verlangen danach, alles, was nun für immer verloren ist, noch einmal zu erleben, in blendendes Licht getaucht.
Darum habe ich den gesellschaftlichen Verkehr jäh abgebrochen und im Dunkeln das Aufblitzen der Schönheiten und Einmaligkeiten verfolgt, die ich einst in Händen hielt, ohne mir ihrer Kostbarkeit bewußt zu sein.

Ich dachte an Dr. Otto Rank und fragte mich, wie es ihm wohl gehen mochte. Seit einiger Zeit hatte ich keine Nachricht mehr von ihm erhalten. Als ich heute morgen bei ihm anrief, konnte ich der Stimme nicht glauben, die mir sagte, daß er, kurz vor meiner An-

kunft in Amerika, an einer Kehlkopfentzündung gestorben sei. Ranks Tod schien mir unfaßlich, denn er war erst in den Fünfzigern, war vital gewesen und hatte das Leben geliebt.
Er war gerade im Begriff gewesen, sich den Wunsch zu verwirklichen, nach Kalifornien zu ziehen. Seine zweite Frau besaß dort eine Ranch. Sie hatte seine Schriften übersetzt und mit ihm zusammen gearbeitet. Er war glücklich, von den individuellen Behandlungen loszukommen. Er hatte ein neues Buch beendet.
Keine Blumen, keine Mitteilungen, keine trostspendenden Briefe. Eine Lücke. Doch die Erinnerung kann eine Gestalt beschwören, die wegen ihrer einstigen Lebhaftigkeit klar und scharf umrissen präsent wird; sanfte und dennoch durchdringende Augen, seine Wißbegier und Teilnahme, sein Ideenreichtum, seine Fruchtbarkeit. Er hatte zwar Kummer erfahren, tiefe Depressionen, Enttäuschungen, Frustrationen kennengelernt, wurde darüber aber nicht bitter oder zynisch. Nie erlosch sein Vertrauen, seine Fähigkeit mitzufühlen, angemessen zu reagieren. Er verhärtete sich nie, wurde nie abgebrüht. Ich verließ mich auf seine Gedanken, übernahm sie, vermochte ihnen aber nicht bis in ihre letzten Verästelungen zu folgen.
Gern hätte ich erfahren, ob er leicht, schmerzlos gestorben war. Ob er gewußt hatte, daß er im Sterben lag. Ich hatte niemanden, den ich fragen konnte. Rank sah seine Freunde selten, sprach selten über sie, vielleicht aufgrund seiner beruflichen ethischen Schweigepflicht. Selbst sein eigenes Leben hüllte er in Schweigen und Geheimnis. Er war wenig mitteilsam. Die kleinen, aber tiefempfundenen Freuden seiner Kindheit hatte er in der Natur gefunden. Die einzige schmerzliche Bitterkeit rührte von der Haltung her, die seine Kollegen ihm gegenüber nach seinem Bruch mit Freud eingenommen hatten. Seine Traurigkeit war eine Folge seiner ersten Ehe. Ich weiß, daß er das Gefühl hatte, die Analyse und Therapie sonderten ihn vom Leben ab, anstatt seine persönlichen Bedürfnisse zu befriedigen. Die Analyse schafft illusorische Zuneigungen. Mehr als andere Männer muß er Liebesenttäuschungen verfallen sein. Weil er ein geistig Reicher war, wurde er beraubt und ausgenutzt. Was hatte er mit seiner Muße in der kalifornischen Sonne anfangen wollen? Den Schriftsteller, Dichter, Dramatiker, der er einst gewesen war, zur Erfüllung bringen? Wer hat ihn wirklich intim und gut gekannt?
Angesichts des Todes, stellten sich jedesmal die gleichen Fragen: Habe ich genug gesehen, genug gehört, genug beobachtet, genug geliebt, habe ich aufmerksam zugehört, habe ich sein Leben zu schätzen gewußt, habe ich es gestützt? Ist Rank vielleicht gestorben, ohne

zu wissen, wie groß und wie tiefschürfend seine Gabe, wie lebendig seine menschliche Gegenwart war?

Ich habe Hugh und Brigitte Chisholm in ihrer Wohnung am East River besucht. Das Haus steht so nahe am Wasser, daß ich das Gefühl hatte, auf einem Schiff zu sein. Während unseres Gesprächs zogen Lastkähne den Fluß hinab. Der Hudson kräuselte sich und blinkte. Brigitte ist eine makellose Schönheit, so vollkommen, daß sie unwirklich wirkt; reiches, lose fallendes dunkles Haar, reine klassische Züge, große dunkle weit auseinanderstehende Augen, voller Mund und vollkommene Zähne. Sie ist hochgewachsen, vollbusig, langbeinig, in ihrer Geradheit jungenhaft, weiblich durch ihre volle Stimme, in ihren Gesten wiederum jungenhaft, weiblich und üppig, wenn sie sich hinlegt. Hugh ist klein von Gestalt, hat lockiges Haar, sanfte grünliche Augen, eine schelmische Art. Er ist ein guter Dichter.
Als ich eintrat, behandelten sie mich wie ein *objet d'art*. Sie gingen um mich herum, schoben mich ins Zimmer, sahen mich prüfend an, ereiferten sich über meine Goyaeske Haube und die rote Blume in meinem Haar. Hugh schätzt *House of Incest*.
Brigitte setzte sich mit gekreuzten Beinen auf einen satinbespannten Diwan, sie trug Slacks und klingelnde Armbänder. Sie strahlt beständig, unter allen Umständen. Nicht mit Unterbrechungen wie ich, die ich nur in einer bestimmten Atmosphäre, in einer bestimmten Wärme gedeihen kann. Andernfalls ziehe ich mich zurück, trete ich von der Szene ab. An diesem Nachmittag blühte ich in der Wärme ihres Verständnisses auf.
Die Wohnung war voller Dinge, die ich im einzelnen häßlich fände, silbernen Leuchtern, Tischen, in deren Mitte Haken für Kriechpflanzen angebracht waren, riesigen purpurschwarzen Bodenpolstern, Rokoko-Gegenständen, wie ich sie oft in den Wohnungen französischer oder englischer Adeliger gesehen hatte, Gegenständen, wie sie Jeanne zum Vergnügen, aus Spielerei zu sammeln pflegte. Zierate, ohne Konsequenz oder Einheitlichkeit aus Antiquitätenhandlungen mit der gleichen leichten snobistischen Verspieltheit zusammengekauft – sie sollten nicht ernst genommen werden. Lauter Schrullen und Launen, amüsant, voller Schick; stellte irgend jemand anders sie zusammen, würden sie allen Reiz verlieren. Hier aber bewahrten sie ihre dadaistische Unverfrorenheit. Die aristokratische Kühnheit, schlechten Geschmack zu wagen, machte sie schön.
Die Gegenstände ließen mich ihr Leben in Rom, Paris, Florenz ahnen; Brigittes Mutter; die berühmte Modeschöpferin Coco Chanel; Vogue; den prunkvollen Familien-Hintergrund und ihre Bemühung,

darüber zu lachen. Grenzen, die ins Gebiet des Surrealismus hineinragen, und das Schlüsselwort, das zur Besessenheit gewordene Schlüsselwort der Gesellschaft: amüsant.
Ich konnte die verschiedensten Feinheiten spüren, elegantes *laisser-aller* und *laissez-faire*, Gewagtheiten und Abenteuerlust.
Es gibt auf der Welt nur zwei Arten von Freiheit: die Freiheit der Reichen und Mächtigen und die Freiheit des Künstlers und des Mönchs, die beide auf Besitztümer verzichten.
Ich liebe es, diesen Freiheiten zu begegnen, die hier in der Zufälligkeit wunderlicher Gegenstände und in Hughs Gedichten ihren Ausdruck finden.
Oberflächliche Unterhaltung ist gleich der Luft, in der die Stalaktiten wieder zu Staub zerfallen. Ich beteilige mich nicht daran. Ich warte. Ich lache. Ich bin mir bewußt, daß seichtes Geplauder die tieferen Unterströmungen zersetzt, nach denen jeder sucht. Die untergründigen Flüsse unserer Träume, unseres tieferen und tiefsten Ich.
Zum Lohn für mein Schweigen werde ich oft in diese Reiche eingeführt und finde dort eine weitaus faszinierendere Persönlichkeit.
Dennoch bin ich abends müde, nicht, wie früher, von meinen eigenen Vortäuschungen und Rollen müde gemacht, sondern vor Verlassenheit müde, vor Unfähigkeit, an der Oberfläche zu bleiben. Dieses Bedürfnis nach einem tieferen Leben zerrt mich aus jeder noch so duftigen, dekorativen, anziehenden und ästhetischen Atmosphäre, läßt mich jeden Tag auf irgendein Vergnügen, eine Leckerei, eine Nichtigkeit, ein glitzerndes Ding verzichten. Ich hätte gern für ein paar Tage in den Seiten von *Vogue* und *Harper's Bazaar* gelebt. Aber ich gebe meinen unterseeischen Gebieten den Vorzug.

Zum erstenmal begegnete ich Beth auf einer Gesellschaft. Sie sprach leise. Sie war beredt mit ihrem Körper. Sie legte sich auf die Couch, als sei es Schlafenszeit und nicht Zeit, miteinander zu reden und zusammen zu trinken. Sie legte ihre Hand in meine Hand, als wären wir alte Freunde, zögen Trost und Behagen aus dieser Geste und als wären die anderen Leute Fremde. Wir vereinbarten ein Wiedersehen. Sie war die erste blumenhafte, pflanzenhafte Frau, die ich in New York kennengelernt hatte und von einer nachgiebigen, schmiegsamen, sinnlichen Beschaffenheit, die an diesem Ort voller drahtiger, nervöser, überempfindlicher Frauen sehr selten ist.
Sie hatte viel Muße. Sie kaufte gern ein, saß gern lange bei Tisch, unterhielt sich gern. Die einzige Schwierigkeit zwischen uns ergab sich dadurch, daß meine Arbeit mich zurückrief.
In französischen Museen hatte ich zahllose Gemälde von Frauen

gesehen, die gerade ins Bad steigen, rosigen fleischigen, frisch aus den Kleidern geschlüpften Frauen, denen der Tau der Hülle noch anhaftete. Die völlig bekleidete Beth erinnerte mich an diese Gemälde, doch als Amerikanerin beschwor sie weit mehr die glühende und rosige Betautheit des Nach-dem-Bade. Sie war üppig, von durchsichtiger Glätte, ihre klaren blauen Augen standen in ihrem Gesicht wie ein wenig Wasser in einer weißen Porzellantasse. Ihr Mund war so voll und reif, daß er mich an eine von Man Rays Leinwänden erinnerte, auf die er nur einen Mund gemalt, den Rest der mit gelber Kreide grundierten Fläche aber leer gelassen hat. Beth schien sinnenfreudig zu sein bis in jede Strähne ihres glänzenden Haars, bis in ihre rosa Ohrläppchen, ein Körper, so selbstverständlich wie eine Frucht für die Nacktheit geschaffen. Ich konnte sie mir nur im Schlafzimmer, beim Auskleiden oder bereits bekleidet, vorstellen. Das Bild von ihrer fruchtähnlichen, nicht für Kleider geschaffenen Haut mochte zum Teil hervorgerufen worden sein durch ihre häufig wiederkehrende Bemerkung: »Damals schlief ich mit allen und jedem.« Ich nahm daher an, daß sie beständig in einer Atmosphäre erotischer Freuden lebe, atme, ihr Dasein friste – und daß es einer höchst geschickten Buchführung bedurft hätte, um alle Pfade ihrer sexuellen Betätigung aufzuführen. Ich täuschte mich jedoch.

Als sie mir einmal sagte, am liebsten schlafe sie mit Männern für Geld, schloß ich daraus, daß sie nie gesättigt sei, nie genug Männer bekommen könne (ich wußte, daß sie das Geld nicht brauchte).

Sie wollte mich dazu überreden, daß ich sie in eine Wohnung begleitete, wo eine gewisse Dame es sich zur Aufgabe machte, Mädchen nach Geschmack und Typ zu vermieten. (Da ich Geschlechtsverkehr nur dann genießen kann, wenn ich liebe, vermochte ich mir keinen Reiz von der Sache zu versprechen.) Als ich sie über die Art oder Abwechslungen der solchermaßen erlangten Freuden befragte, gestand sie mir, daß sie nie einen Orgasmus erlebt hatte.

Ich kannte keine Frau, die sich so leicht dazu bewegen ließ, ins Bett zu gehen, und so wenig für ihre Schauspielereien erhalten hatte. Das Ausmaß ihrer Frigidität entsetzte mich, und ich überzeugte sie davon, daß sie sich verschlimmern und schließlich unheilbar würde, wenn sie den Kontakt mit den männlichen Partnern derart abstumpfe. Ich nahm sie behutsam bei der Hand und führte sie zu einem Psychoanalytiker.

Doch diese Frau, die sich auf die Aufforderung jedes Mannes hin ausziehen, mit jedem schlafen, zu Orgien gehen, sich wie ein Callgirl in einem öffentlichen Haus aufführen konnte, diese Beth sagte mir, daß sie es wirklich schwierig fände, über Sex zu *reden*!

Wartete in grausamer sibirischer Kälte am Dock auf Gonzalo und Helba. Nach drei Stunden wurde mir mitgeteilt, daß er zurückgehalten werde und ich sein Konsulat anrufen solle. Während wir auf den konsularischen Vertreter warteten, riefen wir einander zu, Gonzalo von der Deckreling und ich vom Dock aus.
Schließlich kam jemand vom Konsulat und befreite ihn. Da waren sie nun – mit Koffern, Körben, Kartons, Papierbeuteln und so weiter. Helba wollte gleich auf ihr Zimmer in meinem Hotel gehen, Gonzalo dagegen war so aufgekratzt, daß er durch die Straßen wandern wollte. Als er zum letztenmal in New York gewesen war, hatte Helba die Vorführung bei den Ziegfield Follies mit ihren peruanischen Indianertänzen beendet.
Ich fuhr mit Gonzalo bis zur Spitze des Empire State Building, von wo aus man einen besonders stimmungsvollen Blick auf New York hat. Gonzalo war bester Laune. Nach der traurigen Zeit in Paris erschien ihm New York wie eine Operette.
Wir kehrten ins Hotel zurück, um festzustellen, ob Helba etwas brauchte, kauften ihr Essen und verließen sie wieder. Wir setzten uns in die Hotelbar und redeten über seine letzten Pariser Tage. Erinnerst du dich an Soundso? Er mußte nach Kuba zurückkehren. Wer nicht in die Heimat zurückkehren konnte, endete in der Fremdenlegion, manche wurden in Konzentrationslager gesteckt.
Helba ließ eine Botschaft überbringen: sie brauchte Salz für ihr Sandwich.
Wir gingen wieder hinauf. Dann zurück in die Bar. Ich wollte wissen, was aus allen Bekannten geworden war.
Helba wollte Obst haben. Gonzalo schüttelte verzweifelt sein langes schwarzes Haar: »An meinem ersten Tag in New York kann ich mich nicht mit einer kranken Frau einsperren.«

Henry nahm mich zum Besuch eines Freundes mit, der einst mit der amerikanischen Zensur beeauftragt gewesen war. Er hatte *Tropic of Cancer* verboten, doch auf einer Reise durch Frankreich hatte er Henry in Paris ausfindig gemacht und ihn zum Abendessen eingeladen. Er besitzt jetzt eine vollständige Sammlung von Henrys Werken. Er verfügt auch über die größte Sammlung von Erotica und kriminalistischen Jahrbüchern, die in Amerika existiert.
Eine säulenähnliche Frau empfing uns an der Tür mit einem Zitat von Platon. Sie wirkte so wenig gütig, warm oder weiblich, daß sie aus Stein zu sein schien. Er sah wie ein vergnügter rundlicher Priester aus, der sich Essen und Trinken zu gut munden läßt.
Henry sieht geschwächt und bekümmert aus. Er bangt vor der Begegnung mit seinen Eltern, die er seit elf Jahren nicht mehr besucht

hat. Tags darauf wollte er sie aufsuchen. Ihm graute vor dem Wiedersehen. Sein Vater sei krank. Vielleicht brauchten sie seine Unterstützung, und er könne ihnen von seinem wenigen Geld nichts abgeben. Ich bot an, ihm soviel zu geben, wie sie benötigen würden. Henry sagte, das wäre nicht das gleiche, weil nicht sein Geld und: warum soll er sie betrügen? »Manche Täuschungen sind Lebensspender«, erwiderte ich. Doch Henry glaubt nicht daran.

Als er seine Eltern wiedersah, fand er sie so, wie er befürchtet hatte, sie sind arm, sein Vater hat Prostatakrebs, leidet aber keine Schmerzen. Henry fuhr zurück und weinte vor Mitleid und Reue die ganze Nacht. Als wir uns am nächsten Tag trafen, weinte er von neuem. Er war völlig verändert, menschlich, ganz gebrochen und ganz sanft. Jetzt verstehe er all das, weswegen er mich verspottet habe, sagte er, meine Fürsorge für meine Mutter und für Joaquin, man könne nicht vor seinem Karma fliehen; durch seine Ausflüchte habe er nichts anderes erreicht, als Schuld anzuhäufen.

Der Zufall wollte, daß er an jenem Tag von einem Sammler seltener Bücher fünfzig Dollar für ein Manuskript erhalten hatte, und mit dieser Summe war er zu seiner Familie gereist.

Seine Begeisterung für Griechenland war verraucht. Er war plötzlich milde geworden und fing an, seine Familie allwöchentlich zu besuchen, seinen Eltern und seiner Schwester Geschenke mitzubringen, seine Tanten und Vettern etc. aufzusuchen. Die Tage gingen dahin, und ich nahm an seiner neuen Phase des Mitgefühls teil.

Henry wohnte in einem Hotelzimmer und fühlte sich dort nicht wohl. Als ich Caresse in ihrem möblierten Appartement in der Dreiundfünfzigsten Straße besuchte, hatte ich plötzlich die Eingebung, daß Henry diese Gegend gefallen würde. Ich erwähnte meine Vermutung ihr gegenüber. Einige Zeit darauf teilte sie mir mit, daß im selben Haus eine Junggesellenwohnung zu vermieten sei. Es war genau das, was er brauchte, ein großes Arbeitszimmer, still und weltabgeschieden, denn die Fenster gingen auf einen Hinterhof.

Er richtete sich dort ein und begann zu arbeiten.

[April 1940]

Gonzalo hat an der West Side, in der Nähe der Docks, für sich und Helba ein Zimmer gefunden. Mit ihren großen Märkten, den Schiffen, die entladen wurden, den Bars, den Lastwagen ist die Nachbarschaft am Tage farbenfroh, nachts jedoch unheimlich, menschenleer, voller Dunkel, nur die Bars sind geöffnet, und unterhalb der Landstraße verstecken sich schattenhafte Gestalten.

Als ich an schwerer Bronchitis erkrankt war, hatte ich das Glück, Dr. Max Jacobson wieder aufzuspüren, den deutschen *émigré*-Arzt, dem ich mittelbar dazu verholfen hatte, daß er nach Amerika entkam. Er stürzte mit seinem Zauberkoffer herbei und heilte mich augenblicklich. Während er noch auf die Zulassung wartet, um praktizieren zu dürfen, sieht Max Jacobson nach mir. Seine erstaunlichen Fähigkeiten werden allmählich bekannt. Er ist intuitiv, wachsam, ein guter Beobachter. Er kann fast ganz auf Laboratoriums-Untersuchungen verzichten. Einem Röntgenblick wie seinem, wenn er ein menschliches Wesen nach Anzeichen einer Krankheit untersucht, bin ich nie zuvor begegnet.

Im Savoy Ballroom bis um fünf Uhr morgens getanzt. Ich liebe Harlem. Das Savoy ist das einzige wirklich vergnügliche Lokal in New York.

Gonzalo lebt nur im Hier und Jetzt. In allen seinen Taschen stecken Zeitungen, die meiste Zeit sitzt er wie festgeleimt am Radio. Im Kino interessiert ihn nur die Wochenschau.

Er treibt Spaß mit mir. »Tag um Tag grabe ich in den Zeitungen nach Nachrichten, grabe nach Angaben, um die Vorgänge in der Welt zu verstehen. Du kommst aus dem Nichts getaucht. Du sagst: ›Nun, wie steht's?‹ Du hörst dir an, was ich zu sagen habe. Du schenkst dem ganzen Geschehen einen raschen, aufmerksamen Blick, faßt es in ein paar allgemeinen Sätzen zusammen, und wenige Minuten später machst du dich wieder auf in ein anderes Reich, wo du in Wolken und Geheimnisse eingehüllt lebst, während ich das Gefühl habe, mit den Füßen auf dem Boden, auf der Erde, als Gefangener der Gegenwart zurückgelassen zu werden.«

Ich antwortete ihm: »Es tut nicht gut, zu lange in der unreinen Luft der Geschichte zu bleiben.«
In Wirklichkeit suche ich Diskussionen zu vermeiden, weil ich nicht mehr daran glaube, daß der Marxismus eine Lösung bieten kann gegen das Elend in der Welt. Denn er heilt den Menschen nicht von seiner Gewalttätigkeit. Er erlöst nur von materiellen Nöten. Im Lauf seiner Verwirklichung werden, wie beim fortschreitenden amerikanischen Pragmatismus, alle anderen Werte zerstört. Beide Länder klammern die geistigen Werte aus. Amerika befindet sich wegen seines Kults der Zähigkeit, seinem der Empfindsamkeit entgegengebrachten Haß, in noch größerer Gefahr, und eines Tages wird es vielleicht einen furchtbaren Preis dafür entrichten müssen, denn die Verkümmerung des Gefühls schafft Verbrecher.

Paul Rosenfeld ist ein höchst liebenswerter Mann, enthusiastisch, warmherzig, kenntnisreich. Er ist ein scharfsinniger Musikkritiker und Buchrezensent. Sein Haus fließt über vor guten Büchern und guter Musik. Oft essen wir im Village zusammen zu Mittag. Rosenfeld ist klein von Gestalt, aber seine eleganten Manieren verleihen ihm Distinktion. Sei Gesicht ist stets rosig, munter und mutwillig. Er hat die Gabe, sich rasch zu begeistern.
Er forderte mich auf, Sherwood Anderson zu besuchen. Französische Schriftsteller bringen es fertig, wie Schriftsteller auszusehen. Sherwood Anderson sieht aus wie ein Arzt, ein Geschäftsmann oder ein Bankier. Im Gespräch war er sachlich und nüchtern. Doch sehr menschlich, klug und gütig.
»Meine erste Freundin in Frankreich war Hélène Boussinesq, Ihre Übersetzerin«, erzählte ich ihm. »Sie hat Sie nicht nur übersetzt, sondern hat Sie überdies als Menschen so sehr geschätzt und so viel von Ihnen gesprochen, daß ich schließlich das Gefühl hatte, Sie zu kennen. Ich wußte, welche Restaurants und welche Cafés in Paris, welche Getränke und welche Schriftsteller Sie bevorzugten. Sie wurden mir so vertraut, daß ich, wenn Ihr Name fiel und die Leute mich fragten, ob ich Sie kennte, ja sagte. Ich hatte das Gefühl, die Wahrheit zu sagen. Die Franzosen liebten Sie. Und *Dark Laughter* war für Frankreich – und auch für mich – ein exotisches Buch. Durch Sie wurde ich mit dem Kleinstadtleben und den Gefühlen des kleinen Mannes bekannt. Ich hoffe, Sie verübeln mir nicht, daß ich behauptet habe, ich kennte Sie gut!«
Sherwood Anderson lachte. Er sah nicht ungehalten aus.
Wenige Minuten später war er eingeschlafen. Er wachte während des ganzen Abends nicht wieder auf.

Meine jungen Freunde, die Chisholms und John Latouche, hatten mir gesagt, sie wollten mich zu einer Party abholen. Ich zog meinen indischen Sari an und schlief, fertig angekleidet und hergerichtet, ein. Als sie kamen und auch später am Abend glaubte ich mich deshalb in einer Traumatmosphäre zu bewegen. Sie hatten mir erzählt, daß ich den griechischen Dichter Kalamares kennenlernen würde. Als ich eintrat, bemerkte ich sogleich einen großen dunklen Mann mit brennenden Augen, der zu uns herüberkam und sich mir zu Füßen setzte. Es war Kalamares. Er änderte später seinen Namen. Vielleicht wußte er, daß Kalamares mit C im Spanischen Tintenfisch bedeutet und daß ich im Scherz *calamares en su tinta* (der Tintenfisch in seiner Tinte) gesagt hatte, eine sehr passende Bezeichnung für einen Schriftsteller!

John Latouche ist entzückend, voller Mutwillen und Phantasie. Er hat ein Kauderwelsch erfunden, das wie Französisch klingt. In dieser Sprache redet er lange auf mich ein, und ich antworte in falschem Japanisch. Wir halten glühende Ansprachen, wir übertreffen Joyce mit unserer Doppelrede.

Wenn die Leute mir erklären, ich sei selbst daran schuld, daß mir alle ihre Lasten aufbürden, erzähle ich ihnen die Geschichte meiner Reise nach London. Wir hatten eine rauhe Überfahrt, deshalb blieben alle an Deck. Ich fühlte mich nicht allzu wohl und schlief in meinem Liegestuhl ein. Jemand zerrte an meinem Ärmel und weckte mich. Ein Mann. Er sagte: »Verzeihen Sie, daß ich Sie geweckt habe, aber ich habe mich zuerst überall umgesehen, habe mir sämtliche Passagiere angeschaut und festgestellt, daß Sie der Mensch sind, mit dem ich sprechen muß. Ich muß mit jemandem sprechen. Ich bin ein *grand blessé de guerre* (Schwerkriegsverletzter) und habe starke Schmerzen. Wenn es draußen feucht ist, leide ich furchtbar. Die Ärzte können mir nicht helfen. Aber, wenn Sie erlauben, daß ich mich mit Ihnen unterhalte . . .« Und er redete, bis wir in London waren. Karma? Bestimmung? Verhängnis?

Die Ideen kommen mir gewöhnlich nicht am Schreibtisch, sondern mitten im Tun und Leben. So fand ich die Lösung der Dualität meiner Hausboot-Geschichte, als ich in Harlem tanzte. Zwei Erzählhaltungen stellten sich mir als Möglichkeiten dar, und da ich mich für keine von beiden entscheiden konnte, entschied ich mich plötzlich für beide. Eine Erzählung, die auf zwei Ebenen spielt. Die Ereignisse des Tages und die nächtlichen Traumereignisse.

Die eine Erzählung beginnt damit, daß ich im Café Flore sitze und auf ein Inserat in der Zeitung stoße: Hausboot zu vermieten. Die andere Version schildert einen Besuch, den ich vor zehn Jahren dem Hause Maupassants in Étretat in der Bretagne abgestattet hatte. Ein Sturm hatte ein Fischerboot in den Garten gespült, dort war es liegengeblieben und mittlerweile zum Geräteschuppen degradiert worden. Nachts träumte ich, daß ich im Boot lebte; aus dem Traum entstand später eine Kurzgeschichte über eine zwanzigjährige Fahrt in dem Boot, das während der Nacht losgesegelt war. Der nächtliche Traum, die Geschichte und die Wirklichkeit müssen nun zu einer vollständigen Erzählung verschmelzen. Wirklichkeit: ich habe das in einen Geräteschuppen umgewandelte Boot gesehen. Traum: ich träumte, im Boot einen endlosen Fluß hinunter zu segeln. Die Geschichte des Traums schrieb ich damals nieder. Darauf begab ich mich auf die Suche nach einem wirklichen Hausboot, denn ich hielt den Traum für den Hinweis auf einen Wunsch. Ich hatte so oft von gestrandeten Booten geträumt, die aus Mangel an Wasser festgefahren bleiben. Das Boot in Maupassants einstigem Garten, das auf dem Trockenen saß und nicht weitersegeln konnte, rührte die Erinnerung an den häufig wiederkehrenden Traum auf. Um den Traum zu vertreiben oder um ihn mir zu erfüllen, suchte ich nach einem wirklichen Hausboot und wohnte darin (träumte auch darin).

Die symbolische oder prophetische Kurzgeschichte, in der ich eine zwanzig Jahre währende Fahrt und eine Rückkehr zum Ausgangspunkt beschrieb, bewahrheitete sich in sonderbarer Weise, als ich durch eine Anordnung der Flußpolizei gezwungen wurde, das Boot nach meinem Geburtsort Neuilly zurückschleppen zu lassen.

Die Geschichte hatte sich im Bereich des Unbewußten nicht verloren. Sie wartete im Dunkel der Erinnerung auf ihre Erfüllung. Wahrscheinlich beeinflußte sie meine Suche nach einem Hausboot, bewog mich dazu, eines zu mieten, mich in ihm einzurichten, das Leben auf dem Fluß zu finden, von dem ich geträumt hatte. Als mein Blick im Café Flore auf das Inserat fiel, brach der Traum in die Wirklichkeit ein. Ich schrieb die Geschichte zum zweitenmal, stilisierte sie, erhob sie zum Mythos. Zum Gedicht. Das Gedicht ist das Ergebnis von Verdampfung und Destillierung. Die Quintessenz erreichen, bedeutet, den tiefsten Sinn einer Geschichte erreichen.

Ich entdeckte ein Hörgerät für Helba. Gonzalo, Helba und ich gingen zusammen hin, um es auszuprobieren. Gonzalo übersetzte Helba die Anweisungen. Als man ihr den Stöpsel ins Ohr gesteckt hatte und ihr bedeutete, sie solle die Batterie einschalten, mimte sie äußerste Überraschung wie eine Primitive, die nie zuvor Musik gehört hat. Der Verkäufer hielt ihr eine Uhr ans Ohr. Ihr Gesicht drückte freudigste Erregung aus. Ihr Vergnügen rührte Gonzalo. »Jetzt wird sie wieder allein ausgehen, wieder Musik hören und tanzen können«, sagte er. Ob sie ihn hörte? Eine Woche später war das Hörgerät weggeräumt, und die Tragödie ihrer Taubheit wurde erneut mit der Beethovens verglichen.

Henry bewundert das Werk Kenneth Patchens. Er forderte Patchen auf, mich zu besuchen. Patchen erschien in meiner Tür, breit, schwer, bleich; aus seinem kleinen schmalen Kindermund drang ein Gemurmel, das eine Begrüßung gewesen sein mag. Massig und schwer wie ein Stein saß er in meinem kleinen Zimmer. Seine Augen waren sanft und glänzend, aber wie die eines Tieres ohne Erkennen, ohne Anzeichen einer Teilnahme am Menschen, lediglich wachsam. Er sah die über den Schreibtisch verstreuten Papiere und zeigte weder Neugier noch Interesse. Die Unterhaltung mit ihm war schwierig. Die undurchdringliche Wand seiner Verdrossenheit, sein Wunsch, nicht reden zu müssen, standen zwischen uns. Er kannte keines der mir bekannten Bücher. Er sprach so wenig, daß es mir hinterher größte Mühe bereitete, mich darauf zu besinnen, ob er überhaupt etwas gesagt hatte. Ich versuchte, ihm Verständnis entgegenzubringen. Henrys Begeisterung für seine Schriften teilte ich nicht. Sie erschienen mir wie das Gestammel eines Gefangenen, unklar, ungegliedert, wie ständige Wiederholungen, die nie ins Ziel treffen, wie eine trübe unkonzentrierte Besessenheit.
Er war zu mir gekommen, weil ich die Frau war, die Henry geholfen hatte. Er wünschte, daß ich ihm helfe. Obwohl er die Bescheidenheit meiner Einrichtung sah, das Zimmer, das am Fenster kaum Platz für einen Tisch hat, und obwohl ich ihm erklärte, daß meine Lage sich geändert habe, da ich seit meiner Rückkehr nach Amerika nicht mehr den Vorteil des günstigen Dollar-Franc-Wechselkurses genieße und mein Einkommen sich um die Hälfte vermindert hat. Ich erklärte ihm auch, daß ich überlastet sei, mich in Frankreich lebenden Freunden noch verpflichtet fühle und daß das Leben in New York weit teurer sei als das in Paris. »Für mein Hausboot habe ich monatlich zehn Dollar bezahlt«, sagte ich lachend. Doch Patchen lächelte nicht. Er hörte mir nicht zu. Ein vor sich hinbrütender, lebloser, schwerer Mann. Wir konnten nicht miteinander reden. Seine Trägheit hemmte mich. Nie zuvor war mir ein derartig unartikulierter Mann begegnet, ein Mann ohne einen Funken Leben oder Entgegenkommen.

Ich las sein Manuskript nochmals mit Sorgfalt, bemüht zu verstehen, und gewann den Eindruck einer sich selbst verzehrenden Kraft, eines Zerstörungsprozesses, des Gegenteils von Lawrences phoenixhaftem Aufschwung aus der Asche und von Henrys Empörungen, die neue Lebensformen gebären. In den Seiten von Patchen fand ich unaufhörlichen Selbstmord und keine Wiedergeburt. Träge und todgeweiht. Henry erzählte mir, daß Patchen in der Jugend Arbeiter gewesen sei, das Innere von Gasometern gereinigt habe, dabei von der Leiter gefallen sei und sich eine Rückenverletzung zugezogen habe.

Ich besuchte ihn in seiner Kaltwasser-Behausung. Seine Frau ist groß und stark. Ich wunderte mich darüber, daß sie nicht für ihn arbeitet, zumal so viele Frauen von Künstlern für ihre Männer arbeiten. Im späteren Verlauf des Abends sagte Patchen, als wir auf Abe Rattners Frau zu sprechen kamen, die als Modeberichterstatterin harte Arbeit leistet: »Keine Frau, die ich heirate, wird jemals eine Stelle annehmen.«

Ich arbeitete an *Under a Glass Bell.* Das Gewicht von Patchens Gegenwart, der mühsame einseitige Versuch der Kommunikation, wurden mir unerträglich. Ich öffnete nicht mehr, wenn er läutete.

Ich stecke wieder in Schulden.

Mit uns allen, die wir Entwurzelte sind, ist irgendetwas geschehen. Gleich den Pflanzen welken die Menschen zunächst nach einem rauhen Klimawechsel. Wir halten nach Orten Ausschau, von denen niemand uns verdrängt, wo niemand uns befiehlt, unseren Kaffee auszutrinken und das Lokal zu räumen, weil andere auf unseren Tisch warten. In der Macdougal Street haben wir eine italienische Espresso-Bar mit nur acht oder zehn Tischen entdeckt, in der die Italiener sich lange aufhalten und Schach spielen; dort dürfen wir bei einer Tasse Kaffee sitzen und uns unterhalten.

Die Kriegsberichte sind so schrecklich, daß sie eine Art Starrkrampf verursachen. Um wieder lebendig zu werden, versenke ich mich ins Schreiben.

Jean Carteret ist eingezogen worden. Doch Jean wird nicht umkommen. Obwohl er ein magisches Geschöpf für mich ist, würde ich die letzte Pariser Erinnerung an ihn gern auslöschen. Seine leidenschaftliche Besitzgier hatte sich aufs Äußerste gesteigert; als er in meine Wohnung gekommen war, um den Plattenspieler und einige Bücher, die ich ihm schenken wollte, abzuholen, fing er an, wie ein Lumpensammler in meinem Papierkorb zu wühlen und nahm sich zerrissene Schachteln, Kämme, Fetzen, unbrauchbar gewordene Reißverschlüsse, Kordeln, leere Medizinfläschchen und alte Zeitschriften heraus.

Armer Jean, mein Opium-Träumer, ins Inferno des Krieges gezerrt. Und Moricand bettelt, bittet mit eleganten Briefen und literarischen Vergleichen, und ich bin nicht mehr imstande, alle Bedürfnisse zu befriedigen.
An Moricands Leiden zu glauben, fiel immer schwerer, wegen der geheimnisvollen Alchimie, kraft derer der Dichter sein Leben in ein Symbol – Brot in eine geweihte Oblate – verwandelt und seine Armut mit literarischem Glanz, mit literarischen Gedankenverbindungen, Vergleichen mit der Armut eines William Blake, Eric Satie, Modigliani umhüllt. Die Ähnlichkeit seines Lebens mit den Schicksalen anderer Astrologen, Dichter, anderer Mystiker, dem Hungertod anderer tapferer Menschen versetzte ihn in ein Reich, das jenseits menschlichen Mitleids zu liegen schien, in Wirklichkeit aber ein Akt des Mutes war, wie ihn nur Theaterleute, Schauspieler und Musiker, kennen.

In Henry finden große Veränderungen statt. In Griechenland war er dem poetischen Rausch und der Unbeschwertheit verfallen. Hier hat ihn das Wiedersehen mit seinem sterbenden Vater zutiefst menschlich gemacht, eine Quelle des Mitleids in ihm angerührt, so daß er nun so handelt, wie ich zu handeln gewohnt war: er ist voller Mitgefühl. Er vergibt mir meine Opfer, über die er einst gespottet hat.
Ein Privatsammler bietet ihm hundert Dollar monatlich für erotische Erzählungen. Es erinnert an eine Dantische Strafe, daß Henry dazu verurteilt werden soll, Erotica, die Seite für einen Dollar, zu produzieren. Henry empört sich dagegen, weil seine gegenwärtige Verfassung alles andere als Rabelaisisch ist. Weil Schreiben auf Befehl einer Selbstverstümmelung gleichkommt. Weil das Bewußtsein, daß ein Voyeur durchs Schlüsselloch späht, seinen phantastischen Abenteuern alle Unmittelbarkeit und Vergnüglichkeit raubt.

[Mai 1940]

Invasion in Holland.
Invasion in Belgien.
Fünfhunderttausend Tote.
Die Deutschen überschreiten die französische Grenze.
Unmöglich, an etwas anderes zu denken, etwas anderes zu empfinden.

Kein Platz, wo man sitzenbleiben und reden dürfte. Die Kellnerin drängt zum Aufbruch. Die Radios schmettern so laut, daß man taub wird. Das Licht blendet. Lärm und Licht werden so lange verstärkt, bis die Sinne abstumpfen.
Die Nachrichten sind entsetzlich.
In Europa töten die Maschinen die Menschen. Hier scheinen die Maschinen die Menschen zu entmenschlichen. Es gibt nur wenige Reize und Annehmlichkeiten, wie die Gebräuche der Höflichkeit, welche die Grausamkeit des Lebens lindern. Unter dem Deckmantel der Rechtschaffenheit sind die Leute brutal zueinander.
»Das Gericht war ganz betäubt von der Kaltblütigkeit, mit der der Mann seine sechs Mordtaten schilderte.«
Die Stimmen im Radio klingen flach und tonlos. Die Tänze der Weißen wirken wie eine Parodie der Negertänze. Weit und breit keine Schönheit. Was geschrieben wird, ist platt und eindimensional. Jede politische Partei sucht sich beim Gebrüll dummer Schmähungen und fanatischer Anschuldigungen selbst zu überbieten.

Ich habe am Washington Square West eine möblierte Wohnung gemietet. Das Village hat Atmosphäre, Charakter. Die Häuser sind alt, die Läden klein. Auf dem Platz spielen alte Indianer auf steinernen Tischen Schach. Es gibt dort Bäume, Innenhöfe, Gärten hinter den Häusern. Das Village hat eine Geschichte. Die Universität wurde von den Holländern erbaut. Ich liebe die Ginkgobäume, die Atelierfenster, die kleinen Theater, die Bleecker Street mit ihren Gemüsewagen, Fischhandlungen, Käsehandlungen. Eine menschliche Gegend. Die Leute schlendern umher, sitzen im Park.
Mein Bett ist ein Klappbett, das heißt es verschwindet in einem

Schrank. Ich fürchte immer, daß es dies einmal tut, während ich schlafe.

Millicent Fredericks, meine Putzfrau, ist würdevoll, stolz und geistreich. Sie ist aus Antigua eingewandert, war dort Lehrerin gewesen und mit Rassenvorurteilen nicht bekannt geworden. Sie ist portugiesischer und afrikanischer Abstammung. Ihre feinen Züge hätte ein Gauguin gern gemalt. Sie erzählt mir von ihrem Leben in Harlem, von ihren vier Kindern, von ihrem Mann, einem amerikanischen Neger, der früher ursprünglich Schneider war, dann aber »leichtsinnig« wurde (womit sie sagen will: nicht mehr arbeiten wollte). Sie hat ein schönes Gesicht, sanftgelocktes Haar, klare große Augen, einen vollen Mund. Sie hat ein feines Benehmen und ist tief religiös.

Ihre Eltern hatten viele Kinder. Wenn die Familie nicht genug zu essen hatte, gingen sie in die Zuckerfabriken und aßen die Melasseabfälle der Raffinerien. Als sie nach Amerika kam und heiratete, konnte sie keine Anstellung als Lehrerin finden. Sie besitzt nicht die amerikanische Staatsbürgerschaft.

Damit, daß sie Hausarbeit verrichten muß, hat sie sich abgefunden. Sie arbeitet für mehrere Familien in der Nachbarschaft.

Sie erzählte mir, daß sie in der vergangenen Nacht wegen des Krakeels der Leute von nebenan nicht hat schlafen können. Die Wohnungen sind so schlecht gebaut und liegen so dicht nebeneinander, daß die Bewohner Radiomusik und Streit vom Nachbarhaus hören. Die Polizei mußte einschreiten.

Als sie heute mit der Untergrundbahn zur Innenstadt fuhr, wurde sie von einer weißen Frau beschimpft. Wenn sie sich im Bus hinsetzt, rücken die weißen Fahrgäste von ihr ab.

Dunkle, tragische Tage. Die Deutschen fünfzig Kilometer vor Paris. Italien in Frankreich eingefallen. Ich bin aufgebracht gegen Rußland, da es glaubt, der Krieg werde die Revolution beschleunigen, und ich habe bittere Auseinandersetzungen mit Gonzalo.

Verzweifelt über die Nachrichten. Paris eingekreist. Der Übergabe nahe. Krank vor Leid, Dunkelheit, Entsetzen, Chaos.

Caresse rief eines Abends an: »Du mußt unbedingt kommen und zwei junge Dichter kennenlernen, die den ganzen Weg von Des Moines bis hierher gemacht haben, nur um dich und Henry zu sehen.«

Henry und ich aßen in einem chinesischen Restaurant zu Abend und

stiegen dann zu Caresses Wohnung hinauf. Lafe Young ist klein und wird durch seine riesige dunkle Brille fast anonym, er ist ganz Stottern und Nervosität. John Dudley ist groß und schmächtig, sehr anziehend, er hat lockiges blondes Haar, glänzende blaue Augen, eine frauenhaft helle Haut, eine volle Stimme, empfindsame Hände. Es fiel mir nicht schwer, ihm zu glauben, als er mir erzählte, er sei ein Nachkomme des Earl of Dudley, des Günstlings Königin Elizabeths. Seine Vorfahren saßen auf dem aus Walter Scotts Roman bekannten Schloß Kenilworth, das mich einst völlig verzaubert hatte. Er zeichnet sich durch Vitalität, munteres, sprunghaftes Wesen, Zutrauen, Eifer, Demut aus. Er zeichnet, schreibt und spielt Jazz. Die Zeichnungen, die er mir zeigte, waren Studien von Jazzmusikern. Lafe und John wollen eine Zeitschrift gründen, die *Generation* heißen soll. Ich lud sie ein, mich zu besuchen. Wir fuhren alle nach Harlem, um einen Trommler zu hören, auf den John große Stücke hält. Er ging zu der Band und spielte mit.
Später wollte er, statt zu tanzen, lieber mit mir reden. Wir setzten uns nebeneinander auf ein Fensterbrett, um zu verhindern, daß unser Gespräch von der Musik übertönt wurde. Er war wie eine strahlende Zukunftsvision, Symbol eines anderen Lebens. Er begriff intuitiv, daß ich zwischen zwei Welten, einer sterbenden und einer noch unbekannten, schwankte. »Anaïs, bleiben Sie hier. Wir brauchen Sie. Ich bin, nur um Sie kennenzulernen, die ganze Strecke von Des Moines bis hierher gefahren.«
»Sie können mir helfen, zum amerikanischen Leben Zugang zu finden«, erwiderte ich.
»Anaïs, lesen Sie, was ich schreibe, schauen Sie sich meine Zeichnungen an. Hören Sie meinem Trommelspiel zu.« Flinke Hände. Rasches Tempo. Eifer. Lachen. Die Welt des Jazz, die Sprache der Jazzmusiker, ein gewisser Rhythmus, den er von ihnen gelernt hat.
»Wenn ich gebürtige Amerikanerin wäre«, sagte ich, »würde ich ein literarischen Äquivalent des Jazz komponieren. Sie sind ein weißer Neger, Sie besitzen ihre Rhythmik und ihre Wärme.«

John kennt Europa nicht. Er ist jung und vergangenheitslos.
Ich lud ihn ein zu Kays und Yves Einzugsfeier. Zunächst jedoch wollte er eine Zeichnung von mir machen.
Während er arbeitete, sah ich, daß er einen Ring trug, der in seinen Finger einschnitt. Ich konnte den Anblick dieser Einengung nicht ertragen und bat ihn, den Ring vom Finger zu ziehen. Er tat es und trug ihn zum Zeichen seiner Entfaltung seither nie mehr.
Lafe und John logieren in der Nähe von Caresse. Sie lehnten zum

Fenster hinaus, als ich kam, und nahmen in einem Kreis von Bierdosen Platz. Wir redeten, während John arbeitete.
Er ist leicht entflammt, aktiv, von aufrüttelndem Temperament. Dies war sein erster Aufenthalt in New York. Er hat feststellen müssen, wie schwierig es ist, einen Interessenten oder Geldgeber für seine Zeitschrift zu finden. Sie können deshalb nicht bleiben.
Er wiederholt immer wieder: »Was kann ich Ihnen geben? Was kann ich für Sie tun?«
Ich sagte: »Sie haben mich davor bewahrt, in der Vergangenheit zu leben.«
Er führt mich in die Geschichte des Jazz ein.
Henry hat uns alle mitgenommen nach Brooklyn, in die Briggs Avenue 662, wo er neun Jahre seiner Kindheit verbracht hat. Er sprach von seiner Kindheit. Die Nacht war schön. *Black Spring*, sein Buch, wurde lebendig. Henrys reiche, aufbrechende Vergangenheit. Spiele, Schrecken, Enttäuschungen, Ängste, drollige Ereignisse. In der Sommernacht klingen sie menschlicher, weniger überhöht, aber um so ergreifender.

[Juli 1940]

Caresse lud mich in ihr Haus in Bowling Green, Virginia, ein. Ich flog nach Richmond, wo John Payne und Henry mich erwarteten. Wir fuhren durch sanftgewelltes Hügelland, üppig stehende Felder, vorbei an kleinen Seen, schwer mit Moos behangenen Bäumen, an einer verschwenderischen Fülle von Farnen, blühenden Büschen, kriechendem Gesträuch.

Als wir ankamen, überwachte Caresse das Binden und Aufladen der Weizengarben. Wenn die Bündel in den Lastwagen geworfen wurden, flog in der Sonne, gleich einem venezianischen Heiligenschein hellgglänzend, der Weizenstaub um Caresse auf. Sie trug einen riesigen Strohhut und bewegte sich in der ihr eigenen Weise: mit Leichtigkeit und Ungezwungenheit.

Der Wagen bog in eine kreisförmige Einfahrt ein. Vor uns erhob sich Hampton Manor, eine Südstaaten-Ausgabe des verzauberten Hauses aus *Le Grand Meaulnes*, des verzauberten Hauses von Louveciennes. Weiß, klassisch, heiter, symmetrisch, mit seinen großen, graziösen Säulen, seinen gekachelten Terrassen und den noblen Verhältnissen von Türen und Fenstern, die etwas höher und breiter waren als die landläufigen Fenster.

Trauerweiden beugten sich über das Haus, an seinem Fuß wuchs teppichweiches Moos, Kletterreben umrankten es. Die großen, schön geschnittenen, wohlgeordneten Räume hatten hohe Decken und schimmernde Parkettböden. Die farbige Dienerschaft ging leise umher. Der Traum aus *Under a Glass Bell* im Stil der amerikanischen Südstaaten.

In der Dämmerung draußen Ziegenmelker (Nachtschwalben), andere Vogelrufe, ein Konzert der vor Wonne über die Hitze, die vom duftenden Boden aufsteigenden Hitzewellen summenden Grillen.

Die Bibliothek eine Schatzkammer. Caresse zeigte mir einige Ausgaben der Sun Press, auf den Einbänden aufgedruckt das Verlagssignet, eine Sonne. Harry Crosbys Tagebuch, 1931 erschienen.

An der Wand hing Max Ernsts Porträt von Caresse, ein abstraktes Gemälde, das gekräuselte, gerüschte Innere einer Blume, das auch ein zusammengeraffter gestärkter welliger Unterrock oder ein Ballettröckchen oder eine gezackte Seemuschel hätte bedeuten können. Er hatte damit Caresses Weiblichkeit und Anmut dargestellt, das honigsüße, einwilligende, einladende, zustimmende, verträgliche, aufnahmebereite, nachgiebige Blumenherz, das jeden in ihrem Umkreis anzog.

Ich hätte sie als Pollenkorn gemalt, das durch die Luft fliegt, eine Persönlichkeit mit der anderen befruchtet, da sie so gern bei ihren Freunden jede Form der Insemination unterstützte. Sie liebte alle interrassischen, sexuellen, geistigen Formen und Ausdrucksweisen künstlerischer und schöpferischer Kopulation. Caresse die Bestäuberin. Sie warf nie einen Blick zurück, erstarrte niemals zur Salzsäule, sie weinte über Paris, hatte aber bereits die erste Stätte der Schönheit geschaffen, die ich in Amerika sah, den ersten heimischen Herd, das erste offene Haus. Sie liebte in dem Gefühl, daß alles verpflanzt werden könne und verpflanzt gedeihen werde. Dieses neue Heim war nur eine zweite Mühle, und wo einst Paul Eluard, René Crevel, D. H. Lawrence, Ezra Pound, Hart Crane, James Joyce gewohnt hatten, waren nun andere Künstler eingeladen, Henry, Salvador Dali; und den noch Ungeborenen, den Jungen, öffnete sie ihr Haus gleichfalls, denn sie war auch eine Mutter der nur erst potentiellen Künstler. Da wir alle nun um ihren Tisch saßen, war sie glücklich.

Ihr Talent für die Freundschaft war das zentrale Bindeglied. Ohne Berechnung, ohne Hintergedanken schien sie am Kopfende zu sitzen, sich die Augen zu reiben, über ihr sonnverbranntes Gesicht zu streichen, mit epikureischem Vergnügen über unsere Pläne und Untersuchungen mit der Zunge, ihrer kleinen rosa Zunge zu schnalzen.

Morgens, zur kühlsten Zeit des Tages, arbeiten alle. Am Nachmittag, wenn lähmende Hitze herrschte, hielten wir unsere Siesten. Am späten Nachmittag war es wunderbar, durch Felder und Wälder zu wandern. Das große Herrenhaus umstehen kleine Hütten, in denen die farbigen Landarbeiter mit ihren Familien wohnen. Die Negerkinder waren scheu und versteckten sich hinter Bäumen, dann und wann aber stießen wir auf welche, die nackt am Rande eines Sees spielten. Das Haar der kleinen Mädchen war in Dutzende von winzigen Zöpfen geflochten und an den Enden mit bunten Bändern zusammengehalten. Ihre Augen blickten sanft, rund und staunend.

Henry schrieb am zweiten Teil von *Tropic of Capricorn.*

Die Dalis trafen ein, waren aber müde und gingen sogleich in ihr Zimmer hinauf. Am nächsten Tag kamen John Dudley und seine Frau Flo an.

Zum Frühstück erschienen die Dalis. Beide sind klein von Gestalt. Sie setzten sich dicht nebeneinander. Beide waren von unauffälligem Äußeren; sie ganz in gedämpfte Farben gekleidet, ein wenig verblüht, er wirkte wie mit Kohlestift angestrichen, wie die Kinderzeichnung eines Spaniers, irgendeines Spaniers, wäre nicht die unglaubliche Länge seines Schnurrbarts gewesen. Sie wandten sich gleichsam schutzsuchend, Bestätigung heischend und nicht offen, vertrauensvoll und zwanglos einander zu. Dudley war mißtrauisch. War Dali wirklich wahnsinnig? Oder war sein Wahnsinn Pose? War seine Exzentrizität spontan oder Berechnung?
Da ich spanisch spreche, wünschten die anderen von mir, daß ich das Rätsel löste, doch hatten sie dabei nicht mit dem Organisationstalent Mrs. Dalis gerechnet. Ehe wir uns dessen versahen, war das Hauswesen nur noch zum Wohlergehen Dalis tätig. Wir durften die Bibliothek nicht mehr betreten, da er dort arbeiten wollte. Ob Dudley wohl so freundlich wäre, nach Richmond zu fahren, um dies und das aufzutreiben, was Dali zum Malen benötigte? Ob ich so freundlich wäre, einen Artikel für ihn zu übersetzen? Ob Caresse die Illustrierte *Life* zu einem Besuch einladen werde?
So erfüllten wir jeder die uns zugewiesenen Aufgaben. Mrs. Dali erhob niemals die Stimme, nie suchte sie zu verführen oder schmeichelte sie uns. Stillschweigend nahm sie an, daß wir alle hier seien, um Dali, dem großen, unbestreitbaren Künstler zu dienen.
In der Hoffnung, ein wenig spanische Atmosphäre zu schaffen, die ihn zur Mitteilsamkeit bewöge, kochte ich ein spanisches Gericht. Doch Mrs. Dali schätzt die spanische Küche nicht.

Eines Morgens erfuhren wir, das Caresses verlegerische Pläne gescheitert waren. Wir setzten uns zusammen und erörterten die Möglichkeiten, im Hampton Manor selbst ein Druck- und Verlagsunternehmen einzurichten. Wir gingen zur Scheune, um zu prüfen, ob sie sich als Druckerei verwenden ließe, sie war jedoch offen, zugig, ungeschützt und nicht heizbar. Darauf musterten wir ein kleines, ursprünglich für die Dienerschaft bestimmtes Gebäude, ein hübsches weißes Haus mit vielen holzverkleideten, ungestrichenen Räumen. Es war genau das, was wir brauchten. John Dudleys Schwierigkeiten würde es gleichfalls lösen, denn er besaß keinen Penny und wußte nicht, wohin er gehen sollte. Er war handwerklich geschickt und würde an der Druckerpresse arbeiten.
Caresse wünschte *Nadja* von André Breton in der Übersetzung von Eugene Jolas, einen Roman von Kay Boyle, Erinnerungen von Marianne Oswald, ein Buch von Blaise Cendrars, Raymond Radiguet, Miller und mir zu publizieren.

Eines Abends, als alle ausgegangen waren, sprachen Caresse und ich vertraulich miteinander. Sie erzählte mir herrliche Geschichten, darunter eine aus ihrer zweiten Ehe. Kurz nach den Flitterwochen war ihr Mann eingezogen worden. Als er einmal Urlaub hatte, besuchte sie ihn. Die Stadt war jedoch so überfüllt, daß sie kein Hotelzimmer fanden. Sie wollten sich nicht trennen und streiften zusammen durch Wiesen und Wälder. In einem Übungsgelände breitete er auf der Sohle eines Schützengrabens seinen Mantel aus, sie liebten einander und schliefen zusammen ein. In der Morgenfrühe wurden sie von einem donnernden Geräusch geweckt. Direkt über ihren Köpfen sprangen Pferde über die Gräben. Kavallerieoffiziere beim morgendlichen Training!

Nachdem Harry Crosby Selbstmord verübt hatte, blieb sie in der Mühle wohnen, und ihr Haus war voller Gäste. Drei der Geladenen waren ihre Liebhaber. Dies beunruhigte Caresse jedoch nicht. Sie brachte jeden in einem anderen Flügel des Hauses unter und besuchte sie zu verschiedenen Stunden.

Als ich zum zweitenmal nach Hampton Manor kam, war Caresse nicht da, und die Atmosphäre hatte sich verändert. Feindselige Unterströmungen vergifteten die gemeinsamen Mahlzeiten. Mrs. Dali besaß nur geringe Englischkenntnisse, die Gespräche wurden deshalb in französischer Sprache geführt, und Flo und John Dudley fühlten sich dadurch gedemütigt. Mrs. Dalis Forderungen waren überwältigend. John war es müde, den Laufburschen zu spielen. Flo fühlte sich von den internationalen Kunstgesprächen ausgeschlossen. Dalis muntere und beständige Emsigkeit reizte John. Dali malte jeden Tag, er pfiff und sang dabei.

Die Art, wie Mrs. Dali ihren Mann verhätschelte, erbitterte Henry, er zog seine Lieblingswaffe hervor: Widerborstigkeit und Widerspruch. In allem, was Dali sagte, hatte er unrecht. Sogar in seiner Vorliebe für Hammelfleisch äußerte sich etwas Unrechtes! Ich hörte Dali gern zu. Er steckte voller Einfälle und wilder Phantasien. John und Henry ärgerten sich, wenn wir spanisch sprachen. Mrs. Dali beobachtete mich mit Wachsamkeit. Dali mochte mich gut leiden und verlor seine Scheu, wenn ich kam. Er zeigte mir sein Werk.

Henry schrieb an einem Buch über Griechenland.

Doch der Zauber verflog. Die Verlagspläne wurden aufgegeben. Caresse hatte nicht genügend Anfangskapital. John war nicht willens, die ganze Arbeit zu tun. Ich konnte nicht oft genug kommen, um ihm von Nutzen zu sein.

An Johns Geburtstag fanden wir ein Paket Spielkarten um seinen

Ford verstreut liegen. Ich hob nur die auf, deren Vorderseite nach oben zeigte, und bat den Negerkoch, aus ihnen Johns Zukunft zu lesen. Der Koch sagte, es seien lauter Glückskarten.
Der Gärtner hatte einen übelaussehenden Furunkel am Daumen. John und ich boten ihm an, ihn ins Krankenhaus zu bringen.
Auf der Fahrt durch das Gelände sehen die Straßen in der Entfernung naß aus, wenn man näher kommt aber sind sie staubtrocken. Gaukelei. Baumzweige sind in Kokons gehüllt, ein Gewirr aus Spinnennetzen, verdorrten Blättern und vertrockneten Insekten liegt in weißen Gewändern aus Nebel und Tau, und Fäden flüssigen Silbers hängen herab, aus denen die Kokons ihre silbrigen Taschen, ihre schneeweißen Federfahnen aus kristallisiertem Speichel weben werden.
Ein Teich stak voller Bäume, denen die Wipfel fehlten.
Die Luft war matt. Die Bäume schienen matt. Negerkinder starrten uns entgegen und kicherten. Die Zikaden sangen vor trunkener Heiterkeit.
Während der Gärtner im Krankenhaus war, schwammen wir im Potomac. Darauf setzten wir uns in ein Café, um auf ihn zu warten.
John hatte über den Tod Europas und seiner Künstler geschrieben. Ich hörte mir seine Ausführungen an und sagte dann: »John, wenn Sie sich für Ihr eigenes Werk Luft und Raum und Platz schaffen wollen, so tun Sie es, aber beerdigen Sie uns nicht vorzeitig, denn wir sind weit entfernt vom Tod, wie Sie an Dalis Werk, an Henrys und meinen Schriften sehen können, von denen sie sich zu nähren behaupten. Tatsächlich sind wir in höherem Maß als Sie lebendig und fruchtbar. Sie bereiten sich darauf vor, zu leben und wirksam zu werden. Verleugnen Sie nicht Ihre Quellen. Selbst wenn Ihr Werk, was sehr wohl sein mag, völlig anders ist, selbst wenn Sie eine neue Art der Malerei, eine neue Art des Schreibens erfinden, ist es großmütiger, den Vorfahren Ehre zu erweisen. Können Sie sich ein Bild von Ihrer Zukunft machen?«
»Das kann ich allerdings nicht.«
»Möglicherweise deshalb nicht, weil Sie die Vergangenheit beiseite tun. Die Zukunft zieht ihre Nahrung aus der Vergangenheit und formt sie dann um, bringt eine neue Alchimie zustande. Zehren Sie von uns, ehe Sie uns begraben.«
Dadurch verletzte ich ihn, denn er hatte wirklich von Henrys und meinen Werken gezehrt, war indes auch zornig, wollte sich von uns befreien, denn er konnte seine Verwirrungen, sein inneres Chaos, seine Unsicherheiten, seine Fehlschläge, seine Abhängigkeit von uns, sein Verlangen nach Selbständigkeit nicht bewältigen.

Seine Augen füllten sich mit Tränen. »Sie sind aus einem versunkenen Atlantis hierhergekommen.« (Schon wieder! Wie versessen sie darauf sind, sich Europas Untergang einzureden und sich als Schöpfer einer neuen Welt zu sehen!) »Aus einer verschwundenen Welt. Sie sind eine Überlebende aus einer verschwundenen Welt. Sie haben den Tod gesehen, sind aber nicht gestorben. Sie und Henry sind lebendiger als die Künstler meines Alters.«

Wenn wir nachts aus dem Hause gehen, erinnern die erleuchteten Räume an Chiricos »Metaphysische Zimmer«, und die Teiche sehen aus wie Max Ernsts Bilder von stagnierenden Gewässern. Unsere nur mit Sandalen bekleideten bloßen Füße spüren den Kitzel des feuchten Grases. Die Insekten schlagen mit den Flügeln gegen die Fliegenfenster. Die Nächte nehmen uns auf wie ein Schlund voll wollüstiger Wärme, sie wecken die Sinne, sie sind fast greifbar. Gleich einer Liebkosung berühren sie die Haut. Wo immer die Erde noch atmen darf, atmen unsere Körper auf, der Puls der Natur beschleunigt unseren eigenen Pulsschlag. Für die Liebenden sind tropische Nächte Hängematten.

[September 1940]

Während meiner Abwesenheit kamen Leute von der Illustrierten *Life,* um das Besitztum zu photographieren. Mit einem Flaschenzug wurde ein Klavier in die Spitze eines alten Baums befördert. Die Levitation mußte noch einen Anreiz bekommen: Dali war an seiner Staffelei zur Stelle.[1]

Dies war nicht das einzige Happening während meiner Abwesenheit. Caresse lebte mit ihrem Mann, dem Südstaaten-Kavalier, in Scheidung. Er hatte gehört, daß sie ihr Haus mit Künstlern bevölkerte. Eines Nachts traf er ein, riß alle Türen auf und schaltete alle Lichter ein. Doch ach, keine Orgie bot sich seinen Blicken dar! In einem Zimmer schliefen Mr. und Mrs. Dali, in einem anderen Zimmer schlief Caresse allein, Henry ebenfalls allein in einem dritten. John und Flo Dudley schliefen in einem vierten Zimmer. Er forderte alle auf, das Haus zu räumen, da ihm jedoch niemand die geringste Aufmerksamkeit schenkte, stürmte er die Treppe wieder hinunter und schrie, daß er Dalis sämtliche Gemälde vernichten werde. Daraufhin bekamen es die Dalis mit der Angst zu tun, kleideten sich an, liefen die Treppe hinab, verpackten alle Gemälde und fuhren von dannen.

Die allgemeine Wahnvorstellung, man solle historische oder soziologische Bewegungen, dagegen nicht den Einzelmenschen beobachten, ist ebenso fehlgeleitet wie ein Arzt, der sich nicht für den Einzelfall interessiert. Jeder Einzelfall vermittelt eine Erfahrung, die für das Verständnis der Krankheit wertvoll sein kann.

Es gibt eine Stumpfheit in zwischenmenschlichen Beziehungen und daneben die hartnäckige Behauptung, daß der Schriftsteller die Verbindung vom Einzelnen zum Ganzen herstellt, die durchaus scharfsinnig wirkt. Ich halte genau das Gegenteil für wahr. Jedes Einzelwesen repräsentiert das Ganze, ist eine Erscheinung des Ganzen und sollte gründlich verstanden werden. Daraus erwüchse ein weitaus größeres Verständnis für Massenbewegungen und Gesellschaft.

Auch läßt die Gleichgültigkeit gegenüber dem Einzelnen, der gänz-

[1] Die Photographie erschien in der Ausgabe vom 7. April 1941. (Anm. d. Hrsg.)

liche Mangel an Interesse, den isolierten, einzigartigen Menschen gründlich zu kennen, die menschlichen Regungen und die Menschenliebe verkümmern.
Sobald einer in der Sprache der Psychologie redet (das Verständnis des Einen auf die Vielen anzuwenden, ist nicht Aufgabe des Romanciers, sondern des Geschichtsschreibers), verhalten sich die Leute so, als ob es ihm am Interesse an den gewaltigeren Strömungen der Geschichte des Menschen fehle. Mit anderen Worten, sie halten sich für befähigt, die Massen zu studieren, und glauben, dies sei verdienstvoller, Zeichen eines umfassenderen Begreifens, als sich auf eine Einzelperson zu konzentrieren. Das macht sie, wie ich in Dorothy Normans Salon beobachte, in ihren Beziehungen, Freundschaften, in ihrem psychologischen Verständnis unzulänglich.
In ihrem Kreis handeln die Gespräche nur von Ideen, nie von Menschen. Und wenn die Kunst unsere Beziehung zu den Sinnen ist, so besitzen sie keine Sinnesorgane. Sie diskutieren. Ihre menschlichen Reflexe bleiben ihren Erörterungen fern. Ein Neger ist eine Idee, ein Begriff. Für mich ist er eine Person, Millicent zum Beispiel, die zum Symbol dessen wird, was die Neger erleiden müssen.
Dort herrscht zudem eine Strenge, eine Oberflächenhärte, vor der ich zurückschrecke. Ich begegne weder Teilnahme noch Einfühlung. Lediglich Begriffen. Jedes Zeichen von Gefühl berührt sie wie eine Verletzung der Moral. Das Dauerverhältnis zu Zahlen (Massen) scheint das Verständnis für die menschliche Natur zu zerstören, ganz ähnlich, denke ich, wie ein General den Sinn für seinen Soldaten als einen Menschen verliert und ihn nur noch als Nummer in einer Truppe betrachtet. Die Künstler sind ein gutes Gegenmittel gegen ausdruckslose, sture Gesichter.

Anhand von Tagebuchnotizen schrieb ich die Geschichte des Malers Hans Reichel nieder. Seltsame Tage der Verlassenheit und des inneren Brandes. Was ist Erinnerung? Kann sie über Jahrhunderte hinweg vererbt werden? Kann ich meine Liebe für Hampton Manor von den frühen Vorfahren geerbt haben, die aus Frankreich nach New Orleans kamen? Wenn wir Charakterzüge erben, warum nicht auch Erinnerungen?

Was mir an John Dudley gefällt, ist seine rhythmische Begabung. Rhythmus ist auch das, was mir an Amerika am meisten zusagt. Die Sprache der Jazzmusiker hat Geschmack, Farbe, Sprühen. Die Besinnlichkeit, die Verträumtheit Europas ist hier wegen des Tempos nicht möglich. Dieses Tempo hindert die Erlebnisse daran, in den Menschen einzusickern, einzusinken, ihn zu durchdringen.

Ich bin empfänglich für Intensität, liebe es aber auch, auf Handeln Nachdenken folgen zu lassen, denn dann entsteht Verständnis, und Verständnis macht mich bereit für das am nächsten Tag zu Vollbringende.
Mein soziales Gewissen unterscheidet sich von dem der Amerikaner. Es findet seinen Ausdruck nicht in einer Gruppenarbeit, der Teilnahme an einer gemeinschaftlichen Tätigkeit. Es drängt mich, einem außergewöhnlichen Menschen beizustehen, der darum kämpft, sich zu bilden und zu entfalten, der begabt ist, der aber keine Führung hat, dem keine Gelegenheiten geboten werden.
Mein Mangel an Vertrauen zu den Männern, die nur führen, rührt daher, daß sie das Irrationale im Menschen nicht erkennen, daß es ihnen an Einblick in diesen Bereich fehlt. War jedoch das persönliche, individuelle Drama des Menschen nicht erkennt, kann die Menschen nicht führen.
Für mich hat die Psychologie aufgehört, nur eine Heilmethode für neurotische Fälle zu sein. Jeder, nicht nur der Neurotiker, lebt aus tief in seiner Erfahrungswelt wurzelnden Antrieben. Das äußere schablonenhafte Verhalten mag dies mehr oder weniger maskieren. Das individuelle Irrationale sollte isoliert und bewußt gemacht werden, ehe es ein Aggregat bilden kann. Die Massen sind lediglich eine Anhäufung solcher blinden Impulse. Nationen, Staatsmänner, Geschichte könnten in gleicher Weise wie das nicht rationale Verhalten analysiert und verstanden werden.
Tatsächlich haben die Massen meistens gerade in den Führern das Symbol nicht rationaler Emotionen und somit das Symbol ihrer eigenen negativen, zerstörerischen Neigungen erblickt.

Nach langem Suchen fand ich eine Wohnung, die ich mir leisten kann. Für sechzig Dollar monatlich ein Atelier mit Glasdach im obersten Geschoß, 215, West Thirteenth Street. Fünf Treppen hoch. Ein sehr großer und hoher Raum, der in seiner ganzen Länge und halben Breite von einem schrägen, aus zwölf Scheiben bestehenden Glasdach überdeckt ist. Eine kleine Küche, die Herd und Kühlschrank kaum genug Platz bietet. Ein kleines Bad. Eine Tür führt auf eine etwa drei mal vier Meter große Terrasse, von der aus man auf Hinterhöfe und die Rückenansicht einer Fabrik blickt, aber wenn ein Lüftchen geht, kann man den Hudson riechen.
Ich kaufte einfache ungestrichene Möbel, Betten, große Arbeitstische. Die früheren Mieter hatten einen braunen Spannteppich dagelassen. Ich legte indianische Sarape darüber.

Dorothy Norman wird meinen Essay »Woman in the Myth« publi-

zieren, der auf dem basiert, was ich über Hélène in Paris geschrieben hatte.
Ich schreibe jeden Tag. Ich habe über die Rue Dolent geschrieben, über Pedrito, den klumpfüßigen Schuster, der so gern die Leute beobachtete, die an seinem Kellerlädchen vorbeigingen. Er konnte nur ihre Füße sehen. Einige Seiten über das Pariser Leben. Seine Atmosphäre. Ich weiß noch nicht, wohin mich diese Versuche führen.
Henry sagte vom Werk Dalis: »Es ist der Styx, der Fluß der Neurose, der Fluß, der nicht fließt.«
Er sagte auch, daß er, was ich »unmenschlich« nenne, als »jenseits vom Menschlichen« definiere.

Wunderschöne Herbsttage. Ich liebe das Village. Ich liebe die italienischen Läden, in denen selbstgemachte Spaghetti und frischer Käse verkauft werden, die Gemüsekarren, in denen wohlschmekkende kleine Früchte und Gemüsesorten, nicht die faden Riesenexemplare liegen. Die farbenfrohe Macdougal Street. Die Mews und die Macdougal Alley mit ihren entzückenden kleinen Häusern, die noch aus einer anderen Zeit stammen, ihrem Kopfpflaster und ihren alten Straßenlaternen. In der Macdougal Street gibt es Nachtlokale, in denen ein subtiler leiser Jazz mit gelegentlicher Rasanz gespielt wird.
Auf dem Washington Square setzte ich mich auf eine Bank und schrieb Artauds Geschichte nieder, eine Zusammensetzung aus Tagebuchfragmenten und erfundenen Gesprächen.

Caresse Crosby hatte einen Plan gefaßt. Sie wollte die französischen Surrealisten André Breton, Paul Éluard, Benjamin Peret, Pierre Mabille und andere in die Vereinigten Staaten herüberschaffen und zu diesem Zweck ein Schiff erwerben. Sie fuhr nach Florida und fand dort genau das, was sie brauchte, ein altes Schiff, das groß genug war, um den Ozean überqueren und sämtliche Künstler, die kommen wollten, aufnehmen zu können! Welch großartige Ladung wäre das gewesen!
Als alle Vorbereitungen getroffen worden waren, die Surrealisten ihre Zustimmung gegeben hatten, ging das Schiff unter, als es vom Stapel gelassen wurde.

Mein Atelier hat die Form eines A und ist lichtdurchflutet. Auf der einen Seite neben meinem Bett steht ein Büchergestell, auf der anderen ein Tisch, den ich in einem Antiquitätengeschäft gekauft habe. Er ist mit Szenen aus der spanischen Geschichte bemalt, seine Platte sieht aus wie ein Tablett mit schmiedeeisernen Griffen. An

jedem Ende trägt er zwei Laternen. Gonzalo sagte mir, daß es ein Festtisch sei. An Feiertagen würden solche Tische vor die Kirchentüren getragen und für den Verkauf von Erfrischungen hergerichtet. In den kleinen Laternen würden Kerzen angezündet.
In dem asketischen Arbeitszimmer nimmt sich der Tisch wie ein kostbares Schmuckstück in einfachster Fassung aus.
In der Nacht nach meinem Einzug zog ein heftiges Gewitter herauf. Ich hatte das Gefühl, daß dies von schlimmer Vorbedeutung sei. Wird der Krieg auch hierher kommen? Was in der Welt vor sich geht, ist ungeheuerlich. Die Leute erlernen den Gebrauch der Gasmasken, ich meine gleichfalls, ich müsse eine Maske tragen, die mich mit dem Sauerstoff der Träume versorgt, und müsse arbeiten, um die schöpferischen Zellen als Abwehr gegen die Verwüstung am Leben zu erhalten. Ich will nicht hart und fühllos werden wie manche in meinem Umkreis. Sie zucken die Achseln und legen noch eine weitere Hülle der Gleichgültigkeit um.
Henry bereitet sich auf seine Vortragsreise durch Amerika vor. Sein wunderbares Buch über Griechenland (The Colossus of Maroussi) hat bei den Lesern kein Verständnis gefunden.

Gonzalo erzählt mir Geschichten über die Mißhandelten, die Ausgebeuteten, die Versklavten, die Verfolgten.
Millicent erzählt mir von Harlem. Ihre Würde, ihr geduldiges Ertragen, ihre guten Augen, ihr reines Gesicht rühren mich. Als sie, von meiner Mutter geschickt, zum erstenmal zu mir gekommen war und dann beim Nähen saß, fiel die Garnrolle zu Boden, ich hob sie auf und gab sie ihr. Diese Geste bestimmte die Art unserer Beziehung. Millicent kennt keine Unterwürfigkeit, mein Verhalten gefiel ihr. Ich achte sie, und sie ist treu und ergeben.
Ich kann das ständige Reden über Demokratie und Soziologie mit derart schroffen Vorurteilen und selbstherrlicher, puritanisch strenger Engherzigkeit nicht in Einklang bringen.

In meinen Gedanken ist Paris manchmal nicht eine Stadt, sondern ein Heim. Eingezäunt, abgeschirmt, geschützt, traulich. Draußen vor dem Fenster das Geräusch des Regens, Geist und Körper dem Drinnen zugewandt, vertrautem Umgang, Freundschaften und Lieben. Wieder ein eingefriedeter und traulicher Tag der Freundschaft und Liebe, ein Alkoven. Paris so intim wie ein Zimmer. Alles der Intimität geweiht. Von fünf bis sieben Uhr war die magische Zeit für die Rendezvous der Verliebten. Hier ist es die Cocktailstunde.
New York ist der krasse Gegensatz zu Paris, vertrauter Umgang der hiesigen Menschen letzte Sorge. Der Freundschaft und ihrer Ent-

faltung wird keine Aufmerksamkeit gewidmet. Nichts wird getan, um die Härte des Lebens zu mildern. Über die »Welt«, über Millionen, über Gruppen wird viel gesprochen, den Beziehungen der Menschen zueinander aber fehlt die Wärme. Subjektivität, Zeichen des Innenlebens drangsalieren sie; das Interesse des Einzelnen am eigenen Wachstum und an der Selbstentfaltung wird scheel angesehen.

Subjektivität an sich scheint bereits ein Fehler zu sein. Lob oder Komplimente werden nicht gezollt, weil Lob Höflichkeit und alle Höflichkeiten Verstellungen sind. Amerikaner sind stolz darauf, einem nur Unerfreuliches zu erzählen. Das Tabu, niemals von sich selbst zu sprechen, wird mit der offensten, unverfrorensten Eigennützigkeit und Selbstsucht verknüpft.

Wenn die Menschen eine bessere Kenntnis der Psychologie besäßen, hätten sie in Hitler den psychopathischen Mörder erkannt. Völker sind neurotisch, und Führer können Psychopathen sein.

Vielleicht, daß der Elfenbeinturm des Künstlers zur letzten Feste wird für die menschlichen Werte, die Kulturschätze, den Schönheitskult des Menschen.

[Oktober 1940]

Henry hat seine Odyssee durch Amerika begonnen.
Gonzalo hat sich nicht in dem großen Räderwerk der politischen Ideologien verfangen, das das Leben der Einzelnen vergänglichen, veränderlichen, im Kern verdorbenen Theorien opfert.
Haß, Macht und Fanatismus, Systeme und Pläne bekämpfe ich mit Liebe und künstlerischer Gestaltung, immer und immer wieder, trotz des Wahnsinns der Welt.
Wir leben in einer Zeit der Zerstörung. Zerstörung und schöpferische Leistung hielten sich manchmal die Waage: große Kriege, große Kulturen. Doch nun herrscht die Zerstörung vor. Menschen sterben für Systeme, die persönlicher Machtgier und Bereicherungssucht als Maske dienen. Vor ihnen verschließe ich die Tür einer kleinen, aber an Liebe reichen Welt, verschließe ich die Zellen der Hingabe, Fürsorge, Arbeit, um gegen Krankheit und Irrsinn der großen Welt zu streiten. Manchmal hat eine kleine Welt große Systeme besiegt, die sich auf Täuschungen gründeten.
Die Mächte der Zerstörung und des Wahnsinns breiten sich nun bis nach Griechenland aus. Athen wurde bombardiert. Unfaßlicher Alptraum.

Besuch bei den Patchens. In ihrem Milieu begegne ich etwas nie zuvor Erlebtem, das mich verwirrt. Ich habe zeitweilig das Gefühl, in einem Kafkaschen Alptraum der verschlossenen Gesichter, des Schweigens, der Ausdruckslosigkeit befangen zu sein. Die Menschen geben sich nicht zu erkennen, sie scheinen nicht einmal da zu sein. Ich vermisse Wärme und Blühen, den Brückenschlag. Patchen hat nichts zu sagen. Trotz Henrys Lob erscheint mir sein Werk ähnlich der Leistung eines Schwertschluckers. Es schluckt sich selbst, es ist ein Hymnus auf die Vernichtung. Gegenüber anderen Menschen scheint er blind und taub. Seine Frau sagte mir: »Sie sollten Dostojewskij nicht lesen. Er war ein Trunkenbold und ein Spieler und hat seine Frau verprügelt.«

John Dudley kam zusammen mit Lafe Young. Auf meiner Couch breitete er seine neuen Zeichnungen und zweihundert vollbeschriebene Seiten aus; er redete von seiner Geburt, seinem Glauben, seiner Stärke. Die Mutter der Künstler hat also abermals entbunden. Er trägt einen Kordsamthut, der aus Kenosha stammt, und verlangt von mir, daß ich ihm nahe sei, auf daß er zum Künstler werden könne. Außerdem verlangt er fünf Dollar für eine Literflasche schottischen Whisky, obwohl ich ihm zeigte, daß ich nicht mehr als diesen Betrag in der Börse hatte, und ihm erklärte, daß er zum Einkauf von Lebensmitteln bestimmt sei. Ich hatte gerade zuvor Henry Geld geschickt, weil er mit einem durchlöcherten Reifen in einer kleinen Stadt gestrandet war. Henry fährt durch Amerika, während Griechenland mit Bomben belegt wird. Wie wunderbar, daß er seine Erlebnisse, seine Vision des Landes unversehrt bewahren durfte.

Fünfundvierzig Bände des Tagebuchs sind verlorengegangen. In Paris waren sie in eine Kiste verpackt und versandt worden; die Kiste verschwand auf dem Weg zum Schiff.

Die Kommunisten beschuldigen die Kapitalisten, den Künstler zu zerstören, aber sie vollenden die Untat, indem sie Phantasie und Traum peinigen, die Laboratorien des Unbewußten, wo die Psyche lebt und gebiert und wo das innerste Wesen des Menschen leben und schöpferisch sein kann.

Sie zwingen den Künstler, sich seiner Verantwortung als Vater, Sohn, Bürger bewußt zu werden, nehmen somit dieselbe Haltung ein wie die Bourgeoisie, die darauf besteht, der Künstler solle die Lasten mittragen, von denen er sich befreien wollte, um einen anderen Dienst zu leisten, einen ebenso unpersönlichen, der Welt nicht weniger notwendigen wie andere Dienste. Der Künstler erzieht die Seele, zivilisiert den Wilden in uns, er ist der Gesellschaft notwendig. Er wird sich möglicherweise gezwungen sehen, dem kommunistischen Druck entgegenzuwirken, da er zu Tätigkeiten verwendet werden soll, für die er nicht geeignet ist.

Wird der Künstler gezwungen, an der unmittelbaren Gegenwart teilzunehmen, so verliert er seine eigene besondere Perspektive, die ihn befähigt, Vergangenheit, Gegenwart und Zukunft zu erfassen und zusammenzufügen.

Die hiesigen Ansichten über die Art seiner Dienstleistung sind verworren. Zu behaupten, daß der Künstler der Menschheit nicht diene, ist eine Ungeheuerlichkeit. Er ist das Auge, das Ohr, die Stimme der Menschheit gewesen. Immer war er es, der die Grenzen des Bewußtseins und der Erkenntnis überschritt, der unsere wirklichen Seinsverhältnisse mit dem Röntgenblick erfaßte.

Seine Rolle in der europäischen Kultur ist eindeutig. Hier wird ihm ein niedrigerer Rang zugeteilt, weil er nicht von augenfälligem und unmittelbarem Nutzen ist. Seine Nützlichkeit läßt sich nicht messen. Der Künstler vermag nicht auf direkte Art zu dienen. Proust hat in Françoise eine gründlichere Studie einer Dienerin geliefert, als jeder noch so pflichtbewußte Proletarier-Schriftsteller. Mike Gold bezeichnet im *Daily Worker* jedes revolutionären Kämpfen entrungene Gedicht als bedeutendes Kunstwerk. Dem Menschen wird untersagt, sich für irgend etwas außer dem Kampf ums tägliche Brot zu interessieren. Wenn seine Fähigkeit zu träumen, zu phantasieren, zu erfinden und zu erproben dabei getötet wird, wandelt sich der Mensch in einen wohlgenährten Roboter und stirbt an geistiger Unterernährung. Der Traum hat seine Funktion, und der Mensch kann nicht ohne ihn leben.

Die Frage, die sich der Schriftsteller heute beantworten muß, ist, für welche der beiden Rollen er eine bessere Eignung besitzt. Ist er ein Ernährer und ein Revolutionär in der Welt der Aktion oder ein Ernährer und ein Revolutionär in der Welt des Geistes? Der Mann des Geistes wird gebraucht; er muß in der Sprache der Kunst die von den Materialisten erbaute Welt wieder erschaffen. Wird diese Art der Veredelung zerstört, so wird die *Bedeutung* aller unserer Leistungen mitzerstört, denn der Künstler wie auch der religiöse Mensch verleihen den Dingen Bedeutung.

Seit Jahrtausenden träumt der Mensch davon, eine größere Welt zu schaffen, und um träumen zu können, muß er sich einer bildlichen Sprache bedienen (die das Vorhandensein von Bedeutung in einem sonst leeren Vorgang offenbart). Um zu träumen, muß er über die Wirklichkeit hinausgelangen und darf nicht zur Handlung abkommandiert werden. Er muß seine eigenen Umwege gehen (um eine philosophische und psychologische Perspektive zu erlangen) oder er wird zum Reporter. Kann der Künstler diese Verwandlung nicht üben, so kann es niemand tun, und wir werden wieder zu Tieren. Die Leute vergessen, daß der Künstler mit Symbolen handelt, das heißt, seine Ware ist die von der Seele erhellte Wirklichkeit.

Kathedralen wurden auch nach der Zeit des Katholizismus gebaut. Eine wahrhaft kommunistische Literatur wird erst lange nach dem praktischen Kommunismus geboren werden. Als John Steinbeck über das Elend der Okies (wandernden Landarbeitern aus Oklahoma) schrieb, wurde er sogleich als großer Schriftsteller gepriesen. Welche Verwirrung der Wertbegriffe!

Diese höchste Möglichkeit, den subtilsten Aspekten menschlichen Denkens und Fühlens Ausdruck zu verleihen, die Literatur, wird die Verfolgungen, denen sie ausgesetzt war und ist, vielleicht nicht

überleben: erst durch die Religion, dann durch die Bourgeoisie, dann durch den Marxismus und nun durch den Krämergeist.
Die Intellektuellen erklären, die gegenwärtigen Verhältnisse seien zu tragisch, als daß man sich mit Literatur befassen könne, der Augenblick erfordere vielmehr Aktion. In welchem Gemach des Geistes werden, wenn das zutrifft, Denken und Deuten, die Lenker der Handlung, fortbestehen?
Vielleicht hat diese dunkle Angst jene Schriftsteller, die noch vor wenigen Jahren Marxisten waren, zu Abtrünnigen gemacht. Schriftsteller können nur mit ihren natürlichen Waffen Revolutionen und Evolutionen beeinflussen. Klischees haben niemals irgend jemanden bekehrt außer hysterische Massen.

John Dudley kam, um in New York zu bleiben, ein Atelier zu mieten, zu arbeiten. Er kam in Erwartung meiner Hilfe, meines Geldes, meiner Unterstützung, tätiger Hingabe, Inspiration. Anaïs, suchen Sie mir ein Zimmer. Anaïs, ich brauche einen Zeichenlehrer. Anaïs, nehmen Sie uns mit, wir wollen Jazz hören. Anaïs, finden Sie einen Geldgeber für unsere Zeitschrift. Anaïs, helfen Sie mir schreiben, helfen Sie mir, ein Künstler zu werden.
Zum erstenmal in meinem Leben schnitt ich die Nabelschnur glatt ab. Bestimmte Worte vermag ich nun nicht länger mehr zu sagen, Worte, die ich zu oft gesagt habe. Sie sterben mir auf den Lippen. Ich kann John nicht mehr sagen: »Haben Sie keine Angst«, wenn er beim Anblick eines Zimmers voller Menschen zu zittern beginnt.
Sie schlafen bis spät in den Morgen. Sie trinken den ganzen Tag. »Wir müssen ein billiges Atelier finden, aber ich bin wie ein Kind. Ich weiß nicht, wie man so etwas anpackt.« Ich schnitt Zeitungsanzeigen aus und gab sie John. Aber John sagte: »Ich warte, bis Sie mitkommen können.«
In derselben Woche bat Robert Duncan mich um Geld. Henry telegraphierte und bat um Geld für die Rückfahrt.
Ich glaube, das Mütterliche in mir ist bis zum letzten Happen aufgezehrt worden, und nun ist die Mutter eben tot.

Abendessen bei Dorothy Norman. Wieder das gleiche unterwürfige, förmliche, arktische Klima. Nach dem Essen aber kam Luise Rainer, in einem langen weißen fließenden Kleid, ihr Haar tanzt, ihre Gesten sind anmutig und leicht, fließend auch sie, ihr Fluidum ist das einer bewegten Persönlichkeit. Ihr ausdrucksvolles, belebtes Gesicht zeigt, wie in ihren Filmen, eine größere Traurigkeit, als Rolle oder Situation verlangen. Sie ist von kindlicher Impulsivität, schwankt zwischen Sanftmut und jähen Entschlüssen.

Sie hat ein kleines Gesicht, ihre Augen sind dunkel, blicken mutwillig, ihr Hals ist so schmal, daß sich sogleich der Beschützerinstinkt meldet. Ihre Stimme klingt flüsternd, ihr Lachen unsicher und unterdrückt, Stimme und Lachen tönen gedämpft und sind dennoch beredt und fesselnd.
Sie kann wie in *Frou-Frou* den höchsten Grad weiblicher Koketterie oder wie in *The Great Waltz* äußerste Selbstaufopferung darstellen. Selbst in diesem steifen Raum wirkte sie so frei wie in ihrem Spiel, ließ Zärtlichkeit, Verletzlichkeit, weibliche Herausforderung, Hingabe erkennen. Wenn sie spielt, gibt sie sich hin und bleibt sich dennoch treu; an jenem Abend war es nicht anders. Sie trägt kein Make-up, sie lehnt die äußeren Zeichen ihrer Star-Welt als Schauspielerin ab. Ich habe sie stets für eine der rührendsten Gestalten in der Filmkunst gehalten. Und da war sie nun wirklich, sanft, gefügig, anmaßend, nachgiebig, schien von größerer Gefühlstiefe als die anderen Anwesenden zu sein, ließ alle plötzlich hölzern, gelähmt, verfangen in ihren Kleidern wirken. Ihr tragisches Antlitz verleiht jeder Rolle tiefere Bedeutung, und wenn sie nun die Lider hebt, gerät die Filmgeschichte in Vergessenheit, und eine Frau blickt uns an mit einer Trauer, die älter ist als die Welt.
Ihr autoritäres Gehaben ist das eines Kindes; ich gehe gern darauf ein und fand sie vom ersten Augenblick an liebenswert.

Aus einem Brief von Henry:

»... Das College von Black Mountain liegt vor einem prachtvollen tibetanischen Hintergrund. Wenn ich am Steuer sitze, bin ich in einer Art Trance. Es ist wirklich herrlich und vollauf befriedigend und offenbar unausschöpflich. Erst wenn wir Halt machen, wenn wir in Städte, in Restaurants gelangen, auf Menschen stoßen, wird alles blaß. Immer sind da zwei Welten – Tag und Nacht. Das Land gehört den Indianern und den Negern – dies scheint mir eindeutig festzustehen. Der weiße Mann hat dem Bild nur Häßlichkeit und Elend hinzugefügt. Die Ansichtskarten von Ducktown, Tenessee, geben nur einen schwachen Begriff von der Verwüstung, die dort im Gange ist. Stelle Dir ein Gebiet von hundertdreißig Quadratkilometern vor, das von den Dünsten der Kupferwerke so sehr vergiftet ist, daß alles zugrunde geht und die Erde selbst dort wie eine zuckende rote Narbe aussieht! Ein großartiger Anblick, wenn man so will, wie eine Darstellung der Hölle durch Doré. Aber was für ein Ort für die Menschen, die dort leben ...«

[Dezember 1940]

Henry kehrt von seinen Wanderungen zurück. Er berichtet über Amerika. Er liest mir Auszüge vor, von dem, was er geschrieben hat. Er hatte sich auf die Suche begeben nach etwas, das er lieben könnte. Die Natur, ja; sie war merkwürdig. Er erzählt mir von der Tropfsteinhöhle und ihren Wundern und daß sie ein Rundfunkgerät darin aufstellten, weil der Empfang dort am besten war! Größe oder Macht imponiert Henry nicht. Er sucht nach einem tieferliegenden Amerika. Er spricht von den häßlichen und den schönsten Orten.

Ich glaube, man muß destillieren, um das Wesentliche auszusondern. Amerikanische Schriftsteller, Thomas Wolfe zum Beispiel, waren von der Größe ihres Landes überwältigt und suchten sie darzustellen, indem sie die Vielzahl der Ströme, Gebirge, Städte, die Billionen Gesichter des Landes aufzählten. Was Wolfe schilderte, war Amerikas Quantität, sein gigantisches Ausmaß, nicht seine *Größe.* Damit dies möglich sei, Zusammenfassung, Kondensierung, wurde das Symbol erfunden. Wird ein Schriftsteller vom ungeheuren physischen Umfang dessen, was er erfassen soll, überwältigt, so kann er seinem Stoff nur begegnen, wenn er ihn zur Qualität verdichtet. Wenn ich die lauteste Fabriksirene der Welt, die heiserste aller klagenden Schiffssirenen höre, die riesenhaften Maschinen in den Fabriken sehe, bin ich nicht beeindruckt. Denn das ist lediglich Material. Das menschliche Erlebnis, die menschliche Empfänglichkeit muß einen Weg finden, um uns Macht, Kraft *empfinden* zu lassen, doch führt dieser Weg nicht über Mathematik.

In Europa ging die Aufklärung von Wenigen aus, und die Wenigen führten die Vielen. Jetzt sind die Wenigen unterdrückt, und die Massen regieren. Die Masse ist noch ungebildet und wird nicht von der Intelligenz des Landes geleitet, sondern von den Handelsvertretern. Sie verkaufen, sie erziehen nicht.

Zur Zeit ist Henry zornig; vielleicht eine Rechnung, die er persönlich mit Amerika begleichen muß. Ich bin nicht zornig, suche aber verzweifelt nach dem sensitiven und humanen Amerika. Doch ich spüre Wut und Gewalttätigkeit in der Luft.

Mit Henry eine Fülle von Gesprächen, Plänen, Eindrücken ausgetauscht, Begeisterung beim Schreiben, Schildern, Geschichtenerzählen. Er ist immer guter Dinge, wenn er nicht Reformator sein will.
Er sieht zerbrechlich aus, jedoch alterslos, lediglich ein wenig müde und zerquält von langen Nächten, zahlreichen Einladungen und den Forderungen der Leute an ihn. Denn hier wenden sich die Menschen an ihn um Hilfe. Er hat Patchen gefördert. Er hat das *Journal of Albion Moonlight* gelesen, das Buch gelobt und Reklame dafür gemacht. Man fordert von ihm, daß er Schwierigkeiten löst, daß er hilft, Briefe schreibt, für andere als Bittsteller auftritt.
Der erste Band von *The Rosy Crucifixion* liegt auf seinem Schreibtisch. Sein Leben mit June. Wir aßen zusammen in einem chinesischen Restaurant zu Abend.
Er war ganz benommen von seinen Wanderungen durch Amerika und bemüht, seine Eindrücke zu ordnen.
Mir kam der Gedanke, daß der Radioempfänger in der Tiefe der Tropfsteinhöhle in Virginia eine Szene von erstaunlicher Symbolkraft sei. Eine Szene, die mir gleichfalls bedeutungsvoll erschien, sahen wir in einer Varietéaufführung. Neben einem Grammophon stand ein Mann und sang. Plötzlich passierte irgend etwas mit dem Apparat, und man merkte, daß der Mann gar nicht gesungen, sondern nur die Lippen bewegt hatte, und daß die Musik die ganze Zeit von der Platte herrührte. Aus dem Grammophon ertönte eine Stimme, die sagte: »Jetzt bist du selber an der Reihe.« Der Mann hatte jedoch keine Stimme. Ich würde das amerikanische Reisebuch damit beginnen lassen. Wir lachten.
Henry erzählte mir von dem Büchersammler. Sie treffen sich manchmal zum Mittagessen.
Er hatte Henry ein Manuskript abgekauft, und ihm dann den Vorschlag gemacht, er solle für einen seiner alten und vermögenden Klienten etwas schreiben. Viel wußte er von dem Klienten nicht zu berichten, nur daß er sich für erotische Literatur interessiere.
Henry machte sich vergnügt, unter Späßen, an die Arbeit. Er erfand unsinnige Geschichten, über die wir uns amüsierten.
Henry hatte sich auf ein Experiment eingelassen, und zunächst schien die Aufgabe leicht zu sein. Doch nach einer Weile wurde sie ihm lästig. Er wollte keinen der Stoffe verwenden, über die er in seinem eigentlichen Werk zu schreiben plante, und war deshalb gezwungen, seinen Einfällen und Stimmungen Gewalt anzutun.
Von seinem sonderbaren Auftraggeber erhielt Henry nie ein Wort der Bestätigung. Es war natürlich möglich, daß er seine Identität nicht preisgeben wollte. Doch Henry fing an, den Sammler zu necken. Existierte der Auftraggeber wirklich? Oder waren die Blätter

für den Sammler selbst und dazu bestimmt, seinem eigenen trübseligen Leben eine Steigerung zu geben? Waren Auftraggeber und Sammler eine und dieselbe Person?

Henry und ich erörterten diese Fragen des langen und breiten und waren ebenso verwirrt wie amüsiert.

Zu diesem Zeitpunkt teilte der Sammler Henry mit, daß sein Klient auf dem Weg nach New York sei und daß Henry ihn kennenlernen werde. Doch aus irgendeinem Grund fand die Zusammenkunft niemals statt.

Der Sammler war verschwenderisch mit Angaben darüber, wie er die Manuskripte mit Luftpost verschickt, wieviel das Porto gekostet habe – kleine Einzelheiten, die dazu dienen sollten, seine Behauptungen über das Vorhandensein seines Klienten realistischer erscheinen zu lassen.

Eines Tages bat er um ein Exemplar von *Black Spring* mit eigenhändiger Widmung.

Henry sagte: »Haben Sie mir nicht erzählt, daß er bereits signierte Ausgaben aller meiner Bücher besitzt?«

»Er hat sein Exemplar von *Black Spring* verloren.«

»Wem soll ich es dedizieren?« fragte Henry unschuldig.

»Schreiben Sie einfach: einem guten Freund und setzen Sie Ihren Namen darunter.«

»Es muß ihn also doch geben«, sagte Henry.

Einige Wochen darauf benötigte Henry *Black Spring* und konnte kein Exemplar mehr finden. Er beschloß daher, sich das des Sammlers auszuleihen. Er ging ins Büro des Herrn. Die Sekretärin bat ihn zu warten. Henry sah sich mittlerweile die Bücher im Bücherregal an. Er entdeckte auch ein Exemplar von *Black Spring*. Er nahm das Buch heraus: es war das dem »Guten Freund« gewidmete.

Als der Sammler ins Zimmer trat, berichtete ihm Henry lächelnd von seiner Entdeckung. Gleichfalls in strahlender Laune erklärte der Sammler: »Ach ja, der alte Herr war so ungeduldig geworden, daß ich ihm mein eigenes Exemplar schickte, in der Absicht, es bei seinem nächsten Besuch in New York gegen dieses, inzwischen von Ihnen signierte, auszutauschen.«

Als wir uns trafen, sagte Henry: »Die Sache wird mir immer rätselhafter.«

Wenn Henry ihn nach der Reaktion des Gönners auf seine Geschichten fragte, sagte der Sammler: »Oh, ihm gefällt alles. Er findet alles wunderschön. Aber am liebsten hat er es, wenn es nur Schilderungen sind, Erzählungen ohne Deutungen und philosophische Betrachtungen.«

Als Henry Geld für seine Reise brauchte, schlug er mir vor, inzwischen selbst einige Erotica zu schreiben. Ich wollte nichts Selbsterlebtes preisgeben und beschloß, eine Mixtur aus Gehörtem und Erfundenem zu fabrizieren, jedoch so zu tun, als stammten die geschilderten Episoden aus dem Tagebuch einer Frau.
Den Sammler bekam ich nie zu Gesicht. Er wollte meine Seiten lesen und mir dann sein Urteil mitteilen.
Heute erhielt ich einen Anruf. »Es ist gut so. Aber lassen Sie die poetischen Stellen und die Beschreibungen weg, außer denen, die sich auf Sexuelles beziehen. Beschränken Sie sich auf Sex.«

Wenn ich sinnliche oder poetisch-erotische Beschreibungen gab, beschwerte sich der Klient; ich fing deshalb an, mit heimlicher Ironie zu schreiben, exotisch, erfindungsreich zu werden und derart zu übertreiben, daß ich glaubte, er müsse bemerken, daß ich Sexualität karikierte. Doch ein Protest erfolgte nicht.

Ich verbrachte mehrere Tage in der Bibliothek mit dem Studium des *Kama Sutra*, ließ mir von Freunden ihre außergewöhnlichsten Abenteuer erzählen und schrieb:

»Bijou interessierte sich brennend für psychische Phänomene, Hypnotiseure und Hellseher. Sie ließ sich gern ihre Zukunft voraussagen. Ihre geschminkten Augen, ihr stark gepudertes Gesicht, ihr Gang, ihre rauhe Stimme, alles verriet ihre Profession, doch wenn sie die halbverdunkelten Räume von Kartenlegerinnen und anderen Wahrsagern betrat, fühlte sie sich unschuldig wie ein unerfahrenes Mädchen und für jede romantische Prophezeiung empfänglich.
Sie hörte von einem Afrikaner aus dem Belgischen Kongo, der als berühmter Wahrsager galt. Alle Frauen aus der Nachbarschaft hatten ihn aufgesucht. Das Wohnzimmer, in dem sie warten mußte, war gewöhnlich und durch nichts auffällig außer dem großen schwarzen chinesischen Vorhang, der vor dem Behandlungsraum des Zauberers hing. Er war über und über mit goldenen Drachen bestickt, die grüne Jadeaugen hatten und rotes Feuer spuckten.
Jedesmal, wenn der Afrikaner den Vorhang hob, blickte er die Wartenden aus grünen Augen an, die in der Dunkelheit gleich den Drachenaugen zu leuchten schienen. Er sah Bijou starr an und verschwand dann mit der Frau, die vor ihr gekommen war.
Dann kam Bijou an die Reihe. Sie befand sich in einem Raum, der bis auf die schimmernde Kugel in der Mitte des Tisches dunkel war. Auf dem Boden lagen viele Kissen. Die Kugel beleuchtete Gesicht und Hände des Afrikaners, sonst nichts. Er trug einen Burnus.

Bijou erklärte, daß sie ihre Zukunft erfahren, aber nicht hypnotisiert werden wollte. Der Afrikaner sagte ihr, sie werde ihren Willen bekommen, doch müsse sie sich erst auf die Kissen legen, die Augen schließen und sich entspannen, während er die gläserne Kugel befrage. Bijou schloß die Augen. Er legte seine Hand auf ihre Stirn. Die Hand war warm und so trocken wie Sand. Dann ertönte seine Stimme, warm und raunend:
›Du bist nicht glücklich, und wenn du nicht glücklich bist, wirst du sehr ungetreu.‹
›Das ist wahr‹, murmelte Bijou.
›Ruhe dich aus‹, befahl er sanft, ›und ich werde in der gläsernen Kugel nach Zeichen deiner Zukunft suchen.‹
Die Weichheit der Kissen und der Stimme lullten sie ein.
›Schlafe. Du bist jetzt schläfrig, du hältst die Augen geschlossen, deine Lider werden immer schwerer. Laß deinen Körper immer schwerer werden, deine Beine, deine Schultern, deinen Kopf, deine Augenlider. Schwerer und schwerer.‹
Bijou fühlte sich schwer und schläfrig, verlor jedoch nicht das Bewußtsein. Ihre Augenlider wurden schwer, sie vermochte sie nicht zu öffnen. Sie fühlte aber, wie ihr Kleid gehoben wurde, so leicht indessen, daß sie ihres Eindrucks nicht sicher war. Vielleicht war es ein Luftzug gewesen. Ein Luftzug hatte das Kleid gehoben. Nicht eine menschliche Berührung. Anscheinend hob die Luft ihren Rock und enthüllte ihre seidenbekleideten Beine. Wo die Strümpfe endeten, spürte sie eine sachte Berührung. Als ob eine Feder über ihre Haut geführt wurde. So leise war die Berührung, daß ihre Haut plötzlich tausend winzige Augen zu haben schien, deren Lider die Berührung geöffnet hatte, und Licht und Wärme über sie fiel, Wellen, Ströme, Schwingungen der Erwiderung. Jede einzelne Zelle weitete sich unter der Berührung anstatt sich zusammenzuziehen und wurde doppelt empfindlich. Sie blieb regungslos liegen. Ihre einzige Befürchtung war, daß die Hand aufhören könnte, ängstlich werden, sich zurückziehen könnte. Sie hätte sich gern bewegt, hätte gern ein Bein abgespreitzt, damit die Finger die innere Haut berührten, die empfindlicher war als die Haut zwischen den Schenkeln.
In ihre Augenlider drang ein rötliches Sonnenuntergangs-Licht. Es war, als ob die Hautzellen roten Wein erst in ihre Augen, dann zu ihrem Hals und in ihre Brüste trügen. Ihre Brustwarzen spürten den Wärmestrom. Das konnte nicht die Hand eines Mannes sein. Das mußte Seide sein oder eine Feder oder das Fell eines weichen Tiers, eines Hasen vielleicht. Wie langsam es sich seinen Weg bahnte, als wisse es, daß es warten müsse, bis alle kleinen Zellen erwacht

waren und in steigender Erregung, gleich Flüssen, die dem Zentrum entgegenschäumen, der Heftigkeit der kleinen Lustwellen folgten, die eine nach der anderen heranspülte, die zunahmen, als die Hand eine immer zartere und zartere Haut erreichte. ›Schlafe‹, sprach die Stimme, ›Schlafe‹, sprach die Stimme, und wirklich schlief alles außer dem Inneren, dem Zentrum der Lust – lag in einem Opiumschlaf voller sinnlicher Träume, duftender, sprudelnder, feuchter und saftiger Träume, als der Finger nun in das Miniaturdschungel eindrang, zwischen Haare und perlende Tropfen weiblicher Essenz.
Die Perle der Frau war das Zentrum dieser elektrischen Entladung, eines lautlosen Wirbelsturms, eines gedämpften, aber weißglühenden Gewitters, mit zuckenden Blitzen, das Fleisch wurde zum Blitzableiter, schillerte von Lichtern, Gongschläge der Lust ertönten, eins, zwei, drei.
›Schlafe‹, sprach die Stimme, doch Bijou empfand kein Verlangen, zu einem gewahrsagten Schicksal zu erwachen, außer dem Schicksal, Frau zu sein, ein Wesen, das in seinem Körper ebenso große Wonnen empfinden konnte wie herzzerreißende Musik, größere Lust als über Aufgang und Untergang der Sonne, größere Schönheit als die der Lagune, die ihre irisblaue Oberfläche ausbreitet, tieferen Rausch als durch den scharfen Weihrauch der Blütenstempel ...«

»Weniger poetische Verbrämung«, sagte die Stimme am Telefon. »Gehen Sie mehr ins Detail.«
Aber hat denn je ein Mensch bei der Lektüre klinisch genauer Beschreibungen Genuß verspürt? Weiß der alte Herr nicht, wie sehr die Worte Farben und Töne in unser Fleisch zu übertragen vermögen?

EIN TELEGRAMM AUS PARIS. DIE KISTE MIT DEN TAGEBÜCHERN WURDE IN EINER KLEINEN FRANZÖSISCHEN EISENBAHNSTATION AUSFINDIG GEMACHT. DER KRIEG WAR SPURLOS AN IHR VORÜBERGEGANGEN. SIE WURDE ZUR BANK ZURÜCKVERLADEN UND DORT WIEDER IN DIE STAHLKAMMER GESTELLT.

Henry erlebt es zum erstenmal, daß er um Hilfe angegangen wird, daß er die Probleme anderer Menschen lösen soll. Die Progression solcher Nöte verblüffte ihn. Hilft man einem, so tauchen fünf weitere auf. Zum erstenmal sah ich ihn niedergeschlagen, weil ihm die Bedürfnisse anderer jäh bewußt geworden waren. Er war fassungslos.
»Ich habe seit meiner Kinderzeit mit diesem Wissen gelebt«, sagte ich.

»Ich kann es nicht ertragen«, sagte Henry.
Plötzlich erkannte er die eigene Lage, die eigenen ungelösten Probleme. Wie lebte er eigentlich? Er begann Fragen zu stellen. Kaum habe ich meinen Zuschuß erhalten, da ist er auch schon wieder ausgegeben. Am zweiten Tag ist meine Tasche leer. Und dann fangen die Mätzchen an, die meine Kraft zermürben. Borgen, Jonglieren, Hinauszögern, Intrigieren. Das entdeckt er nun.
Ich bekannte ihm, daß ich für diesen Kampf körperlich allmählich untauglich werde. Ich lebe ständig in Geldnot, bin ständig verschuldet.
Henry war gerührt. Daß ich Zeugin seines Begreifens wurde, machte mich traurig – sein erstes Erwachen hatte stattgefunden, als er sich um seinen Vater gesorgt hatte –; denn Begreifen bedeutet Traurigkeit und Beschwernis. Ich hätte Henry lieber vergnügt und unbekümmert gelassen.
Das einzige Mal, da ich ihn bat, auf geschäftliche Bedingungen einzugehen, war, als Doubleday ihm einen Vertrag anbot. Der Vorschuß von fünfhundert Dollar gefiel ihm nicht, er hatte sich mehr erträumt. Er wollte das Angebot rundweg ablehnen, doch ich bat ihn, darauf einzugehen, weil es mich entlasten würde. Seltsam, wie die Kinder endlich erwachen, wenn die Mutter an Entkräftung stirbt. Henry war nicht vorsätzlich, sonder unbewußt selbstsüchtig gewesen. Und ich hatte nichts unternommen, um ihm die Augen zu öffnen. Die Mühsal jener, die niemanden kannten, auf den sie sich stützen konnten, hatte Henry die Augen geöffnet.

Edgar und Louise Varèse wohnen in der Sullivan Street, in der Nähe der Bleeker Street, in einem roten Ziegelhaus. Hinten sieht man auf eine Reihe von Gärten, die zu Häusern aus derselben Stilperiode gehören. Das Haus wirkt europäisch. Es liegt in einem Italienerviertel. Bei Nummer 188 angekommen, gehe ich ein paar Stufen hinab und stoße eine rote Tür auf. Drinnen drücke ich auf zwei Türklingeln, die eine ist für Varèses ebenerdiges Studio, die andere für den ersten Stock, dessen Wohnzimmer, Eßzimmer und Küche wegen der Bäume hinter dem Haus in grünes Licht getaucht sind. Manchmal öffnet Varèse die Tür zu den Arbeitsräumen, höre ich aber von dort donnerndes, olympisches Getön, so erscheint Louise auf dem oberen Treppenabsatz und heißt mich willkommen.
Varèses Augen blitzen. Seine buschigen Augenbrauen sind eine Wildnis. Louise Varèse ist von typisch anglo-amerikanischer Schönheit, schmal, groß, blauäugig, sie sieht wie die Heldinnen von Edith Wharton und Henry James aus. Sie ist eine Dame. Eine Dame mit warmherzigem Benehmen und Sinn für Humor. Sie sorgt umsichtig

für Varèses Wohlbefinden und seine Bedürfnisse. Sie mildert seine imposante lebhafte Wirkung, ohne sie im geringsten zu beeinträchtigen. Er ist groß und grobschlächtig, grimmig, revolutionär und faszinierend durch seine Kompromißlosigkeit, seinen Witz, seine beißenden Bemerkungen über altmodische Komponisten. In seinen Ansichten ist er scharf und beständig, in seinen Urteilen endgültig und absolut. Seine Bewertungen sind das, was die Surrealisten *une entreprise de dèmolition* genannt haben. Das Sprengkommando. Was bisher bestand, wird dem Erdboden gleichgemacht. In unmißverständlicher Form schafft er Platz für neue Musik. Er sucht nach neuen Instrumententönen, neuen Klängen. Vom traditionellen Orchester hält er nicht viel. Er hat neue Klangqualitäten erfunden. Die Töne, die seinem Laboratorium entstammen, sind in der Tat neu. Sie scheinen von anderen Planeten zu kommen.

Wenn er einen Besucher die enge Wendeltreppe hinab in sein Studio führt, betritt man ein tönendes Gewölbe. Die Töne rühren von Bändern, Aufnahmen, Gongs her, und die Musik scheint aus zerschnittenen und gleich einer Collage wieder zusammengeleimten Musikfragmenten zu bestehen. Er ist ironisch, spöttisch, grimmig, wie ein ausbrechender Vulkan, und was er mir vorspielte, war ohrenbetäubend und gab mir das Gefühl, selbst im Innern eines Vulkans zu stecken. Seine Kraft genügt dem Maßstab der modernen Welt. Er kann allein eine Musik spielen, die den Lärm des Verkehrs, der Maschinen, der Fabriken übertönt. Er kann sich allein im weiten amerikanischen Binnenland behaupten. Er verfügt über die nötige Stärke, visionäre Kraft und Macht.

Zunächst schüchtert er ein. Er mokierte sich über meine Liebe für Proust. *»Ah, vous souffrez aussi de la Proustatite!«* Louise steht hinter ihm und lächelt sanft und versöhnlich. Er ist einer der Giganten der Musik. Er sieht so aus, als sei er zu groß für das Häuschen im Village. Seine Musik erschüttert die alten Mauern.

Wenn ich dann wieder in das Wohnzimmer hinaufgehe, zieht Louise mich in ihre Schreibecke und zeigt mir ihre Bücher. Sie übersetzt aus dem Französischen und hat Rimbauds *Illuminations* übertragen.

Kay Boyle hatte sie dazu überredet, diese Arbeit für die Black Sun Press zu übernehmen. Das Buch sollte jedoch nie erscheinen. Mittlerweile aber spricht sie so über Rimbaud, als hätten *Les Illuminations* sie wahrhaft erleuchtet. Ich gestand ihr, daß die Lektüre Rimbauds mich seinerzeit veranlaßt hat, mit dem Realismus zu brechen, daß sie mich dazu bewogen hat, *House of Incest* zu schreiben. Die Bilder, die ich verwendete, waren zunächst alle wirklichen Träumen entnommen.

Wir redeten auch über Henri Michaux. Sie erzählte mir eine Geschichte aus seinem Leben, die nur wenigen bekannt ist. Er war mit einer jungen schönen Südamerikanerin verheiratet. Eines Abends fing ihr hauchdünnes Nachthemd Feuer, und innerhalb weniger Sekunden zog sie sich tödliche Verbrennungen zu.
Mit ihr starb ein Teil von ihm. Aber er verbarg seinen Schmerz vor der Welt.

Aus dem *Journal of Albion Moonlight* von Kenneth Patchen

»Ich vergaß meine Maske aufzusetzen, und mein Gesicht befand sich in ihr.
Der Mensch wird von seinen Symbolen verdorben. Die Sprache tötet das Tier.
Wir erlauben niemandem, in das Gespinst des Fleisches, das unser Heim ist, einzudringen ... Wir ziehen uns tiefer in unser Selbst zurück; bei jedem Schritt, den wir tun, zieht sich unser Selbst vor uns zurück.
Was könnte schrecklicher sein als ein Heer ungeheuerlicher Hunde, das von einer menschlichen Intelligenz angeführt wird.
Ich sage, ich hasse die Armen wegen ihrer Demut, die ihre Gesichter im Schlamm niederhält.
Zwei Jahre habe ich dazu gebraucht, ein Heiliger zu werden. Es war nicht leicht, denn der Mensch, der ich war, kam mir in die Quere. Der Name dieses Menschen lautete Albion Moonlight. Er war bestürzt über mein Verhalten. Ich spüre, daß er nun beinahe tot ist.
Hütet euch vor Albion Moonligth... Sie fangen an, die Wahrheit zu ahnen.«

Er beschreibt das Schreckgespenst des Krieges. Die Schrecknisse des zerrissenen Ichs. Alle Stimmen des Unbewußten reden gleichzeitig:
»Ich schlage vor, Zukunft und Gegenwart und Vergangenheit auf einmal geschehen zu lassen.«
»Wie ist es möglich zu handeln, wenn die Handlung keine andere Folge als Mord haben kann?«
In der Sphäre des menschlichen Lebens, menschlicher Emotionen ist Patchen nicht zu Hause. Seine Gestalten sind Schreckgespenster, verstümmelt und unvollständig. Doch im Traum lebt er auch nicht, denn sonst würde er eine Welt kosmischer Einheit, das kollektive Unbewußte erreichen. Er ist ein Mensch, der Zeitungen liest und Alpdrücken hat. Ein Blinder in der Welt der Menschen.
Er beschreibt ein Tier, das zu Furcht und Gefahr, zum Hunger

und Mord erwacht. *Albion Moonlight* ist Chaos. Wenn sich bei Patchen ein Streben nach Einsicht und Erkenntnis findet, so ist es das Tappen eines Blinden, der alles im Dunkeln betastet. Seine Erklärungen wirken wie Befehle, durch die das Ich zum Leben gezwungen werden soll, aber das Ich zerschellt, treibt verloren dahin. Er beginnt immer wieder von neuem. Aber die beschworene Person löst sich in nichts auf. Und wieder beginnt er. Er beschreibt hundert Mißgeburten des Ich. Jeden Tag ein neuer Beginn, Mißgeburt und Mord. Kein Erblühen. Ein blinder Mann, der sich in die Gewalt des Handelns verstrickt, ehe er seine Seele, den metaphysischen Blindenhund, gefunden hat. Er sucht nach anderen menschlichen Geschöpfen, muß aber morden, um sich ihrer Wirklichkeit zu nähern, ihrer innewerden zu können. Oder aber er selbst muß ermordet werden. Nie taucht die Dimension des Fühlens auf, durch die der Mensch vom anderen wirklich Besitz ergreift. Das Buch ist voller Schmerzenslaute und Geschrei, aber sie sind physisch tierisch. Ein Drama des Unvermögens und der Zerstörung. Albion Moonligth hat eine Vision, die ihn auflöst, und immer wieder wird er geboren und stirbt er, doch nie kommt er wirklich zur Welt oder stirbt er wirklich. Die Gestalten sind unvollständig, mißgebildet.

Sie sind rasch bei der Tat und gefühlsarm. Eine Sprachverwirrung herrscht in dem Buch, Gossenjargon, literarische Wendungen, Umgangssprache, und das alles aufgebläht, um rhetorischen Glanz zu erzielen, ein Turmbau zu Babel, der nur das Chaos bewirkt. Albion geht im Massenmord unter. Er ist im Gefängnis, im pränatalen Raum, seine Augen sind noch geschlossen. Ein Kind weint. Er ist besessen und zerquält. Alle Vorbereitungen für die Geburt, für die Dichtung, für den Roman wurden getroffen; sie wurden angekündigt, sie sollen beschrieben werden, nehmen jedoch nie Gestalt an. Albion Moonlight trägt eine Nabelschnur mit sich herum, die nie abgetrennt wurde. Das Fruchtwasser vergiftet den Fötus. Jedes Wort ist wie ein Stück Treibholz, nie vereinigen sich Worte zum Gedanken.

»Ein Auge blickte ihm über die Schulter und fällte ein grausames Urteil.«

Immer lauern Hunde. Sie wittern Tod und Unrat. Immer kehrt die Schreckensszene des Märtyrertods, der Verfolgung, der Bestrafung wieder. Albion wird von Soldaten, von Gangstern, von seinen Freunden verfolgt. Jedesmal geht er in die Falle.

»Schließt die Deckel dieses Buchs, ich aber will weiterreden. Man wird euch sagen, was ich schreibe, sei verwirrt und ohne Ordnung, doch ich sage euch, daß es in meinem Buch nicht um die Probleme der Kunst geht, sondern um die Probleme der Welt, um die Frage nach dem Leben selbst, ja, nach dem Leben selbst.
Ich lasse euch einen Blick werfen auf das nackte, knurrende Tier.«

Albion schreibt ein Tagebuch. Dann entschwindet er. Eine Hand schreibt einen Roman und versucht Albion zu fangen. Männer umarmen Frauen. Männer werden ermordet. Männer treten in einer Kriegsszene auf, doch ein eigentlicher Krieg findet nicht statt. Albion stirbt viele Male. Aber er wird nie zum Leben geboren.
Er stößt Ausrufe der Selbstbestätigung aus, um sich selbst zu erschaffen. »Ich bin sanft, ich bin stark, ich bin, ich bin.«
Ein Alptraum der Gewalttätigkeit. Jeder Liebesakt, jeder Akt der Lust ist ein Tötungsakt. Auf seltsame Weise bleibt jeder Geschlechtsakt unvollzogen, und stattdessen findet ein Mord statt. Was ich in diesem Buch sehe, was hinter Fenstern weint, was gesichtslos, stimmlos durch jede Szene dieses Dramas der Gewalttaten geistert, was immer von neuem getötet wird, was von einem Menschen zum anderen irrt, ist eine gewaltsam entmachtete Seele, die nach dem Leben schreit, ist *eine noch ungeborene Seele*.
Doch wo bleibt die Gesamtvision, der Katalysator des Chaos, der seine Geburt einleitet? Ist dies das amerikanische Schreckensgespenst: Gewalttätigkeit, Verstümmelung, Zerstückelung?
Wer ist blind und fährt die Buchstaben der Schrift mit dem Finger entlang, die erhabenen Lettern der Blindenschrift, die befingert werden müssen, denen aber nicht erlaubt werden kann, durch die menschliche Sicht direkt ins Blut überzugehen, wer ist blind, Albion oder Patchen? Aus den großen Rissen, zu denen es im Verlauf der Erzählung kommt, steigt das Chaos auf. Pausen treten ein. Geheimnisse. Risse. Verstummen. Es ist ein Suchen im Dunkeln, ein Stammeln. Wovor versteckt er sich? Welches Verbrechen hat er begangen? Ist dies die Geschichte einer Sühne, einer Bestrafung? Das Ich muß Tag für Tag von neuem seines Daseins gewahr werden. Jeder Satz ist ein Widerspruch des vorhergehenden. Wenn die Sprache zum Tod des Tieres führte, warum ist dann nur das Tier in diesem Buch anwesend? Wenn das Tier wieder Herrschaft über den Menschen gewinnt, so verfällt er dem Wahnsinn. Mord tritt an die Stelle der geschlechtlichen Vereinigung. Gesichtsloses, stimmloses, sprachloses, brüllendes Tier namens Albion Moonlight.

Manchmal kommt Patchen, ohne sich vorher anzumelden. Er klingelt. Ich erkenne sein Klingeln, es ist so laut. Er steht stumm an der Tür. Kein Wort der Begrüßung. Er setzt sich. Oder geht zum Kühlschrank und schaut, ob etwas zum Trinken da ist. Er sieht, daß ich bei der Arbeit bin. In der Maschine steckt eine halbbeschriebene Seite. Er bekundet keinerlei Wißbegier. Sein Fleisch ist schwerfällig.

Ich bemühe mich, es ihm bequem zu machen. »Möchten Sie Kaffee? Möchten Sie ein Sandwich?« Ich versuche, eine Unterhaltung in Gang zu bringen. »Was haben Sie Neues von Henry gehört?« Ich gebe ihm meine Notizen über *Albion Moonlight*. Er versteht sie nicht. Er stellt das Radio an. Anfangs glaubte ich, in seinem Tierblick Sanftheit zu entdecken. Ich wandte mich an seine Augen, wenn ich mit ihm sprach. Aber sie bewegen sich, ohne zu sehen. Er ist leblos. Er hat das fahle Aussehen eines Kranken. Artauds Wahnsinn begreife ich, Patchens Wahnsinn nicht. Artaud verstand ich, weil er *fühlte*, weil er sich künstlerisch auszudrücken vermochte. Und noch aus einem anderen Grund. Artauds Wahnsinn war eine Folter des Geistes, Patchens Wahnsinn dagegen ist eine Hölle ohne jeden Geist.

In seinem Irrsinn wurde Artaud niemals zum zähnefletschenden Tier. Ihn fesselte der Ausdruck, inmitten seines eigenen Schreckenstraums noch das Kunstwerk. Patchen sagt lediglich: »Ich brauche fünfzehn Dollar für meine Gasrechnung.« Ich setzte ihm auseinander, daß mein Einkommen sich vermindert hat, daß ich für den bewußten Sammler schreiben muß und Henry kürzlich Geld geschickt habe. Menschliches Verständnis oder Antwort erfolgen nicht. Nur Schweigen und Verdrossenheit. Es gibt keine Möglichkeit zur Freundschaft.

Tanguy sagte: »Damals ging ich stundenlang durch Paris. Die Straßen waren meine Nahrung. Jeder Spaziergang war ein Abenteuer. Jedes Café bedeutete ein Gespräch. Mein Leben hier nährt mich nicht. Dies ist ein Land des Schweigens und der Unpersönlichkeit.« Ich dachte an Patchens schwerfälliges Schweigen, seine Unfähigkeit, sich zu äußern.

Bei Dorothy Normans steifen Abendessen lerne ich viele wichtige Leute kennen, aber die Unterhaltung ist stets ein ideologisches Argumentieren. Die Menschen geben sich nicht preis. Alles bleibt unpersönlich, auf gesellschaftlicher Ebene.

Sie ist intelligent und gebildet, jedoch nationalistisch und insular beschränkt.

Ich habe eine unglückselige Schwäche. In der Kälte, im Unpersönlichen kann ich mich nicht entfalten. Ich ziehe mich deshalb in mich selbst zurück. Die einzigen Aufgeschlossenen, Wißbegierigen, die einzigen, die mich aufs Korn nehmen, sind die jungen Menschen. Sie sind an allem interessiert. Robert hat Saint-John Perse gelesen. Sie wollen, daß ich ihnen von Picasso, Tanguy, Max Ernst erzähle, von den Künstlern, Dichtern, Schriftstellern, die ich gekannt habe, vom Leben in Paris.

Jeden Morgen nach dem Frühstück setze ich mich hin und schreibe mein Tagessoll an Erotica.

Heute morgen tippte ich: »Es war einmal ein ungarischer Abenteurer ...« Ich verlieh ihm zahlreiche vorteilhafte Eigenschaften: Schönheit, Eleganz, Anmut, Charme, schauspielerische Fähigkeiten, Kenntnis vieler Sprachen, eine hervorragende Begabung für Intrige, das Genie, sich aus schwierigen Situationen herauszuwinden, die Gabe, Verhältnissen von Dauer und Verantwortung aus dem Weg zu gehen:

»Er reist in Begleitung zweier dänischer Doggen und wußte sich solch ein herrenhaftes Air zu geben, daß Hoteldirektoren und -pagen, Leute also, die andere zu klassifizieren wissen, ihm den Spitznamen ›Der Baron‹ erteilten. Er brachte es fertig, den verschiedensten Frauentypen zu gefallen. Er war ein lebhafter Gesprächspartner bei Tisch, tanzte aufsehenerregend, konnte segeln, jeden Wagen lenken, Gedichte rezitieren. Keiner Frau gelang es, ihn länger für sich zu interessieren.

Wenn er Geld brauchte, heiratete er eine Erbin und entließ sie dann wieder, mit soviel Charme, daß jede ihm ein Abschiedsgeschenk machte. Auf der Bühne eines argentinischen Varietés sah er Anita zum erstenmal. [Gibt es überhaupt Varietés in Argentinien?] Sie trug eine Unzahl steifer Unterröcke aus glänzenden Stoffen, ein enganliegendes Mieder und einen Schal.

Während sie singend und hüftenschwingend einen Rock nach dem anderen abwarf, deuteten ihre schrägen Augen – die sich nicht wie die der anderen Frauen schlossen, sondern katzenähnlich, sodaß die oberen Lider nicht herabfielen, sich vielmehr mit den unteren trafen und die Welt nur durch einen Schlitz lustvoll und mit juwelenhaftem Strahlen betrachteten – wie ein Wegweiser auf jenen Teil ihres Leibes, den sie darbot.

Nach einiger Zeit schloß sie die Augen, gleichsam als lebe sie nur für die innere Ekstase, in die ihre eigenen Kreisbewegungen sie brachten, und die Männer unter den Zuschauern hatten das Gefühl, daß sie sie nun gierig bestarren konnten, da Anita sie nicht mehr wahrnahm, sondern in Hypnose und ihnen allen dargeboten war.

Frances Field

Aquarell von Henry Miller mit der Widmung: »Für Anaïs, die Zeuge der Entstehung dieses ›Meisterwerkes‹ war und alle anderen Meisterwerke inspirierte, indem sie selber ein Meisterwerk ist. H. M. 1944.«

Anaïs Nin in Provincetown (Foto: *José Alemany*)

Robert Duncan

Anaïs Nin, gemalt von Olive Leonhardt

Caresse Crosby in New York

Die wellenförmigen Bewegungen waren eine so genaue Nachahmung dessen, was der Frauenkörper im sexuellen Tanz in der Horizontalen vollführt, daß die Männer jedes Fluten und Ebben ihres Tanzes so gebannt verfolgten, als erwarteten sie, Zeuge des jähen Innehaltens und Schreies zu werden, der den Schmerz der von ihnen gespendeten höchsten Lust begleitet.

Erst als sie nach dieser schweigenden, blinden Hingabe von der Bühne abtrat, tat sie die Augen weit auf, und die Goldpailletten ihres Blicks fielen direkt auf den ungarischen Abenteurer.

Er verließ seinen Sitz in der ersten Reihe und ging in ihre Garderobe.

In dem kleinen Raum waren so viele Blumengebinde von Verehrern, daß sie ihr Kostüm in einem Blumengarten zu wechseln schien, der gleich ihr seine höchste Blüte erreicht hatte. Sie stand, hob ein Bein, ließ den Fuß auf dem Rand eines goldenen Stühlchens ruhen und puderte und schminkte einen zweiten Mund. Ihre Bewunderer beugten sich vor, um den Anblick dieses Pistills zu erhaschen, das von größerer Komplexität war als das Innere einer Blume und fleischiger als der Mund, mit dem sie ihnen zulächelte.

Als der Baron eintrat, hob sie nur den Kopf, änderte ihre Pose jedoch nicht. Über die Köpfe der anderen Besucher hinweg gelang ihm ein Blick auf die zarthäutigen, rötlichen, feuchten, von glänzendem schwarzen Haar umgebenen Lippen. Nach einem letzten Tupfer mit der Puderquaste ließ sie alle Andächtigen stehen, um sich zu ihrem letzten Auftritt, für den sie berühmt war, hinauszubegeben.

Im Theater waren zahlreiche kleine dunkle, dicht verhangene Logen, in denen die Männer ihren Besuch erwarteten. Nachdem sie um ihr Kommen ersucht hatten, warteten sie. Sie erschien in einer Woge von Duft und seidigem Rauschen. Sie setzte sich nicht, sie kniete sich neben den Mann. Ihre schweren Brüste quollen aus dem engen Mieder. Sie kniete nieder und begann mit ringbesetzten Händen und gierigem Mund das Ritual der geschickten Liebkosungen. Ihre Zunge fand all die verborgenen Stellen, die ihre Finger nicht erreichten.

Als der Ungar sich jedoch vorneigte und sie aufzuheben versuchte, um sie umarmen zu können, entwand sie sich seinem Griff.

Die Zartheit ihres Fleisches, ihre Entschiedenheit, den Wechsel ihrer Rhythmen, ihre Neckerei vermochte er nie mehr zu vergessen.

Er verließ Argentinien und reiste nach Rom. Dort nahm er eine Suite im Grand Hotel. Der Zufall wollte, daß sie neben der des spanischen Botschafters lag, der mit seinen Töchtern, zwei Mädchen von vierzehn und fünfzehn Jahren, Rom besuchte.

Auch sie waren von dem Baron bezaubert. Sie wurden so gut

Freund miteinander, daß die Mädchen, wenn sie müßig waren, zu ihm ins Zimmer stürzten und ihn aufweckten. Unter Geschrei, Scherzen, Gelächter, mit einer Ausgelassenheit, die sie sich bei ihren auf Prunk und Würde bedachten Eltern nicht erlauben durften, liefen sie an sein Bett.

Beide waren schön, hatten riesige sanfte schwarze Augen und langes seidiges Haar, das ihm wie magnetisiert an Gesicht und Händen haften blieb. Sie trugen kurze weiße Kleider und kurze weiße Sokken. Ihre makellose Haut war leicht gebräunt. In ihrem kindlichen Flaum, der noch kein Haar, der kükenhaft zart war, verfing sich die Sonne. Fast jeden Morgen wurde der Baron dadurch geweckt, daß die beiden Mädchen in sein Zimmer liefen und sich lachend auf sein Bett warfen. Nun erwachte der Baron des Morgens in überempfindlichem und sehr ungeschütztem Zustand.

Oft hatte er von Anita geträumt, wie sie ihm in der kleinen, dunklen, verhängten Loge des Theaters mit Mund und Händen nahe war, und von ihrer Weigerung, den Genuß bis zum Gipfel zu treiben. Eine flauschige, leichte, dicke blaue Steppdecke verbarg den Erfolg seines Traums, und da die kleinen Mädchen nicht darauf achteten, wie weit ihre Röckchen hinaufrutschten und wie sehr sich ihre Beine ineinander verschränkten, als sie sich rittlings auf ihn setzten, sich über ihn warfen, ihn an den Haaren zerrten und auf ihm liegend, kindliche Unterhaltungen mit ihm anfingen, wurde des Barons Freude an dem Tändeln und Fingern zur qualvollen Spannung. Eine der beiden lag auf seinem Bauch, und er brauchte nur eine kleine Bewegung zu machen, um zu seinem vollen Vergnügen zu gelangen. Er vollführte die Bewegung wie im Spiel, als wollte er sie vom Bett stoßen, und sagte: ›Ich bin sicher, daß du herunterfällst, wenn ich weiter so stoße.‹ ›Ich fall aber nicht‹, sagte sie eigensinnig und hielt sich lachend an ihm fest, während er wie ein galoppierendes Pferd, das den Reiter abzuwerfen versucht oder ein Schiff auf hoher See schaukelte. Er stieß ihren kleinen Körper auf und nieder, während sie ausgestreckt über ihm lag und sich an ihn klammerte, um nicht hinabzugleiten. Ihre Schwester kam ihr zur Hilfe und setzte sich rittlings über sie beide, um zu verhindern, daß seine Bewegungen zu heftig wurden, und er mußte nun wild stoßen, um gegen das doppelte Gewicht anzukämpfen, und die dicke blaue Steppdecke stieg und sank; Beine, Höschen, Bettdecke, eine einzige Wirrnis, begleitet von wellenartigem Rhythmus, Gelächter und Vergnügen.

Plötzlich entdeckten sie das, was sie für einen seiner Finger hielten, den er aufrichtete, damit sie ihn fangen sollten, und sie verfolgten den Finger, der sich unter der Bettdecke bewegte, versuchten ihn zu packen, und der Baron deckte sich gänzlich zu, spielte das in die Falle gegangene Tier unter der Decke, und sie erwischten den Finger mitunter und verloren ihn auch wieder und griffen ihn wieder und hielten ihn fest, und dann knurrte er unter der Steppdecke und suchte sie an irgendeiner Stelle des Körpers zu beißen, und sie entwanden sich ihm, kehrten aber immer wieder zurück, um das Tier unter der Decke von neuem zu überraschen, es anzugreifen und mit ihm zu ringen, bis der Baron keuchend wieder zum Vorschein kam, keuchend vor Müdigkeit, dachten sie, und bereit, sich zu ergeben.«

Jeden Tag sitze ich an der Arbeit. Henry sandte ich einen Luftpostbrief. Er hat die kostspielige neue Aktentasche, die er als Geschenk von dem Sammler erhalten hatte, einem entwichenen Sträfling gegeben, um ihm weiterzuhelfen. Ich schicke Henrys Vater Zeitschriften und Zigaretten. Ich muß mir eine Aufenthaltsverlängerung um weitere sechs Monate im Paß eintragen lassen.

Um vier Uhr sehe ich Gonzalo, und wir diskutieren über die Besprechung von Hemingways Buch im *Daily Worker* (auch ein Verräter des Kommunismus, sagt Gonzalo). Das Drama in Emily Brontës *Wuthering Heights* sei ebenfalls durch die bürgerliche Gesellschaft bedingt. Gesellschaft und Kapitalismus seien an allem schuld. Der Marxismus verhilft Gonzalo zu einem guten Alibi. Weder er noch Helba wollen den eigenen Beitrag zu ihrem Schicksal anerkennen. Darum haßt er die Psychoanalyse so wütend. Sie bringt uns vor Augen, wieviel wir uns selbst zuschreiben müssen in unserem Geschick.

Nach Gonzalos Dafürhalten aber liegt die Lösung aller Probleme außerhalb von ihm. Ich versteige mich ins andere Extrem, schreibe mir an allem die Schuld zu, halte mich nie für ein Opfer, es sei denn der eigenen Schwächen und Fehler. Unsere verschiedenen Anschauungen werden sich nicht überbrücken lassen.

Hat der Hörapparat Helbas Leben auch nur im geringsten verändert? Meist stellt sie ihn ab, um Ruhe zu haben, hört deshalb weder Türglocke noch Telefon, und wenn Gonzalo seinen Schlüssel vergißt, muß er die Feuertreppe hinaufklettern.

Ein Telefonanruf: »Der alte Herr ist sehr zufrieden. Konzentrieren Sie sich auf Sex. Lassen Sie den poetischen Firlefanz weg.«

Seither sind die erotischen »Tagebücher« zur Epidemie geworden. Alle schreiben ihre sexuellen Erfahrungen auf. Erfundenes, Erlauschtes, bei Krafft-Ebing und in anderen medizinischen Büchern Gelesenes. Wir führen komische Gespräche. Einer erzählt eine Geschichte, und die übrigen müssen herausfinden, ob sie wahr oder

unwahr ist. Oder ob sie glaubhaft klingt. Ist es zu glauben? Robert machte uns das Anerbieten, unsere Erfindungen durch das Experiment zu prüfen, unsere Phantastereien zu bestätigen oder zu negieren.
Alle sind wir in Geldnöten, tun deshalb unsere Geschichten zusammen und teilen den daraus erzielten Gewinn untereinander. Ich konnte mit dem mir erteilten Auftrag nicht schnell genug fertig werden, fügte deshalb einige Erzählungen von Robert, Virginia und George Barker ein.

Ich beschloß, ein Kapitel über Betten zu schreiben. Betten, die das Sinnenerlebnis anregen und Betten, die es verhindern. Zuerst dachte ich an historische Betten, Betten in Antiquitätenläden, Betten in französischen Schlössern und italienischen Villen. Betten, die mir als Stätten für Liebesabenteuer wenig geeignet schienen, denn kaum liegt man in ihnen, so denkt man an berühmte Leute, Napoleon, die Du Barry, Könige, Königinnen, Kurtisanen, Schauspielerinnen, Aristokraten, Adelstitel, große Namen, Generäle, ihre Mätressen. Das historische Gepränge beeinflußt uns jedenfalls ähnlich wie eine Maskerade, eine Gestalt aus der Vergangenheit nimmt von uns Besitz, wir legen uns anstelle einer anderen Person hin, werden von ihr verfolgt und fangen an, uns wie ein Bauchredner zu gebärden, geraten mit berühmten Liebenden in Rivalität, können nicht mehr zu uns selber zurückfinden.
Allzu viel Geschicklichkeit beeinträchtigt uns wie ein fremdes Kostüm. Diesen Eindruck gewann ich jedenfalls in einem schönen italienischen Schloß, als ich mich dort zu Bett legte. Ich hatte die ganze Zeit das Gefühl, nicht ich selbst, sondern eine Gräfin zu sein, die in einem von Pierre-Jean Jouves herrlichsten Romanen vorkommt. Sie nahm meinen Körper und meinen Geist in Besitz. Ich versuchte entweder, sie auszustechen oder als Romanschriftstellerin die mir unbekannten Einzelheiten der Liebespraktiken einer Frau aufzuspüren, die zwischen bestickten, spitzenbesetzten Laken, auf einem nach Säckchen mit Sandelholz duftenden und von ergebenen Dienerinnen gewärmten Bett gleichsam geboren worden ist. Auf irgendeine Weise verdarb mir dieses Bett meinen persönlichen Stil.
Dagegen hatte ich festgestellt, daß die Betten fremder Hotelzimmer, in denen anonyme Liebende gelegen hatten, meine Einbildungskraft anstachelten. Unerkannt vermochte ich an ihren Zusammenkünften teilzunehmen.
Ein Hotelzimmer bedeutete heimliche, gefährliche und höchst schuldhafte Zusammenkünfte. Der blasse Rest eines Fleckens ließ sich als Zeichen einstiger Lust erklären. Die Anonymität erlaubte mir,

die Liebe zu erfinden und mich von ihr warm durchfluten zu lassen. Anonymität umschloß auch mich, schloß mich mit ein, ich konnte mein Äußerstes geben in dem Gefühl, daß es geheim bliebe, nicht im Gästeverzeichnis vermerkt würde. Ich konnte das Zimmer mit Liebhabern meiner Wahl ausstatten, Paaren, die ich auf der Straße, im Bus, in einem Garten gesehen hatte. Ich konnte an ihren Freuden teilhaben.
Ein anderes aphrodisisches Bett war die ebenerdige Zigeuner-Matratze. Indem man sich der Höhe des Bettgestells entzog, schien man sich der Erde, dem Fleischlichen zu nähern und brauchte nicht zu fürchten, aus dem Bett zu rollen, zu fallen. Es erinnerte an ein Tierlager, man fühlte sich dem primitiven Leben, dem orientalischen Leben, den Sinnen, dem Reisen und Nächtigen in der Wüste, der menschlichen und tierischen Natur näher. Auf einer solchen Matratze dachte ich an Fatima in Marokko, an Harems, Zelte, an *Tausend und eine Nacht*.
Es tat nicht gut, in Betten zu schlafen, in denen man als Kind oder Jugendlicher gelegen hatte, in Gastzimmern, die zum Gewebe der Familiengeschichte gehörten. In peinlich sauberen und faltenlosen Betten. In Betten, die eine ähnliche Aura wie Großvatersessel hatten, die Aura langen Siechtums eines Verwandten, oder solchen, die an das eigene jungfräuliche Bett erinnerten. Nein, das waren schädliche Lager, sie senkten die Fieberkurve, schläferten die Vorstellungskraft ein, die sonst von früheren Liebenden befeuert werden konnte.
Dann Venedig, die Betten Venedigs, gesättigt, schwer von Liebeslegenden. Durch das Plätschern des Wassers schienen sie zu schaukelnden Barken zu werden, der langsame Rhythmus betörte, und der Liebesakt war ein Stück aus einem Traum. Die Dichter verwechselten die Schwingungen der Lustbetten mit denen der Gondeln.
Und nochmals Pierre-Jean Jouve; Literatur als Zutat zu den eigenen Erlebnissen wob einen üppigen Wandteppich mit Liebesszenen. Ich erinnerte mich an die tiefen, daunengefütterten Betten der Schweizer Bauern, die tiefen, aus vielen Lagen bestehenden französischen Bauernbetten, die auf kalten Fliesenböden stehenden Metallbetten in Süditalien mit ihren dünnen Matratzen, geräuschlose Betten, in denen Seufzer ertönten, und quietschende Betten, die eine gewisse elegante Gymnastik betonten.
Die kosmischen Betten aus Tannennadeln, Moos, toten Blättern, Getreide, überall dort anzutreffen, wo die Schönheit einer Stelle in der Natur oder ihr Duft oder ihr Wogen eine Orchestrierung der Sinne dirigierte und harmonische Entsprechungen, musikalische und menschliche Kontrapunktik inspirierte.

Ich bin sicher, daß der alte Mann von den Seligkeiten, Verzückungen, blendenden Rückstrahlungen geschlechtlicher Begegnungen nichts weiß. Lassen Sie die dichterische Verbrämung weg, das ist seine Botschaft. Klinischer Sex, aller Liebesglut, Orchestrierung der Sinne – des Gefühls, Gehörs, Gesichts, Geschmacks, aller euphorischen Begleiterscheinungen, musikalischen Hintergründe, Stimmungen, atmosphärischen Veränderungen beraubt – haben ihn gezwungen, seine Zuflucht zu literarischen Aphrodisiaka zu nehmen.
Wir hätten bessere Geheimnisse in Flaschen abfüllen können, um sie ihm mitzuteilen, doch ihnen gegenüber wäre er taub. Aber wenn er eines Tages die Sättigung erreicht hat, werde ich ihm sagen, daß er uns durch seine Besessenheit auf die von Emotionen entleerten Gesten fast um das Interesse an der Leidenschaft gebracht hat. Und wie sehr wir ihn geschmäht haben, weil er uns fast dazu trieb, Keuschheitsgelübde abzulegen, indem er verlangte, daß wir auf all das verzichteten, was unser Aphrodisiakum ist – Dichtung.

Virginia sagt mir, daß sie sich durch meine Schriften und unsere Gespräche bereichert und befreit fühle. Zwischen Virginia und ihrem Psychoanalytiker sowie seinen Kommentaren über meine Arbeit und unseren Gesprächen besteht eine interessante Wechselwirkung. Das Leben wiederholt sich, sie wird zu dem, was ich war, sie wiederholt meine Gefangenschaft im bürgerlichen Dasein und meine Befreiung durch Henry und June. Was ich schreibe, spricht für mich, stachelt die Menschen an zu leben, entfacht Leidenschaft und Lebendigkeit. Virginia erkannte plötzlich, daß sie nie gelebt, geliebt, gelitten und genossen hatte.
Sie wohnt in einem Dachgeschoß in der Vierzehnten Straße. Im Erdgeschoß befindet sich ein Laden, eine Frikadellen-Bar, ein Schuhgeschäft und ein Ausschank von synthetischem Orangensaft. Ich steige eine nackte staubgrau gestrichene Holztreppe hinauf. Das Haus ist kalt, die Flure und Speicher aber sind groß und hoch und die einzigen für Maler dienlichen und erhältlichen Räume. Für Staffeleien und Leinwände jeden Ausmaßes ist genug Platz. Die Toilette liegt außerhalb der Wohnung, in der Wohnung gibt es einen Waschtisch und fließendes Wasser, das ist alles. An den Wochenenden wird die Heizung abgestellt. Die riesigen, auf den betäubenden Verkehrslärm der Vierzehnten Straße hinausgehenden Fenster müssen geschlossen bleiben. In den Wänden stecken Nägel für Kleider, zum Kaffeekochen dient ein Sterno-Brenner. Aus Papptassen trinken wir sauren Wein. In dieser Umgebung malen Virginia und Janet, betreiben sie ihre Schauspiel- und Tanzstudien und tippen sie, wenn sie Geld brauchen.

Ein Bühnenbild wie für *Schuld und Sühne,* doch Virginias und Janets Schwungkraft und die ihrer Freunde und Liebhaber täuscht. Sie wirkt wie die Schwungkraft einer frohen Jugend. Die Mädchen stehen in den Zwanzigern. Sie scherzen und lachen, aber darunter verbergen sich Nöte und Befürchtungen, eine tiefe Lähmung. Zunächst glaubte ich der lustigen und verspielten Oberflächenansicht, doch später entsann ich mich der Worte von D. H. Lawrence: »Nach außen hin ganz blühend und gesund, doch innen lauter Asche.«
Ich habe eine Tagebuch-Epidemie heraufbeschworen. Mit einemmal mußten alle nach innen schauen. Das Außen- und das Innenleben stimmten überhaupt nicht überein. Der Psychoanalytiker bedankt sich bei mir, weil ich ihm seine Aufgabe erleichtere.

Ein wichtiges Gespräch mit Gonzalo. Ich hatte auf einen günstigen Augenblick gewartet, um sein Vorurteil gegen Psychiatrie und Psychoanalyse zu bekämpfen. Ich hob hervor, daß sie sich an einem bestimmten Punkt mit dem Marxismus berühren, daß sie sich gleichfalls um ein Verständnis des Realismus bemühen und gegen die fundamentalen Übel kämpfen, die unser Leben verzerren und entstellen.
Gonzalo sieht in der Psychologie keinerlei Wert, lehnt sie in Bausch und Bogen als mystischen, metaphysischen Unsinn ab. Ich fragte ihn: »Was willst du mit den hoffnungslos Verbogenen machen, die der Marxismus nicht zu retten vermag?«
»Gib ihnen fünfhundert Dollar, und sie werden von allen ihren Übeln geheilt sein.«
»Kürzlich hat ein reiches Mädchen der Gesellschaft Selbstmord begangen. Die Psychoanalyse kann Wahnvorstellungen, Welten, die auf pathologischen Lebenslügen gründen, auflösen. Sie kann falsche Superkonstruktionen abbauen und das Leben auf einer einfacheren, aufrichtigeren, menschlichen Basis wiederherstellen. Die Psychoanalyse vermag uns mit den von der bürgerlichen Gesellschaft geschaffenen Problemen zu konfrontieren und das Individuum zu größerer Selbstbefreiung und Entfaltung anzuleiten. Sie rät nicht zur Revolution, doch wenn genügend Menschen sich gegen die Beschränkungen aller Art zur Wehr setzen, wird die Welt trotzdem verändert werden; die Veränderungen werden allerdings von innen her geschehen.«
Gonzalo wollte lediglich zugestehen, daß es viele gebe, denen der Marxismus nicht helfen könne. »Sieh mich an, nichts hat mein Leben verändert, nichts wird mich von meiner Faulheit heilen. Hast du mit all deinen Theorien mich vielleicht geändert?«

Dann sagte er aus plötzlichem Antrieb das Schreckliche: »Meine Faulheit macht mich so niedergeschlagen, daß ich mich manchmal töten möchte. Ich glaube, das ist auch der Grund, weshalb ich letzthin fast von der Veranda gestürzt wäre.«
Gonzalo hatte eine Wand aus Sperrholz, Dachpappe und Plastik um meine Veranda gezogen. Während er an einem kleinen Fenster arbeitete, das er angebracht hatte, lehnte er sich zurück und stützte sich mit dem ganzen Gewicht auf ein sehr dünnes hölzernes Geländer, das durchgebrochen wäre, wenn ich nicht noch zur rechten Zeit einen Warnschrei ausgestoßen hätte. Er wäre fünf Stockwerke tief aufs Pflaster gestürzt.
Damals war er über seine Unvorsichtigkeit verblüfft gewesen. Heute wußte er sie zu deuten.
»Gonzalo, nun siehst du selbst, wie verderblich es sein kann, sich über das, was einen quält, nicht klarzuwerden. Du hast nie zugegeben, daß deine Passivität dir zur Qual wurde. Wir müssen etwas finden, was du gern tust, um dich von dem Schuldbewußtsein zu befreien, in der Welt nicht tätig zu sein.«
Gonzalo erkannte an, daß eine Beziehung bestehe zwischen diesem Trachten nach dem Tod und dem vom Nichtstun hervorgerufenen Schuldgefühl. Das war ein großer Fortschritt, da er bisher immer jeglichen Zusammenhang zwischen Leid und Schuld verleugnet hatte.
Nachdem er zugegeben hatte, daß der Marxismus einem bereits geprägten Charakter keine Hilfe mehr zu bieten vermag, fragte er mich, was denn in solchen Fällen überhaupt helfen könne. Ich sagte ihm, daß in Rußland ein zunehmendes Interesse für Psychiatrie bestehe; man könne sie nicht völlig ablehnen. Zuerst entgegnete er: »Du willst den Korrupten helfen.«
Physische Krankheit flößt ihm keinen Abscheu ein, aber gegen Neurose zeigt er sich unduldsam. Ich sagte: »Den *Neurotikern,* nicht den Korrupten.«
Schließlich begriff er, daß ich über Krankheit sprach. Er sah ein, daß die Revolution nur jene weiterträgt und fördert, die der direkten, einfachen Handlung fähig sind. Er sah die rasche Strömung politischer Aktivität davoneilen und sich selber *außerstande* oder *untauglich,* daran teilzuhaben. Unfähig zu *handeln.*
Meine Wirksamkeit gegen Zerstörung und Tod versteht Gonzalo nicht. Er begreift nicht, daß ich versucht habe, den verderblichen Strom seines Lebens umzuleiten.
Er meint, jeder Neurotiker, dem man Nahrung und Geld gibt, könne geheilt werden. Daß Artaud nicht wahnsinnig geworden wäre, wenn man ihm erlaubt hätte, in seinem Theater zu arbeiten.

Er glaubt, ich hätte ihn und Helba durch Essen und Geldmittel gerettet, nicht durch die geistigen Geschenke der Zuneigung, des Vertrauens, der Schaffenskraft. Heute hatte ich zum erstenmal das Gefühl, zu den Quellen seiner Selbstvernichtung vorzustoßen.
Um ihn von einem unerträglichen Schuldbewußtsein zu befreien, sagte ich ihm zum Schluß jedoch, was ich in Wahrheit glaubte: »Nicht alle von uns sind dazu ausersehen, an ein langweiliges Tagewerk gefesselt zu werden. Einige Menschen, welche die eintönigen Alltagspflichten zurückwiesen, entwickelten eine großartige Lebenskunst. Sie haben jene den arbeitenden, ins Joch gespannten Menschen unbekannte Gabe, sich in der Muße zu entfalten. Sie haben ein Talent zur Freundschaft, zur Liebe, zu einem humanen Leben. In anderen verkümmert diese Fähigkeit. Du bereicherst das Leben durch große Geschenke. Du trägst Bereitschaft zum Abenteuer, Poesie, Phantasie und Vorstellungskraft hinein; dies alles entspringt der Gewohnheit, dem Vergnügen und der Freiheit nachzugehen. Kein Mensch in der Fron weiß die Gegenwart so zu genießen, ohne an den nächsten Tag und seine Aufgaben zu denken. Durch die Kanalisierung der Energien, die nicht ungehindert strömen dürfen, erfährt das Leben des Menschen Verkümmerung. Die unentgeltlichen Freuden, die Gewohnheit zu warten, bis die Dinge reifen, Zeit und Geduld, um für das Gedeihen einer keimenden Freundschaft bis zu ihrer höchsten Fruchtbarkeit zu sorgen, all das erreicht der diszipliniert Arbeitende nie. Er wird ›gestoppt‹ durch Schablonen, die ihn verhärten, versteinern.
Jedesmal, wenn ein Mensch eine Verabredung einhält und ihr die Gegenwart opfert, wird diese Gegenwart getötet, abgetrieben, und schließlich lebt das Ich in einem Zustand ewiger Abtreibungen, Vertagungen, Verweigerungen, ewiger Nichtentfaltung.«
Das menschliche Erblühen ist seit jeher Gonzalos größtes Geschenk für die anderen. Es ist auch Henrys beste Eigenschaft. Ihr Ziel ist, völlig aufzugehen im Leben, nicht im Ersinnen und Errichten neuer Dinge. Gonzalo kannte wenige Tage nach seiner Ankunft in New York bereits alle Straßen, Cafés, Restaurants, versteckten Gaststätten, unbekannten Viertel, alle Sonderlinge. Er hatte bereits ein erstes erkundetes Gebiet des Landes abgesteckt, kein arbeitender Mensch hätte dazu Zeit gefunden.
Menschliches Leben als Ziel. Gelächter geboren aus Verantwortungslosigkeit. Duldsamkeit geboren aus den eigenen Schwächen. Aus Müßiggang und Unabhängigkeit geborener Erlebnisreichtum. Unterhaltungen an der Bar, durch die er in Bereiche aller Arten, Leben, Erfahrungen eintritt. Weisheit, die von der Straße stammt. Und dann Reue darüber, daß er nichts geschaffen hat, das er sehen

und berühren, auf das er stolz sein kann. So ende ich damit, die Faulheit, deren er sich bezichtigte, zu preisen!

Robert führt ein Tagebuch, das seltsame Gefühle offenbart und im Dunkeln sich ereignende, noch rudimentäre, noch nicht zielgerichtete Lebensansätze. Es bedarf großen Geschicks und großer Aufmerksamkeit, sie aus ihrer chaotischen Formlosigkeit heraus und ans Licht zu bringen. Er hat eine große eckige Handschrift.
Roberts Tagebuch könnte in meines übergehen, einen Teil von ihm bilden, denn sein Suchen ist dem meinen ähnlich. Wir erstreben höchstes Bewußtsein durch die symbolische Bedeutung unserer Handlungen und Träume.
Doch warum erscheint mir das Leben in New York nicht zu leuchten und zu glänzen und sich zu entfalten? Warum ist es nicht so reich? Oder scheint nicht so reich zu sein? Gestalte es, Anaïs, erfinde es. Meine Hausboot-Erzählung ist unvollendet liegengeblieben. Warum? Die Gegenwart befruchtet mich nicht, ernährt mich nicht. Ich lese in alten Tagebüchern und finde dort alles unversehrt. Sie sind gesättigt, sie sind lebendig. Wenn ich sie lese, habe ich den Wunsch, weiter zu schreiben. Der Zauber wirkt mit Sicherheit. Was ich nicht verlieren wollte, ist nicht verloren. Henry lebt für immer dort, in ihnen. Louveciennes. Artaud. Allendy. Rank. Der Krieg hat uns in die Zerstreuung geschickt. Doch ich hüte die Flamme jener Tage. Bedeutet dies Schöpfung: einem Ding ewiges Leben zu verleihen? Es wird ewig leben. Es ist nicht gestorben.
Was ist geschehen, warum breitet sich das Leben in New York nicht vielfältig vor mir aus? Verlange ich jeden Tag nach unmöglicher Brillanz, Intensität, verzehrender Fülle? John Dudleys jugendliches Feuer enthielt sie nicht. Dorothy Normans Äußerung bot vielleicht den Schlüssel zur Enttäuschung: »Amerikas Irrtümer geschehen im Namen der Gesundheit. Viele der europäischen Einflüsse waren ungesund und mußten deshalb von uns zurückgewiesen werden.« Das Wort Gesundheit war auch auf Dudleys Lippen. Die Gesundheit, von der sie reden, ist jedoch hygienische Sterilität. Eine Zurückweisung der Lebenserfahrung, des Reifeprozesses, des Risikos. Aus Todesfurcht weigern sie sich, zu reifen, sich zu entwickeln und zu ändern. Sie versuchen, der Zeit ein Schnippchen zu schlagen und sich jung zu erhalten, indem sie stillstehen und jungfräulich bleiben. Sie glauben, man bleibe jung, indem man nicht lebt, nicht liebt, nicht irrt, sich nicht hingibt oder ausgibt oder verschwendet.
Es ist eine Art künstlicher Konservierung.

Der Sammler schickte Henry ein Telegramm:
»Lieber Henry, von Anaïs' Beiträgen stark beeindruckt. Habe meinem Klienten hundert Seiten gesandt und durchblicken lassen, daß er für die Teillieferung nicht zahlen muß. Ich glaube, er wird an Weiterem interessiert sein, sofern ähnliches Material folgt. Was soll ich nun tun? Grüße.«

Die symbolische Deutung der Welt ist die einzige erweiternde, vertiefende, die einzige, die sie grenzenlos und unbegrenzbar macht. Alle anderen Deutungen verkleinert sie. Der Marxismus ist eine Zurückführung auf das Pragmatische. Träume, Mysterien, Mythen, Symbole sind so notwendig wie Brot.

Ich las gerade Dane Rudhyar, als ich einen Brief von ihm über *Winter of Artifice* erhielt: »Sie haben ein erstaunliches Werk vollbracht, von großer Offenheit, Reichtum an psychologischer Einsicht, von großem Wert.« Dane Rudhyar ist Franzose, einst war er Komponist. Er änderte seinen Namen und wurde in Hollywood als Astrologe sehr bekannt.

Ich träumte, irgendwo in Marokko wären die Menschen Gefangene der Hitze. Innerlich wären sie verglüht und sähen verbrannt und aschgrau aus. Sie seien gezwungen, unter der Erde zu leben. Ein unerträglicher Traum.

Aus einem früheren Tagebuch schrieb ich einen Abschnitt ab und mußte über meine eigene Albernheit lachen. Es war ein Vorfall aus der ersten Periode meiner Beziehungen zu René Allendy, als ich in ihm noch einen Magier, nicht einen Menschen gesehen hatte. Für mich war er damals der Weise, eine mythische Gestalt.
Er hatte den Wunsch geäußert, mein Haus in Louveciennes zu sehen. Ich konnte nicht zulassen, daß er wie jeder gewöhnliche Mensch den Zug nahm. Er mußte *auf magische Weise* befördert werden. Deshalb gab ich mein ganzes monatliches Taschengeld dafür aus, einen Wagen mit Chauffeur zu mieten, und behauptete, um der Angelegenheit mehr Atmosphäre zu verleihen, es wäre der Wagen der Comtesse Nellie. Und er stieg ein und wurde also nach Louveciennes befördert. Welch kindischer Unsinn! Heute sehe ich Allendy so, wie andere ihn schon damals sahen, als einen bärtigen, französischen Arzt, der nach bestem Vermögen eine Macht handhabte, die sein Fassungsvermögen übertraf. Heute empfinde ich Mitleid mit dem bärtigen französischen Arzt, der von so vielen idealisiert, auf ein Piedestal erhoben, als Magier verehrt wurde. Welch unange-

nehme Lage, wie sehr muß er diese Idealisierung verabscheut haben und sich seines Versagens als Psychoanalytiker bewußt geworden sein, da ich immer noch zu solcher Heldenmacherei Zuflucht nahm.
Ich frage mich, wo bin ich jetzt? An einem Ort, der die Mythen verleugnet und die Welt in schalen, gewöhnlichen Farben sieht. Ohne Farben sieht, ohne Überschwang, ohne Verzückung oder sonst eine überhöhte Eigenschaft des Visionärs.
Robert kann Carterets Platz nicht einnehmen, dazu ist er noch zu jung. Er ist noch verwirrt. Er sucht nach der alchimistischen Kunst, die das Leben zum Strahlen bringt. Als Dichter besitzt er sie, ohne sie jedoch schon zu erkennen, und Jean Carteret konnte sich selbst mitten in seinen Phantasien zurechtfinden, konnte deuten, konnte klären.
Wo ich bin nun? Im Leben, im menschlichen Leben. Meine Gedanken folgen Henry auf seiner Reise durch Amerika. Henrys Essay über Balzac ist zusammen mit meiner Erzählung über Hélène in *Twice a Year* erschienen. Ich bin traurig. Ohne Träume ist die Erde trübe und schwer.
Das Lesen in alten Tagebüchern weckte den Wunsch, die Erlebnisse weiter zu verfolgen.
Aromata. Wahrnehmungen. In den Seiten des Tagebuchs besitze ich sogar noch den ersten Kontakt mit der erotischen Atmosphäre von Paris, mein erstes Innewerden von ihr. Die schöne Offenheit und Natürlichkeit der Franzosen, die ihre Zärtlichkeiten auf der Straße, im Café ausstellen, schaffen das erotische Klima von Paris. Paris ist eine von Liebe und Liebenden erfüllte Stadt.
Kurz nach meiner Ankunft in Paris stand ich an einer Straßenecke. Ich trug ein leichtes Sommerkleid und wartete auf den Bus. Als ich zufällig einmal den Blick hob, sah ich ein Paar, das sich zu einem offenen Fenster hinauslehnte. Durch Blumentöpfe und halb verdeckt von dem Vorhang, der wie ein windgeblähtes Segel zum Fenster hinaus- und hineinwehte, umarmten sie sich im hellen Sonnenlicht. Hinter ihnen konnte man das große weiße, ungemachte Bett sehen. Ich fühlte das Echo, die Schwingungen ihrer Zärtlichkeiten wie eine zitternde Brise in meinem Körper. Dies war kein Bild. Es war ein wirkliches Vibrieren, ein Erschauern, von Kopf zu Fuß.
Die Natürlichkeit des Straßenlebens in Paris, in Italien und Spanien ist ein Gewinnanteil am Leben.

Ich erhielt hundert Dollar für meine »Erotica«. Gonzalo brauchte Geld für den Zahnarzt, Helba einen Spiegel, vor dem sie tanzt, und Henry einen Reisezuschuß.

Gonzalo erzählte mir die Geschichte von Bijou und dem Basken, und ich schrieb sie für den Sammler auf:

»Der Baske war ein in Paris lebender Maler, der seinen Spitznamen dem Umstand verdankte, daß er nicht einmal im Bett seine Mütze abnahm. Bijou war die regierende Königin aller Prostituierten und besaß ein eigenes Haus mit einem roten Licht über der Tür. An einem regnerischen Abend hatte der Baske genügend Francs in der Tasche und kam sich sehr reich vor. Die Leute hielten ihn für den besten der modernen primitiven Maler, und er verriet niemandem, daß er seine Motive nach Ansichtskarten malte. Er war in euphorischer Stimmung und fand, daß dies gefeiert werden müsse. Also hielt er nach einem der roten Lichter, der Lustsignale, Ausschau. Eine stattliche Frau mit üppigen Rundungen öffnete die Tür. Alles an ihr war übergroß, ihre Augen, ihre Brüste, ihr Lächeln. Doch nicht auf unerfreuliche Weise, sondern lediglich betonter, überschwenglicher, wie ein Gesicht auf der Bühne oder bei einer Naheinstellung im Film.

Ihr Blick wanderte sogleich zu den Schuhen des Mannes, um zu taxieren, wieviel er für sein Vergnügen anlegen könnte. Dann ließ sie, zur eigenen Genugtuung, die rauchgrauen, schwarzumränderten, schwerlidrigen Augen kurz auf seinen Hosenknöpfen verweilen. Eine unwillkürliche Handlung. Gesichter interessierten sie nicht. Ihre Aufmerksamkeit beschränkte sich auf eine bestimmte Gegend der männliche Anatomie. Ihre brennenden Augen hatten eine rücksichtslose Art und Weise, die Besitztümer eines Mannes abzuschätzen. Es war eine professionelle Manier. Sie rühmte sich, gemäß den subtilsten Regeln des *Kama Sutra* und mit mehr Scharfsinn als andere Frauen die Paare zusammenzustellen. Sie riet zu bestimmten Verbindungen. Sie war so erfahren wie eine Handschuhverkäuferin. In einem zu engen oder zu weiten Handschuh fehlte das Vergnügen. Bijou war der Meinung, daß die Leute heutzutage dem richtigen Sitz nicht mehr genügend Bedeutung beimaßen. Die Leute würden immer gleichgültiger. Wenn ein Mann in einem zu weiten Kleidungsstück schwimme, dann versuche er dieser Tatsache das Beste abzugewinnenn, doch nach Ansicht Bijous entging ihm solchermaßen die gierige, seine Einsamkeit zunichte machende Umarmung. Wenn er dagegen wie unter einer geschlossenen Tür hindurch hineinschlüpfen mußte, sich ganz klein machte oder fast erstickte oder fürchtete, aus Angst vor sofortiger Entlassung herzhaft zu lachen, so sei das auch nicht harmonisch. Die Kunst der vollkommenen Verbindung geriet bei den Menschen in Vergessenheit.

Erst als Bijou ihre örtliche Untersuchung beendet hatte, erkannte sie den Basken und lächelte ihm zu. Er hatte den Fehler begangen,

die Kleidung zu wechseln, denn wenn er in farbbespritztem Anzug kam, wurde er stets eingelassen, durfte vor einem Glase sitzen, die Mädchen zeichnen und mit ihnen plaudern. Die Künstler kamen oft nur, um in Gesellschaft zu sein, und entlohnten sie mit Skizzen. Bijou wußte, daß der Baske nicht leicht zufriedenzustellen war. Er war ein Feinschmecker und mäkelig in bezug auf die weiblichen Schatzkästlein, er mochte die mit Samt ausgeschlagenen, die zärtlichen und schmiegsamen. Bijou schenkte dem Basken ein strahlendes Lächeln. Sie konnte ihn persönlich gut leiden, doch nicht etwa wegen seiner kurzen geraden Nase, seines glänzenden schwarzen Haars, seiner mandelförmigen Augen, nicht wegen seines roten Halstuchs oder des frechen Sitzes seiner Mütze. Sondern wegen seines königlichen Amuletts und dessen Ausdehnungsvermögens.
Sie war ihrerseits auch die Favoritin des Basken. Er kannte Bijous köstliches Aroma, ihre natürliche moosige Feuchtigkeit, die sich nicht erst auf Schmeicheln und Zureden einstellte, die delikaten Soßen, in denen sie ihm die muschelrosa Leckerbissen darzubringen wußte. Der Baske liebte Bijous Honigwaben und Alkoven. Und es gefiel ihm auch, daß sie nicht allzuviele Tributzahlungen forderte, Komplimente und süße Worte und Vorreden und Einleitungsphrasen und Aphrodisiaka. Sie kam gebadet in ihre eigene, günstige Stimmung, gewürzt, gesalbt, *à point,* eingefettet, parfümiert, nicht gleich Venus der Muschel oder der Welle entstiegen, sondern direkt aus dem Innern eines schon warmen Bettes, von dem vielblättrigen Chaos der Tücher, Daunen, Matratzen, hervor unter einer unebenen, welligen, die Eindrücke anderer Körper tragenden Oberfläche, unter einem Zelt des Fleisches und der Wonnen. Es war nicht nötig, sie in Schwung zu bringen oder achtsam zu sein, damit man keine Flecken machte, denn Bijou liebte die beim Liebesakt entstehenden Flecken, von der Frau wie Tränen vergossen, vom Mann wie aus einem Zerstäuber verspritzt.
Bijou wäre gern Katharina die Große bei der Inspektion ihres eigenen Regiments gewesen, das in Achtungstellung dastand und ihr die einzige Waffe präsentierte, mit der man sie einnehmen konnte. Sie sah diese braven Soldaten in ihren Träumen. Sie wünschte, der Heerführer zu sein, der die seidenweichsten, die steifsten, die steilsten dekorierte. Sie hätte sie mit einem Kuß auf die Eichel belohnt, allein um die erste Träne der Lust hervorzulocken. Sie hätte Frechheit, Unverschämtheit, Aufsässigkeit, Unüberlegtheit, alles außer Trägheit oder Lethargie belohnt. Wegen der nächtlichen Träume war ihr Fleisch immer zart, als hätte es den ganzen Tag über schwachem Feuer gebrodelt.
Bijou verstand sich auch auf die Kunst des Sammlers. Sie hatte Ge-

gensätze zwischen ihren Mädchen entdeckt: das Mädchen, das einschlief und die Männer von Schuldgefühlen befreite, das Mädchen, das kalt war und zur Gewalttätigkeit anregte.
Als die Maler Bijou entdeckten, schien ihnen, daß sie in ihr die Frau gefunden hätten, die alle Attribute der Prostituierten besaß. Es war, als ob durch den ständigen Aufenthalt in einem Klima der Sinnlichkeit eine besondere Art Leib, ein wahres Wunder entstanden sei. Die Sinnlichkeit, in der sie badete, durchdrang ihren Körper, ihre Bewegungen, und trat nach außen zutage, eine Blütenart oder Fruchtart, die man unter Hunderten erkennen konnte.
Das ständige Leben im Blick der anderen, zwischen den formenden Händen, im modellierenden Verlangen des Mannes, hatte ihren Augen, ihrer Haut und ihren Bewegungen eine einzigartige Qualität verliehen, die sich nur umschreiben ließ als der dunkle verborgene Schoß, der nach außen gestülpt allen dargeboten ist. Ihr Haar schien so lebendig und elektrisch wie tierisches Haar und von so kräftiger, straffer Textur zu sein, als sei es mit Sex vollgesogen. Es war sehr sinnliches, schweres, warmes Haar, das sich kräuselte und glättete und nach Moschus duftete. Es knisterte wie das Fell eines Tieres, wenn man darüber strich. Wenn ein Mann es liebkoste, konnte sie ganz still, ruhig und sanft daliegen. Und als ob eine leise nervöse Beziehung bestände zwischen ihrem langen Haupthaar und dem venusischen Pelz, der das Zentrum ihrer Sinnlichkeit behütete, glitt ihre Hand, wenn ihr Haupthaar liebkost wurde, ganz von selbst zum Haar zwischen ihren Beinen und glättete und betörte seine Ranken gleichzeitig in abgestimmten Bewegungen.
Auch ihre Haut hatte eine erotische Strahlkraft, nicht allein durch ihr lebendiges Inkarnat, ihre Transparenz, die die blassen türkisblauen Venen sehen ließ, sondern durch das unter zärtlicher Berührung beginnende, fast unmerkliche Vibrieren von Nerven und Blut. Die seidige Oberfläche zeigte das Strömen des Blutes, das Pochen des Verlangens an. Die Muskeln zuckten katzenhaft unter der streichelnden Hand; man erwartete, ein Schnurren zu hören. Ihre Haut war warm und trocken wie Wüstensand, wenn sie sich aufs Bett legte; später aber, wenn die Wogen der Lust über sie hinwegspülten, wurde sie feucht und fieberheiß.
Oft hatte der Baske versucht, ihre Augen zu beschreiben. ›Die Augen des Orgasmus‹, murmelte er einmal. ›Was die anderen Frauen geheimhalten, geschieht offen in deinen Augen.‹ Allein mit den Augen vermochte sie diese erotische Antwort zu geben, eine Geheimsprache, ein schnelles Flackern der Iris, eine hüpfende Flamme, wenn die Verbindung angeknüpft wurde. Sie, Bijou, war die Königin aller Prostituierten. Ihr Mund hatte nicht die Bestimmung, Worte zu

sprechen und zu essen. Die Art, wie er sich bewegte, sich anschickte, aufzugehen, erschien eher wie das Vorspiel zu einem Kuß. Eine Erwartung zeichnete sich ab, ein leichtes Anschwellen der Lippen. Wie der Mund des Geschlechtes selbst, der sich bewegt, um dich aufzunehmen, der keine Worte ans Ohr trägt, keinen menschlichen Laut, aber wogt, bereit zu küssen, zu halten, zu umschmiegen. Ihr auf einem öffentlichen Platz zu begegnen, war so, als beschliefe man sie in der Öffentlichkeit, denn jedes Wort, das sie dann sagte, jeder Gruß, jede Geste von ihr glich einer öffentlichen Liebesszene. Sie hob nichts für den Alkoven, für die Nacht auf. Selbst im Restaurant, wenn sie aß oder Karten spielte oder auf ein Getränk wartete, saß sie nicht so wie andere Frauen da, die ihren Körper gleichsam vergessen, um ihre Aufmerksamkeit nur den Karten oder dem Menü zuzuwenden. Nein, Bijous Körper nahm an jeder Lebenshandlung teil. Ihre Brüste preßten sich an den Tisch und bebten, wenn sie lachte. Ihr Lachen war das einer befriedigten Frau, Lachen nach dem Orgasmus, Lachen eines Körpers, der mit jeder Zelle und Pore genießt.

Wenn der Baske auf der Straße, von ihr unbemerkt, hinter ihr herging, sah er, daß selbst kleine Bengel, die noch nicht einmal zu ihrem Gesicht aufgeblickt hatten, ihr folgten. Es war, als ließe sie eine Spur, einen tierischen Duft hinter sich. Männer folgten ihr, ehe sie ihr ins Gesicht geschaut hatten. Sonderbar, wie sehr die anderen Frauen in ihrer Nähe plötzlich verkleidet und getarnt wirkten, als wollten sie die Begierde der Männer nicht herausfordern, sondern von sich ablenken. Der Baske liebte diese Bijou, die unverhüllt geschlechtlich durch die Stadt Paris ging . . .«

Robert trug folgendes in sein Tagebuch ein:
»Ich will Ihnen sagen, welchen Unwillen ich mit mir umhertrage. Es schmerzt mich, daß Sie Kenneth Patchen nicht leiden mögen.«

Tatsache war, daß Patchen bei allen um Geld bettelte und daß ich ihm keins geben konnte. Er wandte sich deshalb an Henry, der ihm auch wirklich Geld schickte, doch nur, um mich daraufhin sofort um mehr zu bitten. Als Patchen mich um Henrys Reiseadresse bat, wollte ich sie ihm daher nicht geben. Henry machte Dorothy Norman Vorwürfe, weil sie Patchen nicht half. Dorothy Norman beklagte sich bei mir darüber. Ich erzählte Robert, was sie mir erzählt hatte, und er erzählte es Patchen weiter. Als Patchen an Dorothy Norman schrieb, leugnete sie natürlich, daß sie es abgelehnt habe, ihm Hilfe zukommen zu lassen oder durch Henrys Ansuchen gekränkt worden sei.

Robert hatte sich geteilt in eine Identifizierung mit mir (mit seinem weiblichen Ich) und eine Identifizierung mit Patchen (mit seinem männlichen Ich). Er glaubte, seine beiden Seiten könnten in Harmonie miteinander leben, wenn ich Patchen liebgewönne. Er glaubte, ich würde sein Schuldbewußtsein verringern, wenn ich Patchen half. Wir würden ein geheimes Dreieck bilden. Doch abgesehen davon, daß ich überlastet war (und Robert wußte, in welchem Ausmaß), hielt ich weder von Patchen noch von seinem Werk etwas. Das machte Robert zu schaffen. Er war der Ansicht, daß wir alle Patchen geopfert werden sollten.

»Ich gebe genug«, erwiderte ich ihm.

Zur Zeit steht Robert mir am nächsten und ist er mir am deutlichsten erkennbar. Anfänglich erfaßte ich ihn nicht ganz. Als ich ihm bei den Cooneys zum erstenmal begegnete, erschienen mir sein Blick und seine Worte unscharf. Er war in einen chaotischen Sternennebel gehüllt. Doch er bewegte sich in derselben Welt wie Jean Carteret, wenn auch ohne dessen klare Präzision und klaren Zusammenhang. Aber wir sprachen miteinander. Das wunderbare Einvernehmen kam mit dem Tagebuch. Sein Tagebuch war eine vollkommene emotionale Offenbarung.

Zunächst war er als perverses und durchtriebenes *enfant terrible* aufgetreten. Im Tagebuch aber wurde er größer, stärker, strenger. Er ist von körperlicher Schönheit. Er spricht wie in Trance, redet fließend, wie ein Medium. Seine Stimme verharrt auf ein und demselben Ton, wie in einem schlafwandlerischen Selbstgespräch. Dann hört er niemanden. Zu anderen Zeiten ist er offen, aufnahmebereit, achtsam.

In seinem Tagebuch äußert sich eine menschliche Wärme, die er im Leben nicht zeigt. Wir hatten unsere Tagebücher ausgetauscht und dadurch Einlaß in das private Leben des anderen gefunden, einen Zugang, der ohne den Tausch nicht möglich gewesen wäre, denn von mir geht Robert zu jungen Männern, und unsere Liebe ist rein geschwisterlich. Er hat großen Charme, ist verführerisch. Seine Züge sind fein, er hat einen ägyptisch schlanken Körper, sehr gerade Schultern, eine schmale Taille, stilisierte Hände.

Im Verkehr mit mir ist er streng, entschieden, jungenhaft. Seine feminine Seite zeigt er mir nie. Die kann ich nur in der Öffentlichkeit sehen, in der Gegenwart von Männern. Dann wird er fügsam, nachgiebig, geschmeidig. Er entwickelt Koketterie, teilt verstecktes Lächeln, verblümte Redensarten aus. Ich sehe, wie sein Körper weich wird, vor meinen Augen zur Frau wird.

Wenn er von seinem verzehrenden Hunger, von seinen »Kindern« (seinen Schützlingen), seinen Entsagungen, seinem Verlangen nach dem Vater, seiner Liebesbedürftigkeit spricht, höre ich mich selber reden. Abends, nachdem er in meinem Atelier seine Tagebucheintragungen gemacht hat, am selben Tisch, an dem auch ich arbeite, Gedichte geschrieben hat, geht er zu Freunden. Er lebt ganz mittellos. Alles was er hat, verschenkt er. In ihm ist ein Dämon, ein Dichter, der Spannung und Intensität sucht. Er bleibt nicht im Paradies, das ihm seine Liebhaber wie einer Frau versprechen. Er sucht Gewalt und Feuer und ewige Erneuerung. Wenn er jemanden verführt, zeigt er einen frohlockenden Ausdruck, ähnlich dem einer Frau vielleicht. Er bildet sich etwas auf seine Macht ein, er triumphiert, er feiert seine Macht. Seine weiblichen Schliche, aufreizenden Avancen, trügerischen Rückzüge. Spiele.

In unseren Gesprächen ist er völlig frei, offen und ungehemmt, erzählt von seinem Leben, von Liebeserlebnissen, Träumen, Deutungen, Erinnerungen, Gedichten, die er schreiben will.

Er lebt in der Nähe der Frau. Er scheint keine Feindseligkeit und kein Rachegelüst gegenüber der Frau zu empfinden.

An dem Abend, als ich seine Tagebucheintragung über Patchen las, war ich unglücklich über sein Mißverstehen und unglücklich auch, weil er nicht für mich Partei genommen und mich hatte schützen wollen.

Er deutete mein Verhalten dahin, daß ich im *House of Incest* bleiben wolle, um mir ein künstliches Paradies zu bewahren. *House of Incest* sei aber gar kein Paradies, entgegnete ich, und das Paradies hätte ich mit Henrys und Junes Hilfe schon vor langem verlassen. Mein Bestreben sei etwas ganz anderes.

Er hat daraufhin folgendes geschrieben:

»Sie haben beliebt, Patchen nicht mit einzubeziehen, ihn nicht zu verstehen. Warum habe ich Patchen gegenüber dieses Schuldgefühl? Heute morgen saß ich bei Ihnen in der Flut der Wärme, im Strom der Quellen, die wir gemeinsam zu besitzen scheinen. Haben wir das Recht dazu, wie Pflanzen zu sein, haben Sie ein Recht dazu, so zerbrechlich, so betörend schön zu sein, denn sie sind verzaubert und verzaubern. Reflektiere ich Ihren Zustand der Verzauberung, wenn ich bei Ihnen bin oder schreibe ich Ihr Buch? Schließen Sie Patchens Ungeheuer, seine Dämonen, seine Schreckgespenster aus? Sie und ich haben versäumt, Patchen zu helfen. Lassen Sie mich Ihnen von mir erzählen. Wie sehr wünschte ich, ihm zu helfen, wünschte ich, daß ihm geholfen würde. Ich bin so konfus, wenn ich in dem Patchen-Fegefeuer umherwandere. Es ist meine Schuld, nicht Ihre, und wenn ich gewollt hätte, daß Sie mich von ihr befreien, so hätte ich sie benennen müssen, stattdessen benutze ich Listen und Täuschungen, um sie Ihnen aufzubürden.«

[Januar 1941]

Der Sammler nahm weitere hundert Seiten an. Ich erhielt weitere hundert Dollar, mit denen Helbas Arztrechnungen und Henrys Reise bezahlt wurden. Der alte Herr forderte jedoch eine Erweiterung der geschlechtlichen Szenen.

Gestern reist Henry ab. Er sieht hinfällig aus. Er hat die in Griechenland entdeckte Freudigkeit verloren. Er fühlt sich nicht wohl in New York. Er zwingt sich zum Reisen, zum Schreiben.
Ich fühle mich merkwürdig erschöpft.
Ich arbeite an Erotika für den Sammler.
Robert versteht nun endlich, daß *House of Incest* der aus Träumen entstandene Kristall (das Gedicht) ist, daß mein Leben aber keine Kristallisation, sondern menschlich ist. Seine eigene Sprache: verzehrend, Hinbewegung, Tanz, Fluß, Überschreitung gehören auch zu meinen Lieblingswörtern. Es ist, als hätten wir dieselben Worte aus dem Wörterbuch ausgezogen. Denn aus dem Buch der Wörter wählt sich jeder von uns ein besonderes Vokabular mit eindringlichen, immer wiederholten Wörtern, die der Schlüssel zu unserem psychischen Leben sind. Er beschreibt die Menschen gern in Ausdrücken körperlicher Attitüden, so als ob sie Gemälde oder Statuen seien.
Robert hat am siebenten Januar, am selben Tag wie June, Geburtstag.
Robert brachte eine Aufnahme von Edgar Varèse mit. Er tanzte für uns. Sein Tanz war eine Schöpfung. Er erfand einen nichtmenschlichen, abstrakten Tanz, einen Krieg der Elemente, zerrissene, wieder zusammengefügte, schlagende Gesten zu den Schlagzeugklängen Varèses. Sein Gesicht glich einer Maske. Er wirkte entrückt und stilisiert.
Ich liebe seinen Humor, seine Tücken, seine Sprache. Ich betrete nun wieder das fruchtbare Labyrinth mit seinen zahlreichen Räumen, Zellen, Schwingungen, Stößen und Rückstößen. Seltsam, daß wir den anderen wechselhaft und veränderlich erscheinen und daß sie unseren schnellen Bewegungen nicht folgen, daß sie unserer schnellen Verwandlungskunst im Leben beinahe mißtrauen. Doch

für jeden von uns ist diese Vielfalt der Ichs lediglich ein köstliches Schauspiel, ein Spiel, das uns erfreut und niemals zu täuschen vermag. Selbst wenn er tanzt und seine Augen so glasig und ausdruckslos werden wie auf einer ägyptischen Freske oder wenn er den Irrsinnigen spielt und mich nicht mehr erkennt oder mich als Bestie mit wilden Grimassen und Zitaten aus Saint-John Perse oder Cocteau bedroht, lachen wir noch.

Er bleibt mir erkennbar in allen seinen Metamorphosen. Ich bin auch für ihn durchschaubar, und wenn es mir mitten in meinem Bohèmeleben plötzlich beliebt, mich zurechtzumachen und die elegante und snobistische Dame zu spielen, die sich in eine elegante und snobistische Welt begibt, so lacht er und weiß, daß es eine Maskerade ist.

Kenneth Patchen steht wie ein großes sprachloses unfreundliches Tier abseits, döst wie ein Tier unter Knurren und Zuckungen vor sich hin, ist kaum bei Bewußtsein. Er fürchtet sich vor meiner Welt, schwer und ungelenkt steht er vor mir, stumpf. Das wäre weiter nicht schlimm, aber *er versucht zu zerstören, was er nicht zu begreifen vermag*.

Wenn Gonzalo kommt, spiele ich Varèses *Ionization*, um ihn aus seiner Niedergeschlagenheit zu locken. Diese Musik stammt von anderen Planeten, vom Feuerstrahl auf dem Mars, rotgelbe rasende Töne, Messer, Sägen, das Geräusch stürzender Planeten, Meteorite, die pfeifend durch Stürme wirbeln, zerreißende Räume. Schwingungen von Orten herkommend, die wir noch nicht gesehen haben.

Gonzalos Dunkelheit ist wie die Dunkelheit der Erde. Er ist unrasiert, verbittert. Hinter seinem Ohr baumelt eine Strähne losen Haars, wegen seiner hohen Wangenknochen scheint er ständig zu lachen, selbst dann, wenn er traurig ist. Seine schwarzen buschigen Augenbrauen sehen wie Fledermausflügel aus, seine Wimpern so rußig wie die der Araberinnen, die ihre Lider mit Kohle bestreichen. Seine Augen so tintig und grundlos wie vulkanische Seen; keine Sonnenflecken oder Mondflecken tanzen in ihnen, sie sind vom Schwarz der Regenwälder und der Höhlen.

Ich versuche, ihm zu sagen, daß wir nicht immer nur in der Gegenwart und in der Wirklichkeit leben können, ohne zu ersticken. Der Bereich der Nüchternheit ist ein Gefängnis.

Gonzalo denkt, der Symbolismus sei eine überholte Form und zusammen mit der Romantik gestorben, er kann nicht verstehen, daß der Symbolismus der Schlüssel zu einem gewaltigeren Universum ist, unser Unbewußtes und ins Unendliche führende Falltüren er-

schließt. Und daß es ein Mann der Wissenschaft, Freud war, der ein für allemal dessen unabtrennbaren Anteil an unserem Dasein nachwies. Gonzalo hat die Tür zugetan zu dieser weiten Welt, in die wir über den Weg des Traumes gelangen.
Wenn man ein Gefangener der Zerstörungssucht ist, dann soll man dem Schöpfertrieb eine Tür öffnen. Lesen, was Gerald Heard über das erweiterte Bewußtsein geschrieben hat. Das Haus des Todes verlassen, denn das ist der Krieg, das ist der hochgradig ansteckende Wahnsinn des Krieges.

Aus Roberts Tagebuch:
»Wer könnte besser als ich den Hunger nach Hingabe verstehen, den Anaïs beschreibt, die schreckliche Bedeutung, die wir der geschlechtlichen Beziehung beimessen, da sie für uns mehr ist als eine persönliche, da sie Beziehung zum Unbekannten für uns ist. Es gibt einen Orgasmus der Seele, ein furchtbares Emporschießen, das über den Körper hinausreicht. Der Leib ist das einzige Hindernis der Erfüllung, und wir kehren immer wieder zum Leib des Geliebten zurück, um den Aufstieg von neuem zu versuchen. Er gelingt mir selten. Beim Zusammensein mit Ned mußte ich von ihm berührt werden, um die Gewißheit zu erlangen, daß der Aufstieg nochmals unternommen werden dürfte.«

Ich schrieb in Roberts Tagebuch:

»Warum machen Sie sich so viele Gedanken darüber, was Patchen von Ihrem Tagebuch halten wird? Wissen Sie, daß es eindringlicher ist als das von Patchen, tiefer, menschlicher?«

Robert schreibt:

»Ich hege den entsetzlichen Verdacht, daß unter all dem klar Erkannten etwas begraben liegt, das ich vergessen habe. Unser größter Treubruch ist unsere unendliche Freundlichkeit. Wir leben in all den Wahnsinnsgegenden der hinter dem Akt gelegenen sexuellen Welt. Wieder einen herrlichen Nachmittag mit Anaïs verbracht. Sie verlockt mich zum Wunderbaren, zum Hellsehen. Soll ich so tun, als würde sie dieses hier nicht lesen? Nein. Alles, was sich bei unseren Zusammenkünften ereignet, geschieht in Offenheit. Diese Nachmittage sollen ausgeschnitten werden: Inseln sein. Sie sind meine Beichten im innersten Gemach des *House of Incest*. Mit ihren geschminkten Augen hat Anaïs das Gemach des Mesmeriseurs geschaffen, und ihr Lächeln erhält den Strom des Mysteriums.«

Wenn der Mensch entwurzelt und verpflanzt wird, welkt er eine Zeitlang. Jedesmal ängstige ich mich und meine, der Zustand werde ewig dauern. Ich glaubte, mein Leben verkümmere. Das Mißlingen der Freundschaft mit Patchen, sein völliger Mangel an Verständnis, hatten mich erschreckt, doch der Strom zwischen Robert und mir stellte mein Selbstvertrauen wieder her, und ich begann neue Blätter zu treiben.

Bekannte schenkten mir ein etwa halbmeterlanges Drehorgeläffchen, das sie in einer Tierhandlung entdeckt hatten und das auch auf einer Bühne aufgetreten war. Nachdem der Affe angekommen war, fing er sogleich an zu toben. Er sprang von einem Vorhang zum anderen, balancierte auf elektrischen Schnüren, verschüttete den Inhalt einer Parfümflasche, riß Kleider von ihren Bügeln, zertrümmerte die Muscheln, und als alle darauf hinter ihm dreinstürzten, um ihn einzufangen, lief er schutzsuchend zu mir und gewann solchermaßen meine Zuneigung.

Es war unmöglich, ihn wieder in den Käfig zu tun. Er war so aufsässig, daß ich von meinen Versuchen abließ und ihn, ehe ich abends ausging, im Badezimmer einschloß, da ich annahm, dort könne er nicht viel anstellen. Als ich zurückkam, hatte er jedoch das Medizinschränkchen geöffnet, jede einzelne Flasche entstöpselt und den Inhalt ins Waschbecken geschüttet, die Zahnpastatuben aufgeschraubt und das ganze Zimmer mit der Creme beschmiert, die Deckel von den Puderdosen abgehoben und alles bepudert, das Toilettenpapier von der Rolle gezogen und es in Serpentinen über Wanne und Toilette verteilt und die Kleenextücher verstreut. Er hatte sich Zahnpasta ins Geschicht geschmiert, den Korb mit der schmutzigen Wäsche ausgeleert und hieb, als ich zurückkehrte, mit der Haarbürste gegen die Tür. Als ich die Tür öffnete, blickte er unschuldsvoll zu mir auf, kletterte mir auf die Schulter, bleckte gleichsam lachend die Zähne und suchte in meinem Haar nach Läusen.

Da er sehr gern Trauben ißt, versuchte ich ihn in seinen Käfig zu locken, indem ich ganz hinten Beeren hineinlegte. Er sah spöttisch zu mir auf, fuhr mit seinem langen Arm zwischen die Stäbe und nahm sich die Trauben, ohne hineingehen zu müssen. Ich hatte sowohl sein Denkvermögen als auch die Länge seiner Arme unterschätzt.

Er legte Gewicht darauf, daß ich während seiner Mahlzeit neben ihm stand. Mit großer Feinheit nahm er seinen Reis zu sich, indem er seine Finger zur Tasse rundete. Seine schwarzglänzenden Nägel sahen aus wie lackiert. Ich versuchte, ihn mit Liebkosungen und einschmeichelnden Worten zu beruhigen, ehe ich ihn in seinen Käfig steckte. Er zeigte sich empfänglich dafür, antwortete aber mit ebenso betörenden Gesten, Bitten und Schlichen. Schließlich ließ er sich von mir hineinsetzen, schrie jedoch, als ich fortging. Wenn ich von einem Ausgang zurückkam, empfing er mich in einem Verzückungstaumel und stieß kleine vogelähnliche Laute aus.

Er war ein genialer Zerstörer und Komödiant. Jemand gab ihm einige Schluck Bier zu trinken. Er warf sich vor Lachen zurück und klatschte sich auf den Bauch. Besuchern gegenüber empfand er jähe Zuneigung oder Abneigung und stellte sein Gefühl deutlich zur Schau. Er nahm ihnen das Glas weg und schüttete es aus oder ging zu ihnen hin und schlug sie.

Als ich am Sonntag Pfannkuchen backte, ihm jedoch eine Banane gab, schnitt er ein erstauntes Gesicht. Er nahm das Telefonbuch, öffnete es, schälte die Banane, legte sie zwischen die Blätter und schloß das Buch. Nach einer Weile öffnete er es wieder und zeigte mir die plattgedrückte Banane: seinen Pfannkuchen.

Gleichgültig, wie unruhig er sein mag, sobald ich ihn in die Arme nehme, schmiegt er sich zärtlich an mich und schläft ein. Aber die Wohnung sieht aus wie ein Schlachtfeld. Er schlägt Bücher auf, tut so, als lese er, und wirft sie dann auf den Boden. Er verstreut meine Papiere, er stöbert in dem Essen auf meinem Teller, er zieht alle Schubladen heraus, er schläft auf meinen Kleidern und uriniert auch auf meine Kleider. Den Duschvorhang im Badezimmer hat er zerfetzt, alle Zigarettenpackungen zerrissen und Virginia gekratzt.

Er beherrscht den ganzen Haushalt. Als ich ihm Teelöffel voll Bier gab, tat er so, als ginge er unsicher, als fiele er aus dem Käfig. Sein Grinsen ist unwiderstehlich. Jeder muß beständig über ihn lachen.

Eines Abends ließ ich ihn im Käfig, schloß aber die Türe nicht fest zu. Er befreite sich und riß die elektrischen Schnüre im ganzen Atelier bis zum letzten Zentimeter herunter. Er saß auf einem Gewirr von Schnüren, sehr zufrieden mit seiner Leistung. Mein getipptes Manuskript trug die vom Kohlepapier schwarzen Abdrücke seiner Zehen. Er zerriß meinen Modeschmuck, fraß die Blüten der Topfpflanzen, hängte sich an den Blendenzug bis das Fenster aufging und entwischte sodann aufs Dach.

Uns tat vor Lachen alles weh, aber ich konnte ihn nicht länger behalten. Ich konnte weder arbeiten noch fortgehen noch kochen, ohne daß ihm etwas einfiel, womit er meine Aufmerksamkeit ablenkte.

Es war so schwer, ihn wiederherzugeben, daß ich jemanden bat, ihn während meiner Abwesenheit in die Tierhandlung zurückzubringen. Ich hatte ihn liebgewonnen. Als ich nach Hause kam, war er fort. Ich ging ins Badezimmer. Auf der weißen Wand waren trübe

Abdrücke seiner schmutzigen Pfoten, fünf deutliche Finger zu sehen – ein Abschiedsgruß. Ich weinte.

Aus Roberts Tagebuch:

»Mit dem Eingeständnis des Unvermögens kommt es zur Entdekkung Gottes. Meine Liebe zu den anderen vermischt sich mit dem Hunger nach Gott, nach Selbstvernichtung, und die Beziehung gleitet in ein entsetzliches Chaos ab. Nicht beim Kontakt mit einem anderen Menschen ist die Impotenz so entsetzlich, sondern weil dann kein Aufstieg, keine Erhebung stattfindet, denn ich weiß, daß ich nur, wenn ich mich selbst entlade, die Vereinigung mit Gott erreiche. Deshalb suche ich nach Sprengstoff bei dem, den ich liebe, und bin nur deshalb elend, wenn kein Krieg zwischen uns stattfindet, weil es dann keine Spannung, keine Bewegung gibt. Ich sehne mich nach Stärke. Ich hungere nach Stärke. Nicht nach einem, der mir Stärke verleihen soll, sondern nach einem, der meine eigene Stärke erschließt. Ich bin so viele, doch was? So viele Seinsebenen, sind in mir vereint, die tierische, die göttliche, die animalische, die elementare. Der Kampf findet in mir statt, und am Ende werde ich die Explosion, die letzte Fusion, die Vereinigung mit Gott erfahren. Dennoch stehe ich da und versuche, jegliches Geschehen zu verhindern, hemme meine Fortschritte bei Paul, weil ich mich vor der Katastrophe fürchte.«

Robert besteht darauf, daß ich Patchen akzeptiere. Im tiefsten Inneren vermag ich es nicht, als Schriftstellerin nicht und als Mensch nicht.
Mir ist eine Freudsche Fehlleistung passiert. Ich sagte: »Was Patchen von Sex weiß, findet in einem Fingerhut Platz!«

Henry schreibt aus »Die Schatten«, Weeks Halls Wohnsitz in New Iberia, Louisiana:

»Ein schöner Wohnsitz. Haus im besten alten Stil, viel besser, als das von Caresse – mit prachtvollen französischen Gartenanlagen, Statuen, Seen, Teichen, die von Azaleen, Kamelien, Rosen etc. üppig umstanden sind. Bemooste Bäume – beängstigend schön. Der Ort liegt im Herzen des alten Frankreich – Leute sprechen noch altes Französisch. Fluß verläuft durch den Garten hinter dem Haus – verzauberter verträumter Fluß. Ich kenne mich noch nicht aus hier. Bin erst gestern abend angekommen. Nehme aber ziemlich sicher an, am Montag wieder in New Orleans zu sein. [Abe] Ratt-

ner kehrt nächste Woche nach New York zurück – kann die Reise nicht mehr länger ausdehnen.
Bei nächster Gelegenheit muß ich mich hinsetzen und die Don Juan-Geschichte für den Sammler schreiben, ich werde es bestimmt tun. Dann will ich nichts mehr mit ihm zu schaffen haben. Ich mag für nichts in der Welt mehr diese Arbeit machen und beschwöre Dich, keinen Federstrich mehr zu schreiben, als Du Lust hast ...«

Paul kam zu Besuch. Ich sah, wie Robert sich vor meinen Augen wandelte, zur Frau wurde, verführerisch, aufreizend, kokett. Ich sah, wie sich sein Körper vor Begehren streckte. Es wäre, als hätte ich Einlaß ins geheime Gemach der homosexuellen Liebe gefunden und sähe nun einen Robert, der mir sonst verborgen bliebe.
»Sie beide gleichen einander«, sagte Paul.
»Robert ist wahrhaftiger«, sagte ich.
»Er liebt weniger, er ist narzissisch«, sagte Paul.
Es liegt Wärme in der Luft. Wir sitzen im Spanischen Restaurant Jai Alai. Lebhafte spanische Stimmen und der Geruch nach Safran. Das Tabu zwischen Robert und mir, das uns so abstrakt, fast schlafwandlerisch miteinander verkehren läßt, ist für eine Weile aufgehoben.
Ich konnte Roberts zarten Körperumriß, seine schmale Taille mit Pauls Augen sehen. Sein Gesicht jedoch drückte Auflösung aus, mit einer solchen Offenheit, daß er einem exhibitionistischem Akt gleichkam. Weil ein Mann da war, wurde alles, was er empfand, plötzlich für das bloße Auge erkennbar.

Gonzalo kann nicht politisch arbeiten, weil er sich nicht an Disziplin zu gewöhnen vermag. Was aber könnte er sonst tun?
Ist sein Schuldgefühl Helba gegenüber ein Beweis seiner Liebe oder des Gegenteils? Zu Zeiten wirkt es wie die Kundgabe einer abgestorbenen Liebe und als ob Gonzalo für den Tod seiner Liebe Sühne leisten wollte, indem er stattdessen ein Opfer anbietet. Zu Zeiten ist ihm seine Selbstzerstörung jedoch bewußt. Helba verschafft ihm ein Alibi für seine Arbeitsscheu und spielt damit eine wichtige Rolle. Er braucht sie.

Robert schreibt:
»Anaïs, wir leben in einer großen feurigen und ozeanischen Welt. Patchen steht jenseits unserer Welt. Weil er von unserer Welt ausgeschlossen ist und versucht, wieder hineinzugelangen, müssen wir ihn verstehen und ihn aufnehmen. Er ist der Heilige, der für seine Taten Sühne leistet. Er sühnt die Morde, die die menschliche Rasse

verübt hat. Sie und ich waren niemals von der Menschlichkeit abgetrennt. Ich bin ihr wegen meines Hermaphroditismus ferner.
Bei Paul verhalten sich die Dinge anders. Er schien mir zunächst ein freundliches Wesen zu sein, doch dann bemerkte ich eine stellvertretende, nachempfindende Aktivität bei ihm, ein Eindringen in die Zone meiner Schaffenskraft. Ich fühlte, daß er meine Schaffenskraft behinderte, anhielt, um sie zu prüfen. Ich muß innehalten und Erklärungen abgeben. Er versteht mich nicht intuitiv wie Sie, ich bin gezwungen, zu erklären. Den kleinsten ausgesprochenen Gedanken hält er auf, um ihn zu prüfen. Es gibt jedoch keine Erklärung für den Sinn eines Emporstrebens, eines Gefühlsausbruchs. Man muß ihn von innen her kennen. Er steht draußen.«

Ich wußte, daß er Paul nicht sein wahres Ich gezeigt hatte. Er hatte sich wie das Zerrbild einer Frau benommen. Er trennte sich auf grausame Weise von ihm. Er ging weg zu einem Mädchen, und obwohl er keinen Orgasmus erlebte, entledigte er sich der Sache doch immerhin so gut, daß sie ihm sagte: »Sie müssen das schon mehrmals gemacht haben.«
Robert antwortete: »Nein, ich bin nur belesen.«
Danach aber las er mein Tagebuch nicht mehr, mit der Begründung, er wolle nicht in meinem Leben versinken und anfangen, mein Leben statt seines Lebens zu leben. Aus seinem Tagebuch erfuhr ich von einem Drama, das in der Liebesbeziehung des Mannes zur Frau nicht stattfindet.
Paul hatte Robert als Frau behandelt, und Robert hatte die für ihn darin liegende Gefahr gespürt. Denn in der Hingabe, der Nachgiebigkeit einer Frau liegt eine Erfüllung ihrer weiblichen Rolle, während der in ähnlicher Weise nachgiebige Mann zur Passivität verurteilt wird, die seine aktive Natur zerstört, ihn verkrüppelt und ihn schließlich vielleicht in die Karikatur einer Frau verwandelt, in der der Homosexuelle das Symptom dafür erkennt, daß seine Männlichkeit besiegt worden ist.
Passiv im Bett zu liegen und wie eine Frau behandelt zu werden, bedeutet für Robert keine Erfüllung, sondern die Zerstörung einer Seite seines hermaphroditischen Körpers zugunsten der anderen, eine partielle Verkrüppelung. Was übrig bleibt, ist die schwache Halbfrau, die nichts hat als weibliche Schwäche, die besiegte Frau, die weiterhin mit ihren Verführungskünsten paradiert, oberflächlich wie die Hure, eine Verstellung, kein tiefes Erlebnis.
Robert wollte dies nicht zulassen. Er hatte angefangen, in seinem Werk seine Männlichkeit geltend zu machen. Und ich bestärkte die männliche, aktive Seite in ihm.

Er sah deshalb, wie ich sein Hüftenschwenken, die Erschlaffung seines Körpers beurteilte. Sein Gesicht verwandelte sich in das Lärvchen einer Koketten, die mit einem Zucken der Augenwimpern Komplimente entgegennimmt, mit versteckten Blicken, die wie die umgeschlagene Ecke einer Bettdecke, wie die Rüsche eines Petticoat wirken, mit dem kleinen Tanz ständiger Wachsamkeit, der Beweglichkeit zum Empfang von Küßchen, die das Innere nicht erschüttern, zusammengepreßten Lippen, mit dem Zucken und der Selbstbewußtheit der Weiblichkeit, allen ihren Zieraten und Veränderlichkeiten, einem Zerrbild der flüchtigen und geheimnisvollen Wankelmütigkeit der Frauen, einem Zerrbild ihrer Aufforderungen, einer Groteske ihrer warnenden oder verheißungsvollen Gesten.

Die Frau ohne Schoß, in dem sich die Schöpfung, das Kind zusammenrollt, aus dem es hervorbricht, die Frau ohne den Schoß, in dem ehrfurchtgebietende Mysterien stattfinden. Statt der Frau in ihrer vollen Wirklichkeit – diese Travestie der Frau, die niemals zu wundervollen Vereinigungen führt.

Ich beobachtete Robert, und er muß meine Blicke gespürt haben, denn die Verkleidung, die Maskerade verschwand so schnell wie sie gekommen war.

Robert ließ sein Tagebuch auf meinem Schreibtisch liegen und sagte: »Zuerst war das, was zwischen uns bestand, ein Mythos. Aber jetzt habe ich das Gefühl, daß es eine menschliche Beziehung ist.«

Muster, Durchflechtungen, Wiederholungen. Widerhall aus anderen Leben. Virginia und Robert ahmen manchmal mein früheres Leben nach, doch unter Grausamkeiten, die ich nie verübte und erfuhr. Ich versuche, ihnen begreiflich zu machen, daß Grausamkeit ein Zeichen der Impotenz ist, daß nur diejenigen, die nicht lieben können, töten wollen. Sie betrügen einander und finden Vergnügen daran.

In seinem Tagebuch zeichnet Robert einen »Prozeß« auf, in dem er sich selbst verhört: »Warum hast du P. verführt, obwohl du wußtest, daß du V. damit verwunden würdest? Hast du ihn wirklich begehrt, oder wolltest du deine Macht an der einer Frau messen? Warum hast du C. verführt? Sehntest du dich nach seinem Schutz, seiner Reife, seiner Erfahrung, oder hast du ihn begehrt?«

Vor Jahren hat Henry einmal gesagt: »Deine einzige Schwäche ist deine Unfähigkeit, zu zerstören.« Werde ich die Fähigkeit von denen lernen, die jetzt meine Umgebung sind oder werde ich zur Empörung getrieben, weil ich mich weigere, wiederum geopfert zu werden, diesmal einem Dudley oder einem Patchen? Patchen wiederholt die Trägheit Gonzalos und Helbas, die verbrecherische Atti-

tüde: Die Gesellschaft schuldet mir Fürsorge, Nahrung, und für das, was sie mir vorenthält, will ich mich rächen.
Patchen bat mich mehrmals um Hilfe, aber in einer kalten, unpersönlichen Weise, ohne sich auch nur die Mühe zu machen, erst ein Band der Freundschaft, der Kameradschaft herzustellen, das ihn dazu berechtigt hätte, alles von mir zu verlangen.
Ich koche. Millicent kommt nur einmal in der Woche, um die Wohnung zu säubern. Und unterdessen erklärt mir Patchen, daß er seiner Frau nicht gestatten wird, für ihn zu arbeiten. Sie ist halb so alt und doppelt so stark wie ich.
Ich arbeitete einen Plan aus, wonach alle meine Bekannten monatlich eine kleine Summe beisteuern sollten. Patchen nahm daran nicht teil. Er konnte morgens nicht früh genug aufstehen, um mit Dorothy Norman zu telefonieren. Ich ging mit seinem Manuskript zu Scribner. Er ruft mich an: »Würden Sie mir zehn Dollar schicken?« Ich sagte ihm, ich könnte nicht. Ich hatte Henry gerade alles, was ich besaß, telegraphisch überwiesen. Ich schrieb ihm einen langen und stürmischen Brief und erklärte ihm, es sei uns allen bekannt, daß der Künstler schützenswert und förderungswürdig sei, doch habe er kein Recht, solche Fürsorge von anderen Schriftstellern zu fordern, die ebenfalls nicht vermögend seien. Tatsächlich kamen alle zu mir ins Atelier, um bei mir zu essen, als ob mein Studio eine Imbißstube wäre. Ich tat nichts anderes mehr, als Kaffee und belegte Brote zu servieren. Meine Arbeit stockte.
Zuletzt ging ich nicht mehr an die Tür, wenn es läutete. Ich arbeitete an dem Bericht über Moricand. An Jean Carterets Lebensgeschichte. An meiner Hausboot-Erzählung.
Robert nahm schließlich meine Auflehnung gegen Patchens kaltblütige Nutznießung hin: »Jetzt weiß ich, daß Sie auch nur ein menschliches Wesen sind.«

Robert und ich saßen am selben Tisch und arbeiteten. Er erlebt sein frühere Leben von neuem, indem er es niederschreibt. Als er zu der Schilderung seiner Liebe zu einem jungen Freund kam, weinte er. »Kunst kann mir durch dies nicht hindurchhelfen«, sagte er.
Wenn Robert nicht jeden Tag begehrt wurde, glaubte er, das Ende der Liebe sei gekommen. Er mußte die Existenz jeder Liebe durch beständige Inkarnation beweisen. Immer wieder von neuem sich beweisen. Für ihn schien Dauerhaftes nur durch die Leidenschaft erreicht werden zu können.

Henry schickte mir den Stammbaum meiner in New Orleans ansässigen Familie und schreibt:

»Auf der Rückfahrt von New Iberia sprach ich bei Dr. Marion Souchon vor, dem siebzigjährigen Chirurgen und Maler (einem Kreolen), den ich gebeten hatte, Untersuchungen über die Familie der Anaïs Bourdin anzustellen.
Zu meiner Überraschung überreichte er mir das hier beigefügte Dokument, das er in meiner Abwesenheit zusammengetragen hatte – ich hätte diese große Arbeit niemals allein bewerkstelligen können. Er war bereits so weit, die Untersuchungen abzubrechen, da er keine Eintragung über Anaïs Bourdin im Rathaus fand, als ein anderer Kreole den Telefonanruf seines Sekretärs mit anhörte und seine Hilfe anbot.
Die wirklichen Daten stammen aus dem Kirchenregister. Beachte bitte, daß Anaïs Bourdin mit Catherine identisch war! Als sie später heiratete, nannte sie sich und unterzeichnete als C. Anaïs Bourdin. Aber sie ist ein und dieselbe. Sie wurde im Februar 1815, nicht 1816, geboren, wenn Du das zur Kenntnis nehmen willst. Die Stunde ihrer Geburt konnte ich nicht in Erfahrung bringen, obwohl ich mich danach erkundigte. Doch wie mir scheint, steht in diesen Dokumenten wahrhaft eine Familiengeschichte. Sie wußten sogar, daß Deine Mutter 1935 in Paris war. Die Bourdin-Kinder trugen interessante Namen, Numa, Herzenide und so weiter. Beachte bitte, daß ihnen auch etwas deutsches Blut beigemischt war – Andreas Flack. Das Testament des Bernard Bourdin ist auch von besonderer Bedeutung, glaubst Du nicht? Wenn ich recht verstand, ist der noch lebende Alfred Remeche an genealogischen Einzelheiten interessiert. Ich hoffe, ihn sprechen und Dir dann mehr sagen zu können. Deine Großtante Emily heißt Blanche Vaurigaud, sie ist eine alte Jungfer von siebenundsiebzig oder achtzig Jahren. Für den Fall, daß ich die Leute treffe, habe ich eine Kopie der Daten bei mir behalten. Später werde ich Dir die Kopien überreichen.
Gestern abend war ich bei den Feiblemans zum Abendessen eingeladen – sie bewohnen das modernste Haus von ganz New Orleans. Ein sehr aufwendiges Ding. Erhielt die Aufforderung, in einem wunderschönen Zimmer zu übernachten, sagte jedoch nein. Brauche Einsamkeit. Komme mit zu vielen Leuten zusammen. Das war der freundlichste Ort, den ich in Amerika streifte ... Anaïs, Du solltest versuchen, Dir *The Book of the Damned* von Charles Fort zu beschaffen. Ein höchst seltsames Buch – Du wirst sehen. Lies es ganz durch – es enthält verblüffende Tatsachen und noch erstaunlichere Anschauungen ... Sonderbare Namen, die manche Orte hier haben. Eine Stadt heißt ›Slaughter‹ (= Gemetzel).
Schau Dir, wenn Du kannst, eine Landkarte des Staates an. Die Mündung des Mississippi weckt romantische Vorstellungen, ist aber

nicht romantisch. Nur für die Jäger und Fallensteller. Sie ist öde, verlassen, verloren – trotz der Orangen und Bananen und so weiter. Wo immer die Palmettopalme wächst, ist es trostlos. Ich bleibe trotzdem ... Was Patchen angeht, so zweifle ich nicht daran, daß alles, was Du sagst, zutrifft.«

Henry telegrafierte mir:

»Mein Vater liegt im Sterben. Schicke mir dreißig Dollar für das Flugzeug.«

[Februar 1941]

Henrys Vater ist gestorben. Henry war zwei Stunden zu spät angekommen. Er war schicksalsergeben, mystisch, ruhig. Er sprach über New Orleans, seine Reise, über das, was er gesehen hatte. Über seinen Vater sprachen wir nicht. Er kehrte wieder zu seiner Familie zurück. Er mußte bei seinem Vater Nachtwache halten.
»Es ist wie ein tiefer Schlaf. Sein Anblick schmerzt mich nicht. Er fühlte sich so kalt an. Das erschreckte mich. Er hat nicht gelitten. Es war gut, daß er gestorben ist. Der Arzt sagte, weiterleben hätte Schmerzen für ihn bedeutet.«

Robert entwickelt sich als Dichter. Seine Reden sind wie Freudenfeuer. Wenn er schreibt, fällt ihm das Haar über die Augen wie bei einem eifrig kritzelnden Kind. Seine Finger tragen Kohlepapier- oder Farbbandflecken, und er hinterläßt seine Fingerabdrücke auf meinen Seiten, wie der Affe Schmutzpfötchen auf den Wänden meines Badezimmers hinterließ.

Einen Zustand, ähnlich dem Opiumrausch, schafft die Lektüre früherer Tagebücher, aus der Zeit, wo das kleinste Geschehnis, eine Liebkosung, eine Szene, ein Wort unermeßlichen Stimmungsaufschwungs, unermeßliche Verwirrung, Entfaltung, erhöhte Wahrnehmungsbereitschaft bewirkten. Das gegenwärtige Leben geschieht stückchenweise, bewirkt aber starken Nachhall. Früher war ich eine Opiumträumerin, und mein Blickfeld war nicht klar, Tatsachen und Wirklichkeit waren halb verschleiert. Daher vielleicht mein Überschwang. Doch später wurden Schreiben und Vision klarer und schärfer. Ich richtete meine Aufmerksamkeit auf das menschliche Drama, die menschlichen Regungen, die menschliche Aktion. Weniger auf die wunderbare, erhöhte Empfindungsfähigkeit, die sie verursachen. Meine Niederschrift wurde dichter, sparsamer. Das Leben stand im Brennpunkt. In den letzten Tagebüchern findet endlich eine Fusion von Leben, Phantasie, Träumerei, Handlung statt; sie fließen ineinander über. Ich träume, ich führe den Traum aus, ich lebe, ich träume von meinem Erlebnis, und das gibt mir die Kraft zum nächsten Schritt, der die Erzählung ist.

Robert schrieb in sein Tagebuch:

»Ich fühle großen Hunger bei der Lektüre der Tagebücher. Es ist der männliche, kreative Hunger, der Hunger, der verschlingen, alles in sich aufnehmen und verdauen will. Ihnen, als Frau, ist der Impuls fremd. Der Werdegang Ihres Tagebuchs ist der des Lebens selbst, kein Verschlingen, sondern ein Ernähren, ein Prozeß, der nicht durch die Kunst verändert wird, sondern durch Ihren Körper, Ihre Sinne verläuft.
In Ihnen äußert sich nicht der gleiche Drang. Schreiben gehört zu Ihrem Leben, zu Ihrer Lebensfunktion. Das Tagebuch ist der große Lebensstrom, von den Bergen der Kindheit kommen die Nebenflüsse herab und verbreitern sich. Jetzt sind wir in ein neues Land gelangt. Die Schreibweise der Kindheit ist vergangen, und das Tagebuch spricht eine neue Sprache. In der Entfremdung sind die Berge, von denen es ausging, sehr klein geworden. Alles ist neu. Das Antlitz des Vaters, das Antlitz der Mutter, Joaquin, Anaïs. Der Strom fließt schnell dahin. Manchmal tritt er über die Ufer, Nebel steigen auf zusammen mit Feuerschwaden. Nebel wie Schwefeldämpfe steigen aus den brausenden Feuern auf, die auf dem Wasser schwelen. Wir können nichts mehr sehen. Aus dem Nebel taucht blind eine Insel, ein Fels, ein Baum, dunkel in eine Wolke verwandelt. Dann kommen wir ihm näher. Plötzlich umgeben wir seine Form, begreifen wir ihn als eine wirkliche Form. In Joyces *Finnegans Wake* strömt alles Leben im Fluß, in der Frau Anna Livia Plurabelle. Und alles Leben ist unzerstörbar, gigantisch. Joyce hat die Erschaffung des Menschen unternommen, ein beständiger Fluß, der in sich selbst zurückkehrt und auf dem Zyklus von Leben und Tod, Geburt und Wiedergeburt gründet. Das Erwachen, das sowohl der Übergang in den Tod als auch das Erwachen aus dem Traum ist. In diesem Tagebuch gelingt Ihnen vielleicht die Erschaffung der Frau, ein Fluß, ein Strom, der gewaltig wird. Die Form, die im Leben selbst liegt, wird seine Gestalt sein, die Gestaltung durch die Frau, das heißt Erzeugung. Ihr eigenes Leben wird gewaltig werden. Die Niederschrift ist nur ein Bericht, ein schwankender Bericht von dieser Erschaffung, wie eine Fotografie eine flüchtige unscharfe Darstellung einer körperlichen Form ist. Für einen Mann ist es das Buch selbst, sind es seine geometrischen Probleme, seine gigantischen Säulen, die Ausbeute, die Stadt, die gewaltig, die zum Monument werden. Polare Seinsweisen.«

Die Telefonrechnung nicht bezahlt. Das Netz der ökonomischen Schwierigkeiten schließt sich über mir. Alle in meiner Umgebung

verantwortungslos, bemerken den Schiffbruch nicht. Ich habe dreißig Seiten Erotica geschrieben.
Ich könnte Patchen fragen: Warum hilft mir niemand? Robert bringt mir alle seine notleidenden Freunde. Ich gebe ihnen zu essen.

Ein Brief von Moricand, der immer noch in seinem kleinen Hotelzimmer lebt, friert und hungert. Die Nöte der Menschen werden mich noch zum Wahnsinn treiben. Ich weiß, daß manche dieser Nöte selbstverschuldet, Akte der Selbstzertrümmerung sind. Warum handeln sie alle selbstzerstörerisch und wenden sich dann um Hilfe an mich? Warum legen sie so bereitwillig mir ihre Lasten auf? Warum haben sie nicht vielmehr den Wunsch, mich davon zu befreien und mich zu beschützen? Weil ich mit Liebe und Verständnis gebe? Weil sie spüren, daß sie von mir Antwort erhalten werden? Ich werde krank, wenn ich eine Last abwerfen muß.
Ein junger Mann namens Fair. Ein dünner, ausgemergelter, skelettdürrer junger Mensch. Man hatte ihn zu mir geführt. Am selben Abend waren Dudley und Lafe da. Ich hatte den Eindruck, daß er völlig zerrüttet sei und wollte ihn nicht wiedersehen. Ich hatte den Eindruck, daß er vor unseren Augen aus dem Leim gehen würde. Ich mied ihn. Eines Nachts fühlte ich mich so krank und hatte so große Schmerzen, daß Dr. Jacobson mir eine Morphiumspritze geben mußte. Fair rief mich um vier Uhr morgens an. Es war gleichsam symbolisch. Ich war krank, weil die Notwendigkeit, neue Belastungen (Dudley und Lafe) abzulehnen, mich schmerzte, und die Stimme Fairs, der nicht schlafen kann, rauschgiftsüchtig ist, ruft mich, da ich im Begriff bin, neue Lasten abzuschütteln. Fair lud mich zum Abendessen ein. Ich wollte nicht allein hingehen. Schließlich schickte er mir schriftlich eine letzte Bitte: ob er Abschied nehmen dürfe? Er führe nach Ecuador. Ich ließ ihn kommen. Nachts darauf schellte er um zwei Uhr morgens. Er war im Rauschzustand. Ich schickte ihn fort. Morgens darauf erhielt ich bereits einen Brief! »Ich brauche Sie als den einzigen lichten Punkt in meinem Wahnsinn.«
Ich kann der mir zubestimmten Rolle nicht entkommen. Dabei mein schriftliches Pensum zu erledigen, geht nicht ohne Kampf ab. Ich empöre mich gegen mein Schicksal, denn ich werde erstickt, unterdrückt. Ich bin dieser Aufgabe körperlich nicht gewachsen. Sie frißt mich auf.

Mir der Tatsache bewußt geworden, daß ich ohne einen Cent bin. Den Sammler angerufen. Ob er von seinem reichen Klienten Nachricht erhalten habe bezüglich des letzten Manuskripts, das ich geschickt hatte? Nein, aber er wolle das nehmen, was ich gerade be-

endet hätte, und mich dafür bezahlen. Henry muß zum Arzt gehen. Gonzalo braucht eine Brille. Robert kam mit B. an und bat mich um Geld für die Kinovorstellung. Der Ruß vom blinden Fenster fällt auf mein Maschinenpapier und meine Arbeit. Robert kam und nahm mir meine Schachtel mit Maschinenpapier fort.
Ist der alte Herr der Pornographie nicht endlich müde? Wird denn kein Wunder geschehen? Ich fange an, davon zu träumen, daß er sagt: »Geben Sie mir alles, was sie schreibt. Ich will alles haben, alles gefällt mir. Ich will ihr ein großes Geschenk machen, einen dicken Scheck will ich ihr schicken zum Dank dafür, was sie geschrieben hat.«
Anaïs wird von ihren Kindern gemordet.

Robert sagt, Patchen habe mich mit einem Fluch belegt. Er ist beleidigt, gekränkt, weil ich ihm sagte, ich fühle mich so schwach, und bäte ihn, während ein paar Tagen nicht zu kommen. Wenn ich aufs Läuten hin nicht antworte, klettert er über die Feuertreppe, springt von ihr auf die Veranda und kriecht dann durchs blinde Fenster. Wenn ich aus der Küche komme, finde ich ihn an meinem Schreibtisch.
Meine Schreibmaschine ist kaputt.
Mit hundert Dollar in der Tasche fand ich meinen Optimismus wieder. Ich sagte zu Henry: »Der Sammler widerspricht sich. Er behauptet, einfache, unintellektuelle Frauen zu schätzen – aber er hat mich zum Abendessen eingeladen.«
Henry ist bei Dr. Jacobson in Behandlung. Der Arzt sagt, er könne ihn heilen. Das Medikament kostet jedoch achtunddreißig Dollar.
Henry kann seinen Vertrag mit Doubleday nicht brechen, er muß weiter durch Amerika reisen, obwohl der Vorschuß so gering gewesen ist.

Gonzalo und ich wandern durch die Straßen und versuchen, eine passende Arbeit für ihn zu finden. Ich bemühe mich, ihn von seinen Schuldgefühlen zu befreien, indem ich ihm erkläre, welche Häßlichkeit darin liegt, sich für eine Arbeit, die man nicht gern tut, bezahlen zu lassen, denn ich empfinde die Häßlichkeit der Arbeit für den alten Herrn. Denen, die nicht arbeiten, haftet eine Reinheit an, ähnlich der Reinheit des Kindes.
Eines meiner Kinder hat mir meinen Füllfederhalter gestohlen!
Robert fürchtet, einberufen zu werden. Er hat sich seinem Freund Jeff angeschlossen, der per Anhalter das Land bereist.
Die Erzählung »Under a Glass Bell« wurde von einer kleinen Zeitschrift angenommen. Kein Honorar.

Robert ist zurückgekehrt. Er hatte entdeckt, daß er schreibend, auf dem Papier, seine Reisen absolvieren müsse. Die beiden Schreibmaschinen klappern wieder im Gleichklang.
Ich habe ein Gefühl, als ob Pandoras Büchse die Geheimnisse der weiblichen Sinnlichkeit enthalte, die von der des Mannes so verschieden ist und durch seine Sprache nicht erfaßt wird. Die Sprache des Geschlechtlichen muß noch erfunden werden. Die Sprache der Sinne muß noch erkundet werden. D. H. Lawrence begann damit, dem Instinkt sprachlichen Ausdruck zu verleihen, er versuchte, das klinische, das wissenschaftliche Vokabular zu vermeiden, da es die Empfindungen des Körpers nicht einfängt.

Ich schreibe eine neue erotische Geschichte.
Gonzalo hatte einen Freund, Manuel, der einer besonderen Art von Vergnügen frönte. Seine Familie hatte ihn verstoßen, und er wohnte seither in Montparnasse. Wenn nicht von erotischen Bedürfnissen befallen, war er ein unterhaltsamer Gesprächspartner, ein witziges Gegenüber im Café, dabei sehr gebildet.
Die ihm liebste Entblößungsbühne war die Bibliothèque Nationale. Er liebte die Ruhe und den Frieden dort, die alten, in Folianten vergrabenen Gelehrten, die gelegentlich hübsche junge Studentin, die in Nachschlagewerken suchte. Er liebte das Labyrinth der Regale und Kartothekenschränke, in dem man sich verlieren konnte. Er schmökerte in Büchern, bis sich ihm der Anblick einer jungen, über ein Buch gebeugten und Notizen machenden Frau bot. Ihrer Pose müde, blickte sie vielleicht auf, und da stand Manuel und exhibierte sein gutes Stück in der Hand. Der Schock, das Erröten, die Reaktion bereiteten ihm Entzücken. Es war sowohl gefährlicher, als auch genußvoller, als sich auf Gesellschaften zu exhibieren, denn die Künstler lachten ihn aus, und in der Hälfte der Fälle machte er keiner Seele Eindruck damit.
Das Paradoxon an der Sache war der Kontrast zwischen seinem asketischen Gesicht, der mönchischen Schmalheit seines Körpers, den verträumten poetischen Augen, selbst den strengen Gesichtszügen und der damit dissonierenden Exhibition.
Wenn seine Zuschauer davonrannten, so empfand er kein Vergnügen. Blieb sein Opfer stehen und starrte ihn an, geriet er in einen Vergnügungsrausch; seine Miene verklärte sich.
Die Frauen zeigten meistens den Hang davonzulaufen. Er mußte seine Zuflucht zu Betrügereien nehmen. Er verdingte sich als Modell in Kunstakademien, wurde aber wieder hinausgeworfen, als seine Reaktion auf die Blicke der Studenten deutlich wurde.
Wenn er zu einer Party eingeladen war, pflegte er ein leeres Zim-

mer oder einen Balkon aufzusuchen oder eine verlassene Terrasse, wohin die Paare kamen, um Küsse zu tauschen, und sodann seine Darbietungen zu beginnen.

Oft stand er an einer Straßenecke, hatte unter dem Mantel nichts an, und wenn eine Frau vorüberging, machte er den Mantel auf.

Erst nach vielen Jahren fand Manuel eine geeignete Partnerin. Das geschah, als er einen Zug nach Südfrankreich nahm. Er war allein im Abteil und hatte sich bereits zum Schlafen ausgestreckt, als eine Frau eintrat. Sie war anziehend und recht pikant gekleidet. Sie trug ein enganliegendes Schneiderkostüm und eine bauschige Bluse, nahm ihren Hut ab, lockerte ihr Haar, stieß die Schuhe von den Füßen und legte sich auf dem Polster gegenüber nieder.

Ehe sie einschlief, warf sie ihm ein schwer definierbares Lächeln zu. Zunächst lag sie ausgestreckt da, schaukelte nur leicht durch die Bewegungen des Zuges. Ihre Wimpern waren so lang, daß er nicht mit Sicherheit hätte sagen können, ob sie wirklich schlief oder nicht. Ihm schien, als ob zwischen den Augenlidern ein schmales schillerndes Band wäre. Für den Fall, daß sie wirklich die Augen öffnen sollte, knöpfte er geschickt und leise seine Hose auf. Er trug keine Unterhose, und sein männliches Glied sah muschelrosa und hellhäutig hervor. Die Frau hob ein Bein, gleichsam, als wolle sie sich von ihrer flachen Rückenlage erholen. Da ihr Rock eng war, gestattete ihre Bewegung Manuel, ihre Schenkel zu sehen, wenngleich nicht so weit hinauf, wie sein Blick gern gewandert wäre. Nach einer Weile hob sie das andere Bein. Ein kleiner welliger Schauer versteifte Manuels Glied.

Sie war nackt. Manuel konnte die Schamhaare sehen, die blumenähnliche Vulva. Sie öffnete die Augen. Die beiden lächelten einander zu.

Er sah den Liebesschweiß auf ihrer Haut perlen.

Sie heirateten in Südfrankreich.

Pierre Mabille (Autor von *Thérèse de Lisieux, La Conscience Lumineuse, Egregores, La Vie des Civilisations*), ein Schriftsteller und Arzt, schreibt im *Miroir du Merveilleux*:

»Wer zum zutiefst Wunderbaren vorstoßen will, muß die Bilder von den überkommenen Assoziationen befreien, Assoziationen, die stets von Nützlichkeitsdenken beherrscht sind; er muß lernen, den Menschen hinter seiner gesellschaftlichen Funktion zu sehen, muß die Stufenleiter der sogenannten normalen Werte zerbrechen und sie durch eine Skala der Gefühlswerte ersetzen, er muß Tabus überwinden, das Gewicht der angestammten Verbote, er muß aufhören, den Gegenstand mit dem Profit, den man aus ihm ziehen kann, dem Preis, den er in der Gesellschaft hat, in Zusammenhang mit dem Einsatz zu sehen, den er erfordert. Diese Befreiung setzt dann ein, wenn durch irgendwelche Mittel die Willkürzensur des schlechten Gewissens aufgehoben wird, wenn der Mechanismus des Traums keine Behinderung mehr erfährt. Magische Zeremonien, psychische Übungen, die zu Konzentration der Ekstase führen, die Befreiung des geistigen Automatismus sind ebensoviele Mittel, um durch die Spannung, die sie bewirken, zu einer verfeinerten Vision zu gelangen. Sie sind Hilfsmittel, um die normalen Fähigkeiten zu erweitern; sie sind ein Weg, der sich dem Reich des Wunderbaren nähert.«

Ein Traum: Ich besuche eine königliche Familie in einem Schloß. Ich habe keine Beine. Ich gehe, getragen von meiner Krinoline. Manchmal tragen mich auch die Leute. Dort findet ein Fest statt. Ich fühle mich, trotz der fehlenden Beine, schön, graziös und leicht. Der König selbst trägt mich. Meine Nähe verwirrt ihn. Er zieht mich auf seine Knie und küßt mich und sagt, er wolle mich heiraten. Doch eine Revolution ist im Gange.

Die Menge kämpft gegen die Männer in Schwarzhemden. Ich laufe davon. Ich verberge mich hinter einem Baum. Eine Frau steht hinter dem Fenster eines Hauses und beobachtet mich. Ich beschließe, sie um Hilfe zu bitten. Als ich eintrete, sage ich mit großem Zutauen und mit dem Gefühl der Macht: »Ich bin die Prinzessin.«

Sie versteckt mich auf dem Speicher, von wo aus ich den Kampf überblicken kann. Dann kommen die drei Söhne der Frau herein und sagen: »Wir haben gewonnen.« Ich weiß nicht genau, wer gewonnen hat. Ich betrachte sie prüfend und gelange zu dem Schluß, daß sie wie königliche Untertanen, nicht wie Revolutionäre gekleidet sind. Sie helfen mir dabei, das Haus zu verlassen und wieder ins Schloß zurückzuziehen. Dort herrscht eine adelige und vergnügliche Atmosphäre.

Am einundzwanzigsten Februar, meinem Geburtstag, sagte Gonzalo: »Mir fiel gerade ein, daß heute der Geburtstag meiner Mutter ist.«

Das hat mich nicht überrascht.

Gonzalo täuschte mich zuerst durch seine Größe, durch seine Körperkraft, weil er einen Mann niederschlagen kann, weil er eine ganze Nacht hindurch trinken kann, ohne schläfrig zu werden, und weil seine Zornausbrüche wie Zyklone waren. Das Kind in ihm entdeckte ich deshalb zunächst nicht. Er forderte Nachsicht von mir, und die Liebe, die ihm seine Mutter nicht gegeben hatte. Während Jahren

der Trunksucht, wirkungsloser Revolutionen, vieler Fehlschläge und Niederlagen und Gefahren, Zeiten der Blindheit und Selbstsucht beschützte ich das Kind. Darum lud er mir alle seine Probleme auf. Von mir erwartete er weder Ermattung noch Empörung.
Als die Liebe seiner Mutter wegen seines anarchischen Treibens und seiner Beziehung zu Helba erstarb, wurde mir zubestimmt, sie zu ersetzen und ihm alle Wünsche zu gewähren, die seine wirkliche Mutter zurückwies.

Ich habe ein so starkes, so lange unterdrücktes Bedürfnis nach Nichtigkeiten, Leichtfertigkeit, Gedankenlosigkeit, Freiheit! Statt dessen muß ich schreiben, um meine kleine Welt zusammenzuhalten.
Der Sammler sagt: »Sie können nun mit einem zweiten Band beginnen.«
Gonzalos Opium sind die Kindheitserinnerungen, die Rückkehr an seinen Geburtsort.
»Im Dschungel wächst eine kolossale, riesenhafte Blume, die ›Rose des Waldes‹ genannt. Ihre Blätter sind so groß und so dick, daß die Indianer sie niederhauen, um Kanus daraus zu machen, die so stabil sind, daß sie sie zu Flußfahrten verwenden können.
Es gibt dort ein Tier, das die Frauen aufspürt. Während sie schlafen, versucht das Tier, seinen Schnabel in ihre Scheide einzuführen. Es kriecht an ihren Beinen hinauf und steckt seinen Schnabel hinein, und die Frauen sterben vor Angst und Entsetzen. Man nannte es den *Chinchilito*.
Einmal hörte ich von einem Mann, der einen Sarg abliefern mußte. Er nahm ihn mit zum Bus, doch weil der Bus bereits überfüllt war, wurde er mit dem Sarg aufs Busdach geschickt. Während der Fahrt fing es an, gehörig zu regnen. Der Mann wurde ganz durchnäßt. Er beschloß daher, in den Sarg zu steigen und den Deckel zuzumachen. Weitere Fahrgäste kamen aufs Dach. Sie setzten sich und lehnten den Rücken gegen den Sarg. Der Mann im Sarg hörte ihren Unterhaltungen zu, langweilte sich, hob den Deckel und fragte: ›Regnet es noch?‹ Die Indianer wurden von Angst gepackt und stürzten sich vom Bus. Einer brach ein Bein.«

Briefe von Henry:

»Durch [Ben] Abramson (in Chicago), der ein guter Freund von ihnen ist (die Freundschaft wuchs über gemeinsamen Interessen an Büchern), lernte ich ein angenehmes Paar kennen. Fand alle meine Bücher hier in einer vollständigen Bibliothek der erotischen Literatur untergestellt, einer der besten, die ich je gesehen habe. Der

Mann und seine Frau sind intelligent, sie haben in Europa und in Mexiko gelebt, sie sind außerordentlich belesen, an Malerei und Musik interessiert, höchst sympathisch, gastfrei und so weiter ... Sie haben einen unermeßlichen Bücherschatz, auch Fotografien und Filme, die in einem Tresor verschlossen sind, der sich hinter einem geheimen Regal befindet. Sehr interessant. Ich glaube, ich habe jetzt alle erotischen Filme gesehen, die jemals aufgenommen worden sind – Tiere und Maschinen inbegriffen. Ich bin übersättigt ...
Abramson ist praktisch sicher, daß er *World of Sex* verlegen wird. Möglicherweise wird er auch die beiden anderen Erzählungen herausbringen, aber dessen bin ich noch nicht gewiß ... Sie würden schnell ausverkauft sein, meint er – er besitzt eine Liste der Anwärter auf solche Sachen. Vielleicht wird er das Maschinenoriginal gleichzeitig verkaufen und auf diese Weise mehr Geld machen. Ich bekomme nicht den geringsten Vorschuß auf die Erzählungen ...
Heute um fünf fahre ich nach Des Moines ab, um dort voraussichtlich bis Donnerstag bei Lafe zu bleiben, dann werde ich nach St. Louis und weiter über Memphis nach Natchez fahren. Der Grund hierfür: Ich möchte die bei Dudley gesammelten Eindrücke vervollständigen. Der ›Letter to Lafayette‹, den er nun wirklich in schöner Handschrift in ein dickes Hauptbuch schreibt, ist ein erstaunliches Werk. Er hat eine wunderbare Thematik – größere und symbolträchtigere Themen als Patchen –, und mir gefällt seine Art der Ausführung. In meinem Buch werde ich über Lafe und Dudley und diesen ›Brief‹ schreiben. Ich möchte auch seinen (Dudleys) Vater kennenlernen, der ein Original sein soll – und den kleinen Trommler Joe. Ich besitze einen Stapel brauchbarer Notizen zu dem Thema.
Seit Detroit habe ich unglücklicherweise keine Zeile mehr hinzugefügt – mußte zu vieles in mich aufnehmen. In Lafes Wohnung hoffe ich jedoch die Arbeit wieder aufzunehmen und von da an, wenn ich wieder ganz allein bin, weiterzuschreiben. Ich habe nun nicht die geringste Angst mehr, daß es mir am nötigen Material für das Buch fehlen könnte. Ich bin mit Stoff beladen, überhäuft. Und sofern ich mich abschließe, kann ich jederzeit schreiben.«

[April 1941]

Caresse Crosby zu Besuch. Canada Lee spielt die Hauptrolle in *Native Son*. Wir sahen uns das Stück zusammen an. Gingen dann nach Harlem, wo Canada Lee einen Nachtklub besitzt. Wir unterhielten uns. Tranken. Hörten Jazz. Mancher Jazz grell, mancher spannungsgeladen nicht durch höhere Lautstärke, sondern durch die Subtilität seiner Abstufung. Mancher Jazz ist wie Samt, anderer wie Seide, mancher wie elektrische Schläge, anderer eine Verführung, wie ein Rauschgift.

Wie könnte man ein Volk nicht lieben, das solche Musik schuf, deren Rhythmus so körperlich, so menschlich, deren Stimme so warm, deren Emotion so tief ist? Charlie Parker, Fats Waller, Duke Ellington, Benny Goodman, Cootie Williams, Benny Carter, Teddy Hill, Chick Webb, Mary Lou Williams, Count Basie, Lionel Hampton.

Und Canada Lee mit seinem beim Boxkampf beschädigten Auge; außer der Musik ist Boxen der einzige Beruf, in dem der Neger zu glänzen vermag, glänzen darf, so wie den armen jungen Männern in Spanien nur die Möglichkeit offenstand, beim Stierkampf Tapferkeit und Talent zu beweisen. Canada Lee mit seiner warmen, orangenfarbenen Stimme, dessen eines ungetrübtes Auge vor Güte und Freude strahlt; seine Haltung ist locker und natürlich, im Alltag gelöst, in der Musik und auf dem Theater gespannt, wachsam, gelenk und so präzise wie bei einem Jäger.

Das Lokal ist eine einzige Rauchwolke, die Gesichter scheinen sehr nahe zu sein, die Hypnose des Jazz hat alle befallen, schmelzt auch bei den grellsten Klängen die Herzen, pulsiert vor Leben.

Caresse und Canada sind seit langem befreundet. Caresse gehört zu den Menschen, die sich Gedanken darüber machen, daß unser Leben gegenüber dem in Europa an Bedeutung und Vitalität verliert, weniger leuchtend und warm ist. Wir redeten auch mit Canada über dieses Thema. Das einzige wirkliche emotionelle und warme Leben schien hier stattzufinden, in diesem Augenblick, beim Jazz, bei den weichen Stimmen und dem ständigen Gefühl, sie berührten einander. Im Verkehr mit anderen Menschen empfinden wir mehr Einschränkungen, weniger Freiheit, weniger Duldsamkeit, weniger Vertrautheit. Nur hier in Harlem ist dies möglich.

Henry schreibt:
»Bin durch einige großartige Landstriche gefahren, seitdem ich am Sonntagmorgen Little Rock verließ. Fuhr über die Landstraße ins Gebirge, dann über Feldwege, erstickte fast am Staub. Taos wird möglicherweise besser sein – die Navajos – nahe der Grenze Arizonas. Freie, umherziehende Indianer, die Schafe und Pferde züchten. Sie leben polygamisch. Vermehren sich so rasch, daß sie im Jahre 2040 eine Million zählen – somit vielleicht die zahlenmäßig stärkste rassische Gruppe Amerikas sein werden. So sagt eine indianische Autorität.
Auch die Neger vermehren sich schnell – wir dagegen, weißt Du, stehen praktisch still. Es wäre ein vorzüglich ironischer Schachzug der Gerechtigkeit, wenn das Land im nächsten Jahrhundert an die Neger und Indianer zurückfiele, was? Ist auch nicht ganz unwahrscheinlich.
Santa Fé selbst ist mir völlig schnuppe – doch wenn man zur Stadt hinauswandert und die Berge betrachtet, ist es großartig – Griechenland sehr ähnlich. Aber die hiesigen Eingeborenen (Spanier und Mischblütige) sind bei weitem nicht so interessant wie die Griechen. Sie haben etwas Äffisches an sich – haben keinen Eigencharakter, kein Rückgrat. Nachahmer. Und die armseligen Indianer, die wie betäubt umherstreifen und versuchen, Decken und Schmuck zu verkaufen – erinnern an die Araber in den Pariser Cafés. Ich stelle mir vor, daß es in den Reservaten ganz anders ist. Aber es ist nicht leicht, hineinzugelangen, selbst dann nicht, wenn man Zutritt zum Gebiet erhält. Mit dem Wagen ist es nicht erreichbar. Straßen fürchterlich und keine Unterkunft. Heute abend ist es teuflisch kalt – Winter.
An diesem Morgen ist es schön und frisch, der Schnee tropft von den Bäumen, der Himmel ist stark blau, eisblau. Ich bin neugierig, ob ich die Höhe vertragen werde. Fühle mich wohl, sehe wohl aus, habe lediglich heftiges Kopfweh. Nahm heute sechs Aspirin und konnte dann nicht losfahren ... Es ist ein verrückter, dämlicher Ort, ein schäbiger. Großer Unterschied zwischen den Menschen in Arkansas und denen hier. Unterschied kommt vom Eingewurzeltsein. Diese nomadischen Typen hier sind keinen Pfifferling wert; ich finde, unsere besten Typen sind unsere rückständigen Leute, die sich nicht vom Fleck gerührt haben (die meisten aus den Südstaaten, beispielsweise). Sie haben Charakter entwickelt. Die prächtigsten Menschen findet man an den paradiesischen Orten. Denn sie suchen jeden Kampf zu fliehen. Das ist sehr deutlich. Augenfällig. Lawrence hatte verdammt recht, als er in seinem Italienbuch schrieb: ›die kurzatmigen Pferde gehen nach Amerika‹.«

Caresse nahm mich mit auf einen Besuch bei Colette, einer schönen Opernsängerin und Protégee eines berühmten Bankiers, die im Luxus lebt. Sie besitzt ein Schloß in Frankreich, kommt und geht nach Belieben. Da ich gerade »Die Träumer« von Isak Dinesen ausgelesen hatte, brachte ich sie in Zusammenhang mit Pellegrina. Unter der schönen, bekannten, luxuriösen Oberfläche verläuft eine tragische Ader. Sie hat einen spanischen Pianisten geliebt, der sie nicht wiederliebte, und sich seinetwegen die Pulsadern aufgeschnitten. Sie scheint die verwöhnteste Frau der Welt zu sein, und doch trägt ihr Gesicht Zeichen von Trauer.
Umgeben von Kristall, Silber, dicken Teppichen, Gobelins, Seiden, Brokaten, Damast, Ölgemälden, bedient von ruhigen, zuvorkommenden Angestellten, die so geschult sind, daß sie fast unsichtbar wirken, saßen wir in der obersten Etage des Waldorf Towers und blickten über New York City.
Mein weinfarbenes Kostüm stammt von Lerner's und hat sieben Dollar gekostet. Caresse schenkte mir eine graue Seidenbluse. Mein Cape habe ich mir aus meinem abgetragenen Caracalmantel schneidern lassen und mit dem Hut, den ich trage, habe ich vor Jahren auf den Champs Elysées paradiert. Nichtsdestoweniger sagte Colette: »Sie sehen fesch aus.«
Ich möchte nicht mit Colette tauschen und in auffälligem Luxus leben. Aber ich besäße gern ein Schloß in Frankreich und die Mittel, zu reisen, wenn ein Ort oder ein Ereignis unerträglich ist. Und dazu die Macht, von einer Lebensrolle zu einer anderen überzuwechseln.

Ein Brief von Henry:

»Als ich heute einen Mechaniker fragte, wann die Steigungen ein Ende nähmen, sagte er: ›Noch mehrere hundert Meilen nicht – nicht, ehe Sie zum Great Divide gelangen.‹ Ich habe den halben Kontinent durchquert – stell Dir das vor. Vor mir liegen die Wüste mit Kakteen, Beifußgewächsen, Ruinen indianischer Bauwerke, riesigen Gebirgsketten – bis zu 14 000 Fuß (4000 Meter) Höhe. Bei Albuquerque werde ich auf den Rio Grande stoßen. In Arizona auf den großen Coloradostrom. In Washington auf den Columbiafluß. Der beste Teil der Reise liegt noch vor mir – ich befinde mich erst auf der Schwelle.
Die große Strecke, die zurückgelegt werden muß, hatte mich eingeschüchtert. Ich kann in dieser alten Kiste nur etwa 200 Meilen absolvieren. Mit einem besseren Wagen könnte ich leicht dreihundertfünfzig Meilen schaffen. Aber meine Reifen sind ganz flach-

gefahren, ich kann kein Wagnis eingehen. Ich brauche drei neue Reifendecken, ehe ich eine schwierige Route in den Rocky Mountains riskieren kann.
Mir scheint, die Männer im Westen sind sehr freundlich, wenn auch nach außen hin rauh. Fast mädchenhaft. Sicherlich kindlich. Es ist schrecklich leer hier. Der Horizont verläuft immer in fünfzig Meilen Entfernung. Die Städte sind fünfundsiebzig oder hundert Meilen voneinander entfernt. Gott sei mir gnädig, wenn ich zwischen Ortschaften steckenbleibe! Ich habe mir das zwar schon im voraus ausgemalt. Ich werde den Wagen einfach stehenlassen und jemand suchen, der mich und mein Gepäck bis zur nächsten Stadt ins Schlepptau nimmt. Darauf jemand finden, der mit mir zurückfährt. Auf der Straße nach Westen sind jetzt massenhaft Umhertreiber. Zugvögel. Ich wage sie nicht mitzunehmen – wegen zehn Cent ziehen die mir eins über.«

Zu Hause lege ich meine Eleganz wieder ab, um mich der Arbeitskleidung meiner anderen Freunde anzupassen – Kordsamt, Lederjacke – und gehe mit Gonzalo über den Broadway, um einen Dschungelfilm anzusehen. Gonzalo erzählt mir Geschichten von peruanischen Liebesabenteuern für meine Erotica.
Henrys Abenteuer auf der Fahrt durch Amerika scheinen eher ärgerlich als begeisternd zu sein. Seine Briefe lassen des öfteren Zorn erkennen.

Ich besuchte eine Party, die von Mercedes Matter, der Tochter des Malers Arthur Carles, gegeben wurde. Ich traf dort Musiker, Maler, ein ganzes Zimmer voller bekannter Leute. Ich tanzte mit John Nelson, einem einfallsreichen Architekten. Er erzählte mir von seinem Plan, ein Haus verschiedener Modalitäten und Ebenen zu entwerfen, dessen Dach gleitfähig wäre und die Bewohner Sonne oder Sterne sehen ließe. Es gäbe intime Räume und Räume für festliche Anlässe. Er beschrieb mir Gleitwände, Variationen der Flächen und der Höhe, und ich sagte ihm, daß ich einmal von einem solchen Haus geträumt und das Haus den Traum von den chinesischen Schachteln genannt hätte. Verschiebbare Wände und Geheimnisse.
Mit Pierre Matisse, dem Sohn des Malers getanzt. Er besitzt eine Gemäldegalerie in New York. Auch mit Harvey Breit, dem Dichter, der meergrüne Augen, eine rauhe Stimme und eine kupferrote, wie von der untergehenden Sonne gefärbte Haut hat. Ich unterhielt mich mit Isamu Noguchi, dem Bildhauer, einem schlanken, vornehmen Mann mit zarten Zügen. Er forderte mich auf, sein Atelier

zu besuchen und seine Werke zu betrachten. Unter den Anwensenden war Luis Buñuel mit seinen Basedow-Augen und den Leberflecken am Kinn, an die ich mich aus lange vergangener Zeit erinnere, als wir in der Cinémathèque, in einem kalten, aber überfüllten Speicherraum, die ersten surrealistischen Filme sahen. Die einführenden Worte sprach der bleichgesichtige Henri Langlois; ich entsinne mich, daß ich währenddessen denken mußte, seine Blässe sei jemandem, der sein ganzes Leben in dunklen Projektionskammern zubringe, höchst angemessen. Die Cinémathèque war der erste experimentelle Filmklub, der unabhängig von den Filmtheatern existierte. Buñuel und Dali gehörten dazu. Buñuel arbeitet seither allein. Er hat einen grimmigen, scharfen Humor, ist von bitterem Sarkasmus, zeigt aber Frauen gegenüber ein sanftes, eigenartiges Lächeln.

Ich sah Madame Pierre Chareau, die Frau des Architekten, der in Louveciennes mein Nachbar gewesen war. In Paris war er der erste, der ein Glashaus baute. Sie führte ein Möbel- und Ausstattungsgeschäft, um ihn zu unterstützen. Damals hatte ich mich nicht mit ihnen angefreundet, weil ich ihre Stimme im Nebengarten hörte, die dem Dienstmädchen oder dem Gärtner Anweisungen gab, und weil diese Stimme so laut und stark und autoritär klang, daß ich vor ihren Einladungen zurückschreckte. In meiner Vorstellung wurde sie damals zu einer zweiten, schweren, mächtigen, beherrschenden Mutter. Als sie mir nach dem Erscheinen meines Buchs über Lawrence den ersten Verehrerbrief meines Lebens schickte, schämte ich mich meiner Zurückhaltung.

Jetzt auf der Party erschien sie mir ganz anders. Sie ist eine sehr tapfere Frau und hat ihren Mann dazu bewogen, Frankreich zu verlassen, zu einer Zeit, da er als Jude möglicherweise in ein Konzentrationslager gebracht worden wäre. »Er war der Wertvolle und mußte gerettet werden«, sagte sie. »Er ist der Unersetzliche. Und er ist völlig lebensuntüchtig. Deshalb blieb ich da, ordnete unsere Habe und nahm ein wenig Geld auf für die Reise. Ich gebe Französischstunden, falls Sie jemand kennen, der daran interessiert ist.«

Ich sah ein Stück von William Saroyan (*My heart's in the Highlands*), dem amerikanischen Maeterlinck. Seine Dichtung ist ohne Kraft, sie ist sentimental, seine Menschlichkeit und sein Humor jedoch rühren mich. Die Worte lösen sich auf, haften nicht im Gedächtnis, doch ein Gefühl der Süße bleibt.

Ein seltsamer Abend in der Taverne auf der Macdougal Street. Ein Kellerraum. Zwei Negermusiker, einer am Klavier, der andere spielte den Baß. Das Klavier war leichtfertig, wie ein schäumender Wasserfall, die Baßgeige dagegen erregte ein tiefes Pochen. Das Klavier hing tönende Festgirlanden auf. Der Baß war ein gewaltiger Herzschlag.

Paul wartete auf ein homosexuelles Abenteuer. Die für mich genußreichen Rhytmen der Musik ängstigten ihn, denn sie schienen eine Freude anzukündigen, und jedesmal, wenn die Tür aufging, sah ich, daß er den Eintritt einer hinreißenden Person erwartete. Die Spannung, die der Jazz schuf, war eine Vorbereitung auf die Freude, die ich mit Sicherheit empfände, Paul hingegen nicht. Da niemand in der Tür erschien, keiner, den er begehren konnte, würde der Abend nur ein weiterer Abend ohne Liebe sein.

Pauls Augen heften sich an die Tür. Sein Blut wird unvergossen zurückströmen, seine Liebe wird zurückfluten, und alles, was zurückfließt, ist vergiftet. Für Paul ist jede sexuelle Begegnung eintönig, da ausschließlich sexuell. »Es ist immer das gleiche«, sagt er.

»In der Liebe ist es nie das gleiche«, sage ich. »Die Vorgänge im Innern sind niemals die gleichen, ebensowenig wie diese sich unablässig wandelnde Musik. In der Liebe gibt es eine Million Variationen, eine Million Nächte, eine Million Tage, unterschiedliche Stimmungen, Strukturen, Launen, eine Million Gesten, gefärbt vom Gefühl, vom Kummer, von Freude, Furcht, vom Mut, von der Siegesgewißheit, Gesten, gefärbt durch Offenbarungen, welche ihre Gewohnheiten vertiefen, durch Erfindungen, welche sie erweitern, ihre Vereinigungen beleben. Liebe ist umfassend genug, um alles in sich aufzunehmen: einen in einem Buch gelesenen Satz, die Form eines in der Menge gesehenen und nun begehrten Nackens, ein im Fenster einer vorbeifahrenden Untergrundbahn erspähtes und seither geliebtes, begehrtes Antlitz; sie ist weit genug, um eine einstige Liebe, eine zukünftige Liebe, einen Film, eine Reise, eine Szene aus einem Traum, eine Halluzination, eine Vision zu umfassen. Die Umarmung in einer Winternacht ist anders als die Umarmung in einer Sommernacht, in einem Zelt oder unter einem Baum, unter einer Decke oder ohne Decke, unter der Dusche, im Dunkel oder im Licht, in der Hitze oder in der Kälte.«

Der Baß spielte in gleichmäßigem Rhythmus Sex Sex Sex Sex Sex, die Tonflüge des Klaviers aber wandelten sich ständig, das Klavier sprach von Liebe; Liebe als Gefühl, als Stimmung, Hitze, Steigerung, Erhebung, Variation, Variation.

Für Paul erschien kein Sex in der Tür der Taverne, und um Mitternacht sagte er traurig: »Gehen wir.«

Ich hatte Farbe gekauft, mit der man auf Glas malen kann, und wir bemalten alle Fenster, vierzehn im Ganzen, ähnlich wie in der modernen Glasmalerei. Das Atelier sieht aus wie eine heidnische Kathedrale. Jeder von uns bemalte einen Fensterflügel.
Dann begann Robert damit, die einfachen Holzmöbel mit farbigen Kreiden zu bearbeiten, wodurch das nackte Holz einen wachsartigen Überzug erhielt. Auf den hölzernen Truhen, Bänken, Stühlen brachte er wunderschöne Zeichnungen an. Urwälder, Blumen- und Blattgestrüppe, Mandalas, Spitzenmuster, Ungeheuer aus Alpträumen, exotische Vögel, kosmische Räder, Clowns, Wellen, Augen, Meere, Wolken, Sand, Erde, Feuer.
Während des Malens monologisierte er über Henry Miller, Patchen, Bob und Virginia.
»Im *Wendekreis des Krebses* verbindet die Menschen keine Leidenschaft, nur Lust. Miller verliebt sich nie, seine Personen sind beziehungslos bis zu Junes Auftritt. Im Anfang konnte ich Miller nicht lesen, eben wegen dieser Abwesenheit der Liebe. Bei Dostojewskij sind die menschlichen Beziehungen immer leidenschaftlich.«
Er lebte im Überschwang, schrieb viel, mimte, tanzte, redete, strahlte, brannte, war eine Quelle der Einfälle. Er ging einem Gipfel der Freude entgegen, und da: BEFEHL ZUR EINBERUFUNG.

Robert ist fort.
Er hat mir ein schönes Geschenk dagelassen: *Seven Gothic Tales* von Isak Dinesen. Die Geschichte »Die Träumer«:

»Wenn ich viel darüber nachdenke, was mit einer Frau, einer bestimmten Frau geschieht, ja, dann gehe ich sogleich fort und bin ein anderer. Es gibt viele, die ich sein kann. Von nun an werde ich verschiedene Personen sein. Nie mehr will ich mein ganzes Leben und mein ganzes Herz von einer Frau in Anspruch nehmen lassen, nie mehr so sehr leiden. Von nun an mußt du mehr als nur einer sein, mußt viele Menschen sein, so viele du dir nur vorstellen kannst ...«

Die Erzählung machte mir tiefen Eindruck. Sie schien den Schwierigkeiten meines eigenen Lebens eine Lösung anzubieten. Ich ging spazieren, um die Erregung und Begeisterung, die sie in mir entzündet hatte, zu beschwichtigen. Ich hatte das Gefühl, als wüchsen mir meine eigenen Flügel wieder, als vermöchte ich mich wieder aufzuschwingen, und als könnte ich die Fähigkeiten magischer Umstellung und Verkleidung zurückgewinnen.

Noguchis Schönheit war mir aufgefallen. Ein japanischer Körper, gepflegt, adrett, von gerader Haltung, doch unerwartet grüne Augen und ein vieldeutiges Lächeln. Sprache, die nichts preisgibt, Worte, die indirekt, tilgbar sind, die vergehen und keine Spur hinterlassen. Die edelgeformte kleine Nase und der weiche Mund verkünden eine Botschaft, der moderne Künstler verkündet eine andere. Ich wußte nicht, daß er schottisches Blut hat. Er ist der Sohn eines japanischen Dichters. Ich sehe die japanische Sensitivität, aber sie wird geheimgehalten. Er wohnt in einem der köstlichsten Häuser der Macdougal Alley, die einer der wenigen New York noch verbliebenen Straßen ist, in der die zwei- und dreistöckigen Häuser, ähnlich denen eines europäischen Dorfs, die gleiche Architektur zeigen. Die Alley ist für Wagen gesperrt, an den Ecken stehen alte Laternen. Sie ist baumbestanden, hat interessante, merkwürdig geformte Fenster und erinnert an fremde Länder.

Noguchi fuhr mich in seinem Sportwagen zu seinem Haus. Seine riesigen Skulpturen befanden sich nicht dort, aber ich sah einen großen Tisch voller Miniaturrepliken seiner Werke, Modelle von fünf bis acht Zentimeter Höhe. In dieser Zusammenstellung wirkten sie wie eine Stadt der Zukunft, eine neue Welt, ein Universum an Formen, die ich nicht sogleich erfaßte.

Nach meiner Rückkehr suchte ich zufällig in der Encyclopaedia Brittannica nach bestimmten Angaben und schlug die Seite Mathematik und Geometrie auf. Ich fand eine ganze Seite Abbildungen von Gipsmodellen, Modellen mathematischer Abstraktionen, Illustrationen höherer mathematischer Begriffe von geometrischen Abstraktionen. Sie gleichen Noguchis Skulpturen. Ich begann, die neuen Formen einer wissenschaftlichen Ära zu erkennen. Eine erste Ahnung davon hatte ich im Naturgeschichtlichen Museum erfahren. In einem Raum hatte ich die vergrößerten Modelle von Blutzellen gesehen. Ehe ich sie als solche identifizierte, hatte ich sie für die ästhetischsten Formen, schönsten Entwürfe gehalten, die ich je gesehen hatte, und als ich nun wußte, daß es Blutzellen waren, fragte ich mich, ob unsere Kunstbegriffe nicht eine geheimnisvolle Ursache wie die formale Anlage der Blutzelle hätten.

Auf der Party hatte ich auch mit Edgar Varèse gesprochen. Er hat den Eindruck, daß Amerika seine Musik ablehnt. Er lebt in einem Gefühl der Enttäuschung und der Empörung. Er möchte sich auf irgendeine revolutionäre Art entladen, um den Anspruch der Musik, die niemand hören will, zu behaupten. Er erzählte mir von einem Angsttraum, den er gehabt hatte. Er wurde an die Guillotine geführt. Er stand vor ihr. Sie zogen ihm die Kleider aus. Er wurde geköpft.

Da er die Psychologie verachtet, wagte ich ihm keine Traumdeu-

tung anzubieten. Aber ich sagte ihm, daß ich ihn im Traum als blitzenden Dirigenten gesehen hätte, der sich in den Herrn der Blitze verwandelte.
Da er und Louise mein *House of Incest* bewundern, bekannte ich ihm, daß ich unter dem gleichen Eindruck lebe, das Gefühl habe, Amerika lehnt das, was ich schreibe, ab.

Die Dichter sind sich über ihre Aufgabe im unklaren. Sie geben sich als Philosophen oder Tatmenschen aus. Ich glaube nicht, daß der Dichter predigen, bekehren, philosophieren oder moralisieren sollte. Henry, Saroyan, Robert. Wer als Dichter lebt, hat die Pflicht, sich seine Macht zu erhalten, die darin besteht, das Wunderbare *durch Übertragung* zu erschaffen. Wenn der Dichter sich in seinem Traum behauptet und diese Fähigkeit anderen durch Osmose mitteilen kann, gut und schön. Doch sollte er nicht aus seinem Traum hervortreten, um zu predigen und sich mit politischen und praktischen Auslegungen zu befassen. Man lasse ihn einen Dichter bleiben und magische Fügungen und magische Möglichkeiten offenbaren. Nicht notwendigerweise ist der Seher auch jener, der seine Gesichte verwirklichen oder verkörpern kann. Die alten Gemeinwesen wußten dies. Jeder spielte die ihm zugeteilte Rolle. Der Beitrag des Dichters waren seine Visionen, seine Lieder, seine – von innen kommende – Inspiration; die anderen mußten jagen, fischen, bauen, und die weisen Männer deuteten die Ereignisse, die Zeichen, die Zukunft. Sache des Dichters ist Verzückung und Mitteilung seiner Verzückung.
Ich habe den Eindruck, der Dichter verliere seine Macht, weil er an den prosaischen, den zufälligen, den mittelmäßigen, alltäglichen Einzelheiten, an der Mechanik des Alltags teilnimmt. Saroyan hat Augenblicke reinster Poesie. Wenn der eine der Brüder Klavier spielt und seinen dreitausend Meilen entfernten Bruder Horn spielen hört, so ist das ein Augenblick reiner Dichtung. Wenn Agnes die Mäuse schützt und Agnes' Bruder ihren frommen Glauben schützt, der ihr eine Stütze bietet, so ist das ein dichterischer Augenblick. Doch wenn Saroyan gleichsam an die Rampe tritt, um zu moralisieren, zu verallgemeinern, zu predigen, so zerstört er die poetische Kraft seines Stücks.

Um Mitternacht telefonierte Joaquin, daß Mutter aus dem Wagen gefallen sei, sich zwar nicht ernstlich verletzt, aber Quetschungen erlitten habe. Ich fuhr nach Williamstown, pflegte sie, flocht ihr Haar, machte ihr Bett, munterte sie auf, liebkoste sie. Es bestand keinerlei Gefahr.

Als ich mich an jenem Abend in ihrem einfachen, fast klösterlichen Haus zur Ruhe legte, fragte ich mich, wann die Liebe meiner Mutter zu mir erstorben war. Zur Zeit meiner Heirat, als ich ihr Haus verließ, als ich aufhörte, ihr Kind zu sein. Ihre Krankheit milderte die martialischen Eigenschaften, die Zärtlichkeit gewöhnlich schroff abwies. Als sie dasaß und versuchte, sich wieder mit ihrem Buchbinden zu beschäftigen, erschien sie mir zum erstenmal in meinem Leben sanft, unschuldig, klein. Ihr Körper schien kleiner, ihr Haar weicher zu sein. Ihr gebieterisches Wesen war verschwunden. Ihre Heftigkeit, ihr Ungestüm – verschwunden. Eine Weile durfte ich ihr meine Liebe beweisen. *La grande batailleuse.* Als sie mir vom Fenster aus zum Abschied winkte, war sie wieder gesund, wieder die Löwenmutter, die ihren Kindern das Gefühl gab, daß sie lebenslänglich Kinder seien.

Brief an Robert:

»Du lehnst es ab, Dich durch Bekanntgabe Deiner Homosexualität vom Militärdienst zu befreien. Dadurch entscheidest Du Dich für eine doppelte Lebenslüge, denn Du bist ja auch Kriegsgegner. Gleichzeitig fühlst Du Dich schuldbeladen. Das Schuldbewußtsein ist unser einziges Gefängnis, der negative Aspekt der Religion. Die Religion haben wir verloren, das Schuldbewußtsein jedoch behalten. Wir haben alle ein Schuldbewußtsein. Selbst Henry, der der Freieste von allen zu sein scheint. Nur Haustiere kennen das Schuldbewußtsein. Wir erziehen sie dazu. Die Tiere des Urwalds kennen es nicht.
Alles Negative sollte sterben. Eifersucht als die negative Form der Liebe, Angst, die negative Form des Lebens.
Du schreibst von Leiden, Distanzierung, Abgeschiedenheit. Blicke diesem Leiden ins Gesicht, denn alles wirkliche Leiden kann uns vor Unwirklichkeit bewahren. Wirklicher Schmerz ist menschlich und vertieft. Ohne echten Schmerz wirst Du ewig ein Kind bleiben. Im Märchen von Undine heißt es, daß sie an jenem Tag eine menschliche Seele erhielt, da sie wegen einer menschlichen Liebe Tränen vergoß. Du warst in einem Gespinst aus Unwirklichkeit gefangen. Du hast, wie ich, das Leiden erwählt, um aus Deinen Träumen aufzuwachen. Du bist nicht mehr der schlafende Prinz der Neurose. Laufe Deinen Leiden, laufe der Wirklichkeit nun nicht davon. Wenn Du ihnen davonläufst, ohne sie zu erobern (ich sage Dir: bejahe Deine Homosexualität, lebe stolz ihr gemäß, bekenne sie), wirst Du im Zauberschlaf einer leblosen Neurose befangen bleiben.«

Ein Abend mit den Tanguys und den Varèses. Ich wollte die Ablehnung durch die amerikanischen Verleger vergessen. Doch Varèses Empörung weckte die eigenen Ohnmachtsgefühle. Ich werde von der Öffentlichkeit, von der Existenz ausgeschlossen, in die Einsamkeit zurückgezwungen, vom Leben abgetrennt. Die Publikation meiner Manuskripte hätte eine Brücke zwischen mir und dem Leben in Amerika geschlagen. Ohne sie schrumpft mein Leben, wird meine Welt klein, verringern sich die Expansion und die Berührung mit der Welt. Louise Varèse sagte: »Sie sehen aus wie eine *princesse lointaine.*«

»Aber das möchte ich nicht sein«, antwortete ich. »Ich fühle mich nicht in weiter Ferne. Ich bin ein Mensch.«

Kay Tanguy wollte mir dabei behilflich sein, mehr Verleger kennenzulernen. Die ganze Zeit höre ich wie eine Melodie, die man nicht loswird, die Welt in meinem Kopf reden, Anaïs, Dein Werk ist ohne Notwendigkeit für andere, die Welt will Dich nicht haben, Du kannst nicht mit den anderen sprechen wie Henry, Du bist dazu verurteilt, im leeren Raum zu leben.

Henry und Varèse können sprechen. Ich kann nicht sprechen. Ich kann mich nur schreibend mitteilen. Im Leben bin ich stumm. Ich muß schreiben. Schreibend spreche ich mit anderen, berühre ich sie. Veröffentlicht doch, was ich schreibe! Wenn Ihr mich nicht publiziert, versiegelt Ihr mir die Lippen, begrabt Ihr mich, leugnet Ihr mein Dasein. Ich liebe die Welt, Ihr aber stoßt mich zurück in meine kleine persönliche Welt.

Sonderbare Gefühle das, im Beisein von Freunden, liebevollen Freunden! An diesem Abend fühlte ich mich außerstande, weiter zu leben, wenn ich mich nicht mehr als Schriftsteller ausdrücken könnte. Der Brücke beraubt. Das Schreiben war meine erste Brücke gewesen. Um meinen Vater zu erreichen. Um Europa zu erreichen. Um zu verhindern, daß die Menschen, die ich liebte, verschwanden. Schreiben als Mittel gegen den Verlust, gegen Entwurzelung, gegen Zerstörung. Gegen das Ausgelöschtwerden. Die Zeit löscht aus. Schreiben gegen den Gedächtnisverlust, gegen die Verzerrungen der Erinnerung. Schreiben gegen Tod, gegen Trennung. Und nun zum Schweigen gebracht. Bücher schufen meine Welt. Wie will ich ohne Bücher Welten schaffen? Ohne sie ist meine Welt klein und stumm. Eingezäunt. Fern.

In der Nacht nach der Party hatte ich einen Traum. Ich träumte, es sei falsch, auf Papier zu schreiben. Man müsse vielmehr, um die Wahrheit zu sagen, auf eine Haarsträhne schreiben, die unmittelbar aus dem Gehirn sprieße, lange Sätze, die ähnlich chinesischen

Schriftzeichen auf die Haarsträhne geschrieben würden, wunderbare Sätze, an die ich mich dann aber nicht mehr erinnern konnte. Der Traum war auch ein Nachspiel meiner Unterredung mit dem literarischen Agenten John Slocum, der mir gesagt hatte, daß er nichts für mich tun könne.

Virginia Woolf ist ins Wasser gegangen. Ihrem Mann hinterließ sie diese Notiz:

»Ich habe das Gefühl, wahnsinnig zu werden und in diesen schrecklichen Zeiten nicht weiterleben zu können. Ich höre Stimmen und kann mich nicht auf meine Arbeit konzentrieren. Ich habe dagegen angekämpft und kann nicht mehr länger kämpfen. Dir schulde ich all mein Glück. Du bist so sehr gut zu mir gewesen. Ich kann nicht so weitermachen und Dir Dein Leben verderben.«

Erstaunliche Offenheit und Einfachheit einer Schriftstellerin, die allen Doppelsinn, alle Vieldeutigkeiten der englischen Sprache erforscht hat, die abstrakt, geheimnisvoll und labyrinthisch geschrieben hat. Einfach, offen wie jedes wahre Leiden. Zum erstenmal hatte sie als Mensch gesprochen.
Heute habe ich fünfzehn Seiten für den alten Herrn geschrieben.
Henry in Hollywood, zum Cocktail bei Miriam Hopkins.

Citizen Kane, ein Film, der das Drama der Hohlheit tausendfach vergrößert. Einer Hohlheit, die ich in Europa nie erlebte. In Europa ist der Mensch von Geschichte, von einer reichen Vergangenheit, einer Atmosphäre geistiger Befruchtung, Bedeutsamkeit umgeben.
Es war bezeichnend, daß der Palast und die Kunstgegenstände nahezu jeder Bedeutung bar, nur mehr Besitztümer von materiellem Wert zu sein schienen. Bezeichnend auch, daß keinerlei Zärtlichkeit oder Wärme die räumlichen Ausmaße verkleinern konnten.
Dies war meine erste Begegnung mit dem Drama der Hohlheit. Massive äußerliche Dinge, Besitztümer, die Orson Welles gut ins Bild setzt. Riesige Steine, eine riesige Treppe, die in Europa entweder zu einem alten Schloß oder einer Kirche, einer Kathedrale oder einem Monument gehören würden, hier wurden sie zum Monument der Hohlheit, der Ohnmacht. Kane ist das Symbol der Unmenschlichkeit, unfähig zur Liebe, Gefühlsseligkeit und Begierde, als Mann ein völliger Versager. Der von der sichtbaren Welt faszinierte Orson Welles vermochte mit diesen Größenordnungen, dieser Anhäufung sinnlosen Zeugs fertig zu werden. Er besitzt das

Kamera-Auge, das Kanes weite, nichtige, klischeehafte, grandiose Leere einfängt. Die Symbole waren so grob und gemeinverständlich, wie es sich in diesem Fall gehörte. Kreuzworträtsel, »Rosebud«, ein Tor. Das Milieu der Schundpresse paßte zum Thema.
Entsetzlich sind die szenische Pracht, die überwältigenden Massen, der Lärm, Übertreibungen, die Ohnmacht symbolisieren. Macht und die Machtlosigkeit, ein menschliches Glück zu erfahren. Ich mußte an den Fisch denken, der sich aufbläht, um seine Feinde zu erschrecken. Riesenwuchs ist monströs, und ob physisch oder psychisch, eine Krankheit. Eine Tragödie der Machtlosigkeit, eine neue Art Frankenstein-Monstrum. Welcher Boden, welches System, welcher Ort kann solch ein Ungeheuer hervorbringen? Lieblos, geschlechtslos, geistlos, gänzlich unmenschlich, wie die abnorme Züchtung einer Drüse in der Retorte. Ein Mann, der von nur einem Gedanken besessen ist. Ob Welles die monumentale Häßlichkeit des *Citizen Kane* empfindet? Ist er ein Teil des Auges der Kamera, das nur die äußeren Dinge wahrnimmt? War da etwas, von dem wir nichts wußten, etwas, das Kane zu einem menschlichen Wesen machen würde? Verwechslung von Umfänglichkeit mit Größe. Alles Kolossale gilt als groß. Ist die visierende Kamera ebenso hohl wie ihr Gegenstand?
Dorothy Norman wird Abschnitte der Tagebücher aus meiner Kindheit publizieren. Sie und die Cooneys sind die einzigen, die das, was ich schreibe, für wertvoll halten.

Henry schreibt aus Hollywood:
»So vieles hat sich ereignet. Dies ist der (für Leute wie uns) entscheidende Ort in Amerika. Ein unerschöpfliches Reservoir. Die Leute, die ich kennenlernte, sind keine Salonlöwen, sondern arbeiten. Um ein paar der letzten Einladungen kurz zusammenzufassen –
1. der Abend zusammen mit dem Filmregisseur und seiner Frau, Jarmila. Der Film über Tibet, die in *Shangri-La* und *Yamaluru*, dem wirklichen Shangri-La, verwendeten Kulissen.
2. Der Abend mit Larry Powell (den ich in Dijou kennengelernt hatte), der jetzt an der hiesigen Universität Bibliothekar ist. Ein heiligmäßiger Mann – fällt völlig aus dem Hollywood-Rahmen. Wir sind gute Freunde geworden. Er ist der Freund und Biograph von (Robinson) Jeffers, den ich nächste Woche aufsuchen werde.
3. Besuch bei Peter Krasnov, dem wahrscheinlich besten lebenden Bildhauer. Ein Wald von musikalischen Kreationen, in äußerster Armut geschaffen. Auch Krasnov ein Heiliger, und hier in Hollywood völlig unbekannt.

4. Besuch bei Luise Rainer. Davon muß ich Dir später ausführlich erzählen. Es war wunderbar. Man verläßt sie in tiefem Mitgefühl – sie ist eine tragische Gestalt. Und in gewisser Hinsicht Dir sehr ähnlich. Zeigte mir das Horoskop, das sie sich von einer billigen amerikanischen Frau gerade hatte machen lassen. Unvergeßlich ihre spöttischen Beschreibungen von Hollywood und den Leuten der Filmbranche. Fünf ›Luft‹zeichen und ein Zwilling. Am selben Tag Geburtstag wie meine Mutter. Wirklich intelligent, offen und ebensowenig wie auf dem Bildschirm im Leben eine Schauspielerin – sie ist immer sie selbst. Sie reist demnächst nach New York – 28, East Seventy-third Street – falls Du sie besuchen willst.
5. Abend in Willie Fungs Salon verbracht, The Desert Rat am Klavier. Wunderbar. Ich erkannte den Chinesen sofort wieder – vom Film her. So völlig anders als alles, was man gedanklich mit Hollywood in Verbindung bringt. Sitzt da in einem dreckigen kleinen Loch mit unserer Gruppe als einzigen Kunden.
6. (Hilaire) Hilers neues Haus – sein neues Klavier, neue Gemälde. In San Francisco hat er ein Kolossalwerk geschaffen – die Anlage des Aquatic Park – sein Meisterwerk. Und natürlich sein neues Mädchen, eine Laurette-Imitation.
7. Von Barrymore und John Decker habe ich Dir berichtet, ja? Das war gleichfalls großartig. Wohnte in seiner ›chinesischen Mietskaserne‹, die Zimmer kahl, von seiner Ex-Frau, dem jungen Ding von der Zeitung, geplündert. Er ist der echteste und natürlichste Mensch, der mir je begegnete.

Und heute nachmittag bin ich zu Joseph von Sternberg eingeladen. Ein Freund von ihm rief mich an und sagte, Sternberg hätte alles, was ich geschrieben habe, gelesen und hätte allen seinen Freunden Exemplare meiner Bücher geschenkt – ich wäre ›der Mann auf der Welt, den er am liebsten kennenlernen möchte!‹ Nun – ich hatte von seiner Erotica-Sammlung gehört – soll 100 000 Dollar wert sein. Der andere Mann, an den ich denke, ist Walter Arensberg, hier eine sehr maßgebliche Persönlichkeit – ein Millionär, der die beste moderne Gemäldesammlung Amerikas besitzt. Habe sie zweimal gesehen. Er hat mich gern. Mag meine Sachen. Sagte, er wisse, daß ich ›rein‹ und ›unschuldig‹ sei. Ist ein sehr guter Freund von Marcel Duchamp, den er nach Amerika herüberholt. Ich traf dort alle möglichen interessanten Leute.

Jedenfalls werde ich irgendwann in dieser Woche nach Carmel fahren. Vielleicht mache ich ein paar Umwege und besuche Steinbeck und Krishnamurti und den Sitz der Rosenkreuzler. Gehe in den interessantesten Teil Kaliforniens – die wilde, felsige, neblige Küste zwischen Carmel und Frisco. Die Sache ist die, Anaïs, daß ich erst

hier draußen angefangen habe, Amerika etwas abzugewinnen. Hätte ich das im voraus gewußt, hätte ich meine Reiseroute um ein gut Teil beschnitten. Hier sind Gutes und Böses vermischt. Man findet hier jedes Niveau. Das Gute aber ist wirklich gut. Ich bin jetzt so erfüllt von Dingen, über die zu schreiben wäre. Gestern lernte ich eine Kellnerin kennen, hatte ein herrliches Gespräch mit ihr. Das Lokal war leer. Sie sprach wie Balzacs Seraphita von der Liebe mit ganz großem L. Höchst erstaunlich. Vom übrigen Land abgeschnitten, von Klima, Sonne, Wasser, Bergen begünstigt, durch das hier leichte und billige Leben, bilden die Menschen Zuneigung aus, werden sie wahrhaft gutherzig. Das kann billig und widerlich, sentimental wirken oder sehr edel, je nach der Person. Doch genau wie Amerika weniger neidisch und großzügiger ist als Frankreich, zeigt sich hier auch ein Unterschied zwischen Ost und West – hier herrscht das Streben vor, Geist und Gemüt zu entfalten. Vielleicht denkst Du jetzt, daß ich kitschig werde. Nein, es ist mein Ernst. Ich habe meine Perspektive nicht eingebüßt. Hier ist etwas geschehen, das vielleicht in Hunderten von Jahren Frucht tragen wird. An der atlantischen Küste wird sich nichts dergleichen ereignen. Sie kommt mir nun wie ein totes Gebiet vor. Besonders New York – wie eine prähistorische Stadt. Die Herzlichkeit und Gastfreundschaft hier sind unermeßlich. Und die Menschen leben tatsächlich ein eigenes Leben. Hauptsächlich die aus Europa stammenden, die sich hier niedergelassen haben, um einen Broterwerb zu finden.
Gestern abend hatte ich mir *Citizen Kane* zum zweitenmal angesehen. Und der Film schien mir sogar noch besser als beim erstenmal. Schau ihn Dir an! Der Teil, der Marion Davies betrifft, ist ganz wunderbar – grausam, in seinen Konsequenzen furchtbar. Und sage mir, was ›Rosebud‹ Deiner Ansicht nach bedeutet. Ich habe eine gute Erklärung.
Der bedeutendste Mensch, dem ich hier begegnet bin, ist der Swami, Das war der Höhepunkt meiner Reise. Ziehe also daher Deine Rückschlüsse.«

Werde mir dessen gewahr, daß Amerika jeden europäischen Einfluß ablehnt, ähnlich den Kindern, die den elterlichen Einfluß zurückweisen. Nichts soll mehr aus Europa kommen. Sie bemühen sich, ihren eigenen Stil, ihre eigene Kunst zu finden. Doch sie entlehnen und imitieren genau wie wir, als wir jung waren, nur waren wir denen, die uns beeinflußten, dankbar, wir liebten jene, von denen wir lernten, und bekannten offen unsere Wurzeln, unsere Herkunft, unsere Vorläufer in der Literatur. Hier spüre ich, daß man eine Art verschämten Diebstahl bei den europäischen Künstlern begeht, dann vollführt man eine schnelle Schwenkung, um jeglichen Einfluß zu bestreiten. Niemand zeigt sich dankbar oder gibt zu, daß keiner von uns als Meister vom Himmel gefallen ist und jeder von der Vergangenheit zehrt. Ich kann den Wunsch nach Erneuerung verstehen, kann verstehen, daß man ein neuer Typus Mensch oder neuer Typus Künstler sein möchte. Vorurteil oder Feindseligkeit jedoch kann ich nicht verstehen. Ich kann den Verleger nicht verstehen, der sagt, kein Mensch werde einen Roman lesen, dessen Schauplatz Europa ist. Hier herrscht ein separatistisches Klima. Der Ausländer ist ein Außenseiter. Es gibt keine Verbrüderung. Die Kunstmäzene laden alle europäischen Künstler zusammen ein, als müßten sie unter sich bleiben. Ich versuche, am amerikanischen Leben teilzunehmen, aber ich spüre Verdacht, Mißtrauen, Gleichgültigkeit.

Ich gab ein Abendessen zu Ehren von Dorothy Norman und ihrem Mann. Er ist nervös und distanziert. Er sagte mir, wenn seine Geschäfte ihm zwei oder drei Stunden Muße ließen, so wisse er nicht, was er anfangen solle. Während er spricht, wischt er sich Brotkrümel vom Anzug. Er sieht unglücklich aus. Dorothy Norman scheut vor dem Leben und seinen tiefgreifenden Erfahrungen zurück. Sie ist ehrlich, sie sagt: »Aber ich schäme mich meiner Abwendung. Jede Zerstörung verletzt mich. Haß verwundet mich. Ich hasse Patchen jetzt, und ich kann es nicht ertragen, zu hassen oder gehaßt zu werden.«

Wir brauchen Geld, um Steuern zu zahlen. Ich schulde Dr. Jacobson Geld. Helba muß sich neuen Untersuchungen unterziehen. So schreibe ich eben Erotica. Im ganzen habe ich fünfhundert Seiten geschrieben. Achtzig in einer Woche.

Robert hat seine Homosexualität angegeben und befindet sich auf dem Rückweg.

Die Straßen des Village. Ein lauer Abend. Offenstehende Lokale, die Stöße der Jazzmusik, Stimmengewirr, Gelächter. Ein Gefühl der Muße, wie es einen in einem alten europäischen Dorf überkommt. Blumenverkäufer in den Straßen, und in der Bleecker Street farbenfrohe Gemüsekarren und Obstkarren wie in Italien und schwarzgekleidete Frauen beim Einkauf.

[Juni 1941]

Luis Buñuel zeigt ein Filmprogramm im Museum of Modern Art. Er schreitet händereibend zwischen den Reihen hin und her und sagt: »Es ist ein leicht morbides Programm.« Morbid in der Tat! Ein spanisches Dorf, dessen Bewohner an Schilddrüsenerkrankungen zugrunde gehen. Ein in Bellevue aufgenommener Film. Eine Insel, deren Bewohner an Lepra sterben. Sich auflösendes Fleisch, das vor dem Tod verfault. Die Zuschauer begannen den Raum zu verlassen. Zuletzt war der Saal fast leer. Buñuel liebt es, zu schockieren, zu ängstigen, zu entsetzen. Buñuel mit seinen vorstehenden Augen und dem Leberfleck auf der Nasenspitze, genießt es, einen Leprakranken zu zeigen, der mit seinen Stümpfen betet, oder einen Lippenlosen, der die Flöte spielt.

Henry schreibt:

»Sehr erfolgreiche Drehbuchautoren gaben mir anschauliche Schilderungen dessen, was von ihnen verlangt wird – einfach scheußlich! Es würde mich innerhalb einer Woche verrückt machen – nebenbei habe ich auch kein Talent dazu. Sie schämen sich alle ihrer Tätigkeit, und das Geld tut ihnen nicht gut.«

Wir alle versuchen, in der Gegenwart zu leben, unser Leben in der Gegenwart zu finden. Wir haben uns gegenseitig verboten, von der Vergangenheit zu sprechen und in der Vergangenheit zu leben. Doch Tanguy spricht über Breton und die Pariser Cafés, und Gonzalo wird nicht müde, über Montparnasse zu reden. Die Freiheit. Carteret wurde wegen Krankheit aus dem Heer entlassen und lebt in Südfrankreich. Er traf dort Dr. René Allendy, der im Sterben liegt und zwecks medizinischer Daten täglich über sein Sterben Buch führt. Solche spartanische Objektivität erscheint im Einklang mit seinem ganzen Leben.
Tanguy klagt: »Früher habe ich auf den Straßen gelebt. Hier mag ich nie ins Freie gehen.« Henry klagt auch darüber, daß er hier nicht, wie in Paris, durch die Straßen wandern mag.

Als wir im Begriff waren, uns unserer Reife zu erfreuen, in Europa, in einem Land, das die Reife liebt und würdigt, wurden wir alle entwurzelt und in ein Land verpflanzt, das nur Jugend und Unreife liebt; das ist unsere Tragödie. Wir fühlen uns fehl am Platz. Ich werde immer von den Jungen aufgesucht, wir treffen uns auf einer alterslosen Ebene. Ich lasse sie den Unterschied nicht spüren. Mir aber ist er deutlich. Die hiesigen reifen Menschen sind ausgekochte Intellektuelle, sie sind herb, streng und »haben es nur im Kopf«, wie D. H. Lawrence sagen würde. Lediglich Ideologien, Worte, keine Gefühle und keine Lebenserfahrung. Sie interessieren sich nur für Ideen, für Politik, Naturwissenschaft, aber weder für Kunst noch für Ästhetik, noch für das Leben.

Ich sehe Henry altern und Gonzalo altern und spüre das Gewicht ihres Alterns.

Dorothy Norman lud mich zum Wochenende in ihr Sommerhaus in Woods Hole ein. Es ist ein schönes, geräumiges, am Meer gelegenes Haus. Ich traf dort Luise Rainer. Nichts fasziniert mich mehr als die Schauspielerin, die jede Stimmung, jedes Gefühl ausdrucksvoll sichtbar macht, bei der jede Geste Enthüllung und Mitteilung ist. Luises Gang, ihr fliegendes Haar, ihre Stimme, ihre ungestümen Bewegungen – ein ständig wechselnder Anblick. Ihre Stimme reicht vom Flüstern bis zum Schrei, ihre Miene verändert sich in jedem Augenblick, schneller als die Lichter und Schatten des Tages, Sonne, Dämmer, Abend- und Morgenlicht. Selbst wenn sie nur die Hand nach der Marmelade ausstreckt oder wenn sie aufspringt, um schwimmen zu gehen, gibt es etwas zu beobachten. Als ich in meinem Zimmer war und mein Haar kämmte, rief sie unter meinem Fenster in zwingendem Ton: »Anaïs! KOMMEN SIE HERUNTER!«

Sie wartete in ihrem rotten Sportkabriolett. Sie wollte ans Meer fahren. Das Wetter war diesig, der Wind verfing sich in unseren Haaren. Wir hielten am Ufer. »Jenseits dieses weiten Ozeans liegt Europa.«

Europa!

Woran erinnerte sie sich? Sie stammt aus Düsseldorf. Ihr Vater war Bankier. Sie hatte eine angenehme Kindheit verlebt, hatte Schauspielerin werden wollen. Sie zeigt die Launen, die plötzlichen Einfälle, die Sprunghaftigkeit eines Kindes und eine so tiefe wehmütige Nachdenklichkeit, daß man nicht nach der Ursache zu fragen wagt.

Wir standen am Strand, blickten aufs Meer, sehnten uns nach Europa. Dann, plötzlich, mußten wir über uns selber lachen. Ich erzählte ihr, daß wir uns geschworen hatten, die Vergangenheit nie mehr zu erwähnen und jedesmal, wenn einer von uns rückfällig

wurde, »Weißrussen!« zu sagen. Paris war voller Weißrussen, die einst im Luxus gelebt hatten. Die weißrussische Vergangenheit war, wie die Unglückserzählungen der Prostituierten, zum Klischee geworden. Man wußte, daß jeder Taxichauffeur früher ein russischer Fürst gewesen war, in einem Palast gelebt und selbst Chauffeure gehalten hatte. Die Weißrussen leiteten sämtliche Nachtklubs und trugen ihre prächtigen Uniformen, während sie die Tür bedienten. Sie weinten und erzählten ihre Geschichten so oft, daß man sie ihnen schließlich nicht mehr glaubte.
Ich habe eine echte Weißrussin gekannt. Sie war eine ruhige, wohlerzogene Frau, die sich mit Nähen den Lebensunterhalt verdiente. Als sie zu mir kam, um sich ihre Arbeit abzuholen, fragte sie mich, ob sie bleiben und in meiner Wohnung nähen dürfe, nur um einmal wieder Schönheit und Anmut zu atmen, wie sie ihr von ihrem einstigen Heim her vertraut gewesen waren.

Ein Brief von Henry:

»In dem prachtvollen Land, von dem ich mich hier umgeben sehe, erscheint der Gedanke an New York entsetzlich. Diese letzte Reise war wunderbar. Ich fühlte mich fast wie in Griechenland – nur ist hier nichts *heilig*. Vielleicht kann der mexikanische Buchhändler Misarachi dazu gebracht werden, die gekürzte Fassung des Tagebuchs zu verlegen. Glaubst Du, daß es Dir in Provincetown gefallen wird? Ich hörte immer, es geht dort sehr bohèmehaft zu. Dos Passos lebt da.
Ich habe einen Schüler Varèses kennengelernt – John Cage aus San Francisco – einen sehr gebildeten jungen Mann! Seltsamerweise interessierte er sich für Buñuel.
Im Westen gewann ich ein zeitweiliges Hoffnungsgefühl – vielleicht eine Täuschung. Im Grunde ist Amerika für alles tödlich – doch zwischen dem Osten und dem Westen besteht ein großer Unterschied. Ich habe das Gefühl, daß Doubleday mein Buch nicht annehmen wird – eine Vorahnung. Das macht mich unsicher. Und dann wieder die Decatur Street! Jedesmal, wenn ich ausbreche, fühle ich mich von meiner Vergangenheit völlig geschieden – und dann schnappt sie wieder nach mir, wie eine Falle. Aber ich freue mich auf das Wiedersehen mit Dir. Ich hatte mir eben nur mehr erhofft. Einen wirklichen Bruch mit den alten Schwierigkeiten.«

Daß Moricand unablässig über Max Jacob und Blase Cendrars redete, hatte ich damals mißbilligt. Ich glaubte, er täte es, weil er zur Generation der Fünfzigjährigen zählte. Ich glaubte, er sei mehr

darauf bedacht, die Vergangenheit wieder aufleben zu lassen, als Henry, Carteret oder mich zu beobachten. Er schwelgte in minuziösen Schilderungen, die beim erstenmal für den Zuhörer interessant waren, die er aber wiederholte, nicht, um uns ein Vergnügen zu bereiten, sondern um seiner eigenen Sehnsucht Genüge zu tun und den eigenen Platz in jener Periode seines Lebens einmal wieder darzustellen. Auch später, als wir gute Freunde geworden waren, mußten wir oft die Zuhörer für Geschichten abgeben, die Max Jacobs Witz und Brillanz, Cendrars Unzivilisiertheit und unglaublichen Wortreichtum bewiesen. Cendrars war ein faszinierendes Paradoxon. Seine Erlebnisse waren physischer Art, realistisch, hart und rauh, die Sprache dagegen, in der er sie beschrieb, war so verfeinert, spitzfindig, vieldeutig, lyrisch und surrealistisch, daß der Mann von der Straße ihn nicht zu lesen vermochte. Und es war sein Kummer, daß jeder Miller lesen konnte, Cendrars jedoch nur ein höchst kultivierter, literarisch versierter Leser.
Schließlich begann Moricand sich für Henry, Carteret oder auch mich zu interessieren, weil er zwischen den neuen und den alten Freunden gewisse Analogien, Parallelen, Affinitäten entdeckte. Jedenfalls machten wir ihn lächerlich, und machten wir die Weißrussen lächerlich, und jetzt liefen wir Gefahr, uns ans Ufer des Meeres zu setzen und zu seufzen: Europa!
Ich habe neue Freunde gewonnen. Schätze ich sie richtig ein? Empfinde ich Teilnahme für sie? An Dorothy bin ich menschlich nicht interessiert, da sie starr und bürgerlich, poesielos ist, nicht im Leben steht, nicht großmütig ist. Luise ist ein Echo Europas, sie ist Teil der Vergangenheit.

Luise lebt in irgendeiner Weise selbstzerstörerisch, sie ist schutzlos, zerbrechlich, allein. Der beherrschende Ausdruck ihres Gesichts ist ein Flehen. Flehen. GEFÜHL. GEFÜHL. Das Spiel der Schauspielerin eine einzige Aufforderung: fühle, fühle. Weil sie verletzlich ist, wird sie immer von neuem verletzt. »Immer geht mein Leben in Trümmer.«
Tagsüber, wenn sie Shorts trägt, wenn ihr Haar gerade herunterhängt, ist sie ein halbwüchsiges Mädchen. Sie hat den zartesten Hals, den man sich denken kann, und einen kleinen Kopf. Sie ißt gierig, wie ein Kind, ungeduldig, als könne sie es kaum erwarten, etwas anderes zu tun, als am Tisch zu sitzen. Sie ist, was sie darstellt. Sie ist Frou-Frou, ganz und gar Weiblichkeit, schmiegsam, biegsam, geschmeidig, doch wenn man sich von dieser kindlichen Weichheit bezaubern läßt, stößt man plötzlich, wie bei Kindern, auf einen stählernen Willen.

Dorothy ist ein Zuschauer. Als alle Männer Luise Rainer folgten, die um Mitternacht im Meer schwimmen wollte, blieb Dorothy zurück und bat mich, ihr Gesellschaft zu leisten. Sie saß ruhig da und nähte, redete sachlich, langsam und unbeteiligt. Ich wäre gern bei den anderen gewesen. Ihr Geschrei und Gelächter drang an mein Ohr. Diese Gleichgültigkeit Dorothys gegenüber Vergnügungen, gegenüber der Natur, ihre unbewegte Haltung. Eine mütterliche, eine pflichtbewußte Haltung. Luise mußte alle hier betören, im Mittelpunkt der Aufmerksamkeit stehen, sie forderte auch die meine, und ich schenkte sie ihr bereitwillig, denn ich liebe eine Künstlerin, die sich zu offenbaren vermag, ich bewundere die Ausdrucksfülle, die Fähigkeit, anderen zu geben, was die meisten von uns nicht kundtun können. Ich hasse meine Schüchternheit, die meine Leistungen erstickt, außer für einen Kreis intimer Freunde. Die Exteriorisation bringt meinen eigenen unterirdischen Welten Erleichterung. Mich zog nicht die intellektuelle, analysierende, beobachtende Dorothy, sondern die impulsive Luise an, die ihrem Bedürfnis nach Liebe, Bewunderung, Vergnügen freien Ausdruck verleiht und die grundlosen schwarzen Schächte meines psychischen Kohlenbergwerks erleuchtet!
Auch als Dorothy offen zugab: »Ich schäme mich gegenüber allem, das mich abstößt, mich stößt so vieles ab, daß ich keine Erfahrungen sammeln kann«, konnte ich solches Zurückschrecken vor dem Leben nicht bewundern.

Robert war dem Heeresdienst entronnen, kehrte nach New York zurück und suchte ein Nest. Bei Virginia fand er kein Unterkommen, da er mit ihrem Bob in intime Beziehungen getreten war. In meinem Atelier ebenfalls kein Platz für ihn. Schließlich landete er bei Marjorie, die ein überflüssiges Zimmer hatte. Entweder hatte die hinter ihm liegende Erfahrung ihn erschüttert oder mir war bisher entgangen, daß er nicht für andere und nicht mit anderen fühlt. Da ich mit der Welt seines Tagebuchs vertraut war, hatte ich geglaubt, er reagiere empfindsam. Als ich ihm sagte: »Du hast Virginia weh getan«, zeigte er jedoch kein Mitgefühl.
In dem Maße, wie wir mutig sind, schrumpft oder erweitert sich unser Leben.
Die Welt draußen ist zu entsetzensvoll, um ein Gegenstand der Betrachtung sein zu können. Die Nachrichten sind ein einziger endloser Greuelbericht. Krieg zwischen Deutschland und Rußland. Draußen nichts als Brutalität, Sadismus, Schlächterei, Irrsinn und Tücke. Wenigstens in der persönlichen Welt gibt es Augenblicke der Einigkeit, der Zärtlichkeit, schöpferische Augenblicke. Die Grau-

samkeit der Welt draußen ist zu groß, als daß ich sie ertragen könnte. Wir alle leben unter dem Eindruck, ein Teil dessen zu sein, was vernichtet wird. Jede Bombe trifft ein Haus, in dem wir gewohnt, einen Menschen, den wir geliebt haben. Und was kann der einzelne tun?
Werden wir gebraucht in dieser neuen Welt, können wir hier eine neue Welt schaffen?

In Paris war mir William Hayter nur als einer von Gonzalos Freunden bekannt gewesen. Wenn ich ihm jedoch auf Einladungen, in Cafés, auf Ausstellungen begegnete, schien er jedesmal von überwältigender Intensität. Von Minute zu Minute war er wie ein gespannter Bogen, eine gespannte Feder, geistvoll, schlagfertig, sprudelnd, sarkastisch. Er galt als berühmter Graveur und Lehrer der Metallschneidekunst. Sein Gesicht erinnerte auch eher an eine Gravur als eine Skulptur aus Fleisch und Blut. Als ob er jede Linie, die er in seine Kupferplatten gravierte, auch in sein Gesicht eingegraben hätte. Sein Mund war straff, sein Lächeln wie an Drähten über das Gesicht gezogen, sein Kinn stand vor wie zu einer ständigen Behauptung, seine Augen waren weit aufgerissen, um ihm höchste Aufmerksamkeit zu ermöglichen. Er war eine Art Drahtskulptur, ein energiegeladener Mann. Als sein Atelier in Paris mit verwundeten spanischen Flüchtlingen belegt war, zeigte er Tatkraft und fieberte vor Mitleid, Zorn oder Begeisterung.
Wenn je ein Künstler aus den Stoffen gemacht zu sein schien, mit denen er umging, so war es Hayter. Stahl, scharfe Kanten, scharfe Instrumente, Säuren, Pressen. In seiner Malerei zeigte sich jedoch eine ganz andere Seite, er malte mit diffusen Farben, in schwebenden Tönen, und oft hatten seine Bilder einen Überzug aus durcheinanderstrebenden Linien, die wie wirre Drähte oder ein Gewirr aus Schnüren aus dem Ganzen ragten, als hätten sie sich erst behaupten wollen und dann verwirrt.
In New York etablierte er sein berühmtes Atelier 17, in dem viele bekannte Maler zeitweilig gearbeitet haben. Mit seinen Stößen Papier, seinen Tinten, den Pressen, den Säurebottichen, dem Kupfer, das bearbeitet wurde, war das Atelier für mich ein verführerischer Ort. Die Zeichnungen, die mittels der Walzen wunderbarerweise auf den Papieren erschienen, die farbigen Tinten, die scharfen Grabstichel. Die Gruppe, die mit ihm arbeitete, gesammelt, gespannt, unter starken nackten Glühbirnen über die Arbeit gebeugt. Er stürmte immer zwischen den Schülern umher, machte Joycesche Wortspiele, Scherze, Witze. Immer war er in Bewegung. Ich fragte mich, wie er jemals Stunden über Kupferplatten gebeugt in feiner,

anstrengender, genauer Arbeit hatte zubringen können. Seine Linien waren gleich Wurfgeschossen in den Raum geschleudert, manchmal Wirrnisse wie Antennen, in denen sich der Sturm verfängt. Ich sah ihn nie passiv oder auf einem Tiefpunkt, und selbst Schmerz, der, wie man wußte, ihm nicht erspart blieb, schien ihn nur noch mehr zu verzweifelter Lebhaftigkeit zu befeuern. Eine vulkanische Persönlichkeit.

Wir alle haben eine Ruhepause nötig und fahren nach Provincetown, einem New-England-Ort, dessen Einwohner portugiesische Fischer sind. Sanddünen. Eine starre, bunte Mixtur, kein Blattwerk; Gräser und Sand und eine See, die den Sommerfarben trotzt und bleigrau ist. Viele der Häuschen sind auf Pfählen oder Docks erbaut, haben einst zur Aufbewahrung von Fischernetzen und Booten gedient und werden jetzt an Sommergäste vermietet. In meinem Holzhäuschen liegen noch Teerfässer und hängen Netze über den Tragbalken, und bei herannahender Flut höre ich das Meer unter dem Fußboden brausen. Vom hölzernen Pier aus fangen die Fischer Tintenfische, dessen Zubereitung die Portugiesen verstehen.
In der Hauptstraße liegt ein Geschäft oder Café neben dem anderen. Die schöneren Häuser stehen außerhalb des Städtchens, in den Dünen. Der puritanische Geist New Englands schließ die Vergnügungsstätten bereits um Mitternacht, dann sinkt Ruhe über den Ort. Eine allgemeine Attraktion sind die Bingo-Spiele (Lotto) in einer offenen Halle. Die Sanddünen sind so weiß, daß sie manchmal wie Skihänge aussehen. Einige Nachtklubs liegen am Strand. Die Tische werden auf Terrassen aufgestellt, und der Jazz flutet über den Strand. In Fischerbooten liegen Pärchen. In alten Bierflaschen oder Weinflaschen steckende Kerzen spenden zuckendes Licht.
Die schönste Tanzdiele heißt The Flaghip. Sie hat rote Laternen. Auf jedem Tisch steht eine rote Kerze. Die bezahlten Tanzpartnerinnen sind hübsche Mädchen, viele von ihnen sind Kunststudentinnen und Mannequins. Sie tragen Blumen im Haar, eine von ihnen hat sich ein japanisches Schirmchen in die Frisur gesteckt. Wir benutzen Fahrräder, um zur Küste zu gelangen.
Wir essen in portugiesischen Restaurants. Die Portugiesen sind ansehnliche Menschen. Wir wandern über die Strandpromenade. Wir wandern durch die Dünen und besuchen Eugene O'Neills Haus, das inmitten der Dünen liegt. Ein großes graues Holzhaus mit schmalen Fenstern, ein düsteres, graues, verwittertes Haus. Etwas unaussprechlich Ödes und Trauriges, etwas Verlassenes. Wie ein verlassenes, heruntergekommenes Haus mitten in der Wüste. Ein

dürstendes Haus, ohne Grün, ohne Wasser. Ohne Schutz und Wärme. Streng. Beim Anblick der hohen schmalen Fenster hatte ich ein unheimliches Gefühl.

Ich trage mein Sarongkleid, meine Muschelkette, meine Muschelohrringe, den Muschelkamm aus Saint-Tropez. Doch Provincetown ist anders als Saint-Tropez. Hier fehlen Kameradschaftlichkeit und Wärme, plötzliche Mitteilsamkeit und Freundlichkeit.

An der Küste sitzen die Leute, blicken aufs Meer und tun so, als bemerkten sie einander nicht. Hier liegt kein Vibrieren, keine Neugier in der Luft. Hier gibt es keine laute Fröhlichkeit, kein geselliges Vergnügen wie in Saint-Tropez. Jede Gruppe bleibt beieinander. Wir waren immer so wißbegierig gewesen, hatten die anderen genau beobachtet. Hier habe ich das Gefühl, unsichtbar zu sein. Man geht vorüber, und die Leute sehen einen nicht oder tun so, als ob sie einen nicht sähen. In Saint-Tropez herrschte stets eine Bö von Geplauder, Reden, Reaktionen; es gab Ströme, Gegenströme, Augensprachen. Sendungen, menschliche telegraphische Botschaften von Wichtigkeit. Wärme, eine magnetische Wärme entwickelte sich zwischen den Menschen. Hier haben sie die Stromleitungen zwischen den Menschen durchgeschnitten.

Gonzalo und Helba haben am Strand eine Wohnung, die über einem Laden liegt.

Virginia und Bob haben ein landeinwärts gelegenes Atelier gemietet, einen Dachboden mit sehr dünnen Wänden. Eines Nachts stritten sie mehrere Stunden lang wegen Robert. Plötzlich sagte die Stimme eines Nachbarn: »Ich habe Ihnen zugehört. Ich habe alle Ihre Argumente erwogen. Mir scheint, daß Virginia völlig im Recht ist und daß Bobs und Roberts Verhalten tückisch und gemein ist.«

Bob war völlig verstört, weil seine homosexuelle Beichte einen Zuhörer gefunden und dieser sich zum Richter gemacht hatte. Er mußte unbedingt in Erfahrung bringen, wer soviel über ihn wußte und ihn verurteilte. Die Stimme hatte er nicht erkannt. Er stürzte auf den Flur und klopfte an die Tür neben seinem Atelier. Keine Antwort. In das Atelier teilten sich drei Maler, er würde nie erfahren, welcher in der Nacht dagewesen war und seinen Streit mit Virginia gehört hatte. Er lief in den Ort. Er lief von einer Bar in die andere. Sobald jemand ihn intensiv ansah, hatte er das Gefühl, es könnte der Betreffende sein. Er wollte mit ihm sprechen, wollte erklären, wollte sich rechtfertigen. Jedes Gesicht, in das er blickte, hielt er für das seines Anklägers, seines Richters. »Das ist der Mann, der mein Geständnis gehört hat, der Mann, der über mein heimliches Leben Bescheid weiß.« Der Gedanke war ihm unerträglich.

Er schlich mit hängenden Schultern einher. Er war schweigsam. Er sah gequält aus.
Um sie aufzuheitern, lud ich sie zum Abendessen ins Flaghip ein. Bob wurde nie müde, eine Beschreibung von Picassos Aussehen zu hören. Als ich Picasso und Hélène einmal auf der Straße begegnet war, hatte ich ihn nicht erkannt. Er erschien mir klein, untersetzt und bis auf seine schönen, feurigen, großen Augen recht alltäglich – doch alle Spanier haben schöne Augen. Bob wollte vom Leben in Paris hören. Seit ich in New York war, empfand ich den Wert und die Schönheit des Lebens im Café noch deutlicher. Wohnung und Atelier galten als private Stätte. Am Tag kam niemand zu Besuch. Der Tag gehörte der Arbeit. Oft wußten wir nicht einmal, wo ein Künstler wohnte und arbeitete. Aber man brauchte sich nie einsam zu fühlen, denn abends, nach der Arbeit, konnte man immer in bestimmte Cafés gehen und dort Freunde antreffen. Ein Überraschungsmoment war dabei. Man wußte nie, wer dort war oder wer einen neuen Freund, einen Gast oder einen Jünger mitbringen würde. Wenn irgendwo eine Party stattfand, erfuhr man es im Café und ging zu mehreren. Oder wenn man das Bedürfnis nach einem Gespräch unter vier Augen hatte, verließ man die Freundesgruppe und ging in ein kleines, wenig bekanntes Café. Nichts war vorher geplant, alles war zufällig und frei. Es war nicht schwer, einen bewunderten Künstler kennenzulernen. Man saß mit einer Gruppe von Freunden im Café. Früher oder später machte jemand den einen mit dem anderen bekannt, und die Gruppen vermischten sich.
Gonzalo kannte alle spanischen Künstler, die Südamerikaner und die Kubaner. Während ich die Atmosphäre, die Gespräche, die Künstlergestalten beschwor, sagte Virginia plötzlich in sprödem Ton: »Das Ungewohnte interessiert mich nicht. Ich liebe das Gewohnte.«
Danach hielt ich mich ihnen fern.

Ich gewann beim Beano-Spiel fünfundneunzig Dollar.
Wir gingen ins Flagship, um das Ereignis zu feiern.
An der Bar stand ein Mann von so prächtiger, so unverschämter Schönheit, daß ich Gonzalo gegenüber scherzte: »Da geht der *gallo*, der stolze Hahn, welch wundervolles Don-Juan-Gefieder.«
Am darauffolgenden Morgen ging er an der Küste vor uns her. Er machte große Schritte, dehnte die Brust, schien in einem Zustand körperlicher Euphorie. Er trug eine lederne spanische Jagdtasche, an der ein Netz befestigt war. In dem Netz hatte er Orangen, die er genußvoll aß. Ich spöttelte noch über seine augenfällige Pracht

und Herrlichkeit, doch als er, vor uns herschreitend, seiner Begleiterin zulächelte, war sein Lächeln so strahlend, wild und sinnlich, daß ich aufhörte, mich über seine überwältigende Schönheit zu mokieren. Es war etwas Stolzes und Königliches an ihm, eine Eigenschaft, die sich aus seiner körperlichen Erscheinung nicht erklärte: Freudigkeit, unbändige Freudigkeit.
Während ich allein am Strand saß und las, lächelte er mir zu. Als ich, zurückkehrend, mein Häuschen erreichte, sah ich ihn auf der anderen Straßenseite in ein Haus treten, wo Zimmer vermietet wurden. Tags darauf kollidierte sein roter Sportwagen beinahe mit meinem Fahrrad.
Er sprang aus dem Wagen und entschuldigte sich. Er hatte einen ausländischen Akzent. Er stellte sich vor. »Ich wußte, daß Sie Europäerin sind«, sagte er. Er stammte aus den italienischen Bergen, die jetzt zu Österreich gehören.
Abends aß ich im Flagship.
Der Österreicher betrat allein das Lokal. Er kam an meinen Tisch und sagte: »Bitte retten Sie mich vor einem Mädchen, das mich seit zwei Tagen verfolgt. Sagen Sie, daß Sie eine alte Freundin von mir sind, daß wir eine Verabredung haben. Darf ich mich zu Ihnen setzen?« Ein junges Mädchen trat an unseren Tisch und grüßte. Er stand auf und stellte mich vor: »Eine alte Freundin von mir aus Europa. Sie ist eine französische Schauspielerin, spricht kein Wort Englisch. Bitte entschuldigen Sie uns.« Überzeugt davon, daß es kein Vergnügen für sie wäre, bei Leuten zu sitzen, die sich in einer Fremdsprache unterhielten, ging das Mädchen fort. Es war ein fröhliches Abendessen, in dessen Verlauf er versuchte, mein Mitleid zu erwecken. »Die Frauen lassen mich nie in Ruhe. Sie behaupten, ich sehe aus wie ein Don Juan und müsse deshalb die Rolle spielen. Ich habe nicht immer Lust dazu. Ich fühle mich verfolgt.«
»Wenn Sie Schutz vor Ihrer Don-Juan-Rolle brauchen, können Sie jederzeit auf mich bauen«, sagte ich zum Scherz. Er fand, wir seien seit langem vertraut miteinander. Er ist Sänger und bereitet sich auf sein Debüt an der Metropolitan in *Siegfried* vor. Zum Spaß titulierte ich ihn Siegfried.
Er hat seit jeher in musikalischem Milieu gelebt. Toscanini hat ihn nach Amerika gebracht.
Wir beschlossen den Abend im Kabarett zum Weißen Wal.
Ganz Provincetown wußte nun, daß wir zwei Europäer seien, die sich noch von Europa her kannten, und wir benutzten einander dazu, um von Einladungen oder Beschäftigungen loszukommen, an denen uns nichts lag. Einmal war er zu einem Kostümfest eingeladen. Er verschwand für zwei Tage von der Bildfläche. Als er wie-

derkam, sah er ganz abgezehrt aus, und ich mußte unwillkürlich lachen.
Es fällt schwer, Mitleid für einen Don Juan zu empfinden, nach dem zu große Nachfrage besteht, der allzu sehr geliebt wird. Nichtsdestoweniger war er sympathiebedürftig. »Frauen sind nie zufrieden. Sie führen genau Buch. Das Mädchen hat seine Notizen mit denen seiner Zimmergefährtin verglichen.« Er zog seinen blauen Sweater aus. Er schenkte mir eine Orange.
Wir saßen auf der Sanddüne. Ihren weißen Abhang hinabblikkend, entsann er sich, daß er einst zur olympischen Skimannschaft gehört hatte. Er entsann sich auch des ersten Mädchens, in das er verliebt gewesen war, denn er hatte es beim Skilaufen kennengelernt. Sie war die Tochter eines englischen Peer, und er vermochte sie nicht zur Heirat zu überreden. Er schwärmte davon, wie sie zusammen die Abhänge hinabgefahren waren.
Beim Rückweg vom Strand stieß ich auf Dorothy Norman und Luise Rainer, die auf mich warteten. Sie hatten den ganzen Vormittag nach mir gesucht. Alle zusammen pilgerten wir zum Flagship. Luise und Siegfried hatten viele gemeinsame Freunde. Es war merkwürdig, daß ich mich spontan mit ihm angefreundet hatte, um dann festzustellen, daß wir in ein und derselben Welt lebten und uns in den Häusern der Freunde hundertmal hätten begegnen können. Er gestand Luise, daß er erst zweiunddreißig Jahre alt sei, er ist jedoch sehr reif, verfeinert und humorvoll. Seine Mutter stammt aus Malaga.
Zu mir sagte Luise: »Meine Träume? Alle meine Träume sind Angstträume.« Auf der Straße wurde sie von jedermann erkannt und um ein Autogramm gebeten. Jemand fragte: »Sind Sie Schwestern?«
Als wir vor meiner Tür auseinandergingen, rief Siegfried mir mit donnernder Stimme nach: *»El Barón de la Mantequilla saluda a la Condesa de la Santa Burra«*, wobei er die Worte so großartig rollte, als kündigte er die Herzogin von Guermantes an. Wir lachen. Er ist voller Überschwang, fröhlich, munter, schwebend. Alle Homosexuellen versuchten, ihn für sich zu interessieren.
Heute strömender Regen. Kein Strandleben. Der Sommer wird bald vorbei sein. Siegfried fährt nach Nantucket, zu einer Hausparty.

Wir besuchten zusammen Peter Hunt. Nach den Cocktails dort aßen wir zusammen zu Abend. Siegfried wurde immer gesprächiger und erzählte mir phantastische Geschichten.
»Mein Vater ist aus Samoa gebürtig und lebte dort bis zu seinem

sechzehnten Jahr. Als er zur Heimreise aufs Schiff ging, schneite es. Er hatte noch nie Schnee gesehen, glaubte, die Schneeflocken seien Schmetterlinge, und versuchte sie zu fangen. Als sie ihm in der Hand zerschmolzen, war er sehr überrascht. Später wurde er General.«

Er nennt Gonzalo »den motorisierten Inka«. Wenn ich ihm sage, ich gehe jetzt, um mich mit Gonzalo zu treffen, spricht er scherzhaft von Wachablösung am Buckingham Palast. Er salutiert in streng militärischer Haltung. Er ist auch von rabelaisischer Genußfreudigkeit.

Seine rabelaisischen Launen sind paradox wie die meines Vaters. Könnte ich mich doch nur an der Oberfläche des Vergnügens halten, stets die Tonart des Humors anschlagen. Er hat niemals die Höhlen der Besessenheit, Verlassenheit, des Heimwehs oder die kleinen Tode kennengelernt. Sein einziges Problem ist, daß die Frauen ihn zum Hengst abgestempelt haben. Er darf nie müde, schläfrig, gleichgültig sein. Sie kümmern sich nicht um seine Stimmungen, seine Bedürfnisse, seine Ermüdungen, um nichts als den Phallus.

Deshalb meidet er die Frauen, geht an den Strand und wartet auf mich. Er wirft alle Masken und angenommenen Rollen ab und spricht über seine Stimme, seine Studien, seine Arbeit. Er war der Frauen überdrüssig. »Sie sind mehr als eine Frau, Sie sind ein Freund«, sagte er. Alle neideten mir die Zeit, die er mit mir verbrachte. Unsere gemeinsamen Nachmittage waren so ernst, gereift, von Freundlichkeit und gegenseitigem Vertrauen getragen, daß der arme verfolgte Don Juan am Ende eines langen Spaziergangs in kläglichem, mich erheiterndem Ton sagte: »Und heute abend muß ich zu einer Geburtstagsfeier gehen.«

»Werde ich Sie in New York wiedersehen?«

Er meint, unsere Bekanntschaft dürfe nicht gleich dem Sommer vergehen. Wenn ich radfahre, fliegen Herbstblätter unter den Rädern auf. Ich höre den Herbstwind in den alten Bäumen rauschen.

An der Meeresküste sollte man Proust lesen. Die wogenden Rhythmen seiner Sätze gleichen den Wellen der See. Ich könnte ihre Bewegung verfolgen, ähnlich wie man dem Entstehen, Heranrollen, Aufbäumen, sich Brechen und neuem Atemholen einer Welle zusieht. Das Meeresrauschen der ewig heraufflutenden und verebbenden Proustschen Prosa. Proust war der einzige, der wußte, daß Liebe eine Krankheit sein kann, uns foltern, verzehren, töten kann.

Robert kam und brachte einen Freund mit. Er sagte mir, daß dieser Freund herrliche Kurzgeschichten schreibe. Sein Name ist Tennessee Williams. Wir saßen unter den herabhängenden Fischernetzen, und ich kochte ein Mittagessen. Tennessee war ungesprächig und blickte mir nie direkt in die Augen. Es ist mein Unglück, daß ich angesichts eines ausdruckslosen Gesichts oder eines Schweigens nicht gelöst sein kann. Ich fühlte mich wieder von der schrecklichen Schüchternheit befallen, die ich nur in einem warmen und freundlichen Menschenkreis überwinden kann. Ich brauche Wärme, um aus mir herausgehen zu können. Tennessee war verschlossen. Er entschwand meinem Gedächtnis.

Siegfried bat mich, zu ihm zu kommen und ihm auf Wiedersehen zu sagen. Er fuhr in Gesellschaft von Freunden fort. Als ich in das kleine Holzhaus, das schmucke, enge Wohnzimmer im New-England-Stil trat, war er noch nicht da. Sein Koffer lag offen auf einem der kleinen Tische. Er enthielt ein komplettes, seine Initialen zeigendes silbernes Toilettennecessaire. Silberner Kamm, silberne Bürste, Spiegel, Seifenkästchen, silberner Schuhlöffel, silberne Kleiderbürste, silberne Eau de Cologne-Flasche, alles genau wie bei meinem Vater. Die Ähnlichkeit seines Liebeslebens mit dem meines Vaters fiel mir ein. Die Ähnlichkeit ihrer beider Lebensweisen. Als er kam, hatte ich den Eindruck, ein größeres, breiteres, blonderes, nordischeres Duplikat meines Vaters vor mir zu sehen; die gleiche unfehlbare Eleganz, der gleiche blühende, stets taufrische, strahlende Charme, der Wunsch zu gefallen, zu unterhalten, zu amüsieren, zu entzücken. Mit dem Kopf stieß er fast an die Zimmerdecke. Der kleine neu-englische Schaukelstuhl stöhnte unter seinem Gewicht. Die Blumentapete, die winzigen Tellerdeckchen, die künstlichen Blumen – alles wirkte wie in einem Puppenhaus, in dem ein Wikinger gefangen gesetzt wurde. Mit einem Ton seiner mächtigen Stimme hätte er das ganze kleine Häuschen zum Einsturz bringen können. Noch ein strahlendes Lächeln, noch ein scherzhafter Einfall, noch ein Schubs, um meinem Fahrrad Antrieb zu geben, und Siegfried ist fort.

Vorbei die Musik und das Gelächter. Ich höre nur den Herbstwind in den Blättern wehen. Auf den Stufen der Bücherei fallen jetzt mehr Blätter, doch nicht durch mich. Ich hatte im eigenen herbstlichen Laubabwerfen innegehalten. Siegfried hatte meinem Leben wieder funkelnden Glanz verliehen. Die herbstliche Stimmung, die mich vor dem Sommer niedergedrückt hatte, war durch die Jungen verursacht gewesen. Durch sie hatte ich mich weniger jung gefühlt. Doch Siegfrieds Reife hatte mir entdeckt, daß die tieferen Quellen der Jugendlichkeit im Lachen, in Phantasie, Begeisterung, Freude, Erfahrung liegen.

Die Platte, die den ganzen Sommer über gespielt wurde, Provincetowns musikalisches Motiv, hieß »Intermezzo«. Eine Musik, die zum Teil aus Tristan und Isolde gestohlen war. Ehe ich hierherkam, wollte ich ein Buch über unser Altern schreiben; da ich den Prozeß bei Henry, zuvor bei Gonzalo wahrgenommen und das erste graue Haar und beim Lächeln die ersten feinen Fältchen um meine Augen entdeckt hatte, aber nun hat sich das Thema dieses Buches in der Sonne und im Meer aufgelöst.
Der Sommer und Siegfried haben mich aus der Welt der Liebe und des Schmerzes befreit, in der ich mich selbst gefangenhielt, und haben Aussichten auf Vergnügungen eröffnet.

Das Wellengeräusch der Proustschen Sätze hallt im wunderbaren ewigen Bauwerk seiner Hellsichtigkeit wider. Er war ein Maler der Klagen.
Immer wieder hatte ich nach der Freude geortet. Sie befand sich nie im selben Raum wie ich, war immer auf der anderen Seite des Weges, immer nahe, doch unerreichbar. Unerreichbar wie die Zimmer voller lustiger Menschen, die man von der Straße aus sieht, oder das muntere Treiben auf der Straße, das man vom Fenster aus beobachtet. Sie entzieht sich mir. Werde ich sie je dauernd besitzen? Sie verbirgt sich hinter dem sich drehenden Karussell des Wanderzirkus. Sobald ich erscheine, ist sie keine Freude mehr. Der Veranstalter des Spektakels nimmt mir zu Ehren die Maske ab: er hat ein tragisches Gesicht. Freude ist ein Schaum, eine Illumination.
Wenn ich tanze, scheint sie draußen in einem trügerischen Garten zu liegen. Bin ich im Garten, so strömt sie aus dem Haus. Wenn ich reise, legt sie sich wie eine *aurora borealis* über das Land, das ich verlasse. Wenn ich an der Küste stehe, sehe ich sie auf der Flagge eines abfahrenden Schiffes erblühen. Freude ist auf dem Jahrmarkt der Straße, doch wenn ich komme, schlägt sie ihre Zelte ab, packt ihre Kostüme ein, läßt den Motor an. Habe ich sie jemals besessen? In Augenblicken besaß ich eine Freude, die in der Gestalt einer Verzückung über mich kam, Verzückung beim Liebesakt, ein Aufschwung, ein Flug des Gefühls, Freude beim Anblick der Schönheit, beim Begehren, Freude über den künstlerischen Einfall. Doch sie ist selten und flüchtig. Ich will eine Freude, die sich in einfache Farben kleidet, Straßenorgeln, Bänder, Fahnen, nicht eine Freude, die mir den Atem benimmt und mich in den Raum schleudert. Nicht eine Freude wie die Ekstase des Mystikers oder Dichters, die uns in eine Höhe versetzt, in der die anderen nicht mit uns atmen können. Es gibt so viele Freuden, und ich habe nur jene kennengelernt,

die wie ein Wunder kommen und das gewöhnliche Leben mit Licht übergießen. Ich wollte eine einfache Freude haben, den Mutwillen Siegfrieds. Seine Freude, wenn er in eine Orange biß – und der Saft hervorspritzte; er tauchte seinen Finger in den Orangensaft und bestrich meine Ohrläppchen damit wie mit einem Parfüm. Sein Kriegsgeschrei, wenn er den Strand hinunterlief, um den Wellen zu trotzen.

So wie Montparnasse ein anderer Montparnasse für mich war als für andere Menschen und wie das Village für mich nicht das gleiche ist wie für andere, war auch Provincetown für mich kein gewöhnlicher Fischerort für Sommergäste. Für mich wurde es zur Landschaft der Wiedergeburt, zur Brücke, die mich aus dem Verdorren durch die Entwurzelung zum Goldstaub der von so vielen Malern gepriesenen Sanddünen führte, der Ort, wo ich meine Furcht vor dem Lebensherbst abwarf, jenem Herbst, der einmal mehr an mir vorüberging, ohne meiner Seele, meinem Glauben, meiner Liebesfähigkeit seinen Stempel aufzudrücken. Ich kehrte zurück mit seinem Sand aus zerriebenem Glas, dem Weiß seiner Leuchttürme, dem Fieber seiner Sonne, von seinen Wellen neugebildet, neugeformt, von seiner Hitze neu zusammengeschweißt.
Von einem ureigenen Montparnasse brachte ich tiefe und reiche Erlebnisse zurück; das Village ist die Folie wirklicher Künstler und guter Bekannter, und Provincetown schenkte mir nicht seine gewöhnlichen Gaben, Antiquitäten, Muscheln, Fische, Fischerlaternen, Netze, Glasschüsseln, Gemälde, sondern einen Vorrat an Sommer, der für den ganzen Winter reichen wird.

[September 1941]

Wieder in New York. Ein Telegramm von Henry, worin er mich um Geld für die Rückreise nach New York bittet. Ich telefonierte mit John Slocum, um mir von ihm die Summe für einige Tage zu borgen. Suchte Frances Steloff vom Gotham Book Mart auf, um mit ihr die Probleme zu besprechen. Henrys *World of Sex* verkauft sich gut. Nach meinen Büchern herrschte große Nachfrage, jetzt sind sie alle vergriffen. Ging zu Henry Volkening, der mir sagte, daß Doubleday über Henrys Amerikabuch unzufrieden sei, es für inakzeptabel halte.
Führte ein Telefongespräch mit Luise. Sie hat eine schwere Anämie. Zum Abendessen bei Mr. und Mrs. Bernard Reis eingeladen. Eine schöne luxuriöse Wohnung im Westen von Central Park, viele moderne Gemälde und Skulpturen. Ich traf dort André Breton, Yves Tanguy und seine Frau, Charles Henri Ford, der die surrealistische Zeitschrift *View* herausbringt, Jacques Lipchitz, Lucia Cristofanetti und andere. Leute von Museen, Kunstkritiker. Ich gehe nun des öfteren dorthin. Sie bieten interessanten Menschen warme, liebevolle Gastlichkeit.
Caresse nimmt mich mit nach Harlem, und ich lerne dort Freunde von Canada Lee kennen.

Ein Abend bei Luise. Einer zerbrechlichen, zarten Luise, die zwischen Spiegeln und übergroßen Parfumflaschen in ihrem elfenbeinfarbenen seidenen Bett liegt. Ihr Körper und ihr Antlitz sind so ausdrucksvoll, daß sie nicht aus Fleisch und Blut gemacht scheinen, sondern aus zitternden Antennen, einem Hauch, einem Nerv, einer Schwingung. Sie, die Erschöpfte, läuft die Treppe hinunter, um ihrer Angestellten einen Gang zu ersparen. Gleich einem müden Kind legt sie sich wieder hin in ihrem eleganten bauschigen weißen Nachthemd, das nicht für sie gemacht zu sein scheint. Ihre Stimme erstirbt zu einem Flüstern, als wäre sie selbst am Vergehen, und ich halte den Atem an, um sie verstehen zu können. Ihr Kopf scheint sich völlig unabhängig von ihrem Körper zu bewegen, wie bei den balinesischen Tänzerinnen. Jede Hand ist von eigener Beredsamkeit, zwei Marionetten an klug und präzise ziehenden Drähten, zwei kleine Puppen, die ein eigenes Drama darstellen.

Die Ehe mit Clifford Odets hat sie zerrüttet. Es schien zunächst eine so romantische Ehe zu sein. Sie hatte gerade einen Preis für die beste schauspielerische Leistung, er einen Preis als bester Schauspieldichter am Broadway bekommen. Er war ein Junge aus Brooklyn, war nie gereist, war schroff und engstirnig. Sie verliebten sich ineinander und heirateten. Eine katastrophale Ehe. Himmel und Hölle auf Erden, doch öfter Hölle als Himmel. Ihm mangelte es an jeglichem Gefühl, er war taktlos und roh. Er spottete über ihr gefühlvolles Wesen. Sie vermochte seinen Ehrgeiz und seine Sachlichkeit nicht zu teilen. Die Verschiedenheiten führten sofort zu Streitereien. »Wir sind beide auf dem Gipfel unserer Karriere, laß uns eine Weltreise machen und unsere Liebe genießen.«
Er entgegnete: »Jetzt ist die Zeit, um einzukassieren. Wenn wir reisen, riskieren wir, vergessen zu werden.« Luise spürte, daß dies nur ein Vorwand war. Im tiefsten Inneren war und blieb er ein Straßenkind, fühlte sich nur in seiner eigenen Welt wohl. Europa und die übrige Welt waren das Unbekannte, das Ungewohnte und deshalb zu meiden. Er hatte kein Verlangen nach Abenteuer, nicht den Wunsch, zu erforschen und sich zu erweitern. Er wollte auf dem Stückchen ihm vertrauten Grund und Boden unter den alten Freunden bleiben. Er haßte Romantik. Er haßte Ausländer. Er war provinziell und pragmatisch. Warum hatte er Luise geheiratet? Eine unmögliche Ehe. Dennoch nicht ohne sexuellen Reiz. Gerade seine materielle Gesinnung hatte die Frau in ihr geweckt. Sie brauchte damals ihre Kraft, um den Gesetzen Hollywoods zu trotzen. Sie lehnte Rollen ab, von denen sie spürte, daß sie ungeeignet für sie waren, Odets schlug sich auf die Seite der Gegenpartei. Sie wurde bestraft, geächtet, bekam keine Aufträge mehr.
Während wir uns unterhielten, kam er herein, um sich nach ihrem Befinden zu erkundigen. Er klatschte sie auf ihre gepflegte und elegante Rückseite, nahm ihre Krankheit auf die leichte Schulter und versprach, am nächsten Tag wiederzukommen. Seine Nase war so spitz wie ein Bleistift; er redete mit einem näselnden Brooklyn-Akzent. Was sie an ihm angezogen hatte, war mir unverständlich.
Nachdem er gegangen war, erzählte sie mir die Geschichte vom Geburtstagsgeschenk. Sie hatte ihm eine schöne silberne Tabaksdose zum Geburtstag gekauft und, um dem Geschenk ein wenig Poesie hinzuzufügen, die Dose mit Rosenblättern gefüllt. Er leerte die Dose sogleich in den Papierkorb und sagte: »Weg mit dem Krempel.«

Henry kommt allmählich zurück.

Ich habe mein Atelier neu hergerichtet, ihm einen neuen Anstrich gegeben, es aufgefrischt.

Siegfried hat mich besucht. Er kam mit einem so kleinen Sportwagen, daß die Gören aus der Nachbarschaft das Fahrzeug, während er bei mir war, auf den Bürgersteig hoben. Er mußte sich zusammenklappen, um hineinzukommen. Während des Besuches bewunderte er das Atelier. »Hier ist es schön. Die bunten Fenster und gestrichenen Bänke gefallen mir ausgezeinet. Sie sind eine wahre Künstlerin. Wie komme ich mir hier vor, dessen Ruhm sich lediglich auf seine Stimmbänder gründet!«

Ich habe Luise in Barries *A Kiss for Cinderella* gesehen.
Wie soll ich ihre Verklärung beim Spielen beschreiben? Ihre Stimme besitzt großen Umfang und viele Schattierungen. Ihr Ausdruck ist stark wie die Trance eines Mystikers. Ihre Augen schimmern geradezu unerträglich. Sie schmilzt, vergeht, gerät in Verzückung. Sie tut mehr, als die Rolle verlangt. Artaud würde sie geliebt haben. Sie könnte zur Flamme werden, vor unseren Augen verglühen. Ihre Verletzlichkeit wird gänzlich zur Schau gestellt. Es ist erschütternd, eine Seele so nackt zu sehen. Das Stück erscheint unangemessen, gering durch ihr Spiel. Sie wäre eine hinreißende Jeanne d'Arc.
Auf der Bühne gerät sie in einen exaltierten Zustand. Als sie zu mir kam, war ich überrascht, daß sie Zweifel äußerte, unsicher war, sich ihrer Leistung nicht bewußt. Sie kennt ihre eigene Macht nicht. Ihr Spiel und ihr Gefühl verschmelzen miteinander, und sie verzehrt sich dabei. Ein Wunder geschieht. Ich hatte den Eindruck, daß sie nicht eigentlich spielte, sondern träumerisch ihr eigenes Leben darstellte. Wenn sie nach der Vorstellung Beklemmung spürt, so sicherlich darüber, daß sie so viele ihrer Empfindungen preisgegeben hat.
Während der Rückfahrt ließ sie ihre Hand in meiner, und ich sagte ihr, was ich über ihr Spiel dachte.
Ich hatte ihr ein passendes Geschenk mitgebracht, meine goldenen Aschenputtel-Pantöffelchen, das letzte romantische Geschenk, das ich in Paris gekauft hatte, durchsichtiger Kunststoff, eine Neuheit, mit goldenen Absätzen.
Sie sprach von Exhibitionismus im Zusammenhang mit der Schauspielerei. Ich widersprach ihr. »Du möchtest das Spiel zur magischen Zeremonie machen. Das Publikum schien furchtbar stumpf, schwerfällig, träge zu sein. Für die Leute ist das Spiel kein Ritual, an dem sie teilnehmen müssen. Deshalb, weil sie nicht teilnehmen,

fühltest du dich entblößt. Du hattest gehofft, eins zu werden mit den Zuschauern.«
Von ihrer kleinen Nase streifte ich eine künstliche Schneeflocke, die während der ganzen Vorstellung dort geklebt hatte. Als sie für einen Augenblick den Wagen verließ, blieb ein winziges Täschchen, ein Kindertäschchen, auf dem Sitz liegen und eine Tüte Pflaumen, aus der sie gierig gegessen hatte, mit vollen Backen kauend wie ein Kind, das mit dem Essen fertig werden und an den Spielen der anderen teilnehmen möchte. Sie weiß nicht, daß ihr Haar zerzaust ist. Sie ist gern ungeschminkt, trägt kein Verlangen danach, der Welt außerhalb des Theaters die Maske der Schauspielerin, die falschen Augenbrauen, die nachgezogenen Lippen zu zeigen. Im Leben will sie nicht Schauspielerin sein.
»Schreib ein Stück für mich, Anaïs. Odets hat immer versprochen, daß er eins für mich schreiben werde, aber er hat es nicht getan.«
In der Tat: Luises Leben ist ein Drama, jedoch kein Dramenstoff. Zwischen der Frau und der Schauspielerin herrscht ein Widerstreit. Sie möchte ihr Ich in die Außenwelt projizieren, sich selbst auf der Bühne darstellen und sich nicht in andere Frauen verwandeln. In den Rollen sucht sie Erweiterungen ihrer selbst. Andererseits weist sie die Schauspielerin und ihre erhöhte Lebens- und Charaktervision zurück. Was die Schauspielerin in ihr Leben bringen könnte, lehnt sie ab. Sie sucht mehr nach persönlicher Integration, wenn sie spielt, als nach der Schauspielerin Luise Rainer. Als ob das Theaterspielen sie von ihrem verstörten und unsicheren Ich befreien und ihr helfen könnte, durch das Medium der Rollen zu ihrem Wesenskern zu finden.

In ihren Studien über die Liebe beziehen Proust und Dostojewskij entgegengesetzte Stellungen. Proust untersucht ihre Zersplitterungen, er analysiert ihre Auflösungen, die Krankheit des Zweifels und der Eifersucht. Dostojewskij erforscht die Erregungen des Instinkts, die Impulse der Liebe, die Gefahren der überschwänglichen Leidenschaften. Bei Proust: Dualität, bei Dostojewskij: ein Versuch, Dualitäten und Konflikte durch christliche Selbstverleugnung, Verlust des Ichs in den Verzückungen des Opfers zu lösen. Bei Proust: Zersetzung durch Analyse. Bei Dostojewskij: durch leidenschaftliche, instinktive, blinde Impulse, Masochismus, das Chaos der Natur. Bei Proust: die Tragödie der Klarsicht, bei Dostojewskij: die Tragödie des blinden Dranges, des Bildungshasses, der Mystik, der menschlichen Widersprüche.

Luise fuhr mich nach Cold Springs, um dort mit mir in einem freundlichen friedlichen Restaurant mit Ausblick auf das Wasser zu Mittag zu essen. Nachher setzten wir uns ans Ufer, zogen die Kleider aus und ließen uns in Höschen und Büstenhalter von der Sonne bescheinen. Wir vertrauten uns einander an, erzählten aus der Vergangenheit.
Ich hatte geglaubt, daß sie und Siegfried einander lieben könnten. Doch sie hat nur einen oberflächlichen Eindruck von ihm gewonnen, nur das Selbstvertrauen des Sängers, den Bühnen-Charme an ihm wahrgenommen. Ich versuchte, ihr zu erklären, was hinter diesem äußeren Schein verborgen liegt. Wenn die Leute ihn für oberflächlich halten, so führt er sich mit Vorbedacht auch oberflächlich auf. Sein Stolz ist verletzt, und deshalb will er sein wahres Ich nicht zeigen. Doch Luise glaubt, daß ich diesen Siegfried frei erfinde.
Luise sagte: »Ich ahne in dir die Frau, die sich hinzugeben, die sich zu verlieren vermag, doch darüber hinaus eine große Fähigkeit zu verstehen. Du kannst die Geschehnisse analysieren und dich dadurch retten. Ich habe diese Fähigkeit nicht. Ich gerate in Verwirrung. Ich bin gefangen und zerrüttet. Meine erste Liebe kam auf tragische Weise ums Leben. Sein Flugzeug zerschellte an einem Berg in Tanganjika.«
Wenn sie chauffiert, scheint sie das Steuer kaum zu berühren. Eine wunderbare Leichtigkeit. Sie macht mir ihre Unwägbarkeit so sehr bewußt, daß es mir immer schwerer fällt, sie anschaulich zu beschreiben. Ihre dunklen Augen schimmern so stark, daß es fast aussieht, als ständen sie voller Tränen. Ihre Haut ist leicht gebräunt. Ihr Haar ist lang und dunkel. Während sie von ihrem Leben mit Odets berichtete, verstand ich, daß ein Dritter niemals zu begreifen vermag, warum zwei Menschen einander lieben: weil der Geliebte sich dem Liebenden von einer Seite zeigt, die ein Dritter nie kennenlernt. Der Liebende bewirkt eine Veränderung im Geliebten, und dem Liebenden gibt der Geliebte die Fülle seines Ichs, die Fülle seiner Fähigkeiten. Wir Außenstehende sehen nie die Vergrößerung, die Nahaufnahme des im Scheinwerferlicht einer starken Liebe aufleuchtenden Menschen.
Ich vermag den Odets, den Luise liebte, nicht zu sehen. Unseren Freunden gewähren wir nur einen kleinen Teil unserer Persönlichkeit. Im Klima der Liebe wächst ein neues Wesen heran. Vielleicht hat Odets überhaupt nur im Licht ihrer Liebe existiert und muß mir unsichtbar bleiben, weil ich keine Zuneigung für ihn empfinde. Warum Odets Luise liebt, verstehe ich dagegen möglicherweise. Der Schauspieler gestattet uns tiefe Einblicke in das Verhalten liebender, aufrichtiger Menschen. Wir haben das Gefühl, daß die Liebesbe-

zeugungen einer Schauspielerin auf der Bühne auf die Art schließen lassen, wie sie im wirklichen Leben liebt. Die Schauspielerin teilt diese Augenblicke mit uns. Nachdem ich sie spielen gesehen hatte, konnte ich mir denken, wie ihre Stimme in Augenblicken der Liebe klingen würde. Ich konnte mir denken, wie unverhüllt zärtlich ihr Lächeln wäre. Das geheime Wesen eines anderen wird uns auf der Bühne enthüllt, wir werden zu Zeugen einer sonst nur in der Liebe stattfindenden menschlichen Preisgabe. Vielleicht verlieben wir uns deshalb (so leicht) in Schauspieler. Sie bieten uns die uns betörenden, die uns magisch anziehenden Gesten und Stimmodulationen an. Die auf der Bühne dargestellte Offenheit ist die wunderbare Offenheit, die sich in der Liebe vollzieht; durch sie entsteht zwischen Publikum und Darsteller ein Strom der Liebe wie zwischen Liebenden und Geliebten. Je größer die Ausdruckskraft eines Schauspielers, desto stärker die Zuneigung eines zahlreichen Publikums für ihn.

Im Leben jedoch können wir vom Liebenden nicht immer eine vollständige Schilderung oder vollkommene Offenbarung dessen erhalten, was er im Geliebten sieht. Es bleibt unseren Augen verborgen. Denn die Liebe kann nicht nur eine potentielle Fähigkeit, einen noch unentwickelten, einen unterdrückten, einen maskierten Charakterzug entdecken, sondern ihn auch zur Wirksamkeit bringen. Die gesamte Wirklichkeit erscheint mir täglich subjektiver, abhängig von den Augen des Liebenden, dem Auge der Kamera, dem Auge des Malers; wie ja selbst ein simples Zimmer uns, je nach unserer Stimmung, an einem Tag farbensprühend und am nächsten Tag grau erscheinen kann.

Luise behauptet hartnäckig, die Luise auf den Brettern sei nicht sie selbst. Die Bühnen-Luise sei ein von der Beleuchtung, aus künstlichen Mitteln geschaffnes, durch das Spiel übersteigertes Bild. Sie mag die Schauspielerin Luise Rainer nicht anerkennen, sie liebt sie nicht. Luises Leinwandbild und das Bild, das sie sich von sich selber macht, fügen sich nicht zusammen. Die Frau auf der Leinwand ist ihr fremd. Sie lehnte Blumen, Liebesbriefe, jegliche ihr gezollte verehrung ab. Als ob die Person auf der Leinwand, denen sie gelten, eine Betrügerin sei. Sie konnte nicht verstehen, wie ich die beiden Erscheinungsformen miteinander in Verbindung brachte, wie sie voneinander zehren, wie sie zusammen erst eine ganze Luise darstellen, deren eine Hälfte sich durch die Darstellung befreit und zuversichtlich ist, deren andere gefesselt und von Zweifeln beherrscht bleibt.

Als ich ihr einmal beim Auskleiden zusah, war es merkwürdig, zu beobachten, wie sie die mit Filmstar-Kleidern, Filmstar-Hüten auf

Ständern, Filmstar-Schuhen, Filmstar-Pelzen und -Taschen angefüllten Schränke öffnete und eine kleine anliegende Mütze mit fünf Zentimeter breitem Schleier, das einfachste beige Kleid und das einfachste, unauffälligste Paar Schuhe herausnahm.
In ihrem breiten, riesigen Filmstar-Bett kann sie nur gut schlafen, wenn sie, wie einst in der Kindheit, als sie sich vor bösen Träumen fürchtete, ihr Gesicht verhüllt. Die Angstträume hier schienen sich aus dem zu ergeben, was die Wohnung, die Kleider, die Leute, die Drehbücher und die Stücke von ihr forderten und erwarteten.

Valeska und Bravig Imbs.
Eine Wohnung in einem der alten Häuser am Washington Square. Zwei Räume mit hohen Decken, großen Fenstern, einem Kamin. Der weiße Anstrich läßt sie noch luftiger erscheinen. In einem Joyceschen Wortspiel könnte Bravig eine skandinavische Bezeichnung für »brav«, »tapfer« und Imbs (limbs-Glieder) ein zu seinem schlanken Körperbau passender Name sein. Bravig Imbs ist blond, von klassischer Schönheit. Man stellt ihn sich auf einem Skihügel vor. Er ist Modezeichner. Auf der Trennmauer zwischen den beiden Zimmern hat er ein Wandgemälde angebracht, Säulen, Vögel und Wolken, das die Wohnung gleichsam in die Lüfte erhebt und mich an Chirico erinnert, allerdings femininer wirkt. Valeska ist Russin. Sie hat große sinnliche blaue Augen von saugender Tiefe; seine Augen dagegen sind eisblau. Infolge der Kinderlähmung zieht sie ein Bein nach, aber sie hinkt mit *élan*, mit einem Aufwärtsschwung, einer tapferen Überwindung der Schwere, ganz und gar nicht wie ein niedergedrückter Krüppel, eher wie eine Tänzerin, die sich aus einem schweren Kostüm herauskämpft und mit Eleganz und Bravour hervortritt. Beide haben Stilgefühl. Alles bei ihnen ist ungezwungen, in der Wirkung jedoch stilvoll. Wir saßen auf Gartenmöbeln aus Eisen und Glas. Die Stühle haben einen weißen Anstrich.
Ich lernte dort Leo Lerman kennen, der wie Oscar Wilde plauderte, dessen glitzernde dunkle Augen aber Wärme verraten. Hinter dem unaufhörlichen amüsanten Spiel ahne ich den traurigen Menschen. Doch der Eingang zu dieser Seite seines Wesens bleibt verschlossen. Er pariert schlagfertig, er ist ein Mann von Welt, der in der Unterhaltung die *tour de force* eines Zauberkünstlers, eine gewandte gesellschaftliche Darbietung, die Drehungen einer Wetterfahne, eine Maskerade, eine Pirouette zustande bringt, und was im Gedächtnis bleibt, ist nichts als die Phantasie, die Anekdote, das Gelächter.
Valeska bereitet eine Modenschau mit Pariser Modellen vor. Ich wurde zu ihren Kindern geführt, die bereits im Bett lagen. In der Erinnerung erscheint mir der Abend wie ein Aquarell von Dufy.

[Oktober 1941]

Mein Bruder Thorwald liegt im Krankenhaus. Auf einer Flugreise in Südamerika hatten sich unter seinen Mitreisenden ein alter Krankenwärter und ein Geisteskranker befunden, der ins Irrenhaus gebracht werden sollte. Mitten auf dem Flug fing der Wahnsinnige an zu wüten und gegen die Passagiere tätlich zu werden. Thorwald schlug ihn nieder, brach sich dabei aber einen Finger. Der Finger wurde schlecht eingegipst und begann zu schwären. Er mußte amputiert werden.

Der Anblick des bandagierten Fingerstumpfs erschreckte mich. Ein mütterliches Gefühl in mir war verstört, weil ich früher auf die beiden, Thorwald und Joaquin, aufpassen mußte und sie deshalb nie als starke, reife Männer sehen kann, denen gefährliche Dinge widerfahren und die sich zur Wehr setzen können, sondern sie immer noch als schutzlose Kinder betrachte.

Wir sehen uns nur in kritischen Situationen, dann macht er sich wieder auf, kehrt zu seinem gefährlichen Leben zurück und handelt mit den Eingeborenen im Dschungel um Baumpreise für seine Sperrholzfabrik. Forstwissenschaft, Geologie, Medizin, Archäologie und Sprachen hat er sich selbst beibringen müssen. Er mußte bereits in so jungen Jahren arbeiten, daß er keine Hochschule besuchen konnte. Um sein Herrschbedürfnis befriedigen zu können, hätte er der Älteste von uns sein sollen. Oder der Jüngste, um verwöhnt zu werden. Als mittleres von drei Kindern fühlte er sich um beides betrogen. Im Gespräch mit anderen neckt er meistens, schmälert, bemängelt. Im Verkehr mit mir setzte er damals die Krittelei meines Vaters fort und vergrößerte meinen Verlust an Selbstvertrauen. Wenn ich lobgierig bin, so nur, um die ersten zwanzig Mangeljahre auszugleichen.

Als ich niedergeschlagen und erschöpft vom Krankenhaus zurückkehrte, rief Luise mich mit allerschwächstem Stimmchen an: »Kann ich für einen Moment zu dir heraufkommen? Ich brauche dich. Ich habe einen schlimmen Tag hinter mir.«

Wir gingen im feinen Sprühregen spazieren. Sie wollte über ihre drei Probleme reden: Ihre Kunst – ob sie ein Angebot aus Holly-

wood annehmen sollte? Odets – ob sie sich endgültig von ihm trennen solle? Ihre Gesundheit – sie weiß, daß sie ihren Körper malträtiert, zu den verschiedensten Zeiten, unregelmäßig, launenhaft, Absonderliches ißt. Ich hörte zu.
»Zu Hause habe ich eine Platte, die du hören mußt«, sagte sie.
Sie fuhr mich zu ihrer Wohnung. Eine gewundene Treppe führt vom Wohnzimmer ins Schlafzimmer. Auf halber Höhe ist ein breites Fenster aus Quarz, das einfallende Licht scheint sich in Diamantensplittern zu brechen. Luise legte eine Platte auf, drehte das Licht aus, und wir setzten uns auf die Stufen. Während wir der Musik lauschten, läutete das Telefon mehrmals. Luise hob den Hörer nicht ab. »Das ist Odets, und ich will ihn nicht sprechen«, flüsterte sie. Es war, als dächte sie, die Musik und ich könnten sie davon abhalten, von neuem nachzugeben. An einer Stelle der Komposition wurde eine zarte Melodie von einer lauten, anmaßenden, schwülstigen Posaune übertönt. »Odets!« sagte Luise. Wir lachten.
Wir saßen auf dem obersten Treppenabsatz, gleichsam, um Odets Machtbereich zu entkommen, und lauschten der die zarte Violine erdrückenden Posaune.
Das Telefon läutete viermal. Dann nicht mehr. Luise hatte das Gefühl, einen bedeutenden Sieg errungen zu haben. Jedes Nachgeben vertieft ihr Leid. Die Beziehung scheint hoffnungslos zu sein.
»Wenn du zu tun hast«, sagte Luise, »so besuche mich nicht. Ich möchte dir nicht zur Last fallen.«
»Aber Luise, wir sind wie Schwestern. Wir brauchen einander.«
»Du erinnerst mich stets daran, daß alle Ereignisse wunderbare Geschichten sind. Ich fange an, alles, was geschieht, als faszinierendes Drama zu betrachten, als eine Geschichte, die einem anderen Menschen passiert.«
Ich gab ihr Dinesens »Die Träumer« zu lesen. Das Licht aus dem Quarzfenster, die Treppenspirale, die zu uns aufsteigende Musik, all das erschien wie ein Wehrturm gegen den Schmerz der menschlichen Beziehungen. Selbst das eigensinnig, anspruchsvoll klingelnde Telefon; jedesmal, wenn es klingelte, kletterte Luise eine Stufe weiter hinauf.

Luise hat sich mit Dorothy Norman überworfen. Dorothy fragte mich: »Luise behauptet, ich sei hart. Glauben Sie das auch?«
»Es ist wahr, daß Sie nicht aus dem Gefühl leben, wie Luise und ich. Es ist wahr, daß Ihr Leben vom Verstand beherrscht wird. Sie würden niemals eine geschäftliche Verabredung fahren lassen, um Luise in einer schwierigen Lage zu trösten. Sie würden nicht mit

ihr spazierengehen, wenn Sie müde wären. Sie braucht solche Freundschaftsbeweise.«

Dorothy hat kein Einfühlungsvermögen. Luise und ich gestatten einer Freundschaft oder einer Liebe, uns völlig zu besitzen, unser Leben zu regieren, und den Notrufen der anderen muß sogleich Folge geleistet werden. Wenn ich zu Dorothy sagte: »Ich muß Sie sprechen. Ich brauche Sie«, würde sie ruhig antworten: »Lassen Sie mich in meinem Terminkalender nachsehen. Wie wäre es mit heute in einer Woche?«

Sie lebt im Schutze ihres Reichtums nach strengen Konventionen.

Robert verlor ich, weil ich ihn nicht ernähren konnte. Es war das zweite Mal, daß ich mich weigerte, eine Bürde auf mich zu nehmen. Und so verlor ich ihn. »Für uns«, schrieb Robert, »gibt es kein fremderes Land als die Gelassenheit.«

André Breton kam. Wir sprachen über Hypnose und nannten alle Schriftsteller, die wir für hellseherisch oder prophetisch halten. Ich habe noch immer manchmal den Eindruck, daß er mehr Erforscher des Unbewußten als Dichter ist, wenn er spricht, daß er häufiger analysiert als empfindet, aber er beweist mit jedem Wort Scharfsinn, Klarsicht und Erfindungsgabe. Gewiß ist er, wenn er schreibt, Dichter, ein machtvoller Dichter. Vielleicht mußte er, gedrängt, eine Theorie, eine Lehre des Surrealismus zu formulieren, eine Gruppe und ihre Werke zu definieren, dogmatisch werden. Ich habe das Gefühl, daß der Surrealismus mehr umfaßt und von tieferer Bedeutung ist.

Nichts könnte surrealistischer sein als André Breton selbst in all seiner Würde und wahrhaft königlichen Haltung, mit seinem langen, aus dem löwenhaften Antlitz zurückgekämmten Haar, den großen Augen und kühnen Zügen sowie der Art, wie er sich auf einem Bus in der Fifth Avenue über meine Hand beugt und sie küßt.

Nachts träumte ich, er und seine Frau wären an Bord meines Hausboots gegangen, und ein riesiger transatlantischer Ozeandampfer wäre vorbeigerauscht, hätte das Boot zum wilden Rollen und Stampfen gebracht und seine Vertäuungen abgerissen. Daraufhin hätte sich mein Hausboot wie wahnsinnig im Kreise gedreht und wäre schwindelerregend zwischen Eisbergen umhergewirbelt. Madame Breton war sehr böse auf mich. Ich ahnte, daß wir bald in kleine Stücke zerschmettert würden. Wir kollidierten mit einem Eisberg. Auf dem Eisberg standen zwei Maurer, die seelenruhig Zement mischten. Ich bat sie um Hilfe. Sie rieten uns, den Boden des Hausboots mit Zement bewerfen zu lassen, um dem Boot größere Stabilität zu verleihen. Ich schaute ihnen traurig zu bei ihrer Tätigkeit. Mir schien, daß das Boot durch den Zement zu schwer würde und nie mehr schwimmen könnte.

Intensiv an der Erzählung über Jean Carteret gearbeitet. Werde sie »Der Alles-Seher« nennen.

Luise glaubt, die auf der Bühne agierende Schauspielerin Luise sei anziehender als Luise, die außerhalb des Theaters existierende Frau. Sie ist eifersüchtig auf dieses überhöhte Ich. Außerhalb des Theaters bildet sie sich ein, zu klein zu sein. Sie glaubt, einzig Luise, die Schauspielerin, sei verführerisch und bezaubernd, und diese Luise sei eine Täuschung. Menschen, welche die Schauspielerin liebten, liebten also nur ein Trugbild, und ein Mann, der sie gut, der sie intim kenne, müsse enttäuscht sein. Wenn jemand ihr sagt, sie solle sich die Nase pudern, quält er sie mit dieser Bemerkung, so, als habe er einen Makel an ihr entdeckt. Sie meint, die Schauspielerin stelle unberechtigte Ansprüche. Die ekstatische Gestalt auf der Bühne ist die Frau, zu der sie in Augenblicken des Selbstvertrauens, des Glaubens an ihre Kunst wird, doch der Glaube verläßt sie, sobald sie in ihr eigenes Leben zurücksinkt. »Auf der Bühne wirke ich reizvoller, aber wenn ich dann jemanden bezaubere, habe ich das Gefühl, einen Betrug zu begehen.«
»Doch nur, weil du darauf bestehst, solche Unterschiede zwischen ihnen zu machen. Du überhöhst die Bühnenpersönlichkeit, im Alltag schminkst du dich nicht, lackierst deine Nägel nicht, wählst neutrale Farben, machst dich weniger anziehend. So, als wolltest du den Unterschied hervorheben. Du trennst die beiden Frauen, anstatt sie zu vereinen. Ich sage dir, daß sie ein und dieselbe sind und daß du den Unterschied erst schaffst. Vergiß nicht, ein Teil deiner künstlerischen Betätigung stammt aus dem Unbewußten, und derselbe Impuls, der dir auf der Bühne Selbstvertrauen oder Selbstbehauptung verleiht, könnte auch im Leben aktiv werden. Du selbst schaffst den Unterschied oder den Gegensatz zwischen den beiden.«
»Weil ich nicht will, daß sich jemand in die andere verliebt. Ich will, daß sie mich um meinetwillen und nicht das überhöhte Bild lieben.«
Doch wenn ich sie bei der Lektüre von Drehbüchern oder Stücken antreffe, sehe ich, daß sie nach einer Rolle sucht, mit der sie sich identifizieren kann, in der sie eine gewisse Affinität entdeckt, einer Rolle, die eine Verlängerung ihrer selbst sein könnte. Das Spielen ist gleichzeitig eine Dramatisierung eines gespaltenen Ichs und das

Mittel, durch das sie eine magische Vereinigung zu erreichen sucht: zwei Frauen, durch die Bühnenrolle zu einer verschmolzen.
Als ich wieder zu Hause war, schrieb ich einige Passagen aus dem Tagebuch für sie ab und schickte sie ihr mit den Zeilen:
»Liebe Luise, ich will Dein Spiegel sein. All Deine Reize habe ich im Tagebuch porträtiert. Der Spiegel sei Dein. Jedesmal, wenn Du Dich unsicher fühlst, jedesmal, wenn Du an Dir zweifelst, jedesmal, wenn du glaubst, nicht die Macht zu besitzen, ein tiefes Gefühl zu entzünden, jedesmal, wenn Du Deiner Schönheit und Deines Charmes nicht gewiß bist, ist der Spiegel fortan für Dich zur Hand.«

Siegfried telefonierte aus einer geheimnisreichen Lebenswirrnis von Proben, Reisen, Geselligkeiten. Das gefeierte Sänger-Idol. (Mein Vater, der den Beifall und die Blumen entgegennahm, welche die Frauen der Gestalt auf der Bühne spendeten; die Illusion, die wir brauchen, um lieben zu können, ist durch die Bühne bereits vorbereitet.) In der Liebe, die wir denen entgegenbringen, die nicht auf der Bühne stehen, muß die Täuschung durch die Liebe selbst geschaffen werden. Die Leute, die sich in Solisten verlieben, sind dieselben, die sich auch in Zauberer verlieben, es sind jene, deren Liebe allein die Illusion der Magie nicht zu schaffen vermag. Vielleicht verdächtigt Luise mit Recht die der Schauspielerin gezollte Liebe. Die *mise en scène,* der Regisseur, die Musik, die Rolle kleiden die Person in die Kostüme des Mythos, dessen die Liebenden bedürfen. Ist Siegfried einer von ihnen?
Er zeigt große Behendigkeit, den Höhlen tiefer Liebesqualen zu entwischen. Er ist frei von den Zwangsvorstellungen der Eifersucht. Er fliegt in sicherer Entfernung vom Planet Venus. Luise dagegen steigt in die tiefen Höllen der Liebe. Sie sagte: »Die Eifersucht verführte mich zu solchem Wahnwitz, daß ich einmal beim Anblick eines schönen zehnjährigen kleinen Mädchens litt, weil ich mir dachte, in zehn Jahren wird sie erwachsen sein. Vielleicht begegnet Odets ihr dann und verliebt sich in sie.«
Als Luise mich an einem der letzten Abende in einem alten Schiaparelli-Kostüm sah, das ich geschenkt bekommen und für mich geändert hatte, war sie sehr aufgebracht. Sie begriff, auf was ich zugunsten meiner Kinder verzichte. Ich muß nun Einladungen ablehnen, weil ich nichts Passendes anzuziehen habe.
Bisweilen empöre ich mich dagegen, erreiche aber nicht das Geringste. Henry ist ungern nach New York zurückgekehrt, wo er die Ablehnung seines Buchs hinnehmen, seiner Mutter wieder entgegentreten, die Assoziation der Stadt mit seiner Kindheit, mit der Zeit des Heranwachsens, mit seiner ersten Ehe wieder ertragen mußte.

Bei seinem Besuch stellte er einige widersprüchliche Behauptungen auf. Daß er von Nichts leben könne, daß er sich wohl genug fühle, um sogar eine Stellung anzunehmen, daß seine Integrität ihn daran hindere, in Hollywood Szenarios zu schreiben. Zu dieser letzten Feststellung bemerkte ich: »Und was wird aus meiner Integrität, wenn ich für Geld Erotica schreibe?«

Henry lachte, gab Paradox und Widersprüche zu, lachte und wechselte das Thema. Doch das Leben in Kalifornien, das ihm Befreiung von der Vergangenheit bietet und dem, was ihm in Griechenland gefiel, ein wenig mehr gleicht, übt Anziehungskraft auf ihn aus.

Die Ironie des Schicksals will, daß in Frankreich eine Tradition der anspruchsvollen erotischen Literatur besteht, die sich durch vorzüglichen, eleganten Stil auszeichnet und die durch die besten Schriftsteller gepflegt wird. Als ich für den Sammler zu schreiben begann, glaubte ich, hierzulande gäbe es ähnliche Tradition, fand jedoch überhaupt keine. Alles, was ich entdeckte, ist schlecht geschrieben, wirkt unecht und stammt von zweitklassigen Autoren. Kein guter Schriftsteller scheint sich je an Erotica versucht zu haben.

Caresse kam zu Besuch. Die fünf Treppen bis zu meiner Wohnung sind ihrem Herzen nicht sehr bekömmlich, sie keuchte, als sie eintrat, und sagte: »Deine Freunde müssen dich wahrhaftig sehr lieben, da sie diese fünf Treppen hinaufkeuchen!«

Sie hatte eine wunderbare Geschichte mitzuteilen.

Vor hundert Jahren herrschte in der Stadt Virginia der Goldrausch. Die Leute machten riesige Vermögen. Die Goldminen schienen unerschöpflich zu sein. Luxuriöse Häuser und Nachtklubs entstanden. Man ließ Kristallüster aus Frankreich, roten Brokat, Teppiche, Gemälde kommen. Die Bars wurden aus Edelholz und Marmor hergestellt. Die Stadt hatte ihre Hochblüte: riesige Häuser, Theater, Hotels, Kabaretts. Doch eines Tages waren die Goldminen erschöpft, und alle Einwohner verließen die Stadt.

Nun wurde kürzlich eine Chemikalie, eine Säure entdeckt, mit der man die Überreste behandeln kann, um den Ausschuß sodann zu verwerten. Caresse kaufte für hundert Dollar ein Haus. Im Keller des Hauses brauchte man nur, und nicht allzu tief, nach Überresten zu graben und sie sodann zu behandeln und weiter zu verarbeiten. Für fünfhundert Dollar kaufte sie eine Goldmine, die mindestens einige Jahre lang täglich zehn Dollar abwerfen wird. An den Samstagabenden kann man, genau wie in den alten Zeiten, den ganzen Gewinn verspielen oder am Roulettetisch ober beim Kartenspiel vermehren. Das Leben, die Atmosphäre, die Landschaft, die Spuren vergangener Pracht und Üppigkeit faszinierten Caresse. Sie glaubte, es müsse gut sein, dort zu leben, und lud Kay Boyle und mich ein, zu ihr zu ziehen. Wir könnten den ganzen Tag schreiben und in kurzen Schichten in der Mine genug für unseren Lebensunterhalt verdienen. Die Kristallbar war herrlich mit ihren roten Brokatbehängen, Tischplatten aus weißem Marmor, ihrem riesenhaften Kristallüster, ihren Hunderten von Spiegeln und roten Plüschsofachen. Ein paar Tage lang erwogen wir den Plan und waren versucht, ihn zu befolgen, doch schließlich führte nur Caresse ihn aus. (Kurz nachdem sie dorthin gezogen war, beschloß die Regierung aber leider, sich die Minen anzueignen, die ein weiteres für die Kriegsindustrie wichtiges Mineral enthielten.)

Luise hatte einen Anfall von Zweifelsucht, und da ich im Tagebuch nur erwähne, was ich an ihr schätze, liebe und bewundere (da ich gerne liebe, ungern hasse, ein ganz natürlicher Hang bei mir), behauptete sie, ich erkennte nicht das Schlechte in ihr. Ich gab zu, daß ich im Verkehr mit meinen Freunden einäugig sei, nie ihre Schattenseite zu sehen vermöchte; ich tat zum Spaß eine schwarze Klappe über ein Auge und sagte: »Ich kann nicht das geringste Schlechte an dir entdecken. Angst ist kein Charakterfehler.« Aber sie war nicht zum Scherzen aufgelegt. Sie betonte immer wieder, daß sie mich vor sich warnen müsse, daß jeder, der mit ihr in Kontakt komme, Schaden nähme, daß alle ihre Beziehungen schlecht endeten.

»Luise, es ist ja nicht so, daß ich den Dämon in dir nicht erkenne. Wir alle haben einen Dämon in uns. Vielmehr glaube ich, daß er besiegt, gezähmt, sublimiert, der Kunst dienstbar gemacht werden kann. Entsinnst du dich, daß du mir erzählt hast, auf welche Weise du deine Schlangenfurcht besiegtest? Du sagtest, es sei dir dadurch gelungen, daß du dich wissenschaftlich mit der Schlange befaßtest, ihre Anatomie studiertest, in der Schule eine Schlange seziertest. Nun, auch unser Dämon kann durch eine genaue Untersuchung überwunden werden, und manchmal erweist es sich als beste Untersuchungsmethode, eine Beziehung zu pflegen, in der er nicht beachtet wird, in der er, wie in unserer, keinen Platz hat. Auf diese Weise kannst du den Grund seiner Existenz aufspüren. Wir beiden haben ihn ausgeschlossen, um festzustellen, wie eine Beziehung ohne zerstörerisches Element möglich ist. Ich bin über deinen Dämon besorgt, weil er dich stärker verletzt als andere. Nicht aus Blindheit schließe ich ihn von unserer Freundschaft aus, sondern weil ich die Ursache seiner Einmischung entdecken möchte. Ich wollte dich davon überzeugen, daß er ausgeschlossen werden kann, um dir zu beweisen, daß du die Macht besitzest, ihn in Schach zu halten.«

Wir wurden zur Feier eines von Luises Filmen eingeladen, der einen Preis erhalten hatte. Die Feier fand in einem Selbstbedienungs-Restaurant statt! Frauen in Abendtoiletten, Seide, Chiffon, Überwürfen und eleganten Frisuren saßen an den häßlichen Tischen und hatten papierne Tassen und mit Fünf- und Zehncentstücken aus Gefächern gezogene Essenportionen vor sich stehen, die wie Pappmaché aussahen. Dünner Kaffee, Schokoladenersatz, trockener Kuchen, Tabletts ohne Deckchen, Papierservietten, Selbstbedienung. Champagner in Papiertassen! Eine grelle Spitalbeleuchtung, grell gegen die Fliesenböden knallende Musik, Plastikmöbel, Plastiktische, Chrom.
Alle anderen hielten das für amüsant, ein Zugeständnis an das moderne Leben, lächelten über die Diskrepanz, Siegfried und ich dagegen schnitten Grimassen wie über eine laute Dissonanz, eine Symphonie zerbrechender Teller. Groß und unbeschwert stand er da, ließ das Ganze humorvoll über sich ergehen, wirkte jedoch fehl am Platz. Er machte mich auf die aufgeblasenen Prahlereien von Schauspielern, Agenten, Produzenten aufmerksam und sagte: »Falls ich jemals wie ein dramatischer Tenor rede, so erschießen Sie mich augenblicklich.«
Seine Zigarettendose enthält eine Spieluhr, aber in dem Tollhaus mußte man sie ans Ohr halten, um die Musik hören zu können. Ich konnte nicht schnell genug fortkommen. Die Sache wurde noch übler dadurch, daß sie auch zugunsten des Internationalen Roten Kreuzes stattfand und daß schöne ausländische Trachten, Saris, chinesische Gewänder, Hindutrachten und afrikanische Kostüme gezeigt wurden.

Luise lud mich zu einer Vorstellung von *Porgy and Bess* ein. Nach der Vorstellung besuchte sie die farbigen Schauspieler in deren Garderoben und sagte ihnen: »Wir haben viel von euch zu lernen. Ihr seid die Besten.«

Leningrad von deutschen und finnischen Truppen eingeschlossen. Gonzalo beobachtet die Leiden, die sich in weiter Ferne ereignen. Seine Vision ist teleskopisch. Meine ist mikroskopisch. Ich achte auf das Leid in meiner nächsten Umgebung. Millicent. Helba. Das Leid meiner Freunde. Oder der mir nur flüchtig Bekannten. Des Schneiders, des Laufburschen. Den Kummer einer alten Dame im Bus. Das Leid in meiner Nähe kann ich lindern, das ferne Leid nicht. Männer schauen immer durchs Fernrohr. Gonzalo übersieht das Leid jener, die ihm nahe sind.
Dennoch hält er mich für einen Menschen, der vor der Realität

flieht. Weil ich nicht den ganzen Tag am Radio sitze und jedes Wort in der Zeitung lese. Nach längerer Stichelei antwortete ich ihm schließlich: »Ich habe eine Art von Mut, die du nicht begreifst. Ich bin keineswegs blind, keineswegs gleichgültig, aber ich will mich nicht der ohnmächtigen, passiven Verzweiflung hingeben. Ich will der allgemeinen Verzweiflung keinen Tribut zollen. Ich arbeite mit Gegengiften. Wenn ich etwas von Politik verstünde, würde ich handeln. Doch da ich in dieser Hinsicht hilflos bin, schaffe ich einen Raum, in dem die Menschen zu Atem kommen, ihr Selbstvertrauen und ihre Lebenskraft wiedergewinnen können. Ich sorge mich lieber um Millicents Wohl, das Wohl ihrer Kinder und Freunde, um das Wohl anderer Neger. Das Vorurteil der Weißen sucht sie niederzuhalten. Ich liebe ihre Menschlichkeit und Aufrichtigkeit. Ich ahne in ihnen eine Macht und ahne, daß sich hinter dem Vorurteil Neid und Angst verbergen.“

Luise erzählt mir von Odets: »Er hat mich immer im Stich gelassen; immer ging er fort von mir. Nachts nach der Vereinigung, wenn ich wünschte, daß wir zusammen einschliefen, ging er fort. Wenn ich in Hollywood war, kam er aus New York zu Besuch und brachte nur einen kleinen Koffer mit. Der kleine Koffer war das erste, was ich sah, und dann dachte ich: er hat sich schon vorgenommen, nicht lange zu bleiben. Und so fühlte ich mich im Augenblick seiner Ankunft bereits wieder verlassen.«

George Barker kam zu Besuch. Weitaufgerissene, keltisch blaue Augen, Brillanz und Genauigkeit des Verstands, lebhafte Redeweise, ein spannungsgeladener, fruchtbarer Geist. Er stellt *House of Incest* neben Djuna Barnes' *Nightwood* und teilt uns beiden dichterischen Rang zu. Doch ist er ein Gegner der poetischen Prosa als solcher. Wir sollten Poesie auch in Gedichtform schreiben. Er meint, poetische Steigerung, Ekstase lasse Prosa künstlich wirken. Wie absurd! »Die Prosa«, sagte ich, »geht an ihrer Flachheit zugrunde, und die Dichtung an den starren künstlichen Formen und Schablonen. Sie bedürfen gegenseitiger Befruchtung. Außerdem ist jedes Gedicht Miniatur, es schenkt nur Stimmungsbilder und Teilansichten, nie den vollständigen Menschen, die ganze Rolle, den Zeitlauf. Es ist keine Offenbarung. Bei Proust findet sich mehr Poesie als bei den Dichtern seiner Zeit, und bei Djuna Barnes mehr als bei Dylan Thomas. Die typographische Anordnung verleitet Sie dazu, zu glauben, Sie läsen ein Gedicht, doch oft ist poetische Prosa dichterischer als eigentliche Poesie.«
Er verwechselt auch den Mystiker mit dem Poeten. Der Mystiker

erstrebt die Einswerdung mit Gott, der Dichter die Vereinigung mit allem, was er liebt. Der Mystiker muß der Körperwelt entsagen. Der Dichter ist der Liebende, der das, was er liebt, besingt.
Wir sprachen über Schuld. Er möchte zum Katholizismus zurückkehren. »Der Katholizismus hat uns mehr Schuldsprüche als Entsühnungen, mehr Kreuzigungen als Auferstehungen beschert«, sagte ich.
»Die Schuld daran lag nicht bei der Religion.«
»Im Katholizismus wiederholen wir die Kreuzigung immer wieder von neuem, vermehren so die Schuldenlast und bestärken den Kult des Opfers. Wir können uns nie von der Last der Schuld befreien.«
»Wenn wir das Opfer wiederholen, so deshalb, weil wir es nicht ganz, nicht vollkommen vollzogen haben. Es war ein ungenügendes Opfer.«
»Es hat zum Masochismus geführt.«
George Barker erklärt meine Erleuchtung nach der Totgeburt in Paris für suspekt. Sie sei zu ekstatisch gewesen, keine wirkliche mystische Kommunion, weit eher den Liebesekstasen der heiligen Therese von Avila zu vergleichen. Verdächtig! Sinnlich! Sie habe Spuren von sexuellem Genuß gezeigt!
»Zu dieser Schlußfolgerung gelangen Sie nur deshalb, weil die Mystik in Ihrer Vorstellung eine Abstraktion ist. Die heilige Therese erlebte Gott mit ihrem Körper und mit ihren Sinnen, sie erlebte ihre religiöse Glut so wie die Liebenden die Liebe. Und Sie, als guter Katholik, schreien daraufhin natürlich, aber das ist Wollust, keine Mystik.«
George Barker wohnt jetzt in The Bowery, dem fauligsten, aussätzigsten Teil von New York, in einer Straße der Pennen à la Gorki, der sauer riechenden Bars, der von schlafenden zerrütteten Trunkenbolden versperrten Hauseingänge. Seine Frau leidet an Schwindsucht. Er wirkt zeitweilig wie ein edles gefangenes Tier, das die Wand seines Käfigs zu erklimmen versucht.
Ich erzählte ihm die Geschichte von unserer gemeinsamen Erotica-Produktion. Welche Beiträge Caresse, Robert, Virginia und andere leisteten. Seinem Sinn für Humor gefiel die Vorstellung, daß ich die »Madam« dieses literarischen, snobistischen Schriftsteller-Bordells bin, in dem alles Vulgäre tabu ist.
Unter Lachen erklärte ich ihm: »Ich stelle das Maschinen- und das Kohlepapier, ich befördere die anonymen Manuskripte und sorge dafür, daß die Anonymität aller Mitarbeiter gewahrt bleibt.«
George Barker meinte, dies sei wesentlich amüsanter und anregen-

der, als sich bei seinen Freunden das Geld für Mahlzeiten leihen, erbetteln oder erschmeicheln zu müssen.
»Werden Sie mir auch einen Vorschuß auf meine Memoiren eines Erotomanen geben, damit ich mich während des Schreibens nähren und wärmen kann?«

Luise war vor Kummer krank. Sie hatte Odets mit ihrem Besuch überraschen wollen, fand seine Wohnung leer, entdeckte aber Spuren einer vorangegangenen Orgie. Champagnergläser, Flaschen, ein zerwühltes Bett, Kämme, ein Nachthemd.
Sie vermag sich nicht von ihrem Mann zu lösen.
Nur eine kleine Lampe brannte an ihrem Bett. Wir saßen im Schatten. Fast flüsternd fragte sie mich: »Anaïs, glaubst du, daß ich eine Ma–so–chistin bin?«
»Wenn du dich an eine nicht mehr lebendige Liebe klammerst, ja.«
»Was soll ich machen?«
»Komm mit mir. Sprich mit einer Frau, die Verständnis für Frauen besitzt und über die Schwierigkeiten der Frau, eine Trennung zu vollziehen, sich aus Bindungen zu lösen, Bücher geschrieben hat. Sie ist Ärztin, heißt Esther Harding. Freundschaft ist nur ein Linderungsmittel. Ich kann dich nur trösten. Was Odets dir aber bedeutet, weiß ich nicht. Komm, zieh dich an.«
Ich telefonierte mit Frau Dr. Harding. Sie erklärte sich bereit, Luise zu empfangen. Ich brachte Luise bis zur Tür der Praxis. Ehe sie den Klingelknopf drückte, wandte sie sich zu mir um, alle Beklemmung wich plötzlich aus ihrer Miene. Sie schnitt ein mutwilliges, kindliches, spöttisches Gesicht, und ich wußte augenblicklich, daß Frau Dr. Harding ihr nicht helfen könnte. Sie hatte sich gegen die Analyse gewappnet, damit ich ihr weiterhin mit Liebe und zärtlichen, nutzlosen verbalen Arzneitränkchen helfen müsse.
Als ich sie am nächsten Tag aufsuchte, triumphierte sie. Sie hatte gesiegt.
»Was ist geschehen?«
»Sie sagte gleich etwas, was sie nicht hätte sagen sollen. Als ich mich vorstellte, sagte sie: Ja, ich weiß, wer Sie sind. Ich sah Sie in *Frou-Frou;* Sie waren so feminin, daß ich Sie am liebsten geschlagen hätte.«
Ich weigere mich zu glauben, daß Frau Dr. Harding etwas Derartiges geäußert hat, aber wenn Luise sie so verstand, so hörte sie, was sie hören wollte.

Luise erzählte mir vom Morgen nach ihrem Hochzeitstag. Sie lief freudig erregt an den Strand. Er war noch müde und hatte ver-

sprochen, später nachzukommen. Als er endlich erschien, sprang sie ihm entgegen. Sie wollte ihm in die Arme laufen. Er aber wich zur Seite und ließ sie zu Boden fallen. Ihr Ungestüm ängstigte ihn.
»Wenn ich jetzt daran zurückdenke, wird mir klar, daß dieses Geschehnis für unsere ganze Ehe symbolisch war. Er war nie da, wenn ich ihn brauchte und wenn ich mich nach seiner Nähe sehnte.«

Der Bericht über Artaud erschien in der von Robert Duncan herausgegebenen *Experimental Review.*

Henry sagte: »Ich habe jetzt kein Bedürfnis mehr danach, in die Vergangenheit und zur Geschichte Junes zurückzukehren. Das alles ist tot. Ich könnte ein Buch schreiben, das völlig frei wäre vom Ich, vom Persönlichen, vom Autobiographischen.«

Luise ist enttäuscht, weil ich kein Stück für sie schreiben kann. Sie hatte es von Odets erwartet, der es ihr zugesagt, sein Versprechen aber nie gehalten hatte. Doch er ist Bühnenschriftsteller, ich dagegen bin Romanschriftstellerin. Ich versuchte, Luise verständlich zu machen, daß ich kein Stück schreiben kann.
Es kränkte sie, daß ich sie zur Ärztin schickte. »Warum hast du mir nicht geraten, ich solle mich durch meine Arbeit retten, wie du es ja auch tust?«
»Aber vorher habe ich mich der Psychoanalyse unterzogen, und *seitdem* weiß ich, wie ich mich befreien kann.«
»Ich kann mich durch meine Arbeit retten.«
Daß ihre Neurose auch auf ihre Arbeit störend einwirkt, durfte ich ihr nicht sagen. Sie liest die Stücke nicht als solche, sondern sucht nach Rollen in ihnen, die sie von ihren eigenen Dramen befreien könnten.
»Luise, wenn du arbeiten kannst, wähle ein Stück und rette dich auf diese Weise. Es gibt nur zwei Wege, die aus der Neurose führen, die künstlerische Produktivität und die Objektivität, das heißt die Psychoanalyse. Gegenwärtig beeinträchtigt dein Privatleben deine schauspielerische Tätigkeit. Deshalb wählte ich den zweiten Weg für dich. Deine Energie soll nicht in der Trauer um Odets verschwendet werden.«
»Ich will vom Ego, vom Persönlichen loskommen. Die Analyse fördert aber die Beschäftigung mit dem eigenen Ich.«
»Wenn das Ich gestört ist, verlangt es unsere Aufmerksamkeit, wie eine fiebrige Erkrankung unsere Beobachtung erfordern würde. Solange das Ich sich in einer Notlage befindet, wirst du nicht selbstvergessen sein können. Die Analyse ist keine Verzärtelung, sondern

eine schonungslose Disziplin, eine strenge Konfrontation. Selbstvergessenheit heucheln aber heißt, Vogel-Strauß-Politik betreiben.«

»Ich habe meine eigene Methode. Ich habe mir Aufgaben gestellt, ich nehme Gesangsstunden, mache Bewegungsübungen, studiere Sprachen.«

»Das ist lediglich eine Flucht von dem Ich, keine Konfrontation, die du aber brauchst, um dich nicht in einen zweiten Odets zu verlieben, die Erfahrung ein zweites Mal durchzumachen.«

»Es war ein Fehler von dir, Anaïs, mich zu der Ärztin zu bringen, als ich über Odets Untreue erschüttert war.«

»Nicht deine Erschütterung veranlaßte mich dazu. Sondern ein Gespräch, in dem du in einem Teufelskreis gefangen schienst. Du vermochtest dich weder von Odets zu trennen und einen anderen zu lieben noch zu arbeiten. Du warst gelähmt.«

»Ich bin stark, stärker als die anderen, denen du geholfen hast.«

»Verwechsle nicht Stolz mit Stärke. Im Augenblick würdest du die größte Stärke beweisen, wenn du nachgäbest, zuließest, daß man dich führt. Du sagtest mir, daß keines der Stücke, die du lasest, dir irgend etwas bedeutet habe. Du batest mich, ein Stück zu schreiben, in dem du dich selbst darstellen, du selbst sein könntest. Das heißt, daß du glaubst, durch ein Stück, durch mich als Schriftstellerin den Sinn deines individuellen Dramas, seine Lösung zu finden. Daß du auf diesem Weg nach Klärung suchtest.«

Tags darauf hatte Luise herausgefunden, auf welche Weise sie mich verletzen konnte. »Ich lese gerade, was du über June geschrieben hast. Ich empfinde wie sie, *und ich habe ihre Partei gegen dich genommen.«*

War das ihre Rache dafür, daß ich versucht hatte, statt der unmittelbar von mir erwarteten Fürsorge und Hilfe die Ärztin unterzuschieben?

Wir sahen einander mehrere Tage nicht. Ich hatte angefangen, mich von einer Freundschaft zurückzuziehen, die verderblich für mich war, denn wir teilten nurmehr ihre Ängste, keine Freuden mehr miteinander. Sie rief mich an. Ein neues, anderes Duell begann. Sie bat mich, das Stück eines anderen zu redigieren. Es war mir inhaltlich und stilistisch so fremd, daß ich es nicht bearbeiten konnte.

»Man würde die Klitterung bemerken«, sagte ich leichthin.

»Dann schreibe ein Stück für mich.«

»Ich dachte, das hätte ich bereits getan, als ich über June und Henry schrieb.«

»Aber June muß gewinnen.«

»In der Liebe gewinnt niemand, Luise.«
Während sie vorher nur Sanftheit gezeigt hatte, schien sie jetzt bedacht darauf, die Macht ihres Willens zu beweisen. Sie hatte mich warnend darauf hingewiesen, daß ich die andere Seite ihres Wesens nicht erkennte. Jetzt erkannte ich das Schema ihrer Beziehungen. Zunächst völlige Hingabe, Einfühlung, Symbiose, dann die Forderung an den anderen, sich ihr völlig auszuliefern, die Forderung nach einem unmöglichen Absoluten. Wenn es nicht erfolgte, mußte die Beziehung wieder zerstört werden. Ich konnte ihr nicht all das an Zeit und Fürsorge widmen, was sie brauchte.

Robert ist wieder hier. Als er mich um zwei Dollar bat, um mit Alvin ins Kino gehen zu können, mußte ich nein sagen. Das *Nein*-sagen macht mich elend. Ich kann es nicht ertragen, jemandem einen Wunsch abzuschlagen. »Ich werde dich lehren, wie man *nein* sagt«, hatte Robert einst vorgeschlagen. Aber daß ich diese Fähigkeit gegen ihn verwenden würde, hatte er wohl nicht gedacht.

Heute nachmittag Besuch bei Varèse. Abermals vom Menschen und vom Künstler stark beeindruckt. Um den einzigartigen Wert eines Menschen und Künstlers zu erkennen, warten die meisten, bis er in die Perspektive des räumlichen und zeitlichen Abstands gerückt ist. Wer Varèse persönlich kennt, besitzt jedoch eben dadurch einen direkteren Schlüssel zu seiner wirklichen Statur und seinem Platz in der Musikgeschichte. Seine Persönlichkeit und seine Musik sind einander ebenbürtig, daß beide bedeutend sind, wird sofort spürbar. Er ist ein Mann, der in einem gewaltigen Universum lebt, und dank der Höhe seiner Antennen kann er Vergangenheit, Gegenwart und Zukunft erfassen.
Dies spüre ich jedesmal, wenn ich an seiner Türe schelle und er mir öffnet. Er empfängt mich mit der Herzlichkeit, die er allen Freunden entgegenbringt. Gleichzeitig höre ich, ihn umgebend und aus dem Haus strömend, einen Ozean von Tönen, der nicht für eine Person, einen Raum, ein Haus, eine Straße, eine Stadt oder ein Land, sondern für das All bestimmt ist. Varèses große, lebhafte blaugrüne Auugen blitzen nicht nur vor Wiedersehensfreude, sondern auch zum Zeichen der Einladung in ein Universum neuer Schwingungen, neuer Töne, neuer Klangeffekte, neuer Tonreihen, in dem er selbst völlig aufgeht. Er führt mich in seine Werkstatt. Das Klavier nimmt den meisten Platz ein, außerdem sind dort Gongs, Glocken, aus anderen Ländern stammende Instrumente.
Auf dem Ständer steht immer eine Partitur, an der er arbeitet. Seine Manuskripte gleichen Collagen: es sind lauter Fragmente, die

er korrigiert und nochmals überarbeitet, umgruppiert, auseinanderschneidet, zusammenleimt, nochmals überklebt, mit Nadeln und Klammern zusammenheftet, bis sie schließlich ein riesiges Gebäude darstellen. Ich schaue immer diese Fragmente an, die auch mit Reißzwecken an einem Brett über seinem Arbeitstisch und an den Wänden befestigt sind, weil in ihnen die Essenz seines Werks und seines Charakters zum Ausdruck kommt. Sie befinden sich alle im Zustand des Fließens, der Bewegung, der Flexibilität, sie sind stets bereit, sich in eine neue Metamorphose zu stürzen; frei, gehorchen sie keiner eintönigen Sequenz oder Ordnung, sondern nur der Ordnung der von ihm geschaffenen Form.

Das Tonbandgerät ist stets auf die offenen Räumen angemessene höchste Lautstärke eingestellt. Er wünscht, daß der Hörer von den ozeanischen Schwingungen und Rhythmen gefangengenommen, aufgesogen werde. Varèse zeigt mir eine neue Glocke, ein neues Instrument, das eine neue Tonalität, eine neue Nuance beisteuern kann. Er ist in seine Materialien verliebt, er liebt sie mit unermüdlicher Neugier. In seiner Werkstatt wird man selbst zum Instrument, zum Behälter, zum Riesenohr, mitgerissen bei seinem Aufflug in den Ton.

Wenn wir die Treppe zum Wohnzimmer hinaufsteigen, um uns zu anderen Freunden zu gesellen, und von der freundlichen, liebenswürdigen Louise empfangen werden, verwandelt sich der Komponist Varèse in den gewandten Unterhalter Varèse. Er strahlt in Gesellschaft, ist gesprächig, satirisch und geistvoll. Zwischen seinem Gespräch und seinem Werk besteht Übereinstimmung. Er verachtet das musikalische Klischee und das Denkklischee, empört sich immer von neuem dagegen, in lebendiger, beißender Ausdrucksweise. Er hat sich die revolutionäre Kühnheit der Jugend erhalten, eine Kühnheit aber, die stets von seinem Verstand und Unterscheidungsvermögen gelenkt wird, nie blind oder irrig ist. Er will nichts niederreißen außer dem Mittelmaß, der Heuchelei und den Scheinwerten. Er greift nur an, was scharfe Kritik verdient, und nie in persönlicher, kleinlicher, blinder Wut. Als die Rede einmal auf einen widerwärtigen Politiker kam, sagte er: *»A faire vomir une boite à ordure.«* (Da muß sich ja ein Mülleimer erbrechen.)

Moskau verteidigt sich heldenhaft. Gonzalo sitzt Tag und Nacht am Radioapparat.

Ich versammle Dichter um mich, und allesamt schreiben wir wunderbare Erotica. Da wir den poetischen Drang, den lyrischen Aufschwung unterdrücken müssen und dazu verdammt sind, uns ledig-

lich auf die Sensualität zu konzentrieren, erleben wir heftige poetische Ausbrüche. Indem wir Erotica schreiben, schreiten wir voran auf dem Wege zur Heiligkeit und nicht etwa zur Unzucht.
Harvey Breit, Robert Duncan, George Barker, Caresse Crosby, alle konzentrieren wir unsere Kräfte zu einem *tour de force* und versorgen den alten Herrn mit einem solchen Reichtum an perversen Glückseligkeiten, daß er neuerdings um mehr bettelt.
Die Homosexuellen schreiben so, als seien sie Frauen und befriedigen auf diese Weise ihre Sehnsucht danach, Frauen zu sein. Die Schüchternen schildern Orgien. Die Frigiden fabulieren über rasenden Genuß. Die Poetischsten frönen krasser Bestialität, und die Reinsten schwelgen in Perversionen. Wir müssen die Poesie ausschließen und werden von den wunderbaren Geschichten verfolgt, die wir nicht erzählen dürfen. Wir haben im Kreise beisammen gesessen und uns den alten Mann vorgestellt, wir haben ausgesprochen, wie sehr wir ihn hassen, weil er uns nicht erlauben will, Sexualität mit Gefühl, Sinnlichkeit mit Leidenschaft und mit dem die Erotik steigernden dichterischen Flug zu verschmelzen.
Henry liest meine Tagebucheintragungen über Dr. Otto Rank und New York.

Meine erste Zusammenkunft mit Kay Boyle fand in einem Pariser Café statt. Sie war eine gute Freundin von Caresse; ich kannte sie nur aus Caresses Berichten über ihre Bücher, ihre Kinder, ihr Leben. *Monday Night* wurde von uns allen bewundert. Henry hatte ihr einen Verehrerbrief geschrieben, und sie hatte geglaubt, daß der Absender ein sehr junger Leser sei, der in seiner Bewunderung ihren Stil nachzuahmen versuchte.
Wir trafen uns an einem Montagabend; ich machte eine Bemerkung darüber, wie passend das sei. Mit Menschen, die mir kein herzliches Entgegenkommen zeigen, finde ich mich immer schwer zurecht. Ich brauche ein Zeichen, eine gewisse Aufforderung. Kays Gesicht war ausdruckslos, maskenhaft. Sie hat ein scharfes Profil. Was sie sagte, war glatt und unpersönlich. Wir vermochten keinen Kontakt herzustellen.
Jetzt, in New York, erschien sie mir womöglich noch unpersönlicher, geradezu wie eine Engländerin. Ich sah sie auf einer Einladung, die zur Feier ihres Buchs stattfand. Das gleiche Vogelprofil, Worte ohne Erinnerungswert, kein Ausdruck des Wiedererkennens. Manche Leute kommen uns wie ausgeschnittene Papierpuppen, eindimensional und stimmlos vor, lediglich weil sie uns ausdruckslos ansehen, weil ihre Augen nichts vermitteln, nicht einmal die Reflexion des Spiegels, und weil wir uns deshalb wie Anonymi fühlen.

Ich bemühe mich, auch den unbedeutendsten Fremden, dem ich begegne, auszusondern, ihn anzublicken, zu beachten, wenn ich es kann, zu identifizieren, ihn aus der Menge herauszuheben. Du. In gleicher Weise versuche ich jeden, den ich kennenlerne, aufmerksam zu betrachten, einen tiefen Einblick in ihn zu tun. Beim ersten Zusammentreffen mit Kay Boyle machte ich darin keine Ausnahme, ihr oberflächliches Benehmen aber war dazu angetan, den anderen in die Distanz zu verweisen, eine Art menschlicher Unsichtbarkeit zu bewahren, und eine solche Reserve schließt Kommunikation aus.

[November 1941]

Luise glaubt, sich aus ihrer Konfliktsituation lösen zu können, indem sie arbeitet, indem sie mich nicht sieht; eine Zusammenfassung unserer Telefongespräche aber lautet etwa folgendermaßen: »Nein, erwähne mich Soundso gegenüber nicht, er haßt mich. Nein, rede mir nicht von Soundso, er ist böse auf mich. Meine Agenten wollen, daß ich in einem Stück mitwirke, das mir nicht zusagt.« Produzenten, Regisseure, Kollegen werden verscheucht. »Ich ziehe mich zurück, um mich wieder in die Gewalt zu bekommen. Du wolltest mich zur psychoanalytischen Behandlung zwingen.«

»Zwingen würde ich dich niemals, Luise. Ich war der Meinung, du befändest dich in einer gefährlichen Sackgasse. Es ist jedenfalls gut, daß ich es zur Sprache brachte, denn als du zuvor zurückschrecktest, fingst du an, die ungelesenen Bühnenskripte durchzugehen und hast nun die Rolle der Rachel gefunden, die du annehmen willst.«

Wenn die Arbeit für sie den einzigen Ausweg darstellt, schön und gut, doch als wir das letzte Mal miteinander sprachen, war auch dieser Notausgang blockiert. Sie konnte kein ihr annehmbar erscheinendes Skript finden.

Robert erwähnt unsere erste Begegnung. »Ich habe das Gefühl, mich durch die Hintertür in dein Tagebuch eingeschlichen zu haben. Das erste Mal machte ich dir keinen Eindruck.«

»Ich war gerade erst verpflanzt worden, Robert, und trauerte dem Verlorenen nach. So schnell konnte ich mich nicht in neue Freundschaften stürzen.«

Ich erinnere mich jedoch sehr gut, daß Robert wegen seiner Unsicherheit bei dieser ersten Begegnung hartnäckig, übersteigert und wie besessen redete, so als wollte er mich hypnotisieren. Sein Starren war mir peinlich, ich wäre ihm gern ausgewichen, hätte mich gern entkrampft. Auch später, als wir Freunde geworden waren, beunruhigten mich die Starrheit seines Blicks und der ununterbrochene Strom seiner Worte. Es war, als ob die Angst, gestört, abgelenkt, verwirrt zu werden, ihn zwinge, den Monolog aufrechtzuerhalten und den Dialog, wie eine Gefahr, zu meiden. Darum glich unsere erste Begegnung einer mißlungenen Hypnose. Ich erinnere mich an das Zimmer im Haus der Cooneys, an den großen Kamin, das

Holzfeuer. Jimmy hatte mir eines von Roberts Gedichten vorgelesen, um mich auf die Begegnung mit ihm vorzubereiten. Das Gedicht war sehr schön. Als er dann eintrat, gefielen mir seine Bewegungen, seine regelmäßigen Züge, seine stilisierte Erscheinung. Er sprach leidenschaftlich über die Geburts-Erzählung. Ich fragte mich später oft, warum mich diese rhetorische Brillanz nicht sofort gefesselt hatte, bis ich erkannte: es war eine solistische Darbietung gewesen, er stand einsam da, es fand keine Verbindung, keine Kommunion statt. Ich war lediglich Zuschauerin.
Darum wandte ich mich ab, wie von einem verschlossenen Garten, zu dem der Eintritt verwehrt wird. Ich war den lebendigen Austausch, die Vermittlung, den Dialog mit Carteret, Gonzalo, Henry gewohnt, allen Pariser Freunden mit Ausnahme Moricands, der gleichfalls nur Selbstgespräche führte.

Ein Anruf Luises in zärtlichstem Ton: »Anaïs, ich liebe dich. Ich habe die Passagen über deinen Vater gelesen. Ich verzeihe dir, daß du mich zum Psychoanalytiker bringen wolltest. Ich bin nicht wie June. Ich bin wie du. Wie sehr wir einander gleichen! Wahrhaftig, du schilderst nicht dich, sondern *mich*! Und wie sehr Henry Miller Odets gleicht. Und die Seiten über deinen Vater, der sich auf dich stützen will, als du so verzweifelt nach einem Vater suchst, auf den du dich stützen kannst.«
»Ich bin so froh, daß wir uns wieder näherkommen. Und von nun an darf es keine Mißverständnisse mehr zwischen uns geben. Wir brauchen einander.«
»Brauchst du mich?«
»Natürlich brauche ich dich, weil ich dich liebhabe, weil ich empfindungsfähige Menschen brauche. In Gegenwart gefühlloser Menschen komme ich mir verlassen vor. Und genau wie Lawrence, kann ich Menschen, die es ›nur im Kopf haben‹, nicht lieben. Mit solchen bin ich nur zu oft zusammen.«

Telefonanruf. »Der alte Herr behauptet, keines der von Ihnen in letzter Zeit gelieferten Manuskripte erreiche das Niveau der früheren. Die Geschichten seien schwächer.«
Tags darauf wieder ein Anruf von Luise: »Ich wollte dich umbringen, als ich zu der Stelle kam, wo Henry zu June sagt: ›Geh weg. Ich kann nicht arbeiten, wenn du dabei bist‹, denn das gleiche hat Odets zu mir gesagt. Wie entsetzlich sind diese Verwirrungen Junes am Ende. Wenn ich verstört bin, laufe ich davon. Du stehst deine Verwirrungen durch, bis sie dir klarwerden.«
»Ja, sie müssen durchgestanden werden, denn nur dann erkennen

wir, was wir sind, gelangen wir zur Klarheit, wissen wir, wen wir lieben. Du kannst nicht vor ihnen fliehen. Es wäre Selbstzerstörung.«

Spaziergang durch Chinatown mit Siegfried. Er bringt immer Fröhlichkeit und Ausgelassenheit mit ins Haus. Er spielt mit mir, daß er seiner Rolle als schöner Mann müde sei, häßlich wird, sich in ein Frankenstein-Ungeheuer verwandelt (er ist ein guter Komödiant), und ich gebe vor, Angst zu haben. Sein Lachen klingt weibisch. Ich erzählte ihm von meinen Erlebnissen mit amerikanischen Verlegern. Einer rief mich an, nachdem er *Winter of Artifice* gelesen hatte, und beteuerte, ich sei eine begabte, eine vorzügliche Schriftstellerin, aber ob ich ihm nicht einen Roman schreiben könnte, der einen Anfang, eine Mitte und ein Ende hätte? Einen richtigen Roman wie *Die gute Erde*?
Über den Gedanken, ich könnte etwas Ähnliches wie *Die gute Erde* produzieren, mußten wir so lachen, daß wir gar nicht mehr aufhören konnten. Jedesmal, wenn er mich ansah und wiederholte: »Anaïs Nin: *Die gute Erde*«, lachten wir von neuem.
Luises Agent sagte zu mir: »Legen Sie Ihre europäischen Arbeiten weg. So etwas geht hier nicht. Lesen Sie *Collier's, Saturday Evening Post*, schauen Sie, wie man's hierzulande macht, und dann schreiben Sie.«

Luise ist sich noch nicht klar darüber, ob sie June oder mir gleicht. Wenn sie sich mit June identifiziert, wendet sie sich gegen mich, wenn sie sich mir ähnlich fühlt, fürchtet sie meinen Einfluß. »Schreibe über eine Dritte, schreibe über Luise.«
Ich kann dann nie antworten: »Ich schreibe über dich – aber im Tagebuch.« Eine solche Antwort macht jeden befangen.

Henry ist beunruhigt über die Krankheit seiner Tochter. »Die Vergangenheit belästigt mich wie ein Teufel aus dem Sack«, sagt er. »Ich glaubte, ich hätte sie endlich verdrängt, aber sie kommt immer wieder hoch und schlägt nach mir.«
»Die Vergangenheit läßt sich nicht verdrängen. Sie muß getilgt werden.«
Wenn die Vergangenheit ihn quält, möchte er davonlaufen. Er träumt von einem Leben in Kalifornien. Er sieht in der Krankheit seiner Tochter auch eine Strafe.
Wenn ich sage, Henry sei unschuldig, so meine ich damit, daß er, solche Augenblicke ausgenommen, ahnungslos ist. Er verließ das Elternhaus, er reiste, wurde aber durch die Schachzüge seines Lebens

nicht frei, sondern verfing sich wie in einem Netz. Der unbezahlte Zimmerwirt behält die Koffer mit Kleidern und Büchern als Pfand. Hunger führt zur Krankheit. Ungeordnete Personalpapiere führen zu Schwierigkeiten.

Ich erkenne Henrys Unfähigkeit, die Realität des Geldes zu erfassen. Ich sehe, wie sein Blick erst froh und klar ist, dann sich langsam mit Traurigkeit füllt, als ihm bewußt wird, daß er nur tausend Dollar im Jahr verdient hat und sich nicht frei bewegen kann. Eine Woche voller Schwierigkeiten.

Wenn ich ausgegangen bin, benutzt Robert mein Telefon und ruft seinen Freund in Massachusetts an. Dabei kann ich die Telefonrechnung nicht bezahlen. Auch Robert ist ein Gedankenloser.

Ein angeblicher Verleger versprach, *Winter of Artifice* herauszubringen; er nimmt bereits Bestellungen entgegen, obwohl das Buch noch gar nicht gedruckt ist.

Gonzalo möchte arbeiten. Wir wandern durch die Straßen und erörtern die Möglichkeiten. Die Berufe, in die er einen Einblick gewonnen hat, sind ihm verhaßt. Er wäre gern Drucker. Vielleicht könnten wir uns eine Presse beschaffen und Bücher drucken. Ich fragte Dorothy, ob sie mir zweihundert Dollar für eine Druckerpresse leihen könnte. Wir würden die Summe durch Arbeit zurückzahlen. Dorothy lehnte ab.

Wieder achtzig Seiten für den Sammler fertiggestellt.

Ich verteile das Geld, das er mir gab, an die Dichter, die in äußerster Not sind. Daß ich George Barker für seinen Beitrag honorieren kann, macht mir große Freude.

Aber ich bin der Kämpfe gegen die Zerstörungssucht müde, die ich mit June und mit Helba ausgefochten habe. Ich will mich mit Luise und Robert nicht in ähnliche Duelle einlassen. Diese Erfahrungen habe ich hinter mich gebracht, ich will sie nicht immer von neuem bestehen. Ich muß an meine Arbeit gehen. Auf meinem Schreibtisch liegt eine unfertige Erzählung. Die Erzählung über Jean Carteret. Wie schwierig sind doch diese Erzählungen, in denen ich die Vollkommenheit, die Abstraktheit des Gedichts anstrebe. Ich will die begrenzte Vollkommenheit des Gedichts erreichen, kein Wort zuviel. Ich will magische Erzählungen schreiben.

Nachdem *Winter of Artifice* monatelang bei dem sogenannten Verleger gelegen und er nichts unternommen hatte, ließ ich mir das Manuskript zurückgeben. Jetzt wollen Seon Gibben und Wayne Harris mein Buch herausbringen. Seon hat bisher für den Gotham Book Mart gearbeitet und dort Harris kennengelernt, der ein reicher junger Mann ist. Sie wollen zusammen einen Verlag gründen.

Die beiden suchten mich auf. Sie ist männlich und überschwänglich, Harris weich und weiblich.
Sie stammt von den Aran Islands. Sie kann ein Flugzeug steuern, hat höhere Mathematik studiert und studiert jetzt ägyptische Altertumskunde. In die Leistungen des Mannes ist sie vernarrt, den Zugang der Frau zur Wahrheit zieht sie jedoch in Zweifel. Sie kam, um mich herauszufordern. Sie hält mich für so etwas wie einen Zauberer, dessen Tricks sie aufdecken muß. Sie ist kampflustig, nennt ihre Kampfeslust »Rationalität«. Daß sie nicht rational ist, sehe ich jedoch.
Ich korrigiere *Winter of Artifice.*

Dr. Jacobsen sagte: »Sie haben in drei Monaten fünf Pfund abgenommen. Ich kann nichts mehr für Sie tun. Sie verausgaben sich so rasch, daß die Injektionen es nicht wettmachen können. Ihr Herz ist angegriffen. Sie brauchen Ruhe. Essen Sie zu Hause, nicht im Restaurant. Entspannen Sie sich.«
Ich zittere vor Erschöpfung und Nervosität, bleibe also für zwei Tage in der Wohnung und korrigiere *Winter of Artifice.*
Ich halte mich von Luise fern.
Von Robert ebenfalls. Er ist sich seiner Frigiditäten bewußt geworden. Von den kindlichen Menschen erwartet man für Schutz und Nahrung, die man ihnen gibt, Wärme und Zärtlichkeit zu erhalten. Roberts Kälte entdeckte ich zur gleichen Zeit wie die Kälte Luises. Ich hülle mich in meine eigene Wärme und Herzlichkeit und sehe sie in anderen gespiegelt. Ich glaube ihre Herzlichkeit und Menschenliebe zu sehen und entdecke plötzlich, daß sie keine besitzen. Nichts widerstrebt mir so wie Mangel an Gefühl. In Roberts Tagebuch fand ich emotionelle Wirrnisse, Triebe und Begierden, die ich mit Gefühl verwechselte. Sie verlieben sich, aber *sie lieben nicht.* Sie lieben die Freuden, die Schmerzen, die Erhebungen, die Abenteuer. Aber sie wollen sich nicht ergeben. Und ich vermag mich nicht länger gegen die Selbstsüchtigen zu wehren.
Ich hatte nach Verbündeten Ausschau gehalten. Für die vorsichtigen, behutsamen Freundschaften bin ich nicht geeignet. Ich kann nicht lieben, wenn ich auf der Hut sein, Schläge abwehren muß. Zum erstenmal mache ich die Erfahrung des Rückzugs. Wie Proust werde ich mir irgendein Handicap ausdenken müssen, um schreiben zu können und nicht völlig aufgezehrt zu werden. Doch meine Überzeugung läßt sich nicht beirren, daß alles, was man hat, mit den anderen geteilt, ihnen mitgeteilt werden muß, alles von den physischen bis zu den geistigen Besitztümern, Wissen, Entdeckungen, intellektuelle Errungenschaften, Techniken, Geheimnisse ...

Luise Rainer ist zu der Überzeugung gekommen, daß sie June ist und nicht ich. (Sie haben am gleichen Tag Geburtstag!) Sie hat sich in Junes Persönlichkeit jedoch nur hineinversetzt, um mich zu richten. Wir begannen eine nutzlose Auseinandersetzung, in deren Verlauf Luise die Ausdrücke »gut« und »böse« gebrauchte, Bezeichnungen, von denen ich nichts halte. Es ging nicht um die Feststellung, ob ein Mensch gut oder böse, sondern ob er destruktiv oder konstruktiv, unbeherrscht oder beherrscht sei.
»Ich habe auch meine Dämonen, liebe Luise. Ich bin keine Heilige, ich bin weder gut noch schlecht, und dies gilt ebenso für dich und für June. Wir haben Dämonen und lassen uns entweder von ihnen zerstören oder zähmen sie.« (Ich bezog mich in unserem Gespräch auf einen Menschen, der seiner Dämonen nicht Herr wird.) »Wenn du deine Dämonen, welcher Art sie auch sein mögen, nicht in Schach hältst, schädigst du andere. Ich fand heraus, wie ich meine einsperren kann, mehr nicht. Wut, Eifersucht, Neid, Rachsucht, Eitelkeit. Ich sperrte sie ins Tagebuch ein.
Eine wahrhafte Menagerie aller meiner menschlichen Schwächen habe ich dort eingeschlossen. Junes Dämonen aber waren frei. Ich schilderte Junes instinktive Kräfte, mit denen sie sich selbst und allen, die sie liebte, Schaden zufügte. Unkontrollierbaren, nicht vorsätzlichen oder bewußten Schaden. Ich habe mich allerdings geirrt, als ich dachte, daß gewisse Ähnlichkeiten uns zusammengeführt hätten. Als du sagtest, du zerstörtest jede Beziehung, glaubte ich dir nicht. Mein Leben war reich an schwierigen Beziehungen, ich hatte von einer friedlichen und harmonischen geträumt. Ich dachte, du und ich würden einander nie verletzen, nie kämpfen, nie streiten. Dann entdeckte ich plötzlich, daß du mich in deine Infernos zerrtest, ich dich nicht in meine Welt der Arbeit ziehen konnte. Die Fähigkeit zu arbeiten, zu erschaffen, zu handeln, zu lieben, zu schreiben. Weil du dich in einem ewigen Widerstreit mit dir selbst befindest, schwankst du zwischen dem Wunsch, June zu sein, und dem Wunsch, ich zu sein. Mein Versuch, deine Verwirrungen ans Licht zu ziehen, verletzte deinen Stolz. Doch ich zeigte dir auch meine eigenen Konflikte und Verwirrungen. Deshalb rächtest du dich, indem du meine Irrtümer aufzeigtest, und natürlich ist mein Leben voller Fehler. Es trifft zu, daß ich dazu neige, mich vor der Härte in eine Welt der Kinder, wie etwa Robert, zurückzuziehen, weil ich meine, daß die Jugend am Beginn der Schöpfung, der Welt, der Liebe steht, noch nicht verdorben ist, und daß wir hoffen dürfen, bei ihr ein Reich ohne Feindschaft zu finden. Doch ich täuschte mich. Auch die Kinder sind nicht ohne Grausamkeit und Feindseligkeit. Auch die Unschuld ist nicht ohne Gefahr.«

Plötzlich verstand ich das Spiel, das Luise zu spielen wünschte. Immer wenn sie in Bedrängnis war, suchte sie, anstatt mit einem Arzt, einem Psychoanalytiker zu sprechen, in der Dramatisierung Zuflucht.

»Du, Anaïs, wirst die Rolle derjenigen spielen, die ich sein möchte, die Rolle der Klarsehenden, und ich die Rolle Junes, in der ich eine Seite meiner selbst wiedererkenne; durch diese Konfrontation, mit Hilfe unserer Diskussion, werde ich entdecken, wer ich bin.«

Ein geistiger Punchingball soll ich also sein. Für Luise mag all dies ja vielleicht gut sein, doch woher soll ich die Kraft und die Objektivität zu diesem Spiel nehmen? So sah ich sie zum letztenmal: sie stand oben auf ihrer Treppe, angespannt, streckte ihren kleinen Körper, der durch ihren Zorn größer erschien, um zu zeigen, daß sie die stärkste der drei Frauen ist, und schrie: »Du schreibst jetzt ein Buch, in dem ich, Luise, ihr beide bin, du und June! Ein anderes Buch!«

Was Luise zu mir sagte, war ebenso bemerkenswert wie der Umstand, daß sie auf dem oberen Absatz ihrer zum Schlafzimmer führenden Wendeltreppe stand, auf der wir einmal zusammen gesessen und einer Musik gelauscht hatten. Damals widerstand sie den Telefonanrufen ihres Mannes, und wir gestanden einander unsere gesellschaftlichen Hemmungen und den Wunsch, alles Verletzende auszusperren, wir feierten unser schwesterliches Verhältnis, unseren Bund.

Diesmal hingegen stand ich unten im Wohnzimmer. Ich wartete auf Luise, die sich ankleidete. Und als sie kam, auf dem oberen Absatz stehenblieb, mir jene Worte entgegenschleuderte, mich nicht heraufbat, nicht zu mir herabkam, erklang keine Musik, fiel kein Sonnenlicht durchs Fenster, war da nur eine zartknochige, starr aufgerichtete Frau, die mir befahl, über sie zu schreiben, da sie eine Mischung von June und mir, die vollkommene aus drei Frauen sei.

Ich gab Maxwell Perkins vom Scribner's Verlag Patchens Manuskript. Ich machte Patchen mit dem Agenten John Slocum bekannt, der sich für sein Buch eingesetzt hatte, und gab Patchen fünfzig Dollar, die ich gar nicht entbehren konnte. Das hindert Patchen nicht, schlecht von mir zu reden. Wir haben alle unsere Dämonen. Der meine sitzt im Käfig des Tagebuchs gefangen. Möglicherweise träume ich deshalb so oft, das Tagebuch stehe in Flammen. Jedesmal, wenn ich die Feuerwehr höre, glaube ich, das Tagebuch brenne.

Falls das Tagebuch verbrennte, würde der Dämon wieder freigesetzt. Er läge nicht mehr an der Kette. Er wäre nicht gezügelt. Im Tagebuch darf ich die Kälte, die ich Patchen gegenüber empfinde, registrieren; im Leben zwingt mich der unsinnige Codex, den ich befolge, ihm zu helfen.

Gonzalos Dämonen sind Eifersucht und Trunksucht. Wenn er trinkt, verkehrt sich sein Wesen ins Gegenteil. Was bedeutet das? Welcher von beiden ist der wirkliche Gonzalo, der nüchterne oder der betrunkene? Dies erinnert an meine einstige Frage, ob der mir bekannte Henry oder der Henry, den die Welt sah, der wirkliche sei. Beide sind wirklich. Wir haben tausend Gesichter und stehen für jeden Menschen gleichsam auf einem Drehkreuz.
Henrys Dämon trieb ihn dazu zu schreiben, die Welt zu erobern und alle Frauen zu besitzen.
Seit Helba nicht mehr tanzen kann, ist ihr die Krankheit zum Theater, zum Grand Guignol geworden; sie hat uns schreckliche Aufführungen geboten, indem sie ihre Krankheiten übertrieb, uns mit der Ankündigung ihres bevorstehenden Todes bedrückte. Wie viele Sterbeszenen, wie viele Anfälle, wie viele fast tödliche Ausgänge haben wir erlebt?

Paul ist angekommen. Wie immer leicht sonnengebräunt, goldene Haut, grüne Augen, grün wie junges Blattwerk oder wie Moos. Sein Profil erinnert an das von Louis Jouvet, ist jedoch feiner. Er sieht immer unschuldig und klaräugig aus, hat selbst in Frankreich während der Jahre seiner größten Perversitäten unschuldig und klar dreingeblickt. Er ist anmutig und graziös und hat eine modulationsfähige Stimme. Er scheint nicht zu altern. Ich überraschte ihn jedoch in einem Augenblick der Selbstvergessenheit und sah in seinem Gesicht den schlaffen Ausdruck des Kindes, die Züge waren plötzlich der Stütze der Willenskraft beraubt. Die Weichheit seines noch ungeformt wirkenden Gesichts erstaunte mich. Ich entdeckte die kindliche Knochenlosigkeit im Körper des Mannes, die Unreife in der fertigen Struktur des Erwachsenen. Es schien, als habe nicht der Mann, sondern ein perverses, vorzeitig gealtertes Kind an Wert verloren. Ich hatte die Grimasse eines Babys erblickt, das sich anschickt zu weinen, den Verlust der Selbstbeherrschung, die gelockerten Kiefer, das verfallende Lachen, eine Verletzbarkeit, eine Zerbrechlichkeit. Doch ebenso schnell straffte er sich und wurde wieder zu dem zuvorkommenden und beherrschten Mann, der so viele Frauen in bezug auf seine Vorlieben getäuscht hat. Luise war bezaubert von ihm; sie sagte, er sehe ihrer ersten Liebe ähnlich, je-

nem Mann, der bei einem Flugzeugunglück ums Leben gekommen ist.
Caresse zog ihn George Barker vor und lud ihn nach Ghost Town ein. Robert erwärmte sich in seiner Gegenwart.
An manchen Tagen erhasche ich die Geheimnisse der Natur, die uns nicht gleichmäßig und ohne Unterbrechung reifen läßt, sondern in Abschnitten, in Teilstücken, in Fragmenten; an anderen Tagen suche ich an den Menschen nur ihre theatralischen oder natürlichen Gesten. Gonzalo geht so, wie er denkt und fühlt, in großen, ungleichmäßigen, asymmetrischen Zickzackschritten, schwankend, mit äußerst geringer Antriebskraft. Robert ist stilisiert, gerade aufgerichtet, nur in Gegenwart von Männern mildert er Gesten, Gang und Haltung.
Henry ist locker, beweglich, schlaff.
Ich bin schnell wie ein Pfeil, ich bewege mich geradenwegs auf mein Ziel zu.

Paul und Robert hatten eine Liebesaffäre; ich steckte als »Vertraute« dazwischen und mußte alle Schwingungen, Ströme und kalten Luftzüge ertragen! Paul begreift nicht, wie es möglich ist, daß Robert nachts große Ekstase zeigt und tags darauf Kälte, wenn nicht gar Grausamkeit. Ich bin mir nicht sicher, ob Robert, von Pauls Leidenschaft entzündet, sie reflektiert, aber nicht wirklich teilt. In dem Fall wäre seine Sinnlichkeit zum Versuch gereizt, sich zur gleichen Höhe wie Pauls Liebe aufzuschwingen. Oder liegt der Grund für sein Verhalten in etwas, was ich in Paris nie empfand, hier jedoch zu bemerken glaube, daß Sinnlichkeit den Amerikanern als *Laster* gilt und sie sich ihrer schämen? Sinnlichkeit ist schmutzig, deshalb fühlen sie sich wie Männer nach einem Besuch im Bordell: sie schämen sich. Und mit ihrem Ressentiment strafen sie denjenigen, der sie verlockt, betört, verführt hat. Als Komplikation mag hinzukommen, daß Robert sich mit seiner Homosexualität vielleicht nicht abfindet oder daß sie den typisch homosexuellen Konflikt nicht schlichten können, wem die passive und wem die aktive Rolle zustehen soll.
Zu Grausamkeiten kommt es in der Liebe, wenn Bedürfnisse unbefriedigt bleiben. Robert brauchte einen Vater, Paul kann diese Rolle aber nicht spielen. Robert beschreibt, wie er in der Untergrundbahn, als Paul lachte, sich seiner Unreife bewußt wurde, nicht anders als es mir erging, als ich ihn einmal in lascher Haltung ertappte. Robert erkannte Pauls Kindlichkeit und sprach ihm ein hartes Urteil. Er liebt Gewalttätigkeit und Strenge. Ein andermal schilderte er Pauls Leidenschaft für Analysen, Erklärungen, Erläute-

rungen. Robert verlangt, daß man seine Stimmungen teilt, sich der Atmosphäre, dem wilden Augenblick, der Ekstase hingibt. »Er ist ein Gelehrter, kein Dichter.«

Ich stelle mir meine zukünftige Arbeit als ein Werk der Ergänzung vor, denn jeden Tag *sehe ich mehr.* Selbst wenn ich zurückblicke, werden die Gestalten nicht unschärfer, sie werden deutlicher, bedeutungsvoller.

So habe ich beispielsweise nie den Mutwillen meines Vaters beschrieben, der sich ähnlich äußerte wie bei Kindern, die hinter dem Rükken der Älteren Gesichter schneiden. Er führte seine Scherze und Pantomimen immer hinter Marucas Rücken aus, schnell, als wolle er nicht dabei erwischt werden, heuchlerisch, mit einem Gesicht, das sogleich wieder seine unerschütterliche Maske aufsetzen, mit einer Gestik, die sofort wieder gemessen und feierlich werden konnte – wie das Gekicher in der Kirche, die Liebesspiele der Kinder, die Schülerpossen. In seinen Späßen hatte er etwas vom Kind, das spielt, sobald es nicht beobachtet wird, sich aber vor der Entdekkung fürchtet.

Ähnlich verhielt sich Luise, als sie vor der Tür zu Frau Dr. Hardings Ordination sich zu mir umwandte und eine Grimasse schnitt, ganz so, als hätten wir uns miteinander verschworen, die Ärztin zu täuschen. Falls die Türe unerwartet aufgesprungen wäre, hätte Luises Gesicht flugs einen ernsten Ausdruck angenommen.

Roberts Tagebuch war mein einziger Zugang zum inneren Robert. Seit er nicht mehr in meinem Atelier arbeiten kann und seine Papiere mitgenommen hat, trägt er eine Maske, gibt sich gleichgültig. Er hatte das Gefühl, von mir aus dem Nest gestoßen zu werden. Der durch die Tagebücher entstandene menschliche Kontakt brach ab. Man kann Robert nicht erreichen. In seiner Existenz jenseits des Tagebuchs ist er spröde und reizbar, ein Komödiant.

Als ich seine Tagebücher las, konnten wir auf einer Ebene miteinander verkehren, wo seine kalte Ausstrahlung mich nicht traf, wo alle Schauspielerei aufhörte.

Er sagte, in meinen Tagebüchern verzehre er mich gleich einer Nahrung. Ihre Lektüre stimuliere ihn, zu schreiben.

Der Mensch scheint nicht die Macht zu haben, der Wahrheit oder relativen Wahrheit, die allen Schmucks entkleidet wurde, standzuhalten. Robert war nicht imstande, zurückzuschauen, zu erforschen, zu deuten. Seine Motive waren versteckt. Er lebte in Illusionen. Um lieben zu können, braucht er den Mythos, wenn der Mythos an der Wirklichkeit zerschellt, liebt Robert nicht mehr. Ich wandte ein, daß die Liebe zwischen Menschen erst dann beginnt, wenn der Mythos schwindet. Doch Robert muß nach einem neuen Trugbild spähen. Im Augenblick, als wir die Verbindung zu den Tagebüchern verloren, verlor er seine Offenheit mir gegenüber. Vielleicht verlor ich die meine auch. Ohne das Medium des Tagebuchs hätte ich Robert nie näher kennengelernt.

Und nun, da er nur mehr außerhalb existiert, ist er fast zum Fremden geworden.

Robert meint, ich schreibe keineswegs ein bloßes Skizzenbuch, sondern schaffe und vollende ein eigentliches Werk. »Du läßt die Menschen persönlich auftreten, du schilderst sie erschöpfend und objektiv, unbeeinflußt von dir.«

Streit mit Robert. Er kam und bat um ein Darlehen für eine Reise. Meine Augen füllten sich mit Tränen.

»Weinst du nur, weil du kein Geld hast?«

»Ich weine, weil ich es nicht für möglich hielt, daß du mich bitten würdest, da du doch weißt, wie sehr ich verschuldet bin, wie sehr ich zu rechnen habe. Ich dachte, du würdest es mir ersparen, nein sagen zu müssen.«

»Wieso weinst du? Sag einfach schroff *nein*, und weiter nichts. Ich hätte es lieber gesehen, daß du wütend wirst. Warum wirst du nicht einfach wütend?« Er schnitt eine Grimasse des Mißfallens. »Du taugst eben nicht zum Kampf. Du solltest dich *wehren*.«

Das Lachen, mit dem er mich zum Kampf aufforderte, war wie eine Entstellung, ein Robert, den ich nicht kannte.

Wegen der Vorstellung, die ich von dem eigentlichen Robert hatte, weigerte ich mich noch, zu sehen, wie sehr sein Verhalten sich verhärtete, kalt und selbstsüchtig wurde. Immer trat er grußlos ein. Er ging sofort zum Kühlschrank. Es kümmerte ihn nie, ob er die letzte Tüte Milch oder die letzte Scheibe Brot nahm, was bedeutete, daß ich fünf Treppen gehen mußte, um neuen Vorrat für das Abendessen zu kaufen. Nie half er mir, das Geschirr wegzuräumen. Er bediente sich aus den Schüsseln, bot niemandem an. Er monologisierte, ohne Rücksicht auf die Arbeit oder die Müdigkeit der anderen. Was er mitbrachte, mußte ich sofort lesen, auch wenn er mich schreibend antraf. Er brachte seine Freunde zum Essen mit. Zu jeder Tagesstunde. Wenn Besucher zu mir kamen, blieb er sitzen. Als er einmal um Geld bat und ich ihm meine leere Börse zeigte, ging er ohne ein Wort.

Nachdem ich die Schale des unmenschlichen Roberts durchbrochen und im Tagebuch den verletzlichen Robert entdeckt hatte, mußte ich einmal wieder erfahren, daß ich ihn gleichsetzte mit meinen Spekulationen über ihn. Mit mir wird er anders umgehen, dachte ich. Da er weiß, wie sehr ich zu kämpfen habe, wird er mir keine Last aufbürden. Er tat es aber dennoch. Überdies forderte er von mir eine der seinen gleichkommende Schroffheit. Unter der Bedingung, gleiche Schroffheit entwickeln zu müssen, will ich aber keine Freundschaft eingehen. Ich möchte vertrauen dürfen und nicht in ständiger Selbstverteidigung leben.

Als er heute morgen auf die Türglocke drückte, öffnete ich nicht. Ich ging in die Küche, da hörte ich ihn durch das Dachfenster einsteigen. Ich machte aus meinen Gefühlen kein Hehl, und er ging zornig fort.

Ich habe Roberts höchste dichterische Eingebungen, den Dichter Robert kennengelernt, doch ist er umlagert von kalten und verworrenen Zonen. Im Zusammenleben kann sich eine solche intime Kenntnis des Höhepunkts eines Menschen als gefährlich erweisen. Man liebt nur seine Möglichkeit und übersieht seine Wirklichkeit. Werde ich Robert, so wie er ist, lieben können? Habe nicht gerade ich ihm gesagt, die Liebe zwischen Menschen nehme erst ihren Anfang, wenn der Mythos überwunden sei?

Robert, das perverse intelligente *enfant terrible*. Manchmal hat er die Weichheit eines knochenlosen Kindes und scheint klein zu sein, zu anderen Zeiten steht er starr und groß da. Seine Augen sind zu weit geöffnet, wie die eines Mediums im Trancezustand. Seine Lider fallen wie die einer Frau, schwer und mit einem verführerischen Zucken der Wimpern herab, es ist die weibliche Art, sich zu verschleiern; die Lider eines Mannes schließen sich niemals auf diese Weise über der verräterischen Landschaft der Augen. Wenn ihre Augen zu viel zu verraten drohen, zieht die Frau den Schleier, läßt sie die Lider über die Räume der Enthüllungen herab. Wie oft habe ich beobachtet, daß Frauen die Flamme des Mißtrauens, den Schimmer der Eifersucht vor allem, das Blitzen des Neides, die Glut des Zornes hinter dieser Jalousie verbergen.

Robert sprach und schrieb so viel von seinem verzehrenden Hunger und seiner Sehnsucht danach, sich in Liebe zu verzehren, von seinem Verlangen nach Selbstentsagung und dem Schutz der anderen. Er sprach von seiner Suche nach einer Vatergestalt. Im Verkehr mit mir ist er nicht feminin.

Meine Weiblichkeit stört ihn. Er liebt mich, wünscht sich aber, daß ich ein Knabe wäre. Die Erklärung der Szene, die wir hatten, muß hierin zu suchen sein. Er wollte es mit einem Kämpfer, mit einem, der ihm Widerstand leistete, zu tun haben. Nicht mit der Sanftmut einer Frau.

Paul bot ihm irgendwo ein paradiesisches Dasein an, ein Gestade,

wo sie einander ungestört lieben, Tag und Nacht umarmen könnten, ein Paradies der Zärtlichkeit. Das aber wünschte Robert sich nicht. Er suchte die Höllen der Liebe, eine an Schmerzen und Hemmnissen reiche Liebe. Er möchte erst die Ungeheuer besiegen (die Eltern), Hindernisse nehmen (Armut) und alle Abenteuer einer romantischen, einer unmöglichen Liebe erleben.
Doch als er über Paul redete, trat derselbe Ausdruck obszöner Lüsternheit, eitler Zufriedenheit und Siegesgewißheit, geheimen unbeherrschbaren Triumphs über seine Macht, andere zu verwunden, weiblicher List und Tücke und Koketterie in sein Gesicht, durch den er Paul betört hatte. Der arge weibliche Plan zu bezaubern, zu verführen und zu quälen.
Er benahm sich wie die Karikatur einer Frau. Die schlechte Nachahmung einer Frau. Einer Frau ohne Schoß, in dem die großen Geheimnisse stattfinden. Es war, gleich der Einladung der Prostituierten, nur die Travestie der Aufforderung, eine Verlockung, die nie zu einer herrlichen Verschmelzung führen wird. Warum lieben Männer diese Travestie der Frau und nicht die wirkliche Frau?
In dieser Weiblichkeit, die des Schoßes entbehrt, konnte keine große Liebe gedeihen. Roberts Wut. Sein zorniger Kommentar: »Die Männlichkeit in mir übersah er völlig. Er behandelte mich wie eine Frau. Ich will davor gerettet werden, eine Frau zu werden. Er ging mit mir um wie mit einer Frau.«

Ich habe die Erotica um die folgende Seite bereichert:

»Vater, Mutter und drei Kinder wohnten in einem zweistöckigen Haus. Sie war damals sieben oder acht Jahre alt. Ihr Vater ging immer mit ihr auf den Speicher, um sie zu peitschen. Er wollte nicht, daß ihre Mutter sie schreien hörte. Denn die Mutter trat sonst dazwischen, erzürnte sich über ihn, und die Auseinandersetzung endete gewöhnlich mit einem großen Kampf zwischen ihren Eltern.
Deshalb fand die Strafe immer in dem niedrigen Raum mit dem schrägen Dach statt, der mit Koffern, Teppichen, zerbrochenen Möbelstücken und alten Büchern vollgestopft war. Sie dachte dann immer daran, wie verhaßt ihnen allen diese Geschehnisse waren und bat um Verzeihung. Der Gang die Treppen hinauf wurde gewöhnlich vom flehentlichen Versuch begleitet, den Vater davon zu überzeugen, daß sie unschuldig sei und die Hiebe nicht verdiente. Sie weinte bitterlich und haßte ihren Vater in solchen Augenblicken. Gleichzeitig aber spürte sie, daß die Hand, die heftige Schläge austeilte, nicht nur Schmerz, sondern auch Lust hervorrief,

als ob die Schwingungen der Gefühle in ihrem Körper zu Verbindungsdrähten und aufgefangenen chiffrierten Botschaften geworden seien. Er weckte ihre noch schlafenden Empfindungen. Es war, als kämen die Schläge Regionen zu nahe, die gewöhnlich der Sinnenlust dienen. Schmerz und Lust verrieten plötzlich, daß sie physisch und psychisch einander nahe wohnten.
Dieser Kurzschluß, dieses Verbindungsglied zwischen ihnen wurde ihr erst zwanzig Jahre später bewußt: sie ging in einen beim Kinoviertel gelegenen Vergnügungspark. Nachdem sie bereits drei oder vier kurze Filme gesehen und darüber gelacht hatte – Männer und Frauen, die sich im Grase wälzten, Frauen, die in der Badewanne überrascht wurden, Huren, die sich auszogen –, erlebte sie folgende Szene: Schauplatz war ein Schulzimmer. Viele kleine fünf- bis achtjährige Mädchen in bauschigen kurzen Röckchen, wie sie sie als Kind getragen hatte, saßen auf einer Schulbank. Die Lehrerin erzürnte sich über sie. Schließlich befahl sie einer Kleinen, zu ihrem Pult heraufzukommen und schalt mit ihr. Das kleine Mädchen gab eine freche Antwort. Die Lehrerin packte die Kleine, legte sie sich übers Knie, hob ihren Rock, zog ihr das Höschen herunter und begann, sie heftig zu schlagen. – Angesichts dieser Szene fühlte sie ihren ganzen Körper von einer unbegreiflichen Welle der Lust durchspült.«

Ich werde es nie müde, Gonzalo von seinem Geburtsort Puno am Titicacasee erzählen zu hören. Puno ist ein fast nur von Seemännern bewohnter Hafen. Als seine Mutter mit ihm schwanger ging, brach eine Revolution aus. Sein Vater war der Bürgermeister und wurde als Geisel festgehalten. Als indianische Bäuerin verkleidet, lief Gonzalos Mutter davon, und Gonzalos Kindermädchen hielt sie in der Hütte ihrer Verwandten versteckt. Gonzalo kam deshalb in der Hütte armer Indianerbauern zur Welt, während Haftbefehl gegen seine Mutter bestand. Eine merkwürdige Geschichte, wenn man bedenkt, daß Gonzalos Leben immer Revolte gewesen ist, Revolte gegen den Katholizismus, gegen die Schule, die Eltern, seine Gesellschaftsschicht; selbst seine Ehe mit Helba war ein Akt der Empörung, da Helba armer und ungebildeter Herkunft ist.
Im Alter von zwei Jahren kam er auf die Hazienda der Familie. Mit sieben Jahren wurde er in die Jesuitenschule geschickt. Seither wohnte er nur noch in den Ferien zu Hause. Später zog seine Familie nach Lima, wo er als Journalist arbeitete und Reportagen über sportliche Veranstaltungen schrieb, Rauschgifte nahm, in Boxkämpfen auftrat und der Tänzerin Helba begegnete.
Gonazlos Beschreibungen seiner Heimat:

»Die Berge bestehen aus Metall, Millionen und Abermillionen grauer Kaliumkegel, in denen der Glimmer wie Glas glänzt. Der Boden hat die Farbe unseres Nationalgerichts: mit rotem Pfeffer gekochtes Geflügel. Die Wüste endet vor einem nackten trockenen Berg, der mit einer Kratermündung aus kalzinierten Felsen gekrönt und mit Asche bedeckt ist. Das ist der Misti, der heilige Berg von Arequipa.
Die Kathedrale von Arequipa ist auf Vulkangestein erbaut, sie hat die Farbe des Honigs und hat ein junges und frisches Aussehen behalten.
Arequipa ist der große Wollmarkt, ein Maultiermarkt und Markt der Revolutionen. Die Häuser haben massive Fundamente und Treppen mit wäscheblauem Anstrich. Die Paläste sind rosafarben, die Innenhöfe mit spanischen Ziegeln ausgelegt, zwischen denen afrikanische Dattelpalmen wachsen.
Die Lamas haben feuchte, schmachtende Augen, kleine gerade Ohren, bewegliche Hälse, die sich wie Vogelhälse drehen, dicke weibliche Hinterteile und kleiden ihren Körper in dichte Wolle. Einst war das Lama ein heiliges Tier. In ihrer Liebe zum Lama überschreiten die Indianer die Grenzen des Anstands.
Woher stammt der Indianer? Aus Asien? Vom Pazifik? Ist er aus dem Norden durch die Beringstraße gekommen, und hat er auf seiner Fahrt jene Felsen, die wir die Aleuteninseln nennen, übersprungen? Sind die Indianer die Überlebenden versunkener Kontinente? Sind sie in Kanus aus Polynesien gekommen? In seiner Gestik erinnert mich der Indianer an Asien. Punos Kathedrale versank in den Sumpfpflanzen der schlammigen Lagune, in die der Titicacasee ausläuft. Titicaca bedeutet ›Zinnstein‹, und wirklich läßt sich dieses schwebende Binnenmeer am besten mit der matten Unbeweglichkeit flüssigen Zinns vergleichen. Eine Wasserwüste zwischen roten Küsten, in der sich die Sandwüste spiegelt. Der Titicacasee ist so tief, daß es sinnlos ist, Anker zu werfen, und er liegt so hoch und wird von so heftigen Stürmen heimgesucht, daß man sich gleichzeitig seekrank und bergkrank fühlt. Über den mit Schnee und Asche bedeckten Anden hängen die weißesten Wolken der Welt, der Horizont ist zackig wie ein Sägeblatt. Man sagt, auf den Anden sei der Mensch geboren.«

Freude über die Erkenntnis, daß ich ein Werk schaffe und nicht lediglich Notizen mache. Die Entdeckerfreude darüber, daß dies kein Skizzenbuch, sondern ein Gobelin ist, eine Freske, die ich vollende.
Wenn Gonzalo darüber spottet, daß mein Fresko »in einer Schach-

tel versteckt liege«, antworte ich, die zum Entstehen eines Werks notwendigen Voraussetzungen erforderten, daß es in der Dunkelheit, in einem Gehäuse, in der Verborgenheit geschaffen wird. Von der Verborgenheit hängt seine Integrität ab. Wie die Stalaktiten würde es am Tageslicht zerfallen, es würde seine Aufrichtigkeit, seinen eigentlichen Wert verlieren. Das Tagebuch ist eine Ausgeburt der Schüchternheit. Mir fehlte die Kühnheit des Künstlers, der vor aller Augen arbeitet. (Ich schreibe meine Erzählungen am Vormittag, mein Tagebuch nachts.)

Verborgenheit ist das Element, aus dem diese Tropfsteinhöhle, diese Welt der Wahrheit entstand. Ich möchte jetzt, da ich mich von der weiblichen Reflexion entferne und der Kunst, der Objektivität nähere, nicht das Gefühl für das Drama des Prozesses verlieren, der Entwicklung von den ersten trüben Spiegelungen in den Wassern der Emotionen bis hin zu den Erkenntnissen des Dichters und des Analytikers. Ich fühle mich ruhig und klar. Im Anfang war ich schwülstig, chaotisch, gelegentlich hellsichtig, oft blind, ungeduldig, unvorsichtig, erlebte so vieles in so kurzer Zeit, schrieb nachlässig oder überschwänglich im Rhythmus meiner Erlebnisse.

Nun schreibe ich langsamer. Die Schüchternheit hemmt alle künstlerische Arbeit außer dem Tagebuch. In Gegenwart von anderen wollte ich immer mein bestes Kleid tragen. Ich wollte die Vollkommenheitssucht mit allen Mitteln behaupten, ich wollte nur den vollkommen geschliffenen Diamanten vorzeigen. Im Schutz dieser Rüstung konnte mein Herz zu einer einfachen Sprache finden. Doch mußte ich mir selbst Heimlichkeit geloben, ich wäre sonst nicht so spontan und aufrichtig gewesen.

Jedes meiner Bücher hat mir neue Freude beschert, neue Erfahrungsbereiche, neue Welten aufgetan. Die Phantasie gibt Personen Gestalt, die in unseren dunkelsten Regionen bereitliegen. Beim Schreiben tauchen sie an die Oberfläche und nehmen in der Wirklichkeit des Buches Form an. Und dann tritt die ihnen entsprechende Person auf. Nachdem D. H. Lawrence *Lady Chatterleys Liebhaber* geschrieben hatte, ist sicher eine wirkliche Lady Chatterley erschienen.

Als ich mein Buch über D. H. Lawrence schrieb, erschien Henry. Nicht um Ruhm und Nachruhm zu ernten, schreibe ich, ich schreibe hauptsächlich, um Leben um mich her zu schaffen, um das Leben um mich her zu steigern. Ohne meine Bücher kann ich keinen Einlaß ins Leben finden. Sie sind mein Paß, mein Ruder, meine Landkarte, meine Fahrkarte. Ich schreibe auch, weil ich schreibend die von Mystikern, Dichtern, Liebenden erstrebte Vereinigung erfahre, das Gefühl, mit dem All zu kommunizieren.

Manche Passagen in meinen Büchern sind Einladungen, Erwartungen, Spannungen. Jeder, der sie genau liest, müßte den Fingerzeig erkennen und spüren: jetzt darf ich in ihr Leben treten. Das ist mein Schlüssel. Die Gelegenheit ist günstig. Ohne die Schriftstellerei bin ich furchtsam. Aus Mangel an Kühnheit kann ich ohne ihre Brücke, eine tragbare Brücke, die ich zwischen den Menschen und mir herablasse, nicht in das Leben der anderen treten.
Es ist durchaus möglich, daß mein Vater die einstige Brücke gesprengt und die Schüchternheit über mich verhängt hat. Mit jeder neuen Freundschaft biete ich unheilbarer Verwundung die Stirn. Ohne meine Bücher würde ich den Abenteuern des Lebens oft den Rücken zukehren und schließlich zur Einsiedlerin werden. Durch meine Bücher aber empfinde ich, daß ich eine Aufgabe habe. Ich bin eine Forschungsreisende. Ich muß die Länder, die ich beschreibe, besuchen. Wenn ich ein Buch schreibe, dient es mir als Sprengladung; es sprengt mich aus meiner Isolation.

[Dezember 1941]

Alles ist im Fluß, die Liebe, das Schreiben, die Gespräche. Ich unterhalte mich mit George Barker. Er faßt schnell auf, denkt scharf, konzentriert sich, ist lebhaft, elektrisierend. Ein straffer Geist und Körper, funkensprühend. Stürmisch. Seine feuchten, spöttischen, irischen Augen, mit der sanften, zu den Wangen hin strebenden Schräge, die auf Wollüstigkeit deutet. Zuerst mißfielen mir seine frivole Art, seine Maskeraden. Doch als er sagte: »Was kann man machen, wenn man nicht einmal oder zweimal, sondern hundertmal seinem eigenen wirklichen Ich entfremdet wird?«, da begriff ich ihn sofort und mochte ihn augenblicklich leiden.
Unser Gespräch bewegte sich geschmeidig, klar, flink. Bilder entstehen spontan in einer Suche nach gesteigertem Leben. Sein ganzer Körper ist darauf eingestimmt. Ich bin gewiß, daß er sich auch in der Liebe so verhält, auf nervöse, fiebrige Art aktiv wird, als durchschieße ihn ein elektrischer Strom.

In Amerika wird Dichtung in Prosa zurückübersetzt. Tabu ist jeder Versuch, die in der Dichtung notwendige alchimistische Umwandlung alltäglicher natürlicher Ereignisse in die Mythe vorzunehmen. Und doch besteht die Aufgabe des Dichter eben darin, alles, was er berührt, zu erheben, die Alltagswirklichkeit in eine feurige Weißglut zu tauchen, die ihren Sinn offenbart. Ohne diese Alchimie bleibt alle Dichtung leblos.
Mir legt sich der Eindruck auf, daß Leben und Literatur hierzulande so unbeweglich und eintönig symmetrisch sind wie die Architektur. Es ist eine trostlose Ordnung, eine mechanische Struktur, die sie bestimmt; sie haben zweckbetonte, praktische Dienste zu leisten.

Dr. Franz Horch, mein literarischer Agent, lobt mein Buch. Wayne Harris und Seon Gibben aber sind Träumer. Sie haben ihr ganzes Geld in einen Gedichtband von Patchen gesteckt, der sich nicht gut verkauft. Ich habe ein Jahr verloren. Auch Caresse hatte das Buch mit dem Impressum der Black Sun Press herausbringen wollen, fand aber keine Unterstützung bei ihrem Vorhaben. Der Schrift-

Luise Rainer, Anfang der vierziger Jahre

Anaïs Nin bei der Arbeit an ihrer Handpresse in der Macdougal Street

»Der Magnet« von Frances Field (im Besitz der Familie Blake Cabot)

Edgar Varèse in seinem Arbeitszimmer

Frances Steloff

»Die Wiederherstellung der Welt durch Frauen«, eine Collage von Jean Varda

Millicent Fredericks

steller ist schutzlos. Jeder kann kommen und sagen, er wolle sein Manuskript verlegen, es ein Jahr lang in der Schublade behalten und es dann ungedruckt wieder zurückschicken.
In der Zwischenzeit darf ich es niemandem zeigen. Das Buch wird in Prospekten angekündigt, das Interesse wird geweckt, Leute schicken Schecks ein, und dann geschieht überhaupt nichts. Wenn die Rede wieder darauf gebracht wird, erscheint es wie eine Falschmeldung. Mir bleibt es überlassen zu erklären, was passiert ist.
Doch ich bewahre mir meinen Glauben an *Winter of Artifice*. Ich habe den Roman durchgesehen, alles Unwesentliche entfernt, um die tiefere Bedeutung hervorzuheben. Die Aufmerksamkeit wird auf das innere Drama gelenkt. Um dies zu erreichen, mußte ich Füllsel, Polstermaterial beseitigen. Doch die Leute wollen die altmodischen Füllsel immer noch haben, jede Tür, jedes Fenster muß geöffnet und geschlossen werden, jede Türglocke muß tönen, jeder Telefonanruf muß vermerkt werden, wie bei Dreiser, der die Mietzahlungen jeder Person erwähnte. Ich habe eine Walze genommen, um allen überflüssigen Stoff herauszupressen. Nun ist der Roman komprimiert, kondensiert, ein Schnellgericht, dem modernen Tempo angemessen, selbst noch den Fallschirmspringern zuzumuten!

Wie man einen Schriftsteller umbringt.
Er schreibt spontan ein Buch. Man läßt ihn kommen. Man verlangt, daß er etwas auf Bestellung schreibe, etwas Ähnliches wie der jüngste Bestseller. *Die gute Erde*. Nach ein paar erpreßten Büchern ist er impotent. Die Falschheit macht ihn unfruchtbar. Ich frage mich, wieviele gute amerikanische Schriftsteller auf diese Weise ermordet worden sind. Die zweite Methode: Man überhäuft sie mit Gold. Das Geld wirft sie aus der Bahn, schleudert sie aus dem Bekannten, auf das sie eingestimmt waren. Sie werden in eine falsche Lage versetzt, die Lebenslüge macht sie wurzellos. Emotional vertrocknen sie.

JAPAN ERÖFFNET DEN KRIEG GEGEN DIE VEREINIGTEN STAATEN. ERSTER LUFTANGRIFF AUF NEW YORK. FALSCHER ALARM. SCHOCK.

Wenn sich solche Dinge entladen, erleben wir den Schock der aus dem Schlaf Gerissenen, denn wir alle waren zu wenig über die Geschehnisse unterrichtet, um Vorhersagen machen oder Vorkehrungen treffen zu können. Wir wurden alle beim Schlafen, Träumen, Lieben, Arbeiten überrascht.
Gonzalo erwachte zum Leben. Im Krieg fühlt er sich erst lebendig. Er würde gern am Kampf teilnehmen.
Henrys Anarchismus wird angestachelt.

Ich erwache immer nur langsam aus meinem persönlichen Leben, meinem Leben der Träume, meinem schöpferischen Leben. Als erstes weckt mich mein Widerstreben gegen die Zerstörung der Außenwelt. Ich räume nicht auf mit allem, was wir bisher taten. Ich warte es nicht ab. Ich bin nicht augenblicklich davon überzeugt, daß die Geschichte einen größeren Wert darstellt als die Menschen, denn Geschichte ist kein Humanismus. Geschichte ist Wille zur Macht. Ich fahre deshalb fort in meiner Bemühung, vor allem zu beschützen, zu bewahren, zu vollenden, was immer die Menschen meines Umkreises aufrecht erhält. Durch die Vorfälle unerschüttert, lasse ich meine Schreibmaschine reinigen, um weiterzuarbeiten, denn das bedeutet für mich, daß ich nicht mitmache, wenn alle Welt sich darauf verlegt, Krieg und Zerstörung zu lieben. Ich will weiterlieben und weiterschreiben, bis die Bomben fallen. Ich werde nicht aufhören, nicht aufgeben, nicht am allgemeinen Spiel um Tod und Macht teilnehmen.

George Barker lebt in schrecklicher Armut. Wenn er zu Besuch kommt, wirkt er wie ein Mann, der auf einem Drillbohrer sitzt. Er vibriert so stark, als müsse er sogleich explodieren. Seine Augen sind wie vom Meer hellgewaschenes blaues Porzellan, seine Worte klingen stakkato wie eine Schreibmaschine. Er möchte weitere Erotica verfassen. Fünfundachtzig Seiten schrieb er bereits, die nach Ansicht des Sammlers zu surrealistisch waren. Mir gefielen sie. Seine erotischen Schilderungen waren wirr und phantastisch. Liebe zwischen Trapezen.
Sein erstes Honorar hatte er vertrunken, und ich konnte ihm außer Schreibpapier und Kohlepapier nichts borgen. Der hervorragende englische Dichter George Barker schreibt Erotica, um trinken zu können, wie Utrillo einst für eine Flasche Wein ein Bild gemalt hat. Ich begann, über den uns allen verhaßten alten Mann nachzudenken und beschloß, ihm zu schreiben, mich direkt an ihn zu wenden und ihm zu sagen, was wir von ihm halten:

»Sehr geehrter Sammler! Wir hassen Sie. Das Geschlechtliche verliert alle Macht und Magie, wenn es überdeutlich, übertrieben, mechanisch dargestellt, wenn es zur fixen Idee wird. Es wird stumpfsinnig. Mehr als durch irgendeinen Menschen meiner Bekanntschaft haben wir durch Sie erfahren, wie falsch es ist, das Geschlechtliche von der Emotion, dem Hunger, der Lust, der Begierde, von Stimmungen, Launen, persönlichen Bindungen zu trennen, die seine Farbe, seinen Geschmack, seinen Rhythmus, seine Intensität verändern.

Sie wissen nicht, was Sie dadurch versäumen, daß Sie die sexuelle Bestätigung mikroskopisch genau untersuchen unter Ausschluß aller anderen Aktivitäten, die doch der Brennstoff sind, an dem sie sich entzündet. Die Mitwirkung von Verstand, Phantasie, romantischen Gefühlen verleiht dem Sexuellen seine erstaunliche Textur, seine subtilen Transformationen, seine aphrodisischen Elemente. Sie schränken Ihren Empfindungsbereich ein. Sie lassen ihn verkümmern, verhungern, verbluten.

Wenn Ihr Sexualleben sich von all den erregenden Erfahrungen nährte, welche die Liebe der Sinnlichkeit einflößt, wären Sie der potenteste Mann der Welt. Neugier und Leidenschaft sind die Quelle sexueller Potenz. Sie aber sehen zu, wie ihre Flamme den Erstickungstod stirbt. In der Eintönigkeit kann Sexualität nicht gedeihen, nicht ohne Gefühl, Einfälle, Launen, Überraschungen im Bett. Das sexuelle Geschehen muß sich mit Tränen mischen, mit Gelächter, mit Worten, Versprechungen, Szenen, Eifersucht, Neid, allen Gewürzen der Angst, der Reisen in ferne Länder, der neuen Gesichter, der Romane, Geschichten, Träume, Phantasiegebilde, der Musik, des Tanzes, des Opiums, des Weins.

Wieviel geht Ihnen durch dieses Periskop am Ende Ihres Geschlechtsteils verloren! Dabei könnten Sie einen Harem voll der verschiedensten und sich nie wiederholenden Wunder erleben. Kein Haar gleicht dem anderen, doch Sie wollen nicht, daß wir an die Beschreibung von Haaren auch nur ein Wort verschwenden; kein Duft gleicht dem anderen, doch wenn wir uns darüber auslassen, begehren Sie auf: ›Lassen Sie alles Poetische weg.‹ Keine Haut hat die gleiche Textur wie die andere, immer wieder ändern sich Beleuchtung, Temperatur, Schatten, Gesten; denn ein Liebender, den die wahre Liebe erfaßt hat, kann sich die Liebeskunde von Jahrhunderten zu eigen machen. Welche Spannweite, welche Veränderungen innerhalb der Lebensalter, wieviele Spielarten der Reife und Unschuld, Perversität und Kunst, der natürlichen und graziösen Tiere.

Wir haben stundenlang beisammen gesessen und uns gefragt, wie Sie wohl aussehen mögen. Wenn Sie Ihre Sinne der Seide, dem Licht, den Düften, Veranlagungen, Temperamenten verschlossen haben, müssen Sie mittlerweile völlig vertrocknet sein. Es gibt so viele kleine Empfindungen, die sich wie Zuflüsse in den Hauptstrom des Sexuellen ergießen und ihn erhalten. Nur aus dem vereinten Puls von Sex und Herz kann Ekstase entstehen.«

Ich bereite mich auf Luftangriffe vor. Kaufe Taschenlampen. Klebestreifen, falls die Fensterscheiben brechen. Dunkle Vorhänge. Wieder von neuem! In Frankreich sei es dazu gekommen, wurde behauptet, weil wir uns zu sehr mit Kunst und Ästhetik und zu wenig mit Politik beschäftigt hätten. Doch hier? Wo jeder sich nur für zweierlei interessiert: Politik und Geld?

Henry arbeitet verbissen an seinem Amerikabuch (das den Titel *The Air-Conditioned Nightmare* erhalten soll). Ich bringe ihm eine Taschenlampe mit.
Täglich schreibe ich zehn bis fünfzehn Seiten Erotica.

Frances Steloff. Klare blaßblaue Augen. Helle Haut. Sie ist klein und hinter riesigen Bücherstapeln, hochbeladenen Theken, Tischen, Pulten mit Bergen von Büchern schwer zu finden. Sie trägt eine Schürze, hat immer Bücherlisten oder eine Rechnung oder einen Brief in der Hand. Sie stammt von einer Farm im mittleren Westen, aus einer kinderreichen russischen Familie.
Wegen der vielen Arbeit auf der Farm durfte sie die Schule nicht besuchen. Sie hatte einen großen Hunger nach Büchern und schwor sich, sie wolle eines Tages von Büchern umgeben sein. Später siedelte sie nach New York über, und ihr Wunsch ging in Erfüllung. Mit ihrem Mann eröffnete sie den Gotham Book Mart und war die erste in der Gegend, die die Geschäftszeit auf den Abend ausdehnnte. Ich glaube, sie bildete sich auf diese Weise selber, indem sie las und auf die Gespräche ihrer Umgebung achtete. Ihr Hauptinteresse gehört der Theosophie. Sie hat Einfühlungsvermögen und Talent zur Freundschaft. Das Ungewöhnliche, nicht Handelsübliche, Avantgardistische ist ihr willkommen. Mit dem Ergebnis, daß sich alles in ihrem Geschäft sammelt, kleine Zeitschriften, seltene Bücher, besondere, ungewöhnliche Menschen, die nach besonderen Büchern suchen. Der Ort hat Atmosphäre, ist nicht etwa elegant oder unpersönlich oder von strenger Ordnung. Die Leute kommen herein, um zu schmökern. Man fühlt sich dort fast wie in einer privaten Bibliothek mit der vertrauten natürlichen Unordnung. Wegen ihrer Gastlichkeit gibt es zahlreiche Schätze in ihrem Keller.
Sie lud mich zu einem Orgelkonzert mit leichter Musik ein. Die Vorstellung war interessant. Die Farben waren unmöglich, schwächlich und süß.

Gonzalo und ich haben nach einer Arbeit gesucht, die er tun könnte und die ihm zusagen würde. Es war eine bedrückende Suche, und seine Verzweiflung wuchs. Die einzige Arbeit, die ihm gefallen würde, ist das Drucken, denn damit war er in Lima durch die Zeitung seines Bruders in Berührung gekommen. Er liebt Erstausgaben, subtile Herstellung und alles, was damit zu tun hat. Da er jedoch keine Erfahrung hat, konnte er keine Anstellung finden.

Während unserer Gespräche kam mir erneut der Gedanke, daß es gut sein würde, eine eigene Druckerpresse zu besitzen. Er könnte meine Bücher drucken und die Werke seiner lateinamerikanischen Dichterfreunde und alle Schriften, die seine politischen Ansichten widerspiegeln.

Wir sahen gebrauchte Pressen für fünfundsiebzig und hundert Dollar. Eine funktionierte mittels eines Fußpedals wie eine altmodische Nähmaschine. Das Einfärben mußte mit der Hand gemacht werden. Der Mann sagte, Weihnachtsgratulationen könnten wir damit herstellen, schöne Bücher nicht. Gonzalo jedoch war überzeugt davon, daß es gehen würde. Wir müßten noch hundert Dollar für Drucktypen und Setzkästen aufbringen.

Ich besprach die Angelegenheit mit Frances Steloff. Sie würde mir fünfundsiebzig Dollar leihen, wenn ich den Rest des Geldes auftreiben könnte.

Thurema Sokol lieh mir hundert Dollar.

Tagelang suchte ich nach einem Dachboden. Am Ende eines Nachmittags vergeblicher Jagd ging ich zu einem Immobilienmakler am Washington Square. Er brachte mich in die Macdougal Street, gegenüber der vom Provincetown Theater herführenden Querstraße. Es war ein altes Haus. Wir stiegen die Eingangsstufen und dann drei Treppen bis zum Obergeschoß hinauf. Als er die Tür öffnete, wußte ich sofort, daß es das Richtige war. Ein Atelier mit Oberlicht, ideal für unsere Zwecke. Ein Speicher, dessen Decke schräg zu den auf die Macdougal Street schauenden Fenster hinab verlief. Der schwarz angestrichene rauhe Holzboden war uneben; die Wände waren gelb. Eine winzige Kochnische war auch vorhanden. Alles war ein wenig schief und hatte ein besonderes Gepräge, wie das Hausboot. Frühere Mieter hatten einen großen Schreibtisch und eine Couch dagelassen. Das Atelier hatte einen Kamin. Kostenpunkt fünfunddreißig Dollar monatlich. Ich nahm es sofort. Gonzalo war hell begeistert. Es sieht wie das Hausboot aus! Wir hatten so viele Räume angesehen, die uns gründlich mißfielen, staubig, häßlich, charakterlos, schäbig, wie Gefängnisse waren, schmalfenstrig, kalt, feucht.

Die Türen hingen. Das Haus war so alt, daß es sich gesenkt hatte. Die Fenster zur Straße öffneten sich nach außen wie französische Flügelfenster. Die gegenüberliegenden Häuser waren gleichfalls klein und traulich, ein wenig auf dem Montmartre. Überall herrschte ein ungezwungenes Künstlerleben, hinter offenen Fenstern sah man Gemälde, Töpferwaren, Webstühle.

[Januar 1942]

Die Presse soll in die Macdougal Street 144 geliefert werden. Wir machten uns auf den Weg, um Papier einzukaufen. Wir erfuhren, daß es Restposten von Papier gibt, die für große Verleger unbrauchbar, für uns dagegen ideal sind. Gutes Papier. Wir kauften einen Satz Schrift. Gonzalo war froh, mit den Händen arbeiten zu können. Er liebt Maschinen.

Die Presse ist geliefert worden. Aus der Bibliothek entliehen wir uns ein Lehrbuch der Buchdruckkunst. Ich würde den Text setzen, Gonzalo die Presse bedienen. Ich fing also an, setzen zu lernen und brauchte anderthalb Stunden dazu, um eine halbe Seite zu setzen. Wir beschlossen, mit *Winter of Artifice* zu beginnen.
Ich versuchte, Robert Duncan und George Barker für ein gemeinsames Druckunternehmen zu interessieren. Wir würden alle zusammen arbeiten und alle unsere Bücher herausbringen.
Ich war mit Papierschneiden und Setzen beschäftigt, als George Barker zu Besuch kam. Ich fragte ihn, ob er uns helfen wolle. Wenn er uns beim Druck von *Winter of Artifice* hülfe, würden wir als nächstes seine Gedichte vornehmen. Er hatte ein Manuskript seiner Gedichte mitgebracht. Er sah mir bei der Arbeit zu, bot mir jedoch keine Hilfe an und machte bald, daß er davon kam. Robert hatte den Cooneys bei der Herstellung ihrer Zeitschrift geholfen und schien an manueller Arbeit nicht interessiert zu sein.

Mußte Henry trösten wegen seines ersten Mißerfolgs, des Amerikabuches. Es ist ein zorniges Buch. Ich weiß nicht, ob es von gerechtem Zorn erfüllt ist. Doch keinem gefällt es.
The Colossus of Maroussi erhält keine günstigen Kritiken. Nichtsdestoweniger ist es ein schönes Buch und, wie ich glaube, von höherem Rang als das Buch über Amerika.

Ein Akt der Unabhängigkeit, wie die Arbeit an der Presse, diese Erschaffung einer eigenen Welt, ist ein wunderbares Mittel gegen Zorn und Enttäuschung. Die Beleidigungen durch die Verleger, die abschlägigen Bescheide, ihre Ignoranz, das alles ist vergessen. Ich bin rein vernarrt in das Atelier. Jeden Morgen stehe ich erwartungsvoll auf. Die Druckerpresse ist ein Prüfstein für uns. Wir machen Fehler.

Einmal hatte ich, den Anleitungen folgend, die Walzen selbst geölt, und wir konnten tagelang überhaupt nicht drucken. Das Einfärben muß mit der Hand gemacht werden; während Gonzalo die Pedale tritt, stehe ich da und halte Druckfarbe und Lappen bereit. Wir beschlossen, Kupferstiche von Ian Hugo zu nehmen und die von William Hayter gelernte William-Blake-Methode anzuwenden. Das heißt: man legt die Kupferplatte auf eine zweieinhalb Zentimeter dicke Unterlage in den Schließrahmen, färbt sie vorsichtig ein, macht einen Abdruck, reinigt die Platte und beginnt von neuem. Dreihundert Stiche. Die Arbeit am Setzkasten bringt mich allmählich dazu, jeden Satz kritisch zu analysieren und meinen Stil zu straffen.

Robert kam wieder, unser Verhältnis bleibt jedoch kühl. Kein Tagebuchaustausch, kein intimes Gespräch mehr. Solche Versöhnungen sind nur dann sinnvoll, wenn das gestörte Vertrauen wieder hergestellt werden kann. Das lebenswichtige Bindeglied ist zerbrochen.

Ich besuchte eine Party und traf dort die Herausgeber der *Partisan Review.* Mit ernsten kalten Mienen saßen sie da, unzugänglich, verschlossen. Ihre Gespräche sind ideologisch und politisch gefärbt, schroff, trocken, entbehren der Wärme, Freundlichkeit, Sensitivität. Es sind ausgekochte Intellektuelle ohne jeglichen Charme, Witz, Humor, ohne Duldsamkeit. Sie sind von verhärteter kalter Intelligenz.

Einer von ihnen fragte mich: »Sind Sie mit Andrés Nin verwandt?«

»Nicht daß ich wüßte. Nin ist ein in Spanien sehr häufiger Name. Ein Zweig der Familie wanderte nach Südamerika aus und verfaßte Bücher über den Marxismus. Über Andrés Nin ist mir nichts bekannt. Ich verließ Spanien im Alter von neun Jahren und habe seitdem keine Verbindung mehr dorthin. Mein Vater hat Andrés Nin nie erwähnt.«

Im Fall einer sich lösenden Freundschaft ist es schwer zu sagen, ob die Zurücknahme des Gefühls die Wärme tötet oder ob die Wärme eine Reflexion war. Als ich mich zurückzog, zeigte Robert sogleich seine Kälte, oder hatte er sie nie verborgen? In welchem Ausmaß besitzt der Mensch ein selbständiges Leben, reflektiert er nicht nur die Herzlichkeit des anderen? Bis zu welchem Grade rufen wir das, was wir im anderen sehen, zu sehen glauben oder zu sehen wünschen, erst ins Leben? Jetzt sehe ich nur Roberts fühllose kalte Seite.

Warum? Weil ich mich auflehnte gegen meine Mutterrolle, gegen die mir durch mein übertriebenes Mitleid und Einfühlungsvermögen entstandenen Schwierigkeiten. Robert wünschte sich größere Härte von mir. Früher oder später hätte sich sein feindliches Verhalten gegenüber Emotionen erwiesen. Ich weigere mich, abgebrüht zu werden oder mich zu verhärten. Aber mit denen, die aus diesem Umstand ihren Vorteil ziehen, muß ich brechen. Denn anfänglich gab Robert zu, daß diese Güte ihm offenbarte, wieviel eine Beziehung sein kann; dennoch vermochte er die Güte nicht zu erhalten.

Als ich Artauds Geschichte niederschrieb, dabei in der Art eines Alchimisten alles miteinander vermischte, was ich von ihm wußte, an ihm beachtet, über ihn gehört hatte, fand ich sie unvollständig. In seinen Wahnsinn konnte ich Artaud nicht folgen.

Zufällig stieß ich im Tagebuch aus dem Jahr 1937 auf den Bericht über Jean Carterets und meinen Besuch in der Aufnahmestelle auf der Ile Saint Louis, wo die Geisteskranken bei ihrer Einlieferung zunächst befragt, eingeordnet und diagnostiziert werden.

Die Ähnlichkeit des Stils, der Wiederholungen, Vorstellungen, Halluzinationen eines Schizophrenen mit den Reden Artauds fiel mir auf. Die Ausdrucksweise und selbst die Aussagen jenes Kranken hätten von Artaud stammen können.

Die Erzählung, unvollendet, wie ich sie den Artaud gewidmeten Seiten des Tagebuchs entnommen hatte, und der Bericht über den Schizophrenen paßten vollkommen zusammen. Ich verband beides miteinander.

Heute las ich in einer Zeitschrift einen Brief, den Artaud im Irrenhaus Ville Evrard geschrieben hat:

»Ich muß um jeden Preis Heroin bekommen, und der Überbringer muß dem Tod ins Auge sehen, denn die Kenner der Krankheit haben schreckliche zauberträchtige Mittel zwischen diese Substanz und mich als Hindernisse gestellt, und die Polizei versperrt die Straße im übersinnlichen Bereich und in der Wirklichkeit. Und ich kann in dieser Qual, die Tag und Nacht in meinen Nerven und Knochen wühlt, ohne Hoffnung auf Erlösung einfach nicht länger leben. Die Krankheit hat verheerend gewütet, und sowohl die Gestapo als auch die französische Polizei halten das Heroin zurück, um zu verhindern, daß ich meine Kraft wiedergewinne, und um mich hier in Leid und Verzweiflung festzuhalten. Und ich muß durch Zaubergewalt den Weg den Zigeunern öffnen, die nicht von dieser Welt sind, aber in diese Welt ihre mit Fleisch und Bein bewehrten Kräfte tragen müssen, und die letzteren sind zahllos, und eure Armen sind

darunter, aber ich muß es fertigbringen, ihnen die Tore dieser Welt zu öffnen.
Vergangenen Montag, Dienstag und Mittwoch kamt ihr mir zur Hilfe, aber aufgrund einer magischen Verrückung verlor ich euch vor dem Matin an der Ecke der Rue du Faubourg Montmartre, da die Krankheit euch daran hinderte, euch dort länger aufzuhalten, und ihr nach Marokko reisen und euch einschiffen, das heißt den sogenannten normalen Routen folgen mußtet. Aber die Zigeuner, die am Dienstagabend im Justizpalast waren und ihn niederbrannten, nachdem sie den Richter ermordet hatten, können den normalen Routen nicht folgen, sie müssen vom gleichen Höhenniveau aus in unsere Welt eindringen, und so wie man vom Schiff aus das Ufer betritt und ihre Welt, welche die andere Welt ist, wird alsdann im Augenblick, da sie mich besuchen, in unserer Welt errichtet werden.«

Ich vergleiche diesen Brief mit der zweiten Hälfte meiner Artaud gewidmeten Erzählung: *»Je Suis le Plus Malade des Surréalistes«*.

Während ich Artauds Leidensgeschichte schrieb, entsann ich mich unseres letzten Gesprächs in Louveciennes. Erst nach Jahren verstand ich, was damals vorgegangen war. Ich war gerade aus Südfrankreich zurückgekehrt, wo ich zur Feier unserer Versöhnung einige Tage mit meinem Vater zusammen verbracht hatte, und berichtete Artaud davon, erzählte ihm von der langen Entfremdung, dem ersten Wiedersehen, unseren Versuchen, einander kennenzulernen. Ich sprach froh erregt über unsere gegenseitige Entdeckung.
Artaud war damals von dem Vorhaben besessen, *Beatrice Cenci* auf die Bühne zu bringen, lebte nur noch in dieser Vorstellungswelt. Die Geschichte vom zerstörerischen Vater, von der Liebe zwischen Vater und Tochter.
In seinem exaltierten, von den dramaturgischen Plänen beherrschten Bewußtsein verschmolzen die beiden Geschichten zu einer. Die wirkliche Anaïs, ihren wirklichen Vater verlor er aus den Augen, sie wurden eins mit Beatrice Cenci und ihrem Vater.
Ich erkannte damals nicht, was in ihm vorging. Als er anfing, die »unreine« Liebe in theatralischem Ton zu verurteilen, meinte ich, daß er mein Leben, meinen Vater und mich mißdeute, und setzte mich gegen seine Behauptungen zur Wehr. Als er sagte: »die unnatürlichste Liebe«, entgegnete ich: »die natürlichste«.
Artaud war so sehr Gefangener des eigenen Unbewußten, daß er zwischen Theater, Dichtung und Leben, Bewußtsein und Unbewußtem nicht unterschied. Persönliche Abweichungen von Dichtung

und Theater erschienen ihm bedeutungslos. Er vermochte nur sein Stück zu sehen, *Beatrice Cenci* und ihren Vater. Und der sich zum Richter erhebende Artaud, Artaud der Moralist, der Mönch, der eifernde Savonarola (denn dieser Aspekt seines Wesens war mir deutlich) erzürnten mich wegen ihrer schweren Ungerechtigkeit. Hätte er Cenci-Anaïs nicht verurteilt, so hätte ich vielleicht nicht rebelliert. Wir hätten uns nicht zerstritten. Gleich früheren Deutungen und Halluzinationen hätte ich auch diese Überlagerung der Wirklichkeit durch den Mythus hingenommen.
Nur in den menschlichen Beziehungen besteht man darauf, daß die eigene Identität erkannt und von der Dichtung unterschieden werde. Wenn ich in einer Erzählung Artaud als Savonarola auftreten ließ, beschuldigte ich ihn deshalb doch nicht, auch im Leben ein Savonarola zu sein. Artaud aber verweigerte mir meine eigene Wirklichkeit. Er bestand darauf, daß ich die Cenci sei und mich in eine dunkle und grauenhafte Liebe verstrickt habe.

Der erste Probeabzug von *Winter of Artifice,* ich habe die Setzerarbeit, Gonzalo hat die Druckerarbeit geleistet. Die Bedienung des Fußpedals erfordert seine Körperkraft.
Wir haben unter schweren Bedingungen, ohne Lehrmeister, nur aus der Erfahrung gelernt. Tastend, erfinderisch, versuchend, kämpfend. James Cooney kam an einem Nachmittag und gab uns einige Ratschläge. Auch Robert gab uns Hinweise. Er brachte seine Gedichte mit, blieb aber nicht, um den Setzkasten wieder aufzuräumen.
Wir setzten die ganze Seite neu. Sie war zu locker gesetzt worden. Arbeiteten täglich sieben oder acht Stunden. Wir träumten von der Presse, sprachen, aßen, schliefen mit ihr. Wir aßen Sandwiches, die nach Druckfarbe schmeckten, hatten Druckfarbe im Haar und unter den Fingernägeln.
William Hayter zeigte uns, wie man Stiche druckt. Eine Arbeit, die peinliche Genauigkeit fordert. Die Stiche sollten zwar nicht zur Illustration bestimmter Erzählungen dienen, doch wählte Gonzalo solche aus, die mit dem Text harmonieren.

Dudley, Seon, Robert, Harris, alle zwischen zwanzig und fünfundzwanzig Jahren alt, sind, was Intelligenz angeht, Wunderkinder, haben aber keinerlei Gefühl. Ganz und gar Verstandeswesen, ohne einen Funken Menschlichkeit. Ich mußte Seon zurechtweisen: »Seien Sie nicht so schroff.« Sie behandeln einander brutal und gehässig.
Freundschaften, die ein unaufhörliches Duell sind, lehne ich ab.

Streitbare, aggressive, kriegerische Freundschaften. Faustkampf-Freundschaften.

Seon sagte: »Ich verstehe viel besser, daß Djuna Barnes mir die Tür verschließt, als daß Sie mir die Ihre auftun.«

Wie Robert richtig erkannte, bin ich zum Kampf ungeeignet. Der Kampf ist das große Vergnügen jener Leute, deren Liebesfähigkeit verkümmert ist und die, um sich noch lebendig zu fühlen, den feindlichen Zusammenstoß brauchen, weil sie in ihm eine Form menschlicher Beziehung finden. Eine auf Haß gegründete Beziehung.

Ich will arbeiten. Für Kämpfe habe ich keine Zeit. Die Beziehung des Menschen zum Handwerk ist schön. Man ist körperlich mit einem soliden Block metallener Lettern, mit dem Gewicht der Druckplatten verbunden, auf Tempo und Temperament der Maschine eingestellt, auf geschicktes Spatiieren angewiesen. Man gewinnt selbst etwas von der Schwere und Festigkeit des Metalls und der Kraft der Maschine. Jeder Sieg wird durch Körper, Finger, Muskeln gewonnen. Man lebt mit den Händen, in einer Folge von Geschicklichkeitshandlungen.

Man mißt seine Kräfte mit konkreten Schwierigkeiten. Die Siege sind konkret, definierbar, abzutasten. Eine fehlerlos gedruckte Seite. Man kann das, was man geschrieben hat, mit Händen greifen. Wir frohlocken über das Gemeisterte und Entdeckte. Statt meine Energie nutzlos im Kampf gegen Frustrationen, im Zorn auf Verleger zu verschleißen, wende ich sie nun an die Presse, die in Blei gegossenen Buchstaben, das Papier und schöpfe dabei neue Kraft. Löse Probleme, technische, mechanische Probleme. Probleme, *die gelöst werden können.*

Wenn ich nicht achtgebe und den Rahmen um die Druckform nicht richtig schließe, fällt der ganze Schriftsatz in die Maschine. Die Worte, die zuerst nur in meinem Geist erscheinen, nehmen Gestalt an. Jeder Buchstabe hat ein Gewicht. Ich kann jedes Wort von neuem abwägen, um zu sehen, ob es das richtige ist.

Aus Seifenkisten machen wir Borde, um Werkzeuge, Papier, Druckfarben unterzubringen. Beladen mit alten Lumpen für die Presse, alten Handtüchern für die Hände, mit Kaffee und Zucker komme ich an. Gonzalos Vorliebe für Erstausgaben befähigt ihn nun, bei der Anordnung, der Auswahl von Schriften, Papier, bei gesperrtem Druck Geschmack zu zeigen. Er liebt die anstrengende Arbeit der Maschinenreinigung, trägt Stöße von makuliertem Papier fort. Er bringt Kraft und *brio* in unsere Unternehmung. Während des Essens studieren wir Schriftarten. Wir haben alle Bücher über Druckverfahren gelesen, die wir in der Bibliothek finden konnten.

Die Presse setzt unsere Energien in Bewegung. Die Arbeit an ihr ist reine Freude. Am Ende des Tages sieht man, was man getan hat, man kann es wiegen. Es ist vollbracht. Es ist vorhanden.

Als Seon meine intuitive Art zu denken angriff und ich ihre Streitsucht kritisierte, sagte ich ihr, die Befürchtung, von neuem verletzt zu werden, bewöge Djuna Barnes, ihre Tür zu verschließen. Was mich veranlasse, meine Tür zu öffnen, sei mein Mangel an Mißtrauen. Solange sich die Menschen nicht als Feinde erweisen, erwarte ich nie, daß sie als Feinde kommen.
Aus Schwäche und Unsicherheit jedoch benutzt Seon mich als Punchingball.
»Sie ballen die Faust gegen mich, wetzen Ihre Zunge an mir. Indem Sie die Schwächen der anderen entdecken, beweisen Sie nicht eigene Stärke. Wir alle haben Schwächen. Erst das Wissen um die Schwachheit des Menschen verleiht einer Freundschaft ihren menschlichen Wert. Sie müssen sich einen anderen Gegner suchen. Kampf ist für mich nicht gedeihlich. Mir erscheint er als die größte aller Schwächen.«
Offenbar treffe ich nur noch kriegerisch gesinnte Leute.

Henry unterstreicht eine Stelle bei Céline:

»Liebte ich Rosalie? Eine sinnlose Frage. Wenn ein Mensch mit sich selbst zerfallen ist, existieren die anderen nicht. Er ist ein Kampfplatz der Fürsten und Mächte. Sein Umgang mit den anderen ist ein Zerrbild seiner Konflikte. Er ist allein. Und je mehr Menschen er kennt und je mehr Berühmtheit er genießt, desto größer ist seine Einsamkeit. In allen meinen Beziehungen zu anderen habe ich mich nur mit mir selbst beschäftigt.«

Ich schrieb die Stelle ab und schickte Seon die Abschrift.

Robert geht nach Berkeley. Dieses eine Mal wich ich dem Streit nicht aus. Ich sagte ihm, was ich von seinem Benehmen halte und was uns einander entfremdet hat. Außer meiner Kampfuntüchtigkeit konnte er keine Angriffsfläche finden. »Das ist wahr«, sagte ich. »Ich bin nicht kriegerisch.«
Robert sagte: »Ich muß zugeben, daß unsere Beziehung, so lange sie bestand, die wunderbarste war, die mir je gewährt wurde; *ich wurde nie verletzt.* Du hast mir gezeigt, was eine menschliche Beziehung sein kann.«
Robert ist der Meinung, ich würde durch einschüchterndes und tyrannisches Verhalten Stärke beweisen.

»Im Wettkampf bin ich nicht ausgebildet worden«, sagte ich lachend.
»Du hast dich gegen Patchen nicht aufgelehnt.«
»Ich empfand nicht den Wunsch, mich gegen ihn zu wehren. Wenn es nicht zur Freundschaft kommt, ziehe ich mich zurück.«
Die Streitsucht ist etwas Neues für mich.
Wir sind alle nicht frei von menschlicher Schwäche. Ein Freund wird versuchen, uns zu größerer Kraft zu verhelfen, uns aber nicht in unserer Schwäche treffen wollen. June und Henry zerstörten sich gegenseitig, weil sie einander dort angriffen, wo sie verwundbar waren. Der Wunsch zu verletzen ist ein zerstörerischer Wunsch.

An der Druckpresse war ich glücklich. Sie ließ mich die barbarische Freundschaft mit Robert vergessen. Ich sehnte mich zurück nach der Sorgfalt, mit der wir in Paris darauf achteten, niemals die Gefühle anderer zu verletzen. Das galt uns als Gesetz.
Hinter uns liegt ein Monat schwerer Mühen und Kämpfe mit der Presse, ein Monat der Entdeckungen, Fehlschläge, Irrtümer und Siege. Wir haben uns unserer Presse verschrieben.
Helbas Szenen vermehrten sich. Je mehr Zeit Gonzalo an der Presse zubrachte, desto heftiger wurden sie. Einmal redete sie ihm ein, sie wäre am Erblinden. Gonzalo befürchtete, es handelte sich um einen syphilitischen Anfall, den Beginn der Paralyse.
Ich brachte sie zu Dr. Jacobson. Er sagte mir, sie sei eine Hysterikerin, eine Simulantin und er könne das durch einen Rückenmarktest beweisen. Doch Helba wollte sich dem Test nicht unterziehen.
»Sie weigert sich, weil sie weiß, daß sie sonst ihre letzte Waffe verliert«, sagte Dr. Jacobson.
Der Anfall ging vorüber. Gonzalo kehrte an die Arbeit zurück.
Einmal funktionierte irgendetwas an der Presse nicht. Sie war nicht in Gang zu bringen. Gonzalo aber wollte weder nach einem Handwerker noch einem Mechaniker schicken. Er kämpfte mit der Presse buchstäblich wie mit einem Wildpferd, einem Stier, einem ungezähmten Tier. Die Haare flogen ihm ums Gesicht, von seiner Stirn tropfte Schweiß, seine Zentauren-Füße traten die Pedale. Die Maschine ächzte.
Der Vorgang glich einem physischen Kampf, in dem Gonzalo mit Gewalt siegen wollte. Er schien größer als die Maschine zu sein, seinen Gegner zu überragen. Ich hatte nie etwas Primitiveres erlebt, etwas, das stärker einem Kampf zwischen einer alten Rasse und einer neuen Art von Ungeheuer glich. Beide verbissen, stark, gewalttätig. Gonzalo gewann. Er atmete schwer. Das Rad drehte sich plötzlich wieder. Er sah aus wie ein Triumphator.

Ich bat Dorothy erneut um ein Darlehen, das wir durch Arbeitsleistung zurückzahlen würden. Sie verweigerte es mir mit den Worten: »Ich will mir selbst eine Presse kaufen und meine Gedichte drucken.«

Von Bekannten hörte ich, daß Djuna Barnes eine gebrochene Frau ist. Sie sieht wenig Menschen; mit Fremden an der Bar aber redet sie bereitwillig. Soll ich sie besuchen? Soll ich ihren Roman *Nightwood* drucken, der vergriffen ist?

An meinem Geburtstag: zwei Seiten in drei Tagen geschafft.
23. Februar: zwei Seiten in zwei Tagen.
25. Februar: zwei Seiten an einem Tag.
4. März: vier Seiten täglich. Jimmy Cooney hilft uns jeden Tag eine Stunde. Durch seine Ratschläge sparten wir viel Zeit. Wir sind jetzt bei Seite 44 angelangt.

In der Welt draußen: Fünfzig englische Soldaten, die sich ergeben hatten, mit dem Bajonett erstochen. Frauen von den Japanern vergewaltigt. Invasion Balis. Invasion Javas. Paris von den Engländern bombardiert. Indien erhebt sich gegen die englische Herrschaft. Kampf auf See. Bilder von polnischen Toten, Lageropfern, Verhungerten, Foltern, Morden. Das ist die Außenwelt.
Und was kann man anderes tun als den Schein eines menschenwürdigen Lebens wahren, nach nicht-barbarischen Lebensformen suchen?

John Dudley hat einen Nervenzusammenbruch erlitten. Flo versuchte, sich mit einer Schere das Leben zu nehmen.

[März 1942]

Henry ist auf Seite vierhundert von *The Rosy Crucifixion* angelangt und schreibt wie ein Springbrunnen.
Ungewöhnliches Gespräch mit Henry darüber, daß die Wahrheit über eine Person oder ein Ereignis uns ewig unzugänglich bleibt. Man müßte immer wieder, im Abstand von wenigen Jahren, über denselben Vorfall berichten, seine Ansicht über eine Person erneut darlegen, um mit der Entwicklung der eigenen Meinungen Schritt zu halten. In meinem Vaterroman finde ich nicht mehr die Wahrheit über meinen Vater dargelegt. Doch selbst mein Vater wußte nicht die Wahrheit über sich oder seine Frauen oder irgendeinen seiner Freunde.
Henrys Objektivität nimmt zu. Er erreicht eine umfassende Vision. In seinem Charakter gehen große Veränderungen vor. Große Veränderungen auch in meinem. Wir reden über Kommunismus, Erinnerungsvermögen, übersinnliches Wissen, über seine Sehnsucht danach, Geld zu verdienen und ein Paradies zu entdecken. Ich glaube, daß er in Griechenland das Paradies gefunden hatte und durch den Krieg wieder verlor. Alle einstigen Paradiese sind zu Höllen geworden: Bali, Java, Hawai, Griechenland.
Wir lesen Algernon Blackwoods *Bright Messenger.* Er ist einer der wenigen Transzendentalisten, sein Stil hat eine gewisse magische Qualität. Ich dachte, der literarische Transzendentalismus habe in Amerika seinen Ursprung. In der Gegenwartsliteratur aber vermisse ich ihn gänzlich. Sie ist eindimensional. Blackwood versuchte mehreren Dimensionen Ausdruck zu verleihen. Wenn er den Bright Messenger einführt, läßt er Musik ertönen, weil er fühlt, daß Worte den Eindruck dieser Gestalt nicht vermitteln können. Jedesmal, wenn der Bote auftritt, hören wir Musik. Blackwoods Personen handeln intuitiv, im Vertrauen auf ihre Empfindungen und Träume.

[April 1942]

ich nehme den Buchstaben O aus dem Setzkasten, setze ihn neben das T, füge sodann ein Komma hinzu, darauf ein Spatium und so fort.

Zähle Seite 1, 2, 3 und so weiter. Sondere die guten Seiten aus, während Gonzalo die Maschine bedient. Tag um Tag. Wir nähern uns dem Ende. Die Silbentrennung bereitet mir Schwierigkeiten. Sie ist auch ein satztechnisches Problem.

(Meine Trennung des Wortes lo-ve wurde in späteren Jahren zum Lieblingsobjekt der Krittler.)

Der Umstand, daß ich mich viele Stunden mit einer Seite befasse, sie dabei genau prüfen, die in ihr wesentlichen Wörter genau überdenken kann, wirkt oft als sprachliches Korrektiv. Die einzige Regel, die ich beim Schreiben anwende, ist, das Unwesentliche wegzulassen. Die Herstellung des Satzes ist ähnlich wie der Bildschnitt beim Film. Die Schulung im Setzen und Drucken ist dem Schriftsteller nützlich.

Doch die Unterströmung der Selbstgespräche, Dialoge, Betrachtungen und Erinnerungen wird durch keine noch so strenge Arbeit zum Schweigen gebracht.

Das Radio spielt eines der Lieder meines Vaters, und ich setze seinem Versagen als Vater langsam, Wort für Wort, ein letztes Denkmal. Zu der Musik aus Rußland, Deutschland, Frankreich, Spanien, Amerika webe ich das Muster aus metallenen Lettern, das verkündet, die größte aller Taten sei, ein Mensch zu sein. Während ich ein Buch setze, schreibe ich schon ein anderes. Mit der gleichen Schnelligkeit, mit der ich den Satz herstelle, erlebe ich erinnernd Perioden meines Lebens, die in diesem Buch nicht enthalten sind.

So hätte ich beispielsweise, wäre mein Vater nicht mein Vater, sondern ein Freund gewesen, seine Gelehrsamkeit, sein musikalisches Wissen, seine Gabe, eine Atmosphäre zu schaffen, seine gesellschaftliche Brillanz, sein anekdotisches Talent, seinen Charme geschätzt. Doch da er mein Vater war, ihm eine bestimmte Rolle zufiel, ich in der Kindheit bestimmte Erwartung in ihn setzte und die Anschuldigungen meiner Mutter berechtigt erschienen, konnte ich nur eine Beziehung darstellen, bei der er in seiner Rolle versagte.

Indem ich sein Verhalten an den Erwartungen einer Tochter maß, fand ich ihn mangelhaft.
In späteren Jahren lernte ich andere Don Juans kennen und verurteilte sie nicht! Allerdings bedrohten sie nicht die Existenz einer Familieneinheit, veranlaßten keine Tragödien, Verluste und Entwurzelungen. Seine Reisen, seine Unrast, seine Ausbrüche wären mir faszinierend erschienen, hätten sie nicht Fahnenflucht, Verlust und eine von meiner Mutter geerbte ständige Angst bedeutet, es könne irgendwer nie wieder heimkehren.
Wir sind grausam, wenn jemand sich weigert, die Rolle zu spielen, die wir ihm zugewiesen haben. Wir beurteilen den anderen nur nach seinem Verhalten uns gegenüber. Charmant war mein Vater gewöhnlich außerhalb der Familie, im Umgang mit seinen Kindern war er es nicht.
Ich erinnere mich, daß mein Vater, als ich Fragen zu stellen begann über die Welt, die Geschichte, Persönlichkeiten, Geographie, Astrologie, Astronomie, unsere Wissensgier als lästig empfand und uns *The Book of Knowledge* kaufte. *(Qui? Pourquoi? Comment?)* Wenig später fiel mir eine blühende Korrespondenz in die Hände, die er mit einer fünfzehnjährigen Nachbarin geführt hatte. Um sie zum Lernen zu verlocken, hatte er sich die Mühe gemacht, eine ganze Welt höchst origineller Geschichten zu erfinden. Als sie fortzog, gab sie mir die Briefe, da sie das Gefühl hatte, daß ich aus ihnen lernen könnte.
Das Kind erwartete Beschützertum, Treue, Trost, Aufmerksamkeit, Hilfe, Unterweisung, Führung, Kameradschaft. Daß er versäumte, uns zu ermutigen, einfach da zu sein, zugänglich, zustimmend, kameradschaftlich, war bestimmend für mein Urteil. Wenn ich in ihm einen Spielgefährten erkannt hätte, der beim Lärmen und Spielen hinterhältig, sogar gefährlich gewesen wäre, an dem man seine Kräfte messen oder mit dem zusammen man Abenteuer bestehen mußte, so wäre er mein Gefährte in gefahrvollen Unternehmungen geworden. Statt dessen wurde er zur gefürchteten Gestalt des nie ein lobendes Wort aussprechenden Mannes und schuf in mir ein verzweifeltes Bedürfnis nach Beifall.
Auch mein Erlebnis mit Rank vergegenwärtigte ich mir aufs Neue und deutete es nun anders. Er agierte ebenfalls in einer bestimmten, über ihn verhängten Rolle. Er war der Arzt der Psyche. Obwohl ich ihn in seiner Rebellion gegen die Rolle des sich aufopfernden Arztes bestärkte, um den Künstler in Rank zu retten, hätte ich ihn nur, wie ich nun erkenne, freimachen können für ein künstlerisches Tun, indem ich ihm die analytischen Publikationen abnahm. Das hatte er von mir erwartet.

Ich empöre mich gegen den Roman, weil er nur ein statisches Fragment enthält, es erstarren läßt, obwohl die Wahrheit nicht in diesem konservierten Teilstück liegt, sondern im unaufhörlichen Wandel. Der Roman wählt willkürlich einen zeitlichen Augenblick, ein Segment. Rahmt es ein. Bindet es zwischen zwei Buchdeckel.

Ein Fragment zeigt uns nicht die sich unaufhörlich wandelnde Wahrheit. Vielleicht könnten wir sie nicht ertragen. Vielleicht brauchen wir den Glauben an eine totale Wahrheit, die, einmal erreicht, dauerhaft, ehern ist. TOTAL. Das große T auf der rechten Seite im Setzkasten. Der regelmäßige Rhythmus der Maschine. Für den alten Boden ist sie eine schwere Last, und ich sehe, daß er sich unter ihrem Gewicht leicht wölbt, ich höre den gewaltigen Pulsschlag und höre das Ächzen.

Ich weiß, daß ich in *Winter of Artifice* das psychologische Drama von den zu vielen Zutaten befreien wollte, die das psychische Drama verdunkelten. Ich habe mich in seltsame Regionen begeben, den Monatszyklus der Frau, Schlaflosigkeit, Frigidität, Neurose, Wahnsinn, Angst, Täuschung, das Scheitern von Verhaltenstheorien, die Bedeutung unseres auf den Psychoanalytiker übertragenen Vaterbedürfnisses geschildert. Ich habe die Krankheit der heutigen Seele beschrieben. Mit einem starken Lichtstrahl habe ich das Reich des Traumes ausgeleuchtet, um seine Macht über unser Leben zu offenbaren und zu deuten, um die gegenseitige Abhängigkeit von Phantasie und Wirklichkeit herauszustellen. Ich schreibe mit einem Feingefühl, das unsere moderne Welt, die nicht weiß, daß es unsere einzige Antenne zu unserer psychischen Natur ist, zerstören möchte. Unsere Sinne und unser Feingefühl drohen angesichts der Gewalttätigkeit und Brutalität des modernen Lebens zu verkümmern.

Die Jugend zeigt Anzeichen totaler emotionaler Verkümmerung. Ich glaube, daß ich ein Empfangsgerät, ein Wahrnehmungsinstrument bleiben muß und nicht zugeben darf, daß es durch große Gewaltakte zerstört, durch Maschinengewehre betäubt, durch Schroffheit abgehärtet wird, obwohl es durchaus möglich ist, daß ich das Leben in Amerika nicht überlebe.

Ich habe meine Hände nicht geschont. Meine Nägel sind abgebrochen. Ich habe mein Buch nicht geschont. Seine Unvollkommenheiten ausgemerzt. Es ist jetzt kürzer, konzentrierter geworden.

Nachts liege ich im Bett, mache Tagebucheintragungen, schreibe Briefe, schreibe Listen für die Buchanzeigen ab.

Auf Einladungen finde ich nur den Widerschein unseres Pariser Lebens. Die Surrealisten lassen sich feiern, doch mir erscheint das alles nur wie ein Nachhall eines strahlenden abgeschlossenen Experiments. Flüchtlinge wiederholen sich. Manche schämen sich, weil sie sich selbst überleben, und wählen den Tod, wie Stefan Zweig. Eine in Deutschland einst gefeierte Sängerin erhängte sich mit vielen bunten Halstüchern, den Symbolen einer bunten triumphalen Vergangenheit.

Während ich meine Arbeit an *Winter of Artifice* beende, wächst der die Welt beherrschende Alptraum ins Gigantische, wird zum Schreckenskabinett, zur Folterkammer, übersteigt mein Fassungsvermögen. Der Wahnsinn eines Menschen ist furchtbar genug, der Wahnsinn von Millionen, einer Million Marquis de Sades unerträglich. Gewiß muß man diesem Geschehen die schöpferische Tat entgegensetzen. Man muß sich seinen eigenen Unterstand bauen, um nicht von ihm angesteckt zu werden. Die Gleichgültigkeit und Gefühllosigkeit, zu denen manche ihre Zuflucht nehmen, ist kein taugliches Mittel gegen Zerstörung und Tod.
Einige sind körperlich so geartet, daß sie zur Gewalttätigkeit neigen, und können mit den Wunden des Fleisches fertig werden. Ich kann nur die Wunden der Seele behandeln. Die meisten Menschen, die schwere körperliche Wunden zu ertragen vermögen, würden es nie wagen, das zu betrachten oder zu berühren, was ich betrachte und berühre, oder gegen die Krankheiten und Abscheulichkeiten zu kämpfen, die durch Ängste und Rückstöße der Seele verursacht werden. Tatsächlichen Mord, tatsächliche Folter, sichtbare, faßbare können sie ertragen. Ich habe mich der Bemühung um geheimnisvollere Ängste gewidmet.
H aus dem Setzkasten genommen. Henry ist zu einer Macht, einer Kraft, einem Magnet geworden. Das G aus dem Setzkasten bedeutet Gonzalo, eine symbolische Gestalt unserer Zeit. Wie in einem Schauspiel treten die gleichen Personen auf. Da ist wieder der Vater, der Arzt, der Astrologe, der Romancier, der Rebell, die bekannten Figuren. Man zieht in ein anderes Land und stellt die alte Konstellation wieder her. A für Analyse, die für mich zur Philosophie geworden ist, der Philosophie des Verstehens. Ohne sie erscheint das Dasein sinnwidrig und bedeutungslos. Mit Hilfe der Psychologie erkenne ich den Mechanismus der Motivation und daher den Sinn. S für Sinn. Für den Glauben unerläßlich. E für Erhebung, dann ein Punkt, dann ein Spatium, dann eine neue Seite, neue Buchstaben.

Am fünften Mai wurde das Buch fertig. Gonzalo und ich druckten den Umschlag. Der Buchbinder protestierte gegen die ungebräuchlichen Maße. Seine Maschinen waren auf Standardmaße geeicht. Schließlich aber fanden wir einen Buchbinder, der willens war, dreihundert seltsam-formatige Bücher zu binden. Am fünfzehnten

Mai wurden die fertigen Exemplare geliefert. Der Gotham Book Mart lud zur Buchpremiere ein. Die Ausgabe erregte wegen ihrer Schönheit großes Aufsehen. Gonzalos Typographie, Ian Hugos Stiche waren einzigartig. Die Menschen drängten sich in der Buchhandlung. Otto Fuhrmann, der an der New York University einen Lehrstuhl für graphische Kunst innehat, lobte das Buch. Kunstgalerien baten, es vertreiben zu dürfen. Ich erhielt Bestellungen von Sammlern und einen Brief von James Laughlin, der mir eine Besprechung durch einen Kritiker meiner Wahl in *New Directions* anbot.

Ich entschied mich für Carlos Williams, weil ich sein Werk achte. Leider eine unkluge Wahl. Sein Mißverständnis des Buches drücken sich bereits im Titel aus, den er seiner Besprechung gab: »Männer haben kein Zartgefühl.«

Damit legte er die Betonung auf einen Satz, der von einer unwichtigen Person in einer unwichtigen Situation geäußert wird und in der Thematik des Buches keine wichtige Rolle spielt. Er stellt das Buch als Biographie vor, obwohl es eine Mischung aus Erlebtem und Erfundenem ist und die Form eines Romans hat. Er hätte die Fiktion respektieren müssen, zumal er keine biographischen Informationen aus erster Hand besaß, durch die er seine irrigen Behauptungen begründen konnte. Als ich ihm zu einer Zeit, als Änderungen noch angebracht werden konnten, schriftlich in freundlicher Weise auf seine Fehldeutungen hinwies, zeigte er sich steinhart.

Frances Steloff sagte: »Nie zuvor habe ich solche Reaktion des Publikums auf eine Neuerscheinung erlebt. Die Leute sind ja förmlich verliebt in das Buch. Würden Sie auch Lawrence Durrells *Black Book* drucken?«

Ich war durchaus willens, es zu tun, doch Frau Steloff ließ den Plan wieder fallen. Sie wollte auch gern, daß ich eine Neuauflage meines Buches über D. H. Lawrence drucke, nach dem oft gefragt wird, doch weder sie noch ich verfügen über genügend Kapital.

Nachdem sie mein Buch gesehen hatte, kaufte Seon sofort eine Presse. Auch Dudley kaufte sich eine. Dorothy erklärte: »Ich will meine Gedichte drucken.« Edouard Roditi sagte: »Ich möchte das Buch für die *Psychoanalytical Review* besprechen.«

Harvey Breit lobte seine Sensibilität. Alemany sagte, es sei »tief und kühn«. Die Verleger hatten behauptet, es sei nicht »allgemein interessierend«. Kein Mensch werde sich für einen Roman interessieren, der in Europa spielt. Dennoch identifiziert sich eine Frau nach der anderen mit Djuna und Lilith. Ohne Werbung und Besprechungen wurde die ganze Auflage verkauft.

Gonzalo wird sich seinen Lebensunterhalt selbst verdienen, er wird frei sein können. Er ist stolz auf sich. Doch er wollte nicht in den Gotham Book Mart gehen und das ihm gebührende Lob entgegennehmen. Er blieb draußen auf der Straße stehen und warf von Zeit zu Zeit einen Blick durchs Fenster hinein, wie ein wildes Tier, das sich nicht zähmen lassen will.
Henry schreibt mir aus Hollywood. Er wohnt im neuen Haus von Gilbert Neiman und wird sich mit Budd Schulberg treffen.

Mittagessen mit Paul Rosenfeld in einem Gartenrestaurant des Village. Ein Sommertag. Paul wie immer, mit rosigem Gesicht, herzlich, begeisterungsfähig, mit den guten Manieren früherer Zeiten und der heute so seltenen Fähigkeit, zu bewundern. Er erzählte mir eine wunderbare Geschichte.
Einem japanischen Kaiser wurde hinterbracht, daß sein bester Freund eine Verschwörung gegen ihn angezettelt hatte. Der Kaiser mußte ihn zum Tode verurteilen. Er sollte enthauptet werden, doch wegen seines hohen Ranges und ihrer langjährigen Verbindung sollte die Enthauptung zu einem feierlichen und bemerkenswerten Ereignis erhoben werden. Der ganze Hof war zu dem Schauspiel eingeladen. Vorausgehen sollte der Enthauptung die schönste und künstlerischste Unterhaltung, die der japanische Hof bieten konnte. Es gab Dichterwettkämpfe, erlesene tänzerische Vorführungen, Konzerte und dramatische Aufführungen. Der verurteilte Edelmann sah den Darbietungen mehrere Stunden lang mit Interesse zu. Doch dann wurde er unruhig. Er sprach zu dem Kaiser: »Ich weiß, daß Ihr zu Ehren unserer einstigen Verbindung mir dieses letzte Schauspiel gönnt, doch erlaubt mir zu sagen, wenn Ihr einst Achtung für mich hegtet und meinen Tod mit Ehren und Güte zu begehen wünschtet, so bitte ich Euch in Erinnerung an unsere einstige Freundschaft, mich nicht länger dieser Spannung auszusetzen. Habt Erbarmen und erlaubt, daß die Enthauptung sogleich vorgenommen werde.«
Da lächelte der Kaiser und sagte: »Aber mein lieber Freund, du bist bereits enthauptet worden.«
Keine Erzählung hat je mit größerer Symbolkraft die magische Gewalt der Kunst wiedergegeben.

George Barker besuchte mich. Durch Spannungen wird er zu plötzlicher Lebhaftigkeit, nervösem Schwung angetrieben. Er ist geistreich, aber seicht. Was er schreibt, hat die gleichen funkelnden, jedoch falschen Töne. Keine Emotionalität, sondern eine Art Gehirnentzündung, als ob er nur im Zustand höchster Spannung lebendig

bliebe. Wenn der westliche Mensch an elektrischem Kurzschluß leidet, kann er sich wie die Primitiven Erleichterung verschaffen, indem er die ganze Nacht hindurch tanzt und trommelt, bis er umsinkt. Bei George Barker ist es die Aufregung.
Wegen der Offenheit meines Romans haben die Menschen das Gefühl, daß sie sich mir anvertrauen können, so daß die Kontinuität und Ergänzung des Tributs sichergestellt ist, den ich dem Wert der vertrauten Beziehungen zahle; es ist so wahr, daß alles, was wir künstlerisch gestalten, zum lebendigen Strom wird, der andere Gleichgeartete mitreißt.

Robert gab Blanche Cooney gegenüber seinen Mangel an Gefühl zu: »Ich bin ein Mörder.«

Auch andere beginnen nun in Kenneth Patchen einen Egoisten zu erkennen. Paul Rosenfeld sprach von seinem Größenwahn.

Der Horror in Europa breitet sich aus, wird unerträglich groß, ungeheuerlich.

[Sommer 1942]

Im Juli arbeiteten wir an Hugh Chisholms Gedichtband. Trotz der Hitzewellen, der Dschungelfeuchtigkeit, Sumpfschwaden, Teerdämpfe in New York.

Im August gingen wir nach Provincetown. Der Sommer war friedvoll. Wie in Saint-Tropez schwammen wir beim andauernden Getöse der Wasserbomben. Wir beobachteten die Piloten bei ihren Übungen. Unter der Oberfläche der Freude, der Schwimmvergnügen, des Sonnengenusses geht die Erzählung von Krieg und Qual unaufhörlich weiter.

Helba verschluckte sich an einer Fischgräte und weckte die ganze Nachbarschaft auf.

Ich schwamm so lange unter Wasser, als ob ich nicht mehr auftauchen, als ob ich unten bei den Fischen bleiben wollte.

Dann zurück nach New York und an die Arbeit.

Für Gonzalo begann ein neuer Lebensabschnitt. Unter dem Namen *Alianza Interamericana* soll eine neue Zeitschrift erscheinen. Reiche Leute haben Geld gegeben. Er wird die Zeitschrift drucken und herausgeben.

Anfangs fürchtete er die Verantwortung, und ich dachte bereits, er werde sich ihr entziehen. In der Furcht äußert sich das Eingeständnis seiner Unzulänglichkeit. Er fühlt sich unzulänglich. Und Helbas Krankheit ist immer sein großes Alibi gewesen. Doch ein Freund drängte ihn dazu, die Aufgabe zu übernehmen. Ich habe sein Selbstvertrauen gestärkt. Anfänglich konnte er nicht mit Geld umgehen. Er gab alles an einem Tag aus. Ich mußte es ihm in kleinen Raten geben, sonst hätten sie nichts zu essen gehabt. Doch allmählich begann ich ihn zu prüfen. Schließlich überließ ich ihm alles, was wir durch die Presse verdienten, um ihm das Gefühl der Unabhängigkeit zu geben. Bald wird er genug verdienen, um sich erhalten zu können.

Indessen erfährt Henry chaotische innere Umwälzungen. Er schreibt mir widerspruchsvolle Briefe, behauptet, in eine Phase der Zurückgezogenheit, in die Abgeschiedenheit des Mystikers einzutreten. Das New Yorker Leben ist ihm unerträglich geworden.

Ein Brief Henrys aus Hollywood:

»Gestern oder vorgestern Nacht habe ich das Kerkhoven-Buch von Jakob Wassermann zu Ende gelesen. Es hat eine ungeheure Wirkung auf mich ausgeübt, weil es in engerer Beziehung zu meinem eigenen Problem steht. Das Ende überraschte und beglückte mich, ich entdeckte gewisse Entsprechungen mit der eigenen Psychologie, wie den aus Mangel an elterlicher Liebe entstandenen Fanatismus. Als ich mich meinem Vater widmete, zog ich daraus eine große Hilfe. Um von meinen Plänen zu sprechen: Instinktiv habe ich den Versuch gemacht, mir meine Unverantwortlichkeit abzugewöhnen. Daß ich hierher fuhr und beim Film nach Arbeit suchte, war eine letzte verzweifelte Anstrengung. Ich kann nicht länger mit ansehen, daß du Opfer bringst. Ich komme schon durch. Ein Dach über dem Kopf, Zigaretten und Essen habe ich immer. Da diese Dinge gesichert sind, besteht kaum Grund zur Sorge.
Mir ist bei dem, was ich tue, nicht wohl – auf Kosten dieser armen Leute leben; andererseits entschädige ich sie auf meine Art und weiß, daß sie nicht unter mir leiden. Oft esse ich mit anderen Freunden im Restaurant, ich räume selbst bei mir auf und mache mich meistens so klein wie möglich. Wenn ich bloß zwanzig bis fünfundzwanzig Dollar wöchentlich verdiente, wäre ich okay. Es ist zwar so, daß ich selten Geld in der Tasche habe, doch andererseits benötige ich es auch nicht wirklich. Ich habe mich über nichts zu beklagen. Da ist nur ein leises Schuldgefühl, weil ich in Wahrheit das Problem nicht gelöst, sondern nur anderen in die Hände gegeben habe.
So kann es nicht unbegrenzt weitergehen, ich weiß. Schicke mir nur, was du entbehren kannst. Ich habe ohnehin noch nicht viel erreicht. Falls ich nach New York zurückkehren muß (weil ich möglicherweise hier versage), was dann? Werde ich in New York etwas zu tun finden oder in den Zustand der Verantwortungslosigkeit zurückfallen?«

Ein zweiter Brief:

»Wenn Du oder sonst ein Mensch einem anderen zuliebe derart große Opfer bringt, geschieht es, weil dieser andere etwas zu bieten hat, das von höherer Wichtigkeit ist als seine Pflicht? Diese mich wie Dich beschäftigende Frage scheint sich von der Leistung (infolge von Protektion) abzuwenden und auf die Mittel (Angewiesensein auf andere) zu zielen. Das ganze Problem mag darin liegen, daß ich absolutistisch denke.

Du verlangst von mir lediglich, daß ich die Schwierigkeiten und Umstände relativ sehe. Vielleicht hege ich, uneingestandenermaßen, die eine große Befürchtung, daß ich, sofern ich mich zu einem Kompromiß verstände, völlig untergehen würde. Möglicherweise bin ich der einzige Schriftsteller unserer Zeit, der die Chance hatte, nur so zu schreiben, wie er schreiben wollte. Vielleicht war es schlecht. Das frage ich mich. Von mir könnte man sagen, daß ich immer nur das tat, was ich tun wollte, und an sogenannten Verzichten keine Freude hatte.

Was soll ich darauf antworten? Vielleicht läßt es sich so zusammenfassen: Wenn ich unter den gegenwärtigen Verhältnissen nicht schreiben kann, sollte ich wenigstens arbeiten, wie jedermann. Es ist die alte chinesische Frage danach, ob Untätigkeit (manchmal) nicht besser sei als Tätigkeit. Vielleicht enthält das Obengesagte zwei schwache Punkte. Erstens, daß ich es, sofern ich überhaupt Talent besitze, fertigbringen könnte, zu schreiben, was ich will, ohne das Verbot meiner Bücher herauszufordern. Die einzige Frage ist, bin ich dazu bereit? Bin ich dazu fähig? Glaube mir, in einsamen Augenblicken habe ich mit diesem Problem gerungen.

Während meines ganzen Lebens hat mich die Notwendigkeit gequält, entweder diesen Forderungen zu genügen oder einer anderen Forderung zu gehorchen, einer, die ich mir selbst stellte – warum, vermag ich nicht zu erklären. Ich bin nun zu der Ansicht gelangt, meinem Schreiben liegt die Tatsache zugrunde, daß ich frühzeitig den Wunsch verlor, auf der von der Gesellschaft festgelegten Basis mit anderen zu partizipieren. Alles, was ich in dem, was ich schrieb, möglicherweise tat, war Protest erheben und erklären, worin ich anders bin. Und erst kürzlich hat sich mir die Frage gestellt: ›Ist das genug? Kannst du dein Verhalten rechtfertigen?‹ Und dann die Frage, ob ich anderen Leid und Schmerz zufüge – durch meine Einmaligkeit. Bin ich deswegen zu tadeln? Oder ist das etwas in der Natur der Dinge Liegendes, etwas Unvermeidliches?

Seit langem nun habe ich wirklich nicht mehr versucht oder gewünscht, anderen Schmerz zuzufügen. Aber es ist fast unmöglich, anderen Schmerz zu ersparen. Zumal, wenn es nur dazu kommt, weil ich bin, wer ich bin. Natürlich werde ich die Folgen meines Wunsches, mich selbst zu verwirklichen, eines Tages zu tragen haben. Das ist recht und billig so ... das ist unser Geschick. Dagegen lehne ich mich nicht auf. Alle meine gegenwärtigen Schwierigkeiten rühren von dem Umstand her, daß ich immer mehr versuche, ich selbst zu sein. Sollte sich dieses Ich als Ungetüm erweisen, dann je eher, desto besser. Durch den Entschluß, über dem gewöhnlichen

Niveau zu leben, schaffen wir uns selbst außergewöhnliche Probleme. Das Endziel ist, aus dieser Erde ein Paradies zu machen. Doch in Wahrheit versuche ich ja schon immer, paradiesisch zu leben. Ich bin der ideale Bürger. Ich bin bereit, die Bedingungen jedoch fehlen. Es ist, als müßte ich rückwärts leben, aus einer besseren Verfassung der Welt (die mir natürlich ist und in die hinein ich geboren wurde) in eine dumme und beklagenswerte zurückkehren. Das Leben, von dem die Leute träumen, habe ich bereits gelebt, nicht in der Phantasie, sondern wirklich. Und auch Du hast dieses Leben gelebt. Der Unterschied ist, daß Du Dich den rückständigen Verhältnissen besser anpaßtest. Ich glaubte, Du bezeichnest das als menschliches Verhalten. Vielleicht hast Du recht.

Ein weiterer Unterschied besteht darin, daß Du mit diesem Kriterium *menschlich* die Notwendigkeit des Kampfes hervorhebst. Für mich ist der Kampf jedoch relativ unwichtig. Wie kann ich kämpfen, da ich mein Ziel bereits erreichte? Wenn Du eine Blume ziehst, ist es nicht töricht, zu erwarten, daß sie sich bemüht – sagen wir, sich dahin zu entwickeln, andere Blumen, bessere Blumen, schönere Blumen hervorzubringen?

Der Kampf findet auf einem Niveau statt, über das ich hinausgewachsen bin. Sowohl die materialistische Weltanschauung des Westens, als auch die östliche Lebensauffassung zielen dahin, den Menschen über den Kampf zu erheben. Die Kampfart, die ich für wertvoll halte, ist das Ringen mit mir selbst. Die Ironie will, daß dieselben Utopisten, die für sich in Anspruch nehmen, an der Verwirklichung des blumengleichen Zustands der Menschheit zu arbeiten, die lebendige Blume verachten. All die Erregung in der Brust von Millionen – ich begreife sie –, aber sie regen sich auf, weil ihnen etwas fehlt. Sie suchen sich dadurch zu helfen, daß sie zusammenarbeiten. Das individuelle Werk, die individuelle Entwicklung, wollen sie nicht anerkennen. Da ich durch Dich unserer Welt enthoben wurde, soll mich auch im ärgsten Falle, wenn ich gerade träume (und wie wunderbar ist es zu träumen! Warum gilt es als eine so große Sünde?) nur die Gewalt in sie zurückversetzen.

Warum findet sich immer einer, der den Künstler beschützt? Oder verhelfen sie etwas zur Dauer, das ihnen lebenswichtig ist? Sie sind wie die Drohnen, die für die Bienenkönigin da sind. Die Abhängigkeit von anderen ist für mich kein Problem. Ich bin immer neugierig zu erfahren, wie weit die Leute gehen, wie weit man sie auf die Probe stellen kann.

Gewiß kommt es dabei zu Demütigungen, aber sind sie nicht eher eine Folge unserer Grenzen? Leidet nicht nur unser Stolz dabei? Nur wenn wir bitten, fühlen wir uns verletzt. Ich, der ich so oft die Hilfe anderer erhalten habe, sollte etwas über die Pflichten des Empfängers wissen. Es ist so viel leichter, der Gebende zu sein. Zu empfangen ist viel schwerer – man muß in der Tat zartfühlend sein, wenn ich es so ausdrücken darf. Man muß den Menschen dazu verhelfen, großzügiger zu werden. Indem man von anderen empfängt, sich von ihnen helfen läßt, fördert man sie wirklich im Größerwerden, in der Großzügigkeit, in der Großmut. Man leistet ihnen einen Dienst.

Und schließlich tut keiner gern nur das eine oder das andere. Wir alle bemühen uns nach besten Kräften zu geben und zu nehmen. Nur weil das Geben so stark mit materiellen Dingen verquickt ist, macht das Empfangen einen schlechten Eindruck. Wenn wir den Bettler ausmerzten, würden wir ein furchtbares Unglück über die Welt verhängen. In der Ordnung der Dinge ist der Bettler ebenso wichtig wie der Geber. Sollte das Betteln jemals aufgehoben werden, so helfe uns Gott, wenn dann kein Bedürfnis mehr danach bestünde, sich an den Mitmenschen zu wenden, zu bewirken, daß er von seinem Reichtum spendet. Wozu taugte dann der Überfluß? Müssen wir nicht stark werden, um zu helfen, reich werden, um geben zu können, und so weiter? Wie könnten diese grundlegenden Aspekte des Lebens sich jemals ändern?

Das Mißliche ist, daß die Menschen arm im Geiste, erbärmlich, niedrig, neidisch, eifersüchtig sind. Die Änderung, die sie ins Auge fassen, zielt nicht auf den Beweis größerer Großmut, sondern auf den Schutz gegen Demütigung, den Schutz ihrer kleinlichen Egos, ihres kleinlichen Stolzes, ihrer kleinlichen Vorurteile. Trotzdem aber ist, wie Du weißt, der Steinbock ein beharrlicher Kletterer, ein beharrliches Arbeitstier, ein beharrlicher Graser. Dann und wann lehne ich mich auf – ich richte mein Antlitz himmelwärts. In solchen Augenblicken scheint die Welt sich verschworen zu haben, mich zu ducken. Oder vielleicht ist es wahrheitsgemäßer zu sagen, ich sorge dafür, daß die Welt sich gegen mich verschwört. Ich hoffe, Du verstehst mich, ich habe noch keinen Verfolgungswahn. Ich kenne meine Rolle und kenne die Rolle der Welt. Und schließlich werden wir schon miteinander auskommen, die Welt und ich. Ich tue mein Bestes, immer, auch dann, wenn ich müßig und bockig und halsstarrig zu sein scheine.

Der Steinbock bemüht sich ständig, das ist das Verfluchte. Er hört nie auf. Begreifst Du nicht, daß bei meinem Wesen, meiner Bestimmung, meiner Sternbild-Situation die höchste Seligkeit für mich im Innehalten, Ausruhen, Emporschauen, in der Bewunderung der Sterne, im Staunen, im Traum, in der Betrachtung liegt? Wozu klimmen wir himmelwärts, wenn nicht, um eines Tages den Gipfel

zu erreichen und die Welt zu überschauen? Und dann schwinden wir wohl aus dem Bild. Ich weiß, daß ich nie ein greifbares Shangri-La erreichen werde. Ich weiß, welchen Sinn all mein Umherstreifen hat. Doch schneller als jetzt vermag ich nicht zu lernen. Mit den geringen Materialien, aus denen ich bestehe, muß ich wirken. Wie ich sehe, kämpfst Du darum, Dich einer schlimmen Lage anzupassen. Während ich darum kämpfe, mich nicht anzupassen.
Auf einstige Opfer blicke ich ohne Freude zurück. Ich halte sie für Zeitverschwendung. Hingegen halte ich den Müßiggang, das Träumen, das Spielen nicht für Zeitverschwendung. Ganz im Gegenteil. Es mag sein, daß die Welt für eine solche menschliche Lebensweise noch nicht eingerichtet ist – doch das beweist nicht, daß ich Unrecht habe.
Gestern abend las ich ein wenig weiter in Joseph Kerkhovens dritter Existenz. Weißt Du, was aus dem wunderbaren Dr. Kerkhoven wurde, als er auf der Höhe seiner Macht stand? Als er ungefähr mein Alter erreicht hatte? Er ging auf die Jagd, um nicht wiederzukehren. Er hatte erkannt, daß das, was er tat, ihn nicht länger überzeugte. Er verließ seine Frau, die er mehr denn je zuvor liebte, und ging nach Java – um zu lernen, zu betrachten, zu experimentieren, sich selbst zu finden. Die Welt hatte ihn anerkannt, so wie er war. Er war auf dem Gipfel angelangt. Aber er war nicht mit sich zufrieden. So ging er hinaus in die Wildnis. Und auch ich lebe in einer Art Wildnis. Und ich werde mich selber finden, daran kann kein Zweifel bestehen. Daß ich mir Kalifornien statt New York zur Wildnis erwählte, hat seinen Grund zum Teil in meinem Zorn. Kommt Zeit, kommt Rat. Ich habe nicht für ewig hier Anker geworfen. Wenn ich einen Ortswechsel vornehme, so soll er sinnvoll sein.«

Henry hat zehn Bücher geschrieben, die von allen gelesen werden und dennoch nicht genug einbringen, um seine einfachsten Bedürfnisse zu befriedigen. Seine Bücher werden *sub rosa* nachgedruckt, und er bekommt nicht das geringste Honorar. Die Leute übervorteilen ihn.
Mittlerweile kämpfe ich mit dem hoffnungslos verwickelten Geldproblem. Nach den Chisholm-Gedichten haben wir keinen Druckauftrag mehr bekommen. Caresse hat Pläne, aber kein Geld, um sie auszuführen. Wir haben die Gedichte von Kay Boyles Tochter gedruckt.

In der besten Absicht der Welt publiziert Paul Rosenfeld eine Besprechung von *Winter of Artifice*, die völlig unrichtig ist, da er das

Buch als eine genaue Biographie darstellt, während es in Wirklichkeit eine Mischung aus Biographischem und Fiktivem ist. Indem er es als Biographie behandelt, läßt er die lyrischen, poetischen Züge (wie die lange Orchester-Passage oder die Seiten über Träume) unbeachtet. Er ist so sehr darauf bedacht, seine Kenntnisse in bezug auf die Quellen des Porträts zu beweisen, daß er die poetische Alchimie übersieht. Er stellt eine Verwirrung zwischen dem Tagebuch und den Romanen an. Carlos Williams dagegen erfindet einen Widerstreit zwischen Männern und Frauen, den mein Buch nicht artikuliert, der nur in seiner eigenen Vorstellung existiert und den er mit seiner angestrengten, geschlechtslosen Diskantstimme enthüllt. Er schildert seine eigene Vision der Frau, nicht meine. Und bei diesen beiden Besprechungen blieb es. Harvey Breit versuchte, in der *New Republic* über das Buch zu schreiben, der neue Herausgeber ließ es aber nicht zu. Bei der *New York Times* und der *Tribune* völliges Schweigen. Mein Untergrund-Erfolg aber entwickelt sich still, heimlich, inbrünstig von Mensch zu Mensch.
Ich hatte geglaubt, die Presse würde unsere wirtschaftlichen Probleme lösen.
Die fünf Stiegen, die ich jeden Abend auf dem Heimweg hinaufklettern muß, scheinen meine Schwierigkeit vorzustellen. Wenn ich von der Arbeit an der Presse komme, fallen mich auf diesen Treppen die Müdigkeit und Entmutigung des ganzen Tages an. Auf der ersten, mit abgenutztem braunem Teppich bespannten Stufe fallen sie über mich her. Während des Hinaufsteigens denke ich daran, daß Gonzalo eine neue Brille braucht; woher soll ich das Geld dafür nehmen? Jacobsons Honorar für die Behandlung Helbas ist überfällig. Henry muß zum Ohrenarzt gehen. Außerdem braucht er achtzehn Dollar für eine neue Brille. Auf dem ersten Stock angelangt, füge ich meine eigenen Probleme hinzu. Auf dem Weg zum zweiten Stock als weitere Zutat die Bemühungen um Druckaufträge, die Berechnungen des möglichen Verdienstes, der erforderlichen Arbeitszeit. Beim Treppensteigen fühle ich mich schwer beladen, ich sehe keine Möglichkeit zum finanziellen Gleichgewicht. Im dritten Stockwerk setze ich mich manchmal auf die Treppe. Es befindet sich eine Nische in der Wand; früher stand eine Statue darin. Wahrscheinlich eine katholische Heiligengestalt, da das Village ursprünglich von Italienern bewohnt wurde. Die leere Nische wird zum Symbol: Ich habe niemanden, zu dem ich beten, niemanden, an den ich mich wenden könnte. Ich bin ein Versager.
Ich bin ein Versager in jenem Bereich, in dem Amerika sich auszeichnet. Die Amerikaner haben das Talent, alles in Geld zu verwandeln. Vielleicht verzeihe ich Henry und Gonzalo deshalb immer

ihre Unfähigkeit, Geld zu verdienen und mit den Problemen des praktischen Lebens fertig zu werden: ich verstand und verzieh, weil ich mich ohne den mir gewährten Schutz in der gleichen Lage befunden hätte.

Doch dieser Schutz dehnte sich nicht auf meine Schützlinge aus. Die uns dreien gemeinsamen Eigenschaften, Spontaneität, Phantasiereichtum, Liebe zu künstlerischer Gestaltung sind mit dem kommerziellen Leben unvereinbar. Für das praktische Leben braucht man andere Eigenschaften, Klugheit, Voraussicht, Disziplin, Beherrschtheit und so weiter.

Wenn ich im fünften Stockwerk anlange, habe ich das Gefühl, einen Berg von Schwierigkeiten erklommen zu haben. Und morgen werde ich wieder denselben Berg erklimmen müssen.

[Oktober 1942]

Meine Klarsicht verleiht mir die tödlichsten Waffen. Ich greife nie zu ihnen. Dr. Jacobson sagt mir, daß Helba eine Psychopathin, eine Hysterikerin ist. Daß sie nicht gerettet werden kann, da ihre »Krankheit« ihre stärkste Waffe im Verkehr mit anderen, ihr einziger Besitz sei. Er nennt sie »l'emmerdeuse«, die Nervensäge. Doch Gonzalo könnte die Wahrheit nicht ertragen.

Frances Brown. Das erste, was ich an ihr bemerkte, waren ihre Augen. Sie hat riesenhafte Märchenaugen, zwei aquamarinfarbene Lichter, die das Dunkel erhellen, Augen von solcher Tiefe, daß man zuerst das Gefühl hat, in ihnen wie in einem Meer, einem Meer des Gefühls, zu versinken. Doch dann hören sie auf, eine verschlingende See zu sein, und werden zu Leuchtfeuern, die vor Wachsamkeit, vor starkem Sehvermögen strahlen. Jeder Gegenstand und jede Person, auf die der Strahl der blauen glänzenden Bälle fällt, gewinnen Bedeutung. Gleichzeitig aber bringen Empfindsamkeit und Verletzlichkeit die Augen zum Zittern wie Kerzenlicht oder das Auge der Kameralinse, das sich unter zu starkem Tageslicht plötzlich schwarz färbt. Man hat die innere Kammer getroffen, die Dunkelkammer des Photographen, in der die Lichtempfindlichkeit, Empfindlichkeit gegen Rohheit und Grobheit augenblickliche Vernichtung des Bildes bewirken würde. Ihre Augen scheinen eine größere Vision der Welt zu spiegeln. Wenn die Empfindsamkeit sie veranlaßt, sich schnell zusammenzuziehen, geschieht es nicht in blindem Selbstschutz, sondern, um sich wieder der dunklen Kammer zuzuwenden, in der die Metamorphosen stattfinden, Schmerz nicht zum persönlichen Schmerz, sondern zum Schmerz der ganzen Welt, Häßlichkeit nicht zur persönlichen Erfahrung, sondern zur Erfahrung der Welt mit der Häßlichkeit wird. Indem sie die Erfahrung erweitert und in der Totalität des Traumes ansiedelt, wird aus dem unerträglichen Ereignis ein tiefes, transparentes Lebens-Verständnis, das ihren Augen letztlich eine von den Menschen irrtümlich für Kraft gehaltene siegreiche Macht gibt, in Wirklichkeit aber Mut ist. Denn das von der Außenwelt verwundete Auge hat sich nach innen gewandt, verharrt dort aber nicht, sondern kehrt mit erneuter Sehenskraft zum Draußenliegenden zurück. Nach jeder Begegnung mit unertragbaren Wahrheiten, unertragbarem Schmerz kehrten die Augen zurück zu den Spiegeln der inneren Kammern, den durch Nachsinnen und Verstehen bewirkten Verwandlungen, damit sie wieder nach draußen und der nackten Wahrheit ins Gesicht sehen konnten.

Und wie ich bei unseren Gesprächen feststellte, hat Frances zahlreiche häßliche und schmerzliche Erfahrungen gemacht.

Sie muß liegen, ihre Hüfte ist im Gipsverband. Nach dreimonatiger psychotherapeutischer Behandlung durch Martha Jaeger bessert sich das schwere Ischiasleiden, gegen das Frances ankämpft. Bei den Cooneys hatte ich zum erstenmal von ihr gehört. Damals war sie mit Lenny verheiratet, und Lenny korrespondierte mit Henry. Jetzt ist sie verheiratet mit Tom, einem bleichen, zurückhaltenden jungen Mann.

Einige Jahre, bevor ich sie kennenlernte, hatte sie wegen beginnender Tuberkulose das Tanzen aufgegeben. Sie begann mit Bildhauerei und Zeichnen, in der Hoffnung, daß diese Künste den Platz des Tanzes einnehmen könnten. Als wir uns zum erstenmal sahen, beschäftigte sie sich mit Skulptur.

Zunächst sprachen wir über Psychoanalyse und Träume. Jede hatte ein wunderbares Verständnis für die Lebensumstände der anderen, obwohl sie sich als völlig verschieden erwiesen. Auf der Basis des gegenseitigen Verstehens haben wir uns gefunden. Unsere gemeinsame Sprache war die des Symbolismus.

Sie hatte eine Fülle fruchtbarer Träume; ich träumte weniger, beschrieb aber, was ein Äquivalent des Traumes war, *le rêve éveillé*, den Wachtraum der Surrealisten.

Frances' Haut ist durchsichtig und zart. Frances' Mutter ist im Alter von dreißig Jahren an Tuberkulose gestorben. Ich bin beunruhigt, denke daran, daß die Ärzte sagen, die Tuberkulose entwickelt das Talent, weil die Todesahnung des Lebens Schönheit, Bedeutung, Verfänglichkeit brennend zum Bewußtsein bringe. Der Bazillus erzeuge Unrast und Überempfindlichkeit.

Wie vermochte sie sich in einer Kindheit voller Armut und Roheit diese Güte und Empfindsamkeit zu erhalten?

Sie ist genau das Gegenteil von Helba. Die körperlichen Störungen erfahren eine Verwandlung, so daß man die Anwesenheit der Krankheit nicht empfindet, nur die ihrer strahlenden Persönlichkeit. Sie hat, wie vorher ihre Mutter, Angst, sterben zu müssen, aber ich bin davon überzeugt, daß ihr psychischer und psychologischer Kampf gegen die Krankheit erfolgreich sein wird.

Frances' Wohnung hat ein Fenster zur Achten Straße hin. Ich sehe sie in Licht gebadet, wie die Klarheit ihres Denkens. Sie hat eine tiefe, ein wenig heisere Stimme. Jeden Tag erzählt sie mir eine neue Geschichte aus ihrer Kindheit.

Frances und ich tauschen unsere Lebensberichte aus. Sie erzählt mir, und ich gebe ihr Teile des Tagebuchs zu lesen, da sie noch liegen muß. Während sie von ihrer Kindheit erzählt, suche ich nach Spiegelungen und Nachklängen dieses Kindes, das sie beschreibt, und finde den Sinn für Humor und Situationskomik wieder, das spielerische Wesen, die lebhafte Intelligenz. Ich kann das scheinbare Kind, als das sie ihrer Mutter erschien, nicht sehen. Ich sehe vielmehr die ausdrucksvollen Augen, die durchscheinende Haut, die empfindsamen Hände und höre die leicht heisere, aber musikalische und modulationsreiche Stimme.

Ihre Kindheit erscheint mir fast unglaubhaft, weil sie nicht abgefärbt hat auf ihre Art zu sprechen, die differenziert und sensitiv ist, und weil sie selbst nicht verbildet oder verbittert wurde. In ihr lebt kein Zorn, kein Groll, keine Anklage gegen die Gesellschaft wie in Helba. Frances die Träumerin, die Künstlerin, der Mensch, der unversehrt durch Entsetzliches ging und sich eine innere Welt unzerstörbarer Schönheit bewahrte.

Als Künstlerin hatte sie jede Welt betreten und verstehen können. Die Fähigkeit, zu träumen, zu erschaffen, hatte sie sicher durch die dunkelsten Stationen geführt, dieselben Orte, von denen Edward Dahlberg mit Murren und Rachsucht in *Bottom Dogs* spricht.

Tom, ihr Mann, geht während unserer Unterhaltung durch die Zimmer. Er ist schweigsam und ausdruckslos. Er scheint weder zu hören noch zu sehen. Er scheint kalt zu sein, und ich kann mir nicht vorstellen, was seine Kälte mit ihrer Wärme verbindet.

Die Schrecknisse haben sie nicht überwältigt. Der einzige Rückstand, den sie hinterließen, ist der Wunsch, eine andere Welt zu erschaffen. Sie liest mir aus T. S. Eliots *Four Quartets* vor; wir sprechen über Musik. Das gegenseitige Vertrauen ist unbegrenzt, wir haben keine Furcht vor Verrat, da wir einander verstehen. Wir fällen keine Urteile. Wir haben eine gleich starke, fast objektive Leidenschaft für das Verständnis. Manchmal gewinne ich den Eindruck, daß sie, weil sie in der Wirklichkeit Schrecknisse erlebte, besser befähigt ist, mit jenen Schrecken fertig zu werden, die Ausgeburten unserer Phantasie oder Angst sind.

Tom möchte Schriftsteller werden. Vielleicht weil ich eine so schweigsame, einsilbige äußere Leblosigkeit nicht gewohnt bin, kann ich mir nicht vorstellen, daß ihr ein künstlerischer Strom entquillt.

Während Frances mir berichtete, mußte ich mit Bewunderung an den starken Geist denken, der diese Zelle des Traums, der künstlerischen Gestaltung und Eingebungen am Leben erhalten hat. Woher nahm sie die Zeit, um sich in Musik und Dichtkunst zu bilden, um diese Einsicht zu entwickeln, die in ihrer Feinheit Proust gleichkommende nuancierte Beziehung?

Obwohl sie jünger ist als ich, kann ich ihrer Hellsichtigkeit und ihrer Menschenkenntnis vertrauen. Jede von uns hat Verständnis für die Befürchtungen der anderen. Sie ist weniger als ich geneigt, die Menschen zu idealisieren, und deshalb weniger anfällig für Enttäuschungen. Wenn wir sprechen, findet eine alchimistische Verwandlung statt. Mögen wir auch über tragische Vorfälle sprechen, das Verständnis verwandelt sie in Abenteuer, in faszinierende Erlebnisse. Die äußeren Ereignisse unserer Lebensläufe waren gänzlich verschieden, unser Geist und unsere Einstellung zu ihnen jedoch ähnlich. Die Vertrautheit mit der psychologischen Wirklichkeit hat uns auf die verschiedenartigen Erlebnisse eingestimmt. Die Welt des Künstlers war unsere gemeinsame Heimat, der Symbolismus unsere gemeinsame Sprache. Durch unsere Träume entdeckten wir, was die Essenz unseres Lebens ausmacht. Allenfalls ist Frances klassischer in ihrer Geschmacksrichtung. Da ich in einer klassischen Atmosphäre erzogen worden bin, rebelliere ich gegen sie.

Ich suche nach neuen Formen, neuen Strukturen, neuen Klängen, Freiheit. Aber ich verstehe sie, wenn sie sagt: »Ich könnte niemals jemanden heiraten, der Beethovens Streichquartette nicht liebt.« (Ein prophetischer Ausspruch, da sie später den feinsinnigen Pianisten Michael Field heiratete.)

Ich bewundere die Frau, die durch eigene Kraft hochkam. Ohne die Hilfe günstiger Umstände erhebt sich Frances, dieses Kind der Armut, zur Klarheit der Einsicht. Sie bekämpft auf kluge Weise ihre Krankheit, behandelt sie sachlich, klagt nie. Helba hat aus ihrer Krankheit ein Instrument des Schreckens und der Angst gemacht. Frances macht die Krankheit zu einem Mittel der geistigen Expansion. Wenn ihr Körper sich nicht bewegen kann, schwingt ihr Geist sich auf. Frances besiegt ihre Krankheit, macht sie schöpferisch, treibt ihr schließlich den bösen Geist aus, so daß man sich in ihrer Gegenwart niemals im Beisein von Krankheit befindet, sondern von willensstarker Bekämpfung dieser Krankheit, und während man Frances im Zustand der Ruhe wähnt, wandert das Leuchtfeuer ihrer Augen über Menschen und Orte.

Aus dem großen Fenster fällt viel Licht auf ihr Bett. Ihre Wangen sind schwach gerötet, so rosig wie ihr Nachthemd. Die schwarzen

Notizbücher liegen über ihr Bett verstreut. Jemand behauptete, es sei grausam von mir, Frances von einem Leben mitzuteilen, das sie niemals kennenlernen würde. Das Village, beschränkte Mittel, das Künstlerleben seien für mich nur eine Lebensstation, Frances dagegen würde niemals zu den von mir beschriebenen Leuten und Orten gelangen. Ich widersprach.
Ehe ich selbst einen Zugang fand, hatte ich bereits eine mir von den Schriftstellern geschenkte reiche Welt besessen. Die Bücher waren meine Nahrung gewesen; ich wußte weshalb, wonach ich Ausschau hielt, was ich wollte. – Ich freute mich über Frances' gerötete Wangen, ihre Vertrautheit mit dem Leben auf eine erneuerte Sauerstoffzufuhr. Sie kommentierte, prüfte, verstand. Und da sie auch meine Geschichte kannte, bewahrte sie mich vor jenem Schicksal, dem wir durchaus zu entgehen vermögen: dem der Wiederholung. Der Fallgrube der Wiederholung. Ihre Hellsichtigkeit war nie grausam: sie war weise. Sei vorsichtig, Anaïs. Ich wiederum versuchte sie davor zu bewahren, daß sie sich mit ihrer Mutter identifizierte, mit der Art der Lebenskunst und mit dem frühen Tod ihrer Mutter. Ich hatte das Gefühl, Frances Lebenswillen einzuflößen, die Vorstellung von einem Leben, das sie sich wünschen, das sie erstreben, wonach sie hungern konnte.
Ich wollte mehr über ihre Kindheit erfahren:

»Wir waren eine mit Armut geschlagene Familie. Mein junger Vater fuhr nachts ein Taxis, um Frau und fünf Kinder zu ernähren. Als karger Mann und unbezwinglicher Kämpfer muß er die Gewohnheiten und Interessen meiner Mutter nur zornig und kummervoll ertragen haben. Ihre Heirat war eine Liebesheirat gewesen, eine leidenschaftliche Verbindung, die dazu geführt hatte, daß die beiden Jugendlichen, die praktisch keinen Penny besaßen, davongelaufen waren. Meine Mutter war Vorarbeiterin in einem Ausbeutungsbetrieb, wo mein Vater Lastwagen be- und entlud.
Alle vierzehn Monate erschien ein neues Baby. Und ihr Wunsch lautete: ›Ich will ein Dutzend haben.‹ Wir, ihre Kinder, waren ihre Spielgefährten, die Freunde und Verwandten, die sie in der eigenen Kindheit nie besessen hatte. Die im fünften Stockwerk gelegene Vierzimmerwohnung, in der wir lebten, war kein Heim, sondern ein Kinderspielplatz, der in meiner Mutter eine einfallsreiche Lehrerin und Anführerin, aber keine Aufseherin hatte. In dem schwarzgewordenen Ausguß stapelten sich die Schüsseln; der Tisch, dessen zerrissenes Wachstuch mit erstarrten Essensresten verklebt war, wurde selten abgeräumt. Ein Schuh, schmutzige Wäsche, Bücher wurden einfach beiseite geschoben, um für das Frühstück meines

Vaters Platz zu schaffen, wenn er um drei Uhr nachmittags aufstand. Er trank murrend seinen Kaffee aus einer Tasse ohne Henkel; er schimpfte über seine Grapefruit, die immer verkehrt eingeritzt war. Den ganzen Winter über stand ein Schlitten auf dem Boden der Küche, im Sommer lagen Schlittschuhe, Puppen, Silberzeug verstreut umher. Die Betten (im Winter schliefen wir zu viert mit meinem Vater in einem Bett, im Sommer nur zu zweit in einem Bett) wurden nie gemacht, die Leintücher waren grau und zerrissen. Aus überfüllten Schubladen quoll der Inhalt und hing bis zum Boden hinab.

Es gab weder regelmäßige Mahlzeiten, noch kannten wir ein regelrechtes Frühstück, Mittag- oder Abendessen. Wann immer es meiner romantischen Mutter einfiel, wurden wir mit weiß Gott was gefüttert: kalten Büchsenspaghetti, kaltem Büchsenspinat, teuren Melonen, Datteln, Lutschstengeln, Sprudel und löffelweise mit Kondensmilch.

Vielleicht machte sie meinem ewig erbosten Vater gegenüber als Entschuldigung geltend – er muß sich zweifellos beklagt haben, da seine eigene Mutter eine penible Haushälterin und von Beruf Köchin war –, daß sie dazu beitrug, das Einkommen der Familie zu erhöhen. Denn das tat sie, indem sie Taschen mit Perlen verzierte. Über ihren mit Georgette bespannten Rahmen saß sie da, und ihre Finger fütterten blitzschnell ihre Häkelnadel mit Perlen und Faden. In Wirklichkeit stellte das auf diese Weise verdiente Geld jedoch keine Haushaltshilfe dar. Bis zum letzten Cent wurde es auf unsinnige Weise ausgegeben.

Mir trug sie einmal auf, ihren Verdienst in Manhattan abzuholen (Hin- und Rückfahrt je zwei Stunden) und alles damit einzukaufen, was ich zur Einladung anläßlich meines zwölften Geburtstags brauchte. Dieser Einkauf wäre eine Geschichte für sich. Ich gab bis auf fünf Dollar alles aus, und die verlor ich auf dem Weg von der Station nach Hause. Wie meistens bei armen Leuten, wurde das Geld für abstruse Dinge ausgegeben; Spielsachen, Kinovorstellungen, luxuriöse Haushaltsgegenstände, die in Raten gekauft wurden, Silberbestecke von Rogers, Süßwaren, Gelegenheitskäufe, Sonderangebote, die sich auf den Böden unserer Schlafräume zu einem Berg von Spitzen und Seide stapelten. Es war Wahnsinn.

In ihrem Fall war es jedoch nicht einfach Nachlässigkeit oder Unwissenheit. Dieser häusliche Schauplatz war vielmehr ihr nach außen gekehrtes überhäuftes und wirres Unbewußtes, der Spielplatz ihres ununterbrochenen Erfindungsreichtums im Verkehr mit Kindern, ein schäbiger Rahmen für ihre grenzenlosen Geschicklichkeiten und endlosen Pläne. Und wenn sie für diese Pläne Materialien benötigte, war ihr nichts in der Wohnung heilig: die Portieren, der mit Perlen bestickte Georgette, die vielen Meter handgenähter Fransen, alles war Mahlgut für ihre Mühle. Selbst die Zimmerwände dienten der malerischen Beschäftigung an Regentagen, die abblätternde Farbe wurde vorsätzlich abgerissen und die kahlen Stellen mit Abziehbildern, Buntstiftkritzeleien, aufgeklebten Stückchen und Fetzchen verziert. Die Art, wie sie sich ein Plätzchen einrichtete, um ihre Schmöker zu lesen, bis zur Zimmerdecke gestapelte Bücher aus der Bibliothek, sollte ihre Kinder dazu inspirieren, selbst auf Einfälle zu kommen. Und wie ließe sich das kindliche Vergnügen leichter anstacheln, als indem man den ersten Streifen lockeren, geplatzten Anstrichs abschält, um der kleinen Tochter zu zeigen, wie man mit Buntstiften Wände bemalt?«

Frances besitzt, was ich »das magische Sieb« nenne. Die häßlichen Erfahrungen rieseln durch die Löcher des Siebs, werden ausgesondert, nur die Träume bleiben übrig. Frances, das Kind, lebte in einer Welt, die ich nur in den fröhlichen Gemälden Klees und Chagalls gesehen habe. Die Leute hatten Flügel, die Tiere waren friedlich und lachten, die Bäume mit Früchten schwer beladen, die Täler hatten festliche Farben angetan, die Planeten sprühten Funken, und alles das konnte man sehen, wenn man die Augen schloß und eine Welt erfand, die es in Wirklichkeit nur auf den polynesischen Inseln gab.

Nie gibt Frances jemandem die Schuld für ihre schwere Kindheit. Sie ist zu sehr damit beschäftigt, sich täglich selbst zu erneuern, der Ordnung irgendwelcher Schrecknisse zu begegnen, sie zu überwinden, ihre Ängste im Keim zu ersticken. Dies tun wir gemeinsam.

Sie ist zu sehr damit beschäftigt, ihre Träume zu malen, neue Bekanntschaften zu säen, zu lernen, sich zu entfalten. Ihre Liebe zum Leben und zu den Menschen ist stärker als ihr Zorn. Sie trägt kein Verlangen danach, mit dem Schicksal zu hadern, das sie dazu zwang, Musik aus einem nassen, halbverkohlten, an einer Brandstelle gefundenen Buch zu lernen, während ich beim Einschlafen das Spiel Pablo Casals' und meines Vaters hörte.

Sie und ich haben den Ort aufgespürt, wo die Kümmernisse ihren Anfang nehmen, wahrhaft Gestalt gewinnen; nicht durch Ereignisse entstehen sie, sondern durch unsere Reaktion auf Ereignisse. Und beide haben wir unsere ganze Kraft darauf verwandt, eine Welt nach unseren eigenen Sehnsüchten und Vorstellungen zu erschaffen, in Mißachtung jener Welt, die uns von den zynischen Göttern geschenkt wurde.

»Was mich rettete«, sagte Frances heute, »war vielleicht meine Fä-

higkeit, alle Vorfälle in Possen zu verwandeln, und auch meine Neigung, zu träumen.«
Frances' Leben bringt mir die soziale Ungleichheit zum Bewußtsein, die ich mein Leben lang berichtigen wollte, den Kontrast zwischen den Vorteilen, von denen ich von Geburt an umgeben war: ein Haus voller Musik, Bücher und interessanter Menschen und Frances' Kaltwasserbehausung. Die ungleiche Verteilung der Privilegien hat mich seit jeher gequält und veranlaßt, die Henry Millers zu fördern. Auch meine Sucht, teilen und teilnehmen zu wollen, erklärt sich zum großen Teil daher.

Ich bin guter Laune. Ich habe meinen stark geflickten, stark verschossenen, dunkelroten Kimono weggeworfen und in einem Aufkauf-Geschäft einen prachtvollen schwarzsamtenen, mit weißem Satin gefütterten Abendmantel erstanden, den ich als Kimono trage. Ich habe Farben gekauft, um meine mittlerweile abgeblaßten bunten Fenster zu bemalen. Ich habe ein Muff-Inlett gekauft und mir aus Resten meines abgeschnittenen und zu einem kleinen Cape und Häubchen verarbeiteten Astrachanmantels einen Muff genäht. Ich habe ein Kochbuch gekauft und koche sorgfältig und mit Genuß. Ich habe meine Muscheln so lange gewaschen, bis sie ihre ursprüngliche Weiße wiedergewonnen hatten.
Paul schreibt mir aus dem Heeresdienst: »Sie haben uns einen Schuß der tödlichen Gase einatmen lassen, die der Feind möglicherweise gegen uns schleudern wird. Und denken Sie, eines riecht wie Mais, ein anderes wie Veilchen und ein drittes wie Geranien. Was für ein schändliches Täuschungmanöver.« Anfangs konnte er nicht schlafen wegen des lauten Schnarchkonzerts um ihn herum, und nicht essen, weil er es nicht fertigbrachte, sich den Weg freizukämpfen zu denen, die zum Essenfassen angetreten waren.

Frances schreibt ein heiteres Buch – über ihre Kindheit. Ihre Träume sind wahrhafte Kunstwerke, phantastisch, einfallsreich, voller Überraschungen. Surrealistisch. Sie führt ein höchst fruchtbares Untergrundleben. Wir teilen einander unsere Träume mit, ähnlich wie wir über den Inhalt eines neuen Films, eines Schauspiels oder eines Buches berichten würden. Wir bewundern sie gleich Gemälden, Filmen, Schauspielen.
Frances und ich lesen dieselben Bücher. Wir haben die gleichen Empfindungen, wenn wir vom Fluß her die Nebelhörner hören. Manchmal tönen sie wie unheilvolle Katastrophensignale. Wir denken an Gefahren auf See, Tod, Unterseebote, Zusammenstöße, Unfälle. Wir empfinden die Unermeßlichkeit der Stadt und ihrer Schrecken.

An Tagen, an denen wir guten Mutes sind, erscheinen uns dieselben Nebelhörner wie Stimmen in einem Konzert der Betriebsamkeit und Schaffenskraft. Die Schiffe ziehen munter und ungefährdet ihre Bahn. Die Stadt schmückt sich für ein Fest. Die Nachtlokale werden überfüllt sein. Wir werden uns Jazz anhören, Charlie Parker.

Frances und ich sprachen vom Verlangen der Frau nach unmöglichen Banden mit dem Mann. Wir gaben unserer Verwunderung darüber Ausdruck, daß D. H. Lawrence so viel über die Empfindungen der Frau beim Geschlechtsverkehr gewußt hat. Wie gut schilderte er zwei verschiedene Arten von Orgasmen. Die eine, in der die Frau passiv, fügsam, heiter daliegt: Der Orgasmus kommt aus dem Dunkel, geheimnisvoll, überzieht sie, löst sie auf. Bei der anderen Art ist eine treibende Kraft da, eine Angst, eine Spannung, in der es die Frau drängt, danach zu greifen, als entgehe er ihr womöglich; die Bewegungen werden unkoordiniert und unharmonisch, zu Gegenströmen von Kräften, Kurzschlüssen, und gipfeln in einem Orgasmus, der nicht zu Ruhe, Befriedigung, sondern zur Niedergeschlagenheit führt. Die erste Art bringt blumenhaften Frieden, die zweite Depression, als ob die Frau nicht besessen worden wäre.
Wie ist D. H. Lawrence zu diesem Wissen gelangt?
Ist es so, daß die Frau beim Geschlechtsverkehr des infantilen Mannes den geringen Trieb spürt und daß dadurch ihr eigener Drang erregt wird? Oder veranlassen Angst oder Panik bei manchen Frauen – wie bei manchen Männern – ein Vorwärtsstoßen, eine verzweifelte Spannung, die das Gefühl der Vereinigung zunichte macht und ein Gefühl des Mißlingens hinterläßt?

Frances kontrolliert ihr Irrationales wie ich auch. Man sperre den Teufel in seinen kleinen Kasten und schließe gut zu. Ich wünschte, ich könnte ENDE unter das Tagebuch setzen und mit der äußeren Geschichte beginnen.
Mich interessiert das Thema Entwicklung der Frau. Ich würde gern die Frauen meiner Bekanntschaft zum Gegenstand eines Buches machen, ihre Kindheit, ihr Milieu, ihr Innenleben, ihre Erfüllungen und Unerfülltheiten. Mich selbst habe ich nur als Versuchstier genommen.
Die wesentliche Schwierigkeit der Verhältnisse in meinem Umkreis sehe ich darin, daß die Frauen, die Ehefrauen, bereit und willens sind, ihren Männern zu helfen, damit diese sich ihre Wünsche erfüllen, ihre angestrebten Ziele erreichen, ihre Ausbildung abschließen oder Karriere machen können. Doch nur bei wenigen Männern

finde ich eine gleiche Hilfsbereitschaft. Sie befürchten, daß die Entwicklung der Frau sie weniger geeignet zur Ehefrau und Gefährtin macht, ja, daß sie die Frau sogar verlieren könnten. Frances nimmt an Toms Schriftstellerei Anteil, sorgt sich wegen seiner Kämpfe. Tom interessiert sich nicht für Frances Entfaltung, für ihre Talente. Das gleiche gilt für die anderen Frauen, die ich kenne.
Frances erzählt mir noch mehr aus ihrem früheren Leben:

»Einen großartigen Sommer erlebten wir, den herrlichen Sommer, den wir auf einem Hügel in Woodbourne in einer kleinen Holzhütte verbrachten. Woodbourne, jetzt, soviel ich weiß, ein Vergnügungszentrum jüdischer Kreise, war damals eine stille kleine Stadt mit vielen Wiesen, Gänseblümchen, Apfel-, Kirsch- und Pfirsichbäumen, wilden Erdbeeren, duftenden Wäldern, in deren sonnendurchflutetem Gehölz wir picknickten. Ein Paradies.
Es begann mit dem Einfall meiner findigen, armselig lebenden Mutter, die nur das Beste für uns wollte. Und das Beste war ein Sommeraufenthalt in der auf dem Hügel gelegenen kleinen Hütte. Um das Geld für die Miete zusammenzubekommen, faßte sie den naiven Plan, sich Heftchen mit Tombolalosen drucken zu lassen (das Los zu zehnt Cent, ein Heft mit zwölf Losen zu einem Dollar). Der zu gewinnende Preis war eine von ihr gemachte perlenverzierte Tasche, und die Verlosung sollte zwei Monate später stattfinden. Es war noch mitten im Winter, als sie meine kleinen Schwestern in den rostigen Kinderwagen packte und sie und ich das Gefährt meilenweit durch den Straßenmatsch von Brooklyn schoben, in Läden Station machten und sie Fremden ihren Geschäftsvorschlag machte. Dieses Unternehmen wurde im Frühling oft wiederholt. Am Ende jedoch hatte sie das Geld beisammen, und an einem kalten Junimorgen reisten wir aufs Land.
Wir waren fünf Kinder, ich, mit zehn Jahren, die Älteste, das jüngste ein Jahr alt. Meine Mutter war achtundzwanzig. Mein Vater schleppte das Gepäck hinaus und schnallte es oben auf sein (vom Boß für die Reise entliehenes) gelbes Taxi und hob uns in den Wagen, während die verschlafenen Nachbarn uns in stummer Verwunderung zusahen.
Wir winkten zum Abschied und tuckerten davon zu einer zwölfstündigen, anstrengenden Fahrt, die uns bei Sonnenuntergang an unser kleines Haus brachte.
Mein Vater mußte zu seiner ›Schinderei‹ zurückkehren, blieb nur über Nacht und brach früh am nächsten Morgen wieder auf. Wenn er zu Besuch kam, fuhr er mit dem Milchzug und erschien, hübsch ausstaffiert, in karierten Knickerbockers und Kniestrümpfen, mit

fesch aufgesetzter Mütze und gewichstem Schnurrbart (genau wie Adolphe Menjou, pflegte meine Mutter zu sagen). Es war jedesmal eine Freude, ihn wiederzusehen (obwohl wir nie richtig mit ihm sprachen), und herzzerbrechend, ihn wieder fortgehen zu sehen (obwohl ich niemals weinte).

Eines Morgens entdeckten wir, daß nicht weit vom Fuß unseres Hügels ein Feuer ausgebrochen war. Den ganzen Tag spielten wir draußen, aßen auch draußen und beobachteten, wie das Gebäude, von dem wir später hörten, daß es das Bluebird Hotel gewesen war, bis auf den Grund niederbrannte.

Und wieder taucht eine Erinnerung auf. Sie scheint von tieferer Bedeutung zu sein. Sie hat mit der Brandkatastrophe zu tun; aus den Ruinen geschah ein neuer wunderbar unerwarteter Aufschwung. Es muß die Art meiner Mutter gewesen sein, ihn zu vollziehen, und wurde schließlich, als sie von uns gegangen war, meine eigene Art und Weise.

Deine Frage danach, wie und weshalb es mir immer gelang, aus Trümmern Gewinn zu ernten und so eine höhere Erfahrungsebene zu erklimmen, mag hierin ihre Antwort finden. Als die letzten Bummler die schreckliche Szene unten verlassen hatten, führte meine Mutter uns den Hügel hinab zu diesem Paradies der Straßenkehrer. An Ort und Stelle bot sich uns ein entsetzlicher Anblick: ein kleiner Berg schwelender Trümmer, überall verkohlte, nasse Matratzen, verbogene Bettgestelle, dampfende geschwärzte Tücher, rauchende Fetzen von Bettlaken, zerbrochenes Küchengeschirr und verbogene Töpfe. Die verschreckten, obdachlosen Gäste waren, wie wir später von den Eigentümern erfuhren, in einem anderen Hotel untergebracht worden. So heiß und höllisch das Gelände war, wir hatten es ganz für uns, und es hätte sich zum ungesundesten aller Sommerspielplätze entwickeln können, wenn meine Mutter nicht einen Fund gemacht hätte: ein Buch. Ein großes, übel aussehendes, versengtes Buch mit verklebten Seiten, dessen Einband nur noch an einem Faden hing. Nachdem sie es in die Hand genommen hatte, war sie an anderen möglichen Schätzen nicht mehr interessiert; sie setzte sich glücklich und zufrieden ins nasse Gras und las darin so emsig, als befände sie sich in der Öffentlichen Bibliothek von Brooklyn. Dann rief sie mich von meinem Spaß in den Ruinen zu sich und sagte, während ihr Finger den Takt schlug: ›Hier ist etwas sehr Hübsches.‹ Ihr Fund war ein Volksliederbuch, und sie sang eines der Lieder vom Blatt ab, summte es vor sich hin. ›Eine reizende Melodie, findest du nicht auch?‹

Wie viele jüdische Mütter, vor allem solche, die in Armut lebten, setzte sie große Hoffnungen in die Anlagen ihrer Kinder. Mich hielt sie für musikalisch und hatte seit meinem sechsten Lebensjahr qualvolles Üben auf der Violine über mich verhängt. ›Was für ein wunderlicher Text‹, fuhr sie fort. ›Singe du die zweite Stimme, Frances; ich werde die erste singen.‹ Die anderen versammelten sich um uns (die Vorstellung hatte begonnen), und meine Mutter und ich begannen die erste Strophe dessen, was zu einer Sommer-Aufführung werden sollte.

›Ein Stecknadelbriefchen ich dir geb
Damit du siehst wie die Lieb anheb
Wenn du mich freien, freien willst
Wenn du mich freien willst.‹

Dieser Versuch befriedigte sie hinlänglich; vertrauensvoll trat sie sogleich ihre Mission an. Die schläfrigen Kinder wurden in den Wagen gestopft, und los ging es zum nächsten Hotel. Ich wurde vor die Stufen der Veranda postiert, um auf die Kleinen aufzupassen; meine Mutter ging unverzüglich hinein und fragte nach den Besitzern. Wenige Augenblicke später erreichten uns draußen die Klänge der nun vertrauten Melodie, verschönt durch die Arpeggios eines blechern verstimmten Klaviers. Eine Beifallsrunde erfolgte, und sie erschien wieder, umgeben von einer Gruppe Bewunderer, von denen zwei (die Hotelbesitzer) uns alle zu unserem Entzücken ins Speisezimmer führten und an ihrem Tisch Platz nehmen ließen. Unser Menu glich einem jüdischen Hochzeitsmahl. Es begann mit Suppe und endete mit Nüssen.

Während dieser Festtafel erfuhr ich, daß wir den ganzen Sommer über wöchentlich einmal derart opulent speisen würden, als Entgelt für eine Galavorstellung im Hochsommer. Meine Mutter hatte sich erboten, ein kleines Stück mit dem Titel *Ein Stecknadelbriefchen ich dir geb* zu schreiben, inszenieren und zu kostümieren sowie Roselle und mich dabei zu begleiten. Und, was noch erstaunlicher war, sie hatte die Leute überredet, sie eine Bühnenversion des *Aschenputtel* schreiben und unter ihrer Leitung von den Kindern der Hotelgäste aufführen zu lassen.

Der Hotelbesitzer, der begeistert von ihren Plänen war, erbot sich, die Auslagen für die Kostüme zu bezahlen. Während sie diese Pläne besprachen, hievte er uns samt Kinderwagen und allem Zubehör in seinen mit Fransenverdeck geschmückten Wagen und fuhr uns nach Hause. Satt und schläfrig wurden wir zu Bett geschickt, während meine Mutter im sanften gelben Schein der Öllampe meinem Vater einen langen und ausführlichen Brief schrieb, worin sie alle Utensilien aufzählte, die er bei seiner nächsten Reise mit dem Milchzug mitbringen sollte. Meine Schwester und ich sangen mit großem Erfolg *Ein Stecknadelbriefchen ich dir geb.* Vater mußte aus New York zur Aufführung kommen. Am nächsten Morgen erschien er etwas verkatert und mit halbem Schnurrbart. Der zweite Vorverkauf galt der von meiner Mutter einstudierten und kostümierten Kinderaufführung von *Aschenputtel*. Bei der Kostümprobe fiel der Prinz in eine Heringstonne, und Aschenputtel weigerte sich, das Menuett mit ihm zu tanzen. Dann kam der große Abend. Nach dieser Galaaufführung wurde ich mit meinem ersten Kuß belohnt.«

Rassengedächtnis. Ist es eine durch Rasse überkommene Erinnerung, die sich rührt, wenn mich bestimmte Landschaften erschüttern? Die Gegend der Azoren hat mich tief bewegt. Auf dunkle geheimnisvolle Weise verwirrt. Später erfuhr ich, daß die Inseln einst zu Atlantis gehört haben, einer der Überreste des versunkenen Landes sein sollen. Die Hauptinsel hatte für mich die quälende Eindringlichkeit eines Traumes, seine flüchtige, zerbrechliche Unvollständigkeit, der schwarze Sand, die schwarzen Felsen, das Licht, die bunten Häuser.
Und warum hat Fez mich gleichfalls so stark berührt? Warum verlor ich in dieser Stadt meine Individualität, verschmolz mit ihr, den Menschen, ging in den Farben, den Stoffen, den Augen der Leute auf?
Warum haben mich die unterseeischen Explosionen in Walt Disneys Film *Fantasia*, der Abschnitt über die Entstehung der Welt, Feuer und Wasser, die inneren Explosionen so sehr betroffen? Auf eben diese Weise ist Atlantis verschwunden. Warum bringen diese Szenen so starke Schwingungen in mir hervor, während andere mich völlig gleichgültig lassen?
Atlantis hat mich schon immer bezaubert. Es hieß, die Menschen dort hätten eine uns unbekannte Dimension besessen, einen sechsten Sinn und eine wunderbare Musikalität. Ich erkor mir Atlantis zu meinem wahren Geburtsland. Seine Legende war eine Antwort auf meine Bedürfnisse. Es entspricht meinem astrologischen Zeichen, Neptun. Hellsichtigkeit, Ahnungsvermögen, Intuition, und das Meer das Unbewußte, das die Erde verschlang.
Gonzalo wehrt sich gegen mystische Vorstellungen. Er sagt: »Die Mystik gleicht einem nächtlichen Leuchtfeuer, das zum Himmel emporgerichtet wird. Es wird immer schwächer, wenn es in die Unendlichkeit zielt. Wie stark kann es dagegen sein, wenn es auf die Erde gerichtet wird.«
Während er dies ausspricht, glühen seine Augen, die mit irdischem Feuer und irdischer Kraft stets auf die Erde gerichtet sind. Ich versuchte vergeblich, ihm zu erklären, daß kosmisches Bewußtsein alle

Uneinigkeiten und Dualitäten auflöst. Die Überzeugungen der Menschen bewirken gewöhnlich Uneinigkeit und Trennung. Gonzalo vermag dies nicht zu fassen, weil es jenseits und über ideologische Begriffe führt.

Weltereignisse färben oft auf erotische Stimmungen ab. Die Nähe des Krieges, des Todes, Terrors und Leids intensiviert unser Leben, da sie uns seine Brüchigkeit bewußt macht.

Als Gonzalo noch ein blutjunger Mann war, wurde er von einer verheirateten Frau verlockt, sie auf ihrer Hazienda zu besuchen, während ihr Mann auf einem weitab gelegenen Gut nach dem Rechten sah. Doch als Gonzalo dann bei ihr lag, kam der Ehemann unerwartet zurück. Die Frau versteckte Gonzalo unter dem Bett. Er war jung, hatte ausgiebig gegessen und getrunken und übermäßige Liebesleistungen vollbracht und schlief ein, da er nichts anderes zu tun hatte – an ein Entkommen war nicht zu denken, solange der Ehemann schlafend im Bett lag. Doch war Gonzalo ein gewaltiger Schnarcher – und er schnarchte. Der Ehemann wachte auf. Gonzalo mußte aus dem Fenster springen. Der Ehemann versuchte, ihn niederzuschießen. Die Kugel streifte Gonzalos Hüfte.

Colette ist die moderne Verkörperung meiner Heldin. Ninon de Lenclos. Mir ist Ninon de Lenclos teuer, weil sie bis zum Ende ihres Lebens für die Liebe gelebt hat. Sie war freigebig mit ihrem Haus, ihrem Herzen und ihrem Bett.
Colette lebt im Luxus. Sie ist munter, spritzig, chic.
Ich beneide beide um ihre Lebensfreude. Manchmal glaube ich, daß meine Anämie ein Stigma ist. Vielleicht gebe ich mein Blut und meine Substanz wirklich an andere ab. Mein Wunsch danach, sowohl in der Kunst als auch im Leben schöpferisch zu sein, zu verwandeln, Kraft zu vermitteln, hat eine geradezu übernatürliche Macht und ist in allen meinen Beziehungen von entscheidender Bedeutung. Doch vielleicht hat meine Lebenskraft ein *Leck,* vielleicht findet ein Energieverlust statt.

Als Gonzalo vom Mikroskop sprach und davon, wie grob unser Erkennungsvermögen ist und welche neuen Welten dem Auge offenbart werden, dachte ich an die Psychoanalyse und daran, wie grob und stumpf die Einsicht der Menschen ist, die sich dieser Deutungsmethode menschlichen Verhaltens nicht bedienen wollen. Daran, wie sich die Menschen dem Selbstverständnis verweigern und Verwirrung und Blindheit, die Leid verursachen, den Vorzug geben.

Frances wohnt jetzt in der Charles Street. An den Wänden hängen ihre Gemälde. Die Fenster ihres Schlafzimmers blicken auf einen Hinterhof mit welkem Grün. Doch die Berichte, um die ich sie bitte, enthüllen immer mehr:
»Wieder in der alten Wohnung. Nur kaltes Wasser. Der Kohlenherd in der Küche heizte die ganze Wohnung. Kein Bad. Gelegentlich badete ich in einer kleinen Wanne oder neben dem Ausguß im Waschzuber. Im Winter mußte ich in den Keller gehen und Eimer voll Kohlen heraufholen und wenn ich morgens zur Schule ging, den Aschenkübel auf die Straße tragen.
Wir warteten mit Sehnsucht auf den Sommer, weil die Feuerwehr dann die Hydranten auf der Straße öffnete und wir Kinder im Wasser umhertollen konnten. Ich lief im Kleid durch das Wasser; ich besaß keinen Badeanzug.
Wir Kinder mußten Druckknöpfe, Haken und Ösen auf Kartons befestigen. Zu einem gewissen Zeitpunkt müssen wir furchtbar gewesen sein. Die Kinderarbeit trug damals gewiß zu den täglichen Einkünften bei. Kinderarbeit! Nichtsdestoweniger kaufte meine Mutter an einem Ausverkauf einen ganzen Packkorb voll Borten und Tressen und widmete sich vier Tage und Nächte lang eifrigster Näherei: alle bekamen neue Schlüpfer, Blusen, Untertaillen, neue Besätze an brüchigen Leintüchern, Kleider für imaginäre Puppen, Draperien für nicht existierende Puppenhäuser.
Immer schlug die Begeisterung bei uns hohe Wellen. Meine Mutter antwortete auf eine Sally-Joy-Brown-Anzeige in den *News*. »Bildschönes Klavier abzugeben«. Ich kann dir nicht sagen, was der Name Sally Joy Brown damals für mich bedeutete. Nicht allein gab und tauschte sie Gegenstände, die auf andere Weise niemals in unseren Besitz hätten gelangen können, sie wurde überdies zu einem Symbol, zur gütigen Zauberfee, der wunderbaren Spenderin, und ihr mittlerer Name Joy (= Freude) enthielt den ganzen Zauber, den solch ein Wort für uns Kinder besitzen konnte. Joy! Das Klavier wurde also bestellt. Wir mußten lediglich das Rollgeld bezahlen.
Ich werde niemals die Ankunft des riesigen Klaviers vergessen, das zu groß für unsere Wohnung zu sein schien. Nachdem es aufgestellt war, hieß uns meine Mutter in einer Reihe Platz nehmen und brachte uns die Grundübungen bei. Wir mußten unsere Hände auf die Tasten drücken, dabei ihre Hände beobachten und den Takt schlagen. Dann brachte sie uns die Notenschrift bei. Wir musizierten alle im Zimmer, in dem mein Vater schlief. Anfänglich ächzte und fluchte er, doch schließlich gewöhnte er sich daran und schlief trotz unseres Lärmens. Er war selbst ein großer Opernfreund, sang, pfiff und spielte Arien auf seiner Harmonika.

Insgeheim war er sicher stolz auf meine Mutter und unsere vermuteten Talente. Möglicherweise lag hierin das Geheimnis ihrer romantischen Zuneigung.
Etwa um die gleiche Zeit wurde ich mir meines Aussehens bewußt. Meine Mutter bemühte sich, mich davon zu überzeugen, daß die Persönlichkeit des Menschen wichtiger sei als Schönheit und hielt mir die biblische Königin Esther als Beispiel und Ideal vor, jene Frau, die, wenngleich äußerlich unscheinbar, trotz der Konkurrenz großer Schönheiten des Landes den König gewonnen hatte. Königin Esther führte ihren Charme, ihr Gefühl, ihren Geist ins Feld, ihr Talent, Geschichten zu erzählen. Doch darauf allein wollte ich mich nicht verlassen, deshalb sparte ich mir Pennies zusammen und kaufte einen im *Journal-American* angezeigten Apparat, der mir zu Grübchen verhelfen sollte.
Außerdem ließ ich mir eine Broschüre über eine Stahlmaske schikken, die dem Träger zu einer schöngeformten Nase verhalf. Um größer zu werden, machte ich Dehnungsübungen.
Als meine Mutter meine Sehnsucht nach äußerlicher Schönheit entdeckte, nähte sie mir ein herrliches Kleid, das von oben bis unten mit Stiftperlen besetzt und perlengesäumt war. Danach erlitt meine Mutter einen Blutsturz. Wir wurden in verschiedene Süßwarengeschäfte geschickt, um dort um Eis zu bitten. Eine Tante wurde herbeigerufen, die für uns sorgen mußte. Als der Arzt kam, wurden wir in ein Kino geschickt, das zwei Filme hintereinander brachte. Kurz bevor ich ging, gab sie mir letzte Anweisungen, wie ich es meinem Vater recht machen solle: ›Gib acht, daß du die Grapefruit rundherum einritzt und nicht von oben nach unten. Gib acht, daß die Bratäpfel im Ofen nicht aufplatzen. Gib acht, daß wenigstens zweieinhalb Teelöffel Zucker in der Dose sind.‹ Ich versuchte, ihr einen Kuß zu geben, aber sie wandte sich ab. ›Gib gut auf die Kinder acht.‹ Ich ging ins Kino und weinte auf dem ganzen Hinweg.
Wir sahen *The Kid* mit Jackie Coogan. Ich hatte plötzlich das Gefühl, daß mein Bruder The Kid sei. Meine Mutter starb, und ich übernahm die Rolle einer kleinen Ersatzmutter. Man eröffnete uns, daß wir ins Waisenhaus kämen. Unsere Taxifahrt dorthin werde ich nie vergessen. Vorher aber erschien ein Altwarenhändler und taxierte unser Mobiliar, mein Vater erfuhr von der langjährigen Ratenzahlung für die nun verlorenen Silberbestecke und den verfallenen Versichungspolicen.
Ich wurde ins Metropolitan Hospital in Welfare Island geschickt und mußte dort sechs Wochen zur Behandlung bleiben. Man hatte verdächtige Schatten auf meinen Lungen entdeckt.
Wenn ich das Bett verlassen durfte, ging ich mit einer Pflegerin spa-

zieren, der das einsame Kind unter all den schwerkranken und sterbenden Erwachsenen leid tat. Auf unseren Ausgängen kamen wir durch die Abteilung für Rauschgiftkranke, wo die Süchtigen sich an die Eisenstäbe klammerten und unflätige Worte brüllten. Dann an schrecklichen Behausungen vorbei, den Unterkünften jener armen, die unheilbaren Gesichtskrebs hatten, abfaulende Nasen, zerfressene Münder und so weiter. Die Gesichter verfolgten mich im Traum, bis ich einmal Zeichnungen von ihnen anfertigte und sie daraufhin allmählich vergaß.

Nach sechs Wochen wurde ich ins Waisenhaus geschickt, wo ich dreieinhalb Jahre blieb. Ich galt bald als Intellektuelle (ich las Bücher) und als Komikerin (ich sang, tanzte und mimte). Meine Schwestern und ich erhielten Hauptrollen in einer an Washingtons Geburtstag für die Freunde des Hauses und unsere Verwandten stattfindenden Veranstaltung, und wir hatten Erfolg. Ich sang als Solo ›I am breezing along with the breeze‹.

Da ich bei der Leitung beliebt war, wurde ich zur Sprecherin ernannt. Ein hübscher Klassensprecher und ich – dreizehnjährig – verliebten uns sterblich ineinander. Doch der erboste Aufseher verhinderte unser Zusammensein.

Eines Tages ließ mich der Aufseher rufen. Ich war fast vierzehn Jahre alt und voll entwickelt. Er hielt mich zwischen Schreibtisch und Bücherregal fest. Ich drängte weg von ihm. Er versuchte, mich dadurch zu gewinnen, daß er Interesse an meiner Lektüre bekundete. Ich erzählte ihm, daß ich gerade die Bücher von Herrn Freud entdeckt hätte. Meine bloße Anwesenheit schien ihm Vergnügen zu bereiten.

An Sonntagen kam mein Vater und führte uns aus. Wir liebten das Orpheum, ein großes Varietétheater. Einmal trat dort eine hübsche, puppenhafte Blondine in rosa Trikot in einem Tanz mit rosa Luftballons auf. Ich war tief beeindruckt und deutete an, daß ich einen ähnlichen Tanz für das Waisenhaus-Programm ausführen könnte. Die Leiterin dieses Programms war höchst entsetzt, alles an ihr schien Entsetzen auszudrücken, ihr bis zum Kinn reichendes eng zugeknöpftes Kleid, ihr verfilztes schwarzes Haar, ihre schwarzen Knopfaugen.

Ich verstand ihr Entsetzen nicht als moralische Mißbilligung, dachte vielmehr, sie hielte mich für ungeeignet, als hübsche, weibliche, federleichte Ballontänzerin aufzutreten. Mein Selbstvertrauen erhielt einen Stoß, und so endeten meine Pläne schließlich in einer Parodie von ›Singing in the Rain‹, wobei ich übergroße Jungenschuhe und einen ausgefransten Schirm trug.«

Frances spricht von jenen, die Spannung mit Intensität verwech-

seln. Und ich spreche von jenen, die Wahrnehmung mit Emotionen verwechseln.
Eine Karikatur von Anaïs: *Je prend tout par les sommets.*
Eine weitere Karikatur von Anaïs: In schwarze Spitze und schwarzen Taft gekleidet, glänzend und mit Frou-Frou. Marcel Duchamp, Denis von der *New Republic*, James Sterne vom *Time* Magazin und Marc Slonim, *à la Recherche des Jeux Perdus!*

Bei den Imbses lernte ich Moira und ihren Mann kennen. Sie ist Perserin, üppig, dunkelhäutig und lebhaft. Sie trägt ein aufregend geschnittenes weißes Satinkleid. Ein Brautkleid, das sie in der Grand Street für wenige Dollar gekauft hat. »Der einzige romantische Stil, den die Mode uns noch übrig läßt, ist das Brautkleid.« Es unterstreicht ihren dunklen Teint, ihre schimmernden Augen, die sanften Umrisse ihres Halses, ihrer Arme und Füße. Sie hat ein rundes Gesicht mit kurzem gelocktem schwarzem Haar.
Er ist Italiener, grüblerisch, vage, schwer verständlich. Seine Art zu malen: fragil, künstlich, surrealistisch. Bilder von Märkten und Verkaufsständen, flatternden Wimpeln, Türmen, Burgen, Fiestas, doch ohne die Munterkeit Dufys, mehr wie eine Vorbereitung auf den letzten, von Kummer bedrohten Freudentag.
Sie luden mich in ihr Atelier ein, wo ich mir seine Gemälde und ihre Entwürfe für Schmuck ansah.
An der Oberfläche Charme, Eleganz, Geschmack, Glanz. Meine Bücher jedoch öffneten stets die Geheimtür zum darunter schwelenden Drama. Sogleich wird mir versagt, das Dekor, die Eleganz, das Spiel mit Kleidern und Schmuck und Farbtuben zu genießen. Ich werde hinter die Kulissen gezogen, ins eigentliche Drama.
Es kommt plötzlich zum Ausbruch, löst die ästhetische Schönheit in Nichts auf und enthüllt instinktive, primitive Wildheit.
»Oh, diese Gemeinheit, diese Gemeinheit«, schreit Moira.
Der stumme, dunkle, eifersüchtige italienische Aristokrat verwandelt sich in einen Grobian und brüllt die niedrigsten Schimpfworte. Bestialisch im Haß, im tierischen Stolz und in der Hemmungslosigkeit. Nackt stehen sie da, zeigen die Dämonen, von denen sie besessen sind. Rachsucht, Eigenliebe, Neid, Mordlust, Zerstörungswut, alle Verbrechen der Seele. Eifersucht! Der häßlichste aller Dämonen. Die Eifersucht, die den elegantesten und subtilsten Menschen zum mörderischen Wilden macht. Nun sehen wir in Moira nicht länger ein Wesen aus weißem Satin, Federn, Samt, Korallen, Edelsteinen, und er erscheint uns nicht länger schwermütig und geheimnisvoll; sie brüllen beide, schäumend vor Wut, aus den schlammigsten Tiefen stammende Gossenwörter.

[Winter 1942]

Dies ist das dickste und schwerste Notizbuch, in das ich je meine Aufzeichnungen schrieb. Henry schenkte es mir. Und ich gab ihm einen so unbeschwerten Titel: *A la Recherche des Jeux Perdus.*
In den dunkelsten und schwersten Tagen der Geschichte suche ich, weil dieser Augenblick der Menschheitsgeschichte untragbar ist, eine dem Schmerz und Entsetzen ferne Welt, die nicht von Wahnsinn und Krieg mitgerissen wird, möchte ich mich an eine Insel der Menschlichkeit klammern, mag sie auch noch so klein sein. Je mehr sich der Zustand der Welt verschlimmert, desto eifriger versuche ich, eine innere Welt zu schaffen, eine intime Welt, in der sich bestimmte Eigenschaften erhalten mögen. Genauso wie Dr. Jacobson die Krankheiten bekämpft, mit denen die Menschen zu ihm kommen – er kann nicht mehr tun, ich auch nicht. Ich sehe kein Heilmittel weit und breit. Der Haß ist ansteckend, epidemisch.
Wendell Willkie wird eine Rede halten über Amerikas Versagen in der Hilfeleistung gegenüber seinen Alliierten.
Henry wohnt bei den Gilbert Neimans in Beverly Glen, einem Ort, von dem ich keine Vorstellung habe. Er hat ein Drehbuch geschrieben, das auf *Der Fall Maurizius* basiert.

Olga hat Rubenssche Farben, leuchtend rotes Haar, grüne Augen, milchweiße Haut. Sie hat weiche Rundungen, ohne dick zu sein. Sie ist gebürtige Russin und war eine der ersten Dichterinnen, die zu den Arbeitern sprachen. Ihre Dichtungen müssen wie eine feurige politische Rede geklungen haben, mitreißend sicher, heftig, stark. Sie war damals sehr jung und voller Eifer. Ihren Mann, einen Rechtsanwalt, lernte sie in Jugoslawien kennen.
Jedesmal, wenn ich komme, diktiert sie einer Sekretärin einen Artikel. Sie schreibt russisch, ihre Arbeiten müssen übersetzt werden. Gekleidet ist sie jedoch pariserisch raffiniert, trägt ihr rotes Haar in einer strengen Frisur, trägt bürgerlichen Schmuck, Perlenketten, Anstecknadeln, Ringe. In der Wohnung stehen Zigarettenetuis und Uhren von Hermès. Elegante Reisetaschen. Teures Parfum. Leder, Parfums und Seide haben ein Air internationaler Eleganz. Passendes Briefpapier. Und überdies und vor allem weltmännisches Be-

nehmen, Höflichkeiten, Zuvorkommenheiten, es herrscht ein Überfluß, ein Überschwang, der den Raum mit Sauerstoff füllt und einen schwindlig und leicht berauscht macht.

»Bei uns zu Hause«, sagte sie, »haben wir alles mit Begeisterung getan. Wir sind sogar mit Begeisterung *gestorben*!« Bei diesen Worten wirbelte sie herum, als werde sie von einem wilden Walzer erfaßt und nicht vom Tod davongetragen. Sie wurde davongetragen. Eine herrliche Eigenschaft. Die Dame von Welt hatte sie nicht in sich bezähmen können. Ihr Mann bedachte sie mit sanfter Ironie. Als er die Papiere für die Einreiseerlaubnis nach Amerika ausfüllte und gefragt wurde: »Haben Sie die Absicht, die Regierung der Vereinigten Staaten zu stürzen?« antwortete er: »Nein, da ich ohne meine Frau reise.«

Olga hatte ihr Leben der Politik gewidmet. Sie gab sich der Aufgabe in einer Weise hin, die den Respekt der Moralisten, Soziologen, Missionare, Parteimitglieder erwarb. Ich hatte jedoch das Gefühl, daß sie einer Konfrontation mit sich selbst ausgewichen sei, der Arbeit, sich selbst zu trainieren, zu nähren, reifen zu lassen, ehe sie sich aufgab. Und nun schwärte in ihr etwas wie ein Abszeß, den man übersehen, nicht beachtet hat. Sie lebte im Gefühl, nützlich zu sein, mitten in der Welt zu stehen, pflichtbewußt zu handeln, doch der kleine Abszeß in ihrer Seele störte sie in ihrer Betätigung. Und obgleich ich in ihre zuchtvolle, historisch, juristisch und politisch orientierte Welt nicht zu passen schien, wußte sie – und wußte ich –, daß ich zum mindesten auf eine Frage die Antwort wußte und vielleicht das Heilmittel kannte. Jedenfalls interessierte jede von uns sich für das Leben der anderen.

Ihre erste Leistung waren Gedichte gewesen, und wenngleich ihre Dichtung nur skizziert, militärisch, den Erfordernissen des Systems angepaßt, in eine Uniform gesteckt, nutzbar gemacht, der Disziplin unterworfen war, brachte sie sie mir doch gern in mein Atelier. Ihr Mann tadelte mich wegen meiner geringen Geschichtskenntnisse, und ich ließ mich von ihm belehren. Doch spürte ich, daß sie Eskapisten aus einer anderen Welt waren, Einsichten flohen, die sie in ihrer politischen Arbeit behindert hätten, den Einblick in die menschliche Psyche.

Solange sie eine bestimmte Aufgabe zu erfüllen hatten, kam es zu keinem Drama. Aber ich bemerkte in Olgas Gesicht immer ein Eingeständnis, das Eingeständnis einer Gefangenen ihrer Pflicht, die Qual und Erschöpfung verriet ... und sich schämte, überhaupt persönliche Qual zu empfinden, angesichts des vielen, das zu tun war!

Moira am Rande der Katastrophe. Die Perserin der Märchenwelt, einst verschleiert, fein gebildet und durch ihr Leben in Frankreich nur leicht gewandelt, noch immer in elegante anliegende Stoffe gekleidet und gehüllt, im Haar ein Parfum aus Byzanz, bedient sich trotz ihrer modernen Eleganz noch immer der Schwanzfeder eines Silberpfaus, um ihre Augenlider mit Kohle zu schwärzen. Klein ist sie, üppig, scheinbar ein Chaos der Gefühle, doch hinter den vergitterten orientalischen Fenstern ihrer dunklen Augen beobachtet eine der Einsicht und Emanzipation fähige moderne Frau.
Durch Jungs Interpretation und durch Martha Jaeger, die Jung-Schülerin und Psychoanalytikern, wurde sie der Unordnung Herr, die das Verhalten ihres Mannes in ihr angerichtet hatte.
Als Kind in Persien hatte sie in einem großen Haus mit weitläufigem Garten im Kreis zahlreicher Verwandten und Diener wie in einer kleinen Stadt gelebt. Vom Dach ihres weißen Hauses aus konnte sie die Vorübergehenden sehen, Verkäufer, Bettler, Perser in Nationaltracht auf dem Weg zur Moschee.
Moiras Haut war goldfarben, nur wenig gebräunt. In der Schule hatte sie eine Freundin, deren großer Kummer ihr dunkler Teint war. Moira bot Abhilfe an. Jeden Tag rieb sie die Freundin mit Bimsstein ab, bis das Mädchen die Schmerzen nicht länger ertragen konnte.
Im Alter von siebzehn Jahren ließ Moira den Orient, die Schleier, das verborgene weibliche Dasein hinter sich, um in Paris Malerei zu studieren. Doch ein verschleiertes Wesen behielt sie bei. Sie wirkte zurückhaltend, machte den Eindruck, verhüllt zu sein. Zum großen Teil erklärte sich dieser Eindruck aus ihrer Schweigsamkeit.
In Paris litt sie unter unüberwindbarer Schüchternheit. Das hatte zur Folge, daß sich alles Licht, alle Botschaften, Zeichen, Mitteilungen in ihre Augen drängten. So daß Moira, wenngleich wie eine Europäerin gekleidet, ganz Eleganz, Federn, Volants, nervöse Hast, immer noch nur mit den Augen sprach, mit dem durchbohrenden Glanz weiblicher Augen im Orient, die mehrere Lagen weißer Baumwolle durchdringen müssen, um einen Mann zu erreichen. Aber die Sehnsucht zu sprechen war erwacht, nach Jahrhunderten der Beengung und Unterdrückung.
Sie legte Karten und las die Zukunft darin wie die Frauen im Harem. Sie begann ihre Unterhaltungen mit: »Gestern nacht hatte ich einen Traum«, weil im Orient jeder beim Frühstück, bei der ersten Tasse Kaffee seine Träume erzählte. Ihr Wunsch, bemerkt zu werden, äußerte sich noch wie im Orient durch einen Federschmuck, ein auffallendes Juwel, auf die Stirn zwischen die Augen geklebte Pailletten. Ihr Mann hatte die Anzeichen nicht begriffen: »Schaut

euch Moira an, die Frau aus dem Orient, die eine Frau von morgen sein möchte.«
Anfangs malte sie mit peinlicher Genauigkeit auf kleine Leinwände. In den Farben des Orients. Kleine Blumen, Konfetti, Serpentinen, Rosen und Schmetterlinge. In derselben Klasse der Kunstschule war ein dunkler, schweigsamer, scheuer Italiener. Die sich ihm zu nähern suchten, trafen auf eine derartige Schüchternheit, ein Ausweichen, ein Sich-Zusammenziehen, daß sie in Distanz blieben. Die zwei Schüchternen beobachteten einander. Beide waren von orientalischem Wesen, ihr Inneres besaß keine Fenster zur Außenwelt.
Eine gallische Munterkeit erfüllte die Malklasse. Die Atmosphäre war herzlich, lustig, körperlich. Doch Moira und ihr Mann blieben in ihrem Innenhof, lauschten den singenden Vögeln und plätschernden Fontänen. Sie malten die gleiche innere Landschaft, die gleichen Stimmungsbilder, dieselbe, stets vom Leid bedrohte Fröhlichkeit.
Über das Mittel ihrer Malerei teilten sie einander ihre Träume mit. Und so betrat jeder des anderen Welt.
Der erste Impuls ihrer Ehe war der Wunsch, sich gemeinsam zu verbergen. In seinen Händen wird sie neu geformt, modernisiert, stilisiert. Er lehrt sie strenge ästhetische Maßstäbe kennen. Ihren Körper kann er nicht umformen. Er kritisiert ihre übergroßen Brüste. Sie schreckt in sich zurück, und der Zweifel an ihrer weiblichen Macht keimt. Er band ihre Weiblichkeit wie die Chinesen die Füße ihrer Frauen einbanden. Er verfeinerte ihre Sprache, ihre Manieren, ihre Impulse.
Ihre Ehe war eine zweite Verschleierung. Der neue Schleier war der ästhetische Schleier der Kunst und gesellschaftlichen Schicklichkeiten. Er entwarf ihre Kleider. Sie wurde die weibliche Gestalt in seinen Gemälden. Seine Frauen waren durchsichtig, lagen in Hängematten zwischen Himmel und Erde. Allmählich erlosch ihr Interesse an ihrer Kunst, sie ging in seinen Gemälden auf. Die Blumen und Gärten verschwanden. Er malte eine Welt des Blütendekors, unbewegliche Schiffe, erstarrte Bäume, kristallene Jahrmärkte, Spitzenpaläste.
Moira wachte über seine Arbeit, verkaufte seine Gemälde für ihn, wahrte und stützte sein Vertrauen, bis ihre Gesundheit versagte.
Der Traum jeder mütterlichen Liebe ist: »Ich habe ihn mit Kraft erfüllt. Nun wird er stark sein, und ich werde auf seiner Stärke ruhen können.«
Doch als Moira ihre Kraft verlor, geriet die Ehe aus dem Gleichgewicht. Als sie schließlich zerbrach, kaufte Moira große Leinwände und malte. Sie war frei. Frei, ihre Brüste nicht mehr einzuwängen, frei zu reden, zu lachen, ein offenes Haus zu führen.

In Paris hatte ich Lantelme, den alten Sekretär meines Vaters, so lange unterstützt, bis es mir nicht mehr möglich war, und wurde dann von Reue gequält. Mein Bruder Joaquin, der dies beobachtete, beschloß, mir die Wahrheit zu sagen. Lantelme war nicht, wie ich damals dachte, ein Opfer der Selbstsucht meines Vaters. Er war Mitinhaber einer Konzertagentur gewesen und als solcher mit meinem Vater in Verbindung getreten. Die Agentur scheiterte. Wie sich herausstellte, trug Lantelme die Schuld daran, er hatte mit Geldern des Unternehmens Mißbrauch getrieben. Als er derart in Verruf und Armut geraten war, machte ihn mein Vater aus Barmherzigkeit zu seinem Sekretär. Als Lantelme siebzig Jahre alt war, wurde mein Vater der Last müde, die er mit ihm übernommen hatte. Lantelme zog unangenehme Seiten auf, war nicht von großer Hilfe, und mein Vater legte ihm den Rücktritt nahe. Er hatte Kinder, die in guten Verhältnissen lebten und sich seiner annehmen konnten.
Nachdem mein Vater ihn entlassen hatte, kam Lantelme zu mir. Ich glaubte ihm die Versicherung, daß mein Vater ihn, als er ihm nicht mehr nützlich gewesen sei, rücksichtslos habe fallen lassen. Ich übernahm die Sorge für ihn. Es kam mir nie in den Sinn, die Geschichte zu überprüfen. Wählte ich mir Lantelme als lebenden Beweis für die Selbstsucht meines Vaters, weil meine Mutter mir dieses Vaterbild eingeredet hatte? Traf mein Unbewußtes die Wahl, die diesen Glauben bestätigen mußte? Hätte ich ebenso gut Beweise für die Selbstlosigkeit meines Vaters finden können? Wir wählen den Urteilsspruch und versuchen, ihn dann durch Tatsachen zu erhärten. Auf diese Weise fügen wir dem Porträt nur Beweise für unsere Behauptungen hinzu, für das, was wir beweisen, was wir glauben *wollen*.
Wenn man sich im Labyrinth der Emotionen verlieren kann, so kann man sich gleichfalls im Labyrinth der Analyse verlieren. Dies ist mir bei der Zusammenarbeit mit Rank klargeworden. Man kann glauben, objektiv zu sein und sein Ich durch die Analyse im Leben zunichte machen. Eine Halluzination kann mit einer Vision verwechselt werden. Angst kann ein ebenso klares und deutliches Bild schaffen wie Hellsicht oder Voraussage. Deutung und Analyse sind immer noch bedingt durch die Fehlbarkeit des Interpreten. Der Analyse ist eine große strukturelle Harmonie möglich, sie hat den Anschein der Logik, weil sie sich im Bereich der Objektivität bewegt – und doch ist diese Objektivität verräterisch und reich an Fallen. Sie ist ebenso fehlbar wie die Instinkte, ebenso sehr Selbsttäuschung.
Gonzalos Intuitionen und Instinkte sind oft ähnlich genau wie meine Versuche einer objektiven Deutung. Denn die objektive Deutung

kommt einer vollkommenen Selbsterkenntnis zuvor. Ohne Selbsterkenntnis aber ist man der Objektivität nicht fähig. Man kann lediglich Schlußfolgerungen ziehen. Wer sich selbst erkennt aber weiß, auf welchen Gebieten sein Urteil nicht vertrauenswürdig ist. Der einzige Unterschied besteht darin, daß die höhere Mathematik der Analyse den Schein des Gleichgewichts, der Kontinuität und des Zusammenhangs herzustellen vermag, während die Anwendung der Emotionen oft ein Bild des Chaos, des Widerspruchs und der Wüste bietet.

Wir sind Eklektiker unserer Beweise. Da die Sympathien eines Geschäftsmannes dem Kapitalismus galten, richtete er es so ein, daß er nur sah und hörte, was den Kapitalismus berechtigt erscheinen ließ. Mit scheinbarer Objektivität sammelte er Tatsachen zugunsten des Kapitalismus, dabei aber diktierte der ihm unbewußte Wunsch, der Kapitalismus möchte das richtige System sein, die ganze Zeit seine Informationsquellen und seine Wahl des Tatsachenmaterials. An dem Tag, als er sich auf Grund eines Vorfalls von erwiesener Ungerechtigkeit emotional gegen das System auflehnte, war er in der Lage, andere Informationsquellen in Betracht zu ziehen und mit gleicher Leichtigkeit wie zuvor anderes Tatsachenmaterial herbeizubringen. Seitdem er durch emotionale Gründe bekehrt war, hatte er wiederum alle »Beweise« auf seiner Seite. Er gibt dies zu, obwohl er ein Mann von gerechtem Wesen und Selbstbeherrschung ist sowie anscheinend von objektiver Erkenntnis geleitet wird. Tatsächlich jedoch ließ er sich von seinem emotionalen Selbst leiten, um seine a priori Theorien zu schützen, zu rechtfertigen und aufrecht zu erhalten.

In ähnlicher Weise sind es die inneren Dämonen, die Kriege entfachen und gegen deren Existenz die Menschen sich sträuben. Der innere Dämon eines Mannes macht Geschichte. Doch Amerika sucht den Teufel noch immer draußen (das Innenleben, läßt Houghton Mifflin bei der Ablehnung meines Buches durchblicken, sei gegenwärtig ein allzu triviales Thema!).

Die gegenwärtige Welt würde von entscheidender Bedeutung sein, wenn die Menschen wüßten, was wesentlich ist; doch sie verwechseln das Aktuelle mit Zufälligkeiten und nächstliegenden Geringfügigkeiten, Launen, Bräuchen, Moden, Sitten, die alle flüchtig, unreif, nichtig sind.

Die Conrad Moricand gewidmete Geschichte beendet. Nannte sie: »Der Mohikaner«.

Ich habe eine Passage wieder gelesen, die ich einst aus einem Buch über Dostojewskij abschrieb:

»Das Problem der Eifersucht beschäftigte Dostojewskij unaufhörlich. Seine Personen leiden durch ihre Eifersucht, die jedoch durch keinen Haß auf den Rivalen kompliziert wird. Dostojewskij scheint in der menschlichen Seele eine Art Schichtung vorzunehmen. Als erstes und der Seele fern, die intellektuelle Schicht, von der die schlimmsten Versuchungen ausgehen. In ihr wohnt das tückische dämonische Element. Die zweite Region, die der Leidenschaft, von Stürmen durchwütet und verwüstet. Doch gibt es eine noch tiefere Region, in der keine Leidenschaft herrscht . . .
Fast alle Personen Dostojewskijs sind Polygamisten: ich will damit sagen, daß sie, zweifellos, um der Komplexität ihrer Veranlagung Genüge zu tun, fast alle gleichzeitig mehrere Neigungen hegen können, ohne Eifersucht. Hierin liegt die geheimnisvolle Quintessenz der Dostojewskijschen Weltanschauung und auch der christlichen Ethik. Im ganzen Dostojewskij findet sich kein einziger großer Mensch (Intellekt oder Wille) – kein Held.«

Ich liebe den Helden, kann diese Liebe nicht aufgeben. Ich sehe diese Eigenschaft in Frances verwirklicht und bewundere sie und bewundere Helba nicht, die der Heldenhaftigkeit gänzlich ermangelt.

Mir scheint, daß mein gesamtes künstlerisches Tun ein Versuch ist, ein Verbindungsnetz mit der Welt zu weben; und ich webe ohne Unterlaß, weil dieses Netz einst zerrissen wurde. Doch da ich wünsche, daß die Verbindungsnetze echt und wahrheitsgemäß seien, weiß ich nicht, wie ich die falschen, wie das künstliche mit Dorothy Norman, zerreißen soll.
Sie nimmt mich aufs Korn, und wenn ich mich ihr dann mitzuteilen versuche, versteht sie mich nicht. Ich glaube wie Dostojewskij, daß der bloße Intellekt als solcher der Herd aller Störungen ist. Der Lügen. Ich ziehe das Reich der Leidenschaften, trotz seiner Stürme, vor. Es gibt Zeiten, in denen man die grundsätzliche Aussichtslosigkeit einer Freundschaft erkennt, und es ist dann zwecklos, über kleine Irrtümer, geringfügige Lügen und Mißverständnisse zu sprechen. Die Unverträglichkeit besteht in Wesentlichem, doch darüber will man sich nicht auslassen.

Ein Brief von Henry aus Hollywood:

»Erhielt soeben Deinen Brief, in dem Du mir mitteilst, daß Du Deine Arbeit als Psychoanalytikerin möglicherweise wieder aufnehmen wirst. Ja, ich glaube bestimmt, daß Du das gut machen könntest. Bin froh, daß Du in dem Zusammenhang Kerkhoven erwähntest. Wenn man Wassermann liest, begreift man, er wußte, daß der Analytiker des dichterischen Einfühlungsvermögens bedarf, der Fähigkeit, Dinge offenzulassen, um in Wirklichkeit das Geheimnis, das alles umgibt, noch zu verstärken. Kerkhoven war eine machtvolle Erscheinung, hinter der Wassermann selbst, stelle ich mir vor, im wirklichen Leben weit zurückblieb.

Die grundlegende Schwäche des Kerkhoven-Typus zu erkennen, überlasse ich Dir selbst. Wenn man der Sache auf den Grund geht, weißt Du, handelt es sich, glaube ich, weniger darum, den Kranken zu helfen, als Resultate zu erhalten. Bei der Behandlung Deiner Neurotiker kannst Du die Resultate sehen, und das ist erfreulich. Es stellt Dich auch außerhalb von der Welt des Wettbewerbs, die so verabscheuungswürdig ist. Du erinnerst Dich vielleicht – ich habe es Dir mehr als einmal gesagt –, daß, wenn Du das Gefühl hast, den Schwachen und Leidenden dienen zu müssen, Du es von ganzem Herzen und ganzer Seele tun solltest. Mit der Analyse kann man ebenso wenig wie mit der Kunst spielen. Vergiß nicht, daß Du am Ende größeren Gewinn daraus ziehen wirst als Deine Patienten. Denn der Analytiker hat einen Mangel, der ihn dazu treibt, diese Arbeit tun zu wollen – eine Beziehung wie zwischen Herrn und Sklaven –, das ist meine feste Überzeugung. Rede Dir nicht ein, Du würdest Gutes tun, Not lindern und so weiter. Nein, Du wirst Dich selbst behandeln, der Meinung bin ich jedenfalls.

Auf diese Weise, und möglicherweise allein auf diese Weise, kannst Du die eigene Analyse vervollständigen – und dann weitersehen. Ich schreibe das nicht, um Dich abzuschrecken – im Gegenteil. Ich glaube, es ist ein ausgezeichnetes Vorhaben. Und gehe nicht an diese Arbeit mit der Vorstellung, sie könne eine Lösung unseres wirtschaftlichen Ungemachs sein. Tue sie lediglich um ihrer selbst willen und mit Vergnügen. Ich möchte, daß Du Dich nicht länger um mein physisches Wohlergehen sorgst. Ich möchte, daß Du zum (unerschütterlichen) Fels wirst und Dich nicht darum kümmerst, ob ich untergehe oder obenauf bleibe. Irgend etwas stimmt zweifellos nicht mit mir, sonst hätte ich diese primitive Frage längst gelöst. Du tust besser daran, mich mit ihr selbst fertig werden zu lassen. Aber ich möchte nicht, daß Du glaubst, ich käme jemals auf den Gedanken, Du hättest mich im Stich gelassen. Was Du tust, im Stich lassen könntest Du mich nie. Ich halte mich selbst für verantwortlich für alles, was mir widerfährt. In Deiner größeren Voraussicht hast Du wahrscheinlich mehr Angst vor dem, was geschehen mag, als ich in meiner Blindheit.

Die letzten drei Tage waren herrlich. Wunderbares Wetter! Fast so

gut wie in Griechenland. Wäre es auch, wenn das Mittelmeer noch dazukäme, und die Ruinen, die Leute, die Tradition, und so weiter und so fort. Ich muß hier immer an Rank denken. Du sagtest, er habe Kalifornien so sehr geliebt. Ich begreife jetzt, warum. Das Leben hier begeistert mich immer mehr.
Du erwähnst Frances, die Verständige. Es ist schlimm, daß sie an einem Ort wie New York zu Bett liegen muß. Die Gegend hier ist vergleichsweise das Paradies. Hier könnte sie längst auf sein, dessen bin ich sicher. Schon allein das Licht am Himmel würde ihr gut tun. Ich fühle mich bereichert. Man braucht keine Leute, Theater, Bars. Vor die Türe treten, das Licht über den Hügeln, in der Nacht die Sterne sehen – ist schon genug. Die Leute im Osten meinen, es sei ein bizarrer Ort, weil es eben Hollywood ist. Ich habe mit Hollywood fast nichts zu tun. Es könnte meinethalben ebenso gut tausend Meilen entfernt liegen. Manchmal macht mich die Vorstellung verrückt, daß man nicht dort leben kann, wo man möchte, zumal man sich weder auf den Mond noch in die Antarktis wünscht. Orte sind wichtig, ebenso wichtig wie Nahrung oder andere Dinge. Ich werde zwar zurückkehren, aber das sage ich Dir, solange der Krieg noch dauert, wird mich nichts davon überzeugen können, daß ich in dieser Sache – am richtigen Ort, im richtigen Klima leben – unrecht habe. New York sehe ich mit Widerwillen entgegen. Zwei Tage wie diese zwei tilgen Jahre, die man in New York verlebt hat.
Was ich Dir zu sagen versuche, ist jedenfalls dies: der Westen ist völlig anders als der Osten. Mir genügt es, ein paar Worte mit dem Lebensmittelhändler zu wechseln oder mit Honest John, dem Griechen, der oben in der Felsschlucht eine Spelunke betreibt. Die Leute bleiben stehen und reden mit mir – das tun sie immer, weißt Du. Aber mir ist es gleich, ob sie es tun oder nicht tun. Ich erreiche vollkommene Lebensfreude und dann, peng! die alte Frage – wie verdienst du dir deinen Unterhalt? Ich bedauere nicht im mindesten, daß ich keine Stelle in den Filmstudios gekriegt habe, so gleichgültig das auch klingen mag. In diesen vier Monaten habe ich eine herrliche, bereichernde Zeit verlebt. Margaret und Gilbert sind wunderbar zu mir gewesen. Und wenn ich sie wirklich ein bißchen geschröpft habe, so habe ich es auf andere Weise wieder gutgemacht.
Wenn ich zurückkomme, werde ich mit Tom Brown und Frances reden. Ich sehe nicht ein, warum sie ihr elendes Dasein in New York weiter hinziehen sollten. Weißt Du, ich treffe hier mehr Leute, die Frieda Lawrence kennen, als man sich vom Leib halten kann. Sie erzählen mir alle, was für ein herrliches Leben sie in San Cristóbal in New Mexico führt. Auf sehr anspruchslose Weise hat

Frieda ihre Probleme gelöst. Sie muß eine großartige Frau sein, und ganz anders, als wir nach der Lektüre von Lawrences Aufzeichnungen denken. Ich beginne zu glauben, daß sie im Leben die Stärkere von beiden war. Und das ist, was ich stets zu erreichen suche, die Dinge so zu ordnen, daß man einfach und unkompliziert leben kann, vielleicht auch sehr bescheiden. Ich brauche die Städte nicht mehr. Musik und Bücher kann man immer haben, selbst an den abgelegensten Orten. Und manchmal ist es gut, nicht einmal das zu haben, sondern ganz auf sich selbst angewiesen zu sein.«

So viele persönliche Dramen: Moira und ihr Mann. Die Ungunst von Caresses' Verhältnissen, ihre finanziellen und verlegerischen Mißgeschicke. Ihr Leben in einer Flaute. Die Surrealisten werden für die Galerien und Kunsthändler zu *objets de luxe*. Die Unterdrückung der Neger, von der ich täglich bei der gemeinsamen Mahlzeit mit Millicent höre, wenn sie mir von den Schicksalen ihrer Freunde und ihrer Verwandten erzählt. Der politische Alptraum, Kommunismus contra Demokratie, jedoch eine Demokratie, die teilweise korrupt und scheinheilig ist.

Moiras Drama ist sehr bezeichnend, der Gegensatz von Orient und westlicher Welt. Sie hätte in Persien bleiben und dort glücklich werden können. Dort aber hätte sie ihre starke künstlerische Persönlichkeit nicht entfaltet. Sie wuchs auf einem großen Landgut wie eine kleine Wilde auf, man ließ sie ins Kraut schießen. Sie träumte von Frankreich. Und heiratete einen überzüchteten, perversen, effeminierten Italiener. Er ist kompliziert, trügerisch, schwer faßbar, gehemmt, unzugänglich, unverständlich. Ihr Leiden begann. Einmal lief sie ihm davon, reiste nach Persien zurück. Er kam, um sie wieder nach Frankreich zu holen. Hinter allen ihren Handlungen steht eine künstlerische Absicht, das Bedürfnis nach Schönheit, nach schönem Schein. Sie hatte das Gefühl, daß ihr Mann ein *Zwilling* sei. Der Zwillingsbruder ihres gefesselten Ichs vielleicht, denn auch er war ein Gefesselter, nicht aber der Zwilling ihres sich erweiternden, entwickelnden Ichs. Er befreite sie nicht nur nicht, sondern hielt sie gefangen. Er war in der Tat nicht anders als die persischen Männer, vor denen sie sich hatte retten wollen, die Männer, die die Frau von der Welt absperrten.
Die Entwicklung der Frau ist ein qualvolles Drama, denn in jedem Fall scheint der Mann ihr Wachstum zu bestrafen. Die Frau, die sich Entfaltung wünscht, wählt deshalb einen nachgiebigen, passiven Mann, der in ihr Wachstum, ihre Evolution nicht störend eingreifen wird. Am Ende jedoch wird sie von seiner Schwäche zerstört.

Die Mutter von Kindern zu sein, erfordert Selbstaufopferung und Entsagung. Moira entzog sich dieser Aufgabe, sie wollte lieber die Mutter des Künstlers werden, der Schutz und Unterstützung braucht. Sie erkannte, daß der Künstler schutzbedürftig ist, weil er ein Werk schaffen muß und die Welt ihm gewöhnlich keinen Schutz gewährt. In der Welt ist er hilflos. Ihre Erfüllung lag in einer symbolischen Mutterschaft, der Geburt des Künstlers. Das wirkliche Kind jedoch, das natürliche Kind wächst heran, während die Mutter altert. Es wird stark, das Verhältnis mag sich sogar umkehren und das Kind zum Beschützer der Mutter werden. Das Künstler-Kind dagegen wird nie erwachsen, erstarkt nie. Und schließlich bricht die Frau unter ihrer Last zusammen. Wenn sie erschlafft, krank wird, in ihrer Rolle versagt, findet sie sich allein und verlassen. Als Moira nachließ, erkrankte, wandte sich ihr Mann einer starken, riesigen, männlichen Frau zu, um weiterhin Schutz zu erhalten.

Dies ist eine Phase in der Evolution der Frau. Sie will ihre Kraft umleiten, der biologischen Mutterschaft entziehen und anderen Formen schöpferischen Tuns zuführen.

Doch sie braucht den Segen und die Hilfes des Mannes dazu.

In der Feindseligkeit zwischen Moira und ihrem Mann zeigte sich noch ein weiterer Widerspruch zwischen Orient und Okzident. Moira besitzt eine natürliche Weisheit, er nicht. Sie sehnt sich nach Harmonie, subtilen Übereinstimmungen, Artigkeiten, und er schreit, schimpft, greift an, macht heftige Szenen. Sie hängt an Märchen und Illusionen, er zerstört sie. Er würdigt sie herab. Er verschlimmert, verzerrt die Streitfälle, macht sie zu Auseinandersetzungen über Geldfragen, Eigentums- und Wohnungsfragen. Sie versucht noch den Bruch zu mildern und zu verschönern, damit kein Haßgefühl zurückbleibt.

Sie ist aus dem Atelier in der Zweiundvierzigsten Straße gezogen und hat eines am Washington Square gemietet. Moira kann jeden Raum zu einer schönen Stätte machen mit Gartenmöbeln, Blumen in aufgehängten Schalen, Vögeln, bunten Filzvorhängen und Kissen. Ich fand Freunde, die bereit waren, für sie zu arbeiten, Muscheln zu leimen, Ohrringe zu bemalen. Dann und wann arbeitete jetzt ich auch mit ihr; wobei wir miteinander sprachen und versuchten, das Geschehene zu deuten, damit sie weniger darunter litt.

Sie selbst und ihre Umgebung veränderten sich. Sie kehrte zu ihrer orientalischen Atmosphäre zurück. Kissen lagen auf dem Boden. Sie setzte sich auf den Boden. Was sie kochte, roch nach starken Gewürzen. Sie umgab sich mit orientalischen Farben, Smaragdgrün,

Grellrosa, Purpur und Türkis. Sie glaubte wieder an Astrologie, Kartenlesen, Handlesen, Aberglauben, über die ihr Mann gespottet hatte. Sie glaubte wieder an Zauberei. Einmal briet sie Fleisch in einer Pyrex-Bratpfanne. Sie machte beschwichtigende säuselnde Geräusche, um zu verhindern, daß das Fett herausspritzte. Sie sagte: »Meine Mutter hatte Zaubergewalt. Wenn sie das machte, wurde sie nie vollgespritzt.« Noch während sie sprach, zersprang die gläserne Bratpfanne.
Moiras Erklärung für das Versagen des Rituals war aufschlußreich. »Ich habe zu lange mit Leuten zusammengelebt, die nicht an Zaubermittel glauben«, sagte sie. »Deshalb habe ich meine Macht verloren.«

Moira, die selbst eine Traumgestalt ist, hat die Fähigkeit zu träumen wieder in mir aufleben lassen und meine Phantasie auf Marokko gerichtet. Und indem ich die »Labyrinth«-Erzählung schrieb, entfloh ich dem Alpdruck des Lebens in New York, den Schwierigkeiten, die der Geldmangel und die Presse mit sich brachten. Die hohen Lebenskosten erlauben uns keinen Augenblick der Muße oder des Vergnügens. Das Fenster öffnet sich und läßt Marokko ein. Phantastische Welten, doch nicht nur Flucht in die Phantasie. Phantasie verführt zum Geschichtenerzählen. Wenn man beginnt, sich selbst Geschichten zu erzählen, nehmen sie allmählich Gestalt an. Moira erschafft sich ein neues Persien in ihrem Studio und erzählt mir alles aus ihrem Leben. Dies ist ein magisches Ritual. Die Dämonen werden besiegt. Der Mut lebt wieder auf. Wer sprach von Elfenbeintürmen? Laboratorien der Seele. In denen Essenzen hergestellt werden, die Häßlichkeit, Armut, Schulden, Demütigungen, Niederlagen bekämpfen. Moira breitet die großen Kartonkästen voller rosiger Muscheln, Perlen, Kugeln, Nadeln, Spiegelchen vor uns aus, und mit Hilfe von Leim verwandeln wir sie in Phantasie-Ohrringe und Anstecknadeln. Auf einem großen Tisch entwirft sie auch Textilmuster. Ihr schwarzes Haar lockt sich um ihre Stirn, legt sich in kleinen Kringeln um ihre Ohren; sie sieht mit ihren dunklen gleißenden Augen wie eine Haremsfrau aus, doch sie ist eine Frau von morgen.

Brief von Henry:
»Gestern abend las ich das Buch von Céline zu Ende (*Mort à Crédit*) – hatte lange genug dazu gebraucht. Es ist ungeheuerlich. Ich brüllte vor Lachen ganz allein vor mich hin ... Solcher Schwung, solches Vergnügen, solch urwüchsiger Stil. Auch in der Übersetzung ist die Sprache neu und eindringlich wie ultraviolette Strahlen.

Und was für ein Paradebeispiel grimmigen Surrealismus' im Grunde. Welcher Surrealist außer Lautréamont hat so zu schreiben vermocht?
Heute morgen habe ich die letzten Seiten meiner *Rosy Crucifixion* nochmals durchgelesen und stell Dir vor, ich fand sie fast ebenso gut. Ich war entzückt von ihnen. Fragte mich, ob ich sie wirklich selbst geschrieben hätte. Das ist die Wahrheit ... und darum sage ich mir, daß ich sicher bin, sowohl für meinen Lebensunterhalt arbeiten als auch schreiben zu können. So viele Männer und Frauen haben es fertiggebracht. Und gut zustande gebracht. Und gewiß werden alle erleichtert sein, wenn ich dieses kleine Problem löse. Dieser Angst bin ich nun ledig. Es kümmert mich wenig, wohin ich gehe und was ich tue. Ich fühle mich glücklich und werde aus meiner Umwelt das beste mir mögliche herausholen. Und ich wiederhole, wir können von Glück sagen, nicht in die Kriegshandlungen verwickelt zu sein. Du mußt Frederic Prokoschs Buch *The Seven Who Fled* lesen. Er hat sich zu einem glänzenden Stilisten dieser Art Literatur der reinen, phantasievollen Schilderungen entwickelt, die anscheinend so viel besser sind als die Wirklichkeit. Sein Buch ist düster und morbid im Tonfall, jedoch hervorragend, hervorragend geschrieben. Ich war förmlich hypnotisiert. Nun, Lafe ist eingetroffen. Ich werde mich mit ihm im Satyr Book Shop treffen. Grüße Frances und Tom Brown von mir.«
Um unsere Presse in Gang zu halten, drucken wir ein Buch für Caresse. Es ist der Neudruck eines Buches, das einst in ihrer Black Sun Press erschienen war: Zeichnungen von Max Ernst, Text von Eluard. Sie möchte ihr Prestige als Verlegerin zurückgewinnen. Aber sie räumt Gonzalo nicht die Freiheit ein, selbst über die Herstellung des Buches zu entscheiden. Wir kopieren also die Typographie und haben alles Interesse an der Arbeit verloren.
Dann und wann kommt Max Ernst, um zu sehen, wie die Reproduktionen seiner Zeichnungen ausfallen. Er ist klein, sehr schlank, sehr steif, mit einem Vogelprofil. Er hat engstehende blaue Augen, die Adlernase dominiert im Gesicht, sein Mund ist klein, seine Wangen sind mager. Er hat ein schwaches karges Lächeln, unschuldig blickende Augen, insgesamt aber macht sein Gesicht einen beißenden, verschlagenen Eindruck.
Ich entsann mich der Geschichte, die man mir von seiner Ehe mit Eleanora Carrington erzählt hatte. Sie ist Engländerin und war damals ein schönes junges Mädchen. Die Gruppe der Surrealisten bestärkten sie in ihrer Neurose, bis sie zum Wahnsinn ausartete. Sie war Malerin. Manchmal bemalte sie eine Leinwand und lehnte sie dann an die Wand. Wenige Tage später wollte sie sie wieder vor-

nehmen, konnte sie aber nicht finden. Es wurde erzählt, daß Max Ernst Leinwände benötigte und die Bilder seiner Frau einfach übermalte. Zu ihr aber sagte er: »Bist du sicher, daß du überhaupt gemalt hast? Ich habe kein solches Bild gesehen.«

Jetzt ist Max Ernst mit Peggy Guggenheim verheiratet. Sie hat ihn vor dem Konzentrationslager gerettet. Ihre Sammlung seiner Gemälde war schon vorher eindrucksvoll; durch die Heirat wurde sie vollständig.
Max Ernst gab mir das Gefühl eines vielschichtigen Menschen. Ich konnte mir vorstellen, daß er aus dem Sumpf, den Schreckensträumen, dem Mondgesträuch, die er so gern malt, aus überwachsenen, moosigen, geheimen Höhlen geboren ist. Ich konnte ihn mir als der Vogelwelt, räuberischen Welten zugehörig denken. Einst sah er aus wie Merlin der Zauberer; jetzt stopft ihn der Reichtum bei lebendigem Leibe aus. Er besitzt keine Antennen, scheint aus Sägemehl gemacht zu sein. Die Besucher treten bei ihm ein, reden, sitzen, essen, jedoch wie Schauspieler, blendend, glänzend, unmenschlich. Politisch zerreißen sie einander in der Luft.

Was mich den Surrealisten entfremdet, war, glaube ich, daß sie sich damit begnügten, die Quellen der Bilder und freien Assoziationen, des surrealistischen Elements in Leben und Kunst aufzufinden, ich aber noch einen Schritt weitergehen wollte, nämlich die Bedeutung des Unbewußten enträtseln und es zum Bewußtsein bringen wollte, damit unser Leben im Einklang mit seinem, des Unbewußten, fruchtbaren und grenzenlosen Reichtum gelebt werden könne.
Wenn ich mit Eleanora Carrington in Dr. Jacobsons Ordination zusammentreffe, verblüfft sie mich durch das Eingeständnis, ihre größte Sorge sei, daß die Quelle ihrer Visionen, wenn sie malt, oder die Quelle ihrer Themen, wenn sie schreibt, austrocknen könne. Dies ist immer meine letzte Sorge gewesen.
Mir schien, daß man eine unendliche Quelle des Schöpfertums fände, wenn man das Unbewußte freilegte und daß die Frage lediglich darin bestünde, wie gut und mit welcher Eloquenz man den ertragreichen Ausgrabungen Ausdruck geben könnte. Eleanora war weit gegangen, fast zu weit, um aus jenen Regionen den Rückweg zu finden. Wie war es möglich, daß sie von der Angst vor dem Versiegen sprach?
Ich habe den Eindruck, daß sehr viele Surrealisten ihre Träume simulierten. Sie simulierten das Unbewußte, das Wahnwitzige, das Phantastische. Simulation verrät sich immer dadurch, daß sie zur Unfruchtbarkeit führt. So sehr mich auch ihre Theorien verführten,

spürte ich doch immer in Gegenwart ihrer Gruppe, daß das Unbewußte vom Intellekt herbeizitiert und zum Auftritt gezwungen wurde. Keiner von ihnen geht spazieren, weint, lacht, fühlt. Wenn das Unbewußte sich wirklich manifestiert, ist man gleich dem Wilden besessen. Nein, die Surrealisten haben sich völlig in der Hand, ihre Kunst ist ein Spiel, ein geistreiches und brillantes Spiel. Diejenigen, die wahrhaft besessen waren, verloren den Verstand.

Brief von Henry:

»Weißt Du, wenn ich künftig nur noch umhertreiben wollte, so könnte ich es. Ich bekomme aus dem ganzen Land alle möglichen Einladungen von Leuten, die mich aufnehmen wollen. In Chicago habe ich die Auswahl zwischen vier Häusern, wo ich wohnen kann. Ein weiteres ist mir in St. Louis angeboten worden, eines in Minneapolis und natürlich in Kenosha. In New Orleans drei. Es ist merkwürdig, daß das einzige derartige Angebot in New York von einer lästigen Person stammt.
Den letzten Teil der *Rosy Crucifixion*, in dem ich mich in einen Hund verwandele, hast Du noch nie gelesen, wie? Der ist wunderbar. Ein grausames Stückchen Symbolismus. Entstanden aus einer Bemerkung Junes, die ich hörte, als ich gerade die Treppe hinabstieg – daß ich bloß ein Kind sei. Das wird Dich umwerfen, wenn Du es liest. Es endet mit Wau! Wau!
Gestern, in ausgezeichneter Verfassung, überlegte ich mir, daß die einzige Methode, mit dem Buch weiterzukommen, darin besteht, mich auf bestimmte Menschen zu besinnen, die mich gern lesen, und in Gedanken an sie zu schreiben. Scheuklappen anzulegen, mich ins Buch zu versenken.
Lieber Gott, es fällt mir immer so schwer – mich von dem, was ich schreibe, völlig absorbieren zu lassen. Wenn ich etwas von einem großen Kerl lese, bekomme ich das Gefühl, begreife ich es wieder und sehe, was ich alles noch tun möchte – die Unermeßlichkeit der Perspektiven überwältigen mich. Gleichzeitig aber erkenne ich, daß man auf die vollkommenen Bedingungen nicht warten darf und kann, um zu schreiben. Man muß schreiben – und auch leben, als ob der heutige Tag der letzten sei, die letzte Chance.
Erhielt einen Brief von Houghton, lege die Kopie bei, die er immer mitschickt. Er hat wieder ein Buch fertig! Großer Gott! Und dabei hat er einen Beruf. Und Céline hat an einer Klinik gearbeitet. Und Elie Faure hat sich Notizen auf seine Manschetten gemacht, während er Patienten besuchte. Ich schäme mich, wenn ich daran denke. Wie ich zu jemandem sagte: Deine Guru-Freundin Frances kann

im Bett liegend mehr vollbringen, als gesunde Leute, die auf ihren Hinterbeinen stehen. Ich muß es machen wie alle anderen und dann sehen, ob ich mich meiner Weisheit, Heiterkeit, Fröhlichkeit und so weiter rühmen kann. Ich habe eine Lüge gelebt und diese Lüge vermutlich auch niedergeschrieben. Ja, ich bin vor so vielen Dingen davongelaufen – und zuletzt mußte ich doch allen entgegentreten. Vieles hat mit der Tatsache zu tun, daß ich die Werke der Welt häßlich und dumm finde. Vielleicht wird auch dieses Schreckgespenst verschwinden, nun, da ich ihm von Angesicht zu Angesicht gegenüberstehe. Und dennoch habe ich das Gefühl, daß ich mich auf meinem Sterbebett auf einen Ellbogen stützen und ein letztes Wort an die Welt richten werde: ›Arbeitet nicht so viel, Ihr armen Narren! Laßt ab davon . . . tut so wenig wie möglich!!‹
Verstehst Du, es sind nicht die trägen und sorglosen Menschen, die Leid und Elend in die Welt bringen. Sondern die Draufgänger, die Reformer, die Eroberer, die Fanatiker, die Schwerarbeitenden. Sie glauben, das Paradies entstehe aus Schweiß und Plage und indem alle gleich dächten. *Dieses,* die Gewißheit, daß am Grunde all der Mühen und Anstrengungen nichts als ein elender, hämischer Sadismus liegt, bringt mich um. Nun ja, wie der Mönch in Shangri-La sagte: ich werde mäßig fleißig sein.«

Ich weiß nicht, an welchem Tag ich spürte: *No puedo más* (ich kann's nicht mehr ertragen). Aber es überfiel mich mit solcher Heftigkeit, daß ich zusammenbrach. Zuerst überkam mich äußerste Schwäche, die so groß war, daß ich die Treppen zu meiner Wohnung nicht mehr hinaufsteigen konnte. Ich mußte sie wie bei einer Bergbesteigung überwinden, mich nach jeder Stufe ausruhen. Dann folgten Tränen. Unbeherrschbares Weinen. Mir schien, daß ich körperlich und geistig endgültig zusammengebrochen wäre.

Ängste, Zweifel, Verstörung. Die Arbeit an der Presse zu schwer. Anstrengung. Unerträgliche Spannung. Derart qualvolle Spannung. Ich hatte mich überfordert.

Ich rief Martha Jaeger, Frances' Psychotherapeutin, an.

Ein schönes, mitleidvolles Gesicht. Ich lieferte mich ihr aus wie ein Kind, weinend, beichtend. Und sogleich löste sie die Spannung mit den Worten: »Sie haben zuviel übernommen. Sie hatten kein Verständnis für die Wirklichkeit des Körpers – die Grenzen des Körpers.«

Als ich mit ihr redete, mich ihrer Sorge überließ, fühlte ich mich weniger wund und verstört.

Es war, als sei mir eine Lossprechung und die Erlaubnis erteilt worden, mich auszuruhen, mich zu entspannen und meine Lasten abzuwerfen. Sie staunte über das, was ich alles auf mich geladen hatte.

Nachdem ich das zweite Mal bei ihr gewesen war, schlief ich in der Untergrundbahn ein, und zu Hause angekommen, schlief ich weiter, schlief und schlief, als wäre es zum erstenmal. Ich dachte an nichts. Ich gab alle meine Sorgen und Verantwortungen auf. Ich wurde gleichsam zum Kind, gab meine Schwäche zu, gab zu, meine ganze Kraft eingebüßt zu haben. Die Spannung wich. Ich fand Ruhe. Sie sagte, ich hätte ein Recht auf Ruhe. Ich hätte alles getan, was ich konnte, und mehr als das.

Bei der dritten Zusammenkunft erklärte sie mir, was mich zu der übermenschlichen Anstrengung getrieben hatte: »Die Frau kommuniziert mit dem Kosmos, dem Kosmischen, durch die Erde, durch ihr mütterliches Sein. So sind Sie zur All-Mutter geworden, haben sich unaufhörlich ausgegeben. Sie versuchten, für alle zu sorgen. Sie versuchten das Unendliche mit einem endlichen Körper.«

Jedesmal, wenn sie das erwähnte, sehe ich die ungeheuren Zuneigungen vor mir, die ins Unermeßliche wachsen und mich schließlich erdrücken. Und diese ganze unendliche Mühe wird geringer, wird einfacher, und ich stehe nackt da, von der Riesenpflicht befreit, bin wieder Kind, gelöst und sorglos.

Dies war die erste Befreiung von den gefährlichen, bedrückenden Überschwenglichkeiten. Ich fühlte mich wie eine Genesende. Schwach, doch friedvoll. Das Schreckgespenst war verflogen.

Dies ist ein neues Drama. Der Vater fehlt im Personenverzeichnis. Dies ist das Drama der Mutter, der Frau. Ich bin den Frauen in ihrer Gesamtheit in letzter Zeit näher gerückt, bin mir ihrer ureigenen Tragödie bewußt geworden. Ich hatte über die drei Stadien des Bewußtwerdens gelesen. Die Frau wird sich erst jetzt ihrer Individualität bewußt. Doch auch, wie Martha Jaeger sagt, ihrer andersgearteten Beziehung zum Kosmos. Für die Frau stellt die Kommunikation mit dem Kosmischen ein schwieriges, tiefes Problem dar. Sie ist ihr nur möglich durch eine universelle Mutterschaft oder auf dem Weg der Priesterin – und – Prostituierten.

Ich zerbrach unter dem Ausmaß der Bürde. Und wegen des Verbrauchs an emotionaler Substanz, wegen des psyischen und emotionalen Aufwands. Denn ich war nicht nur von dem Beschützerwunsch besessen, sondern wollte auch Kraft mitteilen, geistige und psychische Nahrung geben. Martha Jaeger machte mir das alles deutlich.

Es ist seltsam, daß ich mich um Verständnis diesmal an die Frau und Mutter wandte. Ich habe bisher nur Beziehungen zu Männern, Männern der verschiedensten Arten unterhalten. Doch mein jetziges Drama ist das der Frau in bezug auf sie selbst – ihr Konflikt zwischen Selbstsucht und Individualität und die Frage, wie sie ihrem kosmischen Bewußtsein Ausdruck verleihen soll.

In gewisse Tiefen bin ich noch nicht eingedrungen, wenngleich ich mich bemüht habe, ihnen Ausdruck zu verleihen, als ich gegen Henrys und Durrells Ansichten Einwände erhob und über die kreative Frau schrieb. Ich las meine Eintragungen heute abend wieder durch und beginne sie erst jetzt zu verstehen auf Grund der Ausführungen Martha Jaegers über das unterschwellige kosmische Leben der Frau. Zu Entdecken, daß sie am Fluß lebt, war so sonderbar wie ein wiederkehrender Traum. Der Strom wiederum. Da, wo sie wohnt, ist der Hudson breit und schön. Ihr Heim ist jedoch eine friedliche Barke. Es liegt in der *Haven* Avenue (Hafen), und ehe wir mit dem Gespräch über die kosmische Mutter begannen, hatte sie das Hemd ihres Mannes gewaschen. Das rührte mich: die Welt der Frau.

Um Moira zu trösten, erzählte ich ihr von dieser größeren Frau, die auch sie darzustellen versucht hatte.

Es ist seltsam, daß ich diese Gefühle beschrieben und gewissermaßen ähnliche Behauptungen wie Martha Jaeger aufgestellt habe, emotionell und ahnungslos jedoch, und jetzt, in ihrer Gegenwart, bei ihren Erläuterungen der Bedeutung dieser Feststellungen mir völlig bewußt werde. Das Tagebuch muß auf unbewußte, emotionale Weise entstehen, darum kann ich mich trotz seiner und in ihm verlieren und erst durch das objektive Auge eines anderen mein Sehvermögen wiedererlangen.

Der erste Vormittagsbesuch bei ihr war wie ein Alptraum. Ich verirrte mich in der Untergrundstation, stieg zu früh nach oben und geriet dann in einen heftigen Sturm, konnte kaum vorankommen und glaubte schon, ich würde niemals anlangen, erinnerte mich dann aber an meinen ersten Besuch bei Rank und mein Gefühl der Verwirrung und Verlorenheit.

Nach drei Tagen hörte ich auf zu weinen.

Wie notwendig ist doch diese regelmäßige Schuldbeseitigung. Sie hatte die Rolle der einstigen Beichte und Lossprechung übernommen. Welcher Stimmungsumschwung nach der Behandlung, wenn der Schacht der Schuld gereinigt worden ist.

Die Psychoanalyse ist unser einziger Weg zur Weisheit, da wir keine Religion mehr besitzen.

Ich habe Liebe mit Aufopferung verwechselt. Ich glaubte, alle meine Handlungen seien Werke der Liebe, Selbsthingabe, Aufgabe der Persönlichkeit. Aber daß sie alle bereit waren, mich zum Schlachtopfer zu machen, verletzte mich doch, und ich fühlte mich ungeliebt gemäß meiner eigenen Auffassung der Liebe, die da lautete: Opferbereitschaft.

Ich wähnte, daß in der Liebe das Ich zerschmettert werden müsse,

daß die Liebe Selbstverleugnung, Zurückstellung des Ichs sei. Meine Revolte reicht in die Zeit aller Zugeständnisse und Opfer zurück, die ich aus Liebe, Freundschaft und Pflichtbewußtsein leistete. Martha Jaeger war entsetzt über die Geschichte, wie Gonzalo meine Bücher verbrannt hatte, um mich vom Träumen abzubringen und zur Marxistin zu machen. Ich revoltierte gegen den *Mißbrauch* meiner Gaben. Ihre Vergeudung. Die erste Schreibmaschine, die ich Henry schenkte, hatte er versetzt und mein Geld vertrunken.
Ich dachte, ich wäre immer, immer mit meinem Vater solidarisch gewesen, als Frau aber handelte ich mehr wie meine Mutter, eine sich aufopfernde Mutter. Mein Vater war das Ego, meine Mutter das Opfer.
Ich war tief verletzt, verstümmelt und unterdrückt worden. Muß ich todkrank werden, um meinen Kindern zu beweisen, daß sie mich zu sehr belastet haben?

Ein Brief Henrys:

»Vorgestern abend lernte ich einen Freund von Lafe kennen, der bei ihm wohnt, einen jungen Mann von sechsundzwanzig Jahren. Pierce Harwell, einen Komponisten, der als Soda-Mixer in einem Drugstore arbeitet, um seine Mutter zu ernähren. Seit ewigen Zeiten eines der anregendsten, fruchtbarsten Zusammentreffen. Er ist homosexuell, befaßt sich seit mehreren Jahren mit dem Studium der Astrologie, hat ein ausgesprochenes Talent dafür. Lafe nannte ihm mein Geburtsdatum, und er eröffnete mir höchst erstaunliche Sachen über mich. Dabei habe ich noch nicht alles erfahren. Wir redeten sechs Stunden lang miteinander und hatten nur gerade einen Anfang gemacht. Er liest in mir wie in einem aufgeschlagenen Buch.
Zudem war alles, was er sagte, sehr ermutigend. Ich will Dich nicht mit Einzelheiten langweilen, aber er sagte, ich hätte zu mir selbst gefunden. Er fügte hinzu, daß ich nie untergehen, daß mir kein wirkliches Unglück begegnen würde, daß ich, was ich auch täte, immer beschützt sein und wahrscheinlich bei guter Gesundheit neunzig Jahre werden würde ...«

Die Psychoanalyse ist der eigentliche Ariadne-Faden.
Das einzige immer wiederkehrende Thema ist das des Zweifels an der Liebe, das erste Trauma.

Peggy Guggenheim sieht aus wie W. C. Fields. Gäste ihres Hauses werden oft zum Partnertausch aufgefordert. Ein Künstler erzählte mir folgende Begebenheit: »Jemand hat für sie eine Bettstatt aus Aluminium entworfen. Das Ding sieht etwa wie ein abstrakter Baum aus. Es hat Zweige, die über das Lager hängen, Blumen und Blätter, die beim leisesten Luftzug wie Mobiles zittern. Es ist wirklich ein kunstvoller Apparat. Es hat allerdings einen Nachteil: in strategischen Augenblicken rüttelt und klirrt es zur Begleitung von Hornklängen und elektronischen Tönen. Ich kann Ihnen versichern, daß es nicht als Aphrodisiakum wirkt.«

Ein Brief von Henry:

»Einige Worte zu den *Seven Gothic Tales* (von Tania Blixen = Isak Dinesen). Sie sind in der Tat ›phantastisch‹. Ich finde sie bestürzend und enervierend. Die erste Erzählung, über die Flut, habe ich jetzt gelesen und ›The Dreamers‹ zum zweitenmal. Ich kann nur immer eine auf einmal lesen. Was mich irritiert, ist nicht das Rätselhafte, sondern das Irreführende, das den Eindruck erweckt, als sei die Autorin selbst verwirrt. Vielleicht vermagst Du sie mit schärferem Verständnis zu lesen. Das würde ich gern erfahren. Vielleicht sollte ich sie nicht zu genau unter die Lupe nehmen. Der Stil hat etwas Verzauberndes, doch dann und wann platzt die Haut, und ein Besenstiel stößt hindurch. Aber alles in allem ist sie eine Art nördliche arabische Geschichtenerzählerin – die sonderbarste Mischung, die mir je unter die Augen kam.
Die Namen und Gegenden gefallen mir – so exotisch alle. Aber hast Du bemerkt, daß sämtliche Personen gleich reden? Es ist immer der gleiche süße Rhythmus, gefärbt, wie mir scheint, mit etwas veraltertem französischen Jargon; findest Du nicht?
Als ich ›Die Träumer‹ zum erstenmal las, dachte ich sogleich an Dich. Aber der Erzählung ist so viel Symbolik beigemengt, daß ich mir jetzt unklarer bin als bei der ersten Lektüre. Du müßtest mir eigentlich viel darüber sagen können, denn die Ähnlichkeiten zwischen der berühmten Pellegrina Leoni und Dir sind zahlreich. (Hat der Name Pellegrina im Italienischen eine bestimmte Bedeutung?) Jede Beschreibung trifft bis auf den I-Punkt genau auf Dich zu, das sternenhafte Wesen, die geflügelte Löwin, Heilige erster Größe, zweigeteilte Seele, die riesigen Augen, die aus dem Füllhorn ausgegossenen Wohltaten, das Gefühl des Fliegens, die Mode-Revolutionärin, die Schattenlose (keine Angst, keine Reue und so weiter), weder um sie herum noch in ihr irgendeine Schwärze, das ungehemmte Leben in ihr, ihre Alterslosigkeit und so fort.
Eine wunderbare Stelle ist die Beschreibung von ihr als einem Schwan im See des ewigen Lebens. Fabelhaft, und paßt genau auf

Dich. Ebenso dies: ›Sie gab einem ein so sicheres Gefühl, auch über dem Abgrund, als säße man im eigenen Stuhl.‹

Auch folgendes: ›Ihre Glückseligkeit lag darin, die Offenbarung alles dessen zu sein, was schön, groß, elegant und brillant war.‹

Und schließlich: ›Trotz ihres gesunden Menschenverstands war sie immer eine Donna Quijota de la Mancha.‹ Sie tut einen Ausspruch von tiefer Bedeutung: ›Nie wieder will ich mein Herz und mein ganzes Dasein in einer einzigen Frau leben. Von nun an werde ich mehrere Personen sein.‹

Als sie sich vom Unfall erholt (der Feuersbrunst, in der sie ihre Stimme verlor), gesteht sie sich ein, daß sie sehr selbstsüchtig gewesen ist – immer nur Pellegrina, Pellegrina. So viele entsetzliche Dinge, wie Pellegrina widerfahren sind, wären unerträglich. Und dann überkommt sie ein seltsamer Gedanke – daß es nun niemals mehr eine Madonna im Himmel geben wird, die ihren armen Zuhörern huldvoll zulächelt. Eine ungeheuerliche Selbstvergötterung oder Befangenheit, nicht wahr? Eine merkwürdige Annahme, daß die Fähigkeit, Schönheit und Glück zu verbreiten, aufs höchste ihr zu eigen gewesen sei. Und so beschließt sie, um sich ein wenig mehr am Leben zu freuen, mehrere Rollen zu spielen, anstatt der einen auffallenden. Und diesen Beschluß begleitet ein vollkommener Gedächtnisverlust, so daß sie sich an keinen ihrer Liebhaber mehr erinnern kann.

Natürlich gehen der Gedächtnisverlust und der Verlust des Schattens Hand in Hand. Doch dann, im Tode, wird sie wieder eine Frau – die große Pellegrina. Die Welt kann man täuschen, den Schöpfer nicht. Ist die Erzählung ein Gleichnis dessen, was geschieht, wenn man seine eigentliche Rolle im Leben verliert? Wird damit gesagt, daß man einer Rolle nicht zu viel Bedeutung zumessen soll, oder ist das Gegenteil gemeint? Ich werde nicht daraus klug. Oder besagt die Erzählung einfach, daß dem Menschen, der dazu bestimmt ist, ein glänzender Stern zu sein, nichts anderes genügen kann?

Ich verstehe, daß die Welt einem solchen auserwählten Geschöpf immer eintönig und der eigenen Macht nicht gewachsen erscheinen muß. Dennoch beruht der Eindruck auf einer Täuschung. Denn wenn ein Mensch wirklich ein Stern ist, so verlangt er nichts anderes als zu scheinen. Und ein Stern würde von einer derart trivialen Sache wie einer ›Stimme‹ nicht abhängig sein. Ein Stern hätte tausend Möglichkeiten, sein Leuchten kundzutun. Und vielleicht verlor Pellegrina mit der Stimme ihre Verbindung zur Welt ... ihr Medium der Übertragung – der Stern – wurde gestört, wie es beim Radio vorkommt. Ich weiß es nicht. Ich fühle mich verwirrt. Das Ganze erscheint mir immer dunkler.

Ich weiß, daß es Dir ähnlich ergeht, wenn Du daran gehindert wirst, Frieden, Freude und Freigiebigkeit auszustrahlen. Wenn Du nicht die strahlende, großzügige Venus sein kannst, erstarrst Du Und wenn Dich einer fragt: was ist denn los? dann fliehst Du, genau wie Pellegrina. Ich habe bemerkt, welche Wichtigkeit Du dem Wort ›Klima‹ beimißt, dem Dir gemäßen Klima. Doch weißt Du auch, wovon Du sprichst? Nicht vom warmen, tropischen Klima, das Dir vorschwebt, sondern von der Atmosphäre, die zu schaffen Du immer bestrebt bist – einer Atmosphäre des Glücks, des Verständnisses, der Schönheit, der Üppigkeit und so weiter.

Pellegrina war nicht eitel, weil sie für ihre Bühnenrollen prachtvolle Ausstattungen verlangte: vielmehr gab sie dadurch auf einer weltlichen Ebene ihrem üppigen und überschwenglichen Wesen Ausdruck. Falls ich mehr von Astrologie verstünde, könnte ich mehr über die Rolle der Venus in solchen Lebensläufen sagen. Ich würde die Behauptung wagen – die natürlich nahezu eine Banalität ist –, daß dort, wo Venus zum Leiden gebracht (oder verherrlicht) wird, alles, was zur Liebe gehört, auf der höchsten Ebene ausgetragen werden muß. Das Element des Opfers erscheint sodann als wahre Verherrlichung der Venus, die in primitiver Ausdrucksweise als arme, ›leidende‹ Venus gedeutet wird. Diese Venus ist nicht für die Erde bestimmt, sondern für den Himmel. Sie soll veredeln und verherrlichen. Wenn sie dies durch Täuschung zu erreichen sucht, versagt sie.

Pellegrina identifiziert sich mit der Schauspielerin Pellegrina. Sie wollte blenden, anstatt zu erleuchten.

Du hast diesen Irrtum nicht begangen. Vielleicht war Dein einziger Irrtum der Versuch, Deine Kräfte zu übermitteln. Und dies, weil Du Dich bezüglich des Ursprungs der Kraft im Irrtum befindest. Ich sage ›vielleicht‹. Ich bin nicht absolut sicher. Aber ich denke manchmal, daß Menschen, die mit großen Gaben ausgestattet sind, vor allem magnetischen, prophetischen Kräften, leicht vergessen, daß diese Kräfte ihnen nur als einem Medium der Transmission verliehen sind und ihnen nie verlorengehen können, solange sie nicht versuchen, sie für sich selbst zu nutzen oder anderen zu vermachen.

Ich erwähne dies nur, weil mir oft aufgefallen ist, daß die großen Erleuchteten nie in Gefahr zu sein scheinen, sie könnten ihre Kräfte erschöpfen. Sie lodern bis zu ihrem Tod. Und noch wenn sie im Sterben liegen, sind sie fähig, die Toten aufzuwecken – wenn Du das beachten willst.

Im Falle Pellegrinas geschieht das Gegenteil. Sie ließ über einem leeren Grab, über ihrem angeblichen Leichnam einen Stein errichten. Mit dem Namen schien sie ihre Substanz verloren zu haben, war weder lebendig noch tot. Sie schwebte zwischen zwei Welten. Das Bild, das die Autorin vielleicht unbewußt wählte, ist sehr treffend – das eines vom Himmel gefallenen Sterns.

Ja, der Rest ihres Lebens war wie die Bahn eines vom Himmel gefallenen Sterns. Da sie ihren Mittelpunkt aufgegeben hatte, wurde sie aus ihrer Kreisbahn geschleudert. Zwar ließ sie einen flammenden Schweif zurück, doch schließlich erlosch das Licht. Sie kam im Feuer um. Und könnten wir von diesem Unglück sagen, daß sie vom künstlichen Flammenschein verzehrt wurde, den sie so krampfhaft zu erzeugen versuchte? Ist das weit hergeholt? Möglicherweise bin ich eine Million Meilen weit von der richtigen Spur entfernt.

Ich habe die Erzählung beinahe zu aufmerksam gelesen, erstens, weil ich wußte, daß sie Dir etwas bedeutet, und zweitens, weil ich mir den Kopf darüber zerbrach, was sie Dir eigentlich bedeutet. Vielleicht ist sie so einfach, daß ich überhaupt nichts begriffen habe. Zweifellos haben Pellegrina Leoni und Du erstaunliche Ähnlichkeit auf der Ebene höchster Entsprechungen. Ich kann mir Deine Überraschung vorstellen. Aber Du hast all diese Dinge unendlich viel besser gesagt.

Das törichte schulmädchenhafte Vorwort von Dorothy Canfield zeigt, daß man dem Publikum nur durch den hübschen Kniff einer pseudo-arabischen Geschichtensammlung dergleichen mundgerecht machen kann. Ich finde es sonderbar, daß die Autorin Dänin ist, und Du? Ich bin neugierig, zu erfahren, ob alle Erzählungen von Rollen handeln. Die erste, die über den Schauspieler, ist hervorragend, wenngleich, wie mir scheint, ein wenig forciert. Dinesen scheint sich im hohem Maße für die astrologischen Bilder ihrer Personen zu interessieren. Sie sind keine wirklichen Menschen, sondern die Schatten ihrer Abkunft oder besser die flüchtigen Entwürfe.

Ich denke, daß Moricand an diesen Erzählungen großes Gefallen gefunden hätte. Ich sehe Typen vor mir paradieren, und wie bei Houghton sind die Begebenheiten und Schauplätze wahr, trotz ihrer Unwirklichkeit. Von ihrem Stil bin ich jedoch nicht entzückt. Sie schreibt entschieden barock. Und manchmal ein wenig rokokohaft.«

Brief an Henry:

»Jedes Wort, das Du über ›Die Träumer‹ (Isak Dinesen) schreibst, stimmt mit meinen Eindrücken überein. Dieselben Dinge gaben mir zu denken, doch erkenne ich deutlich den Unterschied. Sie hatte Reichtum und hatte ihre Stimme. Sie besaß das Füllhorn. Ich sehnte mich danach, wie Venus zu sein und auszuteilen, aber ich war nicht reich. Und deshalb war ich, um meine Sehnsucht wahrzumachen und mich mit Magie und Schöpfertum zu umgeben, nicht damit zufrieden, daß ich sang (schrieb), sondern mußte wirkliche Nahrung, richtiges Essen austeilen. Und da ich nicht viel hatte, mußte ich es mir selbst versagen. Bis ich körperlich zusammenbrach. Ich fühlte mich für alle verantwortlich. Mit dem Singen gab ich mich nicht zufrieden, oder indem ich wie Du Gespräch, Lektüre, Geschriebenes austeilte. Du gabst, was leicht zu geben war, natürlich und reichlich vorhanden. Ich gab alles weg, was ich brauchte, Erholung, gute Ernährung, Ruhe. Die Körperkraft ist nicht unbegrenzt. Das war mein Irrtum.«

Der kniffligste und interessanteste Detektivroman der Welt ist das Aufspüren von Vorfällen und Mißverständnissen, die zu einer Verzerrung der Wirklichkeit führen. Die Neurose legt in jede menschliche Beziehung nur den Todeskeim. Neubeurteilung. Neudeutung, Objektivität. Könnte ich daraus ein Kunstwerk machen? Die magische Wirkung der Umwandlungen, die magische Wirkung der Psychoanalyse enthüllen?
Magisch ist die Tatsache, daß die Änderungen, die wir in uns selbst bewirken, dann wieder auf andere einwirken. Angst erzeugt Angst, Zweifel erzeugt Zweifel, Furcht erzeugt Furcht. Wenn wir uns davon befreien, erfolgt bei allen Menschen unserer Umgebung und allen uns Nahestehenden eine Kettenreaktion. Ruhe ist ansteckend, Frieden ist ansteckend. Man denkt nur an die Ansteckung durch Krankheiten, aber auch durch Heiterkeit und Freude erfolgt Ansteckung. Die Neurose ist der wirkliche Dämon, die einzige wirkliche Besessenheit, die einzige böse Macht auf der Welt. *Und sie ist heilbar.*

Brief an Henry:

»Im Spanischen sagt man: Alle Erlöser werden gekreuzigt. Es ist jetzt die Frage, ob ich eine ordentliche Wiederauferstehung feiern werde! Schreiben mag ich zur Zeit nicht, das stimmt. Ich fühle mich wie Pellegrina nach dem Feuer – die Mutter war regelrecht aufgezehrt und ist nun begraben worden, was überlebt, weiß ich nicht recht.«

Träume: Jean erscheint, strahlend und fröhlich. Ich bin glücklich, befürchte aber, für ihn sorgen zu müssen. Ich suche *La Belle Aurore,* das Hausboot von neuem, entdecke es, miete es, beschließe, es zu bewohnen.

Winter of Artifice ist die Persönlichkeit in ihrem reinen Wesen, von rassischen Merkmalen, Zeit, Raum gelöst, um desto besser in die Tiefe des Ich vordringen zu können. Beschreibung von Zuständen: Schlaflosigkeit, Vorstellungszwang, Kälte, Gespaltenheit. Weil ich selbst frei war, auch vom Nationalismus, entwurzelt und mit einem Röntgenauge für das Innenleben der anderen sowohl als auch für das eigene ausgestattet. Beschreibe Menschen als Kompositionen der Klimata, Elemente, rassischen Elemente, Speisen, die sie essen, Tiere, denen sie gleichen, Bücher, die sie lesen. Als Schichten, die in Vergangenheit, Gegenwart oder Zukunft leben, in Gedanken, Träumen oder Tagträumen, geistesabwesend oder vorwissend bewußt, sich selbst erkennend oder blind, verkümmert oder in überentwikkelter Aufmerksamkeit, und dann muß alles dieses abgestreift werden, damit die unbewußte Wesenhaftigkeit, die eine Überlagerung aller dieser Bestandteile ist, in einem Gespinst, einer gegenseitigen zellularen Abhängigkeit erreicht werden kann.
Es gibt Tagmenschen und Nachtmenschen, beständige und wechselhafte, ablenkbare, konzentrierte oder nachdenkliche.

Virginia und ihre Freundinnen ziehen sich wie Schulkinder an. Babyschuhe, Schleifchen im Haar, Klein-Mädchen-Kleider, Klein-Jungen-Anzüge, Waisenkinder-Hüte, kurze Söckchen, sie essen Bonbons, Zuckerzeug, Eiskrem. Und manche der Bücher, die sie lesen, sind ebenfalls wie die von Schulkindern: Wie man Freunde gewinnt, Praxis des Beischlafs, wie man dies oder jenes tun muß.
Sie ziehen Radio, Kino und Plattenmusik den Geschichten oder Erfahrungen aus erster Hand vor. Sie zeigen keinerlei Wißbegier für lebende Menschen, wollen nur ihre Stimmen mittels einer Maschine hören, ihre Gesichter auf der Leinwand sehen.

Helbas Verworrenheiten und Tollheit sind wie ein dunkler Schlund, in dessen Gestrüpp sich Gonzalo hoffnungslos verfangen hat. Er strebt Ordnung an, Zucht, schöpferisches Tun, sie aber zieht ihn zurück ins Chaos. Vor drei oder vier Uhr kommt er nie zur Presse.
Ich muß das Papier schneiden, das schwer wiegt, und muß die Makulatur hinaustragen, die gleichfalls schwer wiegt. Um morgens mit der Arbeit beginnen zu können, muß ich selbst die Presse sauber machen. Er sagt, Helba trage ihm Botengänge auf. Gegenströmungen. Abends kann ich nicht arbeiten. Gonzalo behauptet zwar, er wolle es tun, tut es jedoch nie. Wegen der Presse müßten sie im Restaurant essen, sagt er. Er habe keine Zeit mehr, Einkäufe zu machen. Deshalb brauche er mehr Geld. Seine Mutter hat ihm ein

Telegramm geschickt, sie sei krank, wolle ihn sehen und ihm dabei helfen, sein Erbteil zu erlangen.
Gonzalo graut es davor, seiner bürgerlichen Familie gegenübertreten zu sollen; in ihren Augen ist er ein Versager. Er fürchtet, sie würden ihn dabehalten unter dem Vorwand, seinen Erbanteil aus dem von den Brüdern übernommenen herauszulösen. Er fürchtet, die Familie wolle ihm eine Falle stellen.
Sein gegenwärtiges Dasein mit all den Zerreißproben ist ihm lieber.
Martha Jaegers Gesicht ist voller Mitgefühl. Ihre Augen blicken klar. Sie strickt, während ich rede. Sie empfängt mich so munter, als kämen wir zu einem Spiel und nicht zu einem ernsten Gespräch zusammen. Bisweilen läßt sie ein Zögern erkennen. Sie gibt nicht vor, alles zu wissen. Unser Gespräch scheint ziellos abzuschweifen, zu mäandern, trotzdem komme ich jedesmal einen Schritt voran. Jedesmal begegne ich einer neuen Wahrheit.
Ich bin, bewogen durch mein Mitleid, in eine Falle gegangen. Wo fängt die Selbstschädigung an? Denn ich habe mir selbst geschadet. Martha Jaeger sagt mir jedoch, es sei möglich, zu geben, ohne selbst Schaden zu nehmen, Mitgefühl ohne Masochismus zu üben. Masochismus. Das Wort ist gefallen. Meine Vorstellung von der Liebe als einem Opfer. Alles, was ich brauchte, gab ich dahin. Jahrelang besaß ich nicht einmal einen Füllfederhalter. Henry und Gonzalo aber hatten jeder einen. Ich besaß keine Platten, ihnen jedoch schenkte ich welche. Wenn ich allein war, aß ich kümmerlich, um Geld zu sparen. Ich hatte nicht genug Geld, um alle meine Tagebücher aus Frankreich kommen zu lassen. In diesem Winter hatte ich keine warmen Handschuhe. Gonzalo kauft Bücher, ich hole mir meine aus der öffentlichen Leihbücherei, und sie sind voller Wanzen.

Henry kam einem echten Surrealismus näher, weil er unmittelbar und aufrichtig war und nicht etwa Surrealistisches bewußt simulierte. Ich näherte mich dem eigentlichen Surrealismus dadurch, daß mein Leben eine natürliche Fusion von Phantasie und Wirklichkeit wurde. Durch einseitige Art zu schreiben, literarische Buchstäblichkeit schrumpfen die Dimensionen.
Ich fühle, daß ich durch meine Veranlagung Körperliches und Geistiges, Bewußtes und Unbewußtes verschmelzen kann und auch, wenn ich schreibe, dazu befähigt sein sollte. Der Surrealismus ist an einen toten Punkt gelangt, indem er den Traum vom Leben geschieden hat; der Traum aber nährt die Handlungen, und von den Handlungen wiederum nährt sich der Traum, die beiden dürfen nicht voneinander getrennt werden. Die einzige Schwierigkeit be-

steht darin, ihre Überlagerung Menschen begreiflich zu machen, die danach trachten, sie zu unterscheiden und jede Ebene von der Verbindung mit der anderen fernzuhalten.

Wenn Millicent beim Einkaufen Pennies spart, schüttet sie nach dem Frühstück die kleine Schachtel auf mein Bett aus und sagt: »Jetzt gehen Sie und geben Sie das mal für sich selber aus.« Ich habe mir deshalb ein Paar Strümpfe gekauft.

Eine alte Dame im Autobus klammert sich an ihre Handtasche, ihren Schirm, ihre Handschuhe, ihre Brille, als sollten sie ihr weggenommen werden, als wüßte sie, daß sie sich bald von ihnen trennen muß, weil bei uns nicht mehr die Sitte herrscht, die Toten mit ihren Besitztümern zu begraben.

Immer ist es die gleiche Geschichte, die wir erzählen. Doch von verschiedenen Gesichtspunkten aus. Manchmal erscheint das Bild klein durch viele Lagen aus Glas, durch die Zeit, die Vergangenheit, die Gestalt tritt zurück, verschwimmt fast.

Für einen Menschen ist der Krieg zwischen seinen Eltern oder der Krieg zwischen Paaren oder Freunden ebenso verwüstend wie die großen Weltkriege. Der Mensch wird nicht minder zerrissen, leidet nicht minder unter Kriegsneurose. Die sich befehdenden, die sich trennenden Eltern, kriegführende Nationen. Das Leid mag größer, mag ein übertragenes Leid sein, es ist jedoch das gleiche Leid: die Entdeckung des Hasses, der Gewalttätigkeit, der Feindseligkeit. Die dunkle Seite der Welt. Kindheit ist niemals auf Hader gefaßt. Sie scheint die Welt in Erwartung eines Paradieses und der Spielplätze zu betreten. Die Tragödie des Hasses und der Zerstörung einem Kind aufzwingen, heißt seiner Aufnahmefähigkeit eine zu große Bürde aufzwingen. Es zerbricht unter ihr.

Im Mikroskop der Analyse sehe ich das zerstückelte, zerstreute Wesen, jedes kleine Fragment führt ein Eigenleben. Manchmal fusionieren sie wie Quecksilber, bleiben aber unbeständig, unfaßbar, nicht wirklich verbunden.

Die Kunst, als gespaltene Zellen zu leben – *voilà!*

Etwas entgeht den Wissenschaftlern, den Dichtern, den Sterngukkern, den Biologen, den Anthropologen immer. Etwas entzieht sich den Spitzeln, Detektiven, Polizisten, Advokaten. Der Traum. Und was in den Zerrspiegeln des Traums steht und unseren Schlaf heimsucht, ist das allem zugrunde liegende Geheimnis.

Vielleicht hatte ich sowohl bei Joyce als auch bei den Surrealisten das Gefühl einer *Nachahmung* des Unbewußten, einer intellektuellen und gelehrten bei Joyce, bei den anderen einer durch absichtliche Verwirrung der Sinne erzeugten Imitation. Vielleicht spürte ich, daß sie nicht ins Unbewußte vorgedrungen waren, sondern ein literarisches Äquivalent herstellten.

Henry kam in seinen Gedankenflügen dem wahren Surrealismus näher. Der Surrealismus begab sich in eine ausweglose Situation, indem er unbeendete, unvollständige Träume aufzeichnete und sie sich selbst betrachten ließ. Doch der Traum tritt wieder in die Wirklichkeit ein, beeinflußt sie, und von den Handlungen stammt wieder der Traum, und die ineinandergreifende Kette geht immer weiter in einem geheimnisvollen Muster, das wir enträtseln müssen. Wir dürfen es nicht lediglich betrachten oder zur Kenntnis nehmen. Denn die gegenseitige Abhängigkeit erzeugt die höchste Lebensform, ein erweitertes Bewußtsein.

Diesen Übergang zu machen, war ich immer fähig. Man kann erst dann einen Schritt weiter tun, wenn man die Bedeutung des vorhergehenden erkannt hat. Nicht die Entdeckung des Bildes, sondern die seines Sinnes führt ins nächste Gemach. Es ist technisch schwer zu erfassen, wann aufgeflogen, wann entziffert, wann analysiert werden soll. Ich nähere mich einer Entdeckung.

Ich weiß, daß die Geschichte Jean Carterets vielschichtig ist, daß ihre Schichten an einer Stelle zur Sinfonie verschmelzen werden. Ich weiß, daß das Tagebuch in zwei Rubriken geschrieben werden sollte. Ich weiß, daß die Träume vervollständigt werden sollten. In die unterirdischen Gemächer einzutreten, ist nicht genug. Es ist nicht genug, einzelne Zellen mit einem partiellen Licht zu erhellen. Ein totales Verfahren, eine wunderbare Synthese muß stattfinden. Ich muß zur wahrhaft dialektischen Darstellung finden.

Eine Schwierigkeit liegt für mich in dem Umstand, daß die Menschen bei der Aktion die unsichtbare Welt nicht anerkennen wollen, obwohl sie ihre Handlungen geformt und bestimmt hat, wie sie ja auch den Einfluß des Traumes verwerfen, nicht den direkten Einfluß des Traumes als solchen, sondern den des von ihnen nicht analysierten Traums.

Wahrnehmungen, die ich noch nicht zu deuten vermag, erfüllen mich. Ich komme etwas Neuem auf die Spur.

Ein Brief von Henry:

»Pierce sagt, er habe Deinen *Winter of Artifice* erhalten und Dir einen langen Brief geschrieben. Er entdeckte verschiedenes Wunderbare in Deinem Buch, wie übrigens in allen und jedem. Er scheint in der Tat nur nach dem Wunderbaren zu suchen. Er ist ein Hexenmeister mit dem Körper eines Jünglings. Rimbaud ähnlicher als sämtliche Leute, an die ich mich erinnern kann – und auch mit allen Fehlern Rimbauds behaftet. Wenn er zu einem kommt, ist es, als hätte man einen Komet im Hause. Aber ich habe nie zuvor jemanden kennengelernt, der – mit Blitzgeschwindigkeit – ebenso zahlreiche erstaunliche Deutungen liefern konnte. Am Ende muß man ihn jedoch hinauswerfen, wie einen schmutzigen Socken. Er kennt kein Gesetz und keine Grenzen. Glüht und schäumt wie ein Geysir. Kennt keine Müdigkeit. Keinen Katzenjammer. Wenn je ein Mensch frei war, so ist er es, doch ist seine Freiheit nicht beneidenswert. Was alles aber die Gewalt seiner Worte keineswegs verringert.«

Ich habe eine Party gegeben. Alle Lichter brannten, zusätzlich waren Kerzen angezündet. Aus dem Grammophon erklang Musik. Die Fenster standen offen, die drei Fenster, die auf die Feuertreppe hinausgehen. Wir lachten, schwatzten und tanzten. Die Platte war abgelaufen. Und just in diesem Augenblick erschien im grellen Licht, das auf die Nottreppe fiel, ein Mann aus dem unteren Stockwerk. Seine Gestalt war nur zur Hälfte beleuchtet; überrascht offenbar von der unerwarteten Szene, hatte er mit Steigen innegehalten. Eine Weile schwiegen alle, denn wir waren von seinem plötzlichen Auftauchen nicht minder überrascht. Er konnte sich infolge einer Kinderlähmung nur mühsam fortbewegen. Er hatte rotes Haar und wäßrige blaue Augen. Er war aschfahl. Er war die Feuertreppe hinaufgestiegen und stand nun versteinert da.

Ich wollte ihn gerade auffordern, hereinzukommen, als er wie ein Zombie, mechanisch, leblos, zu reden begann. Er sagte: »Meine Frau ist gestorben. Sie war eine Heilige. Warum muß eine Heilige an Krebs sterben?« Und ohne sich umzudrehen, die Stufen steif hinabkletternd, so daß es aussah, als versinke er in irgendeiner Falle, verschwand er. Es war, als wäre er aus unserem Gesichtsfeld geglitten wie ein Geist; hatten wir ihn wirklich gesehen und gehört?

[Januar 1943]

Wie viele Abende damit verbracht, mich hinzulegen, ins Tagebuch zu schreiben, zu lesen, Musik zu hören. Liege ich zufrieden da, wenn ich Giraudoux genieße oder über die Erzählung, die ich schreiben will, nachdenke oder ins Tagebuch improvisiere? Abende in Louveciennes, die Gegend ums Haus schlief wie eine riesige Pflegemutter, Abende, an denen sich die meisten Menschen befriedet, eingelullt, von Erinnerungen berauscht fühlen. Doch Anaïs kann nicht ruhen. Wärme, Parfum, Teppiche, gedämpfte Lichter, Bücher. Sie beschwichtigen mich nicht. Ich bin mir bewußt, daß die Zeit verstreicht, bewußt der Dinge dieser Welt, die ich nicht gesehen, der interessanten Menschen, die ich nicht kennengelernt habe.
Immer zieht mich meine Phantasie hinaus in die Nacht. Ich möchte überall zugleich sein. Wenn ich mich hinlege, versäume ich Leidenschaft, dramatische Ereignisse und Abenteuer.
Ich träume von Fiestas, Indianerstämmen, der Architektur der Majas und bin derweilen in Olgas Salon, lerne Helden aus dem Spanischen Bürgerkrieg kennen. Ich träume von Tahiti, von Japan, von Südamerika, von Peru, vom Titicacasee und bin derweil im Salon der Imbses, Bravig Imbs spielt Spinett, eine Dame singt altenglische Lieder.
Die Szene erstarrt wie eine Daguerreotypie.
Die Abende verstreichen. Ich werde unruhig. Zeit verstreicht. Zeit. Zeit. Ich bin aufgewühlt, wach, bewegt. Ruhelos. Ich kann nicht ausruhen. Ich träume von Reisen.

Ich bin wie ein mit Flügeln ausgestattetes Geschöpf, das seine Flügel zu selten gebrauchen darf. Nicht oft genug kommt es zum Hingerissensein. Giraudoux, den ich einst falsch beurteilte, berauscht mich durch seine Subtilität, sein spielerisches Wesen. Die köstlich nuancierten Erfahrungen, die undefinierbaren Mysterien, die in seinen Phantasien eingebettet sind. In Paris verstand ich ihn nicht, vermochte ich dies zarte tönende Mikroskop nicht zu hören. Ich glaubte, er schwelge in Wortkaskaden, sprachlichen Wasserfällen, aber das ist nicht wahr. Wahr ist, daß seine Prosa wie Spinettmusik klingt, aber sie ist eine subtile orientalische Erzählung, eine Viertelton-Literatur.

Vor dem Fenster eines Altwarenhändlers in der Greenwich Avenue schaue ich hungrig auf eine kleine Orgel. Von Zeit zu Zeit erlebe ich dieses starke Zurückstreben zur Musik, der ich das Geheimnis des Schreibens entlocken möchte. Ich muß ihr das Geheimnis der lebendigen Dematerialisation entringen, ihres Strömens, ihrer fließenden Tiefenwirkungen.
Was ich zu sagen habe, ist so zart wie Schnee, aber so mächtig wie die Sintflut. Werde ich eine Stimme für morgen haben? Wird die Kraft meiner Gefühle die Zement- und Betonstädte von morgen mit dem nötigen Wasser versorgen, dem Fruchtwasser, dem Tränenfluß, dem tönenden Strom des Gefühls?
Wie kann ich solches glauben, da einige der jungen Menschen, die ich kenne, so fühllos wie Roboter sind? Vielleicht werden Musik, Malerei, Dichtung und Tanz aus der Welt von morgen verschwinden. Was wird dann die Wurzeln tränken, das spätere Blühen hervorbringen, die vom Mikroskop offenbarten Millionen Zellen befruchten? Ich erkenne das kleinste Körnchen nun ebenso gut wie das größte. Die Zirkulation der Gedanken beschleunigt sich gleich einem Blutkreislauf, was wird aus dem Rauch und den Nebeln entstehen? Gärung, Sauerteig, der ein ganzes Universum durchsäuert. Ich bin ein kleines Häufchen Hefe. Ich habe durch geheimnisvolle Kanäle im Verborgenen gewirkt. Die Menschen können nicht einmal sehen, was ich vollbrachte. Sie erkennen mich nicht. Angesichts meiner Beschwörungen bleiben sie stumm. Ich bin immer unsichtbar, weil ich die Stimme des Unbewußten bin. Ich ziele auf den Mittelpunkt des Seins.
Ich fühle, daß sie durch mich zu sprechen versuchen, die Frauen, die länger dazu gebraucht haben, sprechen zu lernen als der Mann, weil das, was sie bewegte, Stadien sind, die in der Sprache des Menschen keine Bezeichnung tragen, in der Sprache der Musik jedoch vielleicht Namen erhalten könnten, wenn es möglich wäre, die Musik in der Luft zu gefrieren und die Worte, die sie formt, einzufangen.

Ich übe Tonleitern.
Ich studiere die erstaunliche Virtuosität Giraudoux'. Ich studiere meine drei Götter der Tiefe: Dostojewskij (Instinkt – Unbewußtes), Lawrence (Instinkt – Unbewußtes), Proust (Unbewußtes – Analyse).
In der Naturwissenschaft suche ich eine neue und konkrete Metaphorik für die Literatur von morgen, neue Symbole. Metabolische Höhen. Es gibt Menschen, die gewichtlos und daher besser befähigt sind, tief oder weit in den Bereich der Psyche vorzudringen, Menschen, die veränderlich, unsichtbar, beweglich sind, die andere

Formen annehmen, günstige Verkleidungen anlegen können, um zu weissagen, zu lieben, zu verschmelzen. Die biegsam sind und allen Kurven, Ellipsen, Umwegen, Schleichwegen, Kreisen der Liebe zu folgen vermögen. Die Schweren, Erdbeladenen, reisen im Schnekkentempo und mit einem Schneckenhorizont vor Augen. Gegenwärtig befindet sich die amerikanische Literatur in einem solchen Zustand. Sie bedarf einer Bewußtseinserweiterung.

Sehr häufig sagte ich, daß ich gegen dies oder das aufbegehrte. Viel später erst kam ich auf den Gedanken, diese Behauptungen in Frage zu stellen. War es nicht möglich, daß ich, statt zu rebellieren, lediglich meine eigenen Ansichten verteidigte?

Martha Jaeger hat als Frau, dank ihrer besonderen weiblichen Intuition, eine Wahrheit erkannt, die alle männlichen Psychoanalytiker ignorieren: das in der Frau wegen ihres schöpferischen Tuns starke Schuldgefühl. Kunstschöpfung mit Weiblichkeit verbunden und eine Bedrohung für sie. Eine Bedrohung für das Verhältnis zum Mann.

In einer Frau, die den Mann so sehr liebt wie ich ihn liebe, wirkt die Bedrohung lähmend. Denn Weiblichkeit und Mütterlichkeit haben Nahrung und Schutz entwickelt, nicht Kriege, nicht Zerstörung, nicht Revolutionen zum Heil einer neuen Welt. Ich fühlte mich schuldig, weil ich über jene schrieb, die ich liebte, den Charakter meines Vaters darstellte. Henry hat die Folgen seiner Porträtschilderungen nie bedacht. Ich sehe in solcher Malerei eine Gefahr für die Liebe.

Geheimnisse. Bedürfnis nach Maskierung. Der Roman entstand aus ihnen. Wenn ich mich selbst als Person benutzte, so tat ich es, ähnlich wie in der Chemie, um ein Experiment am geeigneten Objekt vorzunehmen. Es ist leicht, in der eigenen Mine zu arbeiten, auf eigenem Grund und Boden nach Öl oder Gold zu graben. Ich habe nie jemanden kennengelernt, der so viele Erlebnisse wie Henry sammeln konnte. Das Bedürfnis nach intimer Kenntnis führt uns zum einzigen aufrichtigen »Ich« zurück, das erprobt und erlebt hat, was es beschreibt.

Der ungeheuerliche Unterschied zwischen den menschlichen Beziehungen, derer man bedarf, und jenen, die man zutiefst ersehnt. Der Bedarf entsteht aus dem Zusammenkommen negativer Werte; wird uns durch traumatische Erlebnisse eingepflanzt: Furcht, Zweifel, Beklemmung, Abhängigkeit, Schwächen, Unzulänglichkeit, Unvollkommenheit. Ein bestimmtes Verhältnis kann die Furcht beseitigen, Angst beschwichtigen, eine gewisse Ergänzung darstellen, einen Ver-

lust ersetzen, eine organische Untauglichkeit wettmachen, eine Unsicherheit einlullen, eine Ersatzliebe bieten.
Doch ist es vielleicht nicht die Liebe, die man sich wünschte, wäre man von allen diesen Negativa frei. Ein negativer Faktor bestimmt die Wahl, ähnlich wie eine Kletterpflanze an einer Mauer Halt sucht, und verhindert eine positive Wahl.

Gonzalo bleibt an die Frau gebunden, die ihn in seinem Drang nach Selbstzerstörung bestärkt. Es gibt eine Empörung gegen die Beziehung, die man braucht und die man nicht haben kann, weil man der Sklave seines Bedürfnisses ist. Es ist beispielsweise nicht die Zuneigung für die Mutter, sondern die Gewohnheit, die Routine einer solchen Beziehung, die ihre stete Wiederholung zum Ursprung der Vertrautheit macht. Und es ist nicht so, daß man seine Schwester oder einen Schwesterersatz ewig liebt, sondern, daß diese Bindung, welcher Art sie auch gewesen sein mochte, die einzige war, die zur Gewohnheit, zur tröstlichen Vertrautheit wurde.
Gonzalos selbstherrliches Ego braucht ihre Ergebenheit, ihre sklavische Treue. Es wäre ihm lieber, wenn sie wie ein Filmstar aussähe und achtzehnjährig wäre, doch sie allein erfüllt die Aufgabe, die seine verhängnisvolle Veranlagung fordert; ihre Liebe läßt sich durch seinen Geiz, seine Selbstsucht, seine Untreue nicht entmutigen. Sie geht ihm nie auf die Nerven. Sie spielen ein Spiel miteinander. Sie gibt die richtigen Antworten. Sie holt ihn immer wieder zu sich zurück. Er hält nichts von den anderen Frauen, traut ihnen nicht, er mißtraut jungen Mädchen.

Ich schätzte Henrys Werk weit höher als meines ein.
Ich versuchte, was ich geschaffen hatte, mit einem Schwamm auszuwischen, es zu versenken, weil mein Begriff von Hingabe, mein Begriff von den mir auferlegten Rollen mit der Künstlerin in mir in Widerspruch standen.
Ich sah die künstlerische Gestaltung, ihre Aufrichtigkeit und enthüllende Entdeckung als einen Gegensatz zum verschleierten Ich. Die Kunst und die Enthüllung bedrohen meine Freundschaften und Lieben; bedrohten die Rollen, die meine Liebe mich zu spielen zwang. In der Liebe spielte ich die Rolle der Frau, die jedem Mann, auf Kosten ihres Lebens, alles gibt, was er braucht oder verlangt.
In der Kunst aber wollte ich enthüllen, was ich bin, die ganze Wahrheit.
Ich habe Angst vor der öffentlichen Anerkennung.
Diejenigen, welche, wie Henry, für die Welt leben, verlieren ihr Eigenleben.

Ich erzählte Martha Jaeger die klägliche Geschichte meiner Veröffentlichungen.

Mein Buch *D. H. Lawrence,* erschienen bei Edward Titus, wenige Monate vor seiner Scheidung, die seinen Bankrott einleitete. Die Auslieferung des Buches erfolgte nur an einige Buchhändler, ein Teil der Auflage ging verloren, die Kritiker erhielten keine Besprechungsexemplare, ich bekam keine Autorentantiemen und nicht einmal Freistücke.

Michael Fraenkel lieh mir das Geld für den Druck von *House of Incest,* verlor jedoch das Interesse daran, als es erschienen war, und sorgte, entgegen seinem Versprechen, nicht für den Vertrieb. Keine Buchbesprechungen.

Lawrence Durrell setzte sich für die Publikation von *Winter of Artifice* ein. Das Buch erschien eine Woche vor Kriegsausbruch bei Obelisk. Keine Auslieferung. Keine Besprechungen.

Kann Martha Jaeger bei all dem noch sagen, daß der Schleier, der mich verbarg, von mir selbst gewoben worden sei? Hat Schuldbewußtsein mein Werk erstickt – hüllt Schuldbewußtsein mich in einen Nebel, leitet es mein Geschick? Was ist Verhängnis? *Fatalité intérieure?* Andere Frauen, die viel geringere Werke geschaffen haben, sind zu Ansehen gelangt.

Ich dachte, mein dunkles Geschick habe größere Geheimnisse und gehorche subtileren Einflüssen.

Martha Jaeger aber lächelt. Schuldgefühl. Allenthalben.

Ich wollte nicht mit dem Mann rivalisieren. Der Mann, das waren zunächst meine Brüder, meine jüngeren Brüder, Joaquin und Thorvald. Ich mußte sie beschützen, nicht sie überstrahlen. Ich wollte kein Mann sein. Djuna Barnes war männlich. George Sand.

Ich wollte dem Mann seine Schöpfung nicht rauben, ihm nicht den Wind aus den Segeln nehmen.

Schöpfertum und Weiblichkeit schienen unvereinbar. Der *aggressive* Akt des Erschaffens.

»Nicht aggressiv«, sagte Martha Jaeger, »*aktiv.*«

Ich verabscheue die maskuline »Karrierefrau«.

Eine künstlerische Betätigung schien mir einer so nachdrücklichen Behauptung des stärksten Teils meines Ichs gleichzukommen, daß ich künftig außerstande sein würde, denen, die ich liebte, das Gefühl der Überlegenheit zu geben und sie mich deshalb weniger lieben würden.

Ein Akt der Unabhängigkeit würde durch ihren Abfall seine Strafe finden. Ich würde von allen, die ich liebte, verlassen werden.

Männer fürchten die Stärke der Frau. Ich bin mir der Schwäche der Männer, der Notwendigkeit, sie vor meiner Stärke zu bewahren, zu-

tiefst bewußt geworden. Ich habe mich unfähiger hingestellt, als ich bin, meine Fähigkeiten vertuscht.
Bei der Presse lasse ich Gonzalo im Glauben, er habe dies entdeckt, jene Verbesserung vorgeschlagen, er sei der Klügere von uns beiden.
Ich habe meine Talente verborgen gleich einer bösen Macht, die andere überwältigen, verwunden, schwächen könnte.
Ich habe mich selbst verkrüppelt.
Träume von der chinesischen Frau mit eingebundenen Füßen.
Ich habe meinen Geist eingebunden.
Ich habe die künstlerische Gestaltung mit Unbarmherzigkeit, Skrupellosigkeit, Gleichgültigkeit gegenüber den Folgen assoziiert, dem, was ich bei Henry beobachte. (Seine Erzählung über seine Eltern, eine grausame Karikatur.)
Ich sehe, wie Frauen von starker schöpferischer Begabung ihre Männer unterdrücken. Und dies fürchte ich. Ich fürchte jegliche Aggresion, jeglichen Angriff, jegliche Zerstörung. Vor allem Selbstbehauptung.
Martha Jaeger sagte: »Sie bemühen sich lediglich, die über Sie verhängte Mutterrolle abzuwerfen. Sie wünschen sich eine Beziehung auf der Basis des Gebens und Nehmens.«

Indem sie der Frau gegenüber ehrlich ist, die Frau in mir ansprach, und durch ihre besondere weibliche Intuition, ist Martha Jaeger zu Wahrheiten vorgedrungen, die weder Allendy noch Rank beobachtet hatten. Das Schuldgefühl des Schöpfers und Urhebers in mir hat mit meiner Weiblichkeit, meiner Abhängigkeit vom Mann zu tun.
Auch mit meiner Mütterlichkeit, die mit meiner Kunst im Widerspruch steht. Eine negative Form des Schaffens.
Auch besteht zwischen den Themen meines Werks und dem Dämon in mir, dem abenteuersüchtigen, eine Beziehung, und ich spüre deutlich, daß die Abenteuersucht für meine Freundschaften und Lieben eine Gefahr darstellt.
Schuldbewußtsein, weil ich den Vater bloßgestellt habe.
Geheimnisse.
Bedürfnis nach Verkleidungen.
Angst vor den Folgen.
Hier liegt der große Konflikt. Spaltung.
Könnte ich doch erfinden, andere Personen erfinden. Ein objektives Werk schaffen, das mich nicht in Schuld verstrickt. Rank sagte, die Frau könne nichts erfinden. Will damit anfangen, andere genau zu beschreiben. Es war mir wohler dabei, wenn ich mich selbst zur Romanfigur machte, da es leichter fällt, auf dem eigenen Grundstück zu graben. Ich konnte mich für alle Experimente verwenden, war proteisch, unbegrenzt.

Wenn ich eine erfundene Person einführte, die immer Grundzüge eines mir bekannten Menschen trug, und dann versuchte, sie weiter auszuführen, fand ich mich in beschränkten Formen, begrenzten Umrissen, von Personen gefangen, die in ihren Erfahrungen nicht weit genug gehen konnten. Ich fühlte mich wie von einer Gußform eingeengt und kehrte zu meinen eigenen Erfahrungen zurück, die ich auf andere Frauen zu übertragen versuchte.
Damit aber praktizierte ich eine falsche Auffassung. Man befreit sich nicht vom eigenen Ich, indem man es weitergibt, durch Selbstvernichtung. Wenn ein Kind entwurzelt wird, sucht es sich ein Zentrum zu schaffen, aus dem es nicht herausgerissen werden kann. Es war eine Insel der Sicherheit, doch nun muß ich diese Zuflucht auch aufgeben.

Ein Brief von Pierce Harwell:

»Ich glaube, Anaïs, daß Sie sich einer neuen Entdeckung nähern, einer Erkenntnis, die nicht nur in bezug auf Ihr eigenes Werk neu ist, sondern auch in bezug auf die Kunst der Sprache überhaupt. Jegliche Äußerung ist magisch: zu jeder Stunde wird irgendwo das Wort gesprochen, das die Welt verändern könnte. Die Trivialität unserer Zwecke aber verhindert es. Unsere Worte sind gleich dem Mond nur halb erleuchtet. Die andere Seite vermöchte vielleicht die Milchstraße zu spiegeln. Die Sprache ist so sehr mit den unfaßbaren Gewohnheiten des Denkens gleichgesetzt worden, daß unsere Worte und Sätze alle Faßlichkeit, alle Körperlichkeit oder, wie Sie sagen, ihre lebendige fleischliche Form verloren haben.
Remy de Gourmont hat dieser Leere unserer Sprache viele Überlegungen gewidmet, seine Vorschläge zur Gedanken-Dissoziation aber haben sich, glaube ich, lediglich als künstliche und sehr kurze Stimuli erwiesen. Gegenstand der Frage sind nicht die Ideen, denn sie werden weiterhin durch die altgewohnten Bedeutungsassoziationen in befriedigender Weise ausgedrückt. Tatsächlich ist das Feld der Ideen derart begrenzt, daß die dreißig bis vierzig möglichen Grundgedanken ihren vollständigen Ausdruck bereits vor der Auflösung der römischen Kultur gefunden hatten.
Doch obwohl die Stufenleiter der Ideen auf den Geist beschränkt ist, die unendliche Skala der Empfindung beschränkt sich nicht auf den Körper. Wir haben einen Spiritus in uns, der bei körperlicher Empfindung in Schwingung gerät: die Nerven Gottes beginnen dort, wo unsere enden. Wenn die Sprache eine neue Substanz, einen neuen Rhythmus erlangte, auf die Hülle des Geistes sinnlicher einwirken könnte, wenn sie den leeren Sitz der Gedanken zu umgehen

und wie ein Klang durch die Haut und das feste Gewebe des Bewußtseins zu dringen vermöchte, welch ein Instrument würde Sie dann! Welch orchestrales Erlebnis für die Seele, vielleicht eines, das sogar die Musik überträfe, denn es bliebe im Bewußtsein haften, während die Musik flüchtig ist, ihre Substanz fast schon im Augenblick ihrer klanglichen Erscheinung vergeht. Die Musik ist ein so extremes Erlebnis, weil uns die klanglichen Vibrationen alle gleichzeitig umgeben. Das Empfindungsbewußtsein ist nicht nur akustisch, die Klangwellen brechen sich wie eine prickelnde Brandung an der Empfänglichkeit unserer Haare, unserer Hände, unserer Kehlen, Lippen, Augen. Wir sollten nackt Musik hören, sie mit unseren Poren, unserem feinsten Haarflaum, den Sohlen unserer Füße aufnehmen. Die Sprache kann dies vermöge ihrer Natur nicht erreichen oder doch nur in der Rezitation, doch dann verwandeln die Vibrationen der menschlichen Stimme sie in eine Art Musik.

Um diese Wirkung zu erzielen, sollte die geschriebene Sprache in das Gehirn dringen, dort gleich einer Rakete explodieren und Schauer von ertastbaren, schimmernden Bedeutungen durch jede Fiber und in jeden Nervenstrang senden. Sie sollte uns von innen heraus umgeben, während die Musik von außen kommend uns bis ins Innere umhüllt.

Ich bin ungemein interessiert an dem neuen Weg, den Sie eingeschlagen haben, denn wenn jemand für diese künstlerische Pionierarbeit vollkommen geeignet ist, so sind Sie es. Ihr Horoskop ist wie ein Urquell der Klarheit. Sie können sich so weit ins Unbegangene begeben, wie Sie wollen, ohne daß Sie Gefahr laufen, Ihr Ziel völlig aus dem Auge zu verlieren. Diese feste Bürgschaft wird Ihre Werte unversehrt bewahren, wenn andere im Schwulst Bankrott werden.

Die Rolle der Frau wird äußerst kritisch sein. Der Frau von morgen obliegt die Last, die Emotionen der Menschheit wieder herzustellen. Aus sich selbst heraus muß sie die neuen Harmonien der Freude, die neue Begabung zu emotionaler Kontrapunktik erschaffen.

Wir Menschen verlieren rapide unsere Fähigkeit, wirklich zu fühlen. Obwohl wir näher zusammenrücken, werden wir kalt und gleichgültig. Heute erfordert es eine stärkere Erschütterung als je zuvor, um uns zu bewegen.

Die jungen Menschen sehen alles so, wie es ist und sehen deshalb gar nichts. Sie fühlen nichts, denn ihre Gefühle orientieren sich genau an der praktischen Abwendbarkeit. Das Ende des Arianismus zeichnete sich nicht, wie unsere Zeit, durch einen Verlust des Gefühls aus, sondern durch den Verlust seiner sozialen Zwecke und seine Richtungslosigkeit. Die Frau von morgen wird dafür verantwortlich sein, das Menschenherz neu zu erziehen. Wir warten auf das Kommen des Übermenschen wie die vorchristlichen Kulturen auf den Messias warteten. Doch wenn die Frauen es nicht auf sich nehmen, einen neuen poetischen Geist, einen neuen Geist der Gesittung und Lebensfreude zu gebären, wird der Übermensch bei seiner Ankunft kaum mehr als ein marxistischer Gorilla, ein mächtiger Roboter sein, der statt des Herzens eine Batterie und statt des Hirns eine Radioröhre hat. Ihr Geburtszeichen ist eine Prophetie dessen, was aus der Frau zum Heil des Zeitalters der Fische werden kann. Wenn Ihr Geist allen Frauen unserer Welt übertragen werden könnte, zerbrächen die düsteren Gußmodelle der Geschichte, und der teuflische Kreis der Notwendigkeit verwandelte sich in eine aufsteigende Spirale.

Sie fragen mich nach mir selbst. Vor etwa drei Jahren ging mein wirkliches Leben zu Ende, und mit ihm zerstörte ich alles, was ich geschrieben hatte, alle meine Kompositionen, sogar alle Briefe, die ich je erhalten hatte. Es dauerte zwei Tage, bis alles im Abfallofen verbrannt war. Bis vor kurzem habe ich nicht einmal eine Postkarte geschrieben.

Seit Henry mir jedoch Ihr Geburtsdatum sandte, scheine ich von Schreibwut befallen zu sein. Als ich vor ein paar Tagen *Black Spring* ausgelesen hatte, überraschte ich mich sogar selbst mit einem Sonett. Das hatte gerade noch gefehlt. Wenn ich nicht achtgebe, werde ich möglicherweise wieder lebendig werden, und das würde nur eine Rückkehr in das Reich der Qual und Unrast und Enttäuschung sein. Ich leide an Überempfindsamkeit. Ich bin fast ein Seismograph. Ein leichtes Beben in tausend Meilen Entfernung versetzt mich in rasende Bewegung wie einen Schneeschläger.

Fast die einzige Musik, die ich zu ertragen vermag, ist die des Vor-Barock, denn die Intervalle der Quart und der Quint klingen für mich wie monströse Dissonanzen. Und der verminderte Septimenakkord oder der Dominantseptimenakkord schlägt mir fast die Zähne aus. Andere Leute scheinen gegen solche Empfindungen abgestumpft zu sein. Die bloße Berührung mit einer Fingerspitze verursacht mir Schwindel. Ich kann Ihnen sagen, es ist ebenso schlimm, zu sehr wie zu wenig empfindlich zu sein. Könnte ich doch nur einen Teil meiner Gefühle an einige Hartgesottene dieser Welt austeilen. Die Wirkung wäre vielleicht wunderbar für mich sowohl als auch für sie. Meine Empfindsamkeit ist mein Gefängis.«

Freitag vormittag ging ich mit allen meinen Notizen über die künstlerische Gestaltung zu Martha Jaeger. Mein Material dient einem

Roman, und in gewisser Hinsicht verschärft sich hierdurch ein ungelöstes Problem. Martha Jaeger ist darüber beunruhigt. Was zwischen uns stattfand, war mehr als Psychoanalyse, ich habe den Eindruck, daß wir anfangen, miteinander schöpferisch tätig zu sein. Sie ist meine Führerin, doch ist mir deutlich, daß ich eine gute Versuchsperson bin. Ich fühle mich stolz und stark, weil etwas geschaffen wird, und fühle, daß wir vor der Entdeckung von etwas stehen, was den männlichen Psychoanalytikern ein Rätsel geblieben ist. Rank gab immer zu, daß die vom Mann geschaffene Psychologie auf die Frau möglicherweise nicht anwendbar sei.
Was ich als Schwächen beurteile, sind weibliche Züge: die Unfähigkeit zu zerstören, die Untüchtigkeit im Kampf.
»Ich bin genau so«, sagte Martha Jaeger.
Seltsam und wunderbar, daß die Analyse diesmal vom Gefühl geleitet wurde. Ihr weibliches Mitgefühl, ihre weibliche Intuition entdeckten den Mutterkomplex und den Konflikt, der einem künstlerischen Unternehmen vorausgeht.
Ich repräsentiere, auch für andere Frauen, die Frau, die mittels ihrer und durch ihre Weiblichkeit schöpferisch sein wollte.
Ich bin eine gute Versuchsperson, weil ich alle meine Erfahrungen ausgekostet und überlebt und, im Gegensatz zu den meisten schöpferischen Frauen unserer Zeit, den Mann nicht nachgeahmt habe, nicht Mann geworden bin.
Mein schöpferisches Ich wird mich retten. Durch meine Konstitution bin ich mehr oder weniger dazu verurteilt, leiden zu müssen, und von meiner Angst und Zweifelsucht bin ich nur wenig erleichtert worden, doch die Verdrängung vollzieht sich harmonisch, und ich gehe ein in ein größeres Reich.
Martha Jaeger führte die Legende von der Frau an, der befohlen worden war, einen Fluß zu überschreiten, die sich aber dagegen sträubte, weil sie die Liebe nicht zurücklassen wollte. Als sie endlich doch überquerte, fand sie die Liebe auf der anderen Seite. Ich brachte meine Angst vor Entzweiung und Einsamkeit zur Sprache.
Die Evolution der Frau. Ich erlebe und erleide sie für alle Frauen. Ich habe geliebt wie die Frau liebt.

Ein Brief an Henry:

»Heute erhielt ich Dein Geschenk. Ich wollte nicht, daß Du so viel schickst – vielleicht wirst Du das Geld benötigen. Ich unternahm zweierlei damit: holte mein Radio aus der Reparaturwerkstätte ab und kaufte Papier, auf das ich meine Kurzgeschichten drucken will. Sobald ich mit der Arbeit an Caresses Buch fertig bin, will ich mit den Geschichten beginnen. Was Du über Dudleys Aussprüche schreibst, erfüllte mich beim Lesen mit trauriger Ironie. Ich sei wunderbar gewesen, hat er gesagt, ja gewiß, wunderbar genug, um gebraucht zu werden, beraubt zu werden, um ihn zu atzen. Seine reiche Natur verlangte nach der dem Künstler notwendigen Freiheit, aber auf Kosten der meinen. Er trug zu meinem Zusammenbruch bei.«

Pierre de Lanux, der wie Giraudoux, wie Cocteau, Saint-John Perse und Louise de Vilmorin redet, sagt zu mir: »Wachen Sie auf und fangen Sie an, französisch zu schreiben. Die französische Sprache besitzt viele Bedeutungsebenen, für die es im Englischen keine Entsprechungen gibt. Das Englische ist eindimensional.«
»Das glaube ich nicht. Ich habe den Eindruck, daß es in der flachen, eindimensionalen Weise verwendet wurde, doch es vermag alles zu sagen.«

Blanche ist ein schönes farbiges Mädchen; sie möchte so weiß wie ihr Name sein. Sie arbeitet als Hostess in Harlem, wird in die Gesellschaft aufgenommen und von ihr verdorben. Mit dem Ergebnis, daß sie nichts vom Jazz versteht, *Native Son* für zu deprimierend hält, in ihr Gespräch Namen, gesellschaftliche Ereignisse und Wohltätigkeitsgeschichten einstreut. Sie hat ihre Seele mit weißen Kleidern verhüllt. Arme verlorene Blanche. Sie trägt gern Hüte, um ihr schönes schwarzes Haar zu verbergen. Jedes Wort, das sie äußert, ist eine Ablehnung der Schwärze, eine Verleugnung der dunklen Blanche. Blanche *à la chaux*, Renegatin ihrer entzückenden Schwärze, Feindin ihres schwarzen Ich, ihres nächtlichen Ich. Parodie der Snobs, der Prominenz. Fade und verwässert durch ihr Bestreben, ihr Erbe auszutilgen. Verräterin, versessen auf ihre künstlichen, angenommenen Manieren. Versnobt. Blanche, ach über die schönen, empfindsamen in weiße Handschuhe gekleideten Hände, ach über das gepuderte Gesicht, das verhaltene Lachen, Blanche, die verlangt, daß ein Portier mit einem Schirm in schwachem Regen um einen halben Block läuft, um ihr ein Taxi herbeizuholen.

Anaïs, tauche an die Oberfläche. Kleide dich festlich. Geh und sieh dir die Außenwelt an. Die Welt, in der Glanz herrscht. Besuche eine Cocktail-Party bei Colette.
Dort ist Geneviève Tabouis, die wie eine gütige, weißhaarige Großmutter aussieht, der man Staatsaffären, überhaupt jedes Geheimnis anvertrauen würde. Felix Rosen, der Bankier, Mary Frost, die Kunstkritikerin, Louis Jacques Daunou von *La Victoire*. Später

stößt Colonel Isham hinzu, ganz und gar Mann von Welt, verbindlich, subtil, förmlich, vornehm, hinreißend, mit einem Vorrat an gewandt erzählten großartigen Geschichten. Da ist Elsa Schiaparelli.
Alles glänzt, die Kleider, die Möbel, die Gläser, das Silber, das Eis, die Seiden, die Damaste, aber du darfst keinen Blick hineintun. Du Büchse der Pandora. Achtung! Um dem Vergnügen abzugewinnen, mußt du dich mit dem *feu d'artifice* zufriedengeben.
Wir hatten ein recht passendes Gesprächsthema: das GOLD. Caresses Goldminen, Caresses goldener, der Sonnenverehrung dienender Ring vom Grab des Tut-ench-amun, die vor dem Invasionsheer versteckten und jetzt wieder gefundenen Goldschätze in Südirland. Die Iren, die sie zuerst entdeckt hatten, hatten gesagt: »Das ist das goldene Rad vom Wagen des Teufels«, und sie weggeworfen. Sie wurden später vom Schatzsucher eines Museums geborgen.
Ich sprach von den Erzählungen, die über das Gold im Titicacasee in Umlauf sind, die den ganzen See umgebende goldene Kette, die in Gegenwart der spanischen Eroberer versenkt und nie wieder gefunden wurde. Caresse hatte goldene Sonnen in den Einband ihres Black Sun-Buchs über Harry Crosby einsetzen lassen. Das in die indische Saris gewobene Gold, das Gold der Tempel von Bangkok, das Gold der Minarette. Jeder von uns trug eine Gold-Geschichte dazu bei.
Ich wollte Caresse und Colonel Isham miteinander bekanntmachen. Ich dachte, sie würden sich ineinander verlieben. Er war ein Mann, der auf ein ebenso abenteuerliches und interessantes Leben zurückblicken konnte wie sie. Colonel Isham war sicherlich ein angemessener Partner. Sie könnten am Kamin sitzen, einander unaufhörlich Geschichten erzählen, ohne sich je zu langweilen. Er war mit T. E. Lawrence befreundet gewesen, und T. E. Lawrence hatte in seinem Zelt Caresses Gedichte gelesen und ihr einst einen Brief geschrieben. Sie hatten gemeinsame Freunde gehabt, dieselben Gedanken, Hotels, Zelte, Schiffe, Schlösser, Türme, Windmühlen besucht, die gleichen Bücher gelesen, die gleiche Musik gehört. Er war ein Sammler von Boswell-Schriften, ein Mann vom Nachrichtendienst, ein Kriegsheld. Seine leicht phantastischen Geschichten sagten ihrem munteren Wesen zu.
Caressse war von dem Oberst entzückt. Der Oberst jedoch verhielt sich schweigsam. Die zwei müden Abenteurer beschlossen nicht, zusammen traulich am Kamin zu sitzen. Oberst Isham fand sie reizend, aber sie erinnerte ihn an seine erste Frau, unter der er sehr gelitten hatte und die ihm untreu gewesen war. Der Gedanke, daß Colonel Isham ihrer Macht entfloh, sich vor ihr fürchtete, begeisterte Caresse, sie fühlte sich erfreut und geschmeichelt. Zum Ab-

schluß sagte sie lachend: »Und weißt du was, ich glaube, er hat recht. Ich bin sicher, daß ich ihm untreu geworden wäre.« Damit war Oberst Isham also bereits gewonnen, geheiratet und betrogen, ein Sieg, der genügt, um jede Frau zufriedenzustellen.

Evelyn und Milton Gendel sind jung und flott. Sie haben am Washington Square, im Obergeschoß eines Hauses, eine große Wohnung mit hohen Räumen. Bis auf Gemälde ist das Appartement beinahe leer. Allen Künstlern steht ihr Haus offen, ihre Gastlichkeit ist unermüdlich.

Fast jede Woche treffen wir uns dort: Lipchitz und seine Frau, Paul Goodman, Matta Pajarita, Noguchi, Kay und Yves Tanguy, Moira, André Breton. Es geht unzeremoniell und zwanglos zu. Sie rufen an. Wir kommen. Aber ich werde sie nie besser kennenlernen, noch wissen, warum sie uns bei sich haben wollen. Es ist unser beliebtester Treffpunkt, weil es dort geräumig, weitläufig ist, man sich ungezwungen, unbekümmert verhält. Niemand macht vom anderen viel Aufhebens. Man kann nach Belieben kommen und gehen.

Kiesler ist dort, küßt den Damen die Hand, Kay Boyle, zurückhaltend, George Barker, aufbrausend, Zadkine, vergnügt. Eines Abends traf ich auch Laurence Vail, der eine Ausstellung seiner mit Wachs, Collagen und so weiter verzierten Flaschen gab. Moira, die nur gehört hatte, daß er Flaschen sammelte, fragte ihn: »So, Sie sammeln Flaschen. Was fangen Sie denn damit an?«

»Oh«, sagte Vail. »Ich mache mich ganz klein, krieche hinein und dann *je fais des collages.*«

»Ich will Ihnen meine arabischen Flaschen zeigen«, sagte Moira. »Sie haben sehr lange, große, enge Hälse.«

»Diesen Flaschen«, sagte ich, »werden Sie nie mehr entkommen.«

»Genug! Genug!« rief Vail. »Das ist eine Flaschen-Klemme.«

Eines Abends führten wir, nachdem wir ein John Cage-Konzert gehört hatten, mit Töpfen, Pfannen, gefüllten Gläsern, Papier und Blech eine Nachahmung davon auf.

Milton und Evelyn Gendel fragten uns, ob wir alle mit Pastellstiften kommen und ihren großen Tisch in ähnlicher Weise bemalen wollten, wie Robert damals meine Bänke. Jeder von uns bemalte daraufhin ein Stück des Tisches, Catherine und John, Moira, Milton selbst und ich.

Ich lernte Peter Blume kennen, eine ungehobelte, rothaarige Berühmtheit, von dem das surrealistische Gemälde stammt, das einen riesigen Mussolinikopf und eine Stadt darstellt, die sich in Krieg und Folter suhlt, von klaffenden Erdbeben durchzogen ist, Unheil, Erhängungen, Feuersbrünsten.

[März 1943]

Bei Canada Lee. Eine große Wohnung am Fluß. Als ich seine warme Stimme höre: »Treten Sie ein! Treten Sie ein! Geben Sie mir Ihren Mantel!« fühle ich mich bewegt. Mir ist, als hörte ich zum ersten Mal, seit ich aus Europa kam, eine warme Stimme, die das, was sie sagt, aufrichtig meint. Aufrichtig. »Treten Sie ein!« Die Räume sind überfüllt, die Hälfte der Gäste sind weiß, die andere Hälfte farbig. Leute vom Theater. Linksintellektuelle. Künstler, Ärzte, Bildhauer, Architekten. Warm, herzlich, natürlich, impulsiv. Hier fühle ich mich zu Hause. Gespräche, Gelächter und eine körperliche Freundlichkeit. Die Menschen umarmen, berühren einander. Ein Klima der Menschlichkeit. Keine ausdruckslosen Gesichter, kein Schweigen, keine verschlossenen Mienen. Das Händeschütteln ist ehrlich gemeint, bedeutsam, die Gesichter blicken offen, es gibt viel Gelächter, Schwingungen, Bewegung, Humor.
In einer Ecke saß ein Neger, der wie aus Holz geschnitzt schien. So entschieden wirkten seine Züge, sein starres, gerades, graues, kurzgeschnittenes Haar, seine schmale, straffe Gestalt. Eine Wodu-Gestalt, imponierend. Ich unterhielt mich mit ihm. Er begann mir eine Geschichte zu erzählen:

»Als junger Mann in Haiti beteiligte ich mich an einer Revolution, wurde verhaftet, verurteilt und nach Guayana verschickt. Ich war mit einer Kette an einen anderen Gefangenen geschmiedet. Hitze und Feuchtigkeit dort waren unleidlich. Die Wärter sadistisch. Die Einrichtungen und Lebensbedingungen noch so wie zur Zeit von Dreyfus. Ich war siebzehn Jahre alt und zu lebenslänglichem Gefängnis verurteilt worden. Mein Kamerad und ich arbeiteten zwei Jahre an unserem Fluchtplan. Wir bereiteten uns gut vor. Wir befanden uns im tiefen Dschungel, meilenweit von der Küste entfernt, wo Freunde mit einem Boot auf uns warteten. Wir ernährten uns von Früchten und schliefen in Höhlen oder toten Bäumen. Wir wurden von Insekten gestochen. Die Kette, mit der unsere Arme aneinander gefesselt waren, erschwerte das Vorwärtskommen. Wir konnten sie nicht durchfeilen. Sie war so schwer, daß es unmöglich war, sie an einem Stein durchzuwetzen. Wir versuchten es jeden

Abend von neuem. Am dritten Tag trank mein Kamerad verschmutztes Wasser, am vierten Tag starb er. Und ich war an einen Toten gekettet! Ich befreite mich, indem ich mit einem kleinen Messer seinen Arm an der Schulter durchschnitt. Aber ich mußte den von Ameisen wimmelnden toten Arm den ganzen Weg bis zum Schiff mit mir tragen.
Schließlich gelang es mir, nach Frankreich zu entkommen. Dort erlernte ich das Kürschnerhandwerk und arbeitete für die *Couturiers*. Ging dann nach Amerika. Kennen Sie meine Töchter?«

Er machte mich erst mit Josephine Premice bekannt, die etwa sechzehnjährig, lebhaft, lustig, frech ist, eine kesse Himmelfahrtsnase und ein ansteckendes Lachen hat. Ihre Schwester Adele ist ruhiger, freundlich, hält sich bescheiden im Hintergrund.
Canada war ein warmherziger, großzügiger Gastgeber. Er schien Mitteilsamkeit und Überschwang herbeizuzaubern, machte den Abend zu einem herrlichen, prächtigen Fest. Seine warme Stimme drang tief in den Angesprochenen ein, seine warme Hand führte den Gast da- und dorthin, brachte Menschen zusammen.

In der Achten Straße entdeckten wir ein unter dem Straßenniveau gelegenes Café, das Bistro. Wir beschlossen, uns dort abends zu treffen. Der italienische padrone setzte uns einen preiswerten Weißwein vor. Auf dem Boden lag Sägemehl, die Tische waren aus einfachem Holz, die Holzarbeiten italienisch-barock, die künstlichen Blumen abgeblaßt und verstaubt, der Barmann hinter der Theke fett.
Große Lebhaftigkeit. Stuart Davis, Sam Cootes, Marie de Rothschild, die Rattners, Peter Blume, Frances Brown, Louise Varèse. Der Abend begann wunderbar. Wir hatten zu unserem (Pariser) Café-Leben zurückgefunden. Wir fühlten uns behaglich und mitteilsam. Alles ging gut, bis einer der Maler das Radio eintschaltete, um die Übertragung eines Baseball-Spiels zu hören. Fini die Café-Atmosphäre, fini.

George Davis lud Richard Wright in sein Haus in Brooklyn ein. Ein erstaunliches Haus, an manche Häuser in Belgien, Nordfrankreich oder Österreich erinnernd. Er hat es mit alten amerikanischen Möbeln, Öllampen, Messingbetten, kleinen Kaffeetischen, alten Vorhängen, Kupferlampen, alten Geschirrschränken, schweren eichenen Eßtischen, Spitzendeckchen, Großvateruhren angefüllt. Es ist wie ein Museum, eine Sammlung von Americana, wie ich sie nirgendwo sonst gesehen habe.

Viele Menschen nehmen dort Aufenthalt, wohnen dort. W. H. Auden, Carson McCullers. George Davis sieht aus wie ein übergroßes Kind, weich, rundbäckig, er lächelt, ist gelegentlich zynisch. Sein Geburtsmonat ist der Februar. Auden und Carson sind gleichfalls im Februar geboren, und ich nenne sein Haus deshalb das »Februar-Haus«.

Als ich zu Besuch kam, setzten wir uns in den rückwärtigen Garten. Carson trat hinzu. George hatte mir gesagt, daß sie mich kennenlernen wollte. Ich sah ein Mädchen vor mir, so hochgewachsen und schlaksig, daß ich sie zunächst für einen Jungen hielt. Ihr Haar war kurz geschnitten, sie trug eine Radfahrermütze, Tennisschuhe, Hosen. Sie drängte wie ein Stier mit gesenktem Haupt durch unsere Gruppe, sah keinen an, sprach kein Wort. Ich war durch ihre Stummheit und dadurch, daß sie mich nicht einmal ansah, so sehr aus der Fassung gebracht, daß ich nicht einmal den Versuch machte, mit ihr zu sprechen. Ich hatte allerdings das Gefühl, daß *Reflections in a Golden Eye* D. H. Lawrence viel verdankt und über Gebühr gelobt worden ist, doch in Anbetracht ihrer Jugend ist es eine große Leistung.

Aber ich bin mir jetzt völlig darüber klar, daß die Leute Literatur nicht objektiv, nicht als Kunstwerk beurteilen. Ein Buch wird fast ausschließlich auf Grund der Leser-Bedürfnisse beurteilt, und empfänglich ist das Publikum entweder für sein Spiegelbild, einen vielflächigen Spiegel, oder für eine Aufhellung der Zeit, in der es lebt, die Bemühung um seine Probleme und Ängste, oder aber für eine vertraute Atmosphäre, die eben durch ihre Vertrautheit ermutigt.

Meiner Auffassung der Lektüre – über das persönliche Leben hinausgelangen, neue Gebiete erreichen, neue Bereiche, neue Beziehungen finden – begegne ich hier nicht. Oder dem anderen Beweggrund meines Lesens: um dem Geschriebenen wie einer Musik zuzuhören, seine Ausdrucksfähigkeit, Schönheit, Vollkommenheit, Virtuosität aufzunehmen – begegne ich hier auch nicht. Ein treffender, genauer, vollkommen modellierter Satz kann mir den Genuß vollkommener Harmonie bereiten. Hier in Amerika herrscht mehr Narzißmus als in Europa, hier wo das ICH vom bewußten Gespräch und Eingeständnis ausgeschlossen wird, vielleicht aus eben diesem Grunde. Wir führten individuelle Leben und kümmerten uns anerkanntermaßen um unser individuelles Wachstum. Zum Teil war das Wachstum Erweiterung des Ichs und Kontakt mit dem Unbekannten.

Die Art des Mitleids, das ich empfinde, die Art, wie Ereignisse auf mich einwirken, haben sich geändert, ich lebe in einer neuen Freiheit vom Leid, und dies alles sagt mir, daß etwas in mir sich zutiefst

gewandelt hat. Es ist, als ob ein Zentrum des Ich, der Sitz des Schmerzes, sich aufgelöst habe. Ein Zentrum, das Liebe und Mitleid stärker, doch unpersönlicher machte. Ich befragte mich: »Ich empfinde nicht mehr in gleicher Weise wie vorher. Dennoch kann ich nicht sagen, daß ich fühllos oder abgestorben oder gleichgültig bin. Sondern ich fühle mich selbst nicht mehr.«
Plötzlich verstand ich die Bedeutung meines »Radtraumes«. Ich hatte im Traum ein sehr großes sich drehendes Rad gesehen und fürchtete, daß es mich zermalmen würde. Doch dann bemerkte ich, daß ich eine der Speichen war und mich mitdrehte. Das Ego ist tot und damit auch das Leid. Denn es ist das Ego, das leidet und verletzlich ist.

Intensiv an Caresses Buch gearbeitet. Zwei Tage vor dem Abschluß.
Mit dem Druck von *Misfortunes of the Immortals* fertig.
Ich würde gern schreiben. Ich wüßte Geschichten zu erzählen. Die Geschichte vom Dünkel, der Moira seit der psychotherapeutischen Behandlung erfaßt hat. Pläne für ihre Geburtstagseinladung.

Ich gab eine Einladung für die Premices, Albert Mangones, Olga, Moira, George Davis, Evelyn und Milton, Lionel Durant, Charles Duits, Gerald Sykes, Ellen und Richard Wright.
Die Party war traumhaft, ein haitianischer Traum. Premice mit seinem länglichen und sehr dunklen, sogar strengen Wodu-Gesicht, kurzem starren Haar, wie aus Holz geschnitzt, maskenhaft. Seine zwei Töchter, Adele und Josephine. Josephine ist eine begeisterte Tänzerin, hingegeben ihren Bewegungen, wild und heftig. Adele ist gelassen und gebildet. Beide zeigten sogleich Zuneigung.
Ich erwidere sie von ganzem Herzen. Albert Mangones ist fast weiß (seine Mutter war Spanierin), Elfenbeinweiß, er hat sanft gewelltes Haar, sanft brennende Augen, eine sanfte Stimme. Er hat vor kurzem an der Cornell (Universität) die Goldmedaille für Architektur gewonnen. Er schlägt die Trommel und singt, ist gut erzogen und gebildet. Er sang, während er trommelte, und Josephine tanzte dazu. Olga war sprudelnder Laune, kochte schließlich über und las uns mit der Dramatik und dem Kolorit einer Schauspielerin ein russisches Gedicht vor. Dann gab sie eine Szene aus einem russischen Stück wieder, zeigte äußerste Komik und Tragik und brachte uns zum Lachen und Weinen, obwohl wir die Worte nicht verstanden. Sie war Feuer und Flamme.
Canada Lee war gleichzeitig in alle Frauen verliebt. Evelyns muschelfarbene Haut wirkte durchscheinend, Moira sah wie eine Dame

des Mittelalters aus in ihrer *robe de style* aus schwarzem Samt und den Schmuckkristallen, die sie sich gleich einer Maharani zwischen die Augen auf die Stirn geklebt hatte. Catherine war mit ihrem langen, losen und im Tanz fliegenden Goldhaar die englische Schönheit und John traurig, verträumt und zärtlich.

All dem waren die Farben meiner Fenster, meiner modernen Kirchenfenster beigemischt, die Farben der Kerzen, der bemalten Truhen und Bänke, der Muscheln und meiner Sammlung von Schuhen aus aller Welt, die Farben der beiden Laternen auf dem spanischen Festtisch. Es war ein glitzernder glühender Abend, getränkt von vielen langen gehegten Träumen und dem Wein vieler Sehnsüchte.

Wir saßen in Kreisen auf dem Boden. Albert erzählte die Geschichte von den wandernden Bäumen. Die Bäume nutzen die Dunkelheit der Nacht, um ihre Plätze zu wechseln. Kinder bleiben oft die ganze Nacht wach, um sie dabei zu überraschen. Pflanzen, Blumen, Büsche, Bäume, Säugetiere, Fische, Vögel, alle sind Personen mit individuellen Eigenschaften und von verschiedenen Geistern bewohnt. Es gibt immer böse und gute. Pflanzen, die töten und Pflanzen, die das Leben retten. Immer ist in dieser Welt der Gedanke an Opfer, den Geistern darzubringende Gaben lebendig. Sie glauben an die Existenz von Zombies. Die Zombies sind Tote, die ins Leben zurückkehren mußten, um als Sklaven zu dienen. Sie leisten stumm und blind Gehorsam.

Ich wollte wissen, wie es dazu kommt. Ob der Zombie ein Verwandter, ein Feind oder ein Mensch gewesen sei, der eine solche Strafe verdiente. Ob er schwarz oder weiß sei. Ein Zombie, erfuhr ich, läßt sich nicht beschreiben. Er ist einfach ein Mensch, der von seiner Seele verlassen wurde. Nur sein Körper ist ihm geblieben. Dieser Körper gehorcht seinem Meister.

»Würde er töten?« fragte ich. »Ist er in Hypnose? Unter dem Einfluß einer Droge?«

Wenn man ein Geheimnis in Frage stellt, dann verfallen alle Haitianer, selbst Albert, der vier Jahre lang die Universität besucht hat, in Schweigen.

Eine warme Nacht. Wir zogen unsere Schuhe aus und tanzten.

Auf der Veranda war es dunkel und kühl. Die Lichter brannten schwach. Gerald Sykes' Begleiterin trug noch ihren Hut, und mitten unter den unbeschuhten, gelösten Haitianern, die weder Jacken noch Schlipse trugen, deren weiße Hemden am Hals offen standen, nahm sich dieser Hut komisch unpassend aus.

Ich wurde leichter und fröhlicher.

»In Ihnen ist eine Art Unschuld«, sagte Frances.

Catherine schüttelte ihre goldene Mähne, mehr tollend und sich

aufbäumend als tanzend; sie ist männlich, muskulös und ungezwungen, hat eine starke Stimme und eine verängstigte Seele. Sie hat sich von Jung und vielen anderen analysieren lassen, doch alle Behandlungen blieben erfolglos. In Paris ging sie freiwillig in eine Anstalt. Sie ist aus einer reichen Mittelstandsfamilie ausgebrochen und genießt es, auf Einladungen Ausdrücke wie »merde!« zu gebrauchen. Sie leidet an hysterischem Sexualtrieb. Nach Jahren puritanischer Lebensweise kann sie nun nie genug Männer bekommen. Sie ist einer der wenigen Fälle von echter Nymphomanie, die mir je begegnet sind. Sie bat die Ärzte, sie zu operieren, ihr die weiblichen Geschlechtsteile wegzunehmen.
Johns Traurigkeit findet hierin ihre Erklärung. Er ist ihr ergeben und treu, er ist da, um sie zu trösten, zu schützen, ihr zu helfen. Er verurteilt sie nie, ist ruhig, zurückhaltend. Er hat ein leidendes Gesicht, freundliche Manieren, hat starkblaue Augen, eine bleiche Haut, schöne Zähne, einen sinnlich-emotionalen Ausdruck. Er ist ihre weibliche Seele; sie ist der Mann. Sie wohnen im Village, leben in großer Armut. Ihre Keramiken sind wunderschön, von einem glühenden Weiß, das ich bisher nur an ägyptischen Töpferwaren im Museum gesehen hatte.
Ich sehe den verführerischen Zauber, den sie füreinander haben, die Ströme, die zwischen seinem und ihrem Körper zucken, zwischen seinem schwarzen und ihrem hellen Haar, zwischen seinen starken und ihren schlanken Fingern, zwischen seinem kleinen Kindermund und ihrem vollen Mund, zwischen seiner Schlaffheit und ihrer Spannung, seiner Trägheit und ihrer Lebhaftigkeit, seinem tiefen emotionalen Bewußtsein und ihrem. Beide sind, noch ehe sie sich berühren, in pulsierender Erregung, suchen den Beweis dafür, Bestätigung, seine Hand tastet nach der Quelle dieses Vibrierens, und beide überschwemmt die Lust.
Warum bringt eine Geste, ein Gang unser Blut in Wallung? Welch ein Mysterium ist doch die Begierde. Der Liebeskummer, die Empfindsamkeit, die Besessenheit, das Flattern des Herzens, Ebbe und Flut des Blutes. Kein Rauschgift und kein alkoholisches Getränk läßt sich damit vergleichen.

[Mai 1943]

Eine Vernissage für das Buch von Max Ernst.
Das Buch, das wir gedruckt hatten, wurde bewundert. Es kamen André Breton, Peggy Guggenheim, Sydney Janis, James Johnson Sweeney, Pegine Vail, José Maria Sert und seine Frau, Olga und ihr Mann, Frances Brown, Fritz Bultman, die Gendels, Carol Janeway, Zadkine, Abert Mangones.
Mangones lud uns zum Abendessen in sein Atelier ein. Auch meine haitianischen Freunde bat er, zu kommen. Mangones ist sechsundzwanzig. Er könnte sich leicht als Spanier oder Kubaner ausgeben, verleugnet aber seinen afrikanischen Vater nicht. Seine Haut hat die Farbe von Milchkaffee mit viel Milch und einer kleinen Beimischung von Gold. Sein Mund ist voll, weich und sinnlich. Sein Haar schwarz und schwach gewellt. Er ist fröhlich, aufrichtig, natürlich, sieht aus, als sei er dazu gemacht, die vergnüglichen Seiten des Lebens zu genießen, plant aber, nach Haiti zurückzukehren, um dort Sozialwohnungen zu bauen.
Wir tanzten, aßen unser italienisches Mahl. Albert und Josephine sangen und trommelten.

Tags darauf kam Albert, um sich unsere Handpresse anzusehen. Dann gingen wir um die Ecke in Catherines Keramik-Werkstatt und besuchten mit ihr Alberts Atelier, wo er uns seine Skulpturen zeigte. Er wollte ein Urteil über seine Arbeit hören; wir nahmen deshalb eine der realistischen Statuetten zu Lipchitz mit.
Es war faszinierend, Zeuge dieses Dialogs zu sein. Lipchitz, ganz Intellekt, Abstraktionen, Theorien. Albert empfänglich, verständig, auf Lipchitz' Vision eingehend, doch nicht mit einem quälend überentwickelten Verstand, vielmehr Verstand und Körper. Instinkt und Denken gleichgewichtig miteinander verbindend. Lipchitz wirkte wie ein monströser Auswuchs an Vorbedacht, Berechnung, theoretischem Denken. Albert wirkte ausgeglichen, er geriet nicht sprunghaft in den leeren Raum geometrischer Abstraktionen, sondern zog das Gespräch auf die Ebene des Natürlichen zurück.

Niemand hat die Schrecken der Krankheit, Angst genannt, erschöpfend beschrieben. Diese Krankheit der Seele ist schlimmer als jede körperliche Krankheit, denn sie ist tückisch, unfaßbar und erweckt niemandes Mitleid. Du bist gerade gestreichelt worden. Du gehst hinaus, und dich erwartet ein Sommertag. Keine bedeutende Katastrophe droht dir.

Kein verhängnisvolles Leiden streckt dich zu Boden, kein geliebter Mensch findet im Krieg den Tod. Du weißt von keinem sichtbaren Feind, keiner wirklichen Tragödie, keinem Krankenhaus, keinem Friedhof, keiner Leichenhalle, keinem Strafverfahren, keinem Vergehen, keinem Schrecknis. Es gibt nichts, was du anführen könntest.

Du überquerst eine Straße. Das Auto fährt dich nicht an. Nicht du liegst im Krankenwagen und wirst zum St. Vincent-Spital gebracht. Nicht dir ist die Mutter gestorben. Nicht du bist es, deren Bruder in den Krieg zog und getötet wurde. In sämtlichen Katastrophenregistern steht dein Name nicht. Du bist nicht überfallen, vergewaltigt, verstümmelt worden. Du wurdest nicht entführt. Du befandest dich nicht im Clipper, der mit zwanzig Personen an Bord ins Meer stürzte. Du warst nicht im Konzentrationslager, nicht auf dem Flüchtlingsschiff, das nirgendwo landen durfte. Du warst nicht in einem spanischen Kerker, deine Verwandten sind nicht von Franco gefoltert worden. Nichts dergleichen.

Doch während du die Straße überquerst, wirbelt der Wind den Schmutz auf, und noch ehe er dein Gesicht berührt, hast du ein Gefühl, als ob all dieses Entsetzliche dir widerfahren wäre, du fühlst die namenlose Angst, die Herzensqual, den erstickenden Schmerz, den Schauder der durchbohrten Seele. Ein unsichtbares Drama. Jede andere Krankheit begegnet Verständnis, wird Mitmenschen zuteil. Doch nicht diese. Sie ist geheimnisvoll und vereinsamt dich, sie bewirkt so wenig bei anderen, bewegt sie so wenig wie der versuchte Aufschrei eines Stummen.

Jedem ist Hunger, physischer Schmerz, Krankheit, Armut, Sklaverei begreiflich. Keiner jedoch versteht, daß der Augenblick, in dem ich die Straße überquerte, vernichtender war als ein konkreter Unglücksfall. Angst ist eine Frau, die in einem Alptraum stimmlos aufschreit.

Könnte sie entstehen aus einer Teilnahme an dem, einem Einfühlungsvermögen in das, was anderen widerfährt? Ist die Angst das einzige Verbindungsglied zum Schicksal der Mitmenschen, das wir besitzen? Muß sie, sofern sie mit den eigenen Lebensumständen in keinem Zusammenhang steht, als Schwingung vom Leben der anderen ausgehend, zu uns kommen? Sind die Qualen der anderen ihre Ursache? Ist sie ein Teil unserer menschlichen Brüderlichkeit?

Traum vom Paradies: Ich landete gleich einem Vogel auf einer Insel, das Meer war golden und warm, der Sand wie Seide, das Licht blendend. Tropische Sonne, deren Strahlen wie Raketen durch die Augen in den Kopf stiegen.

Meine Damen und Herren: daß ich meine Abenteurerlaufbahn nicht in der üblichen, sondern in der entgegengesetzten Richtung, das heißt mit Tragödien und nicht mit Komödien, mit dem Schwierigen und nicht mit dem Leichten begann, bedeutet keineswegs, daß ich nach tiefen und tragischen Erlebnissen nicht mehr imstande sein werde, Sie fürderhin mit immer neuen reizenden Geschichten von Verführungen, Entführungen und Ausführungen zu unterhalten. Ich habe viele Überraschungen für Sie in petto, viele bezaubernde Abenteuer, die noch in der Zukunft liegen.

Ich bin noch immer auf der Suche nach verlorenen Pariser Spielen, nach Vergnügen. Ich habe die Fiesta der Haitianer besucht.
Ein großer Saal, zwei haitische Tanzorchester. Ich lernte den haitianischen Dichter Jean Brièrre kennen, der wie ein Hinduprinz aussieht, eine feine gerade Nase, klassische Züge hat, schmal, gepflegt, stilisiert wirkt, in straffer und stolzer Haltung dasteht. Ich tanzte mit Albert und anderen Haitianern. Josephine führte ihre Wodutänze auf. Um Mitternacht kam Canada Lee. Ein Klima äußerster Fröhlichkeit und Wärme. Wärme und Zärtlichkeit. Premice hielt eine Rede. »Ich bin kein Intellektueller.«
Fanatische Augen. Eine noble Rasse. Sie haben nicht die afrikanischen breiten Nasenlöcher, sie sehen wie Hindus aus. Ihr Tanz ist wie ein Wogen der See, knochenlos, doch nie vulgär. Sie haben spanische, indianische und orientalische Blutbeimischungen. Die älteren Leute sitzen in Sesseln auf der Seite. Sie sind sehr formell gekleidet, tragen lange Roben, Abendanzüge, Handschuhe und tanzten würdevoll ein Menuett. Es gibt einige lustige Anstandsformen: die Jungen tragen Hüte, Schirme und Handschuhe, sie halten blumige Reden, die direkt aus dem Frankreich des sechzehnten Jahrhunderts zu stammen scheinen.
Canada Lee fragte mich, wann ich ihn besuchen würde. Er tritt immer noch in *Native Son* auf und ist nur an den Montagabenden frei. Ich versprach ihm, zu kommen.

Als ich eintraf, waren fünf oder sechs Personen damit beschäftigt, Spaghetti zu kochen. Ein betrunkener Gast hielt eine politische Rede. Eine junge rothaarige Schauspielerin lernte ihre Rolle. Canada und ein junger Jude fingen eine politische Diskussion an.

Ich versuchte mit der Schauspielerin ins Gespäch zu kommen, doch sie verhielt sich mir gegenüber feindselig. Ich erkannte plötzlich, daß sie eifersüchtig war, und versuchte, sie zu beruhigen. Jedesmal, wenn Canada seinen Arm um mich legte, beobachtete sie ihn genau.

Das Telefon klingelte. Canada und ich gingen ins Schlafzimmer, um den Hörer abzunehmen. Der Anruf galt der Schauspielerin. Ich hatte gerade zu Canada gesagt: »Mir scheint, ich gehe nun und komme ein anderes Mal wieder.«

Als die Schauspielerin ins Schlafzimmer trat und zum Telefon ging, war sie in großer Unruhe.

»Ich gehe gerade«, sagte ich und zog meinen Mantel an.

»Nein«, sagte sie, »ich gehe« – und schritt stürmisch davon.

Canada und ich setzten uns zum Plaudern hin, während die anderen in einer hitzigen politischen Diskussion fortfuhren. Ich vernahm ein Geräusch vor dem Fenster. Canada hatte seinen Arm um mich gelegt. Jemand ging über die Terrasse. Canada lachte. Ich sah, daß er keine Furcht empfand.

»Wer ist das?« fragte ich.

»Die Schauspielerin«, sagte er, »sie ging nur hinaus und ist auf die Terrasse gestiegen.« Diesmal knöpfte ich meinen Mantel zu und ging.

Mein Leben lang war ich unfähig, anderen Frauen das geringste Leid, den leisesten Eifersuchtsschmerz zuzufügen. Es ist, als erlebte ich immer wieder von neuem das Leid meiner Mutter über meines Vaters Treulosigkeiten.

[Juni 1943]

Albert, seine Freundin, Olga und ihr Mann, die Premices, wir alle gingen zum Haus von George Davis, um Richard Wright ein Ständchen zu bringen. Wie Troubadoure ausstaffiert gingen wir hin, trugen Trommeln und veranstalteten ihm zu Ehren einen Abend mit Gesängen, Tänzen und Trommelspiel und der Würze Rußlands, Haitis, Jugoslawiens, Spaniens und Frankreichs.
Richard Wright ist ein ansehnlicher, ruhiger, einfacher, gerader Mensch. Seine Sprache ist schön, reich moduliert, ohne Härten, sein Denken klar und scharf.
Albert ist ein Abbild der Freude, Schönheit und Natürlichkeit. Er ist das Meer, die Insel, die tropische Träumerei, Sehnsucht, Sanftheit, die Siestas, Hängematten, Sonne, Tanz, Gesang, Trommel.
Ob auf Grund seiner Zurückhaltung oder eines über ihn verhängten Schicksals, jedenfalls schien George Davis immer im Schatten der anderen zu stehen, nur der Gastgeber, der Beschützer, der Einsiedler zu sein, obwohl er selbst ein interessantes Buch geschrieben hatte, Herausgeber gewesen und jedermann bekannt war. Als die Zeitschrift *Time* sich lobend über sein so oft von berühmten Persönlichkeiten bewohntes Haus in Brooklyn äußerte, erwähnte sie seinen Namen nicht. Er war einer der Unsichtbaren. Ich habe deren viele gekannt. Wählen Sie die Unsichtbarkeit. Oder ist ihre Einwirkung auf andere zu indirekt, so daß Sie nie zur Kenntnis genommen werden und nicht einmal Dank ernten? Mit Talent und Begabung hat dies nichts zu tun.

Albert, Josephine und ich gingen in den Blue Angel, wo Josephine sich vorstellen wollte. Albert begleitete sie auf der Trommel. Während sie sich umkleidete, saßen Albert und ich an der Bar.
Trotz aller Freundlichkeit des Inselbewohners, der trägen Art, den Körper zu bewegen, hat er doch die gerade stolze Haltung der Haitianer. Selbst hier in New York führen sie eine Art Stammesleben. Wenn ich Josephine und Adele zum Abendessen einlade, werden sie von sechs oder sieben weiteren begleitet. Sie ziehen in Gruppen einher, bleiben in Gruppen beisammen. Jeder nahe bei seiner Familie, jeder nahe beim anderen. Nie sieht man einen Haitianer allein. Immer sind sie auf dem Weg zu einem geselligen Abend, immer

haben sie ihre Trommeln, Lieder, Geschichten bereit. Ihr Geist ist ruhig, nie aufgestört. Sie leben ihr Inselleben, ein Leben der Sinne, Tänze, Einladungen, Fahrten.
Jean Brièrre ist anders: spannungsgeladen und nervös. Sein schwarzer feuriger Blick ist mehr Dolchstoß als Blick. Die Frauen so schön und begehrenswert, frohe und blühende Körper. Verfeinerte Sinnlichkeit. Leidenschaft. Subtilität.
Sowohl Albert als auch Jean müssen entweder nach Haiti zurückkehren oder Kriegsdienst leisten.

Im Haus der Familie Premice in Brooklyn herrscht großzügige Gastlichkeit. Frohsinn und Naivität. Die Mutter arbeitet in einer Fabrik, in der Tiere ausgestopft werden. Ein paar der Fehlerzeugnisse bringt sie mit nach Hause. Wenn sie heimkommt, fängt sie sogleich mit Kochen an, ruhig, ohne Nervosität. Und Musik, immer ist Musik dabei.
Jean Brièrre kam, um sich die Presse anzusehen. In schwarzem Anzug und Hut, mit Schirm und Handschuhen.
Er beschenkte mich mit einem Gedicht und setzte sich sodann auf die Kante eines Stuhles.
Wegen revolutionärer Umtriebe verbrachte er fünfzehn Monate im Gefängnis. Seine Miene ist düster, er lächelt selten. Er hat ein wohlgeformtes Gesicht, das anliegende, kurze Haar der Neger, eine feine gerade Nase, einen vollen, doch nicht wulstigen Mund.
Albert ist sein Gegensatz, sanft wie seine Insel, ruhig wie seine Insel, kraftvoll wie die dortigen Pflanzen.
Jean hat eine literarische Ausdrucksweise, spricht à la Baudelaire, à la Verlaine. Er deklamiert. Aber in Gegenwart beider fühlt man sich als Frau, als begehrenswerte Frau. Eine beständige magnetische Anziehung und Verlockung findet statt, ein aufeinander Reagieren. Die Atmosphäre ist mit Zugänglichkeit geladen. Wie weit entfernt erscheinen mir jetzt die leblosen Abende anderer Gruppen.

Olga protestierte gegen die viele Musik und Fröhlichkeit. Sie sagte, die haitische Musik verhindere ein Gespräch, und wir dürften uns den primitiven Ausdrucksformen wie der Musik und dem Tanz nicht ausliefern, müßten vielmehr den Haitianern unseren Ausdruck, das Gespräch, nahebringen, um ein gegenseitiges Kennenlernen und Verstehen zu erreichen.
»Meine liebe Olga«, sagte ich, »viele Wege führen zum Verständnis und Kennenlernen der anderen, nicht nur Musik, Tanz und Gespräch, sondern, was wichtiger ist, Liebe. Musik und Tanz aber schaffen größere Vertrautheit als das Sprechen.«

Sie bestand darauf, Richard Wright ohne die Troubadoure zu besuchen. Ich war mir nicht darüber klar, wie Richard Wright unser letzter Abend gefallen hatte, deshalb gab ich ihr nach. Doch als Richard Wright erfuhr, daß die Haitianer nicht kommen würden, war er enttäuscht. Seine Enttäuschung brachte mir meine eigene Enttäuschung und meine Gleichgültigkeit gegen Diskussionen und geistige Betätigung zum Bewußtsein.
Richard Wright ist würdevoll und feinfühlend. Wir setzten uns auf die Veranda, Olga redete erdrückend, unaufhörlich, und ich erinnerte mich an Alberts Ausspruch: *»Elle me fatigue.«* Wrights Frau, Ellen, ist ein schönes, stilles, warmherziges jüdisches Mädchen. Es war ein reizender Abend.
Wright bewunderte unsere Versuche mit der Handpresse, hielt sie für mutig. Er fühlt sich in Amerika nicht glücklich und träumt von Europa. Er sprach von dem leeren Raum, in dem der amerikanische Schriftsteller lebt, ohne Halt, ohne währende Kraft. Und davon, wie dieser leere Raum später zur wirklichen Gefahr, zur aggressiven Bedrohung wird. Daß die Aufnahme seines *Native Son* vornehmlich eine Art Hurra war, wie man es einem Baseballspieler zuruft. Er beanstandete den Satz eines Rezensenten: »Richard Wright hat den Vogel abgeschossen!«
»Was für ein Echo ist denn das!« sagte er bitter.
Er äußerte sich auch kritisch über die Damen der New Yorker Gesellschaft, die sich, nachdem er erfolgreich, ein Bestseller-Autor geworden war, so geneigt zeigten, ihn einzuladen, gegen die Freunde, die er mitbrachte, jedoch Einwände erhoben oder zögerten, wenn er mit einem unbekannten, erfolglosen Freund erschien.
Er hat edelgeformte Hände.
Als er und Ellen gegangen waren, sprach George Davis über das Problem, dem das Ehepaar sich gegenübersieht. Als er sie eingeladen hatte, in seinem Hause zu wohnen, machten die Nachbarn Schwierigkeiten. Der zuverlässige Neger, der die Heizung besorgt hatte, kündigt, weil er nicht bereit war, für einen anderen Neger die Heizung zu besorgen. Die Neger mißbilligten Richards Ehe mit einer Weißen.

Vier Monatsmieten für das Lokal unserer Druckerei unbezahlt.
Durch den Einblick in die Lebensweise der Haitianer erscheint mir mein Leben vergleichsweise eintönig. Und die Abendeinladungen, die Bernard Reis und seine Frau für alle Zelebritäten geben, höchst künstlich. Das Dasein meiner Künstler-Freunde, die in Kaltwasser-Wohnungen hausen, trostlos, ohne Schönheit, Musik, Natur. Zuviel Gerede, liebe Olga, zuviel Gerede, leere Worte, nichts als Worte.

Ich nahm die Haitianer in mein darniederliegendes Leben und in mein Tagebuch auf, wie man duftende Blumen in ein Buch legt; durch sie erblühte mein Leben neu. Ohne Härte oder Wildheit, singend und trommelnd kamen sie, weich wie ihre Lieder, sanft wie ihr Klima, ruhig wie ihre Inseln, lebenskräftig wie ihre Pflanzen, fruchtbar wie ihre Erde, um sich ihre Unschuld und ihre lichte Helligkeit zu bewahren.

Ich bot ihnen nur den Duft meines Leids, denn es gibt ein Leid, das einen Duft ausströmen kann, einen Wohlgeruch der Seele, es gibt ein Leid, das ohne Bitterkeit ist und zu einer tieferen Erkenntnis der Freude führen kann, zu einer tieferen Aufnahme der Freude, einer tieferen, allen gewidmeten Liebe.

In jedem Augenblick der Freude ereignete sich ein magnetisches Wunder der Liebe, welche die Schönheit des geliebten Gegenstands erkennt, zutiefst erkennt, weil sie so oft entbehrt hat, abgewiesen wurde, dem Schmerz offen war. So vieles ist da, was unserer Liebe harrt. Eine reiche volle Welt. Neue Welten, neue Länder, neue Seelen.

Die Haitianer, Albert das Abbild der Freude. Haar, das nicht von Alpträumen und Schlaflosigkeit feucht wurde, das sich wie trockenes Blattwerk kräuselt, Augen, die nicht weinten, ein Mund, der von Bitternis nichts weiß, Zähne, die nicht vor Angst geknirscht haben.

Fleisch, das kein Kummer vergiftete, reines und starkes Geschlecht. Nerven, die sich nie im Krampf verknoteten und verwirrten, Rhythmen, die nichts unterbrach, eine Stimme, durch nichts je verwundet, ein Leib, den kein Stachel quält, Lungen, die nie fast erstickten. Denn die Menschen aus Haiti nähren sich von der Sonne und den Pflanzen, ihre Freuden aus dem Leib, aus der Musik und dem Tanz. Kein Dunkel, keine mondlosen Nächte, und was sie mir schenkten, war die Gewißheit, daß es eine solche Freude gibt, daß sie erreicht werden kann.

Gonzalo entwirft einen wunderschönen Einband für *Under a Glass Bell.*

Von allen besitzt Frances das klarste Sehvermögen. Diamantklare Einsicht. Sie ist von scharfer Hellsichtigkeit, pfeilschnell, durchdringend, unheimlich. Vom ersten Tag an, als sie mit den Cooneys kam, liebte ich sie, war ich für die Schönheit ihrer Intelligenz und Verständigkeit empfänglich. Ich goß die Geschichte meines leidenschaftlichen Lebens über sie aus, gab ihr die Tagebücher zu lesen. Wir tauschten unsere Erlebnisse aus. Die ihren sind jedoch weniger turbulent und abwechslungsreich gewesen.

Ihr muß ich wie eine Art June erschienen sein, ein Wesen, das unter dem Drang plötzlicher Eingebungen im Chaos lebt. Sie vermochte das Äußere der Menschen und ihre Erlebnisse zu durchschauen und zu klären. Sie vermochte mich zu führen. Andererseits aber glaube ich mit Sicherheit, daß ich sie, als sie aufstand und zu leben begann, inspirierte. Sie kleidete sich mir zu Gefallen. Ich fand sie schön. Ich nahm sie in mein Leben, in meine Tätigkeiten mit hinein. Wir konnten uns in Betriebsamkeit stürzen und dann stillsitzen und das Getane entwirren. Wie sehr beschenkten wir einander. Ein Klima, das Intuitionen begünstigte. Träume, Analysen. In ihren Träumen spielte ich die Befreierin. Ich dagegen verließ mich auf ihren Verstand, ihre Objektivität.

Siegfried kommt an, sonnengebräunt, mit strahlendem Lächeln und singendem Tonfall der Stimme. Er arbeitet jetzt in einer Verteidigungsanlage; die Opernkarriere hat er auf später verschoben. Er zeigte mir eine in einer Sackgasse gelegene Wohnung, die er mieten möchte. Ich nahm ihn mit zur Presse und zeigte ihm das Buch, an dem wir gerade arbeiten.

Auf dem Washington Square setzten wir uns auf eine Parkbank und sahen den alten Italienern beim Schachspiel zu. Wie gewöhnlich zeigte sich Siegfried abwechselnd närrisch und verspielt, dann wieder ernst und träumerisch.

Was mir an der Wohnung, für die er sich entschlossen hatte, gefiel, war der Baum, ein Baum, der beinahe ins Zimmer hineinwuchs. Er füllte den ganzen Raum des Fensters aus; die Wohnung wirkte wie ein Gewächshaus.

Eine Sommernacht. Das Beben der Blätter ist paradiesisch, das Ziehen der Wolken ohne Arg. Wir begegneten Albert und seinem Mädchen, die zusammen spazieren gingen.

Ich habe eine echte Liebe zur Welt der Neger. Im Wohnviertel der Familie Premice lerne ich sie kennen. Ich fühle mich ihrer Gefühlstiefe, ihrem sinnenhaften Daseinsbewußtsein, ihrer Schönheit, dem zarten Samt ihrer Augen, der Wärme ihres Lächelns, der Reinheit ihres Ungestüms nahe. Sie sind menschlich.

Daß sie zur Zielscheibe des Hasses werden konnten, ist unbegreiflich, es sei denn, man weiß, daß der Ursprung des Hasses Furcht und Neid sind. Was der Neger besitzt, hat der weiße Mann verloren. Der Weiße ist dünnblütig, ohne Vitalität und Befähigung zum Sinnengenuß.

Die Weißen sind dekadent, und darum eifersüchtig, neidisch und dem Neger gefährlich.

Ich bin Zeuge der in meinem Umkreis grassierenden Neurosen. So viel Unvermögen. Unvermögen zu lieben, zu schaffen, zu genießen, zu leben.
Sommerabende in stillschweigendem Einverständnis mit den Liebenden, ein Wechselspiel von Sonne, Luft, Wind, Liebkosungen, Stimmen, Gelächter auf den Straßen, Teilnehmen an den Umarmungen von allen, und ich bewege mich langsam auf ein Glücksideal zu, das ich bei den Haitianern kennenlernte. Das aus der unverdorbenen, blumenhaften Natur strömende Glück.
Wenn man bekümmert ist, erscheint das Zittern der Blätter als ebenso trauriger Anblick wie der eines unter der Kälte leidenden Kindes. Die Verlagerung einer Wolke ist eine Trennung, eine Abschiedsträne. Wenn man glücklich ist, zittern die Blätter vor Lust: auch sie sind liebkost worden.

Paul und Perice Harwell hatten über das Thema Astrologie miteinander korrespondiert und sich beide in die Briefe des Partners verliebt. Wir alle liebten Perices Briefe. Keiner von uns wußte jedoch, wie er aussieht.
Dann erschien mir Perice Harwell nachts im Traum. Er war groß, ziemlich mager und dünn, hatte rotblondes Haar, schmale Gesichtszüge, blaßblaue Augen und Sommersprossen. Und all das traf zu.
Als er an meiner Tür schellte und ich öffnete, stand er genauso vor mir, wie ich ihn im Traum gesehen hatte. Eine Art junger Dr. Caligari, der Jung-Alte, der Wahrsager, das Medium, der Magier, der Astrologe. Huckleberry Finn und Rimbaud.
Kurz vor seiner Ankunft hatte er mir geschrieben:

»›Mehr Licht‹ soll Goethe gesagt haben. Doch sogar die Atome bestehen aus Licht. Wie also könnte es mehr LICHT geben! Dennoch haben Sie das Wunder vollbracht, von dem der sterbende Goethe träumte. Sie erzeugen mehr Licht, indem Sie mehr Licht sehen.«

The Bright Messenger (Der lichte Bote). Er bringt Musik und Luft. Ich nahm ihn mit zu Frances. Sie war begeistert von seinen Eingebungen und bot ihm das neben ihrer Wohnung gelegene kleine Gastzimmer an. Er spielte uns eine eigene Komposition vor. In Hollywood hatte er am Leben Henrys und John Dudleys teilgenommen und einen gegen das Leid immunisierten Henry beobachtet, gefeit, weil er vor langer Zeit »ein Boot bestieg und Anker, Mast, Ruder über Bord warf«.
Er hatte den Eindruck, Henry verstünde mich nicht. Henrys Essay *Un Être Étoilique* gefiel ihm nicht. »Das ist nicht Anaïs.« Auch

das *Scenario* fand nicht seinen Beifall. »Das ist nicht *House of Incest.*«
Pierce singt seine keuschen Lieder von körperlosen Höhlen, erleuchteten Planeten, Sternen, die Zellen der Körper sind, und Träumen. Jedesmal, wenn er ein Zimmer betritt, kommt er, um Geheimnisse zu offenbaren und Voraussagen zu machen. Er ist eine Erleuchtung. Frances' ergiebigstes Leben vollzieht sich in ihren Träumen, langen, fruchtbaren, heftigen, lebhaften Träumen.
Er analysiert ihre Träume, stellt ihr Horoskop. Er sagte von ihr: »Sie hat einen Spiegel verschluckt.«
Sein Körper ist nicht dazu geeignet, Liebe zu erwecken: nur Knochen und Sommersprossen. Er hat ein breites katzenhaftes Lächeln, das noch lange, nachdem seine Augen zu lächeln aufgehört haben, nicht von seinem Mund weicht. Seine Augen sind blaßblau und wäßrig, sie wirken verschossen. Er ist eine Geistererscheinung, ein Spiegel, ein Wahrsager.
Als ich ihn zu Frances mitnahm, sagte er zu ihr: »Sie sind eine schwangere Frau. Sie werden bald gebären.« Frances antwortete: »Vielleicht werde ich Sie an Kindes Statt annehmen.«
Auf mysteriöse Weise begann er um alle zu werben und allen den Hof zu machen. Zaubersprüche, hypnotisierende nächtelange Gespräche.
Pierce und ich gehen am East River entlang, durch das Getto.
Auch Pierce kennt das Angsterlebnis. Er sagt, es sei das Schatten-Ich, das psychische Ich, dem die Katastrophen widerfahren, große Erschütterungen, dem bewußten Ich jedoch nicht sichtbar. Sie manifestierten sich nur in der Angst.

Traum von Haiti verflogen. Eine Abschiedsfeier für Albert. Albert singt dieselben Lieder, tanzt wollüstig.

Pierce versuchte, sich in unsere Leben einzunisten, bei allen beliebt zu sein, in jedem Heim, jedem *ménage* Einlaß zu finden. Und scheiterte. Er wollte die ganze Nacht hindurch reden, nahm keine Rücksicht auf unsere Zeit, unsere Arbeit oder unsere Ermüdung. Er trinkt, verkriecht sich an einem Ort und bleibt dann da. Er verwandte sein astrologisches Wissen dazu, uns alle in Schrecken zu versetzen.
Er sagte Frances, daß sie mit dreißig Jahren sterben würde, im Alter, in dem ihre Mutter gestorben war und an das sie nur mit Furcht denken konnte. Er machte sowohl mir als auch allen, denen ich ihn vorstellte, den Imbses, Leo Lerman, George Davis dunkle Prophezeiungen.

Wo immer er hinging, traf er auf einen Ehemann,einen Geliebten, einen Freund, der eine Hauptrolle spielte. Er war immer das Kind, der Gast, nicht lebensnotwendig, ungeliebt. Er konnte in niemandem Begehren erwecken. Er wünschte, ein Teil der Familien zu sein, innerhalb der Ehen zu leben, versuchte, sie zu trennen. Er versuchte, alle Bande zu zerstören.

Als er damit anfing, anderen Todesvoraussagen zu machen, erklärte ich ihm, es sei ein verbrecherisches Vorgehen, alle Schrecken und Befürchtungen hervorzulocken, wenn er nicht das Mittel besäße, sie sogleich wieder zu vertreiben.

»Ja, ich weiß«, sagte er, »aber wenn ich es tue, bin ich mir dessen nicht bewußt, bin ich lediglich ein Medium. Hinterher wird mir die Schädlichkeit bewußt, ich komme mir böse vor und möchte für das, was ich tat, bestraft werden. Ich weiß, daß mich die Leute schließlich immer hassen und mir ihre Türen verschließen.«

»Sie *wünschen*, daß es dazu kommt, Pierce. Sie haben keine Liebe gefunden und sind deshalb eifersüchtig auf uns alle.«

Frances hatte ihm gesagt: »All das stammt aus Ihrem eigenen Unbewußten.«

Andererseits bildete er sich ein, alle Frauen begehrten ihn. Er trat nur mit einem Badetuch bekleidet vor uns hin, in der Hoffnung, verführerisch zu wirken.

Lucas Premice ist etwa fünfzig Jahre alt. Beim Lachen runzelt er die Nase. Großer Mund und große Zähne. Hat auf Schiffen gearbeitet, um reisen zu können. Wanderlust. Wegen politischer Betätigung wurde er aus Haiti verbannt. Im Alter von dreißig Jahren landete er in Amerika, lag schwerkrank in einem Spital, lernte seine treue, hingebungsvolle Frau kennen, heiratete sie und wurde der Vater zweier Töchter.

Er ist ein Tyrann. Josephine rebelliert oft gegen ihn. Er arbeitet als Kürschner. Begründete eine Gewerkschaft und verlor dadurch seinen Arbeitsplatz. Spricht ein schlechtes Französisch und ein schlechtes, fast unverständliches Englisch. Geht während des Redens umher. Hat kein Zeitgefühl. Er sehnt sich nach Haiti zurück. Ist auf großmütige und großzügige Weise gastfrei.

Adele ist ungefähr zwanzig Jahre alt. Sie trägt eine Brille und ist ein wenig dicklich. Sie hat kein Selbstvertrauen und fürchtet sich vor ihrem Vater. Sie ist bescheiden, freundlich, hat eine schöne Stimme, spielt Klavier, wird aber von Josephine völlig in den Schatten gestellt, deren Reiz und Lebhaftigkeit einfach blendend sind. Josephine ist aufgeweckt, flammend, hat einen schönen Körper, stolze hochsitzende Brüste, lange Beine, ihr Hinterteil ist fast ebenso schwungvoll wie ihre Brüste. Sie singt mit heiserer Stimme, tanzt geradezu epileptisch. Sie ist humorvoll und einfallsreich, äfft gern nach; sie ist kokett und sehr anziehend.

Von Olga und ihrem Mann eingeladen. Als ich mit lose hängendem Haar in Stony Brook, New York, ankam, bat Olga mich, es aufzustecken. Ihr Mann neckte mich freundlich wegen meiner geringen Beschlagenheit in politischen Dingen. Ich sagte ihm, daß es mir schwerfällt, mich für etwas zu interessieren, wenn ich nicht das Gefühl habe, von irgendwelchem Nutzen sein zu können (mein altes Argument). Er war enttäuscht von mir.
Olga erzählte mir von ihrer Freundschaft mit Valentina Orlikova, dem ersten weiblichen Schiffskommandanten. Ein wunderschönes Mädchen. Wir machten sie zu unserer Heldin. Wir wollten ihr alle ähnlich sehen, stürmten los und ließen uns Gesellschaftsanzüge zeigen, baten darum, daß man aus ihnen militärisch aussehende Anzüge für uns machte. Angleichung. Liebe. Die Heldinnengestalt. Olga schreibt über Valentinas Lebensgeschichte. Geburtsdatum: zweiundzwanzigster Februar. Valentina sieht täglich dem Tod ins Auge, der Trennung von Mann und Kind.
Wir wuschen das Geschirr ab, schwammen, nahmen ein Sonnenbad, nähten, machten die Betten, redeten über Kleider. Ich hörte ihrem Mann zu. Ich sehe Spuren von einstigem Luxus. Aristokratie.
Olga bemüht sich, ihr überschäumendes russisches Wesen in Schach zu halten, indem sie die Rolle der eleganten, soignierten Frau spielt. Mit Hilfe von Brillantine bleibt jedes kleinste rote Härchen an seinem Platz. Eine winzige ordentliche Badebucht. Konventionelle Kleidung. Meine Künstlerbohème amüsiert sie, aber sie liest mir doch die Leviten. Sie hat Pierre Quint gekannt, von dem es ein ausgezeichnetes Buch über Proust gibt. Auch Guglielmo Ferrero gehörte zu Bekannten ihres politischen und gesellschaftlichen Lebens. Sie versuchte, mich wie eine Dame zu kleiden, mein Haar gepflegt zu frisieren. Ich überließ mich ihr wie eine Puppe, in der Gewißheit, bald zu meiner Bohème-Freiheit zurückzukehren. Olga in ihren Schneiderkostümen, eine kategorische Olga. Doch auch verletzlich und ansprechbar. Sie sagte: »Du bist allen Dingen auf den Grund gegangen. Ich verhalte mich sachlicher im Umgang mit ihnen.«
»Ich liebe dein tätiges, dein dramatisches Leben. Meine Erlebnisse sind weniger extravertiert, weniger sichtbar, sie vollziehen sich mehr unter der Oberfläche.«
»Aber mein Leben liest sich wie ein billiger Roman. Deines ist tiefer.«

Ich liebe ihre Tatkraft, ihr nach außen gerichtetes Leben. Wir fangen immer eine Unterhaltung an. Da sie behutsam ins Innenleben vordringt, führt uns unser Gespräch, anders als die Gespräche mit Frances, nicht unmittelbar in die untergründige Welt.
Wir saßen strickend unter einem Baum, ihr nackter Arm war weich, die Haut so zart. Sie berichtet vom wirklichen Kapitän eines wirklichen Schiffes, und ich denke an meine symbolischen Führungen, daran, wie ich Henrys Barke, Gonzalos Barke führe, damit sie nicht sinken oder Schaden nehmen. Der unsichtbare Kapitän, der Kapitän von Rimbauds *Bateau Ivre*! Zur Unsichtbarkeit, zum geheimen Wirken verdammt, mit keinem Orden ausgezeichnet.
Valentina hat ein wirkliches Schiff, eine wirkliche Uniform, eine wirkliche Medaille und genießt die wirkliche unmittelbare Heldenverehrung aller. Und ich? Ich bleibe immer in den *coulisses de l'âme*. Ich befehlige seltsame und gespenstische Kampfhandlungen mit dem Unbewußten. Ich bin der Geisterhaftigkeit des Seelenlebens müde und möchte auf der Bildfläche erscheinen.
Mein Telefon klingelt. »Meine Mutter muß operiert werden. Ich brauche einen Blutspender. Mehrere Blutspender.« Ich biete mich dazu an und suche weitere Freiwillige.
Armer Kapitän Anaïs, dem die Sicherheit eines konkreten Schiffes, einer Uniform, nautischer Karten, technischer Kenntnisse versagt bleibt.

In einem chinesischen Laden kaufte ich einen kleinen parpiernen japanischen Sonnenschirm, den ich im Haar trage. Ein delikates Ding aus buntem Papier und zerbrechlichem Bambusgestänge. Das Schirmchen riß. Ich reparierte es mit Klebestreifen.
Als Samuel Goldberg uns zum Abendessen ins Chinesenviertel führte, ging ich in einen Laden, um Sonnenschirme zu kaufen. Die Frau, die meinen Auftrag entgegennahm, war sehr aufgeregt: »Nein, natürlich führe ich die nicht. Es sind japanische Erzeugnisse. Sie haben sie in einem chinesischen Geschäft gekauft? Nun, das mag ja sein, aber deshalb sind sie doch japanisch. Zerreißen Sie ihn und werfen Sie ihn weg.«
Ich blickte auf das Schirmchen in meiner Hand, das unschuldige und zarte, in einem Augenblick des Friedens, jenseits von Liebe und Haß von einem geschickten Arbeiter blumengleich, leichter als Liebe und Haß gemacht. Ich konnte mich nicht dazu verstehen, es fortzuwerfen. Ich faltete es ruhig, beschützerisch wieder zusammen. Ich faltete Zartheit, Frieden, Geschicklichkeit, bescheidenes Schmuckstück zusammen, faltete zärtliche Gärten, das zerbrechliche Gestänge menschlicher Träume, die Sehnsucht nach Frieden, den schwachen

Papierschutz des Friedens, zusammen, faltete unschuldige Gärten und unschuldige Musik, Unschuld und Traum zusammen.
In Kriegszeiten sät der Haß allgemeine Verwirrung. Haß trifft Kathedralen, Gemälde und seltene Bücher, Beethoven, Bach, Brahms – und den japanischen Sonnenschirm. Haß trifft die Schuldlosen: Kinder, Handwerker, Frauen, Träumer – und japanische Sonnenschirme. In den Zeiten der Kriege sind die Seelen verwirrt, dachte ich, als ich den winzigen japanischen Sonnenschirm zusammenfalete und Haß und Rachsucht entzog.
Man kann mit der Welt und ihrer Geschichte nicht immer im gleichen Rhythmus sein, denn ihre kurzen und langen Zyklen und Gegenströmungen wirken und enden zu verschiedenen Zeiten. Einigen ist es gegeben, die Zukunft vorzubereiten; mir ist aufgetragen, einige Wahrheiten zu schützen, denn wenn der Krieg alles weggefegt hat, wird ein kleiner japanischer Sonnenschirm übriggeblieben sein, um den Menschen an die einzigen Heilmittel gegen Gift, Haß, Krieg, an Zärtlichkeit, Frieden und Liebe zu erinnern.

Dieser Glücksgeschmack heute morgen beim Erwachen. Wie die wunderbaren neuen Würzen der Genesung. Nach tiefen Angstträumen der Seele, nach Fieber, nach Brandwunden, der blendende neue Sonnenaufgang, neue Augen, neuer Ausblick, die neue Weichheit der Sprungfedermatratze unter einem Körper, der wieder auflebt, dessen Sinne wieder empfänglich wurden. Das neue Aroma des Kaffees auf einer fieberfreien Zunge. Ich treibe auf dem kühlen Leintuch dahin, bade in der Sonne, da ich in der vergangenen Nacht mein Bett bis hin zur offenen Veranda gezerrt hatte.
Eine neue Freudigkeit, die mich an mein Wiederaufleben nach meiner Entbindung erinnerte. Ich blickte auf den Streifen Sonnenlicht, der die Stabjalousie in eine Partitur aus venetianischem Gold verwandelte und bewunderte seine Macht, in die Tiefen des menschlichen Bewußtseins dringen zu können. Wenn wir ein inneres Licht besitzen, vermögen wir das äußere Licht zu sehen. Es muß auch an anderen Sommermorgen dagewesen sein, doch ich empfing es nicht. Dies ist die Wiedergeburt, die wir immer von neuem erlangen können, durch eine Umwandlung der Zellen, einen auf die Moleküle einwirkenden Stoß, eine Neuordnung der Psyche durch die Analyse. Die Psychoanalyse rettet die Romantiker.

Caresse überredete mich dazu, nach Southampton zu fahren. Sie besorgte mir eine Wohnung, die über einer Klempnerei, gegenüber dem von ihr geleiteten Old Post House gelegen ist. Ich habe Zimmer im Überfluß – zwei Schlafzimmer, ein Wohnzimmer, große

Küche und Badezimmer – für die unglaubliche Summe von monatlich fünfzig Dollar. Southamptons Atmosphäre gefällt mir nicht, der Ort ist häßlich, *chichi*, snobistisch. Aber ich liebe den Strand und die Sonne. Und Caresses Freunde wohnen in der »Post«, und es sind viele Künstler hier.
Caresse führt mich im exklusiven Strandklub ein, dessen Ausstattung wenigstens ein wenig Schönheit bietet. Ich ruhe mich aus.

Freunde. Abendeinladungen. Besucher. Hans Boeb, ein deutscher Maler, Elie Aghnides, ein griechischer Ingenieur, der Bruder des griechischen Botschafters in England.
Caresse kam zu Besuch. Charles Duits blieb mehrere Tage.
Meine Mutter.
Matta, der oft hereinschaut, und ich nahmen ein Sonnenbad in den Dünen. Charles Duits interessiert sich weder fürs Meer noch für den Sand. Er redet. Er fängt damit morgens beim Frühstück an. Er schreibt knifflige Gedichte, die lang und schwer verständlich sind.
Luchita, ein schönes chilenisches Mädchen, besuchte mich.
Am Strand treffe ich mich mit weiteren Künstlern.
Pajarita, Mattas junge Frau, ist sanft, kindhaft, feinfühlig und schweigsam. Matta ist empört und verzweifelt über die Aussicht, Vater zu werden. Zwillinge! Pajarita fragt mich, was sie ihm sagen soll, um ihn mit dem Gedanken an seine Vaterschaft zu versöhnen, durch die er sich alt fühlt. Er kann und will Vaterrolle nicht spielen.
Ich schlage ihr vor, sie solle ihm sagen, daß Kinder die eigene Kindheit wieder in uns lebendig machen, uns verjüngen und erneuern, er werde durch seine Kinder und von ihnen verjüngt werden.
Pajarita lauscht meinen Worten wie einem Spruch Salomonis. »Ja, ja. Das will ich ihm sagen.« Wenige Tage später spricht sie bei mir vor. »Aber wann, wann genau soll ich ihm das sagen?«
Helba unterdessen behauptet, der Braten, den ich ihr via Gonzalo schickte, sei voller Würmer gewesen. Ich teile es dem Metzger mit, und der ist entsetzt über die wahnwitzige Anschuldigung, weil dergleichen gar nicht gewesen sein kann. Das Fleisch war frisch. Gonzalo erzählte, der Vorfall habe Helba zur Raserei gebracht. Würmer: Tod.
Nach viel detektivischen Anstrengungen fand ich heraus, was geschehen war: Gonzalo hatte mich mit dem Fahrrad besucht. Wir gingen zusammen einkaufen. Auf dem Rückweg zu seiner weit entfernt liegenden Wohnung hielt er am Strand an, setzte sich hin und rastete. Das Fleisch war mit Ameisen bedeckt! Charles Duits meint, dies sei eine Dadaistische Geschichte, und lacht darüber.

Ich sammle Kraft, um *Under a Glass Bell* drucken zu können.

Gonzalo ist entsetzt über die neuen Aufgaben der Frauen. Stell dir vor, du küßt einen Korporal, einen Scharfschützen, einen Hauptmann, einen Schweißer! Man stelle sich das vor! Unmöglich, ihnen zärtliche Blicke zu widmen. Männliche Sorgen! Aber ich sage Gonzalo (und denke dabei an Helba): »Frauen sind viel gefährlicher, wenn ihr Wille durchkreuzt wird, wenn sie als Künstler unerfüllt bleiben, keine Mutterschaft kennenlernen, perverse Machtgier haben und indirekt, durch den Mann, zu herrschen suchen. Die Frauen von gestern und ihr negatives Bestreben! Ihr Wille, der Kinder, Ehemänner, Diener, Gärtner und so weiter beugt. Der Versuch, sich durch andere zu behaupten . . .«

Ich würde mein Leben gern der vollen Anerkennung der Neger widmen, doch in politischen Kämpfen empfinde ich immer meine Untauglichkeit, denn die Welt der Politik ist eine zynische Welt, in der man nur durch Gewalt oder Gaunerei gewinnt, und beides ist mir unnatürlich. Ich kann mich nicht mit abgedroschenen Phrasen identifizieren, die Gemeinplätze der Propaganda immer wiederholen. Wie kann ich helfen? Ich gebe meine Freundschaft. Das ist nicht genug. Ich öffne mein Heim. Das ist nicht genug. Wenn ich an eine der Gruppen herantrete, die für die Sache der Neger arbeiten, stelle ich fest, daß sie reden, reden, reden, wie die Künstler in den Pariser Cafés.

Ich kann das Drama zwischen der farbigen und der weißen Bevölkerung nicht als ein Geschehen wirtschaftlicher Ungerechtigkeit sehen. Als Geschichte vom Mächtigen, der den ohnmächtigen Primitiven versklavt. Als der erste weiße Mann nach Sklaven zur Verrichtung der niedrigen Arbeit suchte und sich den Neger wählte, spielte sich, wie ich glaube, unter dem praktischen Bedarf ein unbewußtes Drama ab. Er wünschte sein eigenes instinktives primitives Ich zu beherrschen, da die Entwicklung des weißen Mannes nur darauf hinzielte, seine ursprüngliche Kraft, seine Natur zu bändigen und zurückzuweisen.

Segel, Dampfmaschine, Gebrauch der Elektrizität erfand er, um zu bezwingen, zu versklaven und sich als Herrscher über die Natur zu beweisen. Den Neger versklavte er, um zu beweisen, daß er stärker sei als die Natur. Und welche Rache nahm die Natur am weißen Mann! Denn er bezahlte seinen Machtgewinn über sie mit dem Verlust seiner natürlichen Vitalität und Kraft. Im gleichen Verhältnis, wie seine Herrschaft über die Elemente zunahm, schwand seine Kraft als Mensch; je mehr er erfand, mechanisierte, Musikautomaten her-

stellte anstatt Instrumente zu spielen, desto schwächer wurde er in seiner Substanz.
Seine Sinne sind weniger scharf, seine Muskeln weniger ausdauernd, seine Augen sind geschwächt, sein Gehör ist stumpf. Er goß sein Blut in Maschinen, in Brücken, und was von ihm übrigblieb, ist ein mit einem Gehirn ausgestatteter Roboter. Und während seine Menschlichkeit, sein unmittelbarer herzlicher Verkehr mit den Mitmenschen durch seine abstrakte Lebensweise schwanden, wuchs der Neger, sein Sklave, an Schönheit und natürlicher Kraft und an körperlicher, geistiger und sinnlicher Harmonie. Gezügelte Emotion. Er verlor keinen Verbindungsweg zur Natur, zu seiner eigenen Natur.
Ehe er abreiste, vertraute Albert mir alle seine Projekte und Pläne an. Er wollte mit seinen architektonischen Kenntnissen, seiner ganzen Ausbildung nach Haiti zurückkehren und sie dort nutzbar machen. Er wollte billige Häuser für Bauern und Arbeiter bauen. Er wollte in der Politik eine Rolle spielen. Und ironischerweise ist seine Blutmischung, seine spanische Großmutter, sein Handicap, er ist zu weiß, die Haitianer werden ihm nicht völlig trauen. Seine Kinderliebe, die von seiner Familie gebilligt wurde, wartete auf ihn. Sie hatte während all seiner Collegejahre auf ihn gewartet.

[Herbst 1943]

Rückkehr nach New York. Betriebsamkeit. Arbeit. Frances ist die höchstentwickelte Frau, allen überlegen, sie ist weise, es ist gut, sie in den Höhen bei sich zu haben.

Was sich ideologisch in einem unserer Gespräche herauskristallisierte, war die zwischen Romantik und Neurose bestehende Analogie. Ich sehe ihren Zusammenhang. Das Ergebnis beider ist Selbstzerstörung. Daß sie sinnenverwandt sind, hatte ich nicht erkannt. Frances gab mir Denis de Rougemonts *Passion and Society* zu lesen. Romantik und Neurose zerstören das Glück. Sie sucht die Leidenschaft und Erlebnisfülle nur als Heilmittel gegen die Angst.

»Schreibe«, sagte Frances.

»Komm aus deiner Stratosphäre herunter«, sagt Olga. Meine Abenteuer erfüllen sie mit starkem Unbehagen. Sie kann sie nicht gänzlich verurteilen, weil sie spürt, daß sie ein fernes, endgültiges Ziel haben und weil sie dieses Ziel respektiert.

Olga erklärte mir: »Deine Gefühlsregungen habe ich immer verstanden, nicht aber deine Deutung oder Untersuchung dieser Gefühlsregungen.«

»Ohne den zweiten Schritt würde nichts gelernt, nichts hinzugewonnen«, antwortete ich.

Erwäge wieder, erzählende Prosa zu schreiben. Was geschieht, wenn ich mich selbst völlig draußen lasse? Dann werden alle auf ihre natürliche Größe zurückgeführt, nicht erhöht, mythisiert, symbolisiert werden. Wenn ich abwesend bin, nur die anderen Personen anwesend sind, werde ich eine Menschenwelt schildern, der die weiteren Dimensionen fehlen. Ich scheine der Vermittler einer erweiterten Sicht zu sein. Doch meine Alchimie verwandelt alle in Dichtungen, überträgt sie ins Mythische.

Ich fühle, daß die Sicht der anderen (Gonzalos Vision von Helba, Henrys Bild von June, Sancho Panzas Bild von Don Quijote, die Vorstellungen anderer Leute von Gonzalo) sehr begrenzt ist. Nirgendwo kann ich eine unbegrenzte Sicht entdecken. Ich wähne nicht, meine sei unbegrenzt, doch durchläuft meine Sicht einen Prozeß dichterischer Überhöhung, einen Prozeß der Weißglut, der Intensivie-

rung, der Intuition der Möglichkeiten, durch den meine Gestalten an Größe gewinnen. Alleingelassen, unverändert in ihrer eigenen Atmosphäre schwimmend, erscheinen sie eingeengt, begrenzt, eingemauert.
Ich entferne mich, beispielsweise, aus dem Tagebuch, und schon fehlt der Schmelztiegel, in dem sich alle Existenzen miteinander verbinden und ein neues Leben erzeugen. Ich bin die Alchimistin, nicht das Ego. Jedesmal, wenn ich über eine Person schrieb, mit der ich nicht geistesverwandt war, die ich nicht persönlich kannte, wirkte sie eindimensional.
Aber es ist eine Versuchung, denn solche Personen wären mit einer verkleinerten, einer Alltags-Gegenwart verbunden, während ihre dichterische Überhöhung sie in einen zeitlosen Strom versetzt und oft das Gewöhnliche und das Allgemeingeschehen zugunsten des Ewigen vernichtet.
Wenn man zur Reife gelangt, muß man die durch Phantasie begangenen Irrtümer berichtigen, andererseits war es die Phantasie, die das Werk orchestrierte und seine Resonanz verstärkte.
Ich stelle Überlegungen an über mein nächstes Buch.
Hauptthema: Nur wenige Menschen erfahren in einer jähen Erleuchtung die ganze schwindelerregende Wahrheit. Die meisten gewinnen sie Stück für Stück, in kleinem Umfang, im Laufe ihrer Entwicklungen, und sie ist wabenförmig und wie ein mühsames Mosaik.

Anonymes Porträt:
Weil sie sich ihres Werts, ihrer Erscheinung nicht sicher fühlte, war es für sie von äußerster Wichtigkeit, auch in der geringsten Diskussion zu triumphieren. Jede Bagatelle wurde zu einem Kampf um Leben oder Tod. Sie konnte es nicht ertragen, einwilligen, sich unterwerfen, sich überzeugen, überreden, ablenken lassen zu sollen, da sie solches als Niederlagen ansah. Sie fürchtete, der Leidenschaft, dem fiebrigen Hunger ihres Körpers nachzugeben, und weil sie so sehr bestrebt war, diesen stärkeren Drang zu überwachen, wurde es für sie auch wesentlich, sich in kleinen Dingen zu behaupten, gleichsam als übe sie lieber ihre moralische Widerstandskraft als ihr Vermögen zur Unterwerfung.
Ihre ganze Heftigkeit ergoß sich in die kleinlichen Kämpfe, denn unbewußt hatte sie in den stärkeren Widerstand gegen den Strom des Lebens den geringeren Widerstand gegen den Willen eines anderen mit einbezogen. Eine Meinungsverschiedenheit, eine Behauptung, als ob sie der Beweis der Richtigkeit ihrer Ansichten über Recht und Unrecht seien, in Beziehung zu dem Entschluß gesetzt,

ob sie einen Geliebten nehmen solle oder nicht. Natürlich erlangte sie durch diese kleinen Siege keine Beschwichtigung, denn was sie insgeheim wünschte, war, nachzugeben.
Wenn wir das Dunkel in uns selbst nicht aufdecken wollen, treten wir zu der dunklen Person in Beziehung, die es für uns repräsentieren kann, und beginnen sodann einen Zweikampf mit ihr anstelle des Zweikampfs mit dem eigenen Schatten-Ich.
Einige der Menschen, die ich gern hatte, waren solche Repräsentanten der dunklen Anaïs. Der Feind ist in meinem Innern. Martha Jaeger hob das durch Idealisierung, Träumen, Gaukelbilder, Illusionen verursachte unvermeidliche Leiden hervor. Solange man träumt, ist Glück nicht möglich. Mein Ausweichen vor der Wirklichkeit beunruhigte sie. Alles habe ich außerhalb von mir dargestellt, in andere verlegt. Der Gedanke, daß ich in mir selbst irgendein zerstörerisches Element enthalten könnte, war mir unerträglich. Durch andere litt ich unter dem dunklen Ich. In mir selbst muß ich den dunklen Schatten auffinden, ich darf ihn nicht auf andere projizieren. Ich habe nie gelten lassen, daß in mir Schatten sein könnten.
Ich fühle mich wie Don Quijote, der aus seiner Ritterromantik erwacht, ein peinvolles Erwachen.
Nun muß die dunkle Anaïs gefaßt werden. Sie entzieht sich der Entdeckung. Wiederholungstraum natürlich: Die Tagebücher brennen. Die dunkle Anais befindet sich in ihnen hinter Schloß und Riegel. Wenn sie verbrennt, kann ich sie nicht einfangen.
»Hören Sie damit auf, die Zerstörungssucht in anderen zu bekämpfen«, sagt Martha Jaeger.

Josephine (Premice) und Charles Duits bilden einen so komischen Kontrast. Josephine ganz Sonnenbräune, Feuer und Lebenskraft, Charles so bleich wie ein Heiliger auf einem Kirchenfenster, leuchtende ultramarinblaue Augen, stets in poetischen Abstraktionen redend, dennoch vermag *Dracula* sie beide in gleichem Maße zu entsetzen. Josephine blickte voller Verwunderung auf Charles' Augen, seinen abwesenden Gesichtsausdruck, sein lockiges blondes Haar, den entkörperten Charles Duits, *poète maudit*, der von Meer und Sonne in Southampton nichts wissen wollte, den ganzen Tag schlief und wie ein Schlafwandler zum Vorschein kam, nur um sich nach seinem Abendessen zu erkundigen.
Josephine ist verblüfft über diesen Charles, der sich durch ihre Wodu-Tänze nicht anfeuern läßt, bestürzt über die für sie neue Spezies. Doch für mich ist er nur einer aus einem zahlreichen Geschlecht mir bekannter Dichter; in der Hierarchie und der Dynastie

der Dichter ist er die schwächste Flamme. Ich kann seine Blutarmut erkennen. Er träumt von blutsaugenden Vampiren. Als ich seine durchsichtige, leichte und zarte Hand in meiner hielt, rief Josephine unwillkürlich: »Mein Gott, Sie haben ja überhaupt kein Fleisch!«

Josephine gibt uns Unterricht im Tanzen. Sie streckt ihre starken schwarzen Beine und tänzelt wie ein Vollblutpferd.

Danach sitzen wir im Halbdunkel, manchmal beim Schein zweier Kerzen und erzählen unheimliche Geschichten, um uns gegenseitig Angst einzujagen, wie ich es, als wir noch Kinder waren, mit meinen Brüdern tat.

Josephines Kindheitsschrecken war der Bananenbaum, der sich nachts wie eine mit den Armen wedelnde Frau bewegt, der Mapau-Baum des Bösen, der nachts umherwandert, von einem Platz zum anderen geht und sich manchmal so weit entfernt, daß man ihn nie mehr wiederfindet. Josephine pflegte wachzubleiben, um ihn beim Weggehen zu überraschen. Sie erzählt von den Blättern, mit denen man sich über den Arm rieb, weil das eine Schwellung verursachte und einen davor bewahrte, in die Schule gehen zu müssen. Von der Medizin, die ein Neger einnahm und die ihn in einen Albino verwandelte. Von dem Wodupriester, der das Schicksal aus einem Glas Wasser las und das Glas hinterher aufaß. Von dem Woduzauberer, der eine brennende Kerze ins Wasser stellen konnte, ohne daß das Licht verlöschte. Sie erzählt von der Feuerprobe, bei der die Eingeweihten brennende Kohlen berühren und in den Händen halten müssen. Wenn sie sie versengen, so sind sie noch nicht bereit, dann gehören sie nicht zu den Gläubigen.

Gonzalo besitzt die Gabe, Geschichten zu erzählen. Die Haitianer sind Geschichtenerzähler. Und ich erzähle ebenfalls gern Geschichten und bin im Begriff, eine neue zu schreiben. Geschichten sind das einzig mögliche Zaubermittel, denn wenn wir beginnen, unser Leid als eine Geschichte zu betrachten, sind wir gerettet. Sie sind der Balsam der Primitiven, das Mittel, einem fürchterlichen Leben den Teufel auszutreiben.

Viele Tage lang habe ich ohne mein Rauschgift, mein geheimes Laster, mein Tagebuch, gelebt. Und dann erfuhr ich: ich konnte die *Einsamkeit* nicht ertragen. Ich fand, daß ich bei der Niederschrift des von anderen Frauen handelnden Romans vieles ungesagt lassen mußte, weil ich sie damit nicht ausstatten konnte. Ich fand, daß keine der zusammengesetzten, vielfältigen Personen alle meine Erfahrungen und Bewußtseinsinhalte besitzen könne. Daß ein in ihnen Verharren ein Schrumpfen des Gesichtskreises und der Wahrnehmungen, eine Bewußtseinsbeschränkung bedeute. Ich hatte den Eindruck enger Hohlformen. Ich fand, daß keine der erfundenen Personen von meinem Verlangen nach einem ins Grenzenlose erweiterten Leben, seiner Vollendung erfüllt sein könne.

Integration. Meine jetzige Erfahrung ist ähnlich der Beobachtung, wie getrennte Quecksilberkugeln sich magnetisch anziehen, zu einer Einheit verbinden. Ihre Tragweite läßt sich mit dem Unterschied zwischen Teleskop und Mikroskop vergleichen. Meine Wanderlust ist zur Ruhe gekommen. Das Nahe ist zum Wunderbaren geworden. Mein nur auf das Ferne ausgerichteter Blick konzentriert sich auf das Derzeitige. Ich putzte die Wohnung, bis sie glänzte. Die Fifth Avenue schien belebt und fröhlich. Das Getriebe, der Luxus, der Rhythmus waren erhebend. Ich besuchte Ausstellungen und betrachtete die Leute so oberflächlich wie die Leute die Ausstellungen betrachteten: ein flüchtiger Blick. Lernte an der Oberfläche zu leben. Die Freude war nicht notwendigerweise im Süden von Frankreich beheimatet, das Geheimnisvolle in Marokko, die Kunst des Geschichtenerzählens nur in Haiti, Rhythmus und Musik nur in der Welt der Neger – sie konnten auch uns selbst entspringen.

Ich muß sie von innen heraus erschaffen.

[Oktober 1943]

Ein Brief von Henry:

»Ich erhielt das Angebot zweier hiesiger Galerien, im nächsten Monat eine Austellung meiner Bilder zu veranstalten. Frage mich, ob Du Lust hättest, mir jene, die Dir gehören, zu dem Zweck auszuleihen, da der Kunsthändler gern eine Anzahl der frühen Arbeiten einschlösse. In den beiden letzten Monaten habe ich große Fortschritte gemacht und viele neue Bilder gemalt, von denen ich einige bereits zu recht guten Preisen verkaufte. Der ›Offene Brief‹, den ich verschickte, brachte ausgezeichnete Ergebnisse – und außerdem hatte ich das Glück, mich mit einem italienischen Kunsthändler anzufreunden, der mich mit Material versorgte, meine Bilder rahmte und sie in seiner Vitrine ausstellte. Ich habe Dir kürzlich ein kleines Buch geschickt, von dem ich annahm, es werde Dich interessieren. Hoffentlich ist es angekommen. Mir gelingt es nun, mein Auskommen zu finden. Und wie steht es mit Dir? Wie geht es Dir? Pierce Harwell erzählte mir eine Menge Neuigkeiten, aber ich konnte nicht klug daraus werden.«

Millicents Sohn ist bei einem Bandenkrieg angeschossen worden. Es mangelt an Blutreserven, es sind nicht genug Blutspender da. Ich ging zum Krankenhaus in Harlem, um mich zur Verfügung zu stellen. Sie lehnten mein »weißes Blut« ab. Eine schreckliche Stätte, Betten stehen in den Fluren, die Zimmer sind überbelegt. Verbände liegen auf dem Boden. Der arme Leon atmete mühsam durch eine Sauerstoffmaske. Millicent leidet schweigend.

Die erste Seite von *Under a Glass Bell* gedruckt.

Um verstanden zu werden, müssen meine Erzählungen in ihrer Zeit und ihrer besonderen Beleuchtung gesehen werden. Sie sind vor dem Krieg geschrieben worden. Die Tatsache, daß ich Märchen für Erwachsene, phantastische Erzählungen schreibe, bedeutet nicht, daß ich bei dieser Art der Schilderung stehenbleibe.
Ein Schriftsteller muß als ein Ganzes, als Träger eines geschichtlichen

Ablaufs beurteilt werden. Geschichte ist niemals statisch, und ich lebe nicht mehr in dieser von mir geschilderten Welt.
Ich möchte, daß die Leser die Erzählungen in Zusammenhang mit einer veränderten Welt, als Teil ihrer eigenen Geschichte und der Geschichte ihrer Dichter sehen.
Was sich aus einem großen untergründigen Leid entwickelte, in einer unvollkommenen, ungerechten Welt entstand, war Phantasiererei. Der Dichter vermochte das Leid nicht zu verwandeln.
Das Schuldbewußtsein, das der Dichter mit sich trug, weil er, in Absonderung von der übrigen Welt, seine individuellen Modelle und Vergnügungen bewerkstelligte, spiegelt sich in seiner Angst und seiner Verlassenheit wieder. Es führte ihn zum Wahnsinn, wie in der Artaud-Erzählung – *»Je suis le plus malade des Surréalistes«*, der wahren Geschichte eines der besten surrealistischen Dichter.
Die Einsamkeit ihrer aristokratischen Familie trieb die Frau in den Wahnsinn.
Weil die äußere Wirklichkeit monströs war, wandte sich der Dichter der Errichtung einer Phantasiewelt zu.

Der ganze Zwiespalt liegt zwischen dem Geträumten und dem Verwirklichten. Träumen erzeugt Angst, weil es in der Einsamkeit geschieht, geisterhaft, flüchtig, unstabil, verfließend ist, vor allem aber, weil es in der Einsamkeit geschieht. Kein Traum wird unter Menschen geteilt. Die Wirklichkeit wird geteilt. Die Träume der Menschen können ähnlich sein, wie Frances' und meine Träume einander gleichen, sie selbst aber schaffen keine menschliche Beziehung. Die Ähnlichkeit ihrer Erfahrungen, Krieg, Geburt, Tod, Leid, führen die Menschen zueinander.
Als Ramakrischna durch Indien reiste und seine ekstatischen Reden hielt, rief einer aus der Menge: »Tun Sie etwas gegen das Leid des Volkes.« Er antwortete: »Ich kann nichts tun.« Diese Antwort bezeichnet die Lage des Künstlers.

Bei Seite fünfunddreißig von *Under a Glass Bell* angelangt. Erhielt sechsundfünfzig Subskriptionen. Ich drucke dreihundert Exemplare.

Wenn wir uns in einer psychischen Konfliktsituation befinden, haben wir die Tendenz, Begriffe und Verhaltensweisen einander scharf gegenüberzustellen und verfangen und verwirren uns in einem scheinbar hoffnungslosen Zwang zur Wahl, wenn jedoch die neurotische Ambivalenz gelöst ist, neigen wir dazu, über scharfe Unterschiede, scharf umrissene Grenzen hinwegzugelangen und beginnen, die Wechselwirkung, die zwischen allem bestehende Beziehung zu erkennen.

Ich sah subjektive und objektive Haltung, Phantasie und Realismus als Gegensätze. Ich glaubte, da ich so tief in meine Gefühlswelt und meine Lebensdramen eingedrungen sei, könne ich nie mehr zu einer objektiven Sicht und Kenntnis der anderen finden. Jetzt aber weiß ich, daß jede bis zum Äußersten durchgeführte Erfahrung uns über uns hinausführt und unsere Verbindung zu den Erfahrungen anderer erweitert. Wenn wir unsere subjektiven Emotionen und Visionen intensivieren und vollständig werden lassen, erkennen wir ihre Beziehung zu den Emotionen anderer. Es ist nicht eine Frage der Auswahl, handelt sich nicht darum, eine Emotion zu ungunsten einer anderen vorzuziehen, vielmehr machen Ergänzung, Einbeziehung, ein Umfassen, Vereinen und Integrieren unsere Reife aus.

Nicht meine Neigung, vermittels der Phantasie zu leben, verurteile ich jetzt, sondern, daß ich nicht immer verstand, eine verwirklichte Phantasie (wie beispielswiese das Hausboot) nicht als einzelne, einzigartige, isolierte Erfahrung zu begreifen.

Um sie mit den Träumen anderer in Beziehung zu bringen, mußte ich einsehen, daß das Hausboot mehr als ein Hausboot war, einen Sinn hatte, die Suche nach Unabhängigkeit (von den gesellschaftlichen Exklusivitäten des linken und des rechten Seineufers) darstellt, das Bedürfnis, sich auf Reisen, sich in Erlebnissen und Erfahrungen beweglich und nicht statisch zu fühlen, und daß dieser unbewußte Mythos der Traum anderer Menschen gewesen war, die von unbewohnten Inseln, dem Herzen Afrikas, einsamen Fahrten im Segelboot und so weiter geträumt hatten.

Jetzt, da ich die Geschichte niederschreibe, weiß ich, daß dieser Traum aus einem Unbewußten hervorgeht, das nicht isoliert oder einzigartig, sondern universell ist. Als Henri Rousseau sagte, er habe das Recht, ein Sofa mitten im Dschungel zu malen, und hinzufügte, das Recht, seine Träume zu malen, da hätte ich wissen können (wußte es aber damals nicht), daß ich einen Traum in Wirklichkeit umsetzte, der nicht mein Traum allein war. Ich suchte die Befreiung von einer chaotischen, verwirrenden, zerstrittenen Welt und suchte sie in einem Hausboot.

Es ist wahr, daß ich mich zunächst auf die Beschreibung weniger Personen konzentrierte, solcher Personen, die ich von Grund auf kannte. Doch jetzt ergänze ich die Charakterisierungen. Ich sehe den Zusammenhang der Träume mit unserem Leben (sie sind der Schlüssel zu ihm) und erkenne, daß es ein gefährliches Unternehmen ist, sie zu trennen.

Die Surrealisten versetzen sich in den Bereich des Unbewußten, zeigten seine Beziehung zum tätigen Leben aber nicht auf. Sie schnitten die Nabelschnur durch. In Kulturen der Antike dagegen war der Traum Teil des Lebens, beeinflußte das Leben. Alle bemühten sich, die geheimnisvollen Träume, jene Zeichen des Lebens der Psyche, zu enträtseln.

Die Erbauer der Kathedralen oder der Tempel Indiens übersahen das Elend der Menschen nicht, sondern glaubten lediglich, ein religiöser Mythos könnte ihr Leben erträglicher machen, denn eine praktische Abhilfe hielten sie niemals für möglich.

Amerika nahm das Problem auf praktische Weise in Angriff, ging aber hierin zu weit. Die Vereinigten Staaten behandeln die Kunst mit einer Verachtung, die der Verachtung jener gleichkommt, welche die Religion »Opium fürs Volk« nennen.

Ich wollte mich nicht vom menschlichen Leben entfernen; ich suchte meine Erfüllung. Trachtete nach Steigerungen, die keine Alltagsforderungen unterbrachen, nach einem menschlichen Leben, das meinem damaligen Traum entsprach. Um weder im gewöhnlichen Leben noch durch das gewöhnliche Leben von meinen Bestrebungen und Visionen abgelenkt zu werden, ließ ich vieles aus; ich schien nicht zu bemerken, was tatsächlich vorhanden war. Ich vermochte zwar das Leben anderer zu ergründen, aber ich breitete dieses Eindringungsvermögen nicht aus, löste, teilte es nicht in eine Vielzahl von Personen auf. Ich konzentrierte mich auf einige wenige. Nur diese Konzentrierung und Absonderung waren falsch, nicht falsch war, was ich durch meine Konzentration ans Licht brachte. Ein starkes Scheinwerferlicht läßt alles andere im Dunkel. Es ist nicht notwendig, diese höchst persönliche überschwengliche Reaktion mit anderen Erlebnissen in Gegensatz zu stellen. Sie sind keine unwiderruflichen Gegensätze, hören auf, es zu sein, wenn wir sie im Zusammenhang sehen. (Die Gegenüberstellung führt gewöhnlich zur Lähmung, zur Unfähigkeit im Handeln und produktiven Schaffen, sie verursacht die häufigen stagnierenden Stimmungen, unter denen wir leiden.) Ich sehe den Zusammenhang zwischen unserem Träumen und unserem Handeln, sehe in ihnen nicht getrennte, losgelöste, sondern einander befruchtende Tätigkeiten. Die Surrealisten negierten die zwischen beiden bestehende Verbindung, um die eine zugunsten der anderen fallenzulassen, die Nabelschnur zwischen dem Wirklichen und dem Vorgestellten zu durchtrennen. Deshalb verfielen sie oft in Künstlichkeit oder Wahnwitz. In dem Vermögen, Traum und Handlung zu verbinden, lag das Geheimnis der Kraft der alten Völker. Erst heute teilen wir alles in gegensätzliche, getrennte Schichten und Ebenen auf. Das Bestreben ist ein Symbol unserer allgemeinen Auflösung. Was mich von der Romantik (seit neueren Zeiten Neurose genannt) abbrachte, war ihr Trachten nach dem Fernen statt dem Naheliegenden, nach dem Unerreichbaren statt dem Erreichbaren.

Was mich abbrachte, war der junge Dichter Duits, der *Dracula* las, um sich das Fürchten zu lehren, während ein größerer Terror in Leningrad stattfand. Was mich abbrachte, war die Neigung zum Mythischen und Fernen statt zum Nahen, noch Unverwandelten. Romantik wurde für mich gleichbedeutend mit Neurose, Konfusion von Träumen und Wirklichkeit, oder Handlung und Dichtung.

[Januar 1944]

Silvesterabend in Harlem. Die unverfälschten Freuden. Die Tanzfreude. Trinken ist nicht gestattet im Savoy-Tanzsaal. Trinken ist auch nicht nötig. Gute Musik und gutes Tanzen, nichts weiter. Wir erwärmten uns angesichts der allgemeinen Fröhlichkeit, Lebhaftigkeit und Menschlichkeit. Die Menschen sehen einander freimütig an, die Gesichter sind offen und ausdrucksvoll. Die Stimmen klingen herzlich. Sie tanzen von ganzem Herzen, sie lachen von ganzem Herzen. Und das ist ansteckend. Der Boden scheint unter den vielen Füßen zu erzittern. Wirbelnde Hingabe an die Musik. Wir nahmen Moira mit; sie war begeistert.
Der Neger hat Erniedrigung erlitten, ohne seelisch krank, verzerrt oder abstoßend zu werden. Er hat sich seine Feinfühligkeit, Gemütstiefe, Aufrichtigkeit und Einfachheit bewahrt, ist der einzige Menschenschlag mit vortrefflichen Manieren, Anmut und Natürlichkeit. Seine Körperbewegungen sind fließend und gelöst. Er hat natürliche Grazie und Gesittung. Er weiß zu grüßen, Glück zu wünschen, andere menschlich zu behandeln.

Dieses Weben eines Musters. Der Primitive tut es nicht. Er beginnt jeden Tag von neuem, bringt den heutigen mit dem gestrigen nicht in Beziehung, denkt nicht ans Morgen. Das Ausbleiben des Schmerzes ist die Folge dieses Mangels an Zusammenschau. Der Schmerz entsteht aus dem Bewußt-Sein.
Der Primitive leidet lediglich im Augenblick eines Geschehens, eines Dramas, aber sieht es nicht voraus, hat nicht im voraus Befürchtungen. Dieses Verstehen, das wir den Ereignissen in der äußersten Bemühung abringen, unser Schicksal zu besiegen und zu beherrschen, fehlt den Primitiven. Gerade durch unsere Bemühung, dem Schmerz und der Erschütterung zu entfliehen oder uns vor ihnen zu schützen, erschaffen wir uns ein neues Reich der Ängste, das sie nicht kennen. Wir leben, um die Natur zu besiegen, sie lernen, mit ihr zu leben.
In unserem vielfältigen Kampf gegen das Fatum erlagen wir einer neuen Krankheit. Wir bekämpften die Todesvorstellung, indem wir ein mystisches Fortbestehen behaupteten, und diese mystischen Welten bewirkten ihrerseits wieder unseren Tod. (»Sorget nicht, wie-

viel Leid euch auf Erden begegnet, denn euer ist das himmlische Reich.«)

Nie wurde irgendeine Schlacht gewonnen. Wenn eine Krankheit besiegt ist, erscheint eine neue Krankheitsart. Dies Leiden in unserer vorwegnehmenden Vorstellung nannten wir Neurose.

Amerika stellt einen neuen Versuch an: praktische, wissenschaftliche Kriegführung gegen die Armut.

Doch der Primitive besaß ein natürliches Paradies. Wir haben keines. Wir müssen ein künstliches schaffen.

Auf Seite vierundsechzig angelangt. Freude über die vollbrachte Leistung und die Gewißheit, daß die Erzählungen dichterisch wertvoll sind. Unter der strengen Prüfung, die das Setzen darstellt, lösten sie sich nicht auf. Nach aller Untersuchungsarbeit, Konkretisierungsarbeit erscheinen sie immer noch gleich rein, unvermischt und bedeutungsvoll. Ich verbringe Tage über einer Seite, setze jedes Wort, gleiche jede Zeile aus. Ich drucke die Seite immer wieder von neuem, lese Korrektur, schneide sie und lese dabei jedesmal einige Zeilen, um die Eintönigkeit des Tuns zu unterbrechen.

Frances ist betroffen über meine Verwendung des Schlüsselworts »Assoziationen«, des Wortes, in dem ich die Entwicklung einer Analyse oder Meditation oder Beobachtung oder Ausführung eines Themas innerhalb des Romans zusammenfasse. Sagen wir, daß es in einer Woche »Unterwerfung« lautete – eine Welt der Bilder, Begriffe und Erinnerungen wird heraufbeschworen. Ein anderes lautete »Bemühung«. Ein weiteres »ausweichend«. Wenn man ihrer Richtung folgt, bildet sich eine ganze Kette (wie bei den in der Psychoanalyse angestellten Wortassoziationen), eine lebendige Neugruppierung oder neue Satzkonstruktion. Man folgt dem Schlüsselwort wie der Spur eines Detektivs. Schließlich zieht man alle Fäden zusammen, die Form kristallisiert. Es ist ein Mittel, um Denk-Klischees zu vermeiden. Manchmal müssen Gedanken aus ihrer schlafwandlerischen Bahngeleis-Banalität herausjongliert werden.

Moira träumte, ich wäre ertrunken, als ich mich über einen See beugte, um etwas für sie herauszuholen. Sie hat mit den Behandlungen aufgehört, als sie gerade in die Phase des Dunkels eingetreten war. Die Phase des körperlichen Exhibitionismus, der den Ausgleich für den ihr auferlegten physischen Zwang schaffen soll. Was man versteht, in seinen unterschwelligen Ursachen erkennt, kann man nicht verurteilen.

Alle sollten dieses Wissen besitzen. Sofern man nicht weiß, wie verschleiert, eingezwängt, unterjocht Moira aufgrund ihres Milieus gewesen ist, kann man den Wandel, den sie durchmacht, nicht verstehen; sie trägt durchsichtige Blusen, keinen Büstenhalter darunter, sie bringt ihren Strumpfhalter auf offener Straße in Ordnung, sie knöpft das Oberteil ihres Kleides fast bis unter die Brust auf, sie flirtet mit allen und jedem. Sie ergeht sich in Selbstlob.
Eine Dose Spaghettisauce öffnend und über die Spaghetti gießend, sagt sie: »Niemand weiß Spaghetti so zuzubereiten wie Moira.«
Jene, die sich zu weit von ihrem ursprünglichen Ich entfernt haben, müssen den Weg zurückverfolgen und es wiederfinden. Moira war durch ihren Mann künstlich umerschaffen worden. Sie mußte die angenommene Moira gänzlich wieder ablegen.
Ich unterjochte meine Natur so stark, daß ich durch andere, durch Henry und Gonzalo, ihr gemäß leben mußte. Ich wünschte so sehr, ein idealer Mensch zu sein, weise, voll entfaltet, und war es natürlich nicht. Die Freiheit, launisch, eifersüchtig, zornig, selbstsüchtig oder leichtsinnig zu sein, wollte ich mir nicht zugestehen. Ich war durch mein ideales Ich ebenso sehr gebunden wie Moira durch ihre Traditionen. Um Freiheit zu atmen, mußte ich meinem Schatten, meinem ursprünglichen Schatten, nahe sein. Im tiefsten Innern billigte ich, was sie taten.
Die ersten Schritte der Freiheit entgegen, sind keck und ungeschickt. Moira karikiert die Freiheit. Die Karikatur ist ihr Weg, um hinzugelangen.
Eines Abends besuchten wir ein in der Innenstadt, dem verlassenen Geschäftsviertel voller finsterer Gebäude, gelegenes arabisches Restaurant. Das kleine verfallene Restaurant duckt sich unter den Flügel eines großen Gebäudes. Nur Araber verkehren dort. Wir bekamen ein schmackhaftes Abendessen, tranken viel Wein, lernten neue Gewürze und Arten der Verarbeitung kennen. Musiker traten auf. Moira wurde sehr vergnügt. In einer Laune des Überschwangs verließ sie den Tisch und begann einen Tanz ihrer Heimat zu tanzen, wobei ihr Körper sich wand, sich schüttelte und bebte. Statt sich darüber zu freuen, starrten die anwesenden Männer sie mit äußerster Verachtung und Strenge an. Einer von ihnen, ein dunkler, wild dreinblickender, trat zu ihr und beschimpfte sie. »Hure«, sagte er sehr laut. Ihrer beider Blicke waren mörderisch, mitten im Tanz hielt sie inne und kehrte an unseren Tisch zurück. Sie weinte. »So war es zu Hause«, sagte sie. Bis zum Ende des Abends war sie still und bedrückt.

Joaquin ist auf dem Rückweg von Cuba, wo er in der kubanischen Armee gedient hatte. Er nimmt seine Arbeit als Professor am Williams College wieder auf.

Die Graphic Arts Society (Gesellschaft für graphische Kunst) wurde auf unsere Presse und die von uns hergestellten Arbeiten aufmerksam. Wollten sie besichtigen. Sie hatten *Winter of Artifice* bewundert und erwogen, das Buch auszustellen. Doch zuvor wollten sie sich die Presse ansehen.
Miss Decker und Mr. Stricker kamen. Er war mit peinlicher Genauigkeit gekleidet und blickte streng auf die dunklen Treppenstufen, das schäbige Atelier, die mit Ersatzteilen angefüllten Orangenkisten, die unverkennbare Bohème-Atmosphäre.
Vermutlich hatte er einen vollkommen eingerichteten Druckereibetrieb erwartet. Gonzalo ist kein disziplinierter, ordentlicher Arbeiter. Mr. Stricker war von seiner Erscheinung, seiner Größe, seinem dunkeln Gesicht betroffen. Die Schönheit des Werkes übersah er. Wir erklärten ihm die Blakesche Methode, Stiche zu drucken. Sein Kommentar lautete: »Warum verwenden Sie nicht Offset anstatt von der Platte zu drucken? Leichter, billiger.«
»Aber nicht so schön.«
Gonzalo zertrat das Ende seiner Zigarette auf dem Boden, im Versuch, seinen Ärger zu unterdrücken.
Mr. Stricker sah entrüstet aus.
»Kein Mensch interessiert sich für Ihre Bücher«, sagte er. »Sie sind eine unbekannte Schriftstellerin.«
»Ich dachte, Sie seien gekommen, weil Sie *Winter of Artifice* für ein schönes Druckwerk halten.«
Miss Decker schwieg. Schließlich empörte ich mich: »Sie haben sehr schlechte Manieren«, sagte ich. »Sie sind gefühllos und herablassend.«
Und so geschah es, daß die Graphic Art Society niemals meine Bücher ausstellte.

Ein Brief von Henry:

»Ich habe gerade die Bilder an Dich zurückgeschickt, die Du mir für die Ausstellung in Hollywood geliehen hattest. Hoffe, sie kommen in gutem Zustand an. Dein Geburtstag steht vor der Tür, und ich möchte Dir von Herzen gratulieren. Ich werde demnächst in längere Erholung fahren. Möglicherweise, um nie mehr hierher zurückzukehren. Endgültige Pläne habe ich noch nicht – nur den Drang, von hier wegzukommen und mich zu entspannen.

Was ich hier erlebt habe, war von kolossalem Wert für mich. Durch eine seltsame Ironie des Schicksals kam ich in die Lage, auf eine Weise, wie ich es nie zuvor gekonnt hätte, zu erkennen, wie ich Dir erschienen sein muß. Dein Format wird dadurch noch bedeutender. Diesmal habe ich die Lektion gelernt, habe alles getan, von dem Du wünschtest, daß ich es tun solle. Ich habe eine regelrechte Prüfung durchgemacht, für die ich sehr dankbar bin. Hoffentlich haben sich Deine eigenen Kämpfe als fruchtbar erwiesen. Ich wüßte gern, ob Du mir darüber berichten magst. Meine ganze Kraft kam mir von dem Beispiel, das Du mir gegeben hast. Niemanden auf Erden verehre ich mehr als Dich.
In den nächsten Wochen werde ich per Adresse Jean Varda in New Monterey erreichbar sein. Ich würde Dir gern den schönen Band zum Geschenk machen, den einige Freunde für mich veranlaßt haben: *The Angel is my Watermark* (Der Engel ist mein Wasserzeichen). Magst Du ihn annehmen? Du würdest ihn nicht sofort erhalten – jeder Band wird individuell zusammengestellt –, sondern erst im Laufe der nächsten Wochen. Ja? Ich hoffe, ich höre von Dir. Und mehr als alles andere hoffe ich, Du möchtest mir glauben, daß es mein einziger Wunsch ist, Dir behilflich zu sein.
Das Erscheinen des neuen Buchs kann ich kaum erwarten. Sämtliche große Buchläden hier haben Exemplare bestellt und warten ebenfalls ungeduldig darauf. Ich sagte Dir einmal – mehr als einmal –, falls ich je zu Geld käme, würde ich es Dir geben, damit das Tagebuch veröffentlicht werden kann. Das gilt immer noch. Siebzehn Bücher erscheinen in diesem Jahr, hier und im Ausland. Sollte ich Glück haben, so wirst Du von mir hören. Meine drückendsten Schulden habe ich mit dem unverhofften Erlös aus den Aquarellen bezahlt. Ich wollte sie alle loswerden, um freien Raum für Dich zu haben. Ich hoffe, daß Du, wenn es so weit sein wird, mir diese Ehre nicht abschlägst. Alles Gute, liebe Anaïs.«

In meiner Straße wohnt eine Schriftstellerin namens Henrietta Weigel. Sie ist klein und zart, überfließend vor Liebe und der Fähigkeit, zu bewundern, voller Begeisterung und Vertrauen in den Menschen.
Sie antwortete:

»Vielen Dank dafür, daß Sie mir die Artaud-Geschichte zu lesen gaben. Sie bewegte mich sehr. Von allen Ihren Erzählungen scheint sie die packendste zu sein. Die zutiefst empfundene. Sie ist wunderbar geschrieben. Wie viele Menschen würden sie gern lesen! In meinen Augen ist sie eine aus unzerstörbarem Kristall gesponnene Fabel, die in meinem trägen Gedächtnis Träume und geträumte Geschichten wachruft. Der Stein verwandelt sich in lebendiges Fleisch, und das Fleisch entspringt dem Gefängnis seiner Begrenztheit durch die Phantasie. Ich weiß, daß Sie den Mut dazu besitzen. Man bedarf des Mutes, um eine solche Geschichte zu schreiben. Ich weiß, wie schwer es ist, im Dunkeln zu schreiben, ohne das Licht des Verständnisses von den Menschen – doch sie sind unsere schlafenden Ichs, die sich vor dem Erwachen, dem Hinblicken, dem Erkennen fürchten. Freundlich müssen wir sie wachrütteln, aber die Gefahr ist groß, daß der Schlaf Sieger bleibt, wenn die wachrüttelnde Hand zu sanft ist. Alle Menschen träumen, doch sie erinnern sich nicht an jene Welt aus Eis und brennender Hitze. Sie leben nur in den Toden des trüben Wachseins.«

Ich habe diesen Brief über den Setzertisch an die Wand genagelt.

Neurose führt zur Einsamkeit. Doch gibt es auch die Einsamkeit der Individuation.
Einen Tag vor Abschluß der Arbeit an *Under a Glass Bell* erkrankte ich an Bronchitis. Wenn die Angst gleich einem Fieber mit Kälte- und Hitzeschauern, Schüttelfrösten einsetzt, dann heißt es Ruhe bewahren. Sie als das erkennen, was sie ist: Angst. Sie nicht wegerklären, indem man irgendwelchem Vorfall oder Erlebnis die Schuld gibt, denn dann wird sie größer. Wenn die Depression uns wie ein Londoner Nebel zu ersticken droht, gilt es, daran zu denken, daß die Ursache geringer sein mag als wir glauben. Eine kleine Niederlage, kleine Enttäuschung, ein kleiner Streit kann sie ausgelöst haben. Wir müssen uns die Vergänglichkeit der Stimmungen vor Augen halten. Anaïs, hüte dich vor übertriebenen Reaktionen gegenüber Härte, Roheit, Unwissenheit, Selbstsucht. Laß nicht zu, daß ein taktloses Wort, eine Widerlegung, eine Zurückweisung den ganzen Himmel verdunkelt.

Das erste Exemplar von *Under a Glass Bell.* Ein erlesenes Stück Qualitätsarbeit. Gonzalo ist wirklich ein talentierter Buchgraphiker. Er ging mit einem Exemplar in Hayters Atelier 17, und dort wurde es von Hayter, Lipchitz und anderen dort arbeitenden Künstlern bewundert.
Ich traf Hayter auf der Straße, und er sagte mir, wie froh es ihn mache, daß Gonzalo etwas zustande gebracht habe, worauf er stolz sein dürfe, daß er an Gonzalos Fähigkeit, irgend etwas zu Ende zu führen, bisher nie geglaubt habe, und daß das Resultat nachgerade ein Wunder sei.

Später aber überraschte Gonzalo mich mit der Erklärung, daß er über seine Leistung keine Befriedigung empfände.
»Aber wieso denn, Gonzalo, du wolltest doch immer mit deinen Händen arbeiten, und dies ist nun sowohl ein künstlerisches als auch greifbares Werk.«
Er sah niedergeschlagen aus.
»Was würde dir ein Gefühl der Erfüllung geben, Gonzalo?«
»Ich wollte Pianist werden. Aber ich hatte nicht die geeigneten Hände dazu. Meine Finger sind zu kurz und zu dick. Umstände, gegen die ich machtlos war.«
Als Gonzalo sagte, daß ihm der Buchdruck keine Befriedigung verschaffe, fragte ich ihn, ob er sich durch die Arbeit mit den Händen, durch Arbeit überhaupt nicht stärker als Marxist fühle, weil er in eine Beziehung zum Arbeiter trete, die wirklicher sei als eine rein intellektuelle. Habe er nicht das Gefühl, dadurch den Marxismus erst in Praxis umzusetzen?
Ich war sehr traurig. Hayter sprach bewundernd von Gonzalos Leistung, überrascht zu erfahren, daß er überhaupt etwas tat und mit so viel Geschick arbeitete. Erweckt der Erfolg in Gonzalo ein Schuldgefühl? Kann er es nicht ertragen, daß er sich in irgendeiner Weise auszeichnet, ist ihm Erfolg unerträglich? Ich gestehe, daß mein Verständnis angesichts Gonzalos komplizierter Reaktion versagt. Vielleicht, weil sie alle negativ sind und der negative Aspekt der Erfahrung mir entgeht. Meine Vorstellung ist für die Nichtigkeit, *le néant*, nicht empfänglich.
Meine Freude über Gonzalos Leistung ist verflogen.
Eine weitere Marxistin wurde bekehrt: Olga. Auf *Under a Glass Bell* zu sprechen kommend, schreibt sie:
»Jedes Deiner Worte ist reine Poesie. Ich wollte, ich hätte das Buch geschrieben. Ich fühle, daß Du den Inbegriff an poetischer Ausdruckskraft darstellst, und bedauere, was ich Dir im vergangenen Sommer über objektive Literatur gesagt habe. Jetzt erkenne ich, daß Du weiter für uns alle Dichterin sein mußt. Wenn ich lese, was Du schreibst, fühle ich mich mit den Regungen der eigenen Seele in Verbindung. Du bist meine nächste Verwandte, obwohl wir so verschieden, ja gegensätzlich veranlagt zu sein scheinen. Ich fühle jedes Deiner Worte tief mit. Du führst mich zu meiner eigenen Seele.«

Die Ausstellung in der Wakefield Gallery war ein großer Erfolg. Ian Hugos Stiche fanden starke Anerkennung, die Exemplare von *Under a Glass Bell* gleichfalls. Die Kommentare klangen herzlich und begeistert. Miss Decker von der Graphic Art Society sagte, das Buch sei bewundernswert.

Trotz dieses Lobs unserer Freunde erleichterte das aus dem Verkauf des Buches erzielte Geld nicht die wirtschaftlichen Nöte. Ich mußte von der Bank Geld leihen. Gonzalos Unbefriedigtheit brachte mich auf den Gedanken, daß unsere romantische Presse vielleicht zu eng mit meinen Büchern verbunden sei, nicht geschäftsmäßig genug wirke, um Vertrauen einzuflößen und Aufträge einzubringen, und daß Gonzalo als Leiter einer Druckerei, der alles drucken könnte, was ihm angeboten wurde, möglicherweise glücklicher wäre. Es wäre seine Maschine, das Unternehmen trüge seinen Namen, und er hätte die Freiheit, damit zu tun, was er wollte.

Ich gewann den Eindruck, daß auf diese Weise sein Stolz gereizt werden könne und daß er Unabhängigkeit brauche. Die praktischen Schwierigkeiten, die es zu überwinden galt, waren riesig. Wir mußten ein Lokal finden, das professionell wirkte. Wir mußten uns nach einer größeren Druckerpresse umtun. Gonzalo bestellte eine, die am ersten März geliefert werden sollte.

Wir fanden ein kleines zweistöckiges Haus, das von einer Lokalzeitung des Greenwich Village freigegeben wurde. Im Erdgeschoß ist Platz für die Buchdruck-Presse, im ersten Stock Platz für die Illustrations-Presse. Das Haus steht in der Dreizehnten Straße, gegenüber von Schrafft's. Im breiten Fenster könnten wir die Bücher ausstellen. Die rückwärtige Tür führt auf einen düsteren Hinterhof, die Toilette ist so verwahrlost wie in jeder Bohème-Wohnung, die kleine Wendeltreppe für die Besucher des Ateliers recht mühsam, doch trotz allem sieht das Ganze geschäftsmäßiger aus und mag daher Aufträge einbringen.

Gonzalo merkte nicht, wie schwer es mir fiel, die intime, persönliche, dem Publikum nicht zugängliche Druckerwerkstatt aufzugeben. Doch glaubte ich, es wäre notwendig für ihn, frei zu werden, unabhängig von meinen Arbeiten und romantischen Plänen. Er brauchte die Achtung seiner Freunde und das Gefühl, sein eigener Herr zu sein. Er würde beides bekommen.

Seine Freunde werden nun sagen: Das ist Gonzalos Druckerei. Seine Arbeit wird nicht länger wie eine Zutat zu meiner wirken.

Ein Brief von Henry:

»Eben traf Dein Buch ein. Ich bin im Begriff, nach Big Sur zu fahren, wo ich mindestens einen Monat zu bleiben hoffe. Varda und Virginia sind entzückt. Mehr als das. Du wirst von ihnen hören. Sie bereiten eine kleine Überraschung für Dich vor. Willst Du ihnen nicht ein Exemplar mit Autogramm dedizieren? Ich werde Dir die Zahlungsanweisung dafür aus Big Sur schicken. Habe jetzt keine

Zeit mehr, zur Post zu laufen. Format, Papier, Druck, Illustrationen, alles ist wunderschön, bemerkenswert.
Ich konnte bisher nur einen Blick hineinwerfen, das Vorwort lesen. Mir gefällt die Art, wie Du das Vorwort abschließt. Ich muß Dir sagen, daß Du hier im Westen einige treue Bewunderer hast. An den entlegensten Flecken habe ich von Dir reden hören. Dein Name ist schon legendär geworden. Ich hörte, Du hättest den Mut verloren, Deine eigenen Bücher zu verlegen und zu drucken. Hoffentlich trifft das nicht zu. Es wäre ein Entschluß im falschen Augenblick. Es ist Deine Schwäche – wenn ich dies zart andeuten darf –, im falschen Augenblick den Mut zu verlieren. Ich bitte Dich, bleibe fest. Gleichgeartete Menschen zu entdecken, ist Teil des schöpferischen Akts. Sie sind überall. Doch halte nicht an den falschen Orten nach ihnen Ausschau. In Varda hast Du einen Deiner größten Bewunderer und Anhänger. Ich will mich nicht in ausführlichen Einzelheiten ergehen. Aber in vieler Hinsicht ist er Dir ähnlich. Er ist ganz und gar neptunisch, Künstler, tätig bis in die Fingerspitzen. Wie Du wirbelt auch er keinen Staub auf. Er führt alles mit Leichtigkeit aus, lebt in der Wunderwelt. Eines Tages werdet Ihr Euch kennenlernen. Ich glaube, er beabsichtigt, im Sommer nach New York zu reisen. Er stellt bei Marion Willard aus. Das Zusammensein mit ihm war anregend. Von der lebenden Statue, Dudley, zum Dynamo.
Man hat mir angeboten, eine Zeitlang ein kleines Haus in Big Sur zu bewohnen, einem Ort, den ich prachtvoll finde (genau so, wie Robinson Jeffers ihn beschreibt). Ich muß viele Arbeiten zu Ende bringen und suche Ruhe und Einsamkeit. Dort bin ich fern von aller Welt. Die Geschäfte liegen in fünfunddreißig Meilen Entfernung. Ich habe keinen Wagen. Bin darauf angewiesen, daß der Milchmann mir Lebensmittel bringt – Post zweimal in der Woche. Genau das, was ich brauche. Dies ist ein seltsames Jahr für mich – das vor etwa drei Monaten seinen Anfang nahm –, ein Jahr der Verwirklichungen auf allen Ebenen. Plötzlich bin ich ganz frei. Und ich bin so klug, mich darüber zu freuen. Die Hilfe, die mir von vielen Seiten zuteil wurde, war überwältigend. Es scheint ein feststehendes Gesetz zu sein, daß die Welt desto mehr an uns glaubt, je mehr wir an uns selber glauben. Ich hoffe, es bringt Dir Glück, daß ich diese Dinge erwähne. Äußere Sicherheit habe ich nicht gefunden, stelle aber zu meiner Freude fest, daß ich sie immer weniger brauche. Alles, was die Wahrsager (sämtliche Wahrsager) mir verkündeten, scheint sich einzustellen.«

[April 1944]

Die Beziehung zu einigen Leuten, die sich durch das Erscheinen von *Under a Glass Bell* für mich ergab, war wie das Zerspringen einer Schale (wie vieler Schalen?), eine Wiedergeburt (wie viele Geburten?), ein Sichtbar- und Faßbarwerden. Das Gefühl hörte auf, lediglich eine geheimnisvolle Einwirkung auf andere auszuüben. Ich fühlte mich draußen im Tageslicht.

Zu allererst erwähnte Paul Rosenfeld mich Edmund Wilson gegenüber, der zum Gotham Book Mart ging, wo Frances Steloff ihm von mir erzählte, und der sodann ein Exemplar von *Under a Glass Bell* nach Hause trug und eine Kritik schrieb, die in *The New Yorker* vom 1. April erschien.

Am Morgen, als *The New Yorker* erschien, wurde ich von den Photographen von *Town and Country* in einem Kleid von Henry La Pensée aufgenommen. Ein sehr offizielles, sehr elegantes Bild.

John Stroup schrieb eine Besprechung von *Under a Glass Bell* für *Town and Country*. Daraufhin erhob sich das Gerücht, daß mir der Durchbruch gelungen sei! Schließlich lag da vor aller Augen *The New Yorker* mit einer Besprechung von Edmund Wilson, der ersten Autorität unter den Kritikern. Telefonanrufe. Briefe.

Eines Morgens erschien statt eines Briefes ein riesiges quadratisches Paket von etwa einem Meter Größe. Ich öffnete es: es enthielt eine Collage von Jean Varda. Er nennt sie: »Frauen am Wiederaufbau der Welt«.

Vor dem champagnerfarbenen sandigen Hintergrund mit seinen winzigen Körnern aus glitzerndem Glas fünf Frauen in luftiger Gewandung. Die mittlere mit ihrem schwarz-roten abstrakten Streifenlabyrhinth ist die stärkste; zu ihrer Linken geht eine Ophelia in schleppendem weißen Gewand aus Wolken und Spitze, geht nicht, sondern tanzt. Zu ihrer Rechten eine robuste Frau in Weiß und Blau, die eine musikalische Komposition auf ihrem Kopf trägt. Dies drückt sie jedoch nicht nieder, sondern verleiht ihrer Haltung Rhythmus. Eine kleinere Frau in gewisser Entfernung zeigt rhombenförmige Öffnungen, durch die gläubiges Vertrauen leuchtet. Eine noch kleinere Frau trägt ein fröhlich gestreiftes Kleid. Im Hintergrund stehen vier Häuschen, alle sind von vorn gesehen, haben

viele lächelnde schräge Fenster; man kann dort leicht ein- und ausgehen, so leichtfüßig und lebhaft wie die uns mit der Grazie frühlingshafter Riten entgegenschreitenden Frauen.
Alles Weibliche ist von einem Tanz der Formen umgeben, von Quadraten, Rhomben, Rechtecken, Parallelogrammen der Stimmungen und siderischen Wonnen, subtilen Harmonien und fügsamen Geheimnissen. Die Frauen sind aus Unbegreifbarem, aus Lichtern und Raum gemacht, Labyrinthen und Molekülen, die sich unter dem Blick des Betrachters verändern können. Undefinierbar und schwerefrei. Sie bringen Freiheit durch Transzendenz.

Nachdem ich die Erregungen, die Eroberungen, die Leidenschaften zusammengerafft, die Segel meiner immer ruhelosen, immer wandernden Traumschiffe eingezogen habe (Henry wird ein berühmter Autor werden; Gonzalo etwas vollbringen, worauf er stolz sein kann; Moira wird ihre Schleier ablegen und zu einer modernen Frau werden; Frances dem Schicksal der Schwindsucht entgehen und ein erfülltes Leben beginnen; die Presse wird herrliche Bücher herstellen und über das Schrifttum der Niederungen triumphieren), nachdem ich meine ewig schweifende Seele aus der tibetischen Wüste zurückbefohlen habe, meinen Geist von den Gespenstern der Vergangenheit, vom Würgegriff der Verantwortlichkeit für das Leben anderer befreit, mich vom Rauschgifte der Romantik entwöhnt, die unmöglichen Sehnsüchte aufgegeben und einen erschöpften Don Quijote abberufen habe, schließe ich Fenster und Tür und öffne noch einmal das Tagebuch.
Von ihrer Befragung der Orakeldeuter rufe ich eine weinende Träumerin, untröstliche Idealistin, Sucherin nur der gesteigerten Augenblicke zurück und führe sie auf einen Rundgang durch das Zuhause, das sanft erhellte Atelier, die Gegenwart, das Bett, die Nahrung, die Ruhe. Die verströmte, verstreute Anaïs muß sich von den Scheiterhaufen der Selbstaufopferung, den Brandopfern der Besitztümer, Wünsche, Planungen für andere erholen. Sich auf die Gegenwart besinnen. Ein stilles Glück hinnehmen, das Fehlen jeglichen Fiebers.
Selbst ein besessener Abenteurer, der immerfort nach weiteren Entdeckungen, nach einem auf keiner Landkarte verzeichneten Land sucht, muß die Bedingungen des Glücks annehmen, einer blassen Flamme nach Augenblicken höchster Steigerung, indessen einer, die sich nicht verzehrt, einer blassen Flamme, die eher dem Morgendämmer gleicht als den feurigen Sonnenuntergängen tropischer Länder, Morgendämmerungen, die ich erahnte und nach denen ich mich sehnte, wenn ich in den höllischen Gemächern der Sühne gefangen

war. Leidenschaftliches Leben ist Himmel und Hölle, diese Heimkehr ist Glückseligkeit.

Leib und Seele ruhen an ihren Liegeplätzen, der Anker wird nicht länger gegen seinen Willen durch ein Leben der Entwurzelung geschleift, das beides lernen muß: sich über Wasser zu halten und in seinen Vertäuungen zu bleiben, ohne in Unvernunft an den Gravitationskräften zu zerren, die es vor Schiffbruch bewahren. Sancho Panza, das Tagebuch, wird dick und wohlgenährt, doch der Quijote kann nicht allein seine Vision einer vollkommenen und menschenwürdigen Welt in Wirklichkeit umsetzen.

Zum erstenmal habe ich die Unrast besiegt, meine Phantasie schweift nicht an all die fernen Orte und all den fernen Fremden entgegen, fragend – und was erwartend?

Zum erstenmal sind Leib und Seele in Einklang, und das Gespräch eines sich schließenden Fensters, einer sich schließenden Tür ist nicht beunruhigender als der Flügel einer Ikone, der sich über der Figur eines Beters schließt.

Ich ertrage es, Musik zu hören, sie ist kein Aufruf zu neuen Abenteuern, keine Geisterjagd, kein Aufspüren von Gaukelbildern, kein Umarmen der Leere. Dies ist kein bloßes Zwischenspiel zwischen unbehaglichem Hunger und unruhiger Neugier, sondern ein Besitzen des Jetzt und Hier, die bisher vernachlässigt wurden, und zum erstenmal schätze ich den Hafen, die Ruhe, die sanft geschlossenen Fenster und Türen, die sagen: »Alles ist hier, in der Gegenwart, auf der Erde.« Ferne Ekstasen und Phantasiegebilde sollen mich nicht länger verlocken.

Durch die Haitianer, die Orakeldeuter, fand ich zurück zum eigenen Wesen und zu den Quellen der Freude. Die Haitianer kamen, um mich zu mahnen, daß das Geschichtenerzählen der einzige Balsam, die einzige Medizin, die einzige beständige, unzerstörbare, treue, immer bewohnbare Insel ist. Der lange, lang hinausgeschobene Abschied von Henry, der sein Shangri-La in Kalifornien suchte, das schwierige Werk, uns, die wir in einer kleinen Pariser Zelle der Brüderlichkeit gelebt hatten, alle voneinander zu befreien. Gonzalo von seiner Scham zu befreien und jene aufzugeben, die nicht gerettet werden konnten, das Aufstellen der Presse, um das Schreiben zu erhalten und alles zu vermeiden: Bitternis und Selbstgenügsamkeit, das Erzählen und Drucken von Abenteuern, Zelle und Zellkern der Phantasie, des Handelns, der Verwirklichung der Geschichte – ausgewogen durch eine Pause, durch die Einsicht, daß das Geschichtenerzählen unsere Aufmerksamkeit von Verlusten, Abschieden, Verwundungen ablenkte.

Es war nicht nötig, die ganze Nacht über wach zu bleiben wie die

Kinder in Haiti, um den nächtlich wandernden Mapau-Baum zu überraschen. Der bewegliche Mapau-Baum ist des Geschichtenerzählers Spiel mit seinem Album der Erinnerungen, sein Kreisen um die Personen, damit er sie von allen Seiten sehe. Verschließe der Welt für eine Weile Tür und Fenster, wende dich dem Tagebuch zu, seiner musikalischen Skizzen wegen, und beginne einen neuen Roman.

Register